陈兴良作品集

篆刻：魏璟岳

陈兴良作品集 7

法外说法

陈兴良 著

北京大学出版社
PEKING UNIVERSITY PRESS

图书在版编目（CIP）数据

法外说法 / 陈兴良著. —北京：北京大学出版社，2020.4

ISBN 978-7-301-31125-7

Ⅰ. ①法…　Ⅱ. ①陈…　Ⅲ. ①序跋—作品集—中国—当代　Ⅳ. ①I267

中国版本图书馆 CIP 数据核字（2020）第 008502 号

书　　名　法外说法
FA WAI SHUO FA

著作责任者　陈兴良　著

责 任 编 辑　杨玉洁　靳振国

标 准 书 号　ISBN 978-7-301-31125-7

出 版 发 行　北京大学出版社

地　　址　北京市海淀区成府路 205 号　100871

网　　址　http://www.pup.cn　http://www.yandayuanzhao.com

电 子 信 箱　yandayuanzhao@163.com

新 浪 微 博　@北京大学出版社　@北大出版社燕大元照法律图书

电　　话　邮购部 010-62752015　发行部 010-62750672　编辑部 010-62117788

印 刷 者　三河市北燕印装有限公司

经 销 者　新华书店

880 毫米×1230 毫米　A5　17.125 印张　527 千字

2020 年 4 月第 1 版　2020 年 4 月第 1 次印刷

定　　价　56.00 元

目　录

“陈兴良作品集”总序

"陈兴良作品集"是我继在中国人民大学出版社出版"陈兴良刑法学"以后,在北京大学出版社出版的一套文集。如果说,"陈兴良刑法学"是我个人刑法专著的集大成;那么,"陈兴良作品集"就是我个人专著以外的其他作品的汇集。收入"陈兴良作品集"的作品有以下十部:

1. 自选集:《走向哲学的刑法学》
2. 自选集:《走向规范的刑法学》
3. 自选集:《走向教义的刑法学》
4. 随笔集:《刑法的启蒙》
5. 讲演集:《刑法的格物》
6. 讲演集:《刑法的致知》
7. 序跋集:《法外说法》
8. 序跋集:《书外说书》
9. 序跋集:《道外说道》
10. 备忘录:《立此存照——高尚挪用资金案侧记》

以上"陈兴良作品集",可以分为五类十种:

第一,自选集。自 1984 年发表第一篇学术论文以来,我陆续在各种刊物发表了数百篇论文。这些论文是我研究成果的基本载体,具有不同于专著的特征。1999 年和 2008 年我在法律出版社出版了两本论文集,这次经过充实和调整,将自选集编为三卷:第一卷是《走向哲学的刑法学》,第二卷是《走向规范的刑法学》,第三卷是《走向教义的刑法学》。这三卷自选集的书名正好标示了我在刑法学研究过程中所走过的三个阶段,因而具有纪念意义。

第二,随笔集。1997 年我在法律出版社出版了《刑法的启蒙》一书,这是一部叙述西方刑法学演变历史的随笔集。该书以刑法人物为单元,以这些刑法人物的刑法思想为线索,勾画出近代刑法思想和学术学派的发展历史,对于宏观地把握整个刑法理论的形成和演变具有参考价值。该书采用了随笔的手法,不似高头讲章那么难懂,而是娓娓道来亲近读者,具有相当的可读性。

第三,讲演集。讲演活动是授课活动的补充,也是学术活动的一部分。在授课之余,我亦在其他院校和司法机关举办了各种讲演活动。这些讲演内容虽然具有即逝性,但文字整理稿却可以长久地保存。2008 年我在法律出版社出版了讲演集《刑法的格致》,这次增补了内容,将讲演集编为两卷:第一卷是《刑法的格物》,第二卷是《刑法的致知》。其中,第一卷《刑法的格物》的内容集中在刑法理念和制度,侧重于刑法的实践;第二卷《刑法的致知》的内容则聚焦在刑法学术和学说,侧重于刑法的理论。

第四,序跋集。序跋是写作的副产品,当然,为他人著述所写的序跋则无疑是一种意外的收获。2004 年我在法律出版社出版了两卷序跋集,即《法外说法》和《书外说书》。现在,这两卷已经容纳不下所有序跋的文字,因而这次将序跋集编为三卷:第一卷是《法外说法》,主要是本人著作的序跋集;第二卷是《书外说书》,主要是主编著作的序跋集;第三卷是《道外说道》,主要是他人著作的序跋集。序跋集累积下来,居然达到了一百多万字,成为我个人作品中颇具特色的内容。

第五,备忘录。2014 年我在北京大学出版社出版了《立此存照——高尚挪用资金案侧记》一书,这是一部以个案为内容的记叙性的作品,具有备忘录的性质。该书出版以后,高尚挪用资金案进入再审,又有了进展。这次收入"陈兴良作品集"增补了有关内容,使该书以一种更为完整的面貌存世,以备不忘。可以说,该书具有十分独特的意义,对此我敝帚自珍。

"陈兴良作品集"的出版得到北京大学出版社蒋浩副总编的大力支持,收入作品集的大多数著作都是蒋浩先生在法律出版社任职期间策划出版的,现在又以作品集的形式出版,对蒋浩先生付出的辛勤劳动深表谢意。同时,我还要对北京大学出版社各位编辑的负责认真的工作态度表示感谢。

是为序。

陈兴良

2017 年 12 月 20 日

谨识于北京海淀锦秋知春寓所

前　言

2004年我在法律出版社出版了两部序跋集，这就是《法外说法》和《书外说书》。其中，《法外说法》分为自序、他序和自跋三部分，《书外说书》收录的则是我主编著作的序。转眼之间，十多年过去了，序跋又写了不少，尤其是为他人著作所写的序跋数量超过为自己著作写的序跋。当然，这也正常。因为自己的著作总是有限的，而为他人写序的机会更多。为此，着手续编序跋集。经过初步整理归拢，这些序跋的总字数居然达到一百二十多万，这个数字也吓了我自己一大跳。这些序跋大多数是近十年来写的，日积月累，字数可观，将这些序跋加以编纂，形成目前三卷本的规模，成为我的著述中最具特色的作品。

序跋集的第一卷《法外说法》，保留了自序和自跋的内容，将他序分离出去单独成书。自序和自跋是为本人著作所写的序跋，之所以能够单独成书，主要是因为某些著作经常再版或者重印。因此，一部著作往往会有多篇不同的序跋。对于我来说，序跋是著作不可分割的组成部分，我对此十分重视，同时也有较大的写作兴趣。如果说，著作的正文是“内”；那么，序跋就是“外”。因此，在写序跋的时候，可以跳出著作的框架，兴之所至，随心所欲，表达一些自己的感想。因此，正文的写作和序跋的写作是两种完全不同的心情和风格。在自序中，自己较为满意的是《刑法哲学》（再版）前言，这是一篇短序，其中一段话表达了当时我的心情：“钱钟书先生曾言：‘大抵学问是荒江野老屋中，二三素心人商量培养之事。’如此说来，做学问难免要坐冷板凳，不甘寂寞难以成就大学问。在当前世俗社会里，学问显得不合时宜，甚至成为一种奢侈。尽管如此，潜心向学仍是我的不渝之志。”这篇前言写于1996年年初，当时的学术气氛比较压抑，个人也有际遇窒碍之感，这才有利用《刑法哲学》一书重印写序的机会，略抒胸臆。在自跋中，自己较为满意的是《刑法的价值构造》的后记，其中有段话是为我所孜孜以求的形式美所作的辩护：“在本书中，我一如既往地追求体系结构的形式美，但愿它不致对思想内容的阐述与表达造成太大的妨害。其实，书和人一样，都是有一定风格的，一般来说是文如其人，思想风格应当与文章风格求得契合与一致。在我看来，正如存在工笔与写意这两种风格迥异的绘画形式，在学术著作中也存在这种风格上的差异。以往，我们一般在艺术中讲究流派与风格，例如诗的豪放与婉约等；而在学术理论中则注重思想内容的科学性，忽视表现形式的完美性，这不能不说是一种遗憾。把时间往回推移到18世纪，康德与黑格尔的著作尽管语言晦涩令人无法卒读（也许是翻译上的原因），思想深刻使人难以理解（也许是水平上的问题）；但对于读懂读通的人来说，其阅读快感又岂能用语言来表达！这种阅读快感来自他们对真理的无限信仰与崇敬，以及惊叹于其思想体系的高度完美性。毫无疑问，还有其语言表达的精辟性。当头顶的灿烂星空与心中的道德律令引起康德敬畏之情的时候，我们能不为这种敬畏而敬畏么？当黑格尔预言密涅瓦的猫头鹰要等待黄昏到来才会起飞的时候，我们能不为这种等待而等待么？而在当今的学术理论中，风格形式上的无个性化与八股文化绝不比思想内容上的陈旧性与呆板性的程度更轻一些。因此，我们在呼唤观点上的突破的同时，也应当为形式上的创新而呐喊。"这些文字虽然都是随意之笔，但确实也表达了我的某些对于学术著述的美学追求。除了这些文字以外，还有些序跋其实可以视为著作的一部分，这就是以代序或者代跋的形式创作的序跋，这些序跋本身就是一篇可以单独成文的文章或者论文。例如，《法外说法》中收录的《刑法疏议》一书的代跋，这篇代跋有个副标题，这就是："法的解释与解释的法"。这篇代跋全文共计一万五千字，相当于一篇论文。《刑法疏议》是1997年《刑法》颁布之后，我对刑法的逐编、逐章、逐节、逐条、逐款、逐项的解释。当然，这是一部速朽的著作。在我所有的著作中，只有这部著作至今没有修订再版，因为刑法立法和司法解释发展太快，已经完全没有修订再版的必要。因此，该书唯一留下值得珍惜的也就是这篇代跋。应该说，这篇代跋并不是先有论文然后充当代跋，而确实是在正文完成以后专门撰写，一气呵成，未作修改。代跋完成以后我对其中内容略加整理，成为一篇论文，以《法的解释与解释的法》为题发表在《法律科学》1997年第4期。这篇代跋是我从刑法的形而上的哲学研究向刑法的解释学，也就是现在所说的教义学转向的标志，可以说，在我的刑法学术生涯中具有"节点"的性质。这篇代跋留下了撰写时间：1997年3月21日，这也正是我四十周岁的生日。1997年《刑法》是1997年3月14日通过颁布的，而我在此时点之前已经根据刑法修订草案完成了《刑法疏议》一书的写作,《刑法》颁布以后,根据正式文本对书稿进行修改。因此,《刑法》颁布一周以后,《刑法疏议》一书就定稿了,这才有3月21日代跋的写作。现在翻阅这些文字,重新回顾这段经历,令人感慨万分。除此以外,我为《刑法的启蒙》一书撰写的代跋——“缅怀片面”,也是较有特色并引起了反响的。《刑法的启蒙》同样写作于1997年,只不过完成于盛夏。这部著作是蒋浩的约稿,以学术随笔的名义来写的,介绍了十位西方刑法思想史上的刑法人物。当这部书完成的时候,我对西方刑法思想史有了一个概括的认知,归纳为四个字,这就是“缅怀片面”。虽然这只是简短的议论,但也给人留下较深的印象。

序跋集的第二卷《书外说书》,收录的是我主编著作的序跋,是在第一版的基础上增添内容而成的,也可以说是一种续编。在我的学术生涯中,主编占了较大的精力和较多的时间。学术著作的主编,也许是具有中国特色的一种学术活动。主编不限于教科书,还包括各种大型著作。应该说,诸如法律评注或者法律词典之类的鸿篇巨制,个人力量难以企及,采取主编制,集众人之力量,采众人之智慧,具有合理性。但一般的论著也采取主编的方法,确实不太合乎学术研究的规律。因为,文科不同于理工科,学术研究具有个体性,写作更应当是个人的智力活动。不过,在中国学术恢复重建的特殊历史时期,主编制的写作方法还是盛行一时。我亦未能免俗,主编了一些著作。这些著作应一时之需,还是能够发挥一些作用的。其实,主编本身也是一件难活,要把不同知识程度、不同背景的作者组织起来,按时完成写作任务,并且统稿成书,都是十分麻烦的。在我主编的著作中,印象比较深刻的是两套丛书:第一套是中国检察出版社出版的三本系列著作,这就是《中国死刑检讨——以“枪下留人案”为视角》《中国刑事司法解释检讨——以奸淫幼女司法解释为视角》和《中国刑事政策检讨——以“严打”刑事政策为视角》;第二套是法律出版社出版的三本系列著作,这就是《法治的使命》《法治的界面》和《法治的言说》。这些著作都是讲座或者讲演等学术活动的副产品,参与人数众多,讨论热点问题,因此具有较大的社会影响力。当然,这些著作也同样具有一定的时效性。值得说明的是,这些著作虽然是我主编的,但我的学生都有深度参与,成为这些著作的重要创作者。在《书外说书》中,《刑事法评论》的主编絮语和《刑事法判解》的卷首语占据了较大篇幅。《刑事法评论》从

1997 年创刊,到 2017 年,正好 20 周年,总共出版了 40 卷。从第一卷开始,每一卷我都撰写主编絮语 ,对各卷收录的论文逐篇进行介绍,由此形成惯例。《刑事法判解》是 1999 年创刊的,编辑宗旨不同于《刑事法评论》,它更注重司法的实务性。《刑事法判解》的出版虽然命运多舛,但至今仍然正常出版。担任这两个连续出版物的主编,是我从事刑法学术活动的一个主要组成部分,它为年轻学者发表论文提供了园地,而且也确实发表了大量年轻作者的优秀作品。在主编絮语和卷首语中,对此作了介绍,也成为推出年轻学者的重要举措。现在,这些文字编入《书外说书》,对我来说是一种留念和纪念。

序跋集的第三卷《道外说道》,收录的是为他人著作撰写的序跋,因为这部分内容较多,所以从《法外说法》中独立出来单独成书。道外说道的"道",是道理的"道",也是作为法之理的"道"。我之为他人写序,这里的他人,绝大多数是青年学者,写序同时亦有推荐之意。事实上,当我自己刚进入学术圈的时候,出版著作也往往需要老一辈学者写序,唯有如此,出版社才能接受出版。据我所知,某些书序是求序人所自撰,作序人只是进行个别文字修改。这些名为他序实为自序,其内容是枯燥的,没有趣味的。当然,这种现象现在已经减少了。就我而言,只要答应作序,都要先阅读书稿然后动笔写序。现在网络发达,书稿的电子版很容易发送,这也为写序前阅稿带来极大的便利。收入《道外说道》一书的他序分为四个部分:第一部分是为他人著作写的序,这部分序涉及的著作达到 100 多部,其中博士论文居多。著作是作者对本学科某些重要专题的深入研究的学术成果,因此也称为专著。对于学者来说,专著是其学术成果的最重要载体,因而受到高度重视。一位学者在其一生中可以发表数量较多的论文,但出版著作的数量则是有限的。现在,真正有水平的著作往往都是博士论文,教授撰写的著作反而较为少见了。因此,为这些著作写序对于我来说也是一件幸事。我是抱着认真的态度写这些序的。在序中,除了对著作的评价性文字以外,还包括本人对相关论题的见解等,可以直抒胸臆。在这些序中,我为邱兴隆写的代序值得一提。基于对邱兴隆的了解与理解,从知人论世的古训出发,对邱兴隆的传奇一生作了描述,结果写成了一篇人物传记。当然我对大多数求序人并没有像对邱兴隆这样了解,有些求序人甚至并不认识。有些求序人不仅写序前不认识,即使在写完序以后也没有见过面。写完序以后,出版遥遥无期的也有,有的人书出版了以后甚至没有想到给我寄一本。对此,我都能够淡然面对。第二部分是丛书序,这是为他人主编或者出版社编辑的各类丛书所写的序,但不包括我本人主编的丛书。第三部分是中译本序。近些年来,随着我国对外开放,越来越多其他国家的优秀著作被翻译介绍进来。这些译者中,有相当一部分是我的学生。为此,我有机会为这些中译本写序。在这些国外作者中,不乏世界著名的刑法学家。例如,德国的罗克辛教授,日本的西田典之教授、山口厚教授等。其中,尤其要提到西田典之教授,为中日刑事法交流作出了重要的贡献,也与我结下了深厚的友情。为了我的《刑法的知识转型(学术史)》一书的日译本能够顺利在日本出版,西田典之教授竭力向出版社推荐,并承诺支付出版费用等,使我十分感动。当我获悉我的学生江溯和李世阳共同翻译西田典之教授的代表作《共犯理论的展开》的时候,感到十分高兴,并受邀于2012年10月22日完成了序的写作。然而,翻译和出版的过程十分漫长。在此期间,西田典之教授不幸于2013年6月14日因病去世,因而在生前未能见到该书中译本的出版,这是令人遗憾的。为此,我主编的《刑事法评论》(第33卷)专门开辟了悼念西田典之教授的专栏,同时也发表了我为西田典之教授上述著作撰写的序,以此作为纪念。及至2017年西田典之教授的著作才在中国法制出版社正式出版,成为对西田典之教授的在天之灵最好的慰藉。第四部分是其他序跋,这是最有特色的内容,是为非刑法著作撰写的序跋,其中包括散文、诗词、摄影集等类别。这些作者大都是我的至交故友,为之写序义不容辞。其中,为高中同学李建平的摄影集撰写的序,回忆了我与李建平交集的一段学习、工作和生活的经历,如同撰写自己的回忆录,令人难忘。

在某种意义上,我是把序当作一种写作题材对待的,尤其是为他人写序,虽然是为他人作嫁衣裳,但借此平台,述说自己的感想与情怀,也不失为一种言说的方式。现在这些序跋能够结集出版,我最想感谢的是蒋浩先生。2004年蒋浩先生在法律出版社任职,约我出版了两卷本的序跋集。现在,蒋浩先生又大力支持我将序跋集编成三卷本,对此深表谢意。

序是一部著作的开篇,而跋是一部著作的完结。人生正如一部书,也会有开端与终结,我们都在人生的征途中艰难跋涉。阅读一部著作,也是阅读作者的人生。因此,反过来说,书也如同人生。人与书的这种相似性,使得我们在书写著作的同时,也是在书写人生的篇章。在这个意义上说,序跋集也是我的人生传记。从序跋集中不仅可以看到他人的人生,也可以看到自己的人生。

是为前言。

陈兴良

谨识于北京海淀锦秋知春寓所

2019年11月3日

第一版前言

在我所有的著作中,本书是最为特殊的一本:它既不是专著,也不是论文集,而是序跋集,是一本关于我所有书的书。为本书命名颇费踌躇,几番推敲方得此名:《法外说法》。为明确本书的内容,另加上副标题“陈兴良序跋集”。

本书之名《法外说法》,脱胎于张中行先生的一本书:《禅外说禅》(黑龙江人民出版社 1991 年版)。禅外,大抵是指禅门之外,张中行先生认为“在外有自由”。说禅,如果决心知无不言,言无不尽,那就只好站在禅堂之外。我在这里所称之“法外”,当然也是相对于“法内”而言的,但法内法外并不像禅内禅外那样存在分明的界限。这里的法外,是指本书内容并非所谓法的学术研究,然而又与法的学术研究存在着相关性,是法的学术研究之余的即兴之作,本在法内而又跳到法外。因此,“说法”不能严格地当作“解释法”理解,而应在“说法”的俗义上理解,即“给个说法”之“说法”。由是观之,法外说法,无非是指法学著述之外的一些话头,它比正式的说法来得更为轻松与悠闲,这正好切合本书之内容。序跋,是在长篇大论、高头讲章之外的插科打诨,具有活跃气氛之功效也。

我的书,大多有序跋。序跋的写作对于我来说不啻是一种卸下沉重的精神负担之后的轻松。正如同辛勤劳作之后抽一口烟的惬意。序跋的白描式的、直抒胸臆式的写作,与法学著作的严谨推理、不苟言笑式的写作是大不相同的,因而写作者可以从中获得某种快感,至少对于我来说是如此。许多读者都曾对我表示,喜欢读我的前言后记,这使我感到满足。此番将所有序跋结集出版,也是对正文以外的序跋写作的一次检阅。

本书分为三个部分,在此依次加以介绍。

第一部分是自序,这里的序,是一种概括的说法,实际上包括前言、序、代序、序言等内容。自序是本人著作之序,是对某一著作的写作意图等的交代。这里应当指出的是代序,并非专为某本著作而作,而是以别的文章代而为序。尽管代序与本著之间没有形式上的直接关联,但之所以为序,必然存在某种内在的联系。

第二部分是他序,即为他人所撰之序。这里的他人,大多是学生,也有的是同行学友。承邀作序,多少有些命题作文的意思,当然我也会尽量地结合著作与作者,写出一些特色。我的序对他著既不能点石成金,也不能锦上添花,只不过是一种点缀,是进入他著的一种引导,以免喧宾夺主。对序应当有这样的认识,这也可以说是我的作序观。他序是受人之请为他著作序,不可否认他著的学术质量有高低之分。我不好说只有学术质量高的书我才给作序,学术质量低的书我就不给作序。因此,涉及对作序之他著的评价,拿捏分寸是极为困难的。在他序中,令我印象深刻的是为邱兴隆《关于惩罚的哲学——刑罚根据论》一书所作之序:《我所认识的邱兴隆——其人其事与其书》。邱兴隆在其博士论文出版之际,嘱我为其作序。在序中我叙述了邱兴隆的坎坷人生经历以及我与他的多年交往,尤其是我的一些感慨也是令我自己感动的。此序长达 15 000 字,也是我为他人所作之序中的最长者。在他序中,为邓子滨所译《法律之门》所作的中译本序也是较为特殊的。中译本序既是对原著之引荐,也是对译本之评价,是双重之序。该书出版以后,颇受好评,也使我这个作序者沾光。我为他人所作之序,大多是为法学,尤其是刑法学著作的序,但《女检察官手记》则是例外,这是一本网络法制文学作品,作者李玲(笔名理灵)是北京市海淀区人民检察院副检察长,我曾在该院挂职,因而存在同僚之谊。因此,当李玲请我为其作品写序的时候,尽管我是网盲也欣然应允。我把他序当作一种读后感,发自内心而非官样文章,唯有如此才能感人。

第三部分是自跋,这里的跋也是概而言之,大多以后记形式出现,也有的标明是跋或者代跋。序好比前门,更要庄严一些。跋好似后门,稍为轻松一些,因而可以在后记中表达一些题外之话。本书基本上搜集了以前撰写的自著与他著中的所有序跋,除个别纯技术性、事务性交代的以外。个别序跋的内容为避免重复而作了适当调整,其余除错别字外,尽量保持原貌。由于序跋是我写作中颇有特色的内容,因而对她有格外偏爱之心,以示敝帚自珍之意也。

对于学者,曾有四书之说法:买书—读书—写书—出书。这是一个学术的投入产出的流程,也是学者之志业。本书不是写出来的,而是编出来的,因此在四书之外似乎还要加上一书,即编书。在江郎才尽,写书不成的情况下,编书也是聊以自慰之举,岂非如此?

是为序。

陈兴良

谨识于北京海淀锦秋知春寓所

2003年11月16日

1.《正当防卫论》[①]前言

自刑法公布实施以来,我国刑法学界围绕着正当防卫展开了一系列的讨论,尤其是正当防卫的必要限度等问题,更是争论的焦点。这些讨论不仅推进了我们对正当防卫的研究,而且极大地丰富了我国社会主义刑法理论。可以说,正当防卫是我国刑法理论中学术观点争论最激烈的热点之一。正当防卫在司法实践中也是疑难问题之一。据作者所知,正当防卫案件虽然为数不多,但几乎每一个正当防卫案件都存在争议。有些正当防卫案件,经过一审、二审,甚至再审,最后还是存在分歧意见。司法实践向我们提出了许多关于正当防卫的问题,这就要求我们从刑法理论的高度进行深入的研究。总之,正当防卫是一个具有理论意义和实际意义的问题。

本书是由本人的硕士论文扩充而成的。在准备硕士论文的过程中,作者广泛地搜集了有关正当防卫的理论资料;同时,还深入北京、上海、成都、重庆、武汉等地的司法部门进行调查,搜集了有关正当防卫的实际素材;走访了有关政法院系,得到马克昌教授等专家学者的指点。在此基础上,本着理论和实际相结合的原则,对正当防卫中的几个重点问题进行了研究。由于硕士论文的篇幅所限,对许多问题不能展开论述。在本书中,作者得以较大的篇幅对有关问题展开论述,尤其是对正当防卫的必要限度问题,进行了比较充分的论述。本书力求以马克思主义法学理论为指导,以我国刑法关于正当防卫的有关规定为依据,吸收我国刑法学界对正当防卫的研究成果,并把外国刑法理论中关于正当防卫的一些观点作为背景材料作了评述。特别应当指出的是,本着学术争鸣的方针,本书在涉及学术观点的分歧时,尽可能地引述一些学术论著的观点,以展示我国刑法学界对某一个问题的研究现状,在此基础上发表本人的见解。同时,为了论证,引用了一些案例并进行了分析,个别案例根据本书的需要

① 陈兴良:《正当防卫论》,中国人民大学出版社 1987 年版。

进行了适当的改写。可以说,没有刑法学界对于正当防卫问题的讨论以及由此而发表的一系列论著,本书的完成是不可能的。

在硕士论文和本书的写作过程中,自始至终得到导师高铭暄教授和王作富教授的悉心指导和热情激励;高铭暄教授还在百忙中审阅了全书并欣然为本书作序。本书今天能与读者见面,显然是和两位导师的辛勤劳动分不开的。在硕士论文和本书的写作过程中,得到了本教研室鲁风、阴家宝、陈德洪、韩玉胜等老师的鼓励和帮助,还颇得益于本专业同学赵秉志、周振想、张智辉和姜伟的切磋启迪,在此一并表示由衷的谢意。

由于本人学术水平所限,书中的谬误之处在所难免,尚希读者予以批评指正。

陈兴良

1986 年 5 月于北京

2.《正当防卫论》(第二版)[①]出版说明

《正当防卫论》是我的第一本书,对于第一本书总是印象较为深刻的。因此,当北京大学出版社的吕亚萍编辑为《法律书评》第 4 辑(北京大学出版社 2006 年版)向我约稿,让我写篇"我的第一本书"的文章时,尽管是命题作文,我还是慨然应允,在该文中对本书的写作过程作了回顾,正好符合本书出版说明的主旨,因而全文照录如下:

我的第一本书

"我的第一本书",这是一个命题作文,令人联想起"我的初恋"之类的题目,虽然有点儿俗,却也引人遐思。至今我已出版了个人著作大大小小 20 本。其中有我的成名作,也有代表作,但是令我难以忘怀的还是我的第一本书。

我的第一本书名曰《正当防卫论》,中国人民大学出版社出版于 1987 年 6 月,距今已经 19 年。19 年,在历史长河中只不过是瞬间而已,但对于一本书来说,已经是一段足够长的岁月。从我的书架上翻检出这本发黄的小书,令人感慨系之。说发黄,这本书的封面本身就是黄颜色的,只不过书名如同一条深黄的横幅。说小书,也确实是小,开本是小 32 开,和现在各种与国际接轨的异型开本相比,显得小气。更为特别的是,这还是一本铅印的书。随着电脑排版的普及,铅印已经绝迹,现在恐怕铅印一本书也没有地方去找那么些铅字了。经过多次搬家,《正当防卫论》我自己也只剩下一本,可称之为"孤本"。由于本人的原因,一直想修订而未能修订,因此本书也是"绝版"。书店自然是没有了,图书馆要找一本也不那么容易。俗语云,"物以稀为贵",因此,本书不仅仅是我的第一本书,而且也是现在难以寻觅的一本书,遂格外敝帚自珍。

《正当防卫论》是在我的硕士论文基础上修订而成的。硕士论文的题目是《论我国刑法中的正当防卫》,这是一个平实的题目,出书时我改为

---

① 陈兴良:《正当防卫论》(第二版),中国人民大学出版社 2006 年版。

《正当防卫论》,这样一个颇具学术性的题目,我至今还是十分自赏的。因为书名与论文题目毕竟有所不同。本书基本上是我硕士阶段学习与研究刑法的成果,它成为我的学术起点。在我的《一个刑法学人的心路历程》一文中,我曾经忆及硕士论文的写作过程:“当我进入到刑法的学术领域的时候,我很快经过专业训练,接受了以注释法条为主要内容的刑法解释学。在硕士毕业的时候,我选择正当防卫作为我的硕士论文选题。正当防卫是一个热点问题,尤其是正当防卫限度如何掌握,成为刑法理论与司法实践中的疑难复杂问题。王作富教授作为我硕士论文的指导老师,其立足于实践的学问之道给我留下深刻印象。记得王先生看完我的硕士论文初稿以后,明确地告诉我,把你自己设想为一个法官,面对许多正当防卫案件,你怎么处理?应该提出一些具有可操作性的规则,作为认定正当防卫的标准。在这种情况下,我就不是把正当防卫当作一个纯粹理论问题来构造,而是作为一个实际问题来掌握。这种理论联系实际的刑法研究方法,是高、王两位教授所竭力倡导的,并成为中国主导性的刑法理论风格。硕士论文原 4 万字,后扩展到 20 万字,在高先生的推荐下,以《正当防卫论》为题,1987 年由中国人民大学出版社出版。”①在此,我须提及与本书出版有着直接关系的两位恩师:王作富教授和高铭暄教授。

王作富教授是我硕士论文的指导老师,正当防卫是我自己选定的题目,主要是因为在 20 世纪 80 年代初期 1979 年《刑法》刚开始施行,正当防卫的认定与处理成为当时司法实践中的一个疑难问题。之所以疑难,除因为从 1983 年开始的“严打”致使正当防卫的认定遭遇一定的困难以外,我现在想来,不外是与在此之前我国从来没有实行过正当防卫制度有关。1979 年《刑法》是我国正式施行的第一部刑法,此前的 30 年,我国是在没有刑法的状态下度过的,当时的刑事司法活动主要是以政策以及极少数的单行刑法为根据的。在这种刑事法治极不健全的情况下,正当防卫制度根本就没有建立。1979 年《刑法》施行以后,一方面刑法规定了正当防卫,另一方面律师制度恢复,正当防卫往往成为辩护的重要理由。刑法对正当防卫的规定还是较为笼统的,司法机关如何正确地区分防卫与非防卫、正当防卫与防卫过当,就成为司法实践中的一个疑难问题。

---

① 陈兴良:《走向哲学的刑法学》,法律出版社 1999 年版,第 9 页。

当时，我对这一问题十分关注，尤其是对有关法学刊物上讨论的正当防卫案件都认真搜集，并作了关于正当防卫的综述。这一综述后来收入高铭暄教授主编的《新中国刑法学研究综述（1949—1985）》（河南人民出版社 1986 年版）一书。应该说，正当防卫硕士论文的写作还是十分顺利的，因为平时积累了不少资料，对这个问题也有所思考。初稿写出了 6 万多字，其中涉及对正当防卫制度的沿革与本质等一些纯理论的考察。论文初稿交到王作富教授那里，王老师几乎逐字逐句地对我的论文作了修改。这种修改也发生在此后的《中国刑法词典》（学林出版社 1989 年版）词条撰写中，高老师作为审稿人，对我撰写的词条也作了大幅度的修改。这种修改使我写作的自信心大受挫折，不禁对自己的写作能力产生了某种怀疑。现在想来，当时正是我的学术写作风格的形成时期。

应该说，我从小锻炼形成的书面表达能力还是较强的。但从一般性的文字表达到学术表达还是存在重大差别的。在这一转变过程中，我感受到挫折也是十分正常的。当然，高、王两位教授所特有的口语化表达方式与我所追求的书面化表达方式的冲突，也是造成我的挫折感的原因之一。高、王两位教授向来主张理论联系实际，文章也以通俗易懂见长。高老师还出版过一本纯口语式的《刑法总则要义》（天津人民出版社 1986 年版），书中每个标题都是以提问的形式出现的。王老师的代表作《中国刑法研究》（中国人民大学出版社 1988 年版）一书，几近口语化的表达增添了几分亲近感。而我对书面表达的口语化颇有不同看法，除非是录音整理稿，我一直坚持书面语言与口头语言的区别。我在大学本科阶段，是出于文学爱好而进行写作训练的，因而书面表达自然文学化；而在研究生阶段，开始从事学术写作以后，又受到黑格尔、康德等思辨哲学的影响，书面表达又趋哲学化。在这一转变过程当中，语言变得艰涩难懂，不文不白，当然会受到以口语化表达为风格的高、王两位教授的批评。其实，当时对我的表达方式提出批评的，不仅是高、王二人。我记得 1983 年年底，我给《法学研究》投稿《论教唆犯的未遂》一文（后来发表在《法学研究》1984 年第 2 期），《法学研究》期刊刑法责任编辑廖增昀老师在审读通过后给我来信要求作适当修改，就指出我的论文语言过于晦涩，让我改得通俗易懂一些。

以上涉及我的学术语言形成的一些题外话，现在忆及还是颇有意思的。对于读者来说,表达是第一点,包括口头表达与书面表达,尤其是书面表达。思想当然是重要的,但语言是思想的载体,思想不通过语言表达出来,如何称其为对社会能够发生影响的思想?高、王两位教授对我语言表达上的批评当时对我触动是很大的,如果不是高、王两位教授的批评,我会在语言晦涩的道路上走得更远。看着王老师批改后变得斑驳陆离的文稿,当时我就想,有朝一日能够一遍成稿就好了。现在,我基本上实现了一遍成稿,无论是一气呵成的短文,还是历经半年或者一年完成的数十万字的著作,几乎都是一稿而成不作修改。这当然是有一个熟能生巧的训练过程。而一开始在写作上受到的挫折和刺激,恰恰成为这种努力的一个动力。

王老师不仅对我的论文初稿逐字批改,而且向我提出了一个基本的研究立场,就是像法官那样思考。“如果你是一个法官,碰到正当防卫的疑难案件,你会怎么办?能不能归纳出一些规则,能够指导正当防卫案件的正确处理?”这是王老师当时向我提出的问题,这一提问确有当头棒喝之效,使我产生了某种顿悟。这是一种学术立场的明确,就是规范刑法学的立场,致力于解决实际问题。在论文的修改中,我基本上采纳了王老师的建议,把初稿中自以为得意的正当防卫制度的沿革与本质等内容统统删去,6 万字的初稿删成 4 万字。以至于后来杨敦先老师评阅我的论文后,有次见到我时夸我的论文写得简洁。当然,硕士论文定稿时删掉的内容在成书中经过补充又纳入了。此是后话。可以说,在硕士生阶段,我接受了严格的规范刑法的训练,硕士论文就是其成果之一。法官的立场就是司法的视角,这是刑法最初的也是通常的视角。通过这一视角我们可以获得对刑法规范的正确解读。当然,对于刑法理论研究来说,单纯的司法视角是不够的,还需要立法的视角以及法理的视角,要有对刑法的形而上的把握与体认,由此开始了我后来的刑法哲学的研究进路。当然,规范刑法的研究是始点,如果不从此始,则难以抵达刑法哲学的彼岸。对此,我是深有体会的。因此,我十分反对初学刑法一上来就进入刑法哲学领域,那是不适当的,也是不可能的。规范刑法学是达致刑法哲学境界的阶梯。因此初学刑法应当接受的是规范刑法学的训练。

在硕士论文写作过程中,我也有多次机会向高老师请教。高老师对正当防卫这一题目也是颇有兴趣的,当时也正在搜集资料准备对正当防卫进行研究。我记得是在1984年年底的一天,我外出后返回宿舍,宿舍留有一张字条,是中国人民大学出版社熊成乾编辑留的,他来访我正好不在。在字条中熊编辑说,高老师介绍我的正当防卫论文写得不错,想约我就此写成一本书。原来当时中国人民大学出版社出版了一套法学丛书,该丛书"主要反映我校法律专业的科学研究和教学水平,加强法学理论的宣传,促进法学研究的发展,为我国社会主义现代化建设服务"(参见丛书说明)。此前已经出版了4本书,都是黄皮书,10万字左右一本,书价是几毛钱。熊编辑去找高老师约稿,高老师推荐了我,遂有此次熊编辑的登门来访。当时法学研究刚刚恢复不久,学术出版方才起步,学术著作可以说寥寥无几。对于我这样在读的学生来说,发表一篇论文都不容易,更何况是一本书,简直是天上掉馅饼。高老师的推荐使我有了将4万字的硕士论文扩充为20万字专著的机会。硕士毕业以后,我又开始了博士生阶段的学习,那是1985年春季,此后的一年,我的精力都投入到《正当防卫论》一书的写作中,因此,本书主要是在1985年完成的。当时的生活条件,尤其是居住条件十分艰苦。我结婚以后居住在五道口附近名为暂安处的一间农民出租房中,度过了那段不寻常的日子。书稿完成以后,交给高老师审阅,并请高老师作序。由于出版周期上的原因,本书拖到1987年6月才出版。因为是第一本书,在盼望中等待书出版的那段时间显得格外漫长。尽管现在看来是一本极为普通、很不显眼的小书,但第一眼见到的时候,兴奋之情难以抑制。19年过去了,当时的情景还十分清晰地烙刻在我的脑海里。

现在重读旧作,感到这本书的内容是质朴的,有我的某种学术追求浸润其中,但还是难掩其青涩。在本书中,我力图建构起一个正当防卫的构成体系。从本书关于正当防卫构成示意图可以清楚地看出我对正当防卫条件的设计。本书对正当防卫的构成条件,尤其是限度条件作了当时所能达到的深入分析。我将缺乏正当防卫前提条件的假想防卫、防卫第三者和防卫不适时统称为防卫不当,以此与防卫过当相区分。对此我形象地指出:"正当防卫因超过必要限度造成不应有的危害,而转化为防卫过当,正如鸡蛋因得适当的温度而变化为鸡子。而假想防卫、防卫第三者和防卫不适时等防卫不当行为,不存在正当防卫的前提条件,因而缺乏转化为防卫过当的内在根据,正如温度不能使石头变化为鸡子一样。"这些论述,今日已经成为刑法学界的通说。尤其值得一提的是,本书中引用了大量的案例,主要是一些争议较大的案例,穿插在理论叙述过程中,成为本书的一个特点。这种案例的引用,对于说明正当防卫中的争议问题是具有重要作用的,当然也在一定程度上冲淡了本书的学术含量。尤其是本书第十章"正当防卫的具体形式"对各种具体犯罪的正当防卫加以讨论,现在看来意义不大,且有凑字数之嫌。此外,本书对于正当防卫未能从正当化事由的高度加以把握,也没有涉及正当防卫在刑法中的体系性地位问题,这些都是不足之处。也许有一天,我将对本书进行全面修订,使其学术水平有所提升。当然,这种修订对于本书来说也无疑是一种"谋杀"——使其变得面目全非。

在学术界存在一种"悔其少作"的风气,对于稚嫩的少作,往往不以为荣反以为耻。更为极端的也许是为了不悔而不写少作,总是想等到思想成熟的时候才写,对此我是不以为然的。其实,一个人的学术生命正如同人的自然生命,都有一个从青涩到成熟的成长过程,我们应当通过自己的作品将这一成长轨迹展示出来。那种"不鸣则已,一鸣惊人",一出手就是一部经典作品的例子是极为罕见的,非天才而不能。因此,我们不仅要在学术上耕耘,而且这种耕耘还应当有所收获,而著作正是这种学术耕耘的收获。《正当防卫论》作为我的第一本书,尽管存在这样或者那样的不足,毕竟是我当时的呕心沥血之作,也反映了当时我的理论水平,同时也反映了当时我国刑法学界的学术水平。每念及此,倍珍惜之。

这次将《正当防卫论》纳入"陈兴良刑法研究专著系列",我面临着一个两难选择:是对本书进行"谋杀"——全面修订,还是基本上保留其原貌,只对刑法修订以后刑法条文的序数进行适当调整。经过反复衡量,最终选择了后者,当然这也是一种偷懒的方法。为反映从 1979 年《刑法》规定的正当防卫到 1997 年《刑法》规定的正当防卫的制度变迁,我又新写了一篇论文,作为本书的代跋,也算对本书有个交代。

陈兴良
谨识于北京大学法学院科研楼 609 工作室
2006 年 6 月 13 日

3.《正当防卫论》(第三版)[①]出版说明

《正当防卫论》是我的硕士论文,1984 年 12 月通过答辩,1987 年在中国人民大学出版社出版,这也是我的第一部个人专著。2006 年本书纳入“中国当代法学家文库·陈兴良刑法研究专著系列”在中国人民大学出版社出版了第二版。转眼之间,十年过去了。2017 年本书再次纳入“陈兴良刑法学”丛书出版第三版。

这次出版,并没有对本书的内容进行大规模的修订。而是将本书第二版出版以后,我在正当防卫领域的相关论著以附录的形式收入,作为本书的补充,从中可以看到我国正当防卫理论发展的若干片段。正当防卫主要是一个实践的问题。从刑法立法上来说,已经对正当防卫作了十分完善的规定,尤其是在 1997 年《刑法》修订中,增加了无过当防卫制度,为公民行使正当防卫权利提供了充分的法律根据。然而,在我国司法实践中,对于正当防卫的认定仍然不能尽如人意。最近在媒体上争论得沸沸扬扬的于欢案,就是一个生动的案例。于欢母子在受到发放高利贷的黑社会分子暴力索债的情况下,奋起反击,造成一人死亡、三人受伤的结果,被一审法院以故意伤害罪判处无期徒刑。因为在黑社会分子暴力索债过程中存在辱母情节,媒体以此作为吸引眼球的新闻要素报道以后民情哗然。于欢案经过最高司法机关的介入,有望获得相对公正的判决,但正当防卫无罪的判决结果仍然不能期待。由此可见,正当防卫制度发挥正常的法律效果和社会效果,在我国仍然是遥遥无期。这种立法与司法的巨大罅隙不能得到填补,是一个值得深思的问题。

收录本书的附录,主要是对正当防卫案件的具体解析。正当防卫的司法适用存在两个问题:第一个问题是正当性的认定,以此区别正当防卫及其过当与一般犯罪行为;第二个问题是正当防卫必要限度的认定,以此区别正当防卫与防卫过当。在我国目前司法实践中,第一个问题尚且未

---

① 陈兴良:《正当防卫论》(第三版),中国人民大学出版社 2017 年版。

能达到圆满解决,更遑论第二个问题。因为正当防卫的必要限度,这是一个司法裁量权的问题。在何种情况下符合正当防卫的必要限度,在何种情况下超过正当防卫的必要限度,完全取决于法官的自由裁量。但在这个问题上,法官还是表现得较为保守,其结果是:能够认定为防卫过当的,认定为一般犯罪;能够认定为正当防卫的,认定为防卫过当。因此,如何在具体案件中正确区分一般犯罪与正当防卫及其防卫过当的界限,正确区分正当防卫与防卫过当的界限,这是一个值得重点关注的问题。

将正当防卫从犯罪中区分出来,这是法治文明的进步。然而,在一个法治发达、秩序井然的社会又是不会有太多的正当防卫案件的,正当防卫永远只是一种例外,这是一个悖论。但在我国,正当防卫对于保障公民权利来说,是必不可少的法律武器。

陈兴良

谨识于北京海淀锦秋知春寓所

2017年6月4日

4.《刑法哲学》[①]前言

经过了将近20年的寂静之后,随着我国第一部刑法的颁行,刑法学在各部门法学中一马当先,首先跨越了历史的断裂层,顾不得抹去长久的冬眠残存在心灵上的噩梦,以一双不太适应的眼睛迎接理性的光芒,很快在法苑中立住了脚跟,恢复了大刑法昔日的自信,并睨视着其他尚在草创之中的部门法学,俨然以老大自居。可是突然有一天,随着社会主义商品经济的发展和对外开放的客观需要,民法、经济法、国际私法等部门法学雨后春笋般地蓬勃发展起来,如同旭日东升,被人们喻为朝阳学科。相形之下,刑法学黯然失色,似乎刑法学的黄金季节已经过去,于是将刑法学喻为夕阳学科的哀叹问世了,面对着其他部门法学的竞争与挑战,刑法学意欲何为、出路何在?每一个有志于刑法学研究的人都扪心自问,并进行深刻的反思。

> 从体系到内容突破既存的刑法理论,完成从注释刑法学到理论刑法学的转变,这就是我们的结论。

并非一朝一夕苦思冥想的结果,形成了作为本书之精髓的罪刑关系的基本原理,这一基本原理最初以《罪刑关系论》为题,发表在《中国社会科学》杂志1987年第4期。[②] 该文提出了一个大胆的命题,即"罪刑关系的基本原理应该成为具有中国特色的社会主义刑法学体系的中心"。然而,囿于选题的角度与行文的篇幅,论文主要是对罪刑关系原理本身的探讨,而对于该原理之于重建刑法学体系的意义的考察则基本上只限于命题的提出。为此,我和邱兴隆又撰写了《刑法学体系的反思与重构》一文,发表在《法学研究》1988年第5期,从刑法学体系的改造与完善的角度,进一步深化了罪刑关系的研究,并勾勒出了"罪刑关系中心论"的刑法

① 陈兴良:《刑法哲学》,中国政法大学出版社1992年版。

② 作者:陈兴良、邱兴隆,该文获中国人民大学1988年科研成果优秀奖。

学体系的基本框架。当然,由于篇幅的限制,这个框架是初步的建构,并且存在进一步推敲之处。上述观点的公之于众,引起了一些有志于刑法学理论研究的青年同仁的兴趣,老一辈刑法学家也鼓励这一课题的深入研究。在这种情况下,经过长期的理论准备,将纷至沓来的思想线索付诸文字,终于形成了这部以《刑法哲学》为题的著作,以作为对理论刑法学的一种探索。本书详尽地论述并深化了罪刑关系的基本原理。细心的读者也许会发现,本书关于罪刑关系的论述在某些方面已经对《罪刑关系论》一文中的观点作了某种程度的修正并有一定的发展。因为是一种探索,作者便不揣冒昧地将一些也许是思考不够成熟的观点发表出来,以期引起讨论,并将刑法理论的研究引向深入。当将来有一天,理论的思考更为成熟的时候,回过头来看这本书,或许会为以往的幼稚而感到脸红,并为以往的大胆而感到后怕。但我永远不会后悔,因为虽然现在的步子有些踉跄,但这毕竟是向前的步子,探索的步子,也是走向成熟的步子!

陈兴良

1991 年 5 月 12 日谨识于北京

5.《刑法哲学》[1]后记

刑法哲学,对我来说是一个做了近十年的梦。当为本书打上最后一个句号的时候,这个梦也就圆了。我耸身一摇,将自己的思绪从梦中摆脱出来。

从1981年大学本科毕业,考上刑法专业硕士研究生算起,我步入刑法学界已经整整十年,本书正是对自己近十年来刑法理论研究的一次总结。本书写作的初衷是为刑法理论的研究提供一种新的思路,为从注释刑法学到理论刑法学的转变作出一份努力。至于这一初衷是否实现以及在何种程度上实现,有待检验。刑法学,虽然是我国法学中的一门显学,然而刑法学仍然是幼稚的,这种幼稚性的突出表现是没有建立起严谨科学的刑法理论的"专业槽"。文学艺术界的有识之士指出:以往文艺理论界的一个深刻的教训就在于批评的"食槽"太浅显而又宽泛,谁都可以伸进头来吃上一嘴。而如今,在一种潜在自觉意识指导下,批评家们正在通力构筑起一套庞杂恢宏而又深奥抽象的理性符号系统。这不啻是一种防范性的措施,更重要的是为了维护和深化学科的科学性、专业性和学术性。[2] 专业食槽过于浅显与宽泛的评价同样适合于刑法学,以至于整个法学。然而,文学艺术界的批评家们正在合力加速构建"专业槽",而我们法学界又有多少人已经意识到这个问题呢?诚然,刑法学是一门实用性极强的应用学科,与司法实践有直接的关联。然而,学科的实用性不应当成为理论的浅显性的遁词。作为一门严谨的学科,刑法学应当具有自己的"专业槽"。非经严格的专业训练,不能随便伸进头来吃上一嘴。这既是维护刑法学的学术性的需要,更是维护刑法学的科学性的需要。当然,我们并不反对在刑法学理论层次上的区分,由此而形成从司法实践到刑法理论和从刑法理论到司法实践的良性反馈系统。但现在的问题是:理论

---

① 陈兴良:《刑法哲学》,中国政法大学出版社1992年版。

② 参见宋耀良:《十年文学主潮》,上海文艺出版社1988年版,第19—20页。

与实践难以区分,实践是理论的,理论也是实践的,其结果只能是既没有科学的理论也没有科学的实践。我们的时代是一个反思的时代,崇尚思辨应该成为这个时代的特征。刑法学如欲无愧于这个时代的重托与厚望,必须提高自身的理论层次,引入哲学思辨,使刑法的理论思维成为对时代本质的思维,与时代变革的脉搏跳动合拍。这是我写作本书的最原始的信念之一,写在这里与刑法学界同仁共勉。

本书的写成,首先要归功于高铭暄教授和王作富教授十年来对我的精心栽培,没有这两位恩师开启思路、指点迷津,就不会有本书的问世。中国政法大学的曲新久、武汉大学的王晨、吉林大学的李贵方诸位学友,给我以信念上的支持,使我得以满怀信心地写完全书。尤其是曲新久君,以同居京城之便,经常与之切磋,使我受益匪浅。在此,我还要提到一位与本书写成具有重要关系的人,这就是邱兴隆君。我在 1985 年就开始与还在西南政法学院攻读硕士学位的他通信讨论罪刑关系问题,自他于 1986 年考入中国人民大学攻读博士学位以后,这种讨论更加深入,并合作发表了有关罪刑关系的论文。可以说,本书也包含着邱兴隆君的一份心血。中国政法大学出版社在当前学术书出版凋零的情况下,热情向我约稿,慨然将本书纳入中青年法学文库,使我解除了出书之忧,并成为写作本书的外在动力,为此十分感谢。最后,值此本书付梓之际,一并向所有关注并关心我的学术研究的各位良师益友表示诚挚的谢意。

陈兴良

谨识于北京西郊红楼陋室

1991 年 9 月 22 日中秋

6.《刑法哲学》(再版)[①]前言

《刑法哲学》一书出版至今已经四年,这是第二次重印。该书虽然是我对刑法十年所思之积聚,由于学识所限,书中难免留下雕刻的痕迹。该书出版以后,受到我国法学界的一致好评,并于1995年被评为全国高等学校首届人文社会科学研究优秀成果二等奖。

在《刑法哲学》的前言中,我曾经写道:"当将来有一天,理论的思考更为成熟的时候,回过头来看这本书,或许会为以往的幼稚而感到脸红,并为以往的大胆而感到后怕。"实际上,这本书一出版,我自己就已经十分不满意了,并力图在理论上超越《刑法哲学》。在这种情况下,我于1994年完成了《刑法的人性基础》(中国方正出版社1996年版)一书,以此作为刑法哲学第二部。我将在这条艰难的探险之路上继续前行,或许还会有刑法哲学第三部出版。但《刑法哲学》毕竟是这一探险的起点,它使我迈出了关键性的第一步,因而弥足珍贵。

钱钟书先生曾言:"大抵学问是荒江野老屋中,二三素心人商量培养之事。"如此说来,做学问难免要坐冷板凳,不甘寂寞难以成就大学问。在当前世俗社会里,学问显得不合时宜,甚至成为一种奢侈。尽管如此,潜心向学仍是我的不渝之志。在《刑法哲学》重印之际,特缀以上数语,略抒胸臆。

陈兴良
谨识于北京塔院迎春园寓所
1996年1月4日

---

① 陈兴良:《刑法哲学》(再版),中国政法大学出版社1996年版。此次再版,实际上是重印,特此说明。

7.《刑法哲学》(修订版)[①]前言

随着1997年3月《刑法》修订的完成,《刑法哲学》的修订工作也提上了议事日程。由于《刑法哲学》一书涉及一些较为具体的刑法问题,尤其是刑罚本体论一编,涉及刑罚改革问题。随着1997年《刑法》的颁布,需要加以修正并根据立法的发展在内容上加以增补并作出理论上的评价。因而,《刑法哲学》的修订是必要的,使之能够跟上立法的进展。

对本书修订时,我曾经考虑过两个方案:第一个方案是伤筋动骨,把本书拆为两本书:一是保留对刑法的哲理探讨部分,具体地说,是指第1—5章、第11—15章、第21、22、27章,删除其中的法条,改造成一本"没有法条的刑法书",使之上升为一本自然法意义上的刑法哲学著作,书名为《刑法的本体展开》,以便与此后出版的《刑法的人性基础》《刑法的价值构造》相协调。二是将其他内容经过调整充实形成另一本书,书名为《理论刑法学》,作为比刑法哲学低一个层次的刑法专业著作。这一方案设计的考虑是:《刑法哲学》一书体系过于庞杂,在内容上刑法的哲理探讨与学理探讨两个方面夹杂在一起,两败俱伤。若能拆开,则更为完美。第二个方案是小修小改,基本上维持本书原状,只是根据刑法修订的情况作出必要的修改。对于上述两个修订方案,从主观上来说我更倾向于第一个方案,而且做起来也不难,两本书的篇幅也都能保持在40万字左右,作为一本学术著作,篇幅亦已足够。但这一方案在征求意见时受到反对,主要是《刑法哲学》作为一本书已经成为一种现实,并且获得了一定的声誉,产生了一定的影响。将它改造成两本书,连《刑法哲学》的书名也消失了,似乎是对《刑法哲学》一书的生命的一种扼杀。而且,本来是一本书,莫名其妙又变成了两本书,以为你又重新创作了两本书,易使已有《刑法哲学》一书者误购,容易招致骂名。经过慎重

① 陈兴良:《刑法哲学》(修订版),中国政法大学出版社1997年版。

考虑，我尽管不太情愿，但从尊重历史出发，还是接受了第二个方案，只对本书作简单的修改，尽量维持这本书的原貌。

在《刑法哲学》一书的修订中，使我想起学术著作的命运问题。一本书就是一个生命，人求长寿，书亦如此，不希望是短命的、很快就被人们遗忘的。当然，这里命的长短都是相对的，因为永恒毕竟是相对的。但法学著作，尤其是部门法学的著作，在一定程度上依附于法律文本。不仅取决于自身的学术水平，而且还在很大程度上受制于法律文本。一部法律的修改，甚至一个司法解释的颁布，都会影响到一部法学著作的命运。因此，法学著作似乎更是命运多舛，更为短命，这无疑是法学著作的悲哀，也是它的宿命。但同是法学著作，超越法律文本的法哲学著作就更具有一种永恒的价值。众所周知，意大利著名刑法学家贝卡里亚的不朽著作《论犯罪与刑罚》，虽仅区区 6 万字，距离 1764 年出版已经 200 多年过去了，但至今仍被奉为经典，将来还将流传下去。它没有援引一个刑法条文，但却将刑法原理分析得淋漓尽致，并创立了刑事古典学派。由此可见，法哲学著作由其超越法律文本的特点所决定，较少受到法律更迭的影响，相对来说更具永恒性。但是，法哲学著作毕竟是少数，法学著作大多还是以一定的法律文本为内容，因而会随着法律文本的修改而过时。在这种情况下，法学著作也需要随之修订不断补充内容。例如，在刑法领域，《肯尼刑法原理》一书可以说是一部解释英美刑法的名著。顾名思义，这本书应该是肯尼所著，但当它被修订到第 13 版的时候，著者已经不是肯尼，而是塞西尔 · 特纳。由此，《肯尼刑法原理》一书获得了较为长久的生命力，这种生命力来自于不断地修订。在当前中国市场经济的氛围中，功利思想、短期行为甚为流行，学术研究也不能不受其影响。在这种情况下，更需要学者安下心来，专心致志地研究一些问题，使学术之薪得以传递。为此，需要追求学术的永恒性，写出一些具有较强生命力的学术著作，这是我们这一代学人的使命。

《刑法哲学》一书写于 1991 年，出版于 1992 年，至今已经五六年过去了。我对《刑法哲学》一书虽然并不满意，觉得它徒有“虚名”，还不能算是严格意义上的刑法哲学著作，但它毕竟是我的刑法哲学研究的开创之作。正是不满足于此，我于 1994 年写就了《刑法的人性基础》（中国方正出版社 1996 年版）、于 1996 年写就了《刑法的价值构造》（中国人民大学出版社 1998 年版),完成了刑法哲学三部曲。这一研究也许还会持续下去,希望还会有刑法哲学第四部问世。由此可见,学术研究是没有止境的,相形见绌的只是我们个人的学术生命。

陈兴良

谨识于北京塔院迎春园寓所

1997 年 4 月 22 日

8.《刑法哲学》(修订二版)[①]前言

值此新旧世纪交替之际,对拙著《刑法哲学》再作一次修订,使我百感交集。本书写于1991年,是我在学术研究道路上弃旧图新的一本标志性著作,在我的治学生涯中占据着重要位置。现在看来,这本书的幼稚性是显而易见的。我以为,本书以下两点是值得反思的:

其一,形式的体系性。《刑法哲学》一书具有明显的体系性特征,这反映出当时我对体系性构造的追求。体系作为一种思想的表达形式,自有它的长处,这就是逻辑性。当然也存在不足之处,这就是造作性。现在看来,《刑法哲学》一书的体系性叙述,虽然将我对刑法的一些思考纳入其中并恰当地表达出来,功不可没。但也包含着太多的人为建构的痕迹,局限性也极为彰显。

其二,内容的庞杂性。《刑法哲学》一书涉及刑法理论各个领域的内容,在主导思想上是意图将注释刑法学转变为理论刑法学。但当时我对刑法知识形态缺乏整体掌握,因此在内容上未能真正将注释刑法学与理论刑法学加以厘清,而是两者混杂在一起,难免两败俱伤。尽管《刑法哲学》一书存在上述形式与内容两个方面的缺憾,但这本书毕竟是我对当时刑法理论的一次总清理,并在一定程度上为此后的刑法哲学研究开辟了道路。因此,在我本人的学术经历中确实具有里程碑意义。如果说,《刑法哲学》一书现在还有某些值得肯定的地方,也只是在于它第一次表达了突破既存的刑法理论,建立某种刑法学体系新框架的愿望,并大胆地作了尝试。作为一种理论探索,这种冒险精神是值得嘉许的。

可以说,《刑法哲学》是我的学术研究的一个起点,此后的理论研究都是由此承继的。无论是《刑法的人性基础》还是《刑法的价值构造》都是在《刑法哲学》的基础上进一步研究的结果。可以说,没有《刑法哲学》也就没有后两本书的写作。通过对法学知识形态的考察,我将法学知识形

① 陈兴良:《刑法哲学》(修订二版),中国政法大学出版社2000年版。

态分为三个领域:一是在法之中研究法,这就是规范法学,即法理学;二是在法之上研究法,这就是价值法学,即法哲学;三是在法之外研究法,这就是事实法学,即法社会学。刑法学也可如此区分,因此,除对刑法哲学研究的进一步深入以外,我想对《刑法哲学》一书中的规范内容加以展开,形成本体刑法学,由此使《刑法哲学》一书中的理论命题进一步深入。

这次修订,只是一些技术上的处理,未做伤筋动骨的大手术。因为,《刑法哲学》一书毕竟已经成为过去,还是尊重历史为好。因此,除个别地方,对基本观点未加改动。人的研究是不断进展的,而著作,作为人的作品则是静止的,因而它只能反映作者在某一阶段的理论研究状况。对于我来说,《刑法哲学》只是治学经历中留下的一个脚印。我希望刑法研究后来者能够跨过这个脚印,进入一个更高的学术境界。当有一天,《刑法哲学》只具有学术史的价值,对于现存刑法研究没有任何现实意义的时候,它就算完成了自己的历史使命。

陈兴良

谨识于北京西郊稻香园寓所

2000 年 1 月 25 日

9.《刑法哲学》(修订三版)[①]前言

倾接出版社通知,《刑法哲学》修订二版已经售罄,拟请我修订后再版。为此我又重新翻阅拙作,方知修订二版印行已三载。在此期间,我先后出版了《本体刑法学》(商务印书馆 2001 年版)和《陈兴良刑法学教科书之规范刑法学》(中国政法大学出版社 2003 年版),由此对刑法学产生了新的感悟。回想起写作《刑法哲学》一书的时候,我国刑法理论正处于经过十年积累蓄势待发之际,初生牛犊的我无知者无畏地构造了一个罪刑关系中心论的刑法哲学理论体系。在初版前言中,我提出以下这样一个命题:“从体系到内容突破既存的刑法理论,完成从注释刑法学到理论刑法学的转变,这就是我们的结论。”这一命题的提出是出于对当时刑法学理论研究现状的不满,并成为我撰就《刑法哲学》一书的动因。现在看来,这一命题是偏颇的,实际上注释刑法学和理论刑法学是并存关系,理论刑法学不能取代注释刑法学。因此,从注释刑法学到理论刑法学的转变应当修正为从注释刑法学到理论刑法学的提升。虽然在该书的后记中我提出了刑法学中理论层次区分的观点,但《刑法哲学》一书本身还是一个注释刑法学与理论刑法学混杂在一起的知识体系。正是在这个意义上,《刑法哲学》尚不是真正意义上的刑法哲学。我这样说,并不是否定该书的学术地位,恰恰正是《刑法哲学》一书奠定了我的学术基础。从《刑法哲学》一书出发,我开始了真正意义上的刑法哲学研究,先后出版了《刑法的人性基础》(中国方正出版社 1996 年版)和《刑法的价值构造》(中国人民大学出版社 1998 年版)。这是我最具个性的研究成果,也是仍然将努力研究的一个领域。刑法哲学的研究对于提升我国的刑法学术水平是具有重要意义的,当然它不是刑法学理论之全部。因此,当对刑法哲学的研究告一段落的时候,我又回归注释刑法学。在不满足于对刑法的简单注释之心的驱使下,我提出了本体与规范这样一对范畴,从而将刑法

---

① 陈兴良:《刑法哲学》(修订三版),中国政法大学出版社 2004 年版。

学区分为本体刑法学与规范刑法学。前者是对刑法的法理阐述，后者是对刑法的规范审视。《本体刑法学》与《规范刑法学》就是这一阶段的研究成果，它具有完全不同于刑法哲学的学术价值。通过以上两个领域的学术研究，使我能够全面掌握刑法理论。《刑法哲学》一书的写作成为我的刑法理论研究的起点，至今难以忘怀。

在《刑法哲学》一书的后记中，我还提出了专业槽的概念，这一概念后来引起广泛争议是我所始料不及的。当时之所以提出这一概念，是有感于刑法理论的浅显，没有形成独立的学术品格。随着刑法专业槽的建构，我期望刑法专业知识自成一体，刑法研究者形成学术共同体。质言之，专业槽就是强调刑法的学术性，除此以外别无他意。当然，"非经严格的专业训练，不能随便伸进头来吃上一嘴"的表述容易引起误解，这也是事实。但是，专业槽绝无学术垄断之义，因为专业槽面前人人平等，只有经过刑法的专业训练才能进入专业槽从事刑法理论研究，否则拒之槽外。因此，专业槽之说并不与学术自由相矛盾，而恰恰是为了保障刑法理论研究在共同的信念与共许的前提下开展。唯有如此，才能形成学术共同体。我所从事的刑法理论研究，正是刑法专业槽建构的努力之一。因此，现在我仍然坚持专业槽的概念，并为改变刑法专业槽的浅显与宽泛，提升刑法的学术水平而继续奋斗。

此次修订，只是改正了一些错别字，调整了注释，并对个别引语和表述作了改动，而没有进行大幅度的修改，特此说明。

陈兴良

谨识于北京锦秋知春寓所

2003 年 10 月 19 日

10.《刑法哲学》(第六版)[1]出版说明

《刑法哲学》一书自从1992年出版,至今已经先后五版。这次纳入陈兴良刑法学丛书,已经是第六版。在我所有著作中,本书是再版次数最多的一部作品。

《刑法哲学》对于我来说,是承前启后的一部作品。所谓承前,是指本书具有此前的研究成果集大成的性质,是对我从1982年年初考入中国人民大学刑法专业攻读硕士学位以来十年间对刑法的学习和思考的总结。所谓启后,是指对我此后一个时期的刑法理论研究开辟了一条道路。《刑法的人性基础》和《刑法的价值构造》就是在此基础上进行研究的成果。因此,我本人对《刑法哲学》这部作品还是有感情的。当然,这毕竟是二十五年前的论著,无论是资料还是观点,现在都已经过时了,这是不能不承认的。本书之所以还有必要再次出版,更多的还是具有学术史上的意义。

《刑法哲学》的内容既包括对刑法的价值性、本源性和原则性问题的思考,又包括对刑法的制度性与规范性、立法论与司法论的思考。因此,本书的内容是较为斑驳杂乱的。尤其是当时所采取的体系性思考,明显具有人为雕琢的痕迹,这是需要检讨的。当然,物是人非,现在已经没有必要再作改动,这只不过是一种过去的征表而已。

陈兴良
谨识于北京海淀锦秋知春寓所
2017年6月5日

---

① 陈兴良:《刑法哲学》(第六版),中国人民大学出版社2017年版。

11.《共同犯罪论》[①]前言

苏俄著名刑法学家 A. H. 特拉伊宁指出:“共同犯罪的学说,是刑法理论中最复杂的学说之一。”[②]我之所以选择共同犯罪作为博士论文的题目,绝不是为了满足解决复杂问题的好胜心,而是因为共同犯罪问题不仅在司法实践中具有十分重要的意义,而且在刑法理论中占有十分重要的地位,因而对我产生了极大的诱惑力。

在司法实践中,共同犯罪是经常发生的犯罪形态之一。我曾对某基层法院 1985 年审理的刑事犯罪案件做过统计,该法院全年共审理刑事案件 120 件,案犯 160 人,其中共同犯罪案件 26 件,占案件总数的 21. 6%;共同犯罪人 60 人,占案犯总数的 26. 6%。这个数字大体上正确地反映了共同犯罪案件在全部刑事犯罪案件中所占的比例。由于共同犯罪案件具有一定的复杂性,如何正确地对共同犯罪进行定罪量刑,就成为保证刑事审判工作的质量的一个重要问题。

研究共同犯罪问题不仅具有实际意义,在刑法理论上也是一个重要课题。自从近代刑法学作为一门独立的学科诞生以来,共同犯罪一直是刑法学家热衷于研究的传统问题。正如日本刑法学家西村克彦所指出的:“共犯,几乎成了永恒的主题。”[③]在共同犯罪的研究领域,众说纷纭,学派林立,观点聚讼,历久不衰。历史上的共同犯罪理论作为文化遗产虽然能给我们以启迪,但是,共同犯罪恰恰也正是被历史上的刑法学家搞得最混乱不堪的问题之一。我国刑法学界对共同犯罪的研究,起步于 20 世纪 50 年代。1957 年法律出版社出版了李光灿同志的专著《论共犯》,虽然只有 3 万字,但在当时的历史条件下是十分难能可贵的。对共同犯罪的真正研究,还是在 1979 年现行《刑法》颁行以后,尤其是 1983 年

---

① 陈兴良:《共同犯罪论》,中国社会科学出版社 1992 年版。

② 〔苏〕A. H. 特拉伊宁:《犯罪构成的一般学说》,王作富等译,中国人民大学出版社 1958 年版,第 231 页

③ 〔日〕西村克彦:《东西方的共犯论》,王泰译,载《国外法学资料》1982 年第 1 期。

全国人大常委会《关于严惩严重危害社会治安的犯罪分子的决定》颁布以后,犯罪团伙问题曾经引起全国范围的广泛讨论,使共同犯罪的研究呈现出一派生机勃勃的景象。值得一提的是,1986 年吉林人民出版社出版了吴振兴同志的专著《论教唆犯》;1987 年中国政法大学出版社出版了李光灿、马克昌、罗平同志的专著《论共同犯罪》;同年,中国政法大学出版社还出版了林文肯、茅彭年同志的专著《共同犯罪理论与司法实践》。这些关于共同犯罪的专著加上在各法学刊物上发表的关于共同犯罪的论文极大地丰富了我国刑法学理论,并为本书的写作廓清了地基。因此,共同犯罪是一个具有理论意义的重大课题。建立具有中国特色的共同犯罪理论,成为我们这一代刑法理论工作者责无旁贷的任务。

在前人研究的基础上,本书根据我国的刑事立法与刑事司法,并借鉴外国立法例,对共同犯罪作了系统全面的研究。我愿将本书奉献给我国刑法学界,为中国刑法理论的繁荣发展尽我绵薄之力。由于本人才疏学浅,本书无论是在观点的论证还是在文字的表达上都不乏值得进一步商榷与推敲之处,敬请刑法学界的各位师长同仁不吝赐教。

陈兴良

12.《共同犯罪论》[①]后记

1988年3月25日是我最难忘的日子之一。这天,举行了我的博士论文答辩会。答辩委员会主席是武汉大学的马克昌教授,答辩委员会委员是:导师高铭暄教授、副导师王作富教授、中国政法大学曹子丹教授、中国人民大学徐立根教授。答辩在紧张、热烈的气氛中进行,历时四个小时,最后答辩委员会通过决议,一致同意授予我法学博士学位。答辩委员会对我的博士论文作出如下学术评价:

> 《共同犯罪论》一文的选题,不仅具有很高的学术价值,而且具有重大的实践意义;该论文资料丰富,内容充实,是中华人民共和国成立以来内容较为完整,具有相当深度的一部关于共同犯罪问题的论著;作者提出了许多独创、新颖的见解,将我国关于共同犯罪问题的研究推向了一个新的高度;全文论点明确、论证充分、条理清楚、文字流畅。

在激动之余,我想起了为我的博士论文的顺利通过付出了大量劳动的导师高铭暄教授、王作富教授,没有他们的悉心指导,就不会有我今天在学术上取得的这些成就。我还应当列出下述参加我的博士论文评审的刑法学专家学者的姓名:武汉大学教授马克昌、中国政法大学教授曹子丹、吉林大学教授何鹏、四川大学教授伍柳村、中南政法学院教授曾宪信、西北政法学院教授周柏森、华东政法学院教授苏惠渔、华东政法学院教授朱华荣、中国人民公安大学教授宋涛、北京大学教授周密、北京大学教授储槐植、北京大学副教授张文、中国人民大学副教授力康太、中国人民大学副教授陈德洪、中国社会科学院法学研究所副研究员陈宝树、上海社会科学院法学研究所副研究员顾肖荣等。这些专家学者对我的博士论文作了充分的肯定,并且提出了使我受益匪浅的意见。根据这些意见,我对博

① 陈兴良:《共同犯罪论》,中国社会科学出版社1992年版。

士论文的内容进行了适当的修改与补充,以现在这一面目呈现在读者面前。在博士论文的出版过程中,恩师高铭暄教授、答辩委员会主席马克昌教授分别在百忙中拨冗为之作序。在本书行将付印之际,谨向上述各位专家学者致以一个青年刑法理论工作者的诚挚谢意。

自从 1977 年 12 月考入北京大学法律系学习以来,弹指之间,已经十年过去了,除四年北京大学法律系的本科学习以外,其余六年是在中国人民大学法律系从师于高铭暄教授和王作富教授,专攻刑法学。这十年是我人生经历中值得怀念与弥足珍惜的一页,博士论文的通过正是这段美好时光的一个休止符号,它宣告了我的漫长却又短暂的十年求学生涯的结束。缅怀逝去的青春岁月,展望未来的人生道路,不禁思绪纷繁,感慨系之!往者已逝,来者可追。让博士论文作为我学术经历中的一个足印留在身后,而我将一如既往地在这条艰难而坎坷的治学道路上向前走去,义无反顾!

在博士论文出版之际,略缀以上数语,是为后记。

陈兴良
谨识于北京西郊红楼陋室
1988 年 9 月 18 日

13.《共同犯罪论》(再版)[①]前言

如果说,把书比喻为生命;那么,一本书的初版,是这个生命的诞生,而再版则是它的新生。在当前学术出版凋零的情况下,一本书能够再版,实在是这本书的幸运,也是作者的幸运。《共同犯罪论》一书自 1992 年出版,至今已经三年。承蒙读者不弃,很快销售一空,受到刑法学界及司法界的广泛好评,并于 1994 年荣获北京市第三届哲学社会科学优秀成果一等奖。值此再版之际,我又重温旧作,认为其基本内容仍代表了共同犯罪理论的研究水平,便决定对原书不作变动。为了反映本书出版以来共同犯罪刑事立法的最新动向,本人曾撰写了《晚近刑事立法中的共同犯罪现象及其评释》一文,原想在本书再版之际作为附录一并印出,但限于时间与篇幅只好留待日后补记。

陈兴良

谨识于北京塔院迎春园寓所

1995 年 7 月 4 日

---

① 陈兴良:《共同犯罪论》(再版),中国社会科学出版社 1995 年版。此次再版实际上是重印,特此说明。

14.《共同犯罪论》(第二版)[①]出版说明

《共同犯罪论》是我在博士论文基础上修订的一部著作,也是唯一的一部严格意义上的刑法专著——以某一专题而展开的学术论著。该书的主体部分写于 1987 年上半年,我清楚地记得 9 月份开学之初,我就把博士论文的初稿交给了导师高铭暄教授。博士论文答辩时约 28 万字,在出版前又作了修订,增加到 45 万字。博士论文是 1988 年 3 月答辩通过的,一直到 1992 年 6 月才由中国社会科学出版社出版,1995 年 8 月又重印过一次,现在在坊间也不见本书的踪影。《共同犯罪论》(第一版)出版以后,1994 年获北京市第三届哲学社会科学优秀成果一等奖。

共同犯罪是刑法学中一个重大课题,也是大陆法系刑法理论中最为精致,甚至是繁琐的一个论题。我对共同犯罪问题的关注并非来自兴趣,而是起因于本科阶段刑法总论的考试。我大约是在大二的下学期开始学习刑法的,任课老师是北大法学院刑法三杨之一的杨敦先老师,另二杨是杨春洗老师和杨殿升老师。我们都知道,我国第一部刑法是 1979 年 7 月 1 日通过并于 1980 年 1 月 1 日正式施行。而我是在 1979 年 9 月开始学刑法的,这时《刑法》刚颁布两个月尚未及实施。当时根本就没有刑法教科书,甚至连刑法讲义也没有。杨敦先老师当时正是盛年,除校内讲课以外,还承担着社会上普及刑法的使命。杨老师一手拿着刑法条文,一手拿着刑法宣讲提纲,给我们讲授刑法总论。当时我国刑法学随着刑法的颁布刚刚复苏,资料十分匮乏。对刑法的理解也局限在法条释义上。杨老师的讲课紧密结合司法实践,注重刑法的实践理性。我的感觉是,好像我们学完刑法就要到法院办案,十分实用。而我当时对形而上的法理正有兴趣,因而刑法学得并不扎实。果然,考试时出了问题:我对共同犯罪中的主犯、从犯、胁从犯和实行犯、教唆犯、帮助犯这两套分类法混淆,因而在进行案例分析时答错被扣分,刑法总论的考试只得了一个良好,这对我

① 陈兴良:《共同犯罪论》(第二版),中国人民大学出版社 2006 年版。

的上进心是一个不小的打击。及至硕士研究生开始专攻刑法,我下决心非把共同犯罪问题搞清楚不可。因此,我最初发表的论文基本上都是以共同犯罪为题的,例如我的第一篇论文《论我国刑法中的间接正犯》(载《法学杂志》1984 年第 1 期)和第二篇论文《论教唆犯的未遂》(载《法学研究》1984 年第 2 期)等。在博士论文选题的时候,经高老师同意,将题目定为共同犯罪。共同犯罪是刑法教科书的二级标题,现在以此作为博士论文题目是难以想象的,学子们已经开始选择刑法教科书的三级标题,甚至四级标题作为博士论文题目了。在为本书写的序中,马克昌教授曾经回顾了德、日、苏等国家刑法学界的共同犯罪学说史,以日本而论,大塚仁的《间接正犯研究》(1958 年)、西原春夫的《间接正犯理论》(1962 年)、西田典之的《共犯与身份》(1982 年),如果我没有记错的话,都是他们的博士论文。而这些都是刑法教科书的三级标题,可见日本对于共同犯罪研究的深入程度。在我写共同犯罪博士论文的时候,国外的资料还十分罕见,我只能翻故纸堆。从图书馆的阴暗角落翻检民国时期的论著、新中国成立初期的苏联论著,以及零星介绍过来的现代外国刑法论著。在这种情况下,我开始了对共同犯罪的理论跋涉,这是一种与故纸堆中的故人的学术对话,在写作的那段时间,我分明感觉到精神上的寂寞与孤独。现在看来,本书也只是达到了当时学术条件下所能达到的水准。当然,本书出版以后对于司法实务还是具有一定影响的,因而受到欢迎与好评。但以今天的眼光看来,资料的陈旧,论证的粗疏,都是难以原谅的。我想,现在让我再写一遍,我一定能比过去写得更好。可是,历史是无法更改的,今天我也没有能力再作大的修订。在这种情况下,我只是根据 1997 年《刑法》和此后的司法解释,对本书作了有限的补正。在本书(第一版)出版以后,我又对共同犯罪的某些专题作过研究,例如共犯与身份、间接正犯等。这些成果未能在第一版中得以反映,为使读者对我国关于共同犯罪的立法修订过程有所了解,我在本书末附录了两篇论文:一篇是《晚近刑事立法中的共同犯罪现象及其评释》(载《法学》1993 年第 1 期),主要是对 1979 年《刑法》施行后单行刑法中关于共同犯罪的规定进行了评述。另一篇是《历史的误读与逻辑的误导——评关于共同犯罪的修订》[载陈兴良主编:《刑事法评论》(第 2 卷),中国政法大学出版社 1998 年版],主要是对 1997 年《刑法》就共同犯罪修订的内容进行了评述。上述两文，对于完整地理解我国共同犯罪的立法演变具有一定的参考价值。

俗话曰“时过境迁”。这里的“时”是指时间关系，这里的“境”是指空间关系。每个人都生活在一定的时空之中，时过境迁意味着这种时空转换的必然性。对于我来说，物理上的时空变化是难以抗拒的，精神上则难免有时空停滞的效应。某一个时期，对于我们来说，是永远定格的，它不会时过境迁。博士论文就是这样一个永远定格的时点的载体，翻检它就会令人想起那艰难的求学年代。

陈兴良

谨识于北京大学法学院科研楼 609 工作室

2006 年 6 月 12 日

15.《共同犯罪论》(第三版)[1]出版说明

《共同犯罪论》是我的博士论文,1988 年 3 月通过答辩,经过修订以后,本书于 1992 年在中国社会科学出版社出版,1995 年重印。2006 年本书纳入"中国当代法学家文库·陈兴良刑法研究专著系列",在中国人民大学出版社出版了第二版。转眼之间,十年过去了。2017 年本书纳入"陈兴良刑法学"丛书出版第三版。

这次出版,并没有对原书进行大规模的修订,而只是对相关法条进行了调整,同时将近年来我在共同犯罪领域发表的论文以附录的形式收入本书。实际上,最应该收入本书附录的是《走向共犯的教义学——一个学术史的考察》[2]。在主编絮语中,我指出:"共犯是刑法总论中的一个重要理论问题,我国的共同犯罪理论源自苏俄刑法学,并且具有我国的特点。随着德日刑法学关于共犯的理论引入我国,我国经历了一个从共同犯罪论到共犯理论的演变过程,理论研究也越来越深入,这是值得肯定的。本文在对学术史的资料进行梳理的基础上,对有关共犯的理论问题也发表了个人的见解。"因此,本书只能归入前共犯理论,也可以说是对共同犯罪理论的集大成,只是在观点上和资料上都已经陈旧。在《走向共犯的教义学——一个学术史的考察》一文中,我对《共同犯罪论》出版以后,我国共犯理论的演进过程作了较为详尽的梳理,对于了解本书出版以后的二十五年间我国在共犯理论研究领域取得的成果具有参考价值。因为该文已经作为《刑法的知识转型(学术史)》的一章编入,为避免重复,所以未将该文纳入本书的附录。

如前所述,《共同犯罪论》反映的是 20 世纪 80 年代关于共同犯罪的学术研究成果,现在已经完全落伍了。但因为时间和精力有限,不可

① 陈兴良:《共同犯罪论》(第三版),中国人民大学出版社 2017 年版。

② 载陈兴良主编:《刑事法评论》(第 25 卷),北京大学出版社 2009 年版。

能进行大规模的修订。那样的话,无异于重写。因此,这次第三版只能以这样一种抱残守缺的面目呈现给读者。这是令人遗憾的,也是本书的宿命。

陈兴良
谨识于北京海淀锦秋知春寓所
2017年6月4日

16.《遗传与犯罪》[①]跋

视角转换

世界上大凡天才人物,可分为两种类型:一是先驱者,这种天才富于开创性,具有创新精神,其对人类的贡献往往在于认识视角的转换。二是集大成者,这种天才富于总结性,具有构造体系的非凡能力,其对人类的贡献往往在于认识视觉的凝聚。

显然,龙勃罗梭属于第一类天才。

无疑,龙勃罗梭并非这一类天才中的绝无仅有者。哥白尼、康德都属于这一类天才。在哥白尼以前,受人类中心说的支配,地心说占统治地位。哥白尼通过对天文的长期观察与研究,提出了日心说,由此转换了人类的认识视角,使人对自身在宇宙中所处的地位有了更加接近客观的认识,近代自然科学的诞生以哥白尼的《天体运行论》为标志。在康德以前,哲学家们津津乐道于对世界本体的追根寻底式的探索,人的主体性本身未能被纳入认识的视野。康德打破了在哲学领域本体论一统天下的局面,对人的认识能力本身进行批判,完成了从本体论向认识论的转变,近代哲学的诞生以康德的《纯粹理性批判》为标志。而龙勃罗梭,则将人类对犯罪的认识视角从行为转换到行为人,完成了从犯罪到罪犯的转变,近代犯罪学的诞生应以龙勃罗梭的《犯罪人论》为标志。

龙勃罗梭是一个开拓者,我们不能过于责备他的观点的粗糙与理论所包含的臆想的成分。每个人只能说他所处的那个时代所能说的话,这是任何一个人所不可避免的历史局限性,龙勃罗梭也概莫能外。

我们今天的犯罪学研究,仍然得益于龙勃罗梭的视角转换。从这个意义说,龙勃罗梭在犯罪学历史上的功绩是不可磨灭的。

陈兴良

---

① 陈兴良:《遗传与犯罪》,群众出版社 1992 年版。

17.《遗传与犯罪》[①]后记

这本小书终于完成了,我不禁松了一口气。但在松气之余,又不免有些紧张:本书对于龙勃罗梭的介绍与评价是否得当?这个问题只能由读者来回答。应该指出,我对龙勃罗梭并无专门的研究。为写本书,在撰写博士论文的间隙,对所能搜集到的有关龙勃罗梭的材料进行了一些斟酌,在自己的心中树起了龙勃罗梭的形象,这就是我在本书中所描绘的龙勃罗梭——一个基因的奴隶。在此以前,龙勃罗梭似乎是一个恶魔,你若是接近了他则你的身上也免不了沾染了几分魔气,因此人们往往避之不及。然而,这对于龙勃罗梭来说是不公正的。本书无意为龙勃罗梭做翻案文章,只是客观地将龙勃罗梭放到他所处的历史环境中去,力图再现其"庐山真面目"。因此,本书中的龙勃罗梭少了几分魔气,多了几分人味。当然,由于本人才疏学浅,对龙勃罗梭的毁誉未必得当。本书只是引玉之砖,但愿有专家从历史唯物主义原理出发,对龙勃罗梭作出更恰如其分的评价。最后应当指出,本书中引用了大量文献资料,出于技术上的原因,未能一一注明出处,在此表示歉意。特加说明,以示不敢掠美之意。

陈兴良
谨识于中国人民大学
1989年10月31日

① 陈兴良:《遗传与犯罪》,群众出版社1992年版。

18.《法条竞合论》[①]前言

法条竞合是一个纯正的刑法理论问题。10年前,在我国刑法学界,法条竞合尚是一个颇为陌生的术语。随着刑法理论的发展,尤其是由司法实践的客观情况而引发的法条竞合中重法能否优于轻法之争的展开,现在法条竞合这一法律现象已经得到我国刑法学界的一致肯定,并在我国刑法学理论中争得一席之地。

尽管如此,法条竞合的理论意义远未被人们所认识。一般来说,我国刑法学界都把法条竞合当作罪数问题加以讨论。实际上,我认为法条竞合与罪数问题并无直接的关系。法条竞合,主要是一个此罪与彼罪的区分问题,法条竞合理论的意义也正在于此。我国刑法分则中规定的将近两百个罪名,有些是毫无任何共同之处的,例如杀人罪与盗窃罪就是如此。在这种情况下,不存在此罪与彼罪的界限需要划分的问题。但在其他许多情况下,由于法条对犯罪构成要件的错综规定,两个罪名概念之间存在法条竞合关系。在这种情况下,此罪与彼罪的界限十分容易混淆,因而需要划分。例如,毁坏公私财物罪与破坏集体生产罪就是如此。但在以往我国刑法理论中,此罪与彼罪的区分沿用的是两个犯罪构成要件的简单对比法。例如,有些论著虽然在论述区分罪与罪的界限的方法时,谈到犯罪的外在联系性,其中包括:其一,包含性,即一种犯罪行为包含另一种犯罪行为,亦即一种犯罪行为与另一种犯罪行为相重合,具有另一种犯罪行为的全部构成要件。其二,交叉性,即一种犯罪的部分构成要件与另一种犯罪的部分构成要件相重合,亦即一种犯罪的部分构成要件是另一种犯罪的部分构成要件,二者之间呈现交叉的形态。[②] 但由于没有从法条竞合理论的高度认识犯罪之间的这种联系性,从而自觉地运用法条竞

---

① 陈兴良、龚培华、李奇路:《法条竞合论》,复旦大学出版社1993年版。

② 参见欧阳涛、魏克家编著:《易混淆之罪的界限》,中国政法大学出版社1989年版,第17—18页。

合的规则去区分此罪与彼罪的界限,因而在论述具体犯罪的区分时,只是简单地列举两种犯罪的共同之处与不同之处。例如论及破坏集体生产罪与故意毁坏财物罪的界限时指出:从这两个罪的概念及其特征来看,它们之间有相同之处:一是这两个罪侵害的对象都是财物;二是在客观方面都有毁坏公私财物的行为。破坏集体生产罪与故意毁坏财物罪,除上述相同的地方以外,还有不同的地方。这些不同的地方,就是我们正确区分这两种犯罪的界限的重要依据。(1)侵害的客体不同。破坏集体生产罪侵害的客体,是破坏国家工农业集体生产的正常秩序。而故意毁坏财物罪侵害的客体,则是公私财物的所有权。这是区分这两种犯罪的本质特征。(2)侵害的对象不同。破坏集体生产罪侵害的对象,是工农业生产中正在使用的机器设备、耕畜、其他生产工具及生长在土地上的农作物。这就不仅使这种公共财物的价值和使用价值遭到损失,而且更重要的是影响了集体生产的正常开展,使集体生产遭受损失。而故意毁坏财物罪侵害的对象,是毁坏非生产性的设备和一般的公私财物,如房屋、家具等,使部分财物丧失价值或使用价值。(3)犯罪的目的不同。破坏集体生产罪的目的,不仅是破坏财物,其直接目的,是通过破坏机器设备、耕畜等来破坏集体生产。而故意毁坏财物罪的直接目的,就是毁坏公私财物本身,使其部分或全部丧失效用,而不是为了破坏生产。(4)刑法规定犯罪构成的要求不同。破坏集体生产罪不要求损坏某项财物的经济价值的大小,主要是看破坏行为对生产造成的危害,哪怕是破坏生产设备上的一个零件或一个螺丝钉,只要足以使机器无法转动,造成生产停顿,即可以构成破坏集体生产罪。而故意毁坏财物罪,必须是情节严重的,才能构成犯罪,情节不严重的,则不构成犯罪。这里所说的"情节严重",一般是指毁坏公私财物的数额较大;毁坏贵重物品,造成重大经济损失;手段恶劣;毁坏公私财物嫁祸于人等。[①] 应该说,上述关于破坏集体生产罪与故意毁坏财物罪的相同之处与不同之处的列举都是无可挑剔的,但它只是对比两种犯罪的构成要件而得出的简单结论,对于在司法实践中正确地区分这两种犯罪很难说是有所裨益的。这是因为,这种结论没有说明破坏集体生产罪与故意毁坏财物罪之所以存在相同之处的原因,例如,两种犯罪在客观上

---

① 参见欧阳涛、魏克家编著:《易混淆之罪的界限》,中国政法大学出版社 1989 年版,第 137—139 页。

都表现为对财物价值的毁灭，但为什么又要区分为两种犯罪？而且，这种结论也没有说明在客观行为相同的情况下，根据什么原则来适用法条而正确地将两罪加以区分。由此可见，在此罪与彼罪的区分上，对两罪的构成要件作简单对比的方法是肤浅的、无济于事的。

值得注意的是，我国刑法学界有人将比较方法引入对此罪与彼罪的区分，指出：由于社会情况的纷繁复杂，在现实生活中，有相当一部分犯罪行为往往同时具备两种或两种以上犯罪的特征，这就使得我们在确定罪名的时候，不能简单地和刑法条文对号入座，而必须进行比较。所谓比较，也就是鉴别，就是权衡和选择。它既是一种思维形式，又是进行科学研究的方法之一。事实上，不论多么复杂疑难的案件，只要我们善于运用比较的方法，对案情进行深入的分析，掌握行为的主要特征，就一定能在数个模棱两可的罪名中找出一个最合适的罪名，从而保证定罪准确。[①] 作者列举了可能引起罪名混淆的几种情况：第一，法条竞合，即所谓一般犯罪和特殊犯罪。第二，由犯罪主体所造成的定性上的差异。第三，因牵连犯、结合犯、复杂客体和想象竞合犯等引起的定性纠葛。在以上三种情况中，一般犯罪和特殊犯罪显然属于法条竞合，主要是普通法与特殊法的竞合。由犯罪主体所造成的定性上的差异，实际上也是法条竞合。第三种情况中因复杂客体引起的定性纠葛，还是法条竞合。应该说，从定罪比较的角度，对此罪与彼罪的区分问题进行深入具体的探讨，无疑较之构成要件的简单对比，列举相同之处与不同之处是有所进步的。但由于没有从法条竞合的高度对此加以审视，因而仍然使定罪比较的理论失之肤浅，缺乏应有的理论概括与逻辑关联，未能形成此罪与彼罪区分的一般理论。

应当指出，法条竞合在区分此罪与彼罪中的意义，在我国刑法学界已经有人开始注意与重视。例如，我国著名刑法学家王作富教授指出：刑法分则条文，为各种犯罪规定了一系列构成要件，以此作为区分罪与非罪，以及此罪与彼罪界限的标准。但是，有一部分条文之间存在部分重合或交叉的关系。为了正确定罪，分清此罪与彼罪的界限，就需要注意研究这些条文之间的关系。分则条文之间的重合，有的表现为部分与整体或者逻辑上的从属关系。分则条文之间的关系，还可以表现在，有的犯罪的

---

① 参见陈忠槐编著：《刑事犯罪定罪比较》，同济大学出版社 1989 年版，第 1 页。

客观要件同其他犯罪的客观要件有着牵连关系。例如,《刑法》第 150 条规定,抢劫财物可以使用暴力方法。而单就“暴力”一词的解释,可以包括拳打脚踢,以及行凶伤人、杀人。后者就牵连到故意杀人罪和故意伤害罪了。[①] 王作富教授曾经把条文之间的重合或者交叉关系称为法条竞合,而把犯罪客观要件的牵连关系称为法条牵连,认为法条牵连关系既不是指法条竞合,也不是通常所说的结合犯、牵连犯。[②] 我认为,上述两种情况都可以包括在法条竞合这一范畴之内,所谓法条牵连实际上是包容竞合。尽管在对法条牵连的理解上不尽一致,但王作富教授从刑法分则条文之间的相互关系出发界定法条竞合,并以此作为区分此罪与彼罪的理论突破口的思想,是十分新颖并颇有见地的。

本书正是循着这一思路,立足于此罪与彼罪的区分,挖掘法条竞合的理论能量。我认为,应当而且可能将法条竞合改造成一种此罪与彼罪区分的理论,尽管法条竞合不能包括此罪与彼罪区分的所有问题。

如果说,法条竞合主要关系到此罪与彼罪的区分,那么,我们还要进一步地说,法条竞合的理论意义不仅限于此,它还涉及刑之选择与适用问题。恰恰是这一点,引发了我国刑法学界对法条竞合的兴趣与重视。这里主要应当谈到的就是重法能否优于轻法的问题,这个问题曾经一度成为刑法学界讨论与争议的热点问题之一。应该说,法条竞合的刑之选择问题从属于罪之认定问题。离开了对犯罪的科学认定,随意选择重刑显然是有悖于罪刑法定原则的。

总而言之,本书的写作意图是从区分此罪与彼罪的意义上确立法条竞合理论,力图建立一种此罪与彼罪区分的一般理论。本书对法条竞合的概念、根据、种类及其适用原则、立法完善与司法完善,进行了较为深入的探讨,由此形成法条竞合的理论体系,也是本书的逻辑体系。在本书行将完稿之际,立法机关又颁布了若干单行刑法,其中涉及法条竞合问题。为此,特撰《晚近刑事立法中的法条竞合现象及其评释》一文,作为本书的附录,以弥补正文之不足。从更大的范围来说,法条竞合理论是我们试图建立刑法各论的一般理论的一个组成部分,作为这一理论框架的《刑法各论的一般理论》一书已由内蒙古大学出版社出版,本书是《刑法各论的

---

① 参见王作富:《中国刑法研究》,中国人民大学出版社 1988 年版,第 370—371 页。

② 参见王作富、赵长青:《罪刑各论》,西南政法学院刑法教研室 1985 年版,第 12 页。

一般理论》一书的继续。但愿这一理论的建立能够改变目前我国刑法各论理论就罪论罪的零碎散乱的理论现状,使刑法各论理论更加具有逻辑穿透力,从而为刑法分则条文的具体适用提供理论指导。

作为本书的主要作者,在本书行将付印之际,还需要指出,本书的写成在很大程度上获益于王作富教授理论上的启迪与指导。同时,作为本书作者的龚培华、李奇路两位同志,在硕士论文写作与答辩的繁忙之际,与我经过长时间的讨论与酝酿,很好地完成了各自承担的写作任务。尤其是龚培华同志,由于本书的写作引起其对法条竞合的浓厚兴趣,并以《论法条竞合及其适用原则》为题,在王作富教授的悉心指导下,完成并通过了硕士论文的答辩,其论文中的部分内容在《中国法学》《法学》等杂志上发表,也为本书增添了理论光彩。本书的责任编辑张永彬同志,对法条竞合问题颇有研究并发表过有关论文,以敏锐的理论嗅觉对我们这一选题予以了充分的肯定并慨然纳入复旦大学出版社推出的刑法学研究丛书,在此表示衷心感谢。最后,还要特别感谢著名刑法学家高铭暄教授在百忙中为本书作序。

陈兴良

1992 年 9 月识于北京

19.《刑法的人性基础》[①]序

刑法的人性基础这个课题,对于畏惧者来说,是一堵令人望而却步的墙;而对于勇敢者来说,却是一扇充满诱惑力的门。它对于我来说,既是一堵墙,又是一扇门。当我怯弱的时候,它是一堵墙;当我的自信战胜了怯弱的时候,它又成了一扇门。我轻轻打开这扇门,仍在门里徘徊,只不过是仅仅迈进门槛而已。既然入门,总不能空手而归,本书可以说是我在门里采撷的一枝一叶,作为这次精神探险的收获,即或是一种留念。

本书是《刑法哲学》一书所开始的刑法理论探索的继续,《刑法哲学》一书的终点正好可以作为本书的起点。因此,本书是刑法哲学第二部。本书以《刑法的人性基础》作为书名,这是一个容易引起误解的书名。因为人性这个概念曾经蒙上过一层历史的灰垢,以至于现在也还没有完全擦拭干净。而且,由于东西方之间文化上的差异,对于一个中国人来说,人性首先令人想起的是性善与性恶这样一种伦理上的评价。应当指出,我在本书中所说的人性主要不是指伦理学意义上的人性,而是指哲学意义上的人性,即以意志自由为中心的理性与经验的问题。人性是哲学的基础,也是一切人文科学,包括法学的理论根基。令人欣慰的是,人性问题不再沉寂,我国法学界不少有识之士已经开始关注人性问题,并将其作为理论探讨的出发点。可以预想,随着法学理论的进一步深入发展,思维的触须必然伸向具有终极意义的人性问题。在本书中,我把人性——理性与经验以及人的意志自由问题,作为一个理论的视角,审视刑事古典学派和刑事实证学派建构起来的刑法理论的基本框架。因为是从人性这样一个终极性的问题出发,因而这种审视是究根刨底式的,触及了刑法的本原性问题。我的意图是在正确界定人性的基础上,为我在《刑法哲学》一书中重新构筑的刑法理论的基本框架提供坚实的学术根底,至少为这种理论的重构廓清地基。

---

① 陈兴良:《刑法的人性基础》,中国方正出版社 1996 年版。

本书贯穿了理性与经验、意志自由、整体主义与个体主义、事实与价值这样一些从人性中引申出来的基本理论线索,并以此展开本书的逻辑体系。在《刑法哲学》一书中,我曾经指出:构造刑法哲学这样的体系是一个研究范畴和揭示它们相互联系的引人入胜并且卓有成效的方法,但要防止因满足于体系的形式上的对称性与完美性,而忽略了内容上的客观性与科学性。也许形式上的对称性与完美性和内容上的客观性与科学性之间存在着某种天然的对立,正如同李贵方博士在《走向哲学的刑法学——评陈兴良新著〈刑法哲学〉》(载《中国法学》1993 年第 4 期)一文中,对《刑法哲学》一书作出评价时所尖锐指出的那样,《刑法哲学》一书庞大的体系化结构使某些内容显得烦琐,间或有为追求体系完整而牺牲内容科学性的倾向。我不得不承认,本书也许重犯了这一毛病。对体系的形式美的孜孜追求与津津讲究,是我遏制不住地发自内心的一种精神冲动,以至于冥顽到宁可牺牲内容也要保全体系的地步。对于我来说,一本书,当然是我全身心投入、灌注了心血的书,往往是先有形式——一个对称而和谐的完美体系,后有内容——一些未经推敲而自然涌现的思想。在我看来,思想观点迟早都是会被超越而过时的,但一本书的体系的形式美却是永恒的!

美国学者亨德森指出:“正如天文学里对已知天体运动中的摄动的研究导致了新天体的发现一样,在社会科学领域里对邪恶的研究,也使得我们更接近于了解善的东西,并有助于我们在向善的道路上前进。”刑法学是以犯罪为研究对象的,犯罪是一种恶。因此,刑法学可以说是一门研究恶的学问。正因为刑法学研究恶,才要求我们的研究者有一种善的冲动。在刑法学研究中,通过观察与剖析恶,使我们更加向往与信仰善。这是我写作《刑法的人性基础》一书的意外收获,写在这里与读者共勉。

是为序。

陈兴良

谨识于北京塔院迎春园寓所

1994 年 10 月

20.《刑法的人性基础》[1]后记

一本书就是一个生命,每一本书都有其独立的命运。当我为这本书打上最后一个句号的时候,这本书就完成了,一个精神的生命诞生了。在这种如释重负的轻松氛围中,我想对这本书的写作情况作一说明,也算是对本书的最后交代吧!

1991年当我完成《刑法哲学》一书的时候,我有一种从梦境中走出来的感觉,对于刑法我想说的一切都已经说完,因而头脑中是一片空白。虽然在《刑法哲学》一书的结束语中,我留下了一个伏笔:"对于我本人来说,自然法意义上的刑法哲学是一种永恒的诱惑,也是将来需要深入研究的一个重大课题。"但是,这个重大课题到底是什么,可以说当时我一无所知。在此后的一段时间里,我开始随意地浏览各种书籍,重新进行思想上的补充与积累,并捕捉下一个学术目标。一天,在书店偶然翻到一本书:美国社会学家W. D. 珀杜所著,书名为《西方社会学——人物 · 学派 · 思想》(河北人民出版社1992年版)。该书以假设与范式的独特视角分析西方社会学的各种人物、学派和思想,其中人性的假设引起我的极大兴趣,该书指出:我们所说的人的本性是指社会学能以探明的关于人们基本品质的概念。人的本性是来自现实的又一种抽象,它所涉及的那些品质都将随着外部一切影响的消失而消失。在社会学和其他学科中,上述的这些假设都集中在诸如决定论和唯意志论、自我利益和社会人、理智和感情、享乐主义和人道主义这些有争论的问题上面。该书在分析每个社会学家时,都从他对人性的假设开始,由此展开其社会学思想。这一人性的分析方法顿时触发了我的灵感:这种方法不是同样可以引入刑法理论吗?接着,我又看到英国哲学家休谟在《人性论》中的一段话:"一切科学对于人性总是或多或少地有些关系,任何学科不论似乎与人性离得多远,它们总是会通过这样或那样的途径回到人性。"毫无疑问,刑法作为一门学科

[1] 陈兴良:《刑法的人性基础》,中国方正出版社1996年版。

应当和人性有关,只有从人性的意义上审视刑法,才能深刻地揭示刑法的内在价值。那么,刑法的人性分析应当从什么地方切入呢?日本刑法学家大塚仁的一段话给我以启发:“(刑事)古典学派与(刑事)近代(实证)学派的对立源于其各自对作为犯罪主体的犯人的人性认识的不同。犯罪是人实施的,刑罚是科于人的。因此,作为刑法的对象,常常必须考虑到人性问题。可以说对人性的理解决定了刑法学的性质。”由此,我想好了一个题目:刑法的人性基础。开始,这只是一篇论文的题目,我准备以此为题写一篇论文。这篇论文是1993年6月份动笔的,写了一半,感到写不下去就先丢开了,这一丢就是好几个月。后来又重新捡起来硬着头皮写下去,终于在12月份完成约1万字的论文。随后寄给《法学研究》,发表在该刊1994年第4期。本来,关于刑法人性问题的研究,在写完这篇论文以后可以结束了。及至1994年5月份,某出版社拟出版一套刑法丛书,主事者让我报一个题目,对刑法人性问题意犹未尽之心使我报了“刑法的人性基础”这一题目并得以认可,拟写一本书。为写这本书,我又开始读书与思考,在1994年6月份开始着手写作。写作过程是一个精神上的历险过程,虽然有过白日的苦思,黑夜的冥想,但总的来说是出乎意料的顺畅,仅用4个多月就完成了本书的写作。本来拟定的篇幅是约30万字,等我写完全书整理书稿时,篇幅已达48万余字。从一篇约1万字的论文发展为48万余字的论著,其间不仅仅是篇幅的增加,更重要的是思想的凝聚、理论的升华和观点的拓展。

我的写作方式颇为独特,先定好书名,然后拟定全书的体系,这是一个关键。书的体系不仅是写作上的叙述体系,而且是理论上的逻辑体系。本书定为10章,在动手写之前,每章只有一个章名,写哪些内容心里也无数。确定要写哪一章,再将该章分为几节,一节中又分为几个问题,一个问题写多少字,如此层层下达任务,边写边想边看书。一旦开始写作,精神上处于亢奋状态,一鼓作气直到写完为止。因此,我的写作不是深思熟虑式的,而是带有很大的随机性和灵感性,往往一章内容写完,才知道这一章事先拟定的思想如何表达以及表达到什么程度。正因为这种灵感的稍纵即逝性,我只能逼迫自己以尽可能快的速度将纷至沓来的思绪以文字形式记录下来,一遍成稿,一气呵成。否则,灵感逝去以后,也许就再也写不出来了。因此,写作时间虽短,但我的身心是十分投入的,可以说是殚精竭虑。写作的过程没有挥洒的自如,也没有得心应手的自命。

在《刑法哲学》一书的后记中,我提出了建构刑法学的专业食槽的观点,认为专业食槽过于浅显与宽泛的评价同样适合于刑法学,乃至整个法学。作为一门严谨的学科,刑法学应当具有自己的专业槽,非经严格的专业训练,不能谁都可以随便伸进头来吃上一嘴。这既是维护刑法学的学术性的需要,更是维护刑法学的科学性的需要。这一观点,受到来自两个方面的批评:一是认为专业槽可能会影响刑法理论的普及,导致对刑法学的应用性的否定。二是认为专业槽可能会妨碍刑法理论的提高,尤其是导致对刑法学的人文性的否定。应该说,当初我提出专业槽的观点,主要是对我国刑法理论研究浅显现状的有感而发,并非否定刑法学的应用性。至今我仍然坚持认为:今日刑法理论的不景气并非它与现实的距离太远,而恰恰是它的过分世俗化或过分被世俗化。如何停止刑法理论自身专业特质的流失,才是问题的症结所在。因此,建构刑法学的专业槽是刑法作为一门学科得以自立的基础,表现出刑法对规范内容这一刑法载体的理性审视。我的《刑法哲学》一书,可以说是在建构刑法专业槽方面的一种努力。但是,我从来不认为刑法理论可以停留在专业槽水平上。在我看来,刑法学作为一门学科,还应当有其人文蕴含,表现出刑法对人性与价值这些关乎个人与社会的本原问题的终极关怀。因此,加重刑法理论的人文蕴含是刑法学得以发展的根基。应该说,我的理论兴趣更在于此。《刑法哲学》一书虽然以哲学命名,但实际上并无多少哲学的内容,实在是愧用这一书名。正是意识到了这一点,在《刑法哲学》一书的结束语中,我将之归于实定法意义上的刑法哲学的范畴。《刑法哲学》一书出版以后,我发誓要写出一本自然法意义上的刑法哲学,尽管已经不能再以刑法哲学命名。关于什么是自然法意义上的刑法哲学,我心里无数,但我早就定了一个可以检验的标准:自然法意义上的刑法哲学应该是一本没有一个刑法条文的刑法著作。尽管《刑法的人性基础》一书到底是否属于自然法意义上的刑法哲学尚有待历史的检验,但至少没有一个刑法条文这一最低标准是达到了,这是值得欣慰的。这样说,并非表示我对刑法条文的反感。恰恰相反,我始终认为法条是十分重要的,尤其对于刑法学这样一门规范学科,法条是刑法研究的出发点,也是它的最终归宿。我在《刑法各论的一般理论》(内蒙古大学出版社 1992 年版)一书的前言中还表达过建立(刑)法条学的观点,并对此进行了不懈的努力,《法条竞合论》(复旦大学出版社 1993 年版)一书正是这种努力的结果。也许有一天,我会写一本只有法条的刑法著作,这也是我蓄谋已久的一个目标。

本书的写作不仅仅是对我哲学兴趣的一种满足,还具有更重要的个人经历上的契机。我的哲学兴趣来自 20 岁那年的一个偶然机会。此前,我于 1974 年 9 月高中毕业后下乡成为一名知青,那时我刚满 17 岁。农村枯燥与孤寂的青春时日只能用文学来填充与打发,那时我是一个文学爱好者。结束两年知青生活后,我于 1976 年 12 月上调到公安局工作,这一年我不满 20 岁。1977 年 8 月一次出差,同行者中有一个知青出身的铁路装卸工,年龄与我相仿,是我的老乡。当晚,他捧着一本大书看得津津有味,我凑过去发现这是一本《反杜林论》的辅导资料。经过交谈得知,此人对哲学极有兴趣,虽是一名装卸工但苦读马列,具有远大的政治抱负和崇高的人生追求,并且还有武术、文学等多方面的爱好,打得一手绝对地道的通臂拳,自称文武双全。一夕长谈,顿然使我对哲学产生了兴趣以及对他油然佩服。出差回来,正当我开始攻读马列哲学原著的时候,1977 年 12 月,高考制度恢复,我当即参加了高考。在报名填写高考志愿的时候,我毫不犹豫地把北大哲学系列为第一志愿,复旦新闻系是第二志愿,北大法律系只是第三志愿。发榜的结果,我被北大法律系录取,也许是由于我在公安局工作的缘故,所以未能圆我的哲学梦。进入北大以后,我如鱼得水般地读了大量西方哲学书籍,诸如黑格尔的著作之类的,如痴如醉,似懂非懂;于我而言,当初的黑格尔绝非现在的黑格尔。自那次偶然相遇,我再也没有与那个铁路装卸工见过面,只是偶有通信。1982 年年初,我考入中国人民大学攻读硕士学位,收到一封他的来信,得知他已从铁路工作岗位上调回家乡,在体委担任武术教练,同时在自学法律,参加华东政法学院法律专业的函授学习,并说想请教有关法律问题。我很快回了一封信,相约暑期在家乡见面。可是,这个暑期他没有来找我,此后再也没有他的消息。到了 1984 年,我取得硕士学位后在中国人民大学法律系继续攻读博士学位。一天在办公室翻阅《中国法制报》,一篇整版的侦破通讯吸引了我,及至我看到主犯名字时,大惊失色,不正是我所偶然认识的那个铁路装卸工吗?没错,他正是作为教练参加省武术比赛时被逮捕的。看完报纸得知,此人蓄谋盗窃家乡一处太平天国王府的珍贵文物。为此,他借阅了大量太平天国史的著作,尤其是地方志中记载太平天国在当地活动的材料,对这段太平天国史的研究达到专家的程度。同时他还钻研文物学,熟悉各种文物的价值。在 1980 年的一天,他将该王府的文物洗劫一空,成为震惊全省的一大要案。这个案件一直未破,到 1984 年因同伙交代才破获此案,他被追捕归案。仔细一算时间,1982 年他给我写信时距作案已经一年多,毫无疑问,自学法律是为逃避法律制裁。此后,他被判刑入狱;刑满出狱以后投身商海,已成大款。这个故事是真实发生的,绝非出于我的编造。在我身边,十分优秀,甚至是才华横溢的人才沦为罪犯的,不仅仅是这一个。它使我对人性问题作了进一步的思考:公民与罪犯难道仅仅一步之遥吗?人具有理性,理性使人高尚,同样使人堕落,而且是一种更可怕的堕落。因而,人的理性是有限度的,也并不能将理性与美好画上等号。人具有经验性,食色财气对人具有极大的吸引力,如果没有自制力,人将难以抵御它的诱惑。所以,对人性的现实思考,上升为理论,形成本书的基本思想。我总是感到,以往我们对犯罪的解释是十分浅薄的,很难说明现实生活中发生的犯罪现象。因此,从人性角度挖掘刑法的人性基础,是十分必要的。这不仅是一个理论问题,同时也是一个现实问题。

正是从哲学上思考刑法人性问题这一理论上的考虑,本书涉及大量的哲学内容。大致匡算,48 万余字中,刑法、法理、哲学的内容三分天下,各占 1/3 篇幅。因此,在写作过程中,我无法控制地使笔触伸向哲学,在专业上严重“僭越”。以至于写完以后,我不禁自问:这还是一本刑法著作吗?尤其是我所僭越的对象——哲学,我充其量不过是业余水平,生怕贻笑大方。唯一鼓励我的是理论的探索精神:既然是历险,难免有失足之处。如果害怕这种失足就不会有在险峰的无限风光,由此聊以自慰。我读书虽然涉及范围很广,但始终认定一个原则:我是作为一名刑法学者去阅读那些非刑法书籍的,一切应当围绕刑法这一立足点,使我不至于在知识的海洋中遭受灭顶之灾。但这一次稍稍有点例外,就是对于哲学上的意志自由问题,我不仅要作为刑法学者进行思考,而且要直接进行哲学的专业思考。由于这些内容的重要性,使我无法舍弃,只好进行一次冒险作业。唯一值得安慰的是,虽然在这本刑法著作中夹杂着大量的哲学、法理学、社会学、心理学、伦理学、生物学等内容,但这一切都是刑法思考中思想的溢出,与刑法内容之间存在着有机的联系,在全书体系中得以妥当的安排,至少不会给人以杂乱感。

英国法学家彼得·斯坦、约翰·香德在《西方社会的法律价值》一书的前言中,引用了这么一句名言:“没有哲理”的人与“有哲理”的人之间唯一的区别就是后者明白自己的哲理为何物。这句名言确实是十分深刻的,它同样适用于法学领域,在刑法学中也是如此。哲理是法学理论中最具诱惑力的内容,各部门法,包括刑法、民法以及行政法,除各有其专业槽以外,它们的哲理又是相通的;往往可以上升到法理的高度,法理又可以进一步上升到更高层次的哲理。我们不要说自己的研究领域里没有哲理,哲理就在你的眼前,关键问题在于你是否能发现它。

我不知是否已经把应该说的话都说完,但已经到了非止笔不可的时候了。也许,下一本书,如果还有下一本的话,可能会写得更好一些。此为后记。

陈兴良
谨识于北京塔院迎春园寓所
1994 年 10 月 31 日

21.《刑法的人性基础》(第二版)[①]前言

欣闻中国方正出版社将拙著《刑法的人性基础》一书纳入博士导师丛书再版,高兴之余不免有几分惶恐。翻检旧作,有一点感想,写在这里,充当再版前言。

在我的学术进程中,《刑法的人性基础》是具有特殊意义的。它是我在《刑法哲学》的基础上,对形而上学意义上的刑法进行研究的一个重要尝试。如果说《刑法哲学》徒有哲学之名,那么《刑法的人性基础》才真正可以说是有了一点哲学的味道。《刑法的人性基础》在以下三点上,窃以为是值得称道的:一是对刑法进行超法条的思考,开创了"没有法条的刑法学"的研究范式,与注释刑法学拉开了距离,从而使刑法理论呈现出注释刑法学与理论刑法学的多元化格局。正因为《刑法的人性基础》是一本没有刑法条文的刑法著作,因此,虽然1997年对刑法进行了大规模的修订,但本书并不受影响,不需随着刑法条文的修订而修订,这就保持了刑法理论的相对稳定性。二是对刑法知识进行科学整合,拓宽刑法的理论视野。法学知识具有专业性,因而或多或少地疏离了人文社会科学的知识背景。为此,应当打通法学与人文社会科学之间的学术樊篱,使法学知识获得更多的人文性与思想性。对于刑法知识来说,也是如此。《刑法的人性基础》一书,我试图引入大量哲学和其他社会科学知识,充实刑法学,从而使刑法理论呈现出丰富多彩的学术形象。三是对刑法的本源进行考问,在人性这一视角中重新观察与考量刑法,从刑法之所然到刑法之应然,深化刑法的理论研究。《刑法的人性基础》虽然只选择了人性这一视角,但由于这一视角的新颖性与独特性,仍然可以获得某些关于刑法的新知。如果说,《刑法哲学》一书具有包罗万象的体系性特征,重在体系的构造,未能在专深上着力,那么,《刑法的人性基础》就是摆脱了思想上

---

① 陈兴良:《刑法的人性基础》(第二版),中国方正出版社1999年版。此版实际上是重印,特此说明。

的体系性束缚,从人性切入,展开刑法理论分析,更具专著的特征。

在《刑法的人性基础》出版以后,我又完成了《刑法的价值构造》(中国人民大学出版社 1998 年版),后者是前者的研究的继续,也表明我在刑法哲学研究上的新进展。由此可见,学术研究是没有止境的,《刑法的人性基础》只不过是我学术道路上的一个脚印。现在看来,它也还有些蹒跚,但毕竟是已经走过的一步,值得珍惜。但愿将来有更满意的著作问世,不辜负社会的期许,以此自勉。

陈兴良

谨识于北京西郊稻香园寓所

1999 年 8 月 2 日

22.《刑法的人性基础》(第三版)[①]出版说明

《刑法的人性基础》一书是我继《刑法哲学》(中国政法大学出版社1992年版)之后创作的一本真正意义上的刑法哲学著作,它是对《刑法哲学》的超越。在写完《刑法哲学》之后,我有一种学术上的枯竭感与思想上的饥渴感。这本来也是一种正常现象,因为《刑法哲学》似乎已经耗尽了我在此之前累积的所有学术资源与思想资源。然而,也正是《刑法哲学》一书的写作,使我汲取知识与表达思想的能力大有长进,从而为《刑法的人性基础》一书的创作奠定了基础。

每一本书的诞生,都有某种机缘,《刑法的人性基础》也是一样。1994年的年中,中国检察出版社拟组编"刑法精品文库",并向我约稿。在这种情况下,我开始了《刑法的人性基础》一书的写作。写作出乎意料地顺利,1994年10月底就完成了本书的写作。但交给出版社以后却如同石沉大海,经与出版社交涉,获知丛书拟在收齐各位作者的书稿后集中出版,现在只有我一个人交稿,还要等其他作者的稿子。这样,一等就是一年。作为作者,总是想让自己的作品早日问世,因而急切之心可以想见。在这种情况下,1995年年底,因主编《当前经济领域违法违纪界限与认定处理实务全书》(中国人事出版社1995年版)而与当时的中国方正出版社编辑现为中国方正出版社社长的胡弛相识,正好他与我同住在海淀区塔院迎春园11号楼。为此,我向胡弛提出作为交换条件,将《刑法的人性基础》一书放在中国方正出版社出版。胡弛答应了我的条件,我遂从中国检察出版社将书稿取回交给胡弛。这样,胡弛就成了本书的责任编辑。如果读者细心的话,就会看到本书第一版的封面上端有一行小字:"当前惩治经济违法违纪犯罪丛书"。这行字我也是在本书1996年1月出版以后才发现的。看到这行字,读者一定会感到莫名其妙,这么一本与经济违法违纪毫不相关的刑法著作怎么会纳入"当前惩治经济违法违纪犯罪丛

① 陈兴良:《刑法的人性基础》(第三版),中国人民大学出版社2006年版。

书”？这背后的原因可能就是如我所言的一种交换条件。本书第一版出版后，受到读者欢迎。胡弛还亲口向我讲述，在第一次出版社参加的书市中，只剩下最后一本《刑法的人性基础》，一位学生模样的读者爱不释手，但所带的钱不够支付书款(30元)，在这种情况下，胡弛毫不犹豫地把书送给了这位读者。及至1999年，中国方正出版社计划出版一套“博士导师丛书”，胡弛又商请我将本书纳入“博士导师丛书”作为第二版。本书第二版的责任编辑是北大校友杜英莲女士，此时胡弛已经担任中国方正出版社的社长。本书第二版是1999年8月出版的，此时我已调回北大法学院任教。本书第二版于2000年获北京市第六届哲学社会科学优秀成果一等奖，这是我的《共同犯罪论》一书于1994年获得这一奖项之后的再次获奖，这是对本人及本书的最大肯定。

在我所有的著作中，《刑法的人性基础》一书是较为“另类”的，这主要体现在本书的内容上，本书虽然名为《刑法的人性基础》，但这里的“人性”并非伦理学意义上的人性，而是哲学(严格地说是认识论)意义上的人性。伦理学意义上的人性以及人性论，所要解决的是人性的善恶问题，此一问题与法治包括刑法法治也具有重要的相关性。而认识论意义上的人性以及人性论，所要解决的是理性与经验的问题，即人的认识究竟是源自理性还是源自经验，由此出现了理性主义与经验主义之争。本书从以理性人为假设的刑事古典学派与以经验人为假设的刑事实证学派的争议切入，全面展现了人性假设之于刑法，乃至于法的重大意义。尤其是，本书差不多以1/3的篇幅在讨论一个非刑法问题，这就是意志自由问题。我的基本立场是在存在论意义上否认人的意志自由，而在价值论意义上承认人的意志自由。在此基础之上，为刑事责任寻找理论根基，也为作为规范学的刑法学与作为事实学的犯罪学确定各自的边界。这种事实与价值二元区分的方法，成为在刑法理论研究中不可或缺的基本方法。

《刑法的人性基础》一书的写作，对于我来说，是一次精神探险，是对本人的知识视界的一次勘验。在我的学术经历中，是具有重要意义的，距离本书的第一版，已经过去10年了，距离本书的写作则已经过去12年了。这十多年来，我对于人性问题有了更为深刻的体验，对于学问之道也有了更为透彻的感悟，这一切都将在我的著作中体现出来。这次“中国当代法学家文库·陈兴良刑法研究专著系列”的推出，得以使本书第三版与读者见面，作为作者我由衷地感到高兴。旧作如同故人，旧作的再版则如同与故人相逢。在这一刹那，会有许多旧时的情愫重现脑海。这一切，值得珍惜，值得怀念。无论对人还是对书，感情是相通的。

陈兴良

谨识于北京海淀锦秋知春寓所

2006 年 7 月 25 日

23.《刑法的人性基础》(第四版)[①]出版说明

《刑法的人性基础》是我的一部早期作品,被纳入刑法哲学三部曲。本书1996年初版,1999年出版第二版,2006年出版第三版。虽然本书先后三版,但对其内容并没有太大的改动。这主要是因为本书不涉及具体刑法条文,在这种情况下,就无须追随着刑法的不断修改而对书的内容进行修订。当然,这并不意味着本书的内容不会过时。不要说资料,即使是对人性的见解也会随着时间的推移而发生变化,这是难免的。

《刑法的人性基础》大体上属于社科法学的范畴,是从哲学及其他学科的角度对刑法背后的本源性问题进行探究,如同一种探险。转眼之间,距离本书的写作二十多年过去了。现在回过头来再看本书,还真为当年的勇气感到自豪。流年如逝水,渐入老境,豪情不再。

因此,本书只能作为作者曾经年轻过的一种证据。

陈兴良

谨识于北京海淀锦秋知春寓所

2017年6月5日

---

① 陈兴良:《刑法的人性基础》(第四版),中国人民大学出版社2017年版。

24.《当代中国刑法新理念》[①]代序

呼唤法学研究的主体意识

新时期的法学研究已经走过了十年坎坷的历程。法学研究虽然没有从根本上摆脱昨夜噩梦的缠扰,还不能睁大双眼迎接今日理性的光芒;但已经开始挣脱精神上的桎梏,对法学研究进行深刻的反思。法学研究中的拨乱是不难的,反正却谈何容易!问题在于:我们何尝有过法学研究之正?当我们宣泄完了对以往林彪、四人帮肆意践踏法学的满腔愤慨之后,面对将来法学研究的发展,我们茫然不知所为。中国法学出路何在?

带着对这个问题的思考,法学研究的探索者们开始了艰难的理论跋涉。对传统的法的概念的责难,成为法学理论创新的突破口,由此而引起一场理论纷争,至今鏖战犹酣。《法学》杂志主持的创新和繁荣法学理论笔谈栏目持续将近两年仍不绝,其中不乏精辟的论点与独到的见解。无疑,法学探索的勇士的精神是可嘉的,法学创新的笔谈也是必要的。然而,在我看来,中国法学研究的出路在于树立法学研究的主体意识!

纵观西方法律思想史,我们可以发现一个有趣的现象:当社会革命行将到来,需要思想启蒙的时候,自然法学派勃然兴起,对法的价值等超乎实在法之上的问题的思考成为法学研究的热点。当社会革命已经过去,需要法律统治的时候,自然法学派悄然隐退,实在法学派得以复兴,对法的规范等法的技术问题的考察成为法学研究的中心。自然法的思想渊源于古希腊文化,更醉心于运用思辨方法研究法之应然的问题;实在法的思想胚胎于古罗马文化,更热衷于运用实证方法研究法之实然的问题。在漫长的西方法律文化的历史舞台上,自然法的思想与实在法的思想轮流充当主角。自然法思想与实在法思想在矛盾斗争中的互相消长,构成了西方法律文化的基本历史线索。当我们鸟瞰西方法律文化史的时候,既可以看到孟德斯鸠、黑格尔这样一个个以探究法的内在价值为己任

① 陈兴良:《当代中国刑法新理念》,中国政法大学出版社 1996 年版。

的继承了自然法思想传统的法学家,又可以看到奥斯丁、凯尔逊这样一个个以揭示法的外在形式为使命的继承了实在法思想传统的法学家。这些法学家犹如群星闪烁,交相辉映。自然法思想犹如一把达摩克利斯之剑,高高地悬置于实在法之上;而实在法思想则宛若一条起伏于群山峻岭的万里长城,镇守着法律学科的神圣疆界。自然法思想与实在法思想的规律性的消长,充分体现了西方法律文化中的主体意识。

我们不能说中国没有悠久的法律文化传统。在春秋战国时期,法家与儒家的礼法之争,确实也热闹过一阵,为中国法律文化留下了辉煌的一页。然而,在整个中国法律文化中,贯穿的是以注释为主的法学研究方法。先秦的《法律答问》融法条与法理于一体,蔚为可观。《唐律疏议》对法条的注疏更是达到了登峰造极的地步。记得有人说过这么一句话:"中国历来只有律学家,而没有法学家。"这句话虽然不乏武断,但从某种意义上来说又不无根据。中国传统文化中深深扎根的"我注六经、六经注我"的治学方法,不能不在法律文化中表现它那旺盛的生命力。像黄宗羲这样伟大的思想家,也只有在六经的注疏中小心翼翼地流露出他那其实是非常离经叛道的革命思想!

文化传统具有一种强大的惯性,在没有释放完全部的能量以前,它是不会自动停止对后人施加影响的。中华人民共和国成立以来,我们的法学研究在很大程度上是在以注释为主的法律文化氛围中开展的,只不过是由我注六经到我注经典,从六经注我到经典注我。在林彪、四人帮的暴虐之下,甚至于法学研究只有我注经典的义务,而无经典注我的权利。拨乱反正以后,我们谴责了林彪、四人帮对经典注我的权利的剥夺,实际上并没有走出我注经典和经典注我这一百慕大式的怪圈。因此,在理论法学中是我注语录、语录注我;在部门法学中是我注法条、法条注我。在这种注释式的研究中,理论的棱角逐渐磨平,反思的能力严重萎缩。一句话,整个法学研究患上了主体意识缺乏症——一种法学研究能力的退化!

缺乏主体的价值判断能力,这是主体意识缺乏症最重要的临床表现。人之所以作为主体,就是因为人具有独立的价值判断能力。在法学研究中,价值判断能力更是思想创新的基本前提。我们不可想象,一个唯"书"唯"上",而没有自己的价值判断能力,写着满纸连自己也不相信的话的人,是能够用他的所谓理论去科学地解释法律现象并具有说服力的。以往,我们太习惯于用经典作家的思考来代替本人的思考,久而久之,我们的法学研究成为寻章摘句的同义语,而法学研究者成了没有自己大脑与思想的人,最终失去价值判断能力。可悲的历史绝不能重演。如果中国法学还有救的话,那么也只是在于:我们已经意识到我们失去主体的价值判断能力已经太久了!

在法学研究中强调主体意识,就是要使我们的法学研究者把理论的触须伸向法的实践活动,从中汲取精神营养,使我们的法学研究充满生机活力。如果我们将法条作为参照物,那么,回顾——有一个法从何来的问题,这就是立法;前瞻——有一个法向何去的问题,这就是司法。立法是从错综复杂的社会事实中抽象与提炼出法律的一般原则,使国家意志转化为法条。司法是将法律的一般原则适用于五花八门的具体案件,使各种社会关系纳入法治的轨道。而法条作为立法活动的物化成果,它是法从何来问题的终点;作为司法活动的客观依据,它是法向何去问题的起点。因此,如果我们仅仅把法条作为法学研究的对象,其结果是既不知法之来龙,又不晓法之去脉,更遑论对法的内在价值的精辟阐释与对法的外在形式的透彻剖析。在这种情况下,我们的法学研究不能不变成纸上谈法:注重研究表现为条文的法,而忽视对法在现实社会生活中的运行以及法的运行反馈于立法的机制的研究。因此,我们的研究精力全部耗费在法条的注疏上,法学研究的主体意识受掣于法条,充其量只不过是“戴着镣铐跳舞”,大多数人则是法云亦云。一部法律的修改,甚至一个司法解释的颁布,都将使我们积数年之研究心血而写成的一本本法律教科书顷刻之间化为废纸,这绝不是什么危言耸听。好在我们有的是时间与精力,根据最新的法律规定与司法解释再皓首穷经地重新著书立说。由此周而复始,以至终身。难道法学研究的价值就在于为立法辩护,论证司法解释的合理性吗?沉耽于纸上谈法,法学研究中匠气十足而没有思想上的建树,长此以往,中国法学研究前途堪忧。

我们并不否定法条注释的重要性,我本人甚至主张专门建立一门法条学,研究法条之间的关系以及支配着法条而隐藏在法条背后的法理。然而,法条注释并非法学研究的全部,甚至不是主要内容。法学理论的科学性在于它植根于社会生活的强大生命力,以及面对立法与司法的整个法律活动过程的宏大的理论包容量!在这个意义上的法学研究,需要更多的主体意识。以理论法学为例，我们的教科书基本上还是沿袭维辛斯基的观点，而理论框架也陈旧落后。最有希望突破的理论法学令人失望：近几年虽然在法的概念与本质等问题上有所进展，但没有看到从内容到体系的全面创新；虽然建立社会主义商品经济的法律观的论点具有振聋发聩的意义，但没有以此为核心形成理论法学的新体系，贯穿教科书的还是阶级斗争这条政治线索。关键在于：我们的理论法学是以"死"法为研究对象的，没有将理论的解剖刀伸向"活"法。而我们的理论体系与研究方法也是封闭的与静态的，由此给人以沉闷之感。我们认为，理论法学应该以探讨法的内在价值与外在形式以及运行机制为己任，将自然法思想与实在法思想熔为一炉，形成具有中国特色的理论法学体系。因此，目前僵化的理论法学体系应当被打破，代之以法律本体论、法律功能论、法律规范论、法律适用论、法律关系论与法律责任论这六个既相互联系又相互区别的组成部分。法律本体论主要研究法的内在价值；法律功能论主要研究法与其他社会现象的联系与区别，并在此基础上考察法的社会功能以及其他功能；法律规范论主要研究法的外在形式；法律适用论主要研究法律适用的一般规律；法律关系论与法律责任论分别研究法律关系与法律责任之一般理论。

法学研究的主体意识是一种反思意识，我们处在一个继往开来的时代，反思乃是这个时代的精神。对法学研究本身的反思，客观上需要建立一门法学的元学科——法学学。元学科的创立，往往是任何理论学科进入自觉的成熟阶段的标志，法学亦不例外。法学学作为法学的元学科，它的倡导和创立，将使我们对以往与现在的法学研究状况进行反思，并为中国法学研究指明出路。本文所呼唤的法学研究的主体意识，只不过是本人对我国法学研究现状所进行的法学学考察的一得罢了。

我以一种期待的心情结束本文，相信法学研究的主体意识已经是临产的胎儿，在阵痛中等待着问世的那伟大时刻。

陈兴良

25.《当代中国刑法新理念》[①]代跋

刑法理论的前景展望

一、科学性与人文性:刑法学研究的价值目标

我国刑法学面对世纪交会的风云,如欲无愧于时代,使刑法学理论水平更上一个台阶,必然面临着双重任务:专业食槽的建构与人文蕴含的加重。当前我国刑法学研究虽然一片繁荣景象,但繁荣背后潜伏着危机。主要问题在于理性自觉的匮乏与主体意识的失落,因而理论研究往往停留在低水平的重复上,刑法研究的热点如同过眼云烟,只有观点的泛滥而没有理论的积淀。在这种情况下,刑法学首先应当立足于专业食槽的建构。专业食槽的问题,就是刑法作为一门学科自身的理论范畴与范式的体系化的问题。如果不注重刑法学理论体系的反思与建构,刑法学研究就会失之浅薄而缺乏应有的科学性。当然,刑法学理论研究的进一步深化还有赖于人文蕴含的加重。刑法学虽然是一门法律学科,以其规范性研究为特点,但这绝非意味着它只是尾随立法与司法的注释学,而应当打通刑法学与人文科学之间的隔膜,引入哲学思维,注入人文性,从而使刑法学向法理学乃至于法哲学升华。加重刑法学研究的人文蕴含意味着摆脱刑法规范表象的迷惑,审视刑法规范赖以存在的根基,诸如人性、价值以及社会功能等问题。在刑法学研究中,专业食槽的建构是立足于刑法学科的特殊性,使刑法学成其为刑法学,而区别于一般的案例分析与法条注释,赋予刑法学以应有的科学性。人文蕴含的加重是立足于刑法学科的一般性,使刑法学融入人文科学中去,使刑法的思考成为社会的思考与哲学的思考,赋予刑法学以应有的人文性。对于刑法学研究来说,专业食

---

① 陈兴良:《当代中国刑法新理念》,中国政法大学出版社 1996 年版。

槽的建构与人文蕴含的加重不是矛盾的对立物,而是效应互补的统一体。面对世纪之交,科学性与人文性应当是刑法学研究所追求的价值目标。

二、从刑法的本体性阐释到刑法的本原性探寻

我在《刑法哲学》(中国政法大学出版社 1992 年版)一书的结束语中提出实定法意义上的刑法哲学与自然法意义上的刑法哲学的区分。实定法意义上的刑法哲学主要是对刑法的本体性阐释,而自然法意义上的刑法哲学则是对刑法的本原性探寻。在哲学中,本体论是关于存在的学说,是研究存在作为存在之本性的一种理论。因此,刑法的本体性阐释是对刑法内在关系(我称之为罪刑关系)的一般原理的揭示。在哲学中,本原是指事物质素的来源,哲学追究本原,是为了理解和说明作为我们认识对象的事物之所以成为事物的原理和原因。因此,刑法的本原性探寻是在本体性阐释的基础上,进一步反思刑法之所以存在以及如何存在的根基问题,从而在一个更深的理论层次上审视刑法,因而对进一步深化我国刑法理论研究具有重要意义。

刑法的本原性探寻,基本思路如下:

1. 刑法的人性基础的本原性探寻

刑法是以限制人的行为作为其内容的,任何一种刑法规范,只有建立在对人性的科学假设的基础之上,其存在与适用才具有本质上的合理性。因此,刑法的本原性探寻,必然将理论的触须伸向具有终极意义的人性问题。论及人性,人们往往想到伦理上的善恶问题。我们在这里所说的人性,则是指人的理性能力问题。就此而言,人性与刑法具有重要关系。日本刑法学家大塚仁指出:"(刑事)古典学派与(刑事)近代(实证)学派的对立源于其各自对作为犯罪主体的犯人的人性认识的不同。犯罪是人实施的,刑罚是科于人的。因此,作为刑法的对象,常常必须考虑到人性问题。可以说对人性的理解决定了刑法学的性质。"刑事古典学派把人假设为理性人,人具有意志自由,从而为刑事责任提供道义根据。刑事实证学派(即近代学派)则把人假设为经验人,否定人的理性,主张行为决定论,以此出发提出社会责任论。我们认为,无限夸大人的理性与断然否定人的理性都不是对人性的科学揭示,只有在有限理性的基础上才能为刑

事责任提供人性根据;同样,只有在人的行为与社会环境的互动关系中才能为认识犯罪原因奠定科学基础。

2. 刑法的价值目标的本原性探寻

刑法具有其自身的价值目标,我在《刑法哲学》一书中提出这些价值目标是:公正、谦抑与人道。这些价值目标在一定条件下是兼容的,但也不可否认它们之间会存在价值冲突。表现在刑法中,主要是正义与效益之间的矛盾。这也正是刑法理论中报应主义与功利主义之间对立的深刻原因之所在。报应主义以正义作为唯一的价值尺度,康德甚至主张等量报应,认为平等是支配公共法庭的唯一原则,据此可以明确地决定在质和量两方面都公平的刑罚。功利主义则以效益作为唯一的价值尺度,否定刑法的报应性。我们认为,刑法的价值目标应当取得正义与效益、报应与功利的有机统一。唯有如此,才能使刑法在社会生活中发挥更大的作用。

3. 刑法的机能构造的本原性探寻

刑法机能是指刑法发生作用的效能。在刑法理论上,刑事古典学派强调刑法的人权保障机能,刑事实证学派强调刑法的社会保护机能。这两种观点的对立源于对个人与社会两者关系的不同认识。前者以个人为本位界定刑法机能,后者以社会为本位界定刑法机能。我们认为,人是个体性与社会性的统一,个人与社会是不可分离的:离开了人就没有社会;同样,离开了社会个人也就无法生存。因此,刑法机能也应当是保障机能与保护机能的统一。当然,在当前我国大力推进市场经济的历史条件下,刑法机能应当从社会保护机能向人权保障机能适当倾斜,加重刑法的人权蕴含。

刑法的本原性探寻能够为我国刑法理论奠定更为扎实的哲学基础,并使我国刑法研究迈上一个新台阶。这一任务的完成,有待于刑法学界年轻一代学人的共同努力。

陈兴良

26.《当代中国刑法新理念》[①]后记

本书是我 1984 年至 1994 年之间发表在各种报纸杂志上的刑法学论文的结集。这本文集记载了我所走过的学术历程，重温旧文，令人感慨系之。

自从在《法学杂志》1984 年第 1 期发表第一篇论文以来，至 1994 年之间，我在各种报纸杂志上发表了 120 多篇论文，计 80 万字左右，收入文集 100 篇论文，编辑加工成编（正文 85 篇，序与跋 2 篇），计 70 万字左右，除少数内容重复的以外，基本上将 1984 年至 1994 年之间发表的论文全部收入文集（包括 1995 年的 2 篇），从而成为我对逝去的学术生涯的一个初步的总结。

文集以刑法学为主，间或涉及犯罪学等相关学科。根据内容，本书将论文分为三编，即刑法理论、刑事立法与刑事司法三编。这三编不仅是技术上的编排，而且也是我从事刑法学研究以来一直关注的三个领域。从论文的篇幅与数量上来看，刑法理论部分所占比重较大，超过刑事立法与刑事司法两个部分。从这里也可以看出，我的学术兴趣主要在于刑法理论。我具有一种要将刑法问题向法哲学升华的不可抑制的冲动，这一冲动始终成为我的理论信念，也必将支配我以后的学术研究。当然，由于本人才疏学浅，颇有力不从心之感。随着时间的推移与研究的深入，这种感觉更加强烈。这样，就逼迫着我进一步去读书与思考，从而形成理论上的良性循环。刑事立法与刑事司法也是我所关注的两个研究领域，希望将来投入更多的精力进行研究。

论文与专著，是学术成果的两种主要形式。对于我来说，有分量的论文比专著更难写。事实上，有些专著本身就是从某一篇论文发展起来的。论文具有篇幅上的严格限制，因而要求观点明确、论证有力，并能够快捷地反映作者的学术观点，是我所钟爱的一种学术载体。从最初发表三千

① 陈兴良：《当代中国刑法新理念》，中国政法大学出版社 1996 年版。

字至五千字的简短论文，到现在发表一万字左右的长篇论文，近百篇论文的著述，逐渐形成了自己的理论品格，成为我的学术成长的历史记录。为了真实地反映我的学术成长过程，收入本书的论文除个别作了技术处理以外都保持了原作的面貌，包括个别后来我有所改变与发展的观点也保持原貌，没有妄加改动。因此，各论文之间在个别观点上存在相左之处，应以晚近发表的论文的观点为准，这是需要格外加以说明的，以免引起误会。

在此，我首先要感谢高铭暄教授与王作富教授两位恩师，是他们把我引入刑法理论的大门，使我得以跻身刑法学界并有今天的学术成就。我还要衷心地感谢报纸杂志的编辑们，没有他们的辛勤劳动，这些论文不可能问世，也就没有今天这本文集。尤其需要提及的是《法学研究》杂志，作为我国法学杂志中的国家级重点杂志，对于我的学术成长更是提携有加。1984 年至 1994 年，我共在《法学研究》发表论文 13 篇，平均每年一篇以上。《法学研究》的历任刑法编辑不仅关心我所投的稿件，而且关注我的学术成长，提出中肯而殷切的期望，使我十分感动。在收入文集的论文中，有部分论文是合著文章，其中合著者有师友，还有学生，在每篇论文中一一注明，以示不敢掠美之意。在合著这些论文的过程中，合著者无论是师友还是学生，都给我以极大的启发，这些论文成为我们之间真诚合作的结晶。在此，谨表示诚挚的谢意。尤其需要提及，文集的出版问世，得到姜兴道先生的鼎力资助，为此十分感谢。

学术研究没有止境，文集的出版只是总结以往的研究成果。展望将来的学术道路，任重而道远，需要付出十倍的热情、百倍的努力。值此文集付梓之际，写下以上这些话，是为后记。

陈兴良

谨识于北京塔院迎春园寓所

1995 年 5 月 4 日

27.《当代中国刑法新理念》(第二版)[1]出版说明

《当代中国刑法新理念》是我的第一部论文集,收入了我学术研究第一个十年(1984 年至 1994 年)的论文,出版至今已经十年。这两个十年使我不由得感叹时光流转,逝者如斯。

学术如同人一样,有一个成长的过程:从少年的青葱到中年的成熟,再到老年的洞达。本书正是我学术的少年时期留下的形象:有几分青涩,还有几分孟浪。俗语曰:"初生牛犊不怕虎。"它十分生动地反映了年轻人无所畏惧的胆量,这也是一种"无知者无畏"。在学术上何尝不是如此:知与畏之间竟然存在着这样一种关联关系,这是十分有趣的。我想,无知者之所以无畏,是因为知识对于思想是一种限制,而无知者则往往没有这种限制,因而其思想如同春水荡漾,无拘无束。回想起我的学术少年时期,自不量力地总有一种体系情结。尽管当时就意识到总有一天会为之脸红,但还是为追求这种内容与形式上的体系的完美性而殚心竭虑。

应当指出,本书写作的年代是 1984 年至 1994 年,尽管各篇论文中的基本观点至今仍然是我所坚持的,即或有个别观点的变化也反映了我的学术思想的变化。但这些研究成果仍然存在一定的历史局限性,今天检视本书,以下三点是需要说明的:

一是我国在 1997 年对《刑法》作了修订,《刑法》文本与司法解释都发生了重大变动。但为忠实历史,在本书的编辑中未对《刑法》条文按照 1997 年《刑法》进行更改。因此,本书涉及的《刑法》均指 1979 年《刑法》,这是必须加以说明的。由于《刑法》的修订,本书的某些内容也已经过时。例如本书第 52 篇《类推适用论》,是对 1979 年《刑法》中类推制度的司法适用所作的研究。但在 1997 年《刑法》中取消了类推制度,确立了罪刑法定原则。在这种情况下,类推适用就不再是一种现

---

① 陈兴良:《当代中国刑法新理念》(第二版),中国人民大学出版社 2007 年版。

实问题，本文自然就丧失了其存在的根据。但是，本文讨论的“法无明文规定的认识”仍然是具有现实意义的，包括我在论文中对法律规定的两种情形（显形规定与隐形规定）的论述，仍可采用。只不过在《刑法》规定类推制度的情况下，法无明文规定是适用类推的前提；而在罪刑法定的情况下，法无明文规定则不认为是犯罪。

二是本书写作于1997年《刑法》修订以前，因而包括一部分对《刑法》完善问题的研究，尤其是对经济犯罪的立法问题的讨论。这些内容，现在看来想当然的成分较多，学术含量并不高，这也是年少时学术上的孟浪之举。现在，我已经很少对立法完善问题作研究了，尤其不再动辄提各种立法建议。也许，立法是立法者的使命，学者不应对立法者横加指责。学者的使命是解释法律，无论这种法律制定得好还是不好，学者追求的是解释得好，而不要过于期待法律制定得如何好，否则只能是失望。这是我的学术关注的变化，也可以说是学术研究方法的一种变化。

三是本书中有部分论文是联手合作作品，合作者既有老一辈刑法学家，包括高铭暄教授、王作富教授、马克昌教授、杨敦先教授等，又有我指导的硕士生。在当时的学术环境下，合作作品还是较为普遍的，尤其是师生合作，我也未能免俗。现在，随着学术规范的进一步加强，合作作品，尤其是师生的合作作品，已经不再提倡，甚至竟致非议。对于这个问题，应在一定的历史条件下正确对待。我认为，合作作品不一定要杜绝，关键是真正意义上的合作，而非总是由署名在后的作者实际写作，而由署名在前的作者挂名。我现在已经很少合作发表论文，除非主编著作或者分工明确的合作著作。

最后，我还想谈谈本书的书名。我对书名抱有极其浓厚的兴趣，也十分追求书名的完美。本书名曰《当代中国刑法新理念》。在这一书名中，只有“理念”一词是具有实际内容的，其余都是装点而已。尤其是“当代中国”四字纯属多余，而且使书名显得有些累赘。可以说，这并不是一个取得成功的书名。此书名既定，接下去三本论文集为保持在书名上的连贯性，承续了“当代中国”四字，只是将“理念”换成“视界”“境域”与“径路”这些我自以为有些新潮的名词，一发而不可收。看来，以后的论文集系列的书名，还要“当代中国”下去了。呜呼！

值此《当代中国刑法新理念》再版之际,写下这些杂感,是为出版说明。

陈兴良

谨识于北京海淀锦秋知春寓所

2006 年 8 月 27 日

28.《刑法疏议》[①]前言

1997 年 3 月 14 日,是令人难忘的一天。这一天,第八届全国人民代表大会第五次会议正式通过了修订的《中华人民共和国刑法》,宣告刑法修订的胜利完成。经过修订,使刑法具有创新意义。

随着刑法修订的完成,必将掀起一个学习刑法、研究刑法的高潮,从而推动我国刑法理论的更新与发展。为了更好地掌握刑法的内容,为刑法的适用提供理论根据,我撰写了这本《刑法疏议》,以此作为“’97 刑法丛书”的一部。本书是我独自撰著的第一部严格意义上的注释法学的著作。此前,我的学术兴趣主要在于刑法哲学,志在对刑法进行超越法律文本、超越法律语境的纯理论探讨,先后出版了《刑法哲学》《刑法的人性基础》《刑法的价值构造》等著作。当然,我从来不认为法学是纯法理的,也没有无视法条的存在。我总以为,法理虽然是抽象的与较为恒久的,但它又必须有所附丽、有所载荷,而这一使命非法条莫属。因此,对法条的研究是法学研究中不可忽视也不可轻视的一种研究方法,只不过它的研究旨趣迥异于法哲学的研究而已。中国是一个具有悠久的注释法学传统的国度,以《唐律疏议》为代表的以律条注疏为形式的法学研究成果是中华法律文化传统的主要表现形式。现在,我国不仅法哲学研究基础薄弱,纯正的注释法学的研究同样后劲不足。《刑法疏议》一书力图继承中国法律文化传统,以条文注释及其评解的方法对刑法进行逐编、逐章、逐节、逐条、逐款、逐项、逐句、逐词的诠释,揭示条文主旨,阐述条文原意,探寻立法背景,评说立法得失。

在此,我想谈一点对法及法学的感受。法及法学给人留下的往往是枯燥无味的印象,由于其遣词造句刻意追求逻辑上的严谨,因而没有文学那样奔放热烈、哲学那样从容大度,而只留下一张毫无表情的面孔,酷似武侠小说中“冷面杀手”的形象。其实,当我们经过钻研进入法学的门

---

① 陈兴良:《刑法疏议》,中国人民公安大学出版社 1997 年版。

槛,深入法条的殿堂,我们才会感受到法的脉动与心律。俗话说,法是无情的。换言之,法是最不讲情面的。如果确切地把这里的情面界定为私情,那么确实如此。法是最不徇私情的,公正无私应当是法的生命。但片面地将法与情绝缘,那不是对法的无知,就是对法的曲解。其实法是最有情的,法条与法理是建立在对情——一种对社会关系的最为和谐与圆满状态的描述与概括之上的,是情的载体与结晶。合法是以合理与合情为基础与前提的,合理合情,才有合法。一种法,如果既不合理又不合情,则是非法之法——恶法。如果说,合理是哲学的追求,合情是文学的状态,那么,法学,对合法性的追求,又怎么能够离开哲学与文学呢?在法学领域,达到一定的学术境界,应当是哲学、文学与法学——三学合一:它们都有共同的终极关怀,一以贯之的人文精神。

法,有善法亦有恶法。这里的善恶,不仅以内容论,而且还应就形式言。法之内容的善恶判断,当然是法学的任务,尤其是法哲学所孜孜以求的。法之形式的善恶判断又何尝不是法学的任务(当然主要是注释法学的内容)。当我们把理论的思绪从法哲学中收回,深情地注视由一个个条款组成的一部法典:面对她、审视她、熟知她、理解她,一种完全不同于法哲学研究的兴趣会从我们的心头油然而生。一位著名传记作家,曾经创作了一部《尼罗河传》。在谈及创作体会时,这位作家说,他不是把尼罗河看作一条流淌着水的河流,而是看作一个历经沧桑的人:有她的骄傲与屈辱,有她的欢乐与忧伤。唯有感受到了尼罗河的生命,才能为这条河创作出一部具有博大精深的内容——自然的与社会的、地理的与人文的传记。当我们为一部法典注释的时候,我们自在于她、自外于她。如果仅把她看作一条条由枯燥乏味的文字连缀而成的僵死的法条,我们又怎么能够体会到法的精神呢?难道我们不应该把法看作一个有血有肉的人去领略她的生命、感悟她的情操么?正是本着这样一种学术态度,我投身法条,直面法条,为法条注释,也就是为法写一部传记。在这一写作过程中,感到了我与法条的物我两忘,对法条——每一个条文都有一种全新的并且诚挚的熟知,从而登临了一个刑法理论的新境界。

当1979年《刑法》——也是新中国第一部刑法——颁布的时候,我是一个法律系大二学生,恰逢我们开刑法课。因此,我是通过学习1979年《刑法》而进入刑法学大门的。此后,我开始了刑法专业研究生的生涯。

当时,我对刑法的了解是十分肤浅的,怎么也理解不了一部刑法区区192条,需要用3年的时间取得硕士学位,这么多时间何以打发,这是当时我所发愁的。现在,蓦然回首,我感到自己当时对刑法是何其陌生,完全是一种槛外人的想法。如今,将近18年过去了,我从单纯幼稚的年轻学子步入不惑之年。随着年龄增长,学识也渐有长进。可以说,我关于刑法的学识完全是与1979年《刑法》同步增长的。现在,1979年《刑法》完成了历史使命,令人顿生一种惜别之情。好在她的基本内容已经为1997年《刑法》所吸收;刑法同样在经历着她的新陈代谢、吐故纳新的进化过程。值此刑法修订完成之际,我完成了这部名为《刑法疏议》的追求个性化的刑法注释学术著作,既为告别1979年《刑法》迎接1997年《刑法》,也为告别身体上与精神上的旧我迎接一个新我。

以上感想是为前言。

陈兴良
谨识于北京塔院迎春园寓所
1997年初春

29.《刑法疏议》[①]代序

嬗变与递进:从1979年《刑法》到1997年《刑法》

刑法是关系到公民生杀予夺、关系到社会长治久安的国家基本法之一。1979年7月1日,经过30年艰难曲折的立法历程,新中国第一部《刑法》在第五届全国人民代表大会第二次会议上获得通过,这是一个难忘的日子。弹指一挥间,18年过去了。现在,我们告别1979年《刑法》,迎来了1997年《刑法》。值此修订前后的刑法交替之际,本序拟对修订前后的《刑法》在内容与体例上的演变进行一个总体上的分析与评价,以便于增强我们对刑法的理解。

一、1979年《刑法》:发展完善

1979年《刑法》是在进入历史新时期以后,在人心思法、人心思治的历史背景下出台的。在当时的情况下,这部《刑法》的公布施行是历史的要求,时代的需要,人心所向。[②] 应该说,1979年《刑法》是合乎当时的实际生活的,是一部值得称道的刑法。当然,我们也不能否认这样一个事实:1979年《刑法》是建立在计划经济基础之上的,它所反映的是以中央集权、高度垄断集中为特征的社会现状。如果这样一种社会生活一成不变地延续下去,这部刑法也许会长命得多。但是,斗转星移,历史的发展不受人的意志左右。从80年代初期开始,中国启动了以经济改革为先导的深刻的历史变革,社会进入了一个现代化的急剧变动的进程当中,社会结构发生了重大变化。在这种社会背景下,1979年《刑法》从它实施开始,就滞后于日益发展的社会生活。这主要表现在以下两个方面:一是

---

① 陈兴良:《刑法疏议》,中国人民公安大学出版社1997年版。

② 参见高铭暄编著:《中华人民共和国刑法的孕育和诞生》,法律出版社1981年版,第6页。

1979年《刑法》具有明显的轻刑化痕迹,这是立法的特定背景造成的。在结束十年浩劫以后,社会需要生息安定。人民向往治世,因而轻刑成为唯一的选择。而且在计划经济体制下,社会实行严格的单位化管理,人民的自由和权利虽然少,但以此为代价获得了一份安全感,社会上的犯罪率之低,足以在世界上炫耀与骄傲。但在现代化进程启动以后,中国进入了一个历史新时期。这个时期的社会结构特点是:旧的社会结构受到强烈冲击,正在逐渐解组。新的社会结构开始生长,并在走向成熟过程之中。社会平衡被打破了,社会处于暂时的失衡期,社会的整合力大为减弱。在这种情况下,社会上的犯罪现象日益突出。严重危害社会治安的犯罪,成为一个引人注目的社会问题。在这种情况下,如果不加强惩治力度,难以遏制日益猖獗的刑事犯罪。二是1979年《刑法》建立在计划经济体制之上,因而反映的是当时的经济犯罪状况,由此确定了惩治投机倒把犯罪、维护计划经济法律地位的刑法方略。在破坏社会主义经济秩序罪一章中,虽然也有偷税、抗税罪,假冒商标罪等至少在今天看来仍然属于纯正的经济犯罪的立法规定,但其实形同虚设。因为在计划经济体制之下,税收制度、商标制度在经济生活中所起的作用微乎其微,由此形成的犯罪现象也极为罕见。但在实行经济体制改革以后,尤其是随着市场经济的法律地位的确立,各种新型的经济关系大量涌现,新旧经济体制的转轨,在经济生活中出现了严重的失范现象,经济犯罪随之蔓延。这些经济犯罪,例如生产、销售伪劣商品犯罪,金融犯罪,证券犯罪等,都是过去计划经济体制下所不可能出现或不可能大规模出现的,刑法当然也就没有相应的规范可以适用。毫无疑问,在上述社会与经济的剧烈变动面前,1979年《刑法》已严重滞后于社会经济生活。为此,从1981年开始,立法机关就开始以单行刑法与附属刑法两种方式,对1979年《刑法》进行修改补充,包括对刑法总则与刑法分则的修改补充。一部刑法,在它实施第二年就开始被修改补充,诚然是这部刑法的不幸,但又何尝不是社会之幸呢?因为社会的进步总是以牺牲法的稳定性为代价的。下面对1979年《刑法》的修改补充从总则与分则两个方面分别加以论述。

(一)1979年《刑法》总则的修改补充

1979年《刑法》总则确定的关于犯罪与刑罚的一套基本制度,从总的来说,是能够适应司法实践需要的,但有关单行刑法与附属刑法对1979

年《刑法》总则也作了一些修改补充，主要体现在以下八个方面：

1. 普遍管辖权原则的规定

1987 年 6 月 23 日全国人大常委会通过《关于对中华人民共和国缔结或者参加的国际条约所规定的罪行行使刑事管辖权的决定》，该决定指出："对于中华人民共和国缔结或者参加的国际条约所规定的罪行，中华人民共和国在所承担条约义务的范围内，行使刑事管辖权。"此外，1990 年 12 月 28 日通过的全国人大常委会《关于禁毒的决定》第 13 条第 2 款规定：外国人在中华人民共和国领域外犯走私、贩卖、运输、制造毒品罪进入我国领域的，"我国司法机关有管辖权，除依照我国参加、缔结的国际公约或者双边条约实行引渡的以外，适用本决定"。这是对毒品犯罪采用普遍管辖原则的特别规定。

2. 刑法溯及力的例外规定

1979 年《刑法》第 9 条规定在溯及力问题上采用从旧兼从轻原则。但 1982 年 3 月 8 日通过的全国人大常委会《关于严惩严重破坏经济的罪犯的决定》第 2 条规定，以犯罪分子在一定期限以内是否投案自首或者是否坦白检举作为解决该决定有无溯及力问题的根据，也即采取有条件的从新原则。1983 年 9 月 2 日通过的全国人大常委会通过的《关于严惩严重危害社会治安的犯罪分子的决定》第 3 条规定了在溯及力问题上的从新原则。

3. 共犯处罚的特别规定

1988 年 1 月 21 日通过的全国人大常委会《关于惩治贪污罪贿赂罪的补充规定》第 1 条第 2 款和第 4 条第 2 款分别规定，与国家工作人员、集体经济组织工作人员或者其他经手、管理公共财物的人员勾结，伙同贪污或者伙同受贿的，以共犯论处。这是关于贪污罪和受贿罪中具有特定身份的人与没有特定身份的人共同犯罪，应以具有特定身份的人所构成的犯罪论处的情形。此外，上述补充规定还规定，对贪污集团的首要分子，按照集团贪污的总数额处罚；对其他共同贪污犯罪中的主犯，情节严重的，按照共同贪污的总数额处罚。

4. 刑种的增加

1981 年 6 月 10 日全国人大常委会通过的《惩治军人违反职责罪暂行条例》第 24 条规定，对于危害重大的犯罪军人，可以附加剥夺勋章、奖章和荣誉称号。此外,1988 年 7 月 1 日通过的《中国人民解放军军官军衔条例》第 27 条还规定了剥夺军衔这一刑种。

5. 死刑案件核准权的部分下放

1979 年《刑法》第 43 条第 2 款规定:"死刑除依法由最高人民法院判决的以外,都应当报请最高人民法院核准……"但此后先后通过有关决定,最高人民法院已将杀人、强奸、抢劫、爆炸以及其他严重危害公共安全和社会治安判处死刑的案件的核准权依法授予高级人民法院行使。

6. 加重处罚的规定

1979 年《刑法》只有从重、从轻、减轻和免除处罚的规定。1981 年 6 月 10 日全国人大常委会通过的《关于处理逃跑或者重新犯罪的劳改犯和劳教人员的决定》则规定了加重处罚。

7. 再犯制度的规定

1979 年《刑法》规定了累犯制度,对累犯条件有严格规定。1981 年 6 月 10 日全国人大常委会通过的《关于处理逃跑或者重新犯罪的劳改犯和劳教人员的决定》规定:劳教人员解除教养后 3 年内犯罪、逃跑后 5 年内犯罪的,从重处罚;劳改犯刑满释放后又犯罪的,从重处罚。我国学者认为,这是一般再犯的规定。这里的一般再犯,是指因犯罪而被判处刑罚,在刑满释放后再次实施犯罪的犯罪分子。① 此外,1990 年 12 月 28 日全国人大常委会通过的《关于禁毒的决定》第 11 条第 2 款规定:"因走私、贩卖、运输、制造、非法持有毒品罪被判过刑,又犯本决定规定之罪的,从重处罚。"我国学者认为,这是关于特别再犯的规定。这里的特别再犯,是指因犯特定之罪而被判过刑罚又犯相同类别之罪的犯罪分子。②

8. 战时缓刑制度的建立

1979 年《刑法》规定了缓刑制度。1981 年 6 月 10 日通过的《惩治军人违反职责罪暂行条例》第 22 条规定了战时缓刑制度。

以上对《刑法》总则的修改补充虽然只是一些散在性的规定,而且有些规定的合理性还值得考虑,但大多数规定都是对 1979 年《刑法》的重要修改补充,对于刑法完善具有重要意义。

---

① 参见赵秉志、吴振兴主编:《刑法学通论》,高等教育出版社 1993 年版,第 419 页。

② 参见赵秉志、吴振兴主编:《刑法学通论》,高等教育出版社 1993 年版,第 419 页。

（二）1979年《刑法》分则的修改补充

由于历史条件的局限，1979年《刑法》分则还存在着不尽完美之处，尤其是随着经济体制改革的发展，现实社会发生了剧烈的变动，出现了大量的刑法中没有规定的犯罪现象。因此，刑法亟待增加与补充。在这种情况下，全国人大常委会颁布了一系列单行刑法与附属刑法，对1979年《刑法》分则作了修改与补充，其中主要内容之一就是增设新罪，并对某些犯罪的构成要件作了重要修改，从而进一步完善了我国的刑事立法。下面将单行刑法和附属刑法在1979年《刑法》基础上增设的新罪①，分别简述如下。

1. 单行刑法增设新罪情况

（1）1981年6月10日，全国人大常委会通过了《惩治军人违反职责罪暂行条例》，并于1982年1月1日施行。这是继我国1979年《刑法》之后颁布的第一个重要单行刑法。它的颁布和实施，对于惩治军人违反职责的犯罪行为具有重要意义。《惩治军人违反职责罪暂行条例》设立了以下新罪：武器装备肇事罪；军人擅离职守罪；军人玩忽职守罪；泄露军事机密罪；遗失军事机密罪；窃取、刺探、提供军事机密罪；逃离部队罪；偷越国（边）境外逃罪；私放他人偷越国（边）境罪；虐待、迫害部属罪；阻碍执行职务罪；盗窃武器装备或军用物资罪；破坏武器装备或军事设施罪；战时自伤罪；战时造谣惑众罪；遗弃伤员罪；临阵脱逃罪；违抗作战命令罪；谎报军情或假传军令罪；投降敌人罪；掠夺、残害无辜居民罪；虐待俘虏罪。

（2）1983年9月2日，全国人大常委会通过《关于严惩严重危害社会治安的犯罪分子的决定》，增设了传授犯罪方法罪和非法制造、买卖、运输或者盗窃、抢夺爆炸物罪。

（3）1988年1月21日，全国人大常委会通过《关于惩治走私罪的补

---

① 新罪，是与旧罪相对而言的。旧罪是指1979年《刑法》中规定的犯罪；新罪则是指1979年《刑法》没有规定，而在刑法实施以后由全国人大常委会通过单行刑法和附属刑法创设或者修改的犯罪。新罪有广义与狭义之分，狭义上的新罪是指新创设的犯罪；广义上的新罪，除新创设的犯罪以外，还包括对1979年《刑法》原有罪名修改后的犯罪。例如受贿罪，1979年《刑法》第185条已经加以规定，但全国人大常委会1988年通过的《关于惩治贪污罪贿赂罪的补充规定》对受贿罪的构成要件作了重大的修改。本书采用广义上的新罪概念，凡是全国人大常委会通过单行刑法和附属刑法创设或者修改的犯罪，相对于1979年《刑法》规定的犯罪来说，都属于新罪。

充规定》,将走私罪分解为:走私一般货物、物品罪;走私毒品、武器、伪造的货币罪;走私文物、珍贵动物及其制品和贵重金属罪;走私淫秽物品罪。此外,该决定还增设了逃汇罪和套汇罪。

(4)1988年1月21日,全国人大常委会通过《关于惩治贪污罪贿赂罪的补充规定》,除对贪污罪、行贿罪的构成要件作了修改以外,还增设了以下新罪:挪用公款罪;巨额财产来源不明罪;境外存款隐瞒不报罪。

(5)1988年9月5日,全国人大常委会通过《关于惩治泄露国家秘密犯罪的补充规定》。增设了窃取、刺探、收买、非法提供国家秘密罪。

(6)1988年11月8日,全国人大常委会通过《关于惩治捕杀国家重点保护的珍贵、濒危野生动物犯罪的补充规定》,增设了非法捕杀珍贵、濒危野生动物罪。

(7)1990年6月28日,全国人大常委会通过《关于惩治侮辱中华人民共和国国旗国徽罪的决定》,增设了侮辱国旗、国徽罪。

(8)1990年12月28日,全国人大常委会通过《关于禁毒的决定》,增设了以下新罪:非法持有毒品罪;包庇毒品犯罪分子罪;掩饰、隐瞒毒赃性质、来源罪;非法运输、携带制毒物品进出境罪;贩卖毒品罪;运输毒品罪;走私毒品罪;制造毒品罪;非法种植毒品原植物罪;引诱、教唆、欺骗他人吸毒罪;强迫他人吸毒罪;非法提供麻醉药品、精神药品罪;容留他人吸毒并出售毒品罪。

(9)1990年12月28日,全国人大常委会通过《关于惩治走私、制作、贩卖、传播淫秽物品的犯罪分子的决定》,增设了以下新罪:制作、贩卖淫秽物品罪;传播淫秽物品罪;提供书号出版淫秽书刊罪;非牟利传播淫秽物品罪;组织播放淫秽音像制品罪。

(10)1991年6月29日,全国人大常委会通过《关于惩治盗掘古文化遗址古墓葬犯罪的补充规定》,增设盗掘古文化遗址、古墓葬罪。

(11)1991年9月1日,全国人大常委会通过《关于严禁卖淫嫖娼的决定》,增设了以下新罪:组织他人卖淫罪;协助组织他人卖淫罪;强迫他人卖淫罪;引诱、容留、介绍他人卖淫罪;故意传播性病罪。

(12)1991年9月4日,全国人大常委会通过《关于严惩拐卖、绑架妇女、儿童的犯罪分子的决定》,增设了以下新罪:拐卖妇女、儿童罪;绑架妇女、儿童罪;绑架勒索罪;收买被拐卖、绑架的妇女、儿童罪;聚众阻碍解救被收买的妇女、儿童罪;利用职务阻碍解救被拐卖、绑架的妇女、儿童罪。

(13)1992年9月4日,全国人大常委会通过《关于惩治偷税、抗税犯罪的补充规定》,除对刑法规定的偷税罪和抗税罪进行了修改以外,还增设了妨碍追缴税款罪和骗取出口退税罪。

(14)1992年12月28日,全国人大常委会通过《关于惩治劫持航空器犯罪分子的决定》,增设了劫持航空器罪。

(15)1993年2月22日,全国人大常委会通过《关于惩治假冒注册商标犯罪的补充规定》,除对刑法规定的假冒商标罪进行了修改以外,增设了故意销售假冒商标的商品罪和非法制造、销售注册商标标识罪。

(16)1993年7月2日,全国人大常委会通过《关于惩治生产、销售伪劣商品犯罪的决定》,增设了以下新罪:生产、销售伪劣产品罪;生产、销售假药罪;生产、销售劣药罪;生产、销售不符合卫生标准的食品罪;生产、销售有毒、有害食品罪;生产、销售不符合标准的医用器材罪;生产、销售伪劣电器、压力容器、易燃易爆产品罪;生产、销售伪劣农药、兽药、化肥、种子罪;生产、销售不符合卫生标准的化妆品罪。

(17)1994年3月5日,全国人大常委会通过《关于严惩组织、运送他人偷越国(边)境犯罪的补充规定》,除对刑法规定的组织他人偷越国(边)境罪进行了修改补充以外,增设了以下新罪:为组织他人偷越国(边)境骗取证件罪;提供伪造、变造的出入境证件或倒卖出入境证件罪;为企图偷越国(边)境人员办理出入境证件罪;私放偷越国(边)境人员罪。

(18)1994年7月5日,全国人大常委会通过《关于惩治侵犯著作权的犯罪的决定》,增设了侵犯著作权罪和销售侵犯他人著作权复制品罪。

(19)1995年2月28日,全国人大常委会通过《关于惩治违反公司法的犯罪的决定》,增设了以下新罪:虚报注册资本骗取公司登记罪;虚假出资或抽逃出资罪;虚假发行股票或者公司债券罪;提供虚假的或者隐瞒重要事实的财务会计报告罪;隐匿财产或者未清偿债务前分配公司财产罪;故意提供虚假证明文件罪;擅自发行股票、公司债券罪;公司、企业人员受贿罪;公司、企业人员侵占罪;公司、企业人员挪用公款罪。

(20)1995年6月30日,全国人大常委会通过《关于惩治破坏金融秩序犯罪的决定》,增设了以下新罪:伪造货币罪;出售、购买、运输伪造的货币罪;金融机构工作人员购买、换取伪造的货币罪;持有、使用伪造的货币罪;变造货币罪;擅自设立金融机构罪;非法吸收或者变相吸收公众存款罪;集资诈骗罪;违反规定向关系人发放贷款罪;违反规定向关系人以外的其他人发放贷款罪;贷款诈骗罪; 伪造、变造金融票证罪;金融票据诈骗罪;信用证诈骗罪;信用卡诈骗罪;违反规定出具信用证罪;保险诈骗罪。

(21)1995年10月30日,全国人大常委会通过《关于惩治虚开、伪造和非法出售增值税专用发票犯罪的决定》,增设了以下新罪:虚开增值税专用发票罪;伪造或出售伪造的增值税专用发票罪;非法出售增值税专用发票罪;非法购买增值税专用发票或者购买伪造的增值税专用发票罪;虚开用于骗取出口退税、抵扣税款的其他发票罪;伪造、擅自制造或出售伪造、擅自制造的可以用于骗取出口退税、抵扣税款的其他发票罪;伪造、擅自制造或出售伪造、擅自制造的其他发票罪;非法出售可以用于骗取出口退税、抵扣税款的其他发票罪;非法出售其他发票罪;使用欺骗手段骗取增值税专用发票或其他发票罪;税务机关工作人员玩忽职守罪。

2. 附属刑法增设新罪情况①

(1)1984年3月12日,全国人大常委会通过《专利法》,该法第63条规定:"假冒他人专利的……情节严重的,对直接责任人员比照刑法第

---

① 在附属刑法中,凡规定"比照"的,均认为规定了新罪,而"依照",则不认为规定了新罪。在新罪中已被新法取代的罪名不包括在内。这种情况主要有:(1)1984年9月20日全国人大常委会通过的《药品管理法》第51条第2款规定:"对生产、销售劣药,危害人民健康,造成严重后果的个人或者单位直接责任人员,比照刑法第一百六十四条的规定追究刑事责任。"这是增设了生产、销售劣药罪,已经被吸收到1993年7月2日全国人大常委会通过的《关于惩治生产、销售伪劣商品犯罪的决定》第2条第2款。(2)1991年4月9日全国人大通过的《外商投资企业和外国企业所得税法》第23条第2款规定:"经税务机关责令限期登记或者报送,逾期仍不向税务机关办理税务登记或者变更登记,或者仍不向税务机关报送所得税申报表、会计决算报表或者扣缴所得税报告表的,由税务机关处以一万元以下的罚款;情节严重的,比照刑法第一百二十一条的规定追究其法定代表人和直接责任人员的刑事责任。"该法第24条第2款还规定:"扣缴义务人未按规定的期限将已扣税款缴入国库的,由税务机关责令限期缴纳,可以处以五千元以下的罚款;逾期仍不缴纳的,由税务机关依法追缴,并处以一万元以下的罚款;情节严重的,比照刑法第一百二十一条的规定追究其法定代表人和直接责任人员的刑事责任。"这两条规定的新罪都已被1992年9月4日全国人大常委会通过的《关于惩治偷税、抗税犯罪的补充规定》所吸收,不再单独成罪。

一百二十七条的规定追究刑事责任。”1985年2月16日发布的最高人民法院《关于开展专利审判工作的几个问题的通知》指出:“假冒他人专利,情节严重的,对直接责任人员比照刑法第一百二十七条的规定,以假冒他人专利罪处罚。”由此可见,《专利法》增设了假冒专利罪。《专利法》第66条规定:“专利局工作人员及有关国家工作人员徇私舞弊的,由专利局或者有关主管机关给予行政处分;情节严重的,比照刑法第一百八十八条的规定追究刑事责任。”这是增设了专利工作人员徇私舞弊罪。

(2)1984年5月31日,全国人大通过《兵役法》,该法第61条第2款规定:“在战时,预备役人员拒绝、逃避征召或者拒绝、逃避军事训练,情节严重的,比照《中华人民共和国惩治军人违反职责罪暂行条例》第六条第一款的规定处罚。”这是增设了战时拒绝、逃避军事义务罪。

(3)1984年5月11日,全国人大常委会通过《水污染防治法》,该法第43条规定:“违反本法规定,造成重大水污染事故,导致公私财产重大损失或者人身伤亡的严重后果的,对有关责任人员可以比照刑法第一百一十五条或者第一百八十七条的规定,追究刑事责任。”这是增设了水污染罪。

(4)1984年9月20日,全国人大常委会通过《森林法》,该法第36条规定:“伪造或者倒卖林木采伐许可证……情节严重的,比照《刑法》第一百二十条的规定追究刑事责任。”这是增设了伪造、倒卖林木采伐许可证罪。

(5)1985年9月6日,全国人大常委会通过《计量法》,该法第29条规定:“违反本法规定,制造、修理、销售的计量器具不合格,造成人身伤亡或者重大财产损失的,比照《刑法》第一百八十七条的规定,对个人或者单位直接责任人员追究刑事责任。”这是增设了制造、修理、销售不合格计量器具罪。

(6)1987年9月5日,全国人大常委会通过《大气污染防治法》,该法第38条规定:“造成重大大气污染事故,导致公私财产重大损失或者人身伤亡的严重后果的,对有关责任人员可以比照《中华人民共和国刑法》第一百一十五条或者第一百八十七条的规定,追究刑事责任。”这是增设了大气污染罪。

(7)1988年11月8日,全国人大常委会通过《野生动物保护法》,该法第37条第2款规定："伪造、倒卖特许猎捕证或者允许进出口证明书，情节严重、构成犯罪的，比照刑法第一百六十七条的规定追究刑事责任。"这是增设了伪造、倒卖特许猎捕证或者允许进出口证明书罪。

(8)1989年2月21日，全国人大常委会通过《进出口商品检验法》，该法第26条第1款规定："违反本法规定……对列入《种类表》的和其他法律、行政法规规定必须经商检机构检验的出口商品未报经检验合格而擅自出口的……造成重大经济损失的，对直接责任人员比照刑法第一百八十七条的规定追究刑事责任。"第26条第2款规定："违反本法第十七条的规定，对经商检机构抽查检验不合格的出口商品擅自出口的，依照前款的规定处罚。"这是增设了违反进出口商品检验规定罪。第27条还规定："伪造、变造商检单证、印章、标志、封识、质量认证标志，构成犯罪的，对直接责任人员比照刑法第一百六十七条的规定追究刑事责任……"这是增设了伪造、变造商检单证、印章、标志、封识、质量认证标志罪。

(9)1989年2月21日，全国人大常委会通过《传染病防治法》，该法第37条规定："有本法第三十五条所列行为之一，引起甲类传染病传播或者有传播严重危险的，比照刑法第一百七十八条的规定追究刑事责任。"这是增设了违反卫生防疫规定罪。

(10)1989年10月31日，全国人大常委会通过《集会游行示威法》，该法第29条第2款规定："携带武器、管制刀具或者爆炸物的，比照刑法第一百六十三条的规定追究刑事责任。"这是增设了非法携带武器、管制刀具或爆炸物罪。

(11)1990年2月23日，全国人大常委会通过《军事设施保护法》，该法第33条规定："扰乱军事禁区、军事管理区的管理秩序，情节严重的，对首要分子和直接责任人员比照刑法第一百五十八条的规定追究刑事责任……"这是增设了扰乱军事禁区、军事管理区秩序罪。该法第34条规定："在军事禁区非法进行摄影、摄像、录音、勘察、测量、描绘和记述，不听制止……情节严重的，比照刑法第一百五十八条的规定追究刑事责任。"这是增设了妨碍军事禁区管理秩序罪。

(12)1990年9月7日，全国人大常委会通过《铁路法》，该法第60条第2款规定："携带炸药、雷管或者非法携带枪支子弹、管制刀具进站上车的，比照刑法第一百六十三条的规定追究刑事责任。"这是增设了非法携带炸药、雷管、枪支子弹、管制刀具进站上车罪。

(13)1991年10月30日,全国人大常委会通过《进出境动植物检疫法》,该法第42条规定:"违反本法规定,引起重大动植物疫情的,比照刑法第一百七十八条的规定追究刑事责任。"这是增设了违反进出境动植物检疫规定罪。

(14)1991年6月29日,全国人大常委会通过《文物保护法》第30条、第31条的修正案,修正后的该法第31条第2款规定:"全民所有制博物馆、图书馆等单位将文物藏品出售或者私自赠送给非全民所有制单位或者个人的,对主管人员和直接责任人员比照刑法第一百八十七条的规定追究刑事责任。"这是增设了非法出售、私赠馆藏文物罪。修正后的该法第31条第3款规定:"国家工作人员滥用职权……造成珍贵文物损毁的,比照刑法第一百八十七条的规定追究刑事责任。"这是增设了滥用职权造成珍贵文物损毁罪。

(15)1991年6月29日,全国人大常委会通过《烟草专卖法》,该法第39条第2款规定:"买卖本法规定的烟草专卖生产企业许可证、烟草专卖经营许可证等许可证件和准运证的,比照刑法第一百一十七条的规定追究刑事责任。"这是增设了买卖烟草专卖许可证和准运证罪。

(16)1992年4月3日,全国人大通过《妇女权益保障法》,该法第51条规定:"雇用、容留妇女与他人进行猥亵活动……情节严重,构成犯罪的,比照刑法第一百六十条的规定追究刑事责任。"这是增设了雇用、容留妇女与他人猥亵罪。

(17)1992年11月7日,全国人大常委会通过《矿山安全法》,该法第47条规定:"矿山企业主管人员对矿山事故隐患不采取措施,因而发生重大伤亡事故的,比照刑法第一百八十七条的规定追究刑事责任。"这是增设了矿山企业主管人员失职造成重大伤亡事故罪。

(18)1993年2月22日,全国人大常委会通过《国家安全法》,该法第26条规定:"明知他人有间谍犯罪行为,在国家安全机关向其调查有关情况、收集有关证据时,拒绝提供……情节严重的,比照刑法第一百六十二条的规定处罚。"这是增设了拒绝提供间谍犯罪情况、证据罪。该法第27条第2款规定:"故意阻碍国家安全机关依法执行国家安全工作任务,未使用暴力、威胁方法,造成严重后果的,比照刑法第一百五十七条的规定处罚……”这是增设了阻碍国家安全机关执行公务罪。

(19)1993年2月22日,全国人大常委会通过《产品质量法》,该法第44条规定:“伪造检验数据或者伪造检验结论……情节严重……构成犯罪的,对直接责任人员比照刑法第一百六十七条的规定追究刑事责任。”这是增设了伪造检验数据、检验结论罪。

(20)1993年10月31日,全国人大常委会通过《红十字会法》,该法第15条第2款规定:“在自然灾害和突发事件中,以暴力、威胁方法阻碍红十字会工作人员依法履行职责的,比照刑法第一百五十七条的规定追究刑事责任……”这是增设了阻碍红十字会工作人员依法履行职责罪。

(21)1994年5月12日,全国人大常委会通过《对外贸易法》,该法第39条第1款规定:“……买卖进出口原产地证明、进出口许可证或者买卖伪造、变造的进出口原产地证明、进出口许可证,比照刑法第一百六十七条的规定追究刑事责任。”这是增设了非法倒卖进出口原产地证明、进出口许可证或买卖伪造、变造的进出口原产地证明、进出口许可证罪。

(22)1994年5月12日,全国人大常委会通过《对外贸易法》,该法第40条规定:“违反本法规定,进口或者出口禁止进出口或者限制进出口的技术,构成犯罪的,比照惩治走私罪的补充规定追究刑事责任。”这是增设了走私技术罪。

(23)1994年7月5日,全国人大常委会通过《劳动法》,该法第92条规定:“……对事故隐患不采取措施,致使发生重大事故,造成劳动者生命和财产损失的,对责任人员比照刑法第一百八十七条的规定追究刑事责任。”这是增设了失职造成重大事故罪。

(24)1995年10月30日,全国人大常委会通过《固体废物污染环境防治法》,该法第72条规定:“违反本法规定,收集、贮存、处置危险废物,造成重大环境污染事故,导致公私财产重大损失或者人身伤亡的严重后果的,比照刑法第一百一十五条或者第一百八十七条的规定追究刑事责任。单位犯本条罪的,处以罚金,并对直接负责的主管人员和其他直接责任人员依照前款规定追究刑事责任。”这是增设了收集、贮存、处置危险废物罪。

(25)1995年10月30日,全国人大常委会通过《民用航空法》,该法增设了以下新罪:第一,第193条第3款规定:“隐匿携带枪支子弹、管制刀具乘坐民用航空器的,比照刑法第一百六十三条的规定追究刑事责任。”这是增设了隐匿携带枪支子弹、管制刀具乘坐民用航空器罪。此外,该条还规定了隐匿携带危险物品乘坐民用航空器罪和以非危险物品品名托运危险物品罪。第二,该法第 199 条规定:“航空人员玩忽职守,或者违反规章制度,导致发生重大飞行事故,造成严重后果的,分别依照、比照刑法第一百八十七条或者第一百一十四条的规定追究刑事责任。”这是增设了航空人员玩忽职守罪。

(26)1995 年 12 月 28 日,全国人大常委会通过《电力法》,该法第 74 条第 1、2 款规定:“电力企业职工违反规章制度、违章调度或者不服从调度指令,造成重大事故的,比照刑法第一百一十四条的规定追究刑事责任。电力企业职工故意延误电力设施抢修或者抢险救灾供电,造成严重后果的,比照刑法第一百一十四条的规定追究刑事责任。”这是增设了电力重大事故罪和故意延误电力设施抢修或者抢险救灾供电罪。

(27)1996 年 7 月 5 日,全国人大常委会通过《枪支管理法》,该法规定了以下新罪:第一,第 39 条第 2 款规定了单位制造或者运输枪支罪。第二,第 42 条规定:“违反本法规定,运输枪支未使用安全可靠的运输设备、不设专人押运、枪支弹药未分开运输或者运输途中停留住宿不报告公安机关,情节严重的,比照刑法第一百八十七条的规定追究刑事责任……”这是增设了运输枪支玩忽职守罪。第三,第 43 条规定:“违反枪支管理规定,出租、出借公务用枪的,比照刑法第一百八十七条的规定处罚。单位有前款行为的,对其直接负责的主管人员和其他直接责任人员依照前款规定处罚。配置民用枪支的单位,违反枪支管理规定,出租、出借枪支,造成严重后果或者有其他严重情节的,对其直接负责的主管人员和其他直接责任人员比照刑法第一百八十七条的规定处罚。配备民用枪支的个人,违反枪支管理规定,出租、出借枪支,造成严重后果的,比照刑法第一百六十三条的规定处罚……”这是增设了出租、出借枪支罪。

(28)1996 年 8 月 29 日,全国人大常委会通过《煤炭法》,该法第 79 条规定:“煤矿企业的管理人员对煤矿事故隐患不采取措施予以消除,发生重大伤亡事故的,比照刑法第一百八十七条的规定追究刑事责任。”这是增设了煤矿企业管理人员失职造成重大事故罪。

刑事立法是一个动态的过程,它要及时反映犯罪的现实状况,而刑法典则具有相对的稳定性;通过单行刑法和附属刑法增设新罪,是完善刑事立法的重要途径之一。新罪的设立,一方面填补了刑法的某些空白,另一方面通过修改犯罪的构成要件,使之能够更好地在司法实践中适用。作为我国第一部刑法,1979 年《刑法》虽然从总的来说是好的,但由于历史条件的局限,难免还存在某些疏漏与缺陷;同时由于社会关系的发展,出现某些新的犯罪类型,使法律规定出现盲区。在这种情况下,新罪的设立有助于刑法的发展完善。

刑事司法是以刑事立法为前提的,没有完善的刑事立法,就不可能有完善的刑事司法。我们看到,自 1979 年《刑法》颁布以来,我国的刑事司法水平有了很大的提高,这就对刑事立法提出了更高的要求。全国人大常委会通过单行刑法与附属刑法设立的新罪,使司法机关有法可依,为完善刑事司法提供了法律保障。因此,新罪的设立,对于完善刑事司法也具有重要意义。

二、1997 年《刑法》:孕育诞生

1979 年《刑法》自从颁布以来,一直处在发展完善的过程之中。与此同时,修订刑法的准备工作也同步地进行着。这两个工作具有极大的相关性:刑法的发展完善既对现行刑法作了重要的修改补充,同时也为刑法的全面修订创造了条件。同样,刑法的修订工作也在一定程度上促进了单行刑法与附属刑法的制定。

刑法的全面修订工作,从准备到实施,最后到刑法修订的完成,经历了一个漫长的过程。大致可以分为以下三个阶段:

(一)刑法修订的研究准备阶段(1983 年 9 月至 1988 年 2 月)

1979 年《刑法》公布施行以后,我国进入了改革开放的新时期,犯罪情态,包括经济犯罪与治安犯罪的情况都发生了重大的变化。在这种情况下,刑法修订问题随之引起了立法机关的注意与重视。1993 年 9 月开始,全国人大常委会法制工作委员会刑法室吸收中国社会科学院法学研究所刑法室的专家参加,开始系统汇集、整理各部门、各地方和有关专家学者对刑法修订的意见,系统搜集、编辑外国有关刑法修订的立法资料。在此基础上,经过分析研究,提出了《关于补充和修订刑法的意见》和《刑

法修订草案》(第一稿),就刑法总则中的“刑事责任年龄”“死缓”“类推”等规定进行调整;刑法分则中将“反革命罪”章名改为“危害国家安全罪”,对反革命罪一章做相应调整;对滥伐林木罪,拐卖、拐骗人口罪等定罪处罚进行调整;就增设劫持飞机、船舰等交通工具罪,生产、出售有毒食品罪,破坏计划生育罪,破坏婚姻家庭罪等有关问题提出修改补充和设想意见,并进行科学论证。上述立法机关与有关专家共同对刑法修订进行研究的活动,可以说是拉开了刑法修订的序幕,为此后对刑法进行全面系统的修订奠定了基础。① 此后一段时间,刑法修订工作虽然没有全面铺开,但理论上对刑法修订的研究工作从来没有停止过。尤其应当引起注意的是,1987 年 10 月 13 日至 17 日在山东省烟台市举行的中国法学会刑法学研究会学术讨论会上,体制改革与刑法是会议的重要议题之一。与会同志就经济体制改革形势下刑法观念的更新问题和刑事立法的修改完善问题,其中包括刑事立法技术的改进问题,增补十余种新罪名的立法建议以及对刑法一些条文的修订进行了广泛而深入的探讨。② 可以说,这是我国刑法学界第一次对刑法修订问题的系统研讨,它对于此后的刑法修订以及刑法修订研究都具有一定的意义。此外最高人民法院、最高人民检察院也系统地征集了对刑法的修订补充意见,为对刑法的全面修订提供了重要的刑事司法实践依据。

(二)刑法修订的全面实施阶段(1988 年 2 月至 1993 年 3 月)

从 1988 年 2 月开始,刑法修订工作正式提到立法机关的议事日程上来。1988 年 2 月 21 日,全国人大常委会法制工作委员会刑法室召开了在京刑法学专家、学者关于刑法修订的座谈会,就刑法实施以来出现的新情况、新问题,刑法需要作哪些修改补充,如何进行修订等问题进行了讨论。此后,又在河北、河南、陕西等地约集政法机关和法学界一些专家、学者进行了座谈,同时征集了中国社会科学院法学研究所刑法室、最高人民法院、最高人民检察院以及其他政法部门等的刑法修订方案,在上述的基础上全国人大常委会法制工作委员会刑法室于 1988 年 6 月 22 日整理出

① 参见崔庆森主编:《中国当代刑法改革》,社会科学文献出版社 1991 年版,第 31—32 页。

② 参见高铭暄、陈兴良、邱兴隆:《加强刑法研究保障体制改革——中国刑法学研究会第二届代表大会部分学术情况综述》,载《法学杂志》1988 年第 1 期。

《政法机关和政法院校、法学研究单位的一些同志对修改刑法的意见》。1988年7月1日,第七届全国人大常委会第二次会议通过了《七届全国人大常委会工作要点》,该要点进一步明确把修订刑法工作纳入第七届全国人大常委会的五年立法规划。关于刑法修订座谈会召开后,全国人大常委会法制工作委员会刑法室提出了《关于修订刑法的初步设想(初稿)》(以下简称《设想》),《设想》明确了这次修订刑法必须从我国的实际情况出发,总结我国的刑事司法实践经验,并参考国际经验,考虑当前各国刑法中缩小定罪的范围和少用死刑的发展趋势。《设想》就刑法分则中反革命罪、危害公共安全罪、破坏社会主义经济秩序罪等各类犯罪规定作了修订补充;对刑法总则关于刑法适用范围、刑事责任年龄、刑罚的适用等规定均提出纲要性方案,并综合了刑法学界的各种意见。《设想》提出后,1988年9月19日至28日,全国人大常委会法制工作委员会刑法室召开在京有关刑法专家、学者的座谈会,就《设想》提出的方案进行了深入的讨论。会后,组成专家小组,专门重点研究破坏经济秩序的有关走私罪、投机倒把罪、盗窃罪、诈骗罪、贪污罪的条文具体修改问题。同时,全国人大常委会法制工作委员会刑法室综合座谈会和上述专家起草的意见,对1979年《刑法》又进行了多次修订,形成《中华人民共和国刑法》(1988年11月16日修订稿)。1988年11月27日、12月12日全国人大常委会法制工作委员会刑法室邀请专家、学者共同参与对1988年11月16日刑法修订稿分则部分又进行了修订,此后形成了《中华人民共和国刑法》(1988年12月25日修正稿)。[①] 随后,全国人大常委会法制工作委员会刑法室就刑法修订的具体问题,继续深入到各地调查研究,征求地方和各部门意见,争取使刑法的修订更加完善。

在立法机关积极继续刑法修订工作的同时,司法机关也为刑法修订提供了实际材料。这一时期,最高人民法院、最高人民检察院根据全国人大常委会法制工作委员会的建议和要求,向地方各级法院、检察院广泛征集刑法修订意见,并分别成立专门的修订刑法研究班子,集中研究刑事司法实践中提出的对刑法修订的问题。最高人民法院编制出近10万字的《关于刑法总则修改的若干问题(草案)》和《关于刑法分则修改的若干问

---

① 参见崔庆森主编:《中国当代刑法改革》,社会科学文献出版社1991年版,第32—33页。

题(草案)》。最高人民检察院除广泛征集各地检察院的意见外,修订刑法研究班子还邀请部分省、市检察院的同志进行座谈,在此基础上于1988年10月整理出8万多字的《修订刑法研究报告》。最高人民法院和最高人民检察院上述修订刑法的研究成果,都及时地报送了全国人大常委会法制工作委员会,从而给国家立法机关修订刑法工作提供了具有权威性的司法实践方面的重要参考资料。①

与此同时,刑法修订也成为我国刑法学界的研究热点、重点之一。围绕着刑法修订,我国学者进行了深入而全面的研究,这些研究成果除散见于各种刑法著作和报纸杂志上的论文以外,集中体现在以下专门性著作中:

(1)侯国云、薛瑞麟主编,中国政法大学出版社1989年9月出版的《刑法的修改与完善》一书,这是我国第一部对刑法修订进行系统研究的学术著作。该书正如其主审高西江同志(全国人民代表大会法律委员会顾问、中国法学会副会长)在序中指出的:"本书共计21章,涉及修订、完善刑法的方方面面。既有总则的问题,亦有分则的问题;大至从宏观上对修订刑法提出的整体构想,小至对具体罪名的表达提出建议。其中对立法机关提出的几个需要研究的问题,如法人犯罪、死刑适用范围、刑种问题用浓墨之笔进行了各方面、多层次的论证,不乏精彩之处。这不仅对我们目前的刑法修订工作具有参考价值,而且对启迪思路、开阔视野亦大有裨益。"②

(2)赵秉志主编、中国人民公安大学出版社1990年7月出版的《刑法修改研究综述》一书,这是我国迄今为止对刑法修订进行综述性分析研究,资料最为翔实也是最有价值的著作。该书正如著名刑法学家高铭暄教授和王作富教授在序中指出的:"这样一本涵盖全面、信息丰富、体系合理、内容精炼的综述著作,无疑为人们全面系统而准确地了解刑法修订研究的情况和深入地探讨刑法的修改完善问题,提供了很大的方便。"③

---

① 参见赵秉志主编:《刑法修改研究综述》,中国人民公安大学出版社1990年版,第7页。

② 侯国云、薛瑞麟主编:《刑法的修改与完善》,中国政法大学出版社1989年版,第1—2页。

③ 赵秉志主编:《刑法修改研究综述》,中国人民公安大学出版社1990年版,第3页。

(3)陈兴良主编、中国社会科学出版社1990年2月和10月出版的《经济刑法学(总论)》和《经济刑法学(各论)》两书,重点对刑法修订中的热点问题——经济犯罪以及经济刑事立法进行了全方位的研究,尤其是《经济刑法学(各论)》一书的编著者根据对经济发展和与此相联系的经济犯罪发展趋势的预测,借鉴外国经济刑事立法例,本着超前研究意识,编撰了一部《中华人民共和国经济刑法典》(理论案)。《中华人民共和国经济刑法典》(理论案)第一章是法例,分别规定了制定根据、经济犯罪的概念、法人犯罪及其刑事责任、共同经济犯罪及其刑事责任、对经济犯罪适用的特定之刑、经济犯罪累犯等总则性内容。第二章至第十一章规定了十类经济犯罪,由此构成《中华人民共和国经济刑法典》(理论案)的基本框架。理论案在1979年《刑法》的基础上,借鉴外国立法例并结合我国经济犯罪的实际情况,设立了近60个罪名。[①]《中华人民共和国经济刑法典》(理论案)是我国刑法学界提出的第一个专门性刑法理论案,对于刑法修订具有积极的启迪意义。

(4)崔庆森主编、社会科学文献出版社1991年11月出版的《中国当代刑法改革》一书,作者在序言中指出:“目前立法部门在总结过去刑事立法和司法实践经验的基础上,正着手对刑法全面修订的创制工作,同时积极鼓励刑法学专家、学者参与刑法修订的决策和论证活动,促进了刑法改革的科学化和民主化。本书正是在这样的背景下问世的,它既是作者热情参与全面修订刑法创制活动的综合反映,又是作者长期关注、研究我国刑法改革问题的学术结晶。”[②]

(5)赵国强著、中国政法大学出版社1993年2月出版的《刑事立法导论》一书,这是作者的博士论文。该书正如作者的导师高铭暄教授指出的:“本书阐明的刑事立法的发展规律,包括立法制度民主化、规范内容成文化、基本体制专门化、法典结构系统化、罪刑关系合理化等,给人以深刻的启示,对于进一步搞好我国刑事立法,有着重要的参考价值。”[③]

由于1989年的政治风波,刑法修订工作一度中断,及至1993年2月

---

① 参见陈兴良主编:《经济刑法学(各论)》,中国社会科学出版社1990年版,第35—350页。

② 崔庆森主编:《中国当代刑法改革》,社会科学文献出版社1991年版,第1页。

③ 赵国强:《刑事立法导论》,中国政法大学出版社1993年版,第1页。

第七届全国人大届满,刑法修订工作未能在这一届全国人民代表大会期间如期完成。

(三)刑法修订的最后突破(1993年3月至1997年3月)

1993年3月第八届全国人民代表大会召开,刑法修订工作再次提上立法机关的议事日程,在本届工作要点中安排了刑法修订。1993年9月10日至11日,全国人大常委会法制工作委员会刑法室召集首都部分刑法专家、学者举行了市场经济与刑法修订座谈会。立法机关明确指出:补充、完善刑法是建立市场经济法律体系的重要方面,惩治犯罪对于维护市场经济具有重要意义。与会专家、学者对刑法修订各抒已见,提出了很好的建议与意见。大会结束以后,全国人大常委会法制工作委员会刑法室成立专门起草班子,并吸收部分刑法专家、学者参加,开始重新修订刑法草案。1994年年初,全国人大常委会法制工作委员会还将刑法总则的修订任务交给中国人民大学法学院刑法教研室,我国著名刑法学家高铭暄、王作富教授领衔组织教研室起草刑法总则修订草案。此后,刑法修订工作一直进行着。及至1994年,全国人大常委会法制工作委员会集中精力修订刑事诉讼法[①],并确定了刑事诉讼法先于刑法修订完成的工作安排。经过两年努力,1996年3月第八届全国人民代表大会第四次会议通过了《关于修改〈中华人民共和国刑事诉讼法〉的决定》,并颁布了修改后的《中华人民共和国刑事诉讼法》。修改后的刑事诉讼法确立了无罪推定原则,废除了收容审查、免予起诉,改革了庭审方式,极大地推进了民主与法制建设,获得广泛好评。在刑事诉讼法修改成功的有力鼓舞下,全国人大常委会法制工作委员会全力着手抓刑法修订工作,并于1996年4月30日在京召开了刑法修订动员会。至此,刑法修订进入最后冲刺阶段。

经过将近半年时间的努力,全国人大常委会于1996年10月10日正式印发了《中华人民共和国刑法(修订草案)》(征求意见稿)。该稿发往全国,广泛征求意见。中国法学会刑法学研究会于1996年11月5日至10日在四川省乐山市召开年会,与会刑法专家、学者共200多人,提交论文112篇,深入地讨论了刑法修订草案征求意见稿。年会论文经过汇编整理,由我国著名刑法学家高铭暄教授主编出版了《刑法修改建议文集》

① 参见周道鸾、张泗汉主编:《刑事诉讼法的修改与适用》,人民法院出版社1996年版,第7页。

一书,该书集中反映了我国刑法学界对刑法修订的意见。[①] 全国各地人大及法院、检察院、公安系统都先后召开会议,征求对刑法修订草案的意见。在此基础上,全国人大常委会法制工作委员会于 1996 年 11 月 11 日至 22 日在北京召开全国性的刑法修改座谈会,共有 100 多人参加,并邀请部分刑法专家、学者与会,逐条对刑法修订草案征求意见稿进行讨论,提出并集中了全国各地各部门对征求意见稿的意见。在此基础上,全国人大常委会法制工作委员会于 1996 年 12 月 10 日正式提出《中华人民共和国刑法(修订草案)》,提交于 1996 年 12 月 24 日召开的第八届全国人大常委会第二十三次会议审议。两个月后,将《中华人民共和国刑法(修订草案)》提交于 1997 年 2 月 19 日召开的第八届全国人大常委会第二十四次会议再次审议。

此后,经过反复修改,中华人民共和国《刑法(修订草案)》正式提交于 1997 年 3 月 1 日召开的第八届人大第五次会议审议。1997 年 3 月 6 日全国人大常委会副委员长王汉斌向大会作《中华人民共和国刑法(修订草案)》说明的报告。王汉斌副委员长指出:制定一部统一的、比较完善的刑法典,是进一步完善我国刑事法律制度和司法制度的重大步骤,对于进一步实行依法治国,建设社会主义法治国家,具有重大的意义。全国人大代表于 1997 年 3 月 6 日、7 日、8 日审议了《中华人民共和国刑法(修订草案)》,全国人大法律委员会于 3 月 8 日、10 日、11 日召开会议,根据各代表团的审议意见,对《中华人民共和国刑法(修订草案)》进行了修改。3 月 14 日下午经全国人民代表大会表决,正式通过了修订后的《中华人民共和国刑法》。同日,中华人民共和国主席令第 83 号公布,修订后的刑法自 1997 年 10 月 1 日起施行。至此,历时 15 载的刑法修订工作随着 1997 年《刑法》的诞生而落下帷幕。

三、修订前后的刑法:宏观比较

1997 年《刑法》是伴随着改革开放的历史进程而孕育诞生的,前后经历了 15 年时间。虽然与 1979 年《刑法》的制定过程达 30 年之久相比,15

---

① 参见高铭暄主编:《刑法修改建议文集》,中国人民大学出版社 1997 年版。

年修订的时间要短一些,但由于它是在社会转型、体制转轨这一社会生活剧烈变动的历史背景下进行的,因而其任务更为艰巨。

这次刑法修订是在建立社会主义市场经济法律体系这样一个立法框架下进行的,因此,对于刑法修订的指导思想也应该由此分析。市场经济是法治经济,尽管人们对其含义还有不同理解,但这一命题大体上已为学界所认同。[①] 市场经济是法治经济,首先在于市场经济对法治具有内在需求。市场经济内在地需要规则和秩序,没有规则便不可能有市场经济的正常运行。而把这些规则和相应的经济规律用法律的语言表达出来,这正是法治经济的基本要求。同样,法治建设也有赖于市场经济。法治原则的贯彻,在相当大程度上依赖于市场经济的长足发展。没有市场经济的引导和推进,法治很难在社会生活中取得其应有地位。[②] 这种市场经济与法治的相关性,表明了建立社会主义市场经济法律体系的必要性与可能性。论及建立市场经济法律体系,人们可能首先会想到民事立法与经济立法。民事立法、经济立法与市场经济直接相关,它们当然是市场经济法律体系的主体部分。但不能由此而忽视刑事立法在建立市场经济法律体系中的地位和作用,这是由刑法在法律体系中的特殊地位所决定的。由于刑法不是以某一类具体的社会关系为调整对象,而是以特殊方法——刑罚调整特殊对象——犯罪行为,因而刑法在法律体系中居于特别法的地位,它是一切其他部门法的制裁力量。在市场经济条件下,刑法调整仍然是必要的,甚至比计划经济体制下,其调整的广度与深度有过之而无不及。[③] 这主要表现为:(1)在市场经济体制下,利益主体的多元化必然要求刑法对各种经济成分予以平等的保护。(2)在市场经济体制下,经济产权的明晰化必然要求刑法对各种经济产权予以严格的保护。(3)在市场经济体制下,资源配置的市场化必然要求刑法加入经济运行流程中,对各种经济活动予以及时的保护。(4)在市场经济体制下,经济运

---

① 当然,对此也有少数学者提出质疑。参见苏力:《关于市场经济和法律文化的一点思考——兼评“市场经济就是法制经济”》,载《北京大学学报(哲学社会科学版)》1993年第4期;林喆:《对“市场经济是法制经济”的一点质疑》,载《中国法学》1994年第1期。

② 参见孙国华主编:《市场经济是法治经济》,天津人民出版社1995年版,第72、75页。

③ 参见陈兴良:《当代中国刑法新理念》,中国政法大学出版社1996年版,第111—112页。

行的规范化必然要求刑法保护市场经济秩序,净化经济环境。由此可以得出结论:在市场经济体制下,随着经济关系的多元化,刑法调整的广度有所扩张;随着经济关系的复杂化,刑法调整的深度有所提高。概言之,刑法可以从市场经济中汲取生命力,在市场经济中大显身手。因为刑法植根于市场经济运行机制的内在要求;同样,市场经济也只有在刑法的切实保护下,才能有条不紊地正常运行。基于对刑法与市场经济的相关性这样一种考察,刑法修订可以看作建立市场经济法律体系的努力的一个重要组成部分;市场经济的发展在客观上提出了刑法修订的要求。因此,这次刑法修订的总的指导思想应当是通过修订刑法,使之适应社会主义市场经济的客观需要。这种需要,不仅表现在增设经济犯罪,强化经济刑事立法,维护市场经济秩序,而且表现在推进民主政治,加强刑法的人权保障机能。

1997 年《刑法》的诞生,标志着我国刑事立法进入了一个历史发展的新阶段,具有十分重要的意义。在我看来,1997 年《刑法》与 1979 年《刑法》相比,从整总体上说,体现了以下刑法修订的指导思想。

(一)统一性

创设一部统一的刑法典,这始终是立法机关的努力追求,经过修订的刑法基本上达到了这一要求。这里的统一性,主要是指内容上的统一,即将所有刑法规范都一并纳入刑法,使之成为一部名副其实的刑法典,成为定罪量刑的唯一根据。众所周知,1979 年《刑法》颁行不久,由于经济体制改革的推进,刑法很快不能适应惩治犯罪的实际需要,为此,我国立法机关通过单行刑法与附属刑法的形式,对刑法进行了大量的修订补充,由此设立了大量新罪。在这种情况下,单行刑法与附属刑法的内容不仅分散,散在于各种规范性文件中,而且在内容上也已经大大超过了刑法典本身。刑法规范的这种分散性,不仅不利于人民群众了解与掌握,而且也不利于司法机关正确适用。刑法在一定程度上被架空、被虚置,司法机关的刑事审判与其说是适用刑法典,不如说是适用单行刑法,甚至是适用司法解释。刑法典除总则大部分规定还有效以外,分则大部分规定已经被单行刑法与司法解释所取代。应当说,这种现象是极不正常的。为此,这次修订刑法,当务之急就是要把散在的单行刑法与附属刑法吸纳到刑法典中,将司法解释中成熟的内容吸收到刑法典中。因此,一部统一的刑法典是立法者的必然追求。当然,在谋求创制统一刑法典的过程中,遇到的最大障碍是军人违反职责罪是否吸收到刑法中来。应该说,军人违反职责罪具有不同于其他犯罪的特点,以特别刑法形式存在是可以的,我国刑法学界也有人主张制定军事刑法典。[①] 但值此修订刑法之际,如果能将军人违反职责罪正式纳入刑法典,使刑法典具有完整性,我认为更为理想。现在,1997 年《刑法》以一部统一刑法典的形式问世,这是值得欣慰的。当然,对刑法典的统一性的追求,也会带来一些值得研究的问题:首先,统一性带来了凌乱性,尤其是渎职罪一章,大部分内容来自散见于经济法、行政法的附属刑法规范,这些刑法规范在经济法、行政法中存在是合理的,完全吸收到刑法典中就带来了不协调感。其次,刑法典的统一性是相对的,合久必分、分久必合也符合刑事立法的发展规律。随着市场经济的进一步发展,社会转型的进一步加快,犯罪形态还会有新变化。为此,刑法修订完成以后,不能说刑事立法就此完结,可以一劳永逸。在可以预见的时间内,刑法又会滞后。在这种情况下,又需要创制刑法规范,对刑法典加以修订补充。为维护刑法典的稳定性,我认为刑法典的统一性只能是相对的。较好的解决办法是附属刑法创制的独立化,也就是说,废除以往附属刑法中采用的以比照形式出现的类推立法,附属刑法直接采用罪刑式条文,将那些专业性强,适用面窄的犯罪及其刑事处罚规定在有关经济法、行政法中。刑法典中规定的是较为稳定的、与全社会相关的犯罪及其刑事处罚,由此形成的相对统一性,可能比绝对同一性要易于维持。

(二)连续性

维护刑法的连续性,这也是立法机关始终强调的,因此 1997 年《刑法》虽然在内容与篇幅上都有很大的变化,但在原则与体例上,仍然保持了 1979 年《刑法》的精神与框架。从一开始,立法机关就强调了这样一个刑法修订原则:修订后的刑法是 1979 年《刑法》的延续与发展,而不是对 1979 年《刑法》的全盘否定,因此,能不改的就不改,非改不可的才改。这样一种实事求是的态度,使得这次刑法修订摆脱了小修、中修和大修这样一种思维模式,根据实际需要确定修订程度。当然,对于什么是能不改的,什么是非改不可的,无论是在理论上还是在实践中都还存在分歧,这

---

① 参见赵秉志主编:《刑法修改研究综述》,中国人民公安大学出版社 1990 年版,第 87 页。

点后面还将论及。我认为,强调刑法的连续性是正确的,也是一种科学的态度。因为刑事立法是一个连续的发展过程,刑法修订不可能无中生有。刑法的发展进程也不应当人为地中断。这次刑法修订,在很大程度上具有法规编纂的性质,这是十分自然的。更何况,1979 年《刑法》虽然存在这样或那样的不足,但在当时的历史条件下,是一部制定得较为成功的刑法典。只是由于接踵而来的社会发展才使它滞后,它的消隐只不过是时运不济罢了。借用一句《红楼梦》中的诗,是“生于末世运偏消”①。这次刑法修订,应当从市场经济的实际需求出发,对 1979 年《刑法》进行修订,而不是另起炉灶。法国学者皮埃尔·特律什、米海依尔·戴尔玛斯-马蒂在论及 1994 年法国新刑法典时指出:法典如同一幢多厅室的旧居建筑,有些部分不再使用了,有些部分“废弃”了,甚至不得不拆除;另一部分则相反,经过增添附属设施而加大了规模。然而,这些附属设施往往有损于建筑的整体,且不说那些辅助楼宇,年复一年,越建越多,使人不知从何找到入门之途。如果真是建筑财富,自然有一定的魅力,值得我们悉心保存。但是,一部法典,如其有生命,自当有死亡,终有一天会被取代。为此,法国学者认为新旧法典之间具有一贯性,这种一贯性表现为“演变中的连续性”和“断裂”。② 这里所说的一贯性,就是我们所说的连续性。这种连续性在 1997 年《刑法》中也有较为明显的体现,除刑法分则内容具有较为重大的变化以外,刑法总则内容基本上保持了 1979 年《刑法》的原则精神。当然,这种连续性是发展中的连续性,因而对于 1979 年《刑法》来说不是墨守成规,而是有所创新、有所发展。最为明显的是对单位犯罪的确认,突破了以自然人为犯罪主体的 1979 年《刑法》的基本模式。在这里,我还必须指出,由于对什么是能不改的、什么是非改不可的存在不同理解,因而对 1997 年《刑法》的连续性这一特征可能会存在不同的评价:过于守旧抑或过于创新。在我看来,刑法的连续性是应当维持的,但有些应当突破的没有突破,因而难免留下遗憾。以下举两个例子加以说明:一是死刑问题。刑法学界一致认为死刑规定过多过滥,主张在刑法中严

---

① 参见〔清〕曹雪芹、高鹗:《红楼梦》(上),人民文学出版社 1982 年版,第 78 页。

② 参见〔法〕皮埃尔·特律什、米海依尔·戴尔玛斯-马蒂:《〈法国刑法典〉序——为〈刑法典〉在中国出版而作》,载《法国刑法典》,罗结珍译,中国人民公安大学出版社 1995 年版,第 1、7 页。

格限制死刑。但现在刑法基本上维持了 1979 年《刑法》(包括单行刑法增设的死刑罪名)的死刑规模,突破不大。当然,由于我国还处于社会转型时期,犯罪现象十分突出,社会治安形势严峻。在这种情况下,大幅度地消减死刑会有一定的风险,这是可以理解的。但像传授犯罪方法这种犯罪的死刑也保留,确实没有必要。总之,在死刑问题上是应当消减而没有消减。二是刑法分则体例。1979 年《刑法》是大章制,由于当时罪名有限,因而采用大章制并无不可。在刑法修订中面临的一个重要任务就是重新编排刑法分则体例,将修订补充的新罪纳入刑法分则体例。在这种情况下,关于刑法分则体例出现了大章制和小章制之争。[①] 大章制主张,除个别调整以外,基本上保留目前的刑法分则体例,对内容庞杂、条文过多的犯罪类型,可以在章下设节,每节分为不同的犯罪类型。小章制主张,章下不设节,将原来内容庞杂、条文过多的犯罪类型划分为若干章,每章条文少,分则章多。应该说,刑法学界绝大多数同志主张采用小章制。小章制不仅简明,而且类别清晰,便于适用且在形式上各章之间互相协调。但现在修订后的刑法采用大章制,基本考虑还是尽量维护 1979 年《刑法》的分则体例。以上情况表明,由于在刑法修订过程中过于强调连续性,因此在一定程度上显得因袭有余,突破不足。

(三)明确性

增加刑法条文的明确性,这也是立法机关在刑法修订过程中所强调的。与 1979 年《刑法》相比,1997 年《刑法》获得了更大的明确性。1979 年《刑法》的过于粗疏是有目共睹的。过多的盖然性条款,给予了司法机关过大的司法裁量权。在这次刑法修订中,立法机关力图用比较明确的规定代替过于粗疏的规定,这是一个历史性的进步。因此,修订后的刑法以明文列举规定替代了 1979 年《刑法》中“其他”“在必要的时候”诸如此类的不确定规定。例如在关于减刑规定中,以明文列举方式规定了重大立功表现,使之更容易掌握。又如在刑法分则中,列举式罪状增加了,使得犯罪行为更容易认定。同时,修订后的刑法取消了类推规定,实行罪刑法定原则,明确性是罪刑法定主义的题中之意。此外,修订后的刑法还取消了若干口袋罪,使罪名具体化。凡此种种,都说明修订后的刑法具有明

---

① 参见赵秉志等:《中国刑法修改若干问题研究》,载《法学研究》1996 年第 5 期。

确性,这是一种历史性的进步。当然,刑法在明确性这一点上,还受到两个方面的责难:一是有些条文的规定还不够明确,即该明确的地方还不明确。尤其是在刑法分则罪名设置中,未能实现一罪名一法条,数个犯罪行为规定在一个条文中,罪名个数极难确认。在一定意义上说,罪名不明确是客观存在的。此外,刑法分则中过多地采用援引式法定刑,甚至援引式罪状,也使得罪名的确认发生困难。当然,明确性也是有限度的,有些地方是无法明确的,例如正当防卫的"必要限度",在立法上无法作出确切规定,只能由司法机关认定。因此,对刑法的明确性不能过于苛求。二是有些条文的规定又过于细琐,有碍于刑法的简明性。不可否认,这种情况在刑法中间或存在。我注意到,在对1979年《刑法》进行修改补充的单行刑法中就已经出现立法烦琐的倾向。正如我国学者指出的:征诸改革开放以来我国的刑事立法史,我们可以发现,20余个单行刑事法律的颁行和众多附属刑法条款的设置,已经远离了立法者"宁疏勿密""方便人民群众学习"的初衷,条文的交叉、重叠、混乱、矛盾,不但使人民群众无法学习,而且有时使司法机关都手足无措、不知所从,由此刑法的晓谕功能和操作功能皆失。司法机关为了处理案件便只得求助于司法解释,有时案件的实质处理便不得不以司法解释架空立法权,使立法权旁落,立法者精心搭建的辉煌法律框架依然未实现他们的理性预期。① 可以说,这种立法烦琐的倾向也带入了1997年《刑法》,主要表现在刑法分则犯罪分类标准混乱,尤其是渎职罪一章,罪名设置过于细琐,由过去1979年《刑法》中玩忽职守罪的口袋罪变成现在的口袋章。这一章像开杂货铺,真如唐律中的杂律,给人以杂乱无章之感。我曾经指出:在罪名设置中,既要反对罪名过于细琐的极端倾向,也要防止罪名过于笼统的极端倾向,真正做到罪名设置上的宽窄适宜,以便于司法适用。② 不可否认,刑法修订中,在分解口袋罪的同时,又出现了一些零碎罪。这里的零碎罪,是指过于细琐的罪名。因此,刑法的明确性,包含明白与确切两个方面:明白是区别于含混的,确切是区别于笼统的。明确要求一定的具体,但又不能由此导致烦琐。总之,1997年《刑法》较之1979年《刑法》具有更大的明确性,尽管这

① 参见周光权:《刑法修改的规模定位与制度设计》,载《法学》1997年第1期。

② 参见陈兴良:《刑法修改的双重使命:价值转换与体例调整》,载《中外法学》1997年第1期。

种明确性远未达到理想的程度。

四、修订前后的刑法：总则比较

从1979年《刑法》到1997年《刑法》，在总则规定上，修订补充的内容主要表现为以下十个方面。

（一）基本原则

刑法基本原则对于刑事立法与刑事司法，都具有重要的指导作用。1979年《刑法》未规定刑法基本原则，在刑法理论上一般都把罪刑法定、罪刑均衡作为刑法基本原则加以确认。当然，由于1979年《刑法》存在类推制度，因而对于当时刑法是否实行罪刑法定原则，在理论上存在争议。但在我国刑法学界，绝大多数同志倾向于将罪刑法定确认为刑法基本原则。在我看来，这与其说是一种实然的描述，不如说是一种应然的期许。在这次刑法修订中，尽管对应当规定哪些刑法基本原则存在不同认识，但在应当将刑法基本原则立法化这一点上，可以说已经达成共识。正如我国学者指出：刑法基本原则作为刑事立法与刑事司法的指导性与实践性的行为规则，必须在刑法中明文规定，使之具有法律效力，才能为加强社会主义的民主与法制建设发挥其应有的作用。① 现在，刑法采纳这一建议，在刑法总则中十分醒目地规定了以下三个刑法基本原则：

1. 罪刑法定原则

《刑法》第3条规定："法律明文规定为犯罪行为的，依照法律定罪处刑；法律没有明文规定为犯罪行为的，不得定罪处刑。"这一原则的精神实质是在刑法中确立法治精神，犯罪以法有明文规定为限，法无明文规定不为罪，法无明文规定不处刑。这样，就为公民自由与国家刑罚权之间划出了一条明确的界限，它有利于对公民的个人权利的保障，是社会主义法治原则在刑法中的直接体现。罪刑法定原则的立法化，废除了1979年《刑法》中规定的类推制度。从此，我国刑法不再是一个开放性体系，而是一个相对封闭的体系。罪刑法定原则的确立，一方面是对立法权本身的限制，否认国家有对公民行为进行事后的刑事追溯的权利，这就是从罪刑

① 参见崔庆森主编：《中国当代刑法改革》，社会科学文献出版社1991年版，第14页。

法定原则中派生出来的刑法不溯及既往的原则。另一方面是更重要的意义,在于对司法权的限制,防止司法机关滥用刑罚权,避免对法无明文规定的行为的刑事追究。应当指出,罪刑法定原则的确立,使刑法调整范围相对确定,同时也会带来一些消极效应,例如对法无明文规定的严重危害社会的行为不能定罪处刑。但我认为这是一种必要的丧失。在刑法确定罪刑法定原则以后,我们的刑法观念需要有所更新:从过去强调刑法的社会保障机能到向刑法的人权保障机能倾斜。

2. 罪刑平等原则

《刑法》第4条规定:"对任何人犯罪,在适用法律上一律平等。不允许任何人有超越法律的特权。"这是法律面前人人平等原则在刑法中的体现,也是刑法公正性的应有之义。这里的在适用法律上一律平等,包括定罪平等与量刑平等以及行刑平等三个方面:(1)定罪上的一律平等。这里的定罪上的一律平等,是指任何人犯罪,无论其地位多高,功劳多大,都应当受到刑事追究而不得例外。在封建时代,就有"王子犯法,与庶民同罪"之说。当然,在封建特权盛行的封建社会,这种平等要求只不过是一种美好的愿望而已。今天,在社会主义社会,消灭了法律特权。但由于封建特权思想还根深蒂固地存在,因而还有人借其特殊的地位与身份逍遥法外,逃避法律制裁。因此,定罪上的一律平等具有十分重要的意义。(2)量刑上的一律平等。这里的量刑上的一律平等,是指相同的罪,除法定的从重、从轻或者减轻情节以外,应当处以相同之刑。因此,量刑上的一律平等不同于不考虑犯罪情节的绝对的同罪同罚,也不同于因考虑身份、地位而导致的同罪异罚。(3)行刑上的一律平等。这里的行刑上的一律平等,是指不仅在定罪与量刑上任何人都应当遵循同一的法律标准,而且在刑罚执行上,也应受到相同的处遇,不因身份、地位而有所特殊。由于刑法所规定的"对任何人犯罪,在适用法律上一律平等"具有以上三个方面(涉及罪与刑)的丰富内涵,我们不同意将这一原则概括为法律面前人人平等原则,认为这一表述过于一般化,难以使作为刑法基本原则的法律面前人人平等与作为宪法或者法制原则的法律面前人人平等相区别。我们也不主张将这一原则概括为在适用刑法上一律平等原则,这一表达虽然显示了刑法的内容,但仍然过于泛化。我们倾向于称为罪刑平等原则,这一表述既揭示了在适用刑法上一律平等,包含定罪上的平等、量刑上的平等以及行刑上的平等这样一些丰富的内容,又能与罪刑法定原则等相协调。应当指出,罪刑平等原则所说的平等不是绝对平等,而是相对平等。这种平等,是指相同情况相同对待。正如英国学者哈特指出:习惯上正义被认为是维护或重建平衡或均衡,其重要的格言常常被格式化为“同样情况同样对待”(Treat like cases alike)。当然,我们需要对之补上“不同情况不同对待”(Treat different cases differently)。[①] 因此,从正义要求出发,对于具有某些特定身份或者情节的人从轻或者从重处罚,只要在具有这种身份或者情节的人当中是平等对待的,就应当认为并不违反罪刑平等原则。应当指出,这里规定的罪刑平等是一个司法原则,因而是适用法律上一律平等。但司法上的罪刑平等是以立法上的罪刑平等为前提的,如果没有立法上的平等,也就不可能具有实际意义上的司法上的平等。对于这一点,我们应该具有足够的认识。

3. 罪刑均衡原则

《刑法》第 5 条规定:“刑罚的轻重,应当与犯罪分子所犯罪行和承担的刑事责任相适应。”这一原则体现的是刑法公正的精神,即罪与刑应当是均衡的,这种均衡性不仅是刑罚轻重在客观上与社会危害性相均衡,而且也是刑罚轻重与犯罪人在主观上的人身危险性相均衡,这是一种二元论的均衡,因而在罪刑均衡原则中包含着客观与主观相统一、行为与行为人相统一、社会危害性与人身危险性相统一这样一些丰富的社会内容,而绝不是重罪重刑、轻罪轻刑这样一个简单的公式所能包容的。

以上三个原则,是修订后的刑法所确认的,是 1997 年《刑法》较之 1979 年《刑法》在价值取向上民主化、平等化、公正化的最显著标志。当然,三大刑法基本原则绝不是简单的法律标语,不能认为只要立法化就万事大吉了。我认为,三大基本原则不仅应当在刑法上加以确认,而且应当在司法中得到切实的贯彻与落实。这就要求司法机关在刑事司法活动中以刑法基本原则为指导,规范刑事司法活动,增强刑事司法的公开性、公平性与公正性,真正使刑法成为人民自由的大宪章;使刑法在维护市场经济秩序中发挥应有的作用;使刑法成为惩治犯罪,保护人民的法律武器。

---

① 参见〔英〕哈特:《法律的概念》,张文显等译,中国大百科全书出版社 1996 年版,第 157 页。

(二)普遍管辖

刑事管辖权,是指刑法适用一定地域和主体的法定范围。1979 年《刑法》确定了以属地管辖、属人管辖为主,以保护管辖为辅的刑事管辖原则。由于我国在 1979 年《刑法》通过以后,于 80 年代初期加入了有关国际公约,这些国际公约中存在普遍管辖条款,我国在加入这些国际公约时均未提出保留,由此出现了国内立法与我国承担的国际义务不相衔接的问题。为此,全国人大常委会于 1987 年 6 月 23 日作出决定:“对于中华人民共和国缔结或者参加的国际条约所规定的罪行,中华人民共和国在所承担条约义务的范围内,行使刑事管辖权。”这实际上是以单行刑法的形式,对刑法的刑事管辖原则作了补充规定,为我国承担国际公约所规定的普遍管辖的国际义务提供了国内法律依据。正如这一议案的说明指出:“有关缔约国应采取必要措施,对任何这类罪行行使管辖权,而不论罪犯是否其本国人、罪行是否发生于其国内。这一旨在对危害人类生命财产安全、损害国际关系的罪行确立普遍管辖权的条款,已成为各类反恐怖主义国际条约的基本内容。我国批准或加入这类条约后,便承担了对犯有条约规定的罪行的罪犯,实施管辖的义务。特别是,对于在我国境外针对其他国家应受条约保护的对象,犯有条约所规定的罪行之后,进入我国境内的外国人,有义务行使刑事管辖权。”①在这次刑法修订中,应当在刑法中正式确认普遍管辖原则,已经成为共识。现在,修订后的《刑法》第 9 条规定了这一原则:“对于中华人民共和国缔结或者参加的国际条约所规定的罪行,中华人民共和国在所承担条约义务的范围内行使刑事管辖权的,适用本法。”应该说,在刑法上确认我国刑事管辖权的普遍管辖原则,对于我国正确地履行国际公约所规定的国际义务具有重要意义。当然,普遍管辖原则只是为履行国际公约规定的国际义务提供了管辖依据,为此,还必须要有实体刑法的根据。在刑法修订中,对于我国缔结或者参加的国际条约所规定的罪行,凡是刑法没有规定为犯罪的,都进行了增加补充。例如,《刑法》第 123 条参照国际公约,将对飞行中的航空器上的人员使用暴力的行为予以犯罪化。此外,还设立了组织恐怖组织等罪名,为惩治国际恐怖活动,尤其是民用

---

① 《人民日报》1987 年 6 月 19 日。

航空器中的国际恐怖活动提供了刑法根据。

(三)精神病人

关于精神病人的刑事责任,1979年《刑法》只有关于无刑事责任能力的精神病人与间歇性精神病人的规定,而没有关于限制刑事责任能力的精神病人的规定。限制刑事责任能力的精神病人,又称减弱(部分)刑事责任能力的精神病人,是介乎无刑事责任能力的精神病人与完全刑事责任能力的精神病人中间状态的精神病人。在司法精神病学中,一般都承认限制刑事责任能力的精神病人的存在。限制刑事责任能力的精神病人主要是指处于早期(发作前驱期)或部分缓解期的精神病(如精神分裂症等)患者,这类患者在精神病理机制的作用下辨认或控制行为的能力有所减弱。1979年《刑法》只规定了无刑事责任能力的精神病人不负刑事责任,而对于限制刑事责任能力的精神病人如何负刑事责任,没有明文规定。在这种情况下,对于限制刑事责任能力的精神病人的刑事责任问题,在我国刑法学界大致有以下三种不同的主张①:第一种观点认为,限制刑事责任能力还是属于有责任能力的范畴,责任能力减弱不等于其刑事责任和刑罚应减轻,特别是从实践看,这种所谓限制刑事责任能力的精神病人犯罪的危害往往很严重,因而限制刑事责任能力的精神病人应承担完全的刑事责任,即不得因其精神障碍而从宽处罚。第二种观点认为,限制刑事责任能力的精神病人患有精神疾病,首先需要的是治疾,对他们判处刑罚既不科学也不人道,而且减轻处罚也不意味着减轻刑事责任,判处刑罚的事实本身就是让行为人负完全刑事责任的标志,因而限制刑事责任能力的精神病人应像无刑事责任能力的精神病人一样,不承担任何刑事责任,不应对其判处刑罚。第三种观点认为,限制刑事责任能力的精神病人实施刑法所禁止的危害行为的,应当负刑事责任,但又应当减轻其刑事责任,表现在刑罚适用上就是应当从宽处罚(从轻、减轻或免除处罚)。现在,《刑法》第18条第3款填补了这一漏洞,明确对限制刑事责任能力的精神病人的刑事责任能力问题作出如下规定:“尚未完全丧失辨认或者控制自己行为能力的精神病人犯罪的,应当负刑事责任,但是可以从轻或者减轻处罚。”这里所说的尚未完全丧失辨认或者控制自己行为能力的精

① 参见赵秉志:《犯罪主体论》,中国人民大学出版社1989年版,第193页。

神病人,就是指限制刑事责任能力的精神病人。根据这一规定,限制刑事责任能力的精神病人犯罪的,应当负刑事责任,但是可以从轻处罚或者减轻处罚。这里是采取从轻处罚还是采取减轻处罚,主要根据限制刑事责任能力的程度而确定:凡患精神病较轻,偏向于未丧失辨认或者控制自己行为能力的精神病人犯罪的,可以考虑从轻处罚。凡患精神病较重,偏向于丧失辨认或者控制自己行为能力的精神病人犯罪的,可以考虑减轻处罚。当然,这里的限制刑事责任能力及其程度,应当经法定程序由司法鉴定机构鉴定并予以确认。

(四)正当防卫

正当防卫是刑法中的一项重要制度,它对于鼓励公民与违法犯罪分子作斗争具有重大意义。毋庸讳言,前些年在司法实践中,由于对正当防卫的性质与功能理解上的偏差,导致对正当防卫的构成条件,尤其是必要限度的过严掌握,以至于把一些正当防卫行为当作防卫过当处理,把有些防卫过当行为当作一般犯罪处理,挫伤了公民利用正当防卫这一法律武器与违法犯罪作斗争的积极性。在这种情况下,刑法修订中对正当防卫进行了适当调整。《刑法》第 20 条第 1 款规定:"为了使国家、公共利益、本人或者他人的人身、财产和其他权利免受正在进行的不法侵害,而采取的制止不法侵害的行为,对不法侵害人造成损害的,属于正当防卫,不负刑事责任。"这一正当防卫的概念,与 1979 年《刑法》相比,在防卫目的中增加了为防卫国家利益以及个人的财产权利不受不法侵害可以实行正当防卫,明显扩大了防卫范围。更为重要的是,1997 年《刑法》第 20 条第 2 款还将 1979 年《刑法》第 17 条第 2 款关于"正当防卫超过必要限度造成不应有的危害的,应当负刑事责任"的规定,修订为"正当防卫明显超过必要限度造成重大损害的,应当负刑事责任"。在此,修订后的刑法强调正当防卫行为只有在明显超过必要限度造成重大损害的情况下,才视为防卫过当,应当负刑事责任。这就在立法上大大放宽了防卫限度,有利于司法机关正确地认定防卫过当。应该说,这一修订是可取的。但是,《刑法》第 20 条第 3 款规定:"对正在进行行凶、杀人、抢劫、强奸、绑架以及其他严重危及人身安全的暴力犯罪,采取防卫行为,造成不法侵害人伤亡的,不属于防卫过当,不负刑事责任。"这一规定的立法意图是好的,想要强化正当防卫制度的适用,令人遗憾的是,由于这是对无限度的正当防卫的确认,因而实际上导致对正当防卫必要限度的否定,出现了立法上的无限防卫权的倾向。根据上述规定,无限防卫权的行使前提是受到正在进行的行凶、杀人、抢劫、强奸、绑架以及其他严重危及人身安全的暴力犯罪的侵害。但这些犯罪行为本身具有程度上的区分,如果无视这种暴力程度上的区分,对其都可以实行无限制之防卫权,则无限防卫权之行使会走向另一个极端,易使正当防卫成为私刑的借口,我以为这也是立法机关所不愿看到的现象。也许有人会说,无限度之正当防卫只限于在上述法律明文规定的暴力侵害的场合实行,其他场合的正当防卫仍然是有限度的。这种说法可能没有看到这样一个现实:绝大多数的正当防卫案件都发生在上述法律规定的暴力侵害的场合,如果这些正当防卫都可以不受限制,正当防卫的必要限度又有什么存在的必要呢?在立法中,应当避免从一个极端走向另一个极端。因此,关于无限度之正当防卫的规定未必是妥当的,在司法实践中宜从严掌握。

(五)主犯处罚

共同犯罪是二人以上共同故意犯罪。由于共同犯罪的社会危害性程度大于单独犯罪,因而是我国刑法打击的重点。1979 年《刑法》第 23 条规定:"组织、领导犯罪集团进行犯罪活动的或者在共同犯罪中起主要作用的,是主犯。对于主犯,除本法分则已有规定的以外,应当从重处罚。"在此,刑法确认了主犯从重处罚原则。修订后的刑法虽然没有对 1979 年《刑法》中的主犯概念进行修订,但却废除了对于主犯从重处罚的规定。1997 年《刑法》第 26 条规定:(第 3 款)对组织、领导犯罪集团的首要分子,按照集团所犯的全部罪行处罚。(第 4 款)对于第 3 款规定以外的主犯,应当按照其所参与的或者组织、指挥的全部犯罪处罚。立法者以为这两款规定体现了对主犯从重处罚的立法精神,其实不然。这两款规定来自 1988 年 1 月 21 日全国人大常委会通过的《关于惩治贪污罪贿赂罪的补充规定》,该补充规定指出:"二人以上共同贪污的,按照个人所得数额及其在犯罪中的作用,分别处罚。对贪污集团的首要分子,按照集团贪污的总数额处罚;对其他共同贪污犯罪中的主犯,情节严重的,按照共同贪污的总数额处罚。"这一规定确认了贪污集团的首要分子按照集团贪污的总数额处罚,其他情节严重的共同贪污犯罪中的主犯按照共同贪污的总数额处罚的原则,无疑体现了从重处罚的精神。因为法律规定对贪污是以“个人贪污数额”为依据进行处罚,这里所说的个人贪污数额,是指个人所得数额。对于贪污集团的首要分子与情节严重的主犯,法律规定不是按其个人贪污所得数额定罪,而是按照集团贪污或者共同贪污总数额定罪,无疑体现了从重处罚精神。但是,其他经济犯罪与财产犯罪并不是按个人所得数额定罪的,例如盗窃共同犯罪,一般都是按照共同盗窃数额承担刑事责任。这一数额,对于盗窃集团来说,就是参与盗窃数额。例如,三人共同盗窃价值12万元的一辆汽车,每人分赃4万元。根据司法解释的规定,主犯和从犯都应按照参与共同盗窃的总数额,即12万元处罚。这里的处罚,实际上是指定罪,即适用的量刑幅度,然后再按照主犯从重、从犯从轻或者减轻的规则,分别量刑。如果主犯没有从重处罚的法律根据,对共同盗窃中的主犯按照参与盗窃总数额进行处罚,这意味着对其只能按共同盗窃总数额定罪,而从重处罚则于法无据。对于其他刑事犯罪更是如此,犯罪集团的首要分子本来就要对犯罪集团的全部犯罪事实负责,其他共同犯罪的主犯要对参与的全部犯罪负责,即使是从犯也是如此。换言之,对这些人按照共同犯罪的全部罪行处罚只是一个定罪问题,并不解决量刑问题。量刑是根据主犯从重处罚这一规定解决的,这一规定取消以后,主犯就没有从重处罚的法定根据了。现在可以做出如下归纳:按照共同贪污的总数额处罚,在对共同贪污的从犯及单独贪污是按照个人贪污数额处罚这一对照条件下,是对贪污集团首要分子或者情节严重的主犯的一种从重处罚规定。现在,刑法将这一原则进一步提升为“对犯罪集团的首要分子,按照集团所犯的全部罪行处罚。对于其他主犯,按照其所参与的或者组织指挥的全部犯罪处罚”这样一个适用于所有共同犯罪的处罚原则的时候,由于除贪污罪、受贿罪以外的其他犯罪不存在按照个人所得处罚这样一个前提,因此按照全部犯罪处罚,就不再是一种从重处罚规定。在这种情况下,取消主犯从重处罚规定,实际就是主犯丧失了从重处罚的法律根据。应该说,立法原意并非不再对主犯从重处罚,恰恰相反,是要对主犯实行更为严厉的处罚。但是在对主犯处罚原则从个别提升到一般的时候,由于忽略了个别条件下的特殊前提,混淆了共同犯罪的定罪与量刑这样两个不同逻辑层次的问题,因而出现了立法上的疏漏,即在无意当中使得对主犯的从重处罚于法无据。

(六)单位犯罪

1979年《刑法》是建立在计划经济体制基础之上的,计划经济实行

"一大二公""一平二调"的经济政策,企业没有经营自主权,也无特殊经济利益,完全是行政机构的附庸。在这种情况下,单位(这里主要是指企业)也就不存在为本单位谋取非法利益而去实施犯罪行为的问题。在由计划经济向市场经济转轨的过程中,单位犯罪不可避免地出现了。因为市场经济充分肯定了单位作为市场主体的局部利益,市场经济就是在充分发挥市场主体营利积极性的基础上才得以发展的。一般来说,单位如果严格按照国家认可的成立宗旨进行运作,那么其自身的局部利益与社会的整体利益是不应当相冲突的。但是,既然是局部利益,其本身就蕴含着与社会整体利益不相一致的因素,特别是在市场经济为市场主体提供了广阔的活动空间的条件下,市场主体为获得更多的局部利益,可能冲破自身的成立宗旨与有关法律的限制,以违法为代价来满足获取局部利益的欲望。① 这种违法行为达到一定程度,就形成单位犯罪。单位犯罪肇始于走私犯罪,此后蔓延到整个经济领域,成为一大社会问题。1979 年《刑法》对单位犯罪未作规定,及至 1987 年《海关法》率先确认了单位可以成为走私罪的犯罪主体。此后,有关单行刑法与附属刑法又进一步扩大了单位犯罪的范围。现在,刑法首次在总则中对单位犯罪作了规定。

《刑法》第 30 条规定:"公司、企业、事业单位、机关、团体实施的危害社会的行为,法律规定为单位犯罪的,应当负刑事责任。"由此可见,单位犯罪的主体是指公司、企业、事业单位、机关、团体。这里的公司、企业,既包括国有或者集体的公司、企业,又包括私营的公司、企业。上述规定,虽然还不是单位犯罪的法定概念,但对于我们正确认定单位犯罪仍具有重要意义。我倾向于将单位犯罪定义为:公司、企业、事业单位、机关、团体为本单位谋取非法利益,经单位集体决定或由负责人员决定实施的犯罪,是单位犯罪。刑法不仅在总则中规定了单位的定罪原则,而且在分则中对各种具体单位犯罪作了规定。刑法分则规定的单位犯罪,可以区分为两种类型:一是不纯正的单位犯罪,即这种单位犯罪既可以由个人单独构成,也可以由单位构成。绝大多数单位犯罪是不纯正的单位犯罪,在法条上表述为"单位犯前款罪的……"。二是纯正的单位犯罪,即这种单位犯罪不能由个人单独构成,只能由单位构成。例如,《刑法》第 327 条规

---

① 参见娄云生:《法人犯罪》,中国政法大学出版社 1996 年版,第 30 页。

定:"违反文物保护法规,国有博物馆、图书馆等单位将国家保护的文物藏品出售或者私自送给非国有单位或者个人的,对单位判处罚金,并对其直接负责的主管人员和其他直接责任人员,处三年以下有期徒刑或者拘役。"这一犯罪的主体就只能是单位,而不可能单独由自然人构成。

《刑法》第31条对单位犯罪的处罚作出以下规定:"单位犯罪的,对单位判处罚金,并对其直接负责的主管人员和其他直接责任人员判处刑罚。本法分则和其他法律另有规定的,依照规定。"由此可见,刑法规定对单位犯罪以实行双罚制为原则,以实行单罚制或者转嫁制为例外。在双罚制中,一般对直接负责的主管人员和其他直接责任人员处以与个人犯罪中的个人相当之刑。例如,《刑法》分则第三章第一节生产、销售伪劣商品罪的最后一条,即第150条规定:"单位犯本节第一百四十条至第一百四十八条规定之罪的,对单位判处罚金,并对其直接负责的主管人员和其他直接责任人员,依照各该条的规定处罚。"《刑法》第31条规定的"本法分则和其他法律另有规定的,依照规定",是指对单位犯罪实行单罚制,一般都是只处罚自然人不处罚单位。例如《刑法》第396条第1款规定:"国家机关、国有公司、企业、事业单位、人民团体,违反国家规定,以单位名义将国有资产集体私分给个人,数额较大的,对其直接负责的主管人员和其他直接责任人员,处三年以下有期徒刑或者拘役,并处或者单处罚金;数额巨大的,处三年以上七年以下有期徒刑,并处罚金。"这一犯罪的主体是国家机关、国有公司、企业、事业单位、人民团体,但未规定对单位处罚,只规定了对上述单位中直接负责的主管人员和其他直接责任人员的处罚。

(七)刑罚种类

在刑法修订中,刑法改革是一个热点问题,其中对管制的存废、罚金的完善、死刑的限制都展开了较为广泛而深入的研究。但修订后的刑法对刑罚种类的规定基本上沿袭了1979年《刑法》,对连续性的追求超过了创新,似有保守之嫌。当然,修订后的刑法在刑法种类上也做了一些小的调整。有些内容总则规定未动,分则规定有所改进。下面略作分析:以死刑为例,刑法在对死刑的限制上虽然基本维持现状,没有重大突破,但也有一些改进。在刑法总则中,废除了1979年《刑法》中关于犯罪的时候不满18岁的人不适用死刑,但如果所犯罪行特别严重可以判处死刑缓期两年执行的规定。在刑法修订中,我国学者一致指出,对未成年人不应适用死刑。而且死缓不是一种独立刑种,它是执行死刑的一种制度,判处死缓仍然是判处死刑。前句规定"不适用死刑",后句规定"可以判处死缓",在逻辑上是矛盾的。因而建议修订1979年《刑法》第44条,删去"已满十六岁不满十八岁的,如果所犯罪行特别严重,可以判处死刑缓期二年执行"的规定。① 刑法修订中采纳了这一建议,实行了真正意义上的对未成年人不适用死刑的原则。此外,对死缓减刑问题的规定也作了改进,将由死缓减为无期徒刑的条件,由"确有悔改"改为"没有故意犯罪";将由死缓改为死刑立即执行的条件,由"抗拒改造情节恶劣"改为"故意犯罪"。上述改动,使刑法规定更为明确。在刑法分则具体犯罪的死刑适用条件的规定上,也由裁量余地较大的盖然规定,改为严格限制的明确规定。例如,根据1983年全国人大常委会通过的《关于严惩严重危害社会治安的犯罪分子的决定》的规定:故意伤害他人身体,致人重伤或者死亡,情节恶劣的,可以判处死刑。这里的情节恶劣,过于笼统,不易掌握。修订后的刑法虽然未能取消故意伤害罪的死刑,但规定故意伤害罪适用死刑的条件是:致人死亡或者以特别残忍手段致人重伤造成严重残疾。又如,盗窃罪适用死刑限于盗窃金融机构数额特别巨大的或者盗窃珍贵文物情节严重的情形。这样,从伤害后果(是否死亡或者重伤造成严重残疾)、手段(是否特别残忍)、盗窃数额(是否特别巨大)、对象(是否是金融机构或珍贵文物)、情节(是否情节严重)等方面进行综合分析,规定得较为明确,有利于控制故意伤害罪、盗窃罪的死刑适用。再以剥夺政治权利为例,修订后的刑法明确了剥夺政治权利附加适用的条件。1979年《刑法》对附加适用剥夺政治权利作了这样的规定:"对于严重破坏社会秩序的犯罪分子,在必要的时候,也可以附加剥夺政治权利。"应该说,这一规定存在双重含混:既未对严重破坏社会秩序的犯罪分子做出界定,又规定了"在必要的时候"这样笼统的条件,因而在司法实践中很难掌握。现在,《刑法》第56条改为:"……对于故意杀人、强奸、放火、爆炸、投毒、抢劫等严重破坏社会秩序的犯罪分子,可以附加剥夺政治权利。"这样规定,虽然还不能尽如人意,但与1979年《刑法》相比,应该说是更为明确与具体,便于适用。

---

① 参见赵秉志主编:《刑法修改研究综述》,中国人民公安大学出版社1990年版,第181页。

（八）特殊减轻

1979年《刑法》第59条第2款规定："犯罪分子虽然不具有本法规定的减轻处罚情节，如果根据案件的具体情况，判处法定刑的最低刑还是过重的，经人民法院审判委员会决定，也可以在法定刑以下判处刑罚。"这在刑法理论上称为特殊减轻或酌定减轻，与第59条第1款规定的一般减轻或法定减轻相对应。特殊减轻制度的设立，赋予了人民法院较大的自由裁量权。这一制度在弥补立法规定的缺陷，实现个别公正上发挥了一定的作用。毋庸讳言，这一规定在司法实践中也有被滥用的情况。修订后的刑法虽然没有取消这一规定，但作了十分严格的限制，将特殊减轻的决定权从基层人民法院审判委员会上收到最高人民法院。这一规定，强化了刑法的确定性，有利于正确适用刑法。但也会由于刑法缺乏必要的张力而导致极少数案件处理的不公正。在立法滞后的情况下，尤其如此，因此，这一规定的真正有效的落实，也对刑事司法本身提出了更高的要求。

（九）量刑制度

量刑制度，又称刑罚裁量制度，包括累犯、自首和数罪并罚。在修订后的刑法中，比较引人注目的是增加了立功制度。1979年《刑法》在自首制度中附有立功的规定，司法机关也对这里的立功作了解释。但如果没有自首，能否单独成立立功呢？对此法律没有规定，但司法实践中实际上是认可的。现在《刑法》第68条第1款对立功作了以下规定："犯罪分子有揭发他人犯罪行为，查证属实的，或者提供重要线索，从而得以侦破其他案件等立功表现的，可以从轻或者减轻处罚；有重大立功表现的，可以减轻或者免除处罚。"这一条文对立功的成立条件和处理原则都做了明确规定，有利于鼓励犯罪分子弃暗投明、立功受奖，从而有利于贯彻惩办与宽大相结合的刑事政策。此外，刑法还将构成累犯的时间条件放宽了，由1979年《刑法》的3年改为5年，体现了对那些重新犯罪的人员从重处罚的立法精神。

（十）行刑制度

行刑制度，是指刑罚执行制度，包括缓刑、减刑与假释。1979年《刑法》对于缓刑和假释的考验问题规定得不明确，影响了适用效果。为此，修订后的刑法增加规定了在缓刑或者假释考验期间必须遵守的规定，以加强对缓刑犯与假释犯的管理。尤其是缓刑考验，1979年《刑法》

第 70 条规定:“……由公安机关交所在单位或者基层组织予以考察……”根据这一规定,缓刑考验的主体是缓刑犯所在单位或者基层组织。由于这些组织忙于本职工作,无暇顾及对缓刑犯的考察,因而缓刑适用效果存在一些问题。现在,修订后的《刑法》第 76 条规定:“被宣告缓刑的犯罪分子,在缓刑考验期限内,由公安机关考察,所在单位或者基层组织予以配合……”这一规定明确地将缓刑考察权收归公安机关,有利于对缓刑犯的考察。1979 年《刑法》规定,缓刑犯与假释犯只有在考验期间再犯新罪,才撤销缓刑或者假释。现在,刑法规定,被宣告缓刑或者假释的犯罪分子,在缓刑或者假释考验期限内,违反法律、行政法规或者国务院公安部门有关缓刑或者假释的监督管理规定,情节严重的,应当撤销缓刑,收监执行原判刑罚,或者撤销假释,收监执行未执行完毕的刑罚。这一规定放宽了撤销缓刑或者撤销假释的条件,不仅再犯新罪,而且违法行为情节严重亦可撤销,有利于督促缓刑犯或者假释犯接受监督、服从管理,成为一个遵纪守法的公民。

五、修订前后的刑法:分则比较

从 1979 年《刑法》到 1997 年《刑法》,在分则规定上,修订补充主要表现在以下十个方面。

(一)分则体例

1979 年《刑法》分则体例为八大章,基本上以犯罪客体为分类标准。此后,为适应惩治经济犯罪和严重刑事犯罪的实际需要,全国人大常委会又以单行刑法与附属刑法的形式修订补充了 230 多个罪名,远远超过了 1979 年《刑法》规定的 151 个罪名。[①] 在刑法修订中,这些新罪都要吸纳到刑法中来,而且还要根据实际情况设置新罪。因而,刑法分则体例将会有较大的变动。在刑法修订中,对于刑法分则体例的编排,存在大章制与小章制之争。我赞同小章制,小章制能够坚持客体归类论,以客体特征作为刑法分则体例编排的统一标准。采用小章制编排刑法分则体例,还可以减少层次上的累赘,增强体例上的协调。但由于立法机关强调保持

---

① 参见陈兴良主编:《刑法新罪评释全书》,中国民主法制出版社 1995 年版,第 1 页。

1979年《刑法》的连续性,因而未能采用小章制,而是以大章制为基础,做了适当的调整,由此形成修订后的刑法十章的体系。这一体系与1979年《刑法》相比,存在以下两个特征:

1. 增加章数

1979年《刑法》分则共分为八章,这八章分别是:(1)反革命罪;(2)危害公共安全罪;(3)破坏社会主义经济秩序罪;(4)侵犯公民人身权利、民主权利罪;(5)侵犯财产罪;(6)妨害社会管理秩序罪;(7)妨害婚姻、家庭罪;(8)渎职罪。修订后的刑法分则分为十章,分别为:(1)危害国家安全罪;(2)危害公共安全罪;(3)破坏社会主义市场经济秩序罪;(4)侵犯公民人身权利、民主权利罪;(5)侵犯财产罪;(6)妨害社会管理秩序罪;(7)危害国防利益罪;(8)贪污贿赂罪;(9)渎职罪;(10)军人违反职责罪。在上述十章中,危害国家安全罪由反革命罪修订而来,贪污贿赂罪从侵犯财产罪和渎职罪中分离出来,其立法基础是1988年1月21日全国人大常委会通过的《惩治贪污罪贿赂罪的补充规定》。军人违反职责罪根据1981年6月10日通过的《惩治军人违反职责罪暂行条例》修订而来,并做了适当补充。危害国防利益罪是新增的一章犯罪。同时,刑法还将妨碍婚姻、家庭罪一章并入侵犯公民人身权利、民主权利罪。应该说,上述十章的排列有些凌乱。我认为,犯罪侵害的利益可以分为国家利益、个人利益和社会利益,各章应当按照上述顺序排列,形成以下刑法分则体系:(1)危害国家安全罪;(2)贪污贿赂罪;(3)渎职罪;(4)军人违反职责罪;(5)危害国防利益罪;(6)侵犯公民人身权利、民主权利罪;(7)侵犯财产罪;(8)危害公共安全罪;(9)破坏社会主义市场经济秩序罪;(10)妨害社会管理秩序罪。在以上十章犯罪中,第一章至第五章是危害国家利益的犯罪,第六章与第七章是危害个人法益的犯罪,第八章至第十章是危害社会法益的犯罪。

2. 章下设节

1979年《刑法》在体例上只是在总则中章下设节,分则分为八章,章下无节。在刑法修订过程中,有学者建议采用小章制,章下无节。现在,修订后的刑法采用大章制,因而在内容庞杂的第三章和第六章设节,以扩大容量。第三章破坏社会主义市场经济秩序罪下设八节,这就是:(1)生产、销售伪劣商品罪;(2)走私罪;(3)妨害对公司、企业的管理秩序罪;(4)破坏金融管理秩序罪;(5)金融诈骗罪;(6)危害税收征管罪;(7)侵犯知识产权罪;(8)扰乱市场秩序罪。第六章妨害社会管理秩序罪下设九节,这就是:(1)扰乱公共秩序罪;(2)妨害司法罪;(3)妨害国(边)境管理罪;(4)妨害文物管理罪;(5)危害公共卫生罪;(6)破坏环境资源保护罪;(7)走私、贩卖、运输、制造毒品罪;(8)组织、强迫、引诱、容留、介绍卖淫罪;(9)制作、贩卖、传播淫秽物品罪。在采用大章制的情况下,章下设节是一种较为合适的体例。这些节,其实就是小章制中的章。当然,有些章下有节,有些章下无节,给人以不协调之感。尤其是有些章较大,章下应当设节而未设。例如,第四章侵犯公民人身权利、民主权利罪,完全可以下设三节,分别规定侵犯公民人身权利罪、侵犯公民民主权利罪和妨害婚姻、家庭罪这三种犯罪的内容。

(二)国事犯罪

国事犯罪,即是指刑法分则第一章规定的危害国家安全罪,由1979年《刑法》的反革命罪一章修订而来。在刑法修订过程中,反革命罪的修订是引人注目的敏感问题之一。在我国刑法学界除个别同志不同意修订反革命罪以外,绝大部分同志都主张加以修订。这里的修订包含两层含义:一是修订章名。我国学者认为,章名,作为某一类犯罪的名称,是一个法律概念。其正确与否,主要取决于它是否鲜明、准确、科学地高度概括了该类犯罪的本质或主要特征;其含义范围是否具有相对的确定性。用这一标准来衡量我国刑法分则第一章的章名——反革命罪,其具有明显的缺陷,实有将其改而代之以危害国家安全罪的必要。[①] 由此可见,章名的修订虽然是形式意义上的,但对于刑法的科学性来说是极为重要的。由于反革命是一个政治概念,含义不确定,且在对外交流上造成困难,代之以危害国家安全罪这一严格的法律术语,确有必要。二是调整内容。反革命罪的修订不仅是一个章名变动的问题,也涉及实质内容的调整。关于反革命罪,1979年《刑法》第90条作出以下这样的界定:“以推翻无产阶级专政的政权和社会主义制度为目的的、危害中华人民共和国的行为,都是反革命罪。”这一概念,强调构成反革命罪必须具有反革命目的,在当时的情况下对于划清反革命罪与非罪的界限起到了一定的作用。

① 参见侯国云、薛瑞麟主编:《刑法的修改与完善》,中国政法大学出版社1989年版,第217页。

但由于强调反革命目的，在立法与司法两个方面都带来一些问题。从立法上来说，凡是具有反革命目的的行为，都规定为反革命罪，而不考虑这种行为本身是否危害国家安全。因此，在反革命罪一章设立了反革命杀人、伤人罪，反革命破坏罪等罪名。结果导致在我国刑法中，同一种行为，以是否具有反革命目的，区分为反革命犯罪与普通刑事犯罪。最为明显的是1979年《刑法》第175条规定了故意破坏国家边境的界碑、界桩或者永久性测量标志的犯罪。该条第2款规定，以叛国为目的的，按照反革命罪处罚。这里的叛国目的，也就是反革命目的。这在无形当中扩大了反革命罪的范围，在罪名的分类上缺乏科学性。从司法上来说，由于只有主观上具有反革命目的的才能构成反革命罪，而一些行为在客观上明显具有危害国家安全的性质，例如为境外机构组织、窃取、刺探、提供情报，但主观上未必具有反革命目的，有些是出于贪利动机，在这种情况下，过于强调反革命目的，反而不易对这些行为进行认定。基于上述考虑，这次刑法修订对反革命罪作了必要调整，其标准是：根据行为是否具有危害国家安全的性质而定，对于那些不具有危害国家安全性质的行为或者取消，例如反革命杀人、伤人罪，反革命破坏罪等；或者移入其他章中，例如聚众劫狱罪、组织越狱罪挪至第六章妨害社会管理秩序罪第二节妨害司法罪之中，可谓各得其所，十分恰当。总之，我认为反革命罪一章的修订是成功的，使刑法分则危害国家安全罪一章更具科学性。

（三）国际犯罪

在刑法理论上，国际犯罪（International Crime）是指国际社会通过国际公约的形式予以明文禁止并确认其实施者应当受到刑事制裁的行为。[①] 国际犯罪的特点是危害国际社会的共同利益，具有国际危害性，因而国际社会通过缔结国际公约的形式予以明文禁止。国际公约明文禁止以后，国际公约的缔约国或者加入国虽然对国际犯罪具有了普遍管辖义务，但如果国内法没有相应的规定，仍然缺乏定罪量刑的法律根据。因为除英美法等少数国家以外，大多数国家都不能直接援引国际公约有关条款作为定罪量刑的法律根据。在这种情况下，存在一个国际刑法规范在国内刑法中的确认和体现的问题。对此，1989年在维也纳召开的国际刑

① 参见张智辉：《国际刑法通论》（增补版），中国政法大学出版社1999年版，第104页。

法学协会第14届代表大会，曾就“国际犯罪与国内犯罪”问题形成过一个决议。该决议认为：包含刑事条款的国际条约给我们提出了一个重要任务，那就是要使某些条款在国内立法上刑事化。缔约国应尽最大努力将国际条约中所包含的刑法条款纳入本国法律。[①] 1979年《刑法》制定时，我国对外交往十分有限，因而当时刑法不仅没有规定普遍管辖原则，而且也没有规定有关的国际犯罪。随着对外开放的进一步扩大，国际犯罪以及跨国、跨地区犯罪都有所增多。为此，在刑法修订过程中我国学者提出了刑法的国际化问题，指出：随着国际交往增多，国际犯罪及跨国、跨地区的犯罪也日益增多，国际间的刑事合作关系扩大，为了加强这种国际间的刑事合作，有效地同国际犯罪及跨国、跨地区犯罪作斗争，必须在刑事立法上，对之给予充分的关注，并适当增加这方面的规定。特别是我国已先后加入了有关国际公约，就更有必要完善对国际犯罪、跨国或跨地区犯罪的立法规定，以履行其应尽的国际义务。[②] 这次修订刑法，除在刑法总则中规定普遍管辖原则以外，对于我国缔结和加入的国际公约中规定的国际犯罪在刑法分则中都尽量有所反映，从而使刑法与国际接轨。修订后的刑法中规定的国际犯罪主要有以下几种：

1. 劫持航空器罪

劫持航空器，是一种国际社会公认的国际犯罪。1963年9月14日签署的《关于在航空器内的犯罪和其他某些行为的公约》（以下简称《东京公约》）规定了非法劫持航空器的概念。1970年12月16日签署的《关于制止非法劫持航空器的公约》（以下简称《海牙公约》）和1971年9月23日签署的《关于制止危害民用航空安全的非法行为的公约》（以下简称《蒙特利尔公约》）也对劫持航空器的犯罪作了规定。我国先后于1978年、1980年加入上述三个国际公约。但在1979年《刑法》中没有关于劫持航空器罪的一般规定，只是在反革命罪中提及劫持飞机的行为。为此，1992年12月28日全国人大常委会通过《关于惩治劫持航空器犯罪分子的决定》，增设了劫持航空器罪。现在，《刑法》第121条正式规定了劫持航空器罪，为惩治劫持航空器的犯罪提供了法律根据。

---

① 参见张智辉：《国际刑法通论》（增补版），中国政法大学出版社1999年版，第271—272页。

② 参见高格：《刑法问题专论》，吉林大学出版社1996年版，第80页。

2. 危害航空安全罪

《蒙特利尔公约》旨在惩治除劫机之外的其他危害航空安全的犯罪行为,其中包括对飞行中的航空器内的人实施暴力行为、危及该航空器安全的行为。为此,修订后的《刑法》第123条将这种危害航空安全的行为予以犯罪化,规定:“对飞行中的航空器上的人员使用暴力,危及飞行安全,尚未造成严重后果的,处五年以下有期徒刑或者拘役;造成严重后果的,处五年以上有期徒刑。”这是在我国刑法中首次规定危害航空安全罪。

3. 组织、领导、参加恐怖活动组织罪

恐怖活动是国际犯罪的重要形式之一,它严重地破坏了国际秩序。1937年11月16日在国际联盟的主持下签署了《防止和惩治恐怖主义公约》,这是第一部反恐怖主义的国际公约。该公约规定,恐怖行为是指直接反对一个国家而其目的和性质是在个别人士、个人团体或公众中制造恐怖的犯罪行为。[①] 现在,世界各国在刑法中也大多把恐怖行为规定为犯罪。我国除规定劫持航空器罪和危害航空安全罪以外,还在刑法中规定了组织、领导、参加恐怖活动组织罪。《刑法》第120条规定:“组织、领导和积极参加恐怖活动组织的,处三年以上十年以下有期徒刑;其他参加的,处三年以下有期徒刑,拘役或者管制。”这是在我国刑法中首次规定组织、领导、参加恐怖活动组织罪。

4. 非法买卖、运输核材料罪

1980年3月3日开放签字、1987年2月8日生效的《核材料实物保护公约》指出:认识到核材料转移的安全和实物保护,国内使用、储存和运输中的核材料的重要性,为了促进和平利用核能方面的国际合作,防止由非法取得和使用核材料所可能引起的危险,深信极需采取适当有效的措施以求防止、侦查和惩处与核材料有关的犯罪行为,该公约主要规定了非法获取和使用核材料罪,即指采取抢劫、盗窃等非法手段获取核材料,引起死亡、重伤或重大财产损失的行为。[②] 刑法修订中,根据我国核材料保护的实际情况,首次在刑法中规定了非法买卖运输核材料罪。

5. 洗钱罪

洗钱,是指将犯罪所获得的黑钱或者赃钱变得干净,也就是使赃物合

---

① 参见张智辉:《国际刑法通论》(增补版),中国政法大学出版社1999年版,第199页。

② 参见张智辉:《国际刑法通论》(增补版),中国政法大学出版社1999年版,第49页。

法化的行为,是一种犯罪的便利行为。反洗钱立法主要出现在反毒法中。在毒品犯罪中,洗钱是指国际毒品犯罪分子将从事毒品交易获得的钱财,通过银行和其他金融机构,经过一系列复杂的内部运作、转换程序,使赃钱变为合法收入而重新进入金融领域,有些是成为合法的储蓄或者转换为有价证券,或者是购置房地产等。[①] 1988 年 12 月 19 日签署的《联合国禁止非法贩运麻醉药品和精神药物公约》规定,明知是靠走私、贩卖、制造毒品等获得的财物,为了隐瞒或掩饰该财产的非法来源,逃避毒品犯罪行为的法律后果而转换或转让财产;或隐瞒、掩饰该财产的真实性质、来源、所在地、处置、转移、相关的权利或所有权,是犯罪行为。我国依国际公约赋予的义务,在 1990 年 12 月 28 日全国人大常委会通过的《关于禁毒的决定》中,专门规定了窝藏毒品犯罪所得财物罪,实际上就是一种为毒品犯罪分子洗钱的行为。现在,修订后的《刑法》第 191 条正式规定了洗钱罪,指出:"明知是毒品犯罪、黑社会性质的组织犯罪、走私犯罪的违法所得及其产生的收益,为掩饰、隐瞒其来源和性质,有下列行为之一的,没收实施以上犯罪的违法所得及其产生的收益,处五年以下有期徒刑或者拘役,并处或者单处洗钱数额百分之五以上百分之二十以下罚金;情节严重的,处五年以上十年以下有期徒刑,并处洗钱数额百分之五以上百分之二十以下罚金:(一)提供资金账户的;(二)协助将财产转换为现金或者金融票据的;(三)通过转账或者其他结算方式协助资金转移的;(四)协助将资金汇往境外的;(五)以其他方法掩饰、隐瞒犯罪的违法所得及其收益的性质和来源的。"刑法还对单位犯洗钱罪作了处罚规定。

(四)证券犯罪

在刑法理论上,证券犯罪是指证券发行人、证券经营机构、证券管理监督机构、证券服务机构、投资基金管理公司、证券业自律性管理机构以及其他机构、证券业从业人员、管理人员以及其他人员,故意地违反证券法规,非法从事证券的发行活动,严重破坏证券市场的正常管理秩序,侵害证券投资人的合法利益,应受刑罚处罚的行为。[②] 我国证券市场自 1986 年重建以来,证券业得到了蓬勃发展,尤其是在市场经济大潮的推动下,证券市场全面繁荣与空前活跃,成为我国社会主义经济建设的有生力

---

① 参见桑红华:《毒品犯罪》,警官教育出版社 1992 年版,第 191 页。

② 参见陈兴良、陈正云:《证券犯罪的立法构想》,载《法学》1994 年第 2 期。

量。但是,伴随着证券业的迅猛发展,证券交易中的违法犯罪现象也应运而生。由于我国目前的证券市场还处于一种自发状态,国家对证券市场缺乏行之有效的宏观调控手段,证券法尚付阙如,对证券违法犯罪行为的惩治更是无法可依。在这种情况下,刑法增补了证券犯罪,对于刑法的发展完善具有重要意义。刑法中规定的证券犯罪主要有以下几种:

1. 擅自发行股票、债券罪

擅自发行股票、债券罪是证券发行中的犯罪。证券发行是指经批准符合条件的证券发行人,按照一定程序将有关证券发售给投资者的行为。[①] 由于证券发行是证券交易的前提,没有发行就没有交易,因而证券发行具有十分重要的意义,并受国家严格审核。证券发行有注册制与核准制之分[②],我国实行核准制。依据我国法律规定,证券发行人在做出发行证券的决策之后,必须将这种决策上升为证券发行的各种正式书面文件,并报送国家有关部门审批核准,未经批准不得擅自发行证券。擅自发行股票、债券罪就是指在上述证券发行中,证券发行人违反证券发行的法律规定,未经公司法规定的有关主管部门批准,擅自发行股票或公司企业债券,数额巨大、后果严重或者有其他严重情节的行为。该罪本来规定在全国人大常委会《关于惩治违反公司法的犯罪的决定》第7条,因其属于证券犯罪,《刑法》规定在第179条,与其他新增的证券犯罪一并规定。

2. 内幕交易罪

内幕交易罪是证券交易中的犯罪。证券交易是指在证券交易所市场或场外市场买卖证券的行为。其中,在证券交易所市场以公开、集中竞价方式买卖上市证券是证券流通的主要途径,是证券交易的核心。[③] 证券交易必须坚持公开原则,以保证其公正性。内幕交易罪就是违反证券交易公开原则进行内幕交易而构成的犯罪。内幕交易罪关键是确定内幕人员的范围,对此存在狭义与广义的理解[④]:狭义说认为,内幕人员可以分为公

---

① 参见顾肖荣主编:《证券交易法教程》,法律出版社1995年版,第26页。

② 参见杨志华:《证券法律制度研究》,中国政法大学出版社1995年版,第63页以下。

③ 参见顾肖荣主编:《证券交易法教程》,法律出版社1995年版,第77页。

④ 参见郭锋:《我国证券立法若干问题的探讨》,载《中国法学》1993年第1期。

司内幕人员(Corporate Insider)和市场内幕人员(Marker)。前者指基于在公司中的地位和特殊关系而获得来源于公司内幕信息的人;后者指与公司没有从属关系或在公司中没有特殊地位,但由于职业而获取有关公司内部信息或外部有关市场供求变化信息的人。广义说认为,凡拥有与股票价格有重大影响而未公开的信息,除非该信息是基于自己的研究,或其利用不违背任何人的义务,在法律及社会观念上纯属正当者外,都是内幕人员。修订后的刑法对内幕人员采广义说,除内幕信息的知情人员以外,还包括非法获取证券交易内幕信息的人员。根据《刑法》第180条的规定,内幕交易罪是指证券交易内幕信息的知情人员或者非法获取证券交易内幕信息的人员,在涉及证券的发行、交易或者其他对证券的价格有重大影响的信息尚未公开前,买入或者卖出该证券,或者泄露该信息,情节严重的行为。内幕交易罪的规定,对于规范证券交易具有重要意义。

3. 编造并传播影响证券交易的虚假信息罪、诱骗投资者买卖证券罪

编造并且传播影响证券交易的虚假信息罪、诱骗投资者买卖证券罪,都是在证券交易中弄虚作假,欺骗顾客的行为。上述行为的危害性主要在于扰乱证券交易市场,损害投资者利益。根据《刑法》第181条的规定,在上述两种行为中,前罪是外部人员的所为,要害在于通过编造并且传播影响证券交易的虚假信息,扰乱证券交易市场,从中获取非法利益。后罪是内部人员之所为,表现为证券交易所、证券公司的从业人员、证券业协会或者证券管理部门的工作人员,故意提供虚假信息或者伪造、变造、销毁交易记录,诱骗投资者买卖证券的行为,其要害在于损害投资者利益,而上述部门及其人员从中获取非法利益。

4. 操纵证券市场罪

操纵证券市场是典型的证券犯罪行为。证券市场中的操纵行为(Manipulation)是指一个人或某一组织,背离自由竞争和供求关系确定证券价格,迫使他人交易证券的行为。操纵行为对证券市场的危害主要表现为以下三个方面:(1)以人为创制的虚假投资参数代替证券市场的真实投资参数,使证券价格不能以价值规律为基础,真实反映市场供需关系。(2)对于依据创制参数进行证券交易的投资者,操纵性价格和操纵性交易量成为操纵者欺诈的工具。(3)操纵证券市场行为对于银行信用及证券

抵押贷款也会构成影响。[1] 因此,各国无不把操纵证券市场的行为规定为犯罪。国务院《禁止证券欺诈行为暂行办法》将操纵证券市场行为规定为违法行为,修订后的《刑法》第 182 条则将其规定为犯罪。根据刑法的规定,操纵证券市场行为包括以下五种:(1)垄断价格;(2)串通交易;(3)自买自卖;(4)抬高或者压低交易价格;(5)其他操纵证券交易价格行为。

(五)竞业犯罪

在刑法理论上,竞业犯罪是指违反自由与公平的竞争原则,以违法或其他不正当的手段来参与竞业,而损人利己的不公平竞争的行为。[2] 竞业犯罪,在我国刑法中包括不正当竞争的犯罪与非法垄断的犯罪两大类,其中前者是主要的内容。例如我国学者认为,竞业犯罪是指作为商事主体的自然人、法人或非法人单位,以遏止自由竞争的独霸手段或公然采取不正当竞争的手法,严重扰乱、破坏市场经济主体间的公平竞争,破坏市场经济正常运行,情节严重的行为。[3] 由此可见,竞业犯罪是指违反竞争法规定而构成的犯罪行为,这种犯罪的本质在于破坏自由竞争或者抑制自由竞争,扰乱市场经济管理秩序。因为,从本质上说,市场经济是一种竞争经济。竞业犯罪的特点决定了它破坏公平、公开、公正的自由竞争,并抑制有效竞争的充分展开,从而保护了落后,抑制了先进,不利于经济结构的调整与经济效益的提高。在计划经济体制之下,由于不存在竞争,实行国家对经济生活的高度垄断,因而也就不存在非法垄断问题。因此,1979 年《刑法》没有关于竞业犯罪的规定。此后,1993 年我国通过了《反不正当竞争法》,将某些不正当竞争行为规定为违法行为,为竞业犯罪的立法化奠定了基础。为了适应市场经济发展的需要,修订后的刑法在第三章破坏社会主义市场经济秩序罪第八节扰乱市场秩序罪中规定了竞业犯罪,主要包括以下几种:

1. 损害商业信誉、商品声誉罪

损害商业信誉、商品声誉行为,是一种通过诋毁贬低竞争对手,进行不正当竞争的行为。这种行为,外国反不正当竞争法中大多有规定。例如德国《反不正当竞争法》规定,对于以竞争为目的,故意制造或者散布、传播诋毁、贬低竞争对手商业信誉的经济组织和个人,除必须承担相应的

---

① 参见杨志华:《证券法律制度研究》,中国政法大学出版社 1995 年版,第 280—281 页。

② 参见林山田:《经济犯罪与经济刑法》(修订三版),三民书局 1981 年版,第 26 页。

③ 参见屈学武:《论竞业犯罪》,载《中国法学》1994 年第 6 期。

赔偿责任外，还可追究其刑事责任。日本《防止不正当竞争法》规定，陈述虚假事实、妨害有竞争关系的他人在营业上的信用，或者散布这种虚假事实的行为属于不正当竞争行为，应当承担刑事责任。[①] 我国反不正当竞争法也有类似规定。现在，《刑法》第 221 条正式将捏造并散布虚伪事实，损害他人的商业信誉、商品声誉，给他人造成重大损失或者有其他严重情节的行为规定为犯罪。

2. 虚假广告罪

虚假广告，又称不实广告，是进行虚假广告宣传的不正当竞争行为。如果企业经营者利用广告，编造虚假事实，诋毁竞争对手的商业信誉或者商品声誉的，应以损害商业信誉、商品声誉罪论处。本罪之虚假广告，根据《刑法》第 222 条的规定，限于违反广告法规，利用广告对商品或者服务作虚假宣传，情节严重的行为。

3. 串通投标罪

串通投标是一种招标、投标中的限制竞争协议行为，具有非法垄断性质。限制竞争协议行为是指两个或两个以上具有竞争关系的经营者，以合同、协议或其他方式，共同决定商品或服务的价格、生产、销售数量、技术标准、交易地区等，从而限制市场竞争，谋取超额利润的行为。[②] 招标是一种公开竞争的商业行为，投标人相互串通投标价格，实际上就是一种限制竞争协议行为，其结果必然损害招标人或者其他投标人的利益。因此，《刑法》第 223 条将这种妨害招标投标的行为规定为犯罪。其中包括以下两种犯罪：(1)投标人串通投标罪；(2)投标人与招标人串通投标罪。

4. 强迫交易罪

强迫交易，是指经营者采用胁迫或其他强制手段，从事或安排他人从事或阻碍他人从事市场交易的行为。[③] 也就是俗话所说的欺行霸市。强迫性交易是侵害商品选择权的行为，同时也是限制公平竞争，侵害消费者

---

① 参见国家工商行政管理局条法司：《现代竞争法的理论与实践》，法律出版社 1993 年版，第 204 页。

② 参见国家工商行政管理局条法司：《现代竞争法的理论与实践》，法律出版社 1993 年版，第 238 页。

③ 参见国家工商行政管理局条法司：《现代竞争法的理论与实践》，法律出版社 1993 年版，第 238 页以下。

利益的行为。根据《刑法》第 226 条的规定,在商品交易中,以暴力、威胁手段强买强卖商品、强迫他人提供服务或者强迫他人接受服务,情节严重的,应以本罪论处。由此可见,本罪限于个别经营者所采取的暴力、胁迫等极端强制手段从事的强迫性交易行为,而不包括行业性、地区性以垄断为手段的一般强迫性交易行为。

(六)电脑犯罪

在刑法理论上,电脑犯罪又称为计算机犯罪,是指以计算机为工具或以计算机资产为对象的犯罪行为。因此,电脑犯罪实际上可以分为两部分:一是以计算机为工具而实施的犯罪,例如利用电脑贪污、挪用公款等。在这种情况下,计算机只是一种犯罪手段,犯罪行为本身仍然是传统的犯罪。例如,美国学者指出:计算机犯罪已经涉及盗窃、诈骗、掠夺、侵占、纵火、贪污、敲诈、破坏、间谍等绝大部分社会犯罪现象。除凶杀、强奸、伤害和其他人对人的犯罪活动,无法通过计算机直接进行以外,计算机犯罪包括几乎所有的犯罪形式。[①] 这个意义上的电脑犯罪,主要是犯罪学或刑事侦查学的研究对象。从刑法上说不是独立罪名。对此,《刑法》第 287 条作出以下照应性规定:"利用计算机实施金融诈骗、盗窃、贪污、挪用公款、窃取国家秘密或者其他犯罪的,依照本法有关规定定罪处罚。"二是以计算机为对象的犯罪。这里又有两种情况:(1)破坏计算机硬件的犯罪。各国刑法一般没有将其专门规定为犯罪,而是作为毁坏财物行为论处。(2)把计算机数据处理设备作为对象的犯罪。这就是狭义上的也是刑法意义上的电脑犯罪。德国著名犯罪学家施奈德指出:窜改输入数据是计算机犯罪的最重要的表现形式。窜改是在穿孔卡片上、磁带上、穿孔纸带上或者磁盘上进行的,目的是导致计算机做出有利于窜改者的处理。由于计算机内部的自动化工作过程,这种窜改在相当长时期内被重复,因此造成高额损失。[②] 随着电脑在我国社会上的普及,电脑犯罪在我国也大有愈演愈烈的趋势。为此,刑法在第六章妨害社会管理秩序罪第一节扰乱公共秩序罪中,规定了以下三种电脑犯罪:

1. 非法侵入计算机信息系统罪

---

① 参见刘广三:《犯罪现象论》,北京大学出版社 1996 年版,第 217 页。

② 参见〔德〕汉斯・约阿希姆・施奈德:《犯罪学》,吴鑫涛、马君玉译,中国人民公安大学出版社 1990 年版,第 70 页。

非法侵入计算机信息系统是一种危害计算机信息安全的犯罪。由于计算机在国家社会管理上的广泛应用,计算机内储存了大量有关国家事务、国防建设、尖端科学技术领域的信息秘密。这些秘密一旦泄露,必将对国家利益造成重大损失。为此,《刑法》第 285 条将违反国家规定,非法侵入国家事务、国防建设、尖端科学技术领域的计算机信息系统的行为规定为犯罪。这一犯罪的特点是,它属于行为犯,一有侵入行为即可构成本罪,不待发生其他后果。当然,本罪主观上要求是故意,而且只有侵入上述事关国家利益的特定计算机信息系统才构成犯罪。

2. 窜改计算机功能与数据罪

窜改计算机功能与数据罪,是一种数据欺骗(Data Deceiving)行为,即非法窜改输入、输出数据或输入假数据。[1] 这是一种十分典型的带有破坏性的电脑犯罪。《刑法》第 286 条设两款分别规定了删除、修改、增加、干扰计算机信息系统功能罪和删除、修改、增加计算机信息系统数据和应用程序罪。

3. 计算机病毒罪

计算机病毒(Computer Virus)是隐藏在可执行程序中或数据文件中在计算机内部运行的一种干扰程序。计算机病毒已经成为计算机犯罪者的一种有效手段,也是对计算机进行攻击的最严重的方法。它具有可传播、可诱发和可潜伏性,其运行对于大、中、小、微型计算机和计算机网络都具有巨大的危害性和破坏性。它同一般生物病毒一样,具有多样性和传染性,可以繁殖和传播,因此被形象地誉为计算机系统的“艾滋病”[2]。《刑法》第 286 条第 3 款规定了故意制作、传播计算机病毒等破坏性程序罪,有利于惩治制作、传播计算机病毒的犯罪行为。

(七)黑社会犯罪

黑社会犯罪是一个世界性问题,具有严重的社会危害性。在 1979 年之前,由于我国实行计划经济,国家对社会实行高度集中统一的垄断性统治,经济关系的一元性与社会结构的简单性,不存在黑社会生存的土壤与条件。因此,在 1979 年《刑法》中,只有关于流氓罪——浮在社会表层的恶势力犯罪的惩治性规定,没有关于黑社会犯罪——隐蔽在社会深层的

① 参见刘广三:《犯罪现象论》,北京大学出版社 1996 年版,第 226 页。

② 参见刘广三:《犯罪现象论》,北京大学出版社 1996 年版,第 229 页。

黑恶势力犯罪的惩治性规定。在经济体制改革以后，由于经济关系的多元化与社会结构的复杂化，黑社会组织初露端倪。这里的黑社会组织是指有组织结构、名称、帮主、帮规，在一定的区域、行业、场所进行危害社会秩序行为的非法团体。其特点是：(1)具有相当坚实的经济基础；(2)具有比较严密的组织形式；(3)犯罪职业化；(4)黑社会组织成员绝大多数是具有前科的犯罪分子；(5)公开对抗政府和社会，其行为具有明显的反社会性质；(6)腐蚀、拉拢党政干部充当保护伞。基于对黑社会组织的以上认识，我国学者提出应当在刑法中设立黑社会组织活动罪，认为这不仅对那些徘徊于黑社会组织外围的人起到警醒与震慑的作用，而且有利于教育广大人民群众，号召广大人民群众理直气壮地同黑社会组织作斗争。这不仅具有重大的现实意义，而且具有深远的历史意义。[①] 现在，修订后的刑法采纳了这一建议，在刑法中增设了组织、领导、参加黑社会性质组织罪。根据《刑法》第 294 条的规定，组织、领导、参加黑社会性质的组织罪，是指组织、领导和积极参加以暴力、威胁或者其他手段，有组织地进行违法犯罪活动，称霸一方，为非作恶，欺压、残害群众，严重破坏经济、社会生活秩序的黑社会性质的组织的行为。组织、领导、参加黑社会性质组织罪的设立，为惩治黑社会组织的犯罪活动提供了法律武器，对于维护社会治安，稳定社会秩序确实具有重要的作用。当然，黑社会组织是一种具有自我生存、自我发展能力的地下组织，不能混同于一般的反社会犯罪组织。此外，刑法还增设了与黑社会有关的犯罪，包括境外黑社会组织到境内发展成员罪和包庇、纵容黑社会性质组织罪。

（八）卫生犯罪

卫生犯罪，是指危害公共卫生的犯罪。随着社会发展，人民生活水平的提高，公共卫生问题越来越引起高度重视，并纳入法律保护的范围。1979 年《刑法》基本上未涉及卫生犯罪，修订后的《刑法》以专节规定了危害公共卫生罪，主要包括以下六种犯罪：

1. 违反传染病防治规定罪

传染病对于人体健康具有十分严重的危害。为此，国家颁布了《传染病防治法》，实行对传染病的法律控制。违反传染病防治规定罪，就是指

---

① 参见马克昌、丁慕英主编：《刑法的修改与完善》，人民法院出版社 1995 年版，第 396—397 页。

违反《传染病防治法》的规定而构成的犯罪。刑法中包括以下两种犯罪：(1)《刑法》第330条将违反《传染病防治法》的规定,引起甲类传染病传播或者有传播严重危险的行为规定为犯罪,这就是违反规定引起甲类传染病传播罪。(2)《刑法》第331条将从事实验、保藏、携带、运输传染病菌种、毒种的人员,违反国务院卫生行政部门的有关规定,造成传染病菌种、毒种扩散,后果严重的行为规定为犯罪,这就是违反规定造成传染病菌种、毒种扩散罪。

2. 违反检疫规定罪

进出境检疫,是国家为保证人民身体健康,防止国外传染病或者其他疾病侵入境内而采取的重要行政措施。违反检疫规定罪,就是指违反卫生检疫规定而构成的犯罪。刑法中包括以下两种犯罪：(1)《刑法》第332条将违反国境卫生检疫规定,引起检疫传染病传播或者有传播严重危险的行为规定为犯罪,这就是违反规定引起检疫传染病传播罪。(2)《刑法》第337条将违反进出境动植物检疫法的规定,逃避动植物检疫,引起重大动植物疫情的行为规定为犯罪,这就是违反规定逃避动植物检疫罪。

3. 非法出卖、采集、供应血液罪

非法出卖、采集、供应血液罪,是指违反血液管理法规,非法出卖、采集、供应血液,情节严重的行为。血液与人民身体健康息息相关,其质量应当依法予以保障。在现实生活中,非法出卖、采集、供应血液的行为屡有发生,危害极为严重。为此刑法规定了以下与血液有关的犯罪：(1)《刑法》第333条规定了非法组织他人出卖血液罪;(2)《刑法》第333条还规定了强迫他人出卖血液罪;(3)《刑法》第334条第1款规定了非法采集、供应血液或制作、供应血液制品罪;(4)《刑法》第334条第2款规定了违背操作规定采集、供应血液或制作、供应血液制品罪。

4. 医疗责任事故罪

医疗责任事故对于病人的身体、生命健康危害极大,有必要予以刑事制裁。1979年《刑法》没有专门规定医疗责任事故罪,因而对于医疗责任事故在定性上造成混乱。现在,《刑法》第335条将医务人员由于严重不负责任,造成就诊人死亡或者严重损害就诊人身体健康的行为规定为犯罪。

5. 非法行医罪

非法行医容易造成严重的后果,不加控制,对人民身体的健康危害极大。为此,《刑法》第 336 条第 1 款将未取得医生执业资格的人非法行医,情节严重的行为规定为犯罪。

6. 破坏计划生育罪

计划生育、控制人口增长是我国的基本国策。但社会上有些未取得医生执业资格的人,擅自为他人进行节育复通手术、假节育手术、终止妊娠手术或者摘取宫内节育器。这些行为不仅破坏了计划生育政策,而且严重损害了他人的身体健康。为此,《刑法》第 336 条第 2 款将这种行为规定为犯罪。

(九)业务犯罪

业务犯罪是与职务犯罪相对应的,也称为职业犯罪,是指违反职业义务的犯罪。一般来说,职务犯罪是一种公务犯罪,业务犯罪则不具有公务性,但也并非是私务犯罪,而是与一定的社会管理相关。在以往的计划经济体制之下,对社会管理完全由国家承担,因而业务犯罪与职务犯罪具有同一性,都是指国家机关工作人员的渎职犯罪。在实行市场经济以后,出现了国家与社会的分化,国家直接管理的领域有所收缩,社会管理的领域有所扩大。在社会管理活动中,违反职业义务的犯罪,就必然从国家工作人员的职务犯罪中分离出来,自成一体。在修订后的刑法中,规定了各个行业的有关管理人员的业务犯罪,这些人都不是国家机关工作人员,但又承担着一定的社会管理职能,因此,不能把他们的渎职犯罪与国家机关工作人员的职务犯罪混为一谈。但在修订后的刑法中,未能将从事一定社会管理活动人员的业务犯罪专设一章或一节加以专门规定,而是散见各章,这是十分遗憾的。尽管在法律上未作这种有关规定,但从法理上仍应加以正确界定。尤其是对于新增的业务犯罪需要加以重视和强调,并科学地与国家机关工作人员的渎职犯罪加以区分。

(十)军事犯罪

军事犯罪是指危害国家军事利益的犯罪。修订后的刑法首次专设两章,规定了军事犯罪,这对于保护国家军事利益具有重大意义。军事犯罪有狭义与广义之分:狭义上的军事犯罪是指军人违反职责罪,即现役军人或法律规定的武装力量的其他人员,违反职责,危害国家军事利益,依照法律规定应当受刑罚处罚的行为。广义上的军事犯罪是指妨害国家对军事活动的管理,破坏军事秩序,危害国家的军事利益,依照法律规定应当受刑罚处罚的行为。在这个意义上,军事犯罪,除以军人为主体的违反职责罪以外,还包括以一般人为主体的危害国防利益罪。以往在我国刑法中,只有军人违反职责罪的单行刑法的规定。至于危害国防利益罪,只有个别罪名,在附属刑法中有所反映。这种状况的存在,不能全面、有效地保护国家的军事利益。在这次刑法修订中,我国学者提出了关于完善军事犯罪的建议,有些同志主张在刑法分则中增设危害国防罪(危害军事利益罪)专章,包含两类犯罪:一类是军人违反职责罪,另一类是非军职罪但属于危害国家军事利益的犯罪。① 另外有些同志则认为,借鉴国外的立法经验,结合我国司法实际,在修订刑法的时候,在刑法分则危害国家安全罪之后,增设一章妨害军事管理罪,把我国目前附属刑法中规定的拒绝、逃避军事义务罪,聚众冲击军事禁区罪和扰乱军事管理区秩序罪、破坏军婚罪都纳入这一章中,使我国刑法分则的分类更加科学。同时,我们在立法的时候,还可以根据我国的司法实践经验,借鉴国外的经验,适当增加一些新罪名。② 现在,修订后的《刑法》除军人违反职责罪以外,还专设一章危害国防利益罪,对危害国防利益犯罪作了较为全面的规定。军人违反职责罪一章,在由单行刑法纳入刑法典的时候,对内容作了适当调整,并作了必要的修订补充,使之更加完善。而危害国防利益罪一章规定的绝大部分是新罪,而且大部分是战时构成的犯罪。军事犯罪的规定是我国刑法完善的重要标志,也是创制一部统一刑法典的努力的巨大成功。

陈兴良

---

① 参见赵秉志主编:《刑法修改研究综述》,中国人民公安大学出版社 1990 年版,第 87 页。

② 参见陈兴良主编:《刑法新罪评释全书》,中国民主法制出版社 1995 年版,第 1375 页。

30.《刑法疏议》[1]代跋

法的解释与解释的法

本书是我所完成的第一部严格意义上的注释法学著作,《刑法疏议》这一书名就足以表明这一点。在本书付梓之际,以跋的形式将本书写作过程中的一些感想略作铺陈,以尽余兴。

一、前记

在法学界,大家对“疏议”一词想来不会陌生,它出自《唐律疏议》,但并非其专利,而已经演化为在一般意义上指称注释法条的一个专有名词。关于“疏议”两字的涵义,前人多有发微。俞正燮《癸巳类稿》卷十二《唐律疏议跋》云:“此书名疏者,申明律及注意;名议者,申律之深义及律所不周不达,若董仲舒春秋决狱、应劭决事比及集驳议之类。”董康《中国刑法疏议凡例》则以为:“疏”是诠释法律之大要,“议”为探索法律之本旨。而王重民先生《敦煌古籍叙录》跋伯 3593 号《唐律疏议》残卷,则认为“疏”“议”同义,均为申明律及注者。我国著名唐律专家杨廷福教授认为:似以王说为当。[2] 我则倾向于采纳董康之说:疏与议还是有所区别的。疏者,原意为疏通,清除阻塞使之通畅。引申义为注解,通过对文字的疏导使人理解。因此,疏的着力之处在释义。议者,商议,议论也,含有评解之义,它不限于对字面含义的注释,而是在此基础上进而探明立法之本旨,已然包含学理探究的内容。本书仿照疏议,对条文解释分为以下三个层次:

一是主旨,意在用简短的话语将本条之内容加以概括。对于分则条文,这一概括正是罪名。因此,主旨恰好就是现在普遍在官方文件、学术

---

① 陈兴良主编:《刑法疏议》,中国人民公安大学出版社 1997 年版。

② 参见杨廷福:《唐律初探》,天津人民出版社 1982 年版,第 1 页。

论文,甚至出版物版权页上流行使用的关键词。关键词的作用是给人以提示指引:未及细研法条,猛然先有主旨映入眼帘,概要性地获悉条文的要义。尤其是对于分则条文,主旨恰为罪名。由于我国刑法没有采取法定罪名的立法方式(尽管罪名法定化为我国学者一再呼吁),因此,对罪名的学理概括就成为一大难题。本书尽量在条文表述的文字基础上,根据本人的理解,对罪名加以概括,得失寸心知。可以说,对罪名的概括,是最见学识之举,由于功力所限,本书中的罪名概括只能差强人意。

二是释义,也就是疏议之疏的内容。对条文进行文字与含义的注疏,阐发法条之所然与所不然。在此,作者所持的是一种价值中立的态度,尽量忠实于法条,将法条旨趣揭示出来。释义是本书的主要内容,它代表了我对法律条文的理解。在释义中,我尽可能地忠实于立法精神,除对重要概念、术语作义理上的疏通以外,还采取了以法律解释法律的方法。因为刑法往往是其他法律的制裁力量,它与其他法律具有紧密的联系。为此,对于刑法条文中的重要概念,能够从相关法律中找到确切解释的,就利用法律来加以解释。只有在没有相关法律可以引为解释的情况下,才进行学理上的解释。尽管如此,还是不能说释义都能反映立法的真实意图,其仍然是我对法律的阐释。

三是评解,也就是疏议之议的内容,包括立法意图之探究与立法得失之评价。立法意图也就是法律之本旨,即立法者想要表达的意思。在一般情况下,通过条文释义,就可以明白立法意图。但条文是以语言形式表现的,语言只是表达立法意图的一种工具:它有时表达得好,有时表达得差。在表达得好的情况下,言与意相吻合,言到意随或者意在言内,得其言而得其意。但在表达得差的情况下,言与意相背离,言不达意或者意在言外,得其言而不能尽得其意。在这种情况下,需要揣摩立法意图,消除理解障碍,重构立法精神。即使是在法条的言与意相谐的情况下,对言虽无可指责,对意却仍然可以有所评论,即意本身也有一个利弊得失的问题。在这个意义上,我们可以对立法本身进行评价与批评,这不仅有助于对法条的理解,更有利于立法的完善。这种对立法的批评,大概是古代注释法学所没有的功能,因而是注释法学的现代意蕴。因此,评解可以说是阐发在言与意双重意义上的法条之所然与所不然。显而易见,这里的应然与不应然,不同于前述之所然与所不然,包含着一种价值评判的态度。

当然,并不是每一法条都有得失可供评价。所以,在评解中也包含法条沿革等内容,凡不宜在释义中表达的意思,都可以在评解中发挥,因而颇有评议之真谛。当然,如果无可评价的,只能一语带过。因此,评解是有话则长,无话则短。

通过本书写作,我增强了这样一个信念:法是需要解释的,法在解释中存在并在解释中发展。当然,也不排除这种可能性:法在解释中迷失乃至于在解释中湮灭。这里涉及法解释学的立场问题,这是值得认真探讨的。也正是本书的写作,触发了我对法解释学的顿悟。

二、法解释:历史命运

"解释学"一词最早出现在古希腊文中,它的拉丁化拼法是Hermeneuein,它是词根是Hermes。Hermes是在希腊神话中专司向人传递诸神信息的信使。他不仅向人们宣布神的信息,而且还担任了一个解释者的角色,对神谕加一番注解和阐发,使诸神的意旨变得可知而有意义。因此,"解释学"一词最初主要是指在阿波罗神庙中对神谕的解说。由此又衍生出两个基本的意思:(1)使隐藏的东西显现出来;(2)使不清楚的东西变得清楚。[①]在法学领域,解释也具有古老的传统。在远古时代,法律被认为是神旨,往往是在宗教的氛围与意蕴中,通过巫师、祭司传达给社会的,因而他们垄断了法解释权,从而在一定程度上获得了对社会的统治权。例如,在古罗马社会早期的拉丁时代,就有两个最重要的罗马僧侣团体——祭司团体和占卜官团体——都拥有法解释权。祭司的名称提示了它的起源,瓦罗内(Varrone)提到一个简单的词源学解释pontem facere,他把祭司同桥联系起来,桥在罗马早期的民事和司法制度中具有最显著的意义(比如说,它对有关选举的民众会议就意义重大)。在早期阶段,祭司很可能是所有神圣事务的专家,他们的任务是向集体、首脑或个人提供关于完成宗教义务的方式的意见,维护神的和平(Pax Deorum),这一使命使他们自古(ab antiquo)就拥有很高权威和威望。由

① 参见张汝伦:《意义的探究——当代西方释义学》,辽宁人民出版社1986年版,第3—4页。

于各种秩序的混合并在原始阶段影响着整个法律组织的宗教观念，祭司不仅控制着私人的和公共的信仰并通过这种信仰控制着公共生活，而且也掌握着法律知识，尤其掌管着在私人关系，即在较小群体社会、在家父们的相互关系中形成的法则。因而，在上述法的发展中，在将法转变为由执法官控制的“诉讼”（actiones）的过程中，在法对生活及其发展的适应中，他们成为活的联系因素。占卜官（auguri）的起源也很古老，他们在当时的国家也举足轻重。他们的权限主要在于占卜。祭司在形式上并不创造规范，因为它不具有制定规范的权力，但是，它是传统的解释者，它揭示规范，它把规范纳入适当的结构，将规范适用于具体的情况之中，也就是说进行解释（interpretation）工作。如果考察一下占卜对罗马人的重要性（没有任何重大的政治行动会忽略它），如果注意到：执政官虽然自己亲自占卜，但在遇到解释方面的疑难问题时（由于罗马占卜理论的精细，这类问题是经常出现的），仍需借助作为占卜专家的占卜官作出解释，那么人们就会重视占卜官的地位以及他借以对公共生活施加影响的方式。[①] 不仅在古罗马法的起源中，祭司、占卜官的解释曾经起到过桥——由神（包括神旨）通过人——的作用。而且，在中国古代法的起源中，也存在这样一种法律解释（在一定意义上也是法律创制）的职业阶层，这就是占卜之官。《礼记》载：“殷人尊神，率民以事神，先鬼而后礼。”这反映出商人对鬼神迷信之深。把鬼神看得高于一切，重于一切，这是商人意识形态最大的特点，它广泛而深刻地影响到商代社会的各个方面。[②] 商人凡事无不通过占卜向鬼神请示，占卜官就成为神鬼与社会之间的媒介。作为神的旨意的法律，也是通过占卜官的解释传布于社会的，甚至定罪量刑都要诉诸鬼神。在神明裁判的古老司法模式中，占卜官实际上充当了法官的角色。由此可见，法的起源初期，法并非是“立法”的产物，而是社会进化过程中自发产生的，并夹杂着宗教神明的观念。在这一阶段，法主要通过解释而得以呈现。这些法律话语的最初垄断者——巫师、祭司、占卜官，在一定意义上就是最初的立法者。

历史是以人事超越神事而发展的。随着神事与人事的分离，法也由

---

① 参见〔意〕朱塞佩·格罗索：《罗马法史》，黄风译，中国政法大学出版社 1994 年版，第 39—41 页。

② 参见武树臣等：《中国传统法律文化》，北京大学出版社 1994 年版，第 160 页。

神事演变为人事,立法成为统治者的权力。在这种情况下,法律解释权也被官方所垄断,因为解释在一定程度上决定着法律的命运,统治者深知其中奥秘。在古罗马,随着城邦的发展,市民力量的形成,出现了法的世俗化过程:由神法(fas)向人法(jus)转化。这一观念体现在伊西多罗(Isidoro)的以下定义之中:“fas 是神的法律,jus 是人的法律(fas les divina,jus les humana est)。”在这种情况下,祭司们对法律传统的解释(interpretation)的垄断随着历史的不断进步而逐渐分崩离析。《十二铜表法》已开始避免这种解释上的垄断,因为它确定并且公布了有关规则。但各种规则显然不能满足社会的实际需要,因而解释自然存在,只不过已经不是祭司的独占权,而是由执政官进行解释,解释成为司法权的应有之义。古罗马的法律解释,是以法律拟制为基础的。“拟制”(fictio)在古罗马法中,是一个辩诉的名词,表示原告一方的虚伪证言是不准被告反驳的。英国法学家梅因将“法律拟制”这一用语引申为表示掩盖或目的在于掩盖一条法律规定已经发生变化的事实的任何假定,其实法律的文字并没有被改变,但其运用却已经发生了变化。梅因明确指出,罗马的“法律解答”(Responsa Prudentium)都是以拟制为其基础的。这些“解答”的形式,在罗马法律学的各个时期有极大的不同,但自始至终它们都是由对权威文件的注解组成的,而在最初,它们只是解释《十二铜表法》的各种意见的专门性的汇编。在这些解答中所有的法律用语都从这样一个假设出发,即古代“法典”的原文应被保存不变。这就是明白的规定。冠以重要法学专家(jurison-sults)名字的“法律解答汇编”(Book of Responses),至少具有与我们报告案件同样的权威,并且不断地变更、扩大、限制或在实际上废弃《十二铜表法》的规定。在新法律学逐步形成的过程中,它的作者们自认为非常尊重“法典”的原来文字,他们只是在解释它,阐明它,引申其全部含义;但其结果,通过把原文凑合在一起,通过把法律加以调整使之适应确实发生的事实状态以及通过推测其可能适用于或许要发生的其他事实状态,通过介绍他们从其他文件注释中看到的解释原则,他们引申出来大量的多种多样的法律准则,这是《十二铜表法》的编纂者梦想不到的,并且在实际上很难或不能在法典中找到。[①] 由于法学家的法律解释实

① 参见〔英〕梅因:《古代法》,沈景一译,商务印书馆 1984 年版,第 20 页。

际上是在修正、变更法典的内容,并且具有一种不小于立法机关制定法规所具有的拘束力,因而这种法律解释具有立法的性质,法律解答被认为是一种法律,是罗马法的主要渊源之一。例如,罗马帝国进入帝国时期后,奥古斯都指定一些法学家从事法律解答,明令他们解答的意见具有法律效力,最高裁判官和所有承审法官的审判活动都必须受法律解答的约束。从此,法学家的解答便成为罗马法的渊源之一。[①]

中国古代法律解释的世俗化与官方化的历史进程,起始于春秋时期,是以铸刑书等成文法公布为前提的,商鞅改法为律和以吏为师是传统注释律学的发端。法学家之学号称刑名之学,刑者法也,名者逻辑也。刑名之所以并列,是因为刑,也就是法律专业中,包含着逻辑问题,这种逻辑被胡适称为法治逻辑。[②] 对法律进行逻辑推演,也就是法律解释的过程。在一定意义上可以说,中国古代名学是在法律解释中产生的,是法律解释喂养、哺育了名学,因而刑名并称。从秦律的"法律答问"到西汉的"引经解律",再到东汉与魏晋的章句注释,中国古代法律解释伴随着法律的发达,一路并进,及至唐代达到登峰造极的地步。唐高宗于永徽年初,命长孙无忌、王志宁等人以武德、贞观两律为基础,编制永徽律十二篇五百零二条,于永徽二年颁行全国。为了阐明永徽律的立法原则和精神实质,并对律文进行统一的解释,又命长孙无忌等人对永徽律逐条逐句作出注释,叫作"疏议",经皇帝批准,于永徽四年颁行,附于律文之下,与律文具有同等效力。律与疏统称为《永徽律疏》,元代以后称之为《唐律疏议》。[③] 据《旧唐书·刑法志》载:唐高宗三年,诏曰:"律学未有定疏,每年所举明法,遂无凭准。宜广召解律人条义疏奏闻,仍使中书、门下监定。"于是太尉赵国公无忌等,参撰《律疏》,成三十卷,四年十月奏之,颁于天下。自是断狱者皆引疏分析之。[④] 由此可见,唐律之疏议实际上具有实施细则的性质,它与律文合为一体,具有相同的法律效力。

由以上历史叙述可以看出,法律与解释是不可截然分开的,法律发达史实际上就是法律解释发达史,反之亦然。在一定的意义上我们可以

---

① 参见谢邦宇主编:《罗马法》,北京大学出版社 1990 年版,第 30 页。

② 参见胡适:《先秦名学史》,学林出版社 1983 年版,第 141 页。

③ 参见乔伟:《唐律研究》,山东人民出版社 1985 年版,第 32 页。

④ 参见《历代刑法志》,群众出版社 1988 年版,第 291 页。

说,法律是在解释中发展的,也只有在解释中才能获得真正的理解与适用。曾经辉煌过,曾经失落过,但法解释与法同在,这就是法解释的历史命运。

三、法解释:本体论考察

在解释学的发展史上,解释首先是作为一种方法而存在的,但最初只是一种具体的方法或者技巧,还不具有方法论的意义。作为方法论的解释学,是被称为解释学之父的狄尔泰(Wilhelm Christian Ludwig Dilthey,1833—1911)创立的。自1883年以后,狄尔泰认识到,认识人文世界不是一个理解人的经验的行为,而是一个解释的行为,一个释义的行为。要解释的不仅是人所创造的表达经验的各种东西,而且具体的历史世界和作为整体的实在也是一个有待解释的文本。这样,他就大大地扩大了解释学的应用范围,使解释学成了一种人文科学普遍的方法论。在人文科学中,生命和经验本身都超出了经验研究的范围,但生命和经验的表达形式——建筑、法律体系、文献、乐曲,乃至人的行为、历史事件等却不是如此,它们可以被看作有待解释的文本。① 如果说,狄尔泰极大地丰富了解释学的蕴含,将解释学改造成为一般方法论;那么,伽达默尔就完成了解释学的本体论转折,创立了哲学解释学。哲学解释学的根本特征在于将解释学从方法论中解放出来,使之成为说明一切理解现象的基本条件的活动。哲学解释学超越主体与客体的二元对立,认为历史是主客体的交融和统一,它既不是主观的,也不是客观的,而是一种涵盖一切的过程和关系。通过对哲学解释学的理解,我们获得了一种解释学的立场,这一立场通常由以下重要范畴构成:

(1)解释循环。循环的本体论表明了某种关于我们的"在世"的基本东西。我们在本质上是由阐释理解所构成并从事于这种活动的存在。只有通过理解的循环即一种预先设定使我能够进行理解的前结构的循

---

① 参见张汝伦:《意义的探究——当代西方释义学》,辽宁人民出版社1986年版,第44页。

环,“事情本身”的意义才能被把握。①

(2)视界融合。在伽达默尔这里,视界主要指人的前判断,即对意义和真理的预期,每一种视界都对应于一种判断体系,视界的不同对应于不同的前判断体系。理解从一开始,理解者就进入了所要理解的那个视界,随着理解的进展不断地扩大、拓宽和丰富自己。我们在同过去相接触,试图理解传统时,总是同时也在检验我们的成见,我们的视界是同过去的视界相接触而不断形成的,这个过程也就是我们的视界与传统的视界不断融合的过程,伽达默尔称之为“视界融合”。② 解释学的立场可以引入对法的理解。法是一种社会现象,这是毫无疑问的。哲学解释学可以帮助我们获得对法的全新的理解,由此丰富法的概念与蕴含,并为作为方法论的法律解释提供理解根据。在从解释学立场理解法的时候,我们首先遭遇到的是法的文本主义的“前见”。法的文本主义,又可以称为法的教条主义。这种法的文本主义是以理性主义为思想基础的,它的历史背景是启蒙运动。随着启蒙运动的勃兴,自然法观念应运而生。自然法观念虽然获得了以人类理性为根本内容的对实在法的批判标准,但它自身又以追求一种以普遍主义与客观主义为特征的法律制度作为统治理想的目标模式。普遍主义是以平等观念为前提的,这是一种法律上的平等。法律面前人人平等的观念,来自古希腊传统。在古希腊城邦,那些组成城邦的公民,不论他们的出身、地位和职务有多么不同,从某种意义上讲都是“同类人”。这种相同性是城邦统一的基础,因为对希腊人来讲,只有“同类人”才能被“友爱”联系在一起,结合成一个共同体。这样,在城邦的范围内,人与人的关系便表现为一种相互可逆的形式,取代了服从和统治的等级关系。所有参与国家事务的人都被定义为“同类人”,后来又以更抽象的方式被定义为“平等人”。尽管在社会实际生活中,公民之间有很多相互对立的地方,但在政治上,他们都认为自己是可以互换的个体,处在一个以平衡为法则、以平等为规范的体制中。这样的人类社会图景在公元前 6 世纪的一个概念中得到了严谨的表述:“法律面前人人平

---

① 参见〔美〕理查德 · J.伯恩斯坦:《超越客观主义与相对主义》,郭小平等译,光明日报出版社 1992 年版,第 172 页。

② 参见〔德〕伽达默尔:《真理与方法——哲学解释学的基本特征》,王才勇译,辽宁人民出版社 1987 年版,第 271 页。

等”,即所有公民都有参与执政的同等权利。[①] 在中世纪,封建等级观念强化了社会不平等,饱受等级压迫的人们呼唤平等。因此,平等作为一个口号,成为启蒙思想中仅有的几个标志性话语之一。法律上的平等以公民权为前提,并承认每个人的意志自由,由此获得了一种法律上全新的人格。客观主义则是对中世纪专制法律的擅断性的一种反动。它要求法律的确定性,并且把这种确定性强调到了无以复加的程度。美国学者提出:“不确定”是18世纪刑法的最典型特征。[②] 这种不确定性,又可以称为擅断性、不可预见性、主观性、任意性,与野蛮性、残酷性成为同义词。为此,确定性就成为美好的追求。在意大利著名刑法学家贝卡里亚看来,这种确定性甚至应当用几何学的精确度来衡量。因为这种精确度足以制胜迷人的诡秘、诱人的雄辩和怯懦的怀疑。为使这种确定性取得一种稳定的载体,成文法典脱颖而出,几乎成为法治的代名词。贝卡里亚指出:人类传统的可靠性和确定性,随着逐渐远离其起源而削弱。如果不建立一座社会公约的坚固石碑,法律怎么能抵抗得住时间和欲望的必然侵袭呢?[③]因此,古典自然法学派形成了一个法典情结。正如美国学者庞德提出:自然法学派的立法理论认为,只要通过理性的努力,法学家们便能塑造出一部作为最高立法智慧而由法官机械地运用的完美无缺的法典。[④] 客观主义经过法律实证主义的改造,形成一个法律规范的宏大逻辑体系,这就是德沃金所命名的法律帝国。在这座作为客体外在于我们而耸立的法律帝国面前,我们唯一能做的就是服从。在这种法律教条主义观念指导下,法只能是表现为法典、法律甚至法条的法,因而法的视域相当狭窄。同时,对法的研究也只能是以这种法条为对象的研究,表现为一种概念法学与注释法学。换言之,注释法学成为法学的唯一存在或者说合理存在的形式。在这种情况下,法学研究的思路大大地被遮蔽。然

---

① 参见〔法〕让-皮埃尔·韦尔南:《希腊思想的起源》,秦海鹰译,生活·读书·新知三联书店1996年版,第47—48页。

② 参见〔美〕理查德·霍金斯、〔美〕杰弗里·P. 阿尔珀特:《美国监狱制度——刑罚与正义》,孙晓雳、林遐译,中国人民公安大学出版社1991年版,第29页。

③ 参见〔意〕贝卡里亚:《论犯罪与刑罚》,黄风译,中国大百科全书出版社1993年版,第7、15页。

④ 参见〔美〕庞德:《法律史解释》,曹玉堂、杨知译,华夏出版社1989年版,第13页。

而，人们总是不满足于此，于是社会法学、行为法学应运而生。社会法学，也可以称为法社会学，以社会为视角建构法的概念，消解条文化的法概念。法社会学派的创始人庞德以这样的语言回答什么是法律这个问题：我们可以设想一种制度，它是依照一批在司法和行政过程中使用的权威性法令来实施的高度专门形式的社会控制。[①] 在此，法被看作一项旨在实现社会控制的工程。行为法学则将研究对象由传统的法规范转换为法行为。这里的法仅局限于人们能够观察、测定和分析的行为，专指法律实施主体和法律主体的行为本身。[②] 如果说法社会学将法界定为"社会中的法"即所谓活法，那么行为法学就是将法界定为"行动中的法"。毫无疑问，法社会学与行为法学都突破了传统概念法学的樊篱，拓展了法的视域。法解释学给传统的概念法学带来新冲击，它所动摇的是法的客观主义这一理论支柱。概念法学，从解释学角度来看，也可以说是一种文本主义法学，它将法理解为以一定的文本——法条体现出来的法，它是外在于每一个人的。但是，解释学所教导我们的是识破教条主义的断言，即认为在继续着的、自然的传统和对它的反思运用之间存在对立和分离。因为隐藏在这种断言背后的是一种教条的客观主义，它歪曲了解释学反思这个概念本身。这种客观主义——甚至连历史那样的所谓的理解科学——也不是相对于解释学情境和历史在理解者自己意识中的持续作用来看待理解者，而是用一种暗示着理解者自己的理解以并不进入理解事件的方式看待理解者。[③] 因此，基于法解释学的理解，法不仅仅是一种以条文表现出来的法。这个意义上的法是外在于理解者，甚至是与我们不相干的。法解释学意义上的法，是理解者内在化了的法。换言之，法是被解释而理解，被理解而适用，被适用而存在的。正因为法具有这种被解释性，因而法的普适主义的美梦就被打破了。法律移植也只能是表面意义上的。对于具有不同社会、文化背景的理解者，法是具有不同意蕴的。换言之，法具有个别性，这种个别性不仅是人的个别性，而且是地域的个别性以及时

---

① 参见〔美〕庞德：《通过法律的社会控制 法律的任务》，沈宗灵、董世忠译，商务印书馆 1984 年版，第 22 页。

② 参见谢邦宇等：《行为法学》，法律出版社 1993 年版，第 16 页。

③ 参见〔德〕加达默尔：《哲学解释学》，夏镇平、宋建平译，上海译文出版社 1994 年版，第 29 页。

间的个别性。法以地方性知识为背景,正如美国学者克利福德·吉尔兹指出:法学和民族志,一如航行术、园艺、政治和诗歌,都是有地方性意义的技艺,因为它们的运作凭靠的乃是地方性知识(local knowledge)。[①] 基于法解释学对法的这样一种个别性的理解,足以使我们对建立在普适主义观念基础上的法治理想产生疑问。基于法解释学的立场,法也不仅仅是一种客观存在,而且由于它是在理解中而存在的,因而打上了理解者的主观烙印。在这种情况下,法就不再简单的是立法的产物,在某种意义上可以说理解者——法官、检察官、律师,乃至于一般公众都在参与法的浩茫的创造与发展。那么,法还有客观性吗?在法学中,客观性也许是一个不言自明的命题。它使我们想到法的超脱性、确定性、不以人的意志转移性,因而具有与人治相对立的含义,也必然就是法治的题中应有之义。然而,我们还是可以追问客观性何以可能?其实,客观性本身就不那么客观,因为存在着客观性的各种见解。例如美国学者波斯纳认为法的客观性至少具有以下三种含义:①本体论上的客观性,这种客观性是指对外部实体的符合;②科学意义上的客观性,即可复现性(replicable);③交谈意义上的客观性,这种客观性是指合乎情理,也就是不任性、不个人化和不(狭义上的)政治化,就是既非完全不确定但也不是本体论意义上或科学意义上的确定。[②] 在此,我们不是要否定法的客观性,而只是认为这种客观性是相对的并且多元的。我们要的是一种自为的客观性而不是一种自在的客观性。这种客观性是经过理解过滤的,因而是可以被认识的。在法理学面前存在的法,应当是多元的。[③] 而法解释学的立场给我们增加了更多关于法的知识:法不再是简单的文本,我们每个人都有自己的法,我们每个人都在参与创制法。只有在这种个别性基础上形成的普遍性,在这种主观性基础上形成的客观性——建立在理解之上的共识,才是真正的法治的基础。这就是法解释学的结论,由此引入的是法哲学的视域。

---

① 参见梁治平编:《法律的文化解释》,生活·读书·新知三联书店1994年版,第73页。

② 参见〔美〕波斯纳:《法理学问题》,苏力译,中国政法大学出版社1994年版,第9页。

③ 参见陈兴良、周光权:《法律多元:理念、价值及其当代意义——尤其从刑事角度的思考》,载《现代法学》1996年第6期,第31页。

四、法解释:方法论考察

如果说,作为本体论的法解释学是以消解法条为己任的。那么,作为方法论的法解释学,也可以说是法律解释方法,却是以实现法条的功用为使命的。前者是法之形而上,在本体论的视域中理解法——一种解释的法;后者是法之形而下,在方法论的角度上审视法——一种法的解释。法的解释,确切地说,也就是法条的解释。法律解释作为一种实践活动,它受一定法意识的支配。正是在这个意义上,对法的理解制约着对法的解释。

在古典时代,确定性成为法的至高无上的追求。在刑法领域中,就是以罪刑法定主义为特征的,罪刑的法定性完全可以转换为罪刑的确定性。确定的法带来安全与自由,从而使个体权利得以保障。古典自然法学派的代表人物洛克指出:处在政府之下的人们的自由,应有长期有效的规则作为生活的准绳,这种规则为社会一切成员所共同遵守,并为社会所建立的立法机关所制定。这是在规则未加规定的一切事情上能按照我自己的意志去做的自由,而不受另一人的反复无常的、事前不知道的和武断的意志的支配;如同自然和自由是除自然法以外不受其他约束那样。[①] 因此,自由是以法的确定性为前提的。为保证法的确定性,甚至剥夺了法官对法律的解释权。贝卡里亚提出:刑事法官根本没有解释刑事法律的权力,因为他们不是立法者。贝卡里亚历数法律解释带来的致命而深远的结果,认为:严格遵守刑法文字所遇到的麻烦,不能与解释法律所造成的混乱相提并论。这种暂时的麻烦促使立法者对引起疑惑的词句作必要的修改,并且阻止人们进行致命的自由解释,而这正是擅断和徇私的源泉。当一部法典业已厘定,就应逐字遵守,法官唯一的使命就是判定公民的行为是否符合成文法律。当既应指导明智公民又应指导无知公民的权利规范已不再是争议的对象,而成为一种既定事物的时候,臣民们就不再受那种小型的多数人专制的摆布,受难者与压迫者间的距离越小,这种多数人

① 参见〔英〕洛克:《政府论》(下篇),叶启芳、瞿菊农译,商务印书馆 1964 年版,第 16 页。

专制就越残忍;多数人专制比一人专制更有害,因为,前者只能由后者来纠正,并且一人专制的残暴程度并非与它的实力成正比,而是同它遇到的阻力成正比。① 因此,在贝卡里亚设计的司法模式中,法官的任务只是进行三段论式的逻辑推理。显然,这样一种否认法律解释的观点,正是以一种绝对的概念法学的法观念为前提的,这就是对全知全能的理性立法者以及对无所不包、网罗万象的法典的假定。

上述无所不能的法观念很快在现实面前碰得头破血流,于是法律解释被允许,只是被小心翼翼地限制在严格范围之内。通常的解释方法是文理解释,包括文字解释、语法解释、逻辑解释,这也被称为是一种平意(plain-meaning)解释。② 这种解释方法的特点可以归纳为③:(1)原则上以通常平意的意义进行解释;(2)法律专业术语应当按法律专门意义进行解释;(3)同一法律或不同法律使用同一概念时,原则上应当作同一解释;(4)文意应当注意全文的意义联系地进行解释;(5)法律词义原则上应从广义解释,例外用狭义解释。这种法律解释方法的理论基础是主观解释理论,这种理论认为,法律解释目标在于探求立法者于制定法律当时事实上的意思,解释结论正确与否的标准就在于是否准确地表达了立法者当时的意思。法律的字面含义是重要的,因为要根据字面含义来推测立法者的意思,并且在一般情况下都应该推定,字面含义正是立法者意图的表达。但字面含义并没有决定性的意义,而且在于,如果有证据表明文字的通常含义同立法者在立法时意图表达的含义不一致时,就应该采用其次要的但与立法意图相一致的含义,哪怕这样解释显得牵强附会,但由于是必需的,因而是合理的、正确的。由于这种解释理论以立法者当时的意思为认识目标,企图达到立法者当时的主观心理状况,所以这种理论又被称为立法者意思说。④ 显然,这种主观解释理论是以探询立法原意为己任的,它包含这样一种对法的理解:法作为一个文本是独立于解释者的,解

---

① 参见〔意〕贝卡里亚:《论犯罪与刑罚》,黄风译,中国大百科全书出版社 1993 年版,第 13 页。

② 参见〔美〕波斯纳:《法理学问题》,苏力译,中国政法大学出版社 1994 年版,第 331 页。

③ 参见孙笑侠:《法的现象与观念》,群众出版社 1995 年版,第 237—238 页。

④ 参见陈兴良主编:《刑事司法研究——情节·判例·解释·裁量》,中国方正出版社 1996 年版,第 327 页。

释者在客观的法面前应当战战兢兢,摈弃一切偏见,努力地去揣摩立法者的意图。这种法律解释,保持了法律尊严,使解释不至于破坏法的构造。但是,这种理论面临着双重的困惑:如果法是完美的,解释就是多余的;如果法律是有缺陷的,通过法律解释所还原的立法原意仍然具有不圆满性。更何况,在很多情况下,立法原意的复原超出了人的实际认识能力与知识水平。由此可见,这种理论的主要误区就在于对于人(包括立法者与司法者)的理性能力作了过高的期待。没有看到法典的局限性,而法典的不完善性正好反映了人的认识能力的不完整性和局限性。[①] 由于主观解释理论不能供给法解释的正确理论,随之而起的是客观解释理论。这种理论认为,法律一经制定,即与立法者相分离而成为一种客观的存在,具有了一种独立的意义。这种独立的意义是通过将具有一定意义域的文字,运用一定人群在长期历史发展中形成和发展起来的语法规则加以排列组合而形成的。立法者于立法时主观上希望赋予法律的意义、观念及期待,并不具有拘束力,具有法律上拘束力的,是作为独立存在的法律内部的合理意义。故此,法律解释的目标不在于探求历史上的立法者事实上的意思,而在于探究和阐明内在于法律的意义和目的。这种探究、阐明法律内部合理意义和目的的活动并不是一劳永逸的,随着社会的变迁,法律内部的合理意义和目的也会发生变化,法律解释的任务就是在法律条文语义上可能的若干种解释中,选择最高目的之解释。[②] 客观解释理论宣称解释者独立于解释文本,它所要探询的不是立法者的意图,而是法在当下现实生活中的合理含义。这就给解释者带来了极大的解释上的回旋余地,因而导致一种所谓法律的自由解释。自由解释认为法官对法律的理解是一种想象的重构,由此可以冲破个体之间的障碍。美国学者波斯纳曾经引述亚里士多德的下述论断说明这种法律重构的意蕴:“所有的法律都是普遍的,但对有些事物来说是不可能提出正确的普遍断言的。在那些有必要从普遍意义上来谈论,但无法正确地这样做的事件中,法律注意常见案件,尽管法律并非不了解错误的可能性。然而这仍然是正确的;因为这

---

① 参见陈金钊:《法制及其意义——法律解释问题研究》,西北大学出版社 1994 年版,第 73 页。

② 参见陈兴良主编:《刑事司法研究——情节·判例·解释·裁量》,中国方正出版社 1996 年版,第 333 页。

错误不在于法律也不在于立法者，而是在于事物的本性中……［因此］当立法者由于过于简单化而犯错误并使我们失望时，纠正这种错误——说出如果立法者在场他自己可能说的，如果立法者知道则会制定为他的法律的话——就是正确的。”①由此引申，法律漏洞的填补、法律冲突的解决，都属于法律解释，因而法律解释实际上是在代表立法职能。如果这种法律解释是由法官作出的，这就出现法官造法的现象。这样，我们就回到了一个古老而令人迷惑的问题上来，这就是立法与司法的区分，再明确地说，就是三权分立。显然，过于自由的法律解释，尤其是脱离法律意义的重构，实际上已经不是法律解释而是法律创制。从实用主义的角度来说，法律的自由解释也许是正确的。但它的前提是法治已经十分完善，并且人权获得安全保障，法官都能公正执法。如果没有这些前提，则我们宁愿忍受法律的严格解释所带来的麻烦，因为这至少可以牺牲个别公正获得一般公正，在法律客观性与确定性的庇护下免受主观的任意性与擅断性的侵扰。

五、法解释：中国命运

那么，当前中国需要什么样的法及其解释呢？这个问题的回答涉及对当下中国社会结构及其走向的客观评价，非本人力所能逮。在法制史上，存在这样一个参照系：警察国、法治国、文化国。一般认为，前启蒙时代是警察国，以专制与人治为特征。启蒙时代是法治国，以民主与法制为特征。后启蒙时代是文化国，以科学与实证为特征。那么，中国处在上述什么阶段，又需要一种什么样的法理论呢？在我看来，对于中国来说，面临着以下两种法观念的碰撞：一是天真未泯的法治理想国。这种观念以完备的法制、完美的政制为追求。法治理想国的法观念，是理性主义、科学主义的具有客观性与确定性的法，要求的是对法的严格解释。二是老气横秋的文化实证国。这种观念实现了对法治理想国的解构，并回应了儒家法文化，追求两者的契合。在以上两种观念中，法治理想国以 19 世

① 参见〔美〕波斯纳：《法理学问题》，苏力译，苏力译，中国政法大学出版社 1994 年版，第 133 页。

纪启蒙时代的自然法思想为理论支撑,引入自由、民主、平等、法治这些基本的价值理性并为完备的法律体系作为工具理性。应该说,法治国理想的法观念对于中国当前具有一定的现实意义。因为中国是一个经历了几千年人治统治的国家。法治,这里主要是建立在民主基础上的法治观念,对于中国来说具有振聋发聩的作用,它能够在一定程度上消解人治文化。但是,法治理想国毕竟是西方历史的产物,而且是两个多世纪以前的思想。对于处在 20 世纪与 21 世纪之交的中国,不仅需要利用中国文化的本土资源加以化解与消融,而且还要借鉴近代西方文化实证国的精神以缩短时间上的差距。否则,我们只是简单地引入法治理想,追求完备的法律体系,而没有考虑到相应的社会历史环境,法治理想很有可能落空。文化实证国是现代西方文化的产物,是建立在解构以后的法治理想国的基础之上的,包含着对法治理想的审视与反思,对我们颇具启迪意义。但它对我们中国来说过于超前,没有历经过法治理想国而匆忙迎来文化实证国也许是一场灾难。至于以文化实证国的观念论证中国传统儒家文化的真理性,则成为抵制法治理想国的文化壁垒。我们面临的是一个两难选择:法治理想国有助于实现个人价值,而文化实证国有助于实现社会价值。在鱼与熊掌两者不可兼得的情况下,我们只能偏向于法治理想国。我们基本上赞同在法制现代化这样一个分析框架下来考虑这个问题。正如我国学者指出:在中国社会法制现代化的过程中,人治、强制、专制、特权、义务、一元、依附、集权、他律、社会、封闭等价值取向逐渐式微,而法治、自由、民主、平等、权利、多元、独立、分权、自律、个体、开放等价值取向越来越居于主导地位。换言之,前一类方式变项构成了传统型法制的基本特征,而后一类方式变项则构成了现代型法制的基本品格。上述前一类变项向后一类变项的转变,乃是从传统性行动向合理性行动的历史转化,这一转化伴随着传统的人治型统治体系向现代的法治型统治体系的更替。[①] 只是在法制现代化的过程中,我们要注意克服法治理想国的僵硬性、机械性与形而上学的思想倾向。至于中国的法律解释,既不是无所适从的严格解释,也不是无所顾忌的自由解释,而应以探寻立法意蕴为己任。这里的立法意蕴是客观的,是流动与开放的,是一种"活着的意义"

---

① 参见公丕祥主编:《中国法制现代化的进程》,中国人民公安大学出版社 1991 年版,第 78 页。

(living meaning),以区别于主观的,基本上确定的,一种“已死去的意义”(dead meaning)的立法原意。① 由此通过解释法律而超越法律文本,使法在理解中获得新生。

在法学研究上,同样也面临着一个现代化的问题。中国虽然号称有注释传统,但实际上并没有科学意义上的注释法学。为此,需要对注释法学进行改造。我国学者曾经倡导法学研究中的语义分析方法,对于注释法学的现代化就具有十分重要的意义。② 语义分析方法是英国著名法学家哈特所首倡的。哈特指出,几乎每一个法律、法学的词语都没有确定的、一成不变的意义,而是依其被使用的语境,才能确定它们的意义。因此,语义分析,亦称语言分析,是通过分析语言的要素、结构、语源、语境,而澄清语义混乱,求得真知的一种实证研究方法。显然,这种语义分析方法应当在法学研究中作为一种实在法的分析研究工具受到应有的重视。同时,我们又不能将法学研究对象的法限于实在法,而应当研究与实然法(实在法)相对应的应然法(自然法,即法的价值探求);研究与条文法(死法)相对应的社会中的法(活法);研究与规范法相对应的行动中的法(法行为,即行为法学)以及其他法哲学。法哲学是对法的哲理蕴含的揭示,是法理的更高层次。可以说,没有法哲学的深入研究,也就没有科学意义上的法学理论。

六、后记

从对刑法条文的小心翼翼的注疏——可以说是一种“戴着脚镣跳舞”的写作状态,引申出以上长达万言关于法及解释的绮思丽想。但愿这不是狗尾续貂,而是貂尾续狗——留下一条深刻的尾巴。对我来说,这是在经历了一个月的苦闷劳作之后的思想发泄,也可以说是一种精神补偿吧。在一个月的写作中,我潜心于法条:与法条同乐同悲、同呼吸共命运,文稿随着法律文本的修订而修订;一而再,再而三,直至刑法(修订案)最终定

① 参见陈兴良:《刑法的人性基础》,中国方正出版社1996年版,第537页。

② 参见张文显、于莹:《法学研究中的语义分析方法》,载《法学》1991年第10期,第4页。

稿,才完成了这部注释法学的著作,这是我在最短时间内写就并出版的一本书。从法条到理论,再从理论回到法条。法学,包括刑法学,永远都脱离不了这一循环的命运。法的解释具有双重品格:其解释,既是理论的又是实践的;其解释,既是形而上的、价值的,又是形而下的、工具的;其解释,既是感悟的、理解的、极具个性的,又是语义分析的、追求确定一致内涵的。解释的法也同样具有双重品格:其法,既是理念的法,又是实在的法——条文化的法;其法,既是作为客观规律的法,又是作为方法的法;其法,既是有法之法,又是无法之法。

法律的修改,对于法学家来说既是幸事又是不幸。幸者,如果法律永不修改,法学家可能会清闲、无所事事。不幸者,一部法律的修改,将使法学家积数年之研究心血而写成的法学著作顷刻之间化为废纸。幸是不幸,不幸又何尝不是幸呢?因此,幸与不幸,一事也。这次刑法的修订,也同样带来废纸效应,因而我们又开始忙碌、有所作为。好在我有一本没有法条的刑法著作——《刑法的人性基础》,可以逃脱这一废纸效应,足以自慰。在该书中,我曾说过,我会写一本只有法条的刑法著作。本书虽然还不是一本只有法条的刑法著作,但至少是一本以法条为主体的刑法著作。当然,这还不能算是实现了那一诺言。

最后,我以这本速朽的书,尤其是这篇名曰“法的解释与解释的法”的充满困惑的代跋,迎接 1997 年——我的不惑之年。这也算是一种纪念,不是么?

是为跋。

陈兴良

谨识于北京塔院迎春园寓所

1997 年 3 月 21 日

31.《刑法的启蒙》[①]代序

渴望启蒙

关于启蒙，康德有过一个经典的定义。康德指出："启蒙运动就是人类脱离自己所加之于自己的不成熟状态。不成熟状态就是不经别人的引导，就对运用自己的理智无能为力。"[②]由此可见，启蒙意味着从一种不成熟状态过渡到成熟状态，这种过渡又不是自我完成的，而是经由别人的引导完成的。我们完全可以把这种需要启蒙的不成熟状态视为一种蒙昧状态，因而启蒙也就是解蔽、解脱与解放。

在17、18世纪，西方曾经掀起了一场思想启蒙运动。德国哲学家卡西勒在论述18世纪启蒙时代的精神时指出："当18世纪想用一个词来表述这种力量特征时，就称之为'理性'。'理性'成了18世纪的汇聚点和中心，它表达了该世纪所追求并为之奋斗的一切，表达了该世纪所取得的一切成就。……18世纪浸染着一种关于理性的统一性和不变性的信仰。理性在一切思维主体、一切民族、一切时代和一切文化中都是同样的。宗教信条、道德格言和道德信念，理论见解和判断，是可变的，但从这种可变性中却能够抽取出一种坚实的、持久的因素，这种因素本身是永恒的，它的这种同一性和永恒性表现出理性的真正本质。"[③]理性，确实成为启蒙精神的核心，是一个极具象征意义的词汇。在启蒙运动中，人们像发现新大陆一样，似乎发现了理性。这里的"发现"两字是极为重要的。因为按照康德的说法，需要启蒙其原因并不在于缺乏理智，而在于不经别人的引导就缺乏勇气与决心去加以运用时，那么这种不成熟状态就是自己所加之于自己的了。Sapere aude！要有勇气运用你自己的理智！这就是启蒙

---

① 陈兴良：《刑法的启蒙》，法律出版社1998年版。

② 参见〔德〕康德：《历史理性批判文集》，何兆武译，商务印书馆1990年版，第22页。

③ 参见〔德〕E. 卡西勒：《启蒙哲学》，顾伟铭等译，山东人民出版社1996年版，第3—4页。

运动的口号。[1] 因此,发现理性、运用理性,这就是启蒙运动所作的一切。恩格斯曾经对启蒙学家作过以下的评价:“在法国为行将到来的革命启发过人们头脑的那些伟大人物,本身都是非常革命的。他们不承认任何外界的权威,不管这种权威是什么样的。宗教、自然观、社会、国家制度,一切都受到了最无情的批判;一切都必须在理性的法庭面前为自己的存在作辩护或者放弃存在的权利。思维着的悟性成了衡量一切的唯一尺度。那时,如黑格尔所说的,是世界用头立地的时代。最初,这句话的意思是:人的头脑以及通过它的思维发现的原理,要求成为一切人类活动和社会结合的基础;后来这句话又有了更广泛的含义。和这些原理矛盾的现实,实际上被上下颠倒了。以往的一切社会形式和国家形式、一切传统观念,都被当做不合理的东西扔到垃圾堆里去了;到现在为止,世界所遵循的只是一些成见;过去的一切只值得怜悯和鄙视。只是现在阳光才照射出来,理性的王国才开始出现。从今以后,迷信、偏私、特权和压迫,必将为永恒的真理,为永恒的正义,为基于自然的平等和不可剥夺的人权所排挤。”[2]毫无疑问,在启蒙学家那里,理性成为一切现存事物的唯一的裁判者。因此,中世纪封建专制刑法也在理性的法庭上受到审判,古典学派的刑法学家们就成为这样一些法官。在孟德斯鸠看来,法律具有某种先验性,法律规范是普遍有效的和不可改变的。他不满足于已为世人通过经验所了解的政治社会的法律。他试图把这些五花八门的法律追溯到几条确定的原则。各种各样的习惯之间的秩序及其相互依赖性,就构成了“法的精神”。[3] 正是这种法的精神,成为法的正义理念。孟德斯鸠从政体形式出发,分析了与之相应的法律制度,包括刑法制度。孟德斯鸠明确地将自由作为刑法的根基,使刑法第一次从血腥的镇压中解脱出来,成为保障自由的工具。贝卡里亚沿着孟德斯鸠的思想轨迹进一步前行,对封建专制刑法制度作了猛烈抨击,并提出近代西方刑事法制的基本原则与框架。正如意大利学者利昂纳(Leone)指出:贝卡里亚是第一位推动

---

① 参见〔德〕康德:《历史理性批判文集》,何兆武译,商务印书馆 1990 年版,第 21 页。

② 《马克思恩格斯选集》(第三卷),中共中央马克思、恩格斯、列宁、斯大林著作编译局编,人民出版社 1972 年版,第 404—405 页。

③ 参见〔德〕E. 卡西勒:《启蒙哲学》,顾伟铭等译,山东人民出版社 1996 年版,第 235 页。

者,以其极大的动力发动了一场渐进的和强大的刑事制度革命,这场革命彻底地把旧制度颠倒过来,以致使人难以想象出当时制度的模样。[1] 确实,贝卡里亚是第一个使刑法成为一门科学的人,因为只有他才首次以科学与理性的意识去审视刑法,他提出的罪刑法定、罪刑均衡、无罪推定等刑事法律的原则,至今仍然成为刑事法律的圭臬。继贝卡里亚之后,边沁和费尔巴哈各自对刑法的理性化作出了贡献。尤其是费尔巴哈使贝卡里亚的刑法思想向实定刑法原则转化,为规范刑法学的发展奠定了基础。如果说贝卡里亚等人是以功利为基础建构刑法理论体系的,那么康德、黑格尔就是以报应为核心展开其刑法理论体系的。康德、黑格尔虽然不是职业刑法学家,甚至连法学家也谈不上,但他们关于刑法的只言片语却使之在刑法思想史上英名永留,因为正是这些关于刑法本质与原则的见解,构成了刑法观的基本内容。而刑法的一些具体原则与结论,是受这种刑法观制约的。正是康德、黑格尔的报应主义刑法观,使我们看到了刑法所具有的另一特征,从而为刑法观进一步接近刑法的科学起到了重要的推动作用。以上这些刑法思想就是被称为刑事古典学派的刑法理念。刑事古典学派是启蒙运动的产物,其思想在刑法领域中具有启蒙性与革命性,是近代刑法理论的思想渊源。

启蒙不仅是一场运动,而且是一个不断的过程。刑法领域中的启蒙也是如此。刑事古典学派在刑事领域中占据了统治地位,并被付诸实施。但以理性为基础的古典学派,存在一定的理想化与乌托邦的成分,因而在现实的犯罪现象面前,显得有些虚妄。在这种情况下,刑事实证学派脱颖而出。龙勃罗梭以天生犯罪人论一鸣惊人,菲利以犯罪饱和论著称,李斯特以刑罚个别化与保安处分为中心建构了教育刑体系。这一切,对于长期受刑事古典学派思想束缚的人来说,不啻是一些奇思异想。但正是这些以实证为根据的刑法思想,推进了刑法理论的发展,因而同样是一种刑法的启蒙。

在人类认识史上,存在两种模式:一是理性的、建构的、乌托邦的、未来的;二是经验的、进化的、现实的、传统的。前者为人的认识提供一般标准,后者则在此基础上提出修正。在经济学中,作为经济学基础的"一般

---

① 参见黄风:《贝卡里亚及其刑法思想》,中国政法大学出版社 1987 年版,第 25—26 页。

均衡”是一个基于乌托邦的理想状态,是古典经济学的核心概念。而实证经济学则打破了这种以理性人为设定的经济规则,提出以个人偏好为出发点的实证经济学。在政治学中,作为政治学基本理论之一的,“社会契约”是一种乌托邦式的对社会起源的解释,也是乌托邦式改善现状的出发点。但这种建构理性的改造社会模式受到哈耶克等人的批评,他们提出进化式改造社会的模式,如此等等。同样,刑事古典学派以意志自由为前提建立的刑法理论,如作为刑法学基础的“罪刑法定”“罪刑均衡”等一般原理,也是一种乌托邦式的刑法建构。刑事实证学派以行为决定论为基础的刑法理论,在一定程度上对刑事古典学派起到了纠偏的作用,使之更加符合现实。因此,如果说刑事古典学派是一种启蒙,那么刑事实证学派就是一种启蒙之启蒙。不断地启蒙,使刑法理论不断地进化。唯有如此,才有呈现在我们面前的如此丰富的刑法学流派。

刑事古典学派也好,刑事实证学派也好,对于我们来说,都是一二百年以前的理论。似乎一句“俱往矣”,就可以将之归入历史博物馆。其实不然,我们不能不每每提及这些不同凡响的名字:贝卡里亚、菲利等。因为文化传统是不能割裂的,我们今天在刑法理论中的一些基本原理与原则,都是这些伟大的先驱者建立的,因而我们不能数典忘祖,应该有几分对历史的留恋与怀念。

在我国刑法学界,刑法注释似乎更受青睐;而刑法思想,或者说刑法的形而上学却在一定程度上受到忽视,这是极不正常的。试问,没有刑法思想的指导,怎么可能对刑法条文作出科学的注解呢?更何况,我们某些刑法研究者对于历史上的刑法学家的刑法思想尚只知其一,不知其二。在这种情况下,刑法理论的发展就缺乏共许前提与知识背景。因此,有必要在刑法思想上补课。

我们渴望刑法启蒙,实际上我们渴望的是刑法的被启蒙。本书将把我们领进一个刑法思想家荟萃的蜡像馆,指点我们去认识一个个刑法的启蒙者。只要我们用心,就会如同行走在山阴道上,会有一种目不暇接的感觉……

陈兴良

32.《刑法的启蒙》[①]代跋

缅怀片面

从探寻法意的孟德斯鸠到关切目的的李斯特，从古典学派到人类学派，再到社会学派，我们领略了这些伟大的刑法思想家（而不是一般意义上的刑法学家）的理论风采，如果问我感受最深的一点是什么，那么我答之曰："深刻的片面。"

从解剖罪犯的尸体，发现低等动物的特征，从而得出天生犯罪人的结论，龙勃罗梭是片面的典型，其深刻性令人惊讶！从否定刑法的报应性，确立刑罚的矫正性与治疗性，进而以制裁取代刑罚，草拟出"没有刑罚的刑法典"，菲利是典型的片面，其深刻性令人瞠目！

片面何以深刻？因为这种"片面"是只及一点不及其余，而这"一点"恰恰是以往的"全面"中所没有的。在人类思想史上，贡献何需多，只需那么"一点"。这"一点"是星星之火，可成燎原之势。在那燎原的大火中，这"一点"火星显得何等渺小与何其可怜。但没有星星之火，岂有燎原之势？深刻的片面也正同此理。深刻的片面突破平庸的全面，因而在旧的全面面前，它是叛逆，是反动。但正是这种片面所引起的深刻，瓦解了人类的思维定势，促进了思想的成长。而思想总不可能永远停留在一个水平上，片面的深刻必然否定片面本身，无数个深刻的片面组合成为一个新的全面。这样，在人类思想史上就呈现出一个全面——片面——全面的否定之否定的发展轨迹。而恰恰是这种片面，代表了一种否定性的力量，一种革命性的、批判性的力量，成为人类思想发展的伟大原动力。当然，全面与片面的否定之否定是一个生生不息的过程。唯有如此，人类的思想才处于永远的进步之中，呈现出一种螺旋式上升的态势。

自从刑事古典学派、刑事人类学派与刑事社会学派的深刻的片面以后，在刑法领域中不再有片面，因而也就没有了深刻。我们看到的现代刑

---

① 陈兴良：《刑法的启蒙》，法律出版社1998年版。

法学派,无非是新古典学派、新人类学派、新社会防卫论。这里虽然标榜“新”,实则是一种“旧”:因为已经不能再突破古典学派、人类学派、社会学派的樊篱。一个众所周知的故事叫盲人摸象:每一个盲人都把其所摸到的象的一部分当成象的全体。把象的一部分当成象的全体当然是一种片面,但每一次片面都发现了象的一部分,而这一部分是以往所没有发现的,这就是新,也就是深刻。当把这些盲人所摸到的每一部分组合起来,我们就发现了一头象的全部,这就是全面。当全面降临的时候,象的每一部分都已经被摸光了。片面与我们无缘,深刻也就离我们而去。这样,我们进入了一个全面的年代,也就是进入了一个平庸的年代。因此,现代刑法理论,无不以一种折中与调和的形式出现:吸取古典学派和实证学派之所长,形成所谓综合理论。例如我们之所谓二元论的理论:犯罪本质二元论、刑罚目的二元论、罪刑关系二元论,莫不如此。我们只能做到这一些,我们不能不承认平庸;但我们又不甘平庸,因此我们追求片面,当然是一种深刻的片面。也许,时代将使我们永远局限在全面之中,尽管如此,我们还是渴望片面。

对于身处平庸的全面的我来说,对于深刻的片面具有一种虽不能至,心向往之的心态。这也就是我要写这本书的理由:历史上的这些伟大刑法思想家们虽然早已逝去,但正是他们那深刻的片面哺育了我们,使我们全面,也使我们平庸,我们感谢他们的刑法启蒙,为我们不再片面,同时也为接近更加深刻而向他们致意。

缅怀片面……

陈兴良

33.《刑法的启蒙》[①]后记

文化,包括法律文化的承续性,是一个不争的事实。任何一种文化,都不是突如其来的,而是在先前文化的基础上演化而来的。没有深厚的文化底蕴,就不可能有真正的学术研究,这始终是我的一种信念。

当我进入刑法这个研究领域,首先接触到的是作为条文的刑法,接受的是注释刑法学传统的教育与熏陶。我的学术研究也正是从对刑法条文之所然的小心翼翼的揭示开始的,并进而深入到刑法条文之所以然。但是,难道这就是刑法研究之全部吗?当我逐渐接触并领悟孟德斯鸠、贝卡里亚、康德、黑格尔等人的著作时,豁然产生一种别有洞天的感觉,由此开始了刑法的形而上学的探讨,涉及刑法的人性基础、价值构造等本源性问题,并在刑法哲学这样一个总的题目下进行理论的跋涉,力图开拓一个没有条文的刑法研究领域。可以说,我所进行的刑法哲学研究在很大程度上获益于刑法先哲们的思想,为此,我有一个夙愿,希望将这些刑法先哲们的思想系统展示出来,作为进入一个超法条的刑法研究领域的导引。古人云:取法乎上,仅得其中;取法乎中,仅得其下。在刑法研究中,也有一个取法的标准问题。如果我们将刑法先哲们的思想置于我们的理论视野之外,那么我们在刑法研究中就不可能有所建树,更遑论有所超越与有所创新。因此,本书的写作初衷是为学习与研究刑法者提供一种刑法条文以外的刑法思想,使人认识到:除了法条注释,还有一种不以法条为本位的刑法研究范式之存在。

感谢法律出版社为我提供了这么一个使写作的愿望化为写作的冲动并使之实现的机会。当蒋浩先生于 1997 年 7 月下旬的一天,在北京市海淀区人民检察院我的办公室里向我约稿的时候,我和盘托出了我的写作构想,得到蒋浩先生的慨然首肯。以此为契机,我全身心地投入了本书的写作。这年的 7、8、9 三个月,尤其是 8 月,北京适逢数十年未遇之酷暑。

---

① 陈兴良:《刑法的启蒙》,法律出版社 1998 年版。

在办公之余,我的时间基本上花在了这本书的写作上。白天与黑夜,我似乎沉浸在两个极端的世界里:白天是现实,面对满桌的案卷,个案占据我的心思,面对的是一个个被告人;黑夜是历史,遨游在思想的海洋里,与刑法先哲们进行精神的沟通与学术的对话。我感到,这不是在表述本人的思想,我所做的只不过是用线将这一颗颗思想的珍珠串联起来……

对于我来说,写作的过程是一个享受的过程,也是一个启蒙的过程。本书名曰《刑法的启蒙》,启蒙者是本书所列的十位刑法先哲,受到启蒙的首先是我本人,同时我也期望更多的刑法爱好者受到这种启蒙。

陈兴良
谨识于北京市海淀塔院迎春园寓所
1997年9月9日

34.《刑法的启蒙》(第二版)[①]序

《刑法的启蒙》成书于1997年,是我在检察院兼职的紧张工作之暇仓促完成的一本读书笔记式的著作。该书出版以后受到读者的好评,但正如该书名所标示的那样,它却成了一本刑法的启蒙入门书,这是始料不及的,也算是一种意外的收获吧。

我写作该书的初衷,主要还是在于超越刑法教义学的限制,拓展刑法知识的界域。刑法学是一个宏大的知识体系,德国学者曾经对刑法学(Strafrechtswissenschaft)的知识内容作了以下分类:刑法学的核心内容是刑法教义学(Strafrechtsdogmatik),其基础和界限源自于刑法法规,致力于研究法规范的概念、内容和结构,将法律素材编排成一个体系,并试图寻找概念构成和系统学的新的方法。除刑法教义学外,刑事政策(Kriminalpolitik)也是刑法学的一部分。刑事政策首先以现行法律为出发点,同时也吸收了刑法教义学的研究成果。它根据犯罪学经验研究的成果,对在将来修订现行法律的要求提供理由。刑法史(Strafrechtsgechichte)扩大了教义学者和刑事政策家们的视野。它再现了刑法发展的不同阶段,研究立法的变化,使得伟大法学家的形象、著作和学说具有生命力,它试图解释过去几个世纪的犯罪的表现形式,描绘残酷的刑罚,并建立了现行刑法学所赖以存在的基础。除此以外,还有从法哲学、比较法角度对刑法的研究,如此等等。[②] 由此可见,刑法知识是丰富多元的,刑法教义学虽然是刑法学的主体内容,但绝不能把刑法学理论简单地归结为刑法教义学。以往在我国刑法理论中,注释法学居于独尊的地位,其他刑法知识处于被遮蔽的状态。显然,这是不利于刑法理论发展的。本书对于西方刑法思想史上十位著名刑法思想家的刑法思想的阐释,可以归于刑法思想史的知

---

① 陈兴良:《刑法的启蒙》(第二版),法律出版社2003年版。

② 参见〔德〕汉斯·海因里希·耶赛克、〔德〕托马斯·魏根特:《德国刑法教科书》,徐久生译,中国法制出版社2001年版,第53页以下。

识范畴。刑法思想史是刑法理论的重要组成部分,它构成了刑法理论的知识来源。对于一个欲全面掌握刑法学理论的人来说,刑法思想史知识是不可或缺的。

在本次修订中,我根据新近出版的一些著作,对有关内容作了增补。尤其是龙勃罗梭和李斯特,在我 1997 年写作时,国内尚未出版其译著。现在,龙勃罗梭的《犯罪人论》和李斯特的《德国刑法教科书》都已翻译出版。此外,边沁的著作又有《道德与立法原理导论》一书翻译出版。根据上述新的译著,我对本书加以修订,使本书的内容更为全面、系统。

陈兴良

谨识于北京海淀蓝旗营寓所

2002 年 7 月 21 日

35.《刑法的启蒙》[①]序

《刑法的启蒙》是我10年前的旧作,2003年修订过一次。此次法律出版社决定重印,想到本书又能以一种新妆面世,不胜感慨。本书写于1997年,时值我不惑之年,而今2007年,我已知天命矣。

在我的著作中,本书不是一部代表作,但也是一部我所珍惜的作品。本书虽然是作为"法学学术随笔"出版的,但实际上并非严格意义上的学术随笔,而是我对经典的一种解读。我们这个社会,是一个需要经典的社会,对经典的顶礼推崇与从经典中推陈出新,从来都是中华文化的传统。在过去一个时期,古代的经典被遗弃,但并非不要经典,而只不过是换了一种经典;如今被遗弃了的经典又重新被拾起,仿佛城头变幻大王旗,虽然旗号不同,旗总是要矗立在城头的,否则城无所归属矣。孔子及其《论语》的命运印证了这一点,尽管《论语》只不过是两千五百多年前孔子的只言片语,却被奉为儒家经典。在经过百年的沉沦(从1919年的五四运动起算)之后,现在又在被消弭了其政治、伦理与文化的意蕴后成为普罗众生的心灵鸡汤。其实,《论语》也是一部百科全书,可以仁者见仁智者见智的。在完成《刑法的启蒙》以后,我一直想完成一部与之对应的作品,书名早就有了——《刑法的前思》,对中国古代十位经典人物的刑法思想阐述,第一位就是孔子,解读对象当然是《论语》。不过,名先于实,正如未有子而先取名,名老而子未生。从解读经典中引申出以上话语,我只是想说明,本书10年后尚能重印,实在是沾光于经典。

《刑法的启蒙》中引荐的十位刑法的启蒙者,其思想构成了我们今天刑法精神与价值的源泉。尽管我们距离这些启蒙者生活的时代已经一二百年,社会已经发生了重大的变化,但他们所确立的刑法基本理念至今仍然惠泽于我辈。现在,西方早已从法治国到文化国,后现代思潮泛滥,对于反映现代思想的古典学派与实证学派都具有一定的冲击。在现

① 陈兴良:《刑法的启蒙》,法律出版社2007年版。

代刑法的启蒙者中，我一直想补写两个人物，这就是迪尔凯姆（又译为涂尔干）与福柯。如果说，古典学派对于刑法的认识还具有理性主义与法条主义的特征，那么实证学派已经在一定程度上将刑法置于社会环境中加以研究，例如菲利的刑事社会学思想，完全突破了法条的樊篱。迪尔凯姆作为与菲利几乎同时代的社会学家，其在方法论上对于刑法的贡献尚未受到足够的重视。迪尔凯姆将犯罪与社会结构紧密相连，揭示了两者之间的相关性，颠覆了犯罪是人类的病态现象，犯罪是社会的异常现象等传统观念。迪尔凯姆指出：

> 犯罪不仅见于大多数社会，不管它是属于哪种社会，而且见于所有类型的所有社会，不存在没有犯罪行为的社会。虽然犯罪的形式有所不同，被认为是犯罪的行为也不是到处一样，但是，不论在什么地方和什么时代，总有一些人因其行为而使自身受到刑罚的镇压。如果随着社会由低级类型向高级类型发展，犯罪率（即每年的犯罪人类占居民人数的比例）呈下降的趋势，则至少可以认为，犯罪虽然仍是一种正常现象，但它会越来越失去这种特征。①

这种将犯罪看作正常的社会现象，是社会生活与社会事实的不可分割的组成部分的观点，是对犯罪的一种彻底祛魅，从而为犯罪的社会学研究指明了正确的方向。在犯罪与社会的相关性上，迪尔凯姆摈弃了线性的看法，而是充分认识到两者关联的复杂性。这种复杂性，首先是由社会本身的复杂性所造成的。迪尔凯姆在论及社会类型时指出：

> 相对来说，要想认识一个社会类型是否比另一个类型更先进，是比较容易的：人们只需看看哪一个更复杂，倘若复杂的程度相同的话，就看看哪一个更有组织。另外，社会类型的这种等级序列，并不意味着社会的先后次序构成了一种独特的和线性的序列；相反，确切无疑的是，它更类似于有许多不同枝杈的大树。在这棵大树上，各个社会被置于或高或低的位置，人们还会发现，它们与主干之间也有或远或近的距离。只有在如此考察

① 〔法〕E. 迪尔凯姆：《社会学方法的准则》，狄玉明译，商务印书馆 1995 年版，第 83—84 页。

社会的条件下，我们才有可能谈论社会的一般发展。①

在此，迪尔凯姆将社会比喻为一棵长着许多枝杈的大树，这是十分形象的。社会本身是由多种因素决定的，经济当然是一个主要的与重要的因素，但并非唯一的决定因素。迪尔凯姆自以为发现了刑罚演化的规律，这就是量变与质变的规律。

刑罚量变的规律，迪尔凯姆认为与两个因素有关：一是社会类型的性质；二是政府机构的性质。社会类型有先进与落后之分，一般来说，社会类型越落后则刑罚的强度就越大，这是迪尔凯姆的结论。但刑罚轻重又不是简单地与社会类型的先进与落后直接对应。因为刑罚轻重还取决于政府机构的性质。政府机构的性质是指政府的组织形式，这是一个专制程度问题。政府的统治权不可能是无限的与绝对的，或多或少会受到宗教、伦理、法律的限制，但在这种限制难以成为政府权力的制衡力量时，就会形成专制。迪尔凯姆向我们表明：政府的专制并不是任何既定社会类型的内在特征。换言之，专制只与政府权力的配置有关，与社会类型无关。落后的社会类型中的政府机构也可能是非专制的，而先进的社会类型中的政府机构也可能是专制的，甚至是极端专制的。专制程度与刑罚强度之间存在正相关性，即当集权具有更绝对的特点时，惩罚的强度就越大。刑罚强度受到上述两种因素的影响，因而使刑罚的转变规律呈现出一种复杂的情形。迪尔凯姆指出：

> 刑罚演化的这两种因素，即社会类型的性质和政府机构的性质，必须细致地加以区分。这是因为，它们既是相互独立的，也相互独立地发挥作用，有时候，它们的作用方向甚至完全相反。例如，在从一种低级类型过渡到一种高级类型的时候，我们并没有像人们期望的那样，看到惩罚的减弱，因为与此同时，政府组织抵消了社会组织的作用。因此，这个过程是极其复杂的。②

---

① 〔法〕爱弥尔·涂尔干：《乱伦禁忌及其起源》，汲喆、付德根、渠东译，上海人民出版社 2003 年版，第 426 页。

② 〔法〕爱弥尔·涂尔干：《乱伦禁忌及其起源》，汲喆、付德根、渠东译，上海人民出版社 2003 年版，第 430 页。

迪尔凯姆不仅揭示了刑罚演化的量变规律，而且揭示了刑罚演化的质变规律。这里所谓质变，是指刑罚类型或者刑罚种类的变化。刑罚的质变与量变是有关联的，并且前者是以后者为前提的，在这个意义上说，刑罚的质变实际上就是量变。例如刑罚从死刑、肉刑演变为监禁刑，这是一种刑罚类型的变化，难道不也是一种刑罚强度的变化么？迪尔凯姆考察了监狱从防范性的拘押场所到剥夺自由的刑罚执行场所的演变过程：

> 起初，这些拘押形式还处于刑罚尺度的底层，因为它们刚开始的时候并不是真正意义上的惩罚，而只是镇压的先决条件，因为在很长一段时间里，它们都是模糊不明的。所以说，未来给它们留出了余地。这种形式，自然而且必然是那些正在消亡的其他刑罚的替代物。不过，拘押本身也不得不服从于进一步缓和的规律。这是因为，尽管起初拘押曾经与附属的严苛做法共同存在过，后者有时候仅仅是一种附属的东西，但它却逐渐从自己身上消除了后者，并化约为最简单的形式，即剥夺自由。如今，剥夺自由所包括的等级，只剩下了剥夺时间的长短。①

迪尔凯姆不仅从社会相关性上探讨刑罚变化的规律，而且主张从犯罪的发展入手，去寻找刑法发展的决定性原因。迪尔凯姆将犯罪分为两种：冒犯集体的犯罪行为与冒犯个体的犯罪行为。这里的集体，是指公共权威及其代表，如民族、传统、宗教。因此，这种犯罪可以被称为宗教犯罪行为。这时的个体是指个人，犯罪通常表现为谋杀、偷盗、强奸、欺诈等。在集体强制成为社会存在的重要方式时，对于冒犯集体的犯罪惩罚是十分严厉的。在集体强制松弛以后，冒犯集体的犯罪也就式微了，惩罚得以进一步弱化。迪尔凯姆的上述观点，对于我们理解刑法的演变是有启迪意义的，在某种程度上甚至可以说是勾画出了一部刑罚史。当然，迪尔凯姆对刑法的社会学分析，在很大程度上与孟德斯鸠的分析具有亲缘关系，大体上还是继承了自启蒙运动以来科学主义的传统。但福柯就不同

---

① 〔法〕爱弥尔·涂尔干：《乱伦禁忌及其起源》，汲喆、付德根、渠东译，上海人民出版社 2003 年版，第 443 页。

了,他以一种解构的方式彻底颠覆了传统的刑法观念。

我是在 1997 年 4 月在香港城市大学讲课时在香港书店首次买到福柯的著作的,就是《规训与惩罚》一书,该书是台北桂冠图书股份有限公司 1992 年初版的版本,译者为刘北城、杨远婴。同一版本 1999 年才在大陆三联书店出版。初读该书,对传统的观念具有摧毁性的力量,令人震惊,这种感觉仿佛至今犹在。在这本书中,我第一次碰到规训(discipline)这个术语,规训首先是指惩罚或压制的概念,其次是指为了在某个特定领域取得成功而必须掌握的一套技能和知识。我以为,福柯是从治理技术的角度对刑罚及其附属物监狱进行解读。近代刑罚的轻缓化是一个不争的事实,在这当中古典学派,尤其是贝卡里亚起到了重要作用。一般都认为,启蒙思想,诸如人道、平等、博爱等观念的传播是刑罚轻缓化的重要原因。但福柯似乎推翻了这一命题。在福柯看来,从 17 世纪末到 18 世纪刑罚的轻缓化与道德观的更新没有关系。之所以发生刑罚改革,是因为权力技术发生了变化:从控制人的肉体到对人的精神控制。福柯指出:

> 实际上,在这里我想要跟踪这个转变,但不是在政治理论层面上,而是在权力的机制、技术、工艺层面上。那么,这里我们又遇到了熟悉的东西:即在 17 世纪和 18 世纪,出现了主要围绕着肉体,个人的肉体的权力技术。通过这些程序,围绕这些个人的肉体和整个可视范围,人们保证了个人肉体的空间分布(他们的分离、他们的行列,把他们分类和进行监视)和组织。也正是通过这些技术,人们对肉体负起责任,通过锻炼、训练,等等,人们试图增强他们有用的力量。权力的合理化技术和严格的节约同样也以可能的最便宜的方式运转起来,通过监视、等级、审查、诉状、报告的系统:这整个技术可以称之为工作的纪律/惩戒技术。它从 17 世纪末开始并在 18 世纪建立起来。①

在这种规训技术中,监狱获得了全新的功能,并成为规训技术得以实施的重要场所。福柯正是在这一背景下看待近代监狱诞生的:

---

① 〔法〕米歇尔·福柯:《必须保卫社会》,钱翰译,上海人民出版社 1999 年版,第 228 页。

> 当整个社会处在制定各种程序——分配人员，最大限度地从他们身上榨取时间和力量，训练他们的肉体，把他们的连续动作编入法典，维持他们彻底可见的状态，在他们周围形成一种观察和记录机器，建立一套关于他们的知识并不断积累和集中这种知识时，监狱已经在法律机构之外形成了。如果一种机构试图通过施加于人们肉体的精神压力来使他们变得驯顺和有用，那么这种机构的一般形式就体现了监狱制度。[①]

肉刑的废弃、死刑的减少是以监狱为替代的，监狱的规训技术足以承担对犯罪人的矫正使命。在规训技术中，注视是其手段之一。这里的注视也可以说是一种监视。监视的思想来自于边沁的圆形监狱(panopticon)的概念。边沁的圆形监狱模型是一个建立在监狱中心位置的塔楼。看守从这个塔楼可以观察到每间牢房以及房间里的囚犯。但是这个塔楼的建筑方式让犯人没法知道他们是否受到了监视。犯人只能假设他们每时每刻都可能被监视，相应的，他们就会调整自己的行为。[②] 面对面的监视，暴力的拷打，肉体的折磨，都被一种更为经济也更为人道的背后监视所取代。因此，监狱的注视是一种权威性注视、制度性注视，它确有其他惩罚手段难以达致的规训效果。由此可见，刑罚的轻缓化并不仅仅与道德、意识形态有关，而且与技术、治理有关。随着科技的发展，人的监视早已经转变成为机器的监视、电子的监视。制度性的监视也不再仅仅发生在监狱当中，而且发生在学校、工厂、军营以及任何具有组织性的人群当中。而监视的主体也不再仅仅是监狱，而且是医院、税务机构、民政机构，等等。在这种情况下，社会监狱化就是不可避免的。现代科技使个人成为其奴隶，使社会成为泛监狱，由此获得社会秩序与安宁。只要我们想一想越来越多在公共场所出现的电子眼、监控器，这种监视的无所不在，是个人为获得安宁所付出的代价。

《刑法的启蒙》可以说是一部经典介绍刑法思想的书籍，我在书中更

---

① 〔法〕米歇尔·福柯：《规训与惩罚——监狱的诞生》，刘北城、杨远婴译，生活·读书·新知三联书店2003年版，第259页。

② 参见〔澳〕J. 丹纳赫、〔澳〕T. 斯奇拉托、〔澳〕J. 韦伯：《理解福柯》，刘瑾译，百花文艺出版社2002年版，第62页。

多的是在展示经典作家的刑法思想,我的职责只是如何使读者能够更亲近经典、理解经典。

值此本书重印之际,补记如上,是为序。

陈兴良
谨识于北京海淀锦秋知春寓所
2007 年 3 月 27 日

36.《刑法的启蒙》（第三版）[①]序

《刑法的启蒙》在我所有的著作中，是较为特殊的一种。严格来说，这并不是一部具有作者独立思想的著作，而是对历史上十位著名刑法学家或者哲学家的刑法思想所作的介绍。从这个意义上说，将本书归入学术随笔的范畴是较为准确的。而且，本书介绍的这十位刑法学家或者哲学家，其论著在我写作本书的 1997 年尚未全部翻译介绍到我国，由于语言上的障碍，本书只能是盲人摸象一般，根据作者的理解与想象进行发挥，未必就是这些刑法学家和哲学家的刑法思想的本来面貌。本书的写作，距离现在二十年过去了，对国外刑法学家著作的翻译介绍情况大有改善，读者可以直接接近这些刑法思想大师，甚至可以直接阅读原著。在这种情况下，《刑法的启蒙》一书的出版价值每况愈下，这也是我对本书进行增订重写怀有一种抵触心理的主要原因。不过，北京大学出版社副总编蒋浩一直希望本书重新出版。因为在二十年前，本书就是蒋浩约稿的产物，从某种意义上来说，蒋浩是本书出版的见证人。而且我亦有耳闻，本书对于初学刑法者具有一定的启蒙之功效。有些同学正是读了本书才产生对刑法的兴趣，进入刑法的学术殿堂。因此，本次将《刑法的启蒙》一书以学术随笔的名义收入陈兴良作品集，也算是对这部书的一个交代。

《刑法的启蒙》一书是以西方近代刑法思想的嬗变为线索的，这也是以罪刑法定原则为基础的现代刑法观的思想渊源。如果我们不能对西方刑法思想史具有较为深刻的理解和较为全面的掌握，则难以对当下的刑法具有科学的认识。德国学者在论及近代犯罪论的发展阶段时指出："通过对史论的简要回顾，我们可将近代犯罪论划分为三个重要的犯罪阶段：古典的犯罪概念、新古典的犯罪概念和目的论的犯罪概念。每一种体系都得从其精神史根源和前一阶段人们通过学术体系的重建而加以改造克服的计划的联系中去解释。因为没有哪一种理论试图完全取代另一种理

① 陈兴良：《刑法的启蒙》（第三版），北京大学出版社 2018 年版。

论,时至今日所有三种犯罪概念的体系思想仍并列存在。如果我们将现阶段主流学术观点排列放在其解释论史的联系中,那么,才有可能清楚地了解之。"[①]德国学者的以上评论虽然是对犯罪论体系的演变历史而言的,但同样适用于刑法思想的演变历史。其中,涉及正确对待学术史的两个问题:第一,前后联系。根据德国学者的观点,任何思想学术或者理论观点都是前后联系的,不能把它们分割开来。只有采取联系的观点,揭示这些刑法思想流派之间的传承、流变和转折关系,才能真正洞察这些刑法思想的真谛。第二,同时并列。根据德国学者的观点,历史上曾经存在的各种理论体系并不是一种互相取代的关系,而是同时并列的。各种刑法思想都与社会思潮之间具有密切关联,任何一种刑法思想都不可能永远占据主导地位。就如同潮起潮落,刑法思想也是历史大河中的潮流,会有起落,这是十分正常的。但不能简单地说,一种思想或者学说就会退出历史舞台。在西方刑法思想史中,报应学派和功利学派、目的学派等都各自具有自身的逻辑体系和社会土壤。尽管在某个时期或者某个学派可能会占据主流,但其他学派并没有消失,也没有被取代。这些刑法思想和理论观点同时并存,谁也消灭不了谁。这就是思想和理论需要包容的根本原因,思想不能垄断,理论不能独占,而是应当百家争鸣,百花齐放。只有这样,思想和理论才会在互相的碰撞中向前推进。

《刑法的启蒙》所介绍的十位学者,可以分为两种类型。其中,贝卡里亚、费尔巴哈、龙勃罗梭、菲利、加罗法洛和李斯特是真正意义上的刑法学家或者犯罪学家,而孟德斯鸠、边沁、康德和黑格尔则是哲学家或者思想家。前者的主要学术贡献就在于刑法思想,而后者的主要学术贡献则在于哲学或者政治思想。对于后者来说,刑法思想只不过是他们庞大的思想体系中的极小一部分,当然,这些刑法思想对于近代刑法理论的发展同样起到了重大的推动作用,以至于我们今天仍然不能绕开他们而谈论刑法理论。应该说,以上两种不同类型的刑法思想是存在差别的,理解这种差别对于领会这些学者的刑法思想是具有重要意义的。

就哲学家或者思想家而言,他们主要是研究人类的精神生活和政治生活,具有对社会的全面把握,并且提出了对社会、国家、政府、政治和法

---

① 〔德〕汉斯·海因里希·耶赛克、〔德〕托马斯·魏根特:《德国刑法教科书》,徐久生译,中国法制出版社 2001 年版,第 247—248 页。

律的体系化的思想。正是从这种社会观和世界观出发,论及对刑法的看法,具有居高临下的思想高度。因此,对于这些哲学家的刑法思想,必须从其哲学基本观点中去了解。例如,对康德的道义报应思想的理解,必须联系其绝对命令的观念。在康德看来,刑法是绝对的命令,也就是说,是一种与所有目的思想无关的正义的要求。正是由此出发,康德才推演出同态复仇的刑罚观念。而对黑格尔的法律报应思想的理解,则必须结合其辩证法的方法论。黑格尔把公共秩序界定为公众的普遍意志,而犯罪行为是个人的特殊意志。犯罪行为以个人的特殊意志否定了公众的普通意志,而刑罚则是对特殊意志的否定,因而是对普通意志的否定之否定。正是在这个意义上,黑格尔主张对犯罪实行法律报应,以此恢复公共秩序。至于边沁,则是以功利主义的哲学流派而著称,以预防为核心的刑法观就是功利主义哲学在刑法中的实际运用。因此,对这些哲学家或者思想家的刑法思想的深刻把握,必须将我们的视野超出刑法的范围,进入哲学或者思想史的领域。

就刑法学家或者犯罪学家而言,他们的主要精力投放在对犯罪和刑罚的研究之中,并且都是各种刑法学派甚至学科的开创者。例如龙勃罗梭开创了刑事人类学派,菲利开创了刑事社会学派。我们可以看到,即使是这些以刑法为主业的学者,也并不是把自己局限在狭小的刑法学的范围之内,而是采取人文社会科学的思想和方法对犯罪与刑罚进行深入研究,才能结出刑法思想的丰硕果实。例如贝卡里亚将启蒙思想引入对刑法制度的研究,完成了从中世纪刑法向近代刑法的重大转折,为近代刑法学的创立奠定了基础,因而被尊称为近代刑法之父。而龙勃罗梭利用人类学知识对犯罪现象进行研究,在对犯罪现象的研究中采用了实证主义的方法,由此开创了犯罪学的诞生。菲利利用社会学知识对犯罪现象进行研究,使犯罪学从人类学的视野转换为社会学的视野,进一步深化和开阔了犯罪学理论。至于李斯特更是一位全面的刑法学家和犯罪学家。在刑法学科,李斯特开创了古典派犯罪论,为此后的刑法教义学发展提供了可能。在犯罪学科,李斯特提出了目的刑思想,进一步推动了犯罪社会学的成长。

当然,以上十位刑法学家或者哲学家,对于刑法的主要贡献还是在于刑法思想,在某种意义上可以说,主要属于刑法思想家或者法哲学家,而不是刑法教义学意义上的刑法学家。其中,只有李斯特对于德国近代刑法教义学的产生具有较大的贡献。应该说,刑法理论具有层次的区分,其中,刑法思想居于最高层次,而刑法教义学则居于其下。但就对立法与司法的实际功效而言,刑法教义学是更为直接的与更为重要的。如果说,启蒙主要是一种思想的启蒙;那么,本书选择十位以刑法思想见长的学者进行介绍,还是具有一定合理性的。当然,如果从刑法学术史的角度而言,对德日从事刑法教义学学者的学术观点进行介绍也是十分重要的,但这已经不是本书的使命。德国学者曾经对刑法教义学与法哲学之间的关系作了如下论述:“除刑法史以外,与刑法教义学最有联系的要数法哲学。法哲学致力于建立一种标准,根据该标准,教义学家可以判断,现行法律规范是否与社会秩序的自然情况和社会伦理主导价值观相吻合,如何解释或者以何等方式进行变革。法哲学将刑法教义学从实质主义的统治中解放出来,使其找到必要的组合,该组合使得积极的且总是不完备的法律与‘正确的法律思想’相协调。”[①]因此,我们既要注重对具有法哲学性质的刑法思想的了解,又要关注对刑法教义学知识及其历史的把握。只有这样,才能真正建立起刑法知识体系。

本书在北京大学出版社再次出版过程中,高颖文同学帮助我对本书引用的相关著作的内容进行了精心的核对,以确保准确。为此,我要对高颖文同学表示谢意。

是为序。

陈兴良

谨识于北京海淀锦秋知春寓所

2017 年 11 月 16 日

---

① 〔德〕汉斯·海因里希·耶赛克、〔德〕托马斯·魏根特:《德国刑法教科书》,徐久生译,中国法制出版社 2001 年版,第 56—57 页。

37.《刑法的价值构造》[1]前言

刑法的价值构造是我所塑造的一个刑法的理想国,它立足于揭示刑法的应然性。以往我们的刑法理论,重视的是刑法的实然性,这种实然性往往是以实用性为前提的。因此,刑法理论满足于阐述法条之所然,而对其所以然则不甚了然,对其应然性则更是了无所然。这样,刑法学沦为一种注释学,只能成为某种立法或者司法的附庸。这主要表现在:刑法学尾随立法与司法,毫无独立的理论品格,丧失了社会批判功能。在这种情况下,引起我关注的是这样一个问题:刑法学何以成为一门科学?这个问题的回答是困难的,因为对于科学本身就存在着各式各样的理解。然而,这个问题的思考又是重要的,因为它关乎刑法作为一门学科的安身立命之本。不能说对这个问题我已经有了圆满的回答,本书在一定程度上试图回答这个问题,但也许是十分肤浅的。至少我想,刑法学之科学性的一个重要标志,就在于基于其实然性而对其应然性的一种描述。它表明这种刑法理论是源于实然而又高于实然,是对刑法的理论审视,是对刑法的本源思考,是对刑法的终极关怀。

刑法的应然性,实质上就是一个价值问题。刑法的价值考察,是在刑法实然性的基础上,对刑法应然性的回答。刑法学作为一门独立学科,也是作为一门科学的诞生,正是以对刑法的应然性的关注为标志的。在历史上,意大利著名刑法学家贝卡里亚是刑法学的始祖,他的刑法学说的特点就在于不以任何实在法为基础,也就是说,它不是根据现存刑法的体系和原则去探求它的精神并系统地注释其条文。贝卡里亚的刑法学说基本上可以分为两部分:一部分是刑法哲学,它根据哲学原理探讨并解释什么是犯罪,什么是刑罚,人为什么犯罪,社会为什么需要刑罚等刑法范畴的基本概念和问题,这种哲学解释由于综合了大量人类认识的新发现,因而比纯粹的法律解释要深刻得多。另一部分是刑事政策,它根据对基本刑

---

① 陈兴良:《刑法的价值构造》,中国人民大学出版社 1998 年版。

法概念和问题的哲学探讨和解释提出犯罪控制的法律对策。比如,根据对刑法本质的哲学认识,提出为发挥其效能在立法和司法中所应当遵循的规则。[①] 正因为如此,我们才将贝卡里亚那本仅 6 万字的论文式专著《论犯罪与刑罚》奉为刑法学的经典。这本书的思想容量与其篇幅是远远不成比例的,它之所以成为刑法学的经典,就因为它触及了刑法的一些本源性问题,尤其是刑法价值问题,从而使刑法学成其为一门科学。

刑法的应然性并不是主观臆想,它是以实然性为前提的。因此,它要求我们对刑法的现实性具有更为热切的关注。刑法是一种社会现象,它是以社会为基础的。因此,对刑法的应然性的考察,应当将刑法置于广阔的社会文化背景之中,而不是仅仅对刑法条文进行分析。在这个意义上可以说,刑法的应然性考察实际上意味着对社会的应然性的思考。所以,真正的刑法学家,不应是一个只关心刑法条文的拜占庭式的经院哲学家,而首先应当是一个具有对社会的终极关怀的思想家。在本书中,我对刑法价值的考察,也不仅仅局限于刑法本身,而是从社会本体论的意义上引申出个人与社会这样一个具有终极意义的问题,在此基础上解决刑法价值问题,从而使对刑法价值的思考成为对社会本源的思考。

刑法的应然性,使得刑法理论更具永恒性。在哲学上,永恒与暂时的区分是相对的,在学术上也是如此。自然科学相对于社会科学,更具永恒性,这也正是自然科学比社会科学更具科学性的一个象征。在这个意义上,我们可以说永恒性是科学性的题中应有之义,尽管这种永恒本身也是相对的。因此,对于学术的永恒性的追求实际上也就是对学术的科学性的追求。科学性要求某种理论命题是对相当范围内的现实事物的客观规律的揭示与概括,它不因具体事物的变动而变化,具有在一定时空范围内的普遍适用性,这也就是一种永恒性。刑法往往也是如此。刑法领域中的犯罪与刑罚现象是十分复杂的,法律条文也是形形色色的,刑法理论所关注的应当是犯罪与刑罚的一般规律,这样就舍弃了大量个案特征,而是对现实问题的一种理论归纳。这种理论的生命力来自现实,但它又具有超越现实的永恒性。因此,刑法理论所揭示的是支配着刑法之表象的“道”。形而上者谓之“道”,这种“道”是不易变动的东西,是刑法条文的

① 参见黄风:《贝卡里亚及其刑法思想》,中国政法大学出版社 1987 年版,第 36 页。

灵魂与精髓。只有得刑法学之“道”,刑法学才不至于尾随立法与司法。而恰恰相反,刑法条文应当服从以“道”为内容的刑法原理与刑法精神。这样,刑法学家就掌握了一种批判实在法的武器,就可以在精神上具有自立的根基,而不至于唯法是从,唯权是命。在这个意义上,刑法理论才具有相对的稳定性乃至于永恒性,不至于一部法律的修改,甚至一个司法解释的发布,就使我们积数年之研究心血而写成的一本本刑法教科书顷刻之间变成废纸。

刑法的应然性,使刑法的思考成为法的思考,从而使刑法理论升华为刑法哲学,乃至于法哲学。法是相通的,这里主要是指基本精神相通。而刑法的应然性,使我们更加关注刑法的内在精神,因而能够突破刑法的桎梏,走向法的广阔天地。以往我们的刑法理论,过于局限在对刑法条文甚至个案的具体考察,虽然具有专业性,但却缺乏学术性与思想性。我越来越感到,刑法理论不能封闭在狭小的刑法范围之内,而应当具有开放性。从《刑法哲学》到《刑法的人性基础》,再到现在这本《刑法的价值构造》,我总结本人刑法研究的轨迹,归纳为一句话:从刑法的法理探究到法理的刑法探究。刑法的法理探究,是指刑法的本体性思考,以探究刑法的一般原理为己任,基本上属于刑法的法理学,或曰理论刑法学。《刑法哲学》可以归为此类,我称之为实在法意义上的刑法哲学。而法理的刑法探究,则是指以刑法为出发点,通过探究刑法命题而在更深层次上与更广范围内触及法哲学的基本原理。从《刑法的人性基础》到《刑法的价值构造》,虽然仍然以刑法为研究对象,但实际上已经超出刑法范围,探究的是一般法理问题。刑法只不过是这种法理探究的一个独特的视角和一种必要的例证。在这个意义上,这种刑法学也是一定程度上的法理学,它的影响可能会超出刑法学。我把这种刑法理论称为自然法意义上的刑法哲学。例如,在本书中,我探讨的是刑法价值问题,但实际上是以刑法价值为出发点探讨法的价值问题。因为刑法只不过是法的一种表现形式而已,通过对刑法价值的深度研究,难道不正是有助于我们对法的价值的深入理解吗?我曾经对法理极具兴趣,一个偶然的原因使我置身于刑法学界,从探讨一些极为琐细的刑法问题开始了我的学术生涯,以至于使我自己感到一种从抽象到具体的“精神堕落”。我不为所动,始终保持对刑法的极浓兴趣;但也不为所惑,清醒地认识到刑法只是我的暂栖处,我的最终志向应当是回归法理学。现在,我终于找到了一个契合点,既可以充分利用我的刑法专长,又可以满足我对法哲学的强烈冲动。这就是法理的刑法探究,它也将是我今后学术研究的更高追求。我不可能完全脱离刑法去研究法理,但可以通过刑法去研究法理,这才是我之所长。不仅如此,我还可以专门研究刑法,这是我的专业特点。因此,我把自己的研究分为两个领域:刑法的法理探究(刑法的法理学)与法理的刑法探究(法理的刑法学)。

刑法的价值问题,可以说是刑法哲学的重要内容。在《刑法哲学》一书中,我对刑法的价值内容作了探讨,提出了公正、谦抑、人道这三大现代刑法的价值目标,并认为这是构成刑法的三个支点,也是刑法哲学应当贯穿的三条红线。可以说,当时的探讨是十分肤浅的。不说理论深度,单是从篇幅上来说,也仅有不足5000言。而在本书中,我以将近50万言的篇幅来探讨刑法价值问题,无论在理论的深度还是广度上,都远远超出了以往。因此,本书是《刑法哲学》一书所开始的刑法理论探索的继续,这本书的起点正好是那本书的终点,它也是继《刑法的人性基础》之后的刑法哲学第三部。在本书中,刑法价值问题的探讨被分成四个层次:(1)刑法价值的背景论,这就是第一章与第二章,分别揭示刑事古典学派的价值构造与刑事实证学派的价值构造。这两个学派分别体现了个人本位和社会本位的两种价值构造,这也正是两大刑法学派的对立之所在。正是从两大刑法学派的价值冲突中,引申出刑法价值问题的主题。(2)刑法价值的本体论,这是第三、四、五章,主要是从刑法机能出发,通过个体与整体、个人与社会等社会哲学问题的探讨,提出刑法机能的二元论,这就是刑法的人权保障机能与社会保护机能的双重构造,从而确立刑法价值观。(3)刑法价值的目标论,这是第六、七、八章。如果说,刑法机能是刑法自身所拥有的价值,那么,刑法价值目标,诸如公正、谦抑、人道,就是刑法所追求的价值。本书以较大的篇幅对刑法的三大价值目标作了理论考察。(4)刑法价值的原则论,这是第九章与第十章,分别是罪刑法定的价值分析和罪刑均衡的价值分析。罪刑法定与罪刑均衡是刑法的两大基本原则,它们都与刑法价值具有密切关系。因而,本书对罪刑法定与罪刑均衡从价值的角度进行了理论探究。本书力图建构一个历史与逻辑相统一的理论体系,并将有关内容作出妥当的安排,使理论趣味与理论表达相协调。

意大利著名刑法学者加罗法洛在论及如何确定犯罪概念时指出：为了获得犯罪这个概念我们必须改变方法，即我们必须放弃事实分析而进行情感分析。[①] 加罗法洛这里所说的情感指的是道德感，通过情感分析得出的结论是犯罪就在于其行为侵犯了某种共同的道德情感。尽管我们可以对加罗法洛的这种观点提出异议，但其研究方法却值得借鉴。我们从中得到的启迪在于：刑法不仅可以有一种分析方法，例如事实分析或者法条分析，还可以有其他各种分析方法，包括加罗法洛的情感分析。应该说，价值分析也是一种重要的分析方法。从刑法的价值分析中，我们可以得出结论：刑法是一种不得已的恶。用之得当，个人与社会两受其益；用之不当，个人与社会两受其害。因此，对于刑法之可能的扩张和滥用，必须保持足够的警惕。不得已的恶只能不得已而用之，此乃用刑之道也。写在这里，以为警世之用。

陈兴良

---

① 参见〔意〕加罗法洛：《犯罪学》，耿伟、王新译，中国大百科全书出版社 1996 年版，第 21 页。

38.《刑法的价值构造》[1]后记

每当完成一本书,都有一番感慨,这是人之常情。但感慨与感慨之间,内容又各不相同。当我写完本书的时候,没有丝毫的轻松,只有由衷的忐忑。也许是年近不惑,少年盛气渐消,惶惑之情日增。

我有一个习惯,写完一本书总会联想起上一本书并预想到下一本书,此刻也不例外。在上一本书《刑法的人性基础》的后记中,我曾经漫不经心地写道:也许,下一本书,如果还有下一本的话,可能会写得更好一些。本书《刑法的价值构造》正是这下一本书,是否写得更好一些,着实不敢肯定。但问心无愧的是我用心去写了。当然,对于已在我心目中存在的下一本书(尽管不知何时能够完成),我不敢再说会写得更好一些。回想起来,当我写完《刑法的人性基础》一书的时候,对于是否还有下一本书,确实是渺然无绪的,因而写得更好一些也只不过是一种空头许诺而已。值得欣慰的是,在《刑法的人性基础》一书出版以后,在与前著《刑法哲学》的比较中更获好评,从而实现了自我超越。应该说,在我完成《刑法的人性基础》一书的时候,我是自信能够超越《刑法哲学》水平的。而现在完成《刑法的价值构造》则很难再有这种自信,因为理论的起点更高,超越也就更加困难。我只能期望《刑法的价值构造》一书能够与《刑法的人性基础》保持在同一水平上,不至存在太大的差距,但愿这不是一种奢求。

我是在《刑法的人性基础》写完后不到一年开始着手构想并写作本书的,当时《刑法的人性基础》一书尚未出版。因而,两书写作时间十分接近,自己感到理论准备不是十分充足,好在我的写作主要依赖以往的学术功底以及对刑法哲学的顿悟和灵感,因而使我能够勉力完成本书。本书的写作与前书的机缘与过程十分相似。也是首先有一篇一万字的论文——《刑法的价值构造》(载《法学研究》1995 年第 6 期),后是出版社约稿,于是我贸然以此为书名报上选题,经过论证立项,然后开始写作。这

[1] 陈兴良:《刑法的价值构造》,中国人民大学出版社 1998 年版。

本书的写作始于1995年12月终于1996年6月,前后也就半年时间,除去中间授课与办案,因而真正用于写作的时间不足5个月。本书从体系的构想到内容的形成,不像上一本书那样顺畅。本书写作的主要困难在于:与前书的协调中要避免内容上的重复,与前书的对比中又要追求形式上的完美。恰恰是这两点,使我挖空心思,同样也费尽心机。在我看来,本书如果还有可以自诩之处的话,也就在于此。本书的体系直到开始写作都没有定型,我为此冥思苦想始终没有形成理想的体系。一个偶然的机会,《法学研究》杂志编辑王敏远先生向我约一篇关于罪刑法定主义的论文,我欣然答应并很快完成,兴之所至洋洋洒洒长达近六万言。承蒙王敏远先生不弃,论文以"罪刑法定的当代命运"为题刊载在《法学研究》1996年第2期,成为本人发表在杂志上最长的一篇论文。此文完成之日,灵感突发,它不正可以成为本书的一章么?由此又引申出与之相对应的下一章,即罪刑均衡的价值分析。罪刑法定与罪刑均衡构成本书的第九章与第十章,它们是最初完成的,也是自我感觉良好的两章。这两章写作的难处在于:在《刑法哲学》一书中,已经从历史到逻辑、从理论到实践以大约三万余言的篇幅作了论述。在本书中,为避免重复,需要重新组织材料、选择角度,因而存在一定的难度。没有想到的是,正是这种压力使我的视野更为开阔、思路更为缜密,信心百倍地完成了第九、十两章。至于第六、七、八三章题目是早定的,即刑法的公正性、谦抑性与人道性这三大价值目标,它们是我在《刑法哲学》一书的导论中提出来的。但在那本书中每个价值目标都只有寥寥不足千言的论述,本书却要扩展为每章五万余字的长篇大论。经过精心的构想,形成以下互相联系又互相区别的三个方面的九个要点:(1)刑法的公正性:①正当性;②公平性;③平等性。(2)刑法的谦抑性:①紧缩性;②补充性;③经济性。(3)刑法的人道性:①轻缓性;②宽容性;③道义性。这九个要点成为对刑法进行价值观察的九个视角,由此形成对刑法的全方位的价值考察,成为本书的重点内容。完成以上三章以后,接下去的是颇费周折的第三、四、五三章。对这三章,我作了大量的理论准备,光是匈牙利著名理论家卢卡奇洋洋130万言的名著《关于社会存在的本体论》(重庆出版社1993年版),我就硬着头皮啃了好几遍。但所得甚微,也许还是读不懂。另外主要考虑到体系安排上的困难,我终于放弃了原来打算的对社会本体论的专门研究,而改为以刑法机能为线索的人权保障、社会保护与双重构造这样三章，把社会本体论的内容包含其中。因此，这三章约十万字，刑法内容不足三分之一。这样的安排是折中的产物，在写作上容易一些。但内容的把握上我还是下了功夫的，例如关于人权问题，我搜集并阅读了所有关于人权的论著与论文；关于市民社会问题，也搜集了所有论文，尽可能在刑法哲学的视野之内予以理论扫描。最后是论述刑事古典学派与刑事实证学派的价值构造的第一、二两章，这是最早确定下来的。但写起来却最头疼，主要因为在《刑法的人性基础》一书中，我曾经以十万字的篇幅分两章论述了刑事古典学派与刑事实证学派的人性基础。本书是从刑法价值的角度考察两大刑法学派，与上本书视角虽有所不同，但毕竟两大刑法学派的材料有限，完全避免重复十分困难。更何况由于本书是从后倒着往前写的，在已经完成的章节中已经涉及两大刑法学派的有关内容也不能重复。因此，第一、二两章写得比较单薄，感到不甚满意，但也只能写到这个程度。本书正文中，最后写的是导论。在导论中，顺着一般价值、法律价值与刑法价值这样一个逻辑线索，本想展开论述，尤其是价值哲学的著作，凡国内出版的专著与译著，我基本搜集齐全。但写到最后已是强弩之末，考虑到全书的篇幅已经大大超过出版社约定的字数，再加上无心恋战，只能草草收兵。在我自己心里，本书风格与内容有虎头蛇尾之势。但由于本书是倒着写的，给读者的感觉也许将是鸡头凤尾。一本书，如果能够写得虎头虎尾或凤头凤尾当然更好，但在头尾难以两全的情况下，退而求其次，应该是鸡头凤尾胜于虎头蛇尾。而这一状态的造成，完全是阴差阳错的结果——一个美丽的错误。这岂非意外之得？这也正应了一句古诗：文章千古事，得失寸心知。

每每观画，我对工笔画与写意画之间的风格差异留有十分深刻的印象。诚然，我不胜敬服工笔画的刻意、工整、精细与匠心；但我似乎更倾心于写意画的随意、洒脱、粗犷与虚幻。从画的风格使人联想到学术风格，并引起我对理论著作的内容与形式的构造的反思。在《刑法的人性基础》一书的序中，我冒昧写下这么一段话："对于我来说，一本书，当然是我所全身心投入、灌注了心血的书，往往是先有形式——一个对称而和谐的完美体系，后有内容——一些未经推敲而自然涌现的思想。在我看来，思想观点迟早都是会被超越而过时的，但一本书的体系的形式美却是永恒的!”由此看来,我是一个形式优先的唯美论者。因此,对于我来说,书的内容——思想观点都是可以商榷的,因为它们虽然是思想的流淌,但更多的是信手拈来、灵机一动的结果。但书的形式——体系的对称和谐的完美性,却是千锤百炼反复推敲之所得,更是我所追求,更为我所珍惜,也许形式会牺牲内容,这一点再次为宗建文博士所明察。在关于《刑法的人性基础》的书评中,宗建文博士对该书的形式美作了肯定:对刑法人性基础的关注与研究来源于陈兴良博士在哲学问题上的趣味和扎实的功底,这自不待言;更为关键的是,它来源于作者基于自身知识准备之上对刑法哲学的顿悟和灵感。也正是这种灵感的发挥,本书在结构上求得了对称的“形式美”,结构形式上的特色增强了内容上的表现力,大有一气呵成之快意。但宗建文博士也指出了该书在基于知识论假定而推导法律制度设计方面表现出思路欠分明、观点欠照应的不足,并认为这一缺陷是由于对“形式美”的过分追求所致。我承认形式与内容之间可能存在矛盾,但我认为这种缺陷不应归咎于对形式美的追求,应当获咎的是思想内容本身的不成熟性。在本书中,我一如既往地追求体系结构的形式美,但愿它不致对思想内容的阐述与表达造成太大的妨害。其实,书和人一样,都是有一定风格的,一般来说是文如其人,思想风格应当与文章风格求得契合与一致。在我看来,正如存在工笔与写意这两种风格迥异的绘画形式,在学术著作中也存在这种风格上的差异。以往,我们一般在艺术中讲究流派与风格,例如诗的豪放与婉约等;而在学术理论中则注重思想内容的科学性,忽视表现形式的完美性,这不能不说是一种遗憾。把时间往回推移到18世纪,康德与黑格尔的著作尽管语言晦涩令人无法卒读(也许是翻译上的原因),思想深刻使人难以理解(也许是水平上的问题);但对于读懂读通的人来说,其阅读快感又岂能用语言来表达!这种阅读快感来自他们对真理的无限信仰与崇敬,以及惊叹于其思想体系的高度完美性。毫无疑问,还有其语言表达的精辟性。当头顶的灿烂星空与心中的道德律令引起康德敬畏之情的时候,我们能不为这种敬畏而敬畏么?当黑格尔预言密涅瓦的猫头鹰要等待黄昏到来才会起飞的时候,我们能不为这种等待而等待么?而在当今的学术理论中,风格形式上的无个性化与八股文化绝不比思想内容上的陈旧性与呆板性的程度更轻一些。因此,我们在呼唤观点上的突破的同时,也应当为形式上的创新而呐喊。

美国学者 L. 洛伦兹指出:“人是所有种类动物中最具想象力的动物。”我们也许可以把想象力作为人与其他动物区别的一个重要标志。现在我们学术研究中的思想贫乏,在很大程度上是想象力的贫乏。想象力是一切科学研究的原动力,一个没有想象力的人,不可能具有创造力,也不可能具有思想性。因此,只有展开想象的翅膀,思想才会在自由王国里飞翔。写在这里与读者共勉,是为后记。

陈兴良
谨识于北京塔院迎春园寓所
1996 年 7 月 10 日

39.《刑法的价值构造》(第二版)[①]出版说明

《刑法的价值构造》一书创作于1996年,出版于1998年年初,是在1997年刑法修订前完成,直至刑法修订以后才出版,其出版周期跨越了1997年的新旧刑法更替。德国学者拉德布鲁赫曾经引用基希曼的一句名言:“立法者三句修改的话,全部藏书就会变成废纸。”在拉氏看来,这一论断否定了应然法律的科学性,否定了或然的制定法的科学性。我认为立法者的三句修改的话,变成废纸的是关于注释法学的著作,因为它具有对于实在法的极大依附性;而以应然法为研究对象的法哲学著作,并不以立法为转移,因而并不会因为立法者三句修改的话使其变成废纸。值得庆幸的是,《刑法的价值构造》是一部刑法哲学著作,因而虽然其出版周期跨越1997年刑法修订,但并未变成废纸。

至今我仍然认为,《刑法的价值构造》是自己最为满意的一部著作,它在我的学术谱系中占据着重要的地位,也给我带来了学术声誉。该书曾在2003年被评为第三届中国高校人文社会科学研究优秀成果一等奖,是我所获得的科研奖项中重要的一个。在《刑法的价值构造》一书中,我主要采用了价值哲学的方法对刑法进行某种形而上的研究。以往在我国刑法学界对刑法的研究大多是注释方法,这是一种实然的研究。实然研究当然是重要的,使我们能够获知法之所然。但实然研究具有对法条的依赖性,难以对法本身作出科学的反思。其实,我国刑法学界也不乏对法律的批评,往往以立法完善的形式反映出来。但这种批评一般限于具体条文,并且也缺乏科学根据。在这种情况下,我认为倡导一种对刑法的应然研究是十分必要的,这种应然研究具有超越法条的形而上的特性,并且是对法的本原的一种揭示,对法的宗旨的一种阐述。尤其应当指出的是,刑法的应然研究并非对刑法的实然研究的否定,而是在实然研究的基础上展开的,成为对实然研究的补充与提升。这种对刑法的应然研究,就是刑

① 陈兴良:《刑法的价值构造》(第二版),中国人民大学出版社2006年版。

法的价值分析。本书是这种研究方法的一种尝试,无论成功与否,我自信方向是正确的。

在写作本书的时候,我还是想沿着这一学术径路继续走下去的,并且当时就已经想好了下一本书的书名:《刑法的道德使命》,意图从刑法与道德的关系切入,揭示刑法的伦理蕴含,刻画刑法与道德之间的紧张关系。但是,由于各种原因,这一写作计划至今未能完成。除本人能力所限以外,一个重要的原因是 1997 年刑法修订以后,掀起了一个研究 1997 年《刑法》的热潮,我也投入其中,由此使我的研究进路发生转向:从刑法的应然研究又回归刑法的实然研究。从 1997 年开始,我完成了刑法实然研究的一系列写作:《刑法疏议》(中国人民公安大学出版社 1997 年版)、《刑法适用总论》(法律出版社 1999 年版)、《本体刑法学》(商务印书馆 2001 年版)、《陈兴良刑法学教科书之规范刑法学》(中国政法大学出版社 2003 年版)。及至《刑法学的现代展开》(与周光权合著,中国人民大学出版社 2006 年版),这一写作抵达高潮。从 2005 年开始的《判例刑法学》的写作,则使对刑法的实然研究从法的教义学深入到法的判例学,从立法转向司法,从刑法的文本研究推进到刑法的个案研究。当然,在这当中,还包含着对刑事法治的关注与思考,这就是即将推出的《刑事法治论》的内容。可以说,在《刑法的价值构造》完成以后,我的研究从形而上回归形而下,经历了一个重要转折。这一转折的动因是我国刑事法治、刑事立法与刑事司法的发展,作为一个刑法学人,不能自外于这一法律变革。

研究范式,这是当下学界十分流行的话语。我认为,刑法的应然研究与实然研究具有各自不同的研究范式。就刑法的应然研究而言,虽然有刑法哲学这样一个名称,但它并非刑法应然研究之全部。此外,还有刑法的社会学研究、刑法的逻辑学研究、刑法的伦理学研究、刑法的语言学研究、刑法的经济学研究,如此等等。刑法是一种复杂的社会现象,它是人类精神生活的一个点,它与其他社会现象之间存在着某种相关性。只有把刑法还原为社会现象、经济现象、伦理现象、语言现象、逻辑现象,我们才能深刻地把握刑法的实质。因此,刑法的哲学研究,也可以说是刑法的应然研究、刑法的形而上的研究,它应当遵循的哲学、社会学、经济学、伦理学、语言学、逻辑学的研究范式,是采用上述各个学科的方法对刑法这一特殊现象进行研究的结果。至于刑法的实然研究,是刑法学所垄断的研究领域，它构成狭义上的刑法学，也就是刑法教义学。经过近几年来对刑法的实然研究，我越来越感到以往我国刑法的实然研究缺乏研究范式，存在着非规范、非科学的倾向。为此，必须将我国刑法的实然研究置于大陆法系刑法学研究这一背景之中，引入大陆法系刑法学的研究范式。唯此，才能使我国刑法的实然研究走上正途。尤其是刑法的实然研究不能脱离刑法的应然研究，只有在刑法的应然研究的推动下，刑法的实然研究才具有扎实的根基。

《刑法的价值构造》对于我来说是所能达到的一个学术高峰，也许以后很难再超越。但我还是想在刑法的实然研究领域盘旋数年之后，重新回到刑法的应然研究领域再作进一步的攀登。

陈兴良
谨识于北京海淀锦秋知春寓所
2006年6月27日晨

40.《刑法的价值构造》(第三版)[①]出版说明

《刑法的价值构造》是刑法哲学第三部,也是我撰写的最后一部没有法条的刑法专著。本书虽然完成于 1996 年,但拖延至 1998 年初版,2006 年出版第二版。这次出版第三版,没有进行修订,因为本书没有涉及具体法条,不存在因刑法修改而法条需要调整的问题。

《刑法的价值构造》是以探究刑法背后的价值内容为中心的一部作品,完全不同于刑法教义学的研究。如果说刑法教义学的研究是以具体刑法规范为对象的,那么具有社科法学性质的刑法学研究就是以抽象刑法规范为对象的。不仅如此,更为重要的是,这两种类型的刑法学,在研究方法上存在重大差异:前者采用规范分析法,而后者则采用价值分析法。正因为存在上述这些不同,所以形成了刑法学的不同知识形态。刑法学者应当同时具备这两种不同的研究能力,这才是全面的,也是可以互相促进的。对此,我深以为然。

陈兴良
谨识于北京海淀锦秋知春寓所
2017 年 6 月 5 日

---

① 陈兴良:《刑法的价值构造》(第三版),中国人民大学出版社 2017 年版。

41.《走向哲学的刑法学》[1]序言

当法律出版社约我选编一本自选集的时候，我毫不犹豫地将这本自选集的书名确定为《走向哲学的刑法学》，由此也就确定了该自选集的主题和收录论文的范围。

《走向哲学的刑法学》这一书名取自李贵方博士为我的《刑法哲学》一书所作书评的题目[2]，它十分生动地勾勒出我在刑法理论研究上的思想轨迹与学术追求。在以往的著述中，我曾经将本人的研究领域分为两部分：刑法的法理研究（刑法的法理学）与法理的刑法探究（法理的刑法学）。[3] 这里的刑法的法理学，实际上是指注释刑法学；而这里的法理的刑法学，则是指刑法哲学。虽然在这两个领域我都倾心进行了研究，并且出版了一些著作，获得了一定的成绩，甚至就对司法实务的影响而言，注释刑法学的影响远远大于刑法哲学。一次到司法机关讲学，当我被介绍为《案例刑法教程》一书的作者时，我确实诧异于注释刑法学对社会的影响力，从而不敢轻视注释刑法学的研究。但从我的内心而言，我更钟情于刑法哲学的研究，那才是我的志趣所在，那才是我的精神家园。

在刑法哲学领域，我进行了为期近十年的耕耘，分别于1992年在中国政法大学出版社出版了《刑法哲学》（成书于1991年，83万字）；于1996年在中国方正出版社出版了《刑法的人性基础》（成书于1994年，48万字）；于1998年在中国人民大学出版社出版了《刑法的价值构造》（成书于1996年，52万字）。这三本书被我称为刑法哲学三部曲，成为我在刑法哲学研究领域取得的成果，可以说是我的主要代表作。这些著作反映了我在使刑法学研究提升到哲学研究的高度所作的全部努力。因此，"走向

---

① 陈兴良：《走向哲学的刑法学》，法律出版社1999年版。

② 参见李贵方：《走向哲学的刑法学》，载《中国法学》1993年第4期。

③ 参见陈兴良：《刑法的价值构造》，中国人民大学出版社1998年版，前言，第15页。

哲学”这四个字确实描述了这一提升的过程。

刑法学就是刑法学,为什么要使刑法学走向哲学?这始终是我思考的一个问题。换言之,刑法哲学到底是什么:是刑法学还是哲学,或者是刑法学与哲学的边缘学科。在我看来,刑法学确实就是刑法学,但由于采用不同的研究进路,刑法学又呈现出不同的理论形态。所谓“走向哲学的刑法学”,是指在刑法学研究中,引入哲学方法,从而使刑法学成为一种更具哲理性的理论体系。哲学虽然是一门学科,但由于哲学研究的是世界的本源性问题,因而它同时又是一种世界观和方法论。因此,刑法哲学研究不是要使刑法学成为一种哲学,而是采用哲学方法研究刑法,更为关注刑法的本源性问题,例如人性、价值等,从而提升刑法学的理论品格和品味。就我个人的研究体会来说,刑法哲学的研究也是存在各种不同视角的,从而会产生不同的研究成果。在《刑法哲学》一书中,我主要是引入哲学方法,对刑法学的本体问题进行了体系性构造,因而这本书的确切主题应当是“刑法的本体展开”。在这本书中,我只是把哲学作为一种单纯的方法论而采用的。经过哲学方法论的梳理,使本体刑法学更具逻辑性,从而为进一步的理论研究廓清了地基。在此后完成的《刑法的人性基础》与《刑法的价值构造》中,我不仅把哲学当作一种方法论,而且还作为一种价值论引入刑法学,对刑法中的人性与价值这两个本源性问题进行了深入的挖掘,从而进一步深化了刑法理论。由于刑法中本源性问题的多元性,使得这一视域中的刑法哲学研究具有开放性。从而突破了在《刑法哲学》中构筑的本体刑法学体系,完成了从规范层面上的刑法哲学到价值层面上的刑法哲学的飞跃。

从我个人研究刑法哲学的经历中,我深切地感到刑法哲学的研究是以注释刑法学为基础的,如果没有刑法的专业背景,就不可能进行刑法哲学的研究。因为,刑法是刑法哲学与注释刑法学的共同研究对象,只有在对刑法各个基本问题有了厚实的、精当的专业基础以后,才有可能从注释刑法学提升到刑法哲学。因此,一切想要从事刑法哲学研究的人都必须经过注释刑法学的专业训练,熟知刑法原理。质言之,必须先进入到刑法学这一专业槽,否则,刑法哲学的研究就会成为无源之水、无本之木。当然,刑法哲学与注释刑法学又是两种完全不同的学问。两者虽然都以刑法为研究对象,但此刑法非彼刑法。具体地说,注释刑法学的刑法,是一种表现为法条、表现为规范的刑法,是一种具体的刑法。而刑法哲学的刑法,是一种表现为理念、表现为价值的刑法,是一种抽象的刑法。这就决定了在刑法哲学的研究中,研究者不仅要有法律头脑,而且要有哲学头脑。这里的法律头脑,是指法律专业的训练;这里的哲学头脑,是指哲学的方法论的培养。哲学兴趣的保持是十分重要的,其实哲理就在我们身边,它蕴含在每一个生活细节当中。我们所要做的是揭示这种哲理,使客观上的自在之哲理成为主观上的自为之哲理,从而形成我们的观点、理念和体系。在刑法研究中,我们要有这种哲学的冲动——一种使刑法问题升华为哲学问题的冲动。唯有如此,才不至于使我们面对刑法,忘记哲学;面对哲学,又忘记刑法。

对于我来说,作为一种事业的刑法学研究,注释刑法学是基础,其内容是可以直接适用于司法实践的,也是可以对话、辩驳、交流的,更具有社会功利性。而刑法哲学,充其量只不过是个人的一种理论兴趣,具有更大程度上的个性。换言之,在刑法哲学上具有更为鲜明的个人理论爱好的烙印。因此,我并不奢望刑法哲学研究成果成为一种被普遍接受、认可的理论,而只是希望这种研究成果能够激发他人的兴趣,至少能够获得某种社会同情与社会理解。因此,当我在进行注释刑法学研究的时候,我把自己作为一个面对社会公众的人,感到自己是在从事某项需要承担社会责任的工作。而当我在进行刑法哲学研究的时候,我把自己作为一个面对自己内心的人,感到自己是在完成一项纯粹为满足个人理论兴趣的业余爱好。当然,无论是注释刑法学还是刑法哲学,一旦形成文字公诸社会,都会对社会产生一定的影响,接受社会的评判。

自选集的出版,对于我来说是一种激励。由于我的全部论文都已经结集出版,这就是中国政法大学出版社分别于 1996 年出版的《当代中国刑法新理念》(收录 1984 年至 1995 年的论文,81 万字)和 1999 年出版的《当代中国刑法新视界》(收录 1996 年至 1998 年的论文,73 万字)。因此,自选集的出版似有重复之嫌。但想到可以采用专题的形式,将本人在刑法哲学研究上的历程记录下来,作为一种纪念,我感到是具有意义的,也就消除了自责之心。在选编的过程中,我对刑法哲学研究的过程作了一个回顾,并且写了一篇学术自传。对于已经有了一定经历的人来说,经常性的回顾是必要的。这种回顾是一种反思、一种反省,更是一种反刍。从回顾中获取的绝不是沾沾自喜的满足感与成就感,而是一份遗憾、一份感慨、一份鞭策。自选集记录下来的是已经走过的一个个脚印,我永远不会止步,毕竟前面的路还很长、很远……

陈兴良
谨识于北京西郊稻香园寓所
1999 年 3 月 21 日

42.《走向哲学的刑法学》[1]代序

学术自传：一个刑法学人的心路历程

一、动乱长成

我的祖籍是浙江义乌，对于我来说，那只是一个依稀如梦的"老家"概念。我从小在浙江富阳县的新登镇和建德县的梅城镇长大[2]，大体上生活在浙西小镇。尤其是梅城，古称严州，更古时称睦州，乃浙西重镇，统辖浙西六县。著名文人范仲淹、陆游都曾经在此担任知府，颇具源远流长的文化传统。

我6岁发蒙读书，及至小学三年级，史无前例的"文化大革命"爆发，被我"有幸"赶上。年幼的我对于"文革"的感受不如父辈那样铭心刻骨，甚至更多获得的是动乱之中的闲暇与散漫，不用逃学就能享受没有老师监视的无拘无束的生活，颇有一种解放了的轻松感。一件亲历的小事使我终身铭记：那是在1966年春天，我不满10岁，在新登区委大院里采折冬青树杈用作弹弓，不幸被当时的镇长发现，一顿斥责，颇为严厉，使我惊吓不轻。告诉家长和老师的威胁，更使我在相当长的一段时间里忐忑不安，心事重重。没过多久，我在大街上突然遇到游行队伍，镇长头戴纸糊高帽，身挂涂满标语的纸牌走在第一个：他被"打倒"了，再也没有训斥我时的威严。我顿时如释重负，一种轻松感油然而生。现在想来，那是一个权威失落的年代，幼小的我在不经意间从中获益，岂非偶然？可以说，我们属于在浩劫中长大，在动乱中成人的一代人。因此，我们没有受过正规的与系统的基础教育。当时的学习状况可以用以下两句话加以概括：毛主席语录中识字，革命大字报中断文。我10岁时就以善写大字报

① 陈兴良：《走向哲学的刑法学》，法律出版社1999年版。

② 现在富阳是杭州市市辖区，建德是杭州市所辖县级市。

著称,写作基础由此奠定。更为可笑的是,我们几个小孩还仿效大人成立了一个“3211 战斗队”——自己的组织,并用积攒的零花钱配置了红袖章。这里的“3211”不是一组普通的数字,而是当时闻名全国的大庆油田的一个钻井队的番号。自发的战斗队没几天就无疾而终,我们加入了官方的红小兵组织。当我 13 岁上初一时,以学生代表的身份被结合到校革命委员会(当时的临时政权机构),成为最年轻的革命委员会委员。不过,这一身份从来不曾在我的履历表上出现,因为其荒唐近乎儿童的劣迹,不提为好。这大概是我最初的“从文”与“从政”的经历,是“文化大革命”这场政治运动对我个人命运的一种历史塑造。我的文科兴趣在“文化大革命”中得以培育,从小重文轻理。我的学制也很能说明当时教育的不正规性:小学 6 年半,初中 2 年,高中 2 年半,其中几乎一半是在运动中度过的,学工、学农、学军占据了相当的课时。因而,我们这一代人的社会阅历虽然丰富,文化基础却是相当薄弱的。尽管如此,我个人还是有幸在严州中学完成了高中学业,奠定了一定的文化基础。

严州中学是一所百年老校(1993 年欢度百年校庆),文化渊源极其深远。1972 年,我 15 岁,这年春季我走进严中校园。当时已是“文化大革命”后期,校园墙壁上依稀可见大字报的残痕,空气中似乎还弥漫着武斗的硝烟。这一切离我这么近,又似乎那么远。只有在校园角落里被浮土掩埋着的“严郡中学堂”的断碑,裂缝纵横,好像在诉说着严中那悠久的历史与历经的磨难。在我上严中这一年,教育领域出现了一线生机,教育质量开始受到重视,这就是后来被“四人帮”称为“右倾回潮”的这个时期。对我们这一届学生来说,这无疑是一段黄金岁月。在我们行将毕业的 1974 年上半年,开始了七八年又来一次的“批林批孔”运动。因此,我们是在两场运动的间歇中在严中度过这一段难忘的时光的。就此而言,我在严中是学有所获的。尤其是当时严州中学聚集着一批正值盛年的名师(包括北大、复旦等名牌院校的毕业生),对我的学业产生了重要影响。如果说政治大气候是个人难以选择的话,那么严中这个具有悠久人文传统与求知氛围的小环境,对于正处于求知若渴年龄的我来说,不啻是少年鲁迅心目中的百草园。作为“文化大革命”中成长起来的一代人,能够在严中完成我的中学学业,可以说是不幸中之大幸。

1974 年 9 月 25 日高中毕业下乡,这对我来说是一个生活上的转折点：松散的校园生活结束了，当时上大学是不可能的，我也从来没有过这样的奢望，唯一的出路就是上山下乡，到农村去，由此开始了我的社会生活。好在我没有像许多年长于我的同代人那样，到千里之外的边陲，而在离城只有三里地（此处有个地名，叫三里亭，也许是古词所云“长亭更短亭”中的短亭）的一个村落插队。农村的体力劳动对于我来说并不陌生，学农的经历足以使我很快适应，加上我们体力有限，每天只挣6个工分，没有被当作整劳力使用，而是与妇女为伍，干轻松一些的农活。当然日晒雨淋是免不了的，尤其是双抢（夏收夏种）季节，在烈日下劳作，我至今记忆犹深，从而也获得了对农民以及其他劳动者的一种心理上的认同感。农村枯燥与孤寂的青春时日，只能用文学来填充与打发，那时我是一个十足的文学爱好者，写诗填词，舞文弄墨。尤其是一本《陶渊明集》使我痴迷，五柳先生不为五斗米折腰的气质深刻地感染了我，一种超越世俗的向往与追求在我心头涌动，几乎使我窒息。而这一切与我所处的物质匮乏与精神空虚的生存状态是那么格格不入。当时并没有想到所读之书对今后有什么实际用处，换言之，我是在一种十分盲目与随意的非功利状态下读了一些当时所能读到的文学书籍，从而在一定程度上造就了我的某种文人气质。农村对我来说是一所社会大学，在这里我学到的不是农活技术，而是在一种非自身所能支配的社会环境中的适应能力与生存能力。当1976年12月我离开农村上调到建德县（现已撤县建市）公安局工作的时候，我是大队的出纳，掌管着大队十分有限的钱财。此前，我还担任过生产队（小队）的记工员。我因在“广阔天地大有作为”而深受农民关爱，老乡们对我的离开恋恋不舍。现在回想起来，我曾经生活过的古朴村落就像世外桃源，我在这个世外桃源般的乡村读陶渊明的《桃花源记》，从而获得某种精神上的共鸣与心灵上的感应。一间泥墙瓦房，背靠青翠的山峦，门对潺潺的小溪，窗前的一棵百年老樟树，夏日浓荫遮阳，冬天绿叶停雪，这就是我在乡间的居所。我们曾经在这里流汗，我们曾经在这里奋斗。这一切，如今都化作了美好的回忆。

公安局的工作为我的生活打开了一个新天地，这也是我最初从事的司法职业。在公安局工作的时间只有1年零3个月，这是一段短暂的生活，由于当时我国法制处于完全瘫痪的状态，公安局成为唯一的司法机关，法院和检察院是此后分别恢复重建的。因此，虽有公安局这段工作经历，但在无法可依的状态下，并无多少法的观念与意识，更多的是一种专政工具的性质，政策比法在更大程度上成为公安工作的指导依据。在公安机关工作期间，我仍然对文学感兴趣，时常沉醉在文学的虚构王国之中。一个偶然的契机，使我的兴趣从文学转向哲学。这段个人经历，在《刑法的人性基础》一书的后记中有所述及，现摘录如下：

> 1977 年 8 月一次出差，同行者中有一个知青出身的铁路装卸工，年龄与我相仿。当晚，他捧着一本大书看得津津有味，我凑过去发现这是一本《反杜林论》的辅导资料。经过交谈得知，此人对哲学极有兴趣，虽是一名装卸工，但苦读马列著作，具有远大的政治抱负和崇高的人生追求，并且还有武术、文学等多方面的爱好。打得一手绝对地道的通臂拳，舞文弄墨，自称文武双全。一夕长谈，顿然使我产生了对哲学的兴趣以及对他的油然佩服。出差回来，正当我开始攻读马列哲学原著的时候，1977 年 12 月，高考制度恢复，我当即参加了高考。在填写高考志愿的时候，我毫不犹豫地把北大哲学系列为第一志愿，复旦新闻系是第二志愿，北大法律系只是第三志愿。发榜的结果，我被北大法律系录取，也许由于我在公安局工作的缘故，反正未能圆我的哲学梦。①

对于这名装卸工以后的命运，我在后记中作了交代。在此，需要补充说明的是，当年的高考对于 20 岁的我来说，不啻是在黑暗摸索中突然出现在眼前的一道亮光。记得当时在高考报名时毫不犹豫地填写上述三个志愿时，分明听到了旁边几位报名者的窃笑。不知是自信还是盲目，在考上以后我才为当时的狂妄捏一把冷汗。复习是在工作之余私下进行的，能够支配的时间极为有限，而且几乎没有像样的教科书。但高中毕业以后的 3 年多时间，我始终没有放弃读书，知识的积累使我能够从容地应付高考，在数以百万计的考生中脱颖而出。尽管按照最低志愿录取，但我确实是抓住了机遇，带着农村生活与公安工作的经历以及一种求知的欲望，风尘仆仆地进入北大，开始了一个为期 10 年的京华求学历程。

---

① 陈兴良：《刑法的人性基础》，中国方正出版社 1996 年版，第 580—581 页。

二、京华求学

1978年,无论是对于国家,还是对于我个人,都是一个值得纪念的年份。这一年是我国新时期的起点,改革开放的元年,是一个思想解放的春天。对于1978年的印象,我永远定格在一个万物复苏、万象更新的图像上。这年2月26日,正在乡下工作队的我,接到北大的录取通知,第二天就风尘仆仆地启程前往北京。这是20岁的我第一次远行,从此告别了生我、养我的家乡,开始了在北京生活、学习的岁月。可以想象,要不是高考改变了我的命运,我也许会在江南小镇终老一生。

初入北大,灰蒙蒙的色调和阴沉沉的天气给我留下深刻的印象。从阳春三月春意盎然的江南来到尚在冬天蛰眠的北国,气候与环境的反差是这么大。这一切,从一开始就被我所接受。当我汇入77级大学生这个集体的时候,发现自己在班级中那些年长于我、生活工作经历远胜于我的老三届同学面前,只是一个幼稚的后生。在我们班里,从1946年到1960年,出生的人分布排列在这一年龄段的每一年,年长者与年幼者的年龄差距超过一轮(12年),几乎形成代沟。这是一种十分奇特的现象,同时使我们这些年轻者颇为受益。进入北大以后,读书的渴望大为满足,如鱼得水地阅读了大量哲学书(也主要因为法学书几乎没有),诸如黑格尔、康德之类的,如痴如醉,似懂非懂。马恩著作更是在必读之列。记得80年代初期正流行马克思《1844年经济学哲学手稿》,异化理论深深地吸引了我。本科期间,我在极为认真地研读了《1844年经济学哲学手稿》之后,写下了一篇研究异化问题的洋洋数万言的论文。当然,从今天的眼光来看,至多不过是一篇读书札记而已,但它对我的精神影响是深远的,可以说,现在我对社会历史发展的一些基本理念,就是那时形成并定型的。当时读书之投入,同学之间可以为经典著作中的一个概念的理解吵得面红耳赤、不可开交。确实,北大的包容、宽容与纵容为我们提供了一个自由发展的空间,每一种兴趣与爱好都可以得以升华。老师不拘一格地授业。以已故李志敏教授为例,在其讲授的婚姻法课程考试时,竟然可采取创作一篇与婚姻家庭有关的小说的形式(当然也可以是论文)。结果,我就以一篇题为《凤仙的婚事》的小说上交了事。小说内容早已淡忘,考试形式却永远难忘。学生不拘一格地成才。以已故诗人海子(查海生)为例,他是北大法律系1979级学生,学最无诗意的法律,却成为著名的当代诗人,岂非异数?记得海子初入北大时,才15岁,俨然是一个尚未完全发育的中学生。当时的同学何勤华指着查海生对我说:"看人家这么小年龄就上大学,是多么幸运。"我说:"这不是他的幸运,而是我们的悲哀。"当时还为自己颇富哲理的回答得意过,如今海子已成为故人,我们还滞留逆旅,令人感慨系之。

现在回想起来,北大本科4年学习,最大的收获是读了一些杂书,为今后专业研究打下了扎实的理论根基。由于我们是恢复高考以后的第一届大学生,当时国家法制尚未恢复。这年12月,党的十一届三中全会召开,提出了建设社会主义民主与法制的任务,此后才开始大规模的立法以及司法重建工作。因此,当时的法学研究可以说是一片废墟:没有专业书可读,甚至连教科书也没有。就以刑法为例,我国第一部刑法是1979年7月1日通过的,我们的刑法课是1979年9月开始上的,这时还没有一本刑法教科书,直至我们大学毕业刑法教科书才出版。因此,法律专业的学习在很大程度上是在老师的指导下自己读书吸收精神养分的过程。可以说,当时我们学习的自觉性与刻苦性,是此后的学生无法比拟的。在北大学习期间,我的哲学兴趣始终保持着,对理论的思考,对社会问题的思考,是我们这一代人特有的专长,由此形成一种反思意识。确如人们所公认的那样,80年代是一个思想的时代。当然,这种思想不是虚无缥缈的,而是从日常社会生活可以感知的。记得80年代初期的一天晚上,我从当时还颇为冷清的中关村街头走过,看到一座楼房各个窗户里折射出不同颜色的光亮。难道每个房间的灯光颜色是不同的吗?不是的,是不同颜色的窗帘映照出不同的光亮。想到这里,我像有一股电流从身上穿过,使我产生一种触电般的感觉,这是佛教上的一种"顿悟"。我突然明白:灯光是一种本质,窗帘折射出的光亮只是现象,本质是相同的,现象却各式各样。因此,我们不能为现象所迷惑,而应当揭示事物的本质。这一信念一直支配着我,因此我总是不满足于现象,力图挖掘事物的本质。从此,我摆脱了俗念的纠缠,获得了对本质也就是思想的信仰,追求一种沉浸在本质中的精神生活。在法学各学科中,唯一对我有吸引力的是法理。当时我还专门写过一篇论述法哲学的概念与体系的论文交给沈宗灵教授审阅，得到沈先生的鼓励。尽管现在看来那是一篇十分幼稚的习作，但在1980年提出建构法哲学的设想，是颇需几分超前意识的。在临近毕业的时候，只是一个偶然的原因，使我放弃法理而转入报考刑法硕士生。在我同窗（同室）同学中，郭明瑞和姜明安分别留校任教，此后分别成为我国民法与行政法的著名学者，而我则从事刑法研究并有所成就，因而我们北大37楼320室房间以出部门法学者而著称。

1982年2月，我从北大本科毕业，考入中国人民大学法律系，师从我国著名刑法学家高铭暄教授和王作富教授。在我选择刑法作为硕士专业报考的时候，我对刑法并无特别爱好，更无专门研究。可以说，对于刑法的认识是肤浅的，很难想象一部刑法（1979年《刑法》）区区192条，需要花费3年的时间去学习，更想不到会用一生的精力去钻研。因此，在人大学习的第一年，由于尚未开设刑法专业课，因而我仍然沉浸在哲学之中，记得当年还正在写一篇论述天人合一的哲学论文。从第三个学期开始，高铭暄教授给我们上刑法总论课，把我引入刑法的理论殿堂。尤其是高先生所倡导的学术综述的方法，使我接触到大量的刑法资料，逐个专题地进行梳理，由此建立了我对刑法的兴趣。在综述过程中，问题产生了，解决问题的欲望也产生了，由此开始了刑法研究。记得最初发表的《论我国刑法中的间接正犯》（载《法学杂志》1984年第1期）和《论教唆犯的未遂》（载《法学研究》1984年第2期）就是从刑法综述中发现这两个理论问题，并从学理上进行了分析，成为我发表学术论文的起点。这些综述成果后来在高铭暄教授的主编下出版，这就是《新中国刑法学研究综述（1949—1985）》（河南人民出版社1986年版）一书，这是我参与写作的第一本学术著作。正是在高、王两位恩师的指导下，我开始了真正意义上的学术研究。如果说，我在北大获得的是思想的启蒙，那么，我在人大受到了学术的训练。从思想到学术的转变，是一种蜕变，也是一种升华。我们始终面临着思想与学术的关系如何处理这个问题，这也就是主义与问题之争。没有思想的学术，是一堆废弃的古董，缺乏活力，对社会无关痛痒，因而不足道。同样，没有学术的思想，是一片空幻的云絮，缺乏根基与载体，只有一时之宣泄，而没有理论上的积淀。我们应当把思想与学术结合起来，从学术中挖掘思想、论证思想与体现思想；又以思想来演化学术、推进学术与启迪学术。当我进入到刑法的学术领域的时候，我很快经过专业训练,接受了以注释法条为主要内容的刑法解释学。在硕士生毕业的时候,我选择正当防卫作为我的硕士论文选题。正当防卫是一个热点问题,尤其是正当防卫限度如何掌握,成为刑法理论与司法实践中的疑难复杂问题。王作富教授作为我硕士论文的指导老师,其立足于实践的学问之道给我留下深刻印象。记得王先生看完我的硕士论文初稿以后,明确地告诉我,把你自己设想为一名法官,面对许多正当防卫案件,你怎么处理?应该提出一些具有可操作性的规则,作为认定正当防卫的标准。在这种情况下,我就不是把正当防卫当作一个纯粹理论问题来构造,而是作为一个实际问题来掌握。这种理论联系实际的刑法研究方法,是高、王两位教授所竭力倡导的,并成为中国占主导的刑法理论风格。硕士论文原 4 万字,后扩展到 20 万字,在高先生的推荐下,以《正当防卫论》为书名,1987 年由中国人民大学出版社出版。这是我的第一本学术专著,其中大量案例的引用和由此引导出的规则成为该书的特点之一。李贵方博士在其书评中对此印象颇深,指出:全书只有 20 多万字,但引证的典型案例就有 100 多个。对于其中的一些疑难案例,作者通过深入剖析,得出了自己的结论,在实践中有较大的参考价值。作者确立了考察正当防卫必要限度的三项基本原则,并在这些原则的基础上,提出了认定正当防卫必要限度的可供参考的具体标准。[①]《正当防卫论》作为我的第一部学术专著,现在看来似乎有些稚嫩,但其中对刑法解释学的追求,对司法实务问题的关切之意甚为明显。这也正是当时我从空泛的“思想”向切实的“学术”转变的重要标志。

在我硕士毕业的 1984 年,人大刑法专业博士点建立,高铭暄教授成为我国首位刑法专业博士生导师。我报考以后被录取,与赵秉志一起成为高老师的首批博士生,也是我国第一届刑法专业博士生。由于我在 1984 年 12 月硕士毕业后留校任教,因而博士是在职生,同时承担本科生的授课任务,开始了为人师表的教书生涯。

博士生阶段的学习是硕士生阶段学习的继续,除外语与政治课程以外,未开专业课,因此,专业学习是在导师指导下以自学为主。在此期间,我开始超越刑法注释学的理论思考。但是,作为博士论文,我还是选

---

① 参见李贵方:《一部系统、严谨的刑法学专著》,载《中国社会科学》1988 年第 6 期,第 213 页。

择了一个纯正的刑法问题:共同犯罪。共同犯罪是刑法中一个复杂的理论问题,德国学者说:“共犯论是德国刑法学上最黑暗而混乱的一章。”日本学者说:“共犯论是绝望之章。”苏俄学者说:“共同犯罪的学说,是刑法理论中最复杂的学说之一。”凡此种种,都说明共同犯罪是一个难题,尤其是在我国关于共同犯罪立法存在缺陷的情况下,构造共同犯罪理论体系是需要投入巨大努力的。我在广泛涉猎有关文献资料的基础上,完成了28万字的博士论文《共同犯罪论》(后扩展到45万字,1992年出版)。1988年3月25日,论文答辩通过。《共同犯罪论》是我在刑法解释学上最重要的研究成果。在该书中,我力图在当时的学术水平上对共同犯罪这一刑法专题从广度与深度两个方面予以把握,几乎涉及共同犯罪的所有相关问题,包括程序和证据等。该书也是对我的刑法理论实力的一次检验,因为共同犯罪虽然只是刑法中的一个专题,但它的研究却体现出作者整体的刑法理论水平。我达到了预期的目的,在刑法解释学的研究上获得了学术自信。我在《共同犯罪论》一书后记中指出:“自从1977年12月考入北京大学法律系学习以来,弹指之间,已经10年过去了:除4年北京大学法律系的本科学习以外,其余6年是在中国人民大学法律系从师于高铭暄教授和王作富教授,专攻刑法学。这10年是我人生经历中值得怀念与弥足珍惜的一页,博士论文正是这段美好时光的一个休止符号,它宣告了我的漫长却又短暂的10年求学生涯的结束。缅怀逝去的青春岁月,展望未来的人生道路,不禁思绪纷繁,感慨系之!往者已逝,来者可追。让本博士论文作为我学术经历中的一个足印留在身后,而我将一如既往地在这艰难而坎坷的治学道路上向前走去,义无反顾!”[①]确实,法学博士学位的取得,对于我来说,只是治学生涯的开始,北大与人大两校的学风深刻地影响了我,使我在思想与学术两个方面具备了向理论高峰攀登的实力。

三、著书立说(上)

理论探索的动力来自于对现有理论研究状况的不满。当我初涉以注

① 陈兴良:《共同犯罪论》,中国社会科学出版社1992年版,第552页。

释为主的刑法学研究,就一直在考虑如何在理论上有所突破。在《刑法的启蒙》一书的后记中,我描述了这一过程:当我进入刑法这个研究领域,首先接触到的是作为条文的刑法,接受的是注释刑法学传统的教育与熏陶。我的学术研究也正是从对刑法条文之所然的小心翼翼的揭示开始的,并进而深入到刑法条文之所以然。但是,难道这就是刑法研究之全部吗?当我逐渐接触并领悟孟德斯鸠、贝卡里亚、康德、黑格尔等人的著作时,豁然产生一种别有洞天的感觉,由此开始了刑法的形而上学的探讨,涉及刑法的人性基础、价值构造等本源性问题,并在刑法哲学这样一个总的题目下进行理论的跋涉,力图开拓一个没有条文的刑法研究领域。[①] 这种刑法哲学的探讨是从刑法的本体问题开始的。在进行这种理论探讨的时候,北大本科学习期间所获得的思想启蒙起到了支撑作用,尤其是此前所奠定的哲学基础成为重要的思想资源。

孔子云:“名不正,则言不顺。”因此,命名是十分重要的,在学术上也是如此。不经意间的一些思绪,用一个名字把这些思绪概括起来,然后再进一步进行深化,由此展开,这就是理论形成过程。从一开始,我就把刑法的核心问题命名为罪刑关系,这一想法与当时还在西南政法学院攻读硕士学位的邱兴隆不谋而同。当 1986 年邱兴隆来到人大攻读博士学位以后,我们共同进行了罪刑关系的研究,我是从犯罪论入手理解罪刑关系的,邱兴隆是从刑罚论入手理解罪刑关系的,这成为以后我们各自研究的重点。当时共同研究的成果就是《罪刑关系论》(载《中国社会科学》1987 年第 4 期)一文,论文首次提出了罪刑关系的基本原理是刑法学体系的中心的观点,并从报应与功利以及两者的辩证统一上阐述了罪刑关系的原理。《罪刑关系论》是我们在深化刑法理论上所作的努力之一,在理论追求上表现出了有别于当时一般注释研究的刑法哲学的旨趣与风格。

1991 年,中国政法大学出版社在李传敢、丁小宣先生的主持下,策划编辑出版“中青年法学文库”,并约我写稿。在这种情况下,勾起了我的创作欲望,未加思索地报了一个“刑法哲学”的选题,想把近 10 年来刑法学研究的思路做一个总的清理,并进一步完善罪刑关系的原理。选题获准以后,我从当年 3 月开始写作,到 9 月底完成,大约半年的时间,构造了

① 参见陈兴良:《刑法的启蒙》,法律出版社 1998 年版,第 261 页。

一个刑法哲学的体系。当我把书稿交给出版社,清样出来的时候发现该书篇幅长达八十三万言。出版社没让我删一个字,只是改为小5号字体。1992年《刑法哲学》正式出版问世。应当肯定,《刑法哲学》在我的理论著作中占有重要地位,它是我告别过去、走向未来的一个转折点,是弃旧图新之作。尽管《刑法哲学》一书给我带来了一定的学术声誉,几乎成为我的代表作。但它只是代表对以往刑法理论的一种清理,从它一出版我自己就感到不满意了。其实,在该书的结束语中我已经表述了这种不满足。结束语区分了实定法意义上的刑法哲学与自然法意义上的刑法哲学,并明确地将该书归之于实定法意义上的刑法哲学的范畴。尤其是我在结束语最后耐人寻味地指出:"对于我本人来说,自然法意义上的刑法哲学是一种永恒的诱惑,也是将来需要深入研究的一个重大课题。"①从这个意义上说,《刑法哲学》的出版不是这种理论探索的终点,而恰恰是起点,在此,我已经为自己设置了更高的学术追求目标。此外,在《刑法哲学》中还表现出一种对刑法注释学的偏颇之见,这是我在以后以一种更为平缓的学术眼光打量过去时发现的。在《刑法哲学》一书的前言中,我提出刑法学要从刑法解释学向刑法哲学转变的命题。现在看来,"转变"一词不尽妥当与贴切,确切的措辞应当是"提升"。当时,我主要是有感于刑法理论局限于、拘泥于与受制于法条,因此以注释为主的刑法学流于肤浅,急于改变这种状态,因而提出了从刑法解释学向刑法哲学的转变问题。由于转变一词具有"取代"与"否定"之意蕴,因而这一命题失之偏颇。如果使用提升一词,就能够以一种公正的与科学的态度处理刑法哲学与刑法解释学的关系:两者不是互相取代,而是互相促进。刑法解释学应当进一步提升为刑法哲学,刑法哲学又为刑法解释学提供理论指导。从功能上看,刑法哲学与刑法解释学是完全不同的:刑法哲学的功用主要表现在对刑法的存在根基问题的哲学拷问上,从而进一步夯实刑法的理论地基,并从以应然性为主要内容的价值评判上对刑法进行理性审视与批判。尽管它对立法活动与司法活动没有直接关联,但对于刑事法治建设具有十分重要的意义。刑法解释学的功用主要在对刑法条文的诠释上。在大陆法系国家,刑法典是定罪量刑的主要根据,因而对刑法条文的理解,就成为

① 陈兴良:《刑法哲学》(修订版),中国政法大学出版社1997年版,第703页。

司法活动的前提与根本。在这种情况下,刑法解释学的研究成果对于司法活动就具有了直接的指导意义,它影响到司法工作人员的刑事司法活动。

《刑法哲学》一书的写作耗尽了我所有的学识资源。因而在该书完成以后,我感到关于刑法,我想要说的话都已经说完,思想上处于一片空白的状态。但一个偶然的契机,使我开始自然法意义上的刑法哲学的探讨。具体地说,开始了《刑法哲学》第二部《刑法的人性基础》一书的写作。对此,在该书后记中曾经作过以下记述:一天,在书店偶然翻到一本书:美国社会学家珀杜所著,书名为《西方社会学——人物·学派·思想》(河北人民出版社 1992 年版)。该书以假设与范式的独特视角分析了西方社会学的各种人物、学派和思想,其中人性的假设引起我的兴趣。该书指出:我们所说的人的本性是指社会学探明的关于人们基本品质的概念。人的本性是来自现实的又一种抽象,它所涉及的那些品质都将随着外部一切影响的消失而消失。在社会学中和其他学科里,上述的这些假设都集中在诸如实定论和唯意志论、自我利益和社会人、理智和感情、享乐主义和人道主义这些有争论的问题上面。该书在分析每个社会学家时,都从他对人性的假设开始,由此展开其社会学思想。这一人性的分析方法顿时触发了我的灵感:这种方法不是同样可以引入刑法理论吗?接着,我又看到英国哲学家休谟在《人性论》中的一段话:"一切科学对于人性总是或多或少地有些关系,任何学科不论似乎与人性离得多远,它们总是会通过这样或那样的途径回归人性。"毫无疑问,刑法作为一门学科应当和人性有关,只有从人性的意义上审视刑法,才能深刻地揭示刑法的内在价值。那么,刑法的人性分析应当从什么地方切入呢?日本刑法学家大塚仁的一段话给我以启发:(刑事)古典学派与(刑事)近代(实证)学派的对立源于其各自对作为犯罪主体的犯人的人性认识的不同。犯罪是人实施的,刑罚是科于人的,因此,作为刑法的对象,常常必须考虑到人性问题,可以说对人性的理解决定了刑法学的性质。由此,我想好了一个题目:《刑法的人性基础》。开始,这只是一篇论文的题目,我准备以此为题写一篇论文。这篇论文是 1993 年 6 月份动笔后,写了一半,感到写不下去就先丢开了,这一丢就是好几个月。后来又重新捡起来硬着头皮写下去,终于在 12 月份完成 1 万字的论文。随后寄给《法学研究》,发表在该刊 1994 年第 4 期。本来,关于刑法人性问题的研究,在写完这篇论文以后可以结束了。及至 1994 年 5 月,某出版社拟出版一套刑法丛书,策划编辑让我报一个题目,对刑法人性问题意犹未尽之心使我报了“刑法的人性基础”这一题目并得到认可,拟写一本书。为写这本书,我又开始读书与思考,在 1994 年 6 月开始着手写作。写作过程是一个精神上的历险过程,虽然有白日的苦思、黑夜的冥想,但总的来说是出乎意料的顺畅,仅用 4 个月就完成了这本书的写作。本来拟定的篇幅是 30 万字,等我写完全书整理书稿时,篇幅已达 48 万余字。从一篇 1 万字的论文发展为 48 万余字的论著,期间不仅仅是篇幅的增加,更重要的是思想的凝聚、理论的升华和观点的拓展。[①] 确实,《刑法的人性基础》的写作,对于我来说是一次挑战,一种自我挑战。在《刑法的人性基础》一书中,突破了《刑法哲学》的实定法意义上的刑法哲学樊篱,进行了自然法意义上的刑法哲学研究。该书内容在刑法著作中是独特的。大致匡算,48 万余字中,刑法、法理、哲学的内容三分天下,各占 1/3 篇幅。可以说,《刑法的人性基础》一书淋漓尽致地发挥了我的理论优势,真正使刑法的叙述摆脱条文的束缚,成为一种思想的叙述。《刑法的人性基础》成为我所宣称的第一本没有法条的刑法书,我把这一点看作自然法意义上的刑法哲学的最低标准。《刑法的人性基础》一书的出版,完成了我从实定法意义上的刑法哲学向自然法意义上的刑法哲学的转变;它使我能够站在一个更高的理论台阶上,审视当下的刑法研究状况以及刑事立法与刑事司法的运作,因此成为我在刑法哲学研究过程中的一个重要标志。

《刑法的人性基础》是《刑法哲学》一书所开始的刑法理论探索的继续,后者的终点正好可以作为前者的起点。那么,《刑法的人性基础》是否意味着刑法哲学研究的终点,我的研究是否可以就此止步了呢?比较上述两本书可以发现,《刑法哲学》具有体系性特征,呈现出理论上的自足性与封闭性;而《刑法的人性基础》则具有开放性特征,只是以人性为视角对刑法的拷问。而这种视角是可以变换的,由此为以后的研究留下了广阔的空间。在这里,我提出了一个“从刑法的本体性阐释到刑法的本源性探寻”的命题。在以此为题的一篇文章中我提出:在哲学中,本体论是关于

---

① 参见陈兴良:《刑法的人性基础》,中国方正出版社 1996 年版,第 577 页。

存在的学说,是研究存在作为存在之本性的一种理论。因此,刑法的本体性阐述[①]是对刑法内在关系(我称之为罪刑关系)的一般原理的揭示。在哲学中,本原是指事物质素的来源,哲学追究本原,是为了理解和说明作为我们认识对象的事物所以为事物的原理和原因。因此,刑法的本原性探寻是在本体性阐述的基础上,进一步反思刑法之所以存在以及如何存在的根基问题,从而在一个更深的理论层次上审视刑法,因而对于进一步深化我国刑法理论研究具有重要意义。[②] 在论文中,我提出了刑法的本原性探寻的三条基本思路:一是刑法的人性基础的本原性探寻;二是刑法的价值目标的本源性探寻;三是刑法的机能构造的本原性探寻。在此,涉及刑法的价值问题。因此,刑法的价值就成为我下一个关注的重大课题。1995 年,我完成了《刑法的价值构造》(载《法学研究》1995 年第 6 期)一文,该文以个人与社会的价值冲突与协调为线索,引入刑法的人权保障机能与社会保护机能的关系,形成刑法价值观的初步构思。同年 9 月,中国人民大学出版社策划出版“法律科学文库”,向我约稿,我以“刑法的价值构造”为题,经过论证获得首肯。理论准备工作一直持续到 1995 年底,从开始动笔,前后半年,到 9 月底正式将书稿交给出版社。由于某种原因,该书到 1998 年 11 月才正式出版。在《刑法的价值构造》一书中,我从刑法的应然性出发,考察了刑法的价值本体、价值目标和价值原则。在该书的前言中,我指出:

> 刑法的应然性,实质上就是一个价值问题。刑法的价值考察,是在刑法实然性的基础上,对刑法应然性的回答。刑法学作为一门独立学科,也是作为一门科学的诞生,正是以对刑法的应然性的关注为标志的……
>
> 刑法的应然性并不是主观臆想,它是以实然性为前提的。因此,它要求我们对刑法的现实性具有更为热切的关注。刑法是一种社会现象,它是以社会为基础的。因此,对刑法的应然性

---

① 在 1997 年对《刑法哲学》一书进行修订时,我曾经想将书中理论叙述部分加以改造,使其成为单独一本书,书名为《刑法的本体展开》。参见陈兴良:《刑法哲学》(修订版),中国政法大学出版社 1997 年版,前言。

② 陈兴良:《从刑法的本体性阐述到刑法的本原性探寻》,载《中国检察报》1994 年 5 月 26 日。

的考察,应当将刑法置于广阔的社会文化背景之中,而不是仅仅对刑法条文进行分析。在这个意义上可以说,刑法的应然性考察实际上意味着对社会的应然性的思考。所以,真正的刑法学家,不应是一个只关心刑法条文的拜占庭式的经院哲学家,而首先应当是一个具有对社会的终极关怀的思想家。在本书中,我对刑法价值的考察,也不仅仅局限于刑法本身,而是从社会本体论的意义上引申出个人与社会这样一个具有终极意义的问题,在此基础上解决刑法价值问题,从而使对刑法价值的思考成为对社会本源的思考。

刑法的应然性,使得刑法理论更具永恒性。在哲学上,永恒与暂时的区分是相对的,在学术上也是如此。自然科学相对于社会科学,更具永恒性,这也正是自然科学比社会科学更具科学性的一个象征。在这个意义上,我们可以说永恒性是科学性的题中应有之义,尽管这种永恒本身也是相对的。因此,对于学术的永恒性的追求实际上也就是对学术的科学性的追求。科学性要求某种理论命题是对相当范围内的现实事物的客观规律的揭示与概括,它不因具体事物的变动而变化,具有在一定时空范围内的普遍适用性,这也就是一种永恒性。刑法往往也是如此。刑法领域中的犯罪与刑罚现象是十分复杂的,法律条文也是形形色色的,刑法理论所关注的应当是犯罪与刑罚的一般规律,这样就舍弃了大量个案特征,而是对现实问题的一种理论归纳。这种理论的生命力来自现实,但它又具有超越现实的永恒性。因此,刑法理论所揭示的是支配着刑法之表象的“道”。形而上者谓之“道”,这种“道”是不易变动的东西,是刑法条文的灵魂与精髓,只有得刑法学之“道”,刑法学才不至于尾随立法与司法。而恰恰相反,刑法条文应当服从以“道”为内容的刑法原理与刑法精神。这样,刑法学家就掌握了一种批判实在法的武器,就可以在精神上具有自立的根基,而不至于唯法是从,唯权是命。在这个意义上,刑法理论才具有相对的稳定性乃至于永恒性,不至于一部法律的修改,甚至一个司法解释的发布,就使我们积数年之研究心血而写成的一本本刑法教科书顷刻之间变成废纸。

刑法的应然性,使刑法的思考成为法的思考,从而使刑法理论升华为刑法哲学,乃至于法哲学。法是相通的,这里主要是指基本精神相通。而刑法的应然性,使我们更加关注刑法的内在精神,因而能够突破刑法的桎梏,走向法的广阔天地。以往我们的刑法理论,过于局限在对刑法条文甚至个案的具体考察,虽然具有专业性,但都缺乏学术性与思想性。我越来越感到,刑法理论不能封闭在狭小的刑法范围之内,而应当具有开放性。从《刑法哲学》到《刑法的人性基础》,再到现在这本《刑法的价值构造》,我总结本人刑法研究的轨迹,归纳为一句话:从刑法的法理探究到法理的刑法探究。刑法的法理探究,是指刑法的本体性思考,以探究刑法的一般原理为己任,基本上属于刑法的法理学,或曰理论刑法学。《刑法哲学》可以归为此类,我称之为实在法意义上的刑法哲学。而法理的刑法探究,则是指以刑法为出发点,通过探究刑法命题而在更深层次上与更广范围内触及法哲学的基本原理。从《刑法的人性基础》到《刑法的价值构造》,虽然仍然以刑法为研究对象,但实际上已经超出刑法范围,探究的是一般法理问题。刑法只不过是这种法理探究的一个独特的视角和一种必要的例证。在这个意义上,这种刑法学也是一定程度上的法理学,它的影响可能会超出刑法学。我把这种刑法理论称为自然法意义上的刑法哲学。例如,在本书中,我探讨的是刑法价值问题,但实际上是以刑法价值为出发点探讨法的价值问题。因为刑法只不过是法的一种表现形式而已,通过对刑法价值的深度研究,难道不正是有助于我们对法的价值的深入理解吗?我曾经对法理极具兴趣,一个偶然的原因使我置身于刑法学界,从探讨一些极为琐细的刑法问题开始了我的学术生涯,以至于使我自己感到一种从抽象到具体的“精神堕落”。我不为所动,始终保持对刑法的极浓兴趣;但也不为所惑,清醒地认识到刑法只是我的暂栖处,我的最终志向应当是回归法理学。现在,我终于找到了一个契合点,既可以充分利用我的刑法专长,又可以满足于我对法哲学的强烈冲动。这就是法

> 理的刑法探究，它也将是我今后学术研究的更高追求。我不可能完全脱离刑法去研究法理，但可以通过刑法去研究法理，这才是我之所长。不仅如此，我还可以专门研究刑法，这是我的专业特点。因此，我把自己的研究分为两个领域：刑法的法理探究（刑法的法理学）与法理的刑法探究（法理的刑法学）。①

以上这些文字如实地反映了当时之所思所想，这里有必要谈到我对一本书的前言与后记的挚爱。记得过去读书，在读正文前，总会先对前言、后记之类的文字一睹为快。没有前言、后记或者前言、后记枯燥无味的书往往影响读书的欲望。因此，当我自己独立从事著述的时候，我十分注重前言、后记，视为是一本书的十分重要的组成部分。书的本文，就如同一幅画：前言、后记则是画框。试想，一幅精美的画装在一个蹩脚的框里，会给人留下什么观感？当然，一幅蹩脚的画装在一个精美的框里同样也是不协调的。因此，对于一本书来说，前言、后记也不是可有可无的内容，而是对正文的一种补充和修饰。更何况，法学著作大多是逻辑推理，在文字上严肃、严谨，给人以冷冰冰的感觉。而前言、后记则是闲散之笔，可以抒发作者的感情、感慨与感叹，与正文形成相得益彰之美。因此，后记、前言对于我来说是即兴之作，兴之所起，一气呵成，大为快意。有时我开玩笑地说：憋着劲写一本书的时候，引诱我的就是完稿之后写前言、后记的乐趣，就像写完一页就是为了抽一支香烟。《刑法的价值构造》的写作，对于我自己来说，确实是一种挑战。更上一个台阶的难度，往往使人却步。做学问如同登山，登泰山而小天下，是因为天下只有一座泰山。而在学问上，学术高峰永无止境，问题在于自己能够爬到多高。

四、著书立说（中）

刑法哲学的理论探索，是我所作的学术努力的一部分。在刑法解释学方面，除硕士论文《正当防卫论》和《共同犯罪论》两个专题以外，我也进行了广泛的涉猎。在这方面，更多地反映了在我组织下，以我的硕士生和博士生为写作群体的共同学术活动的成就。

---

① 陈兴良：《刑法的价值构造》，中国人民大学出版社 1998 年版，第 13—15 页。

在从事学术研究之初，主要是在导师的主持下参与学术活动，例如高铭暄、王作富教授主编的《新中国刑法的理论与实践》（河北人民出版社1988年版）就是一个例证。该书以专题的形式反映了我们人大刑法专业博士生的整体研究水准。随着科研活动的深入，我本人开始独立主持科研项目，经济犯罪与经济刑法系列研究就是这样一个项目。该系列研究分为四本书：《经济犯罪学》《经济刑法学（总论）》《经济刑法学（各论）》《经济犯罪疑案探究》（中国社会科学出版社1990年版），共计100万字。这是我国较早对经济犯罪进行系统研究的学术成果，其中《经济犯罪学》从犯罪学的角度，对经济犯罪的形态、原因及其对策进行了系统的研究，初步构筑了经济犯罪学的理论体系。《经济刑法学（总论）》对经济刑事立法与经济刑事司法进行了创造性的阐述。《经济刑法学（各论）》以经济刑法典的方式，对各种经济犯罪的立法与司法进行了超前性研究。《经济犯罪疑案探究》精选了近百个具有典型意义的经济犯罪和疑难案例，在辨析各种分歧意见的基础上，阐述了作者的见解。上述丛书是我主编的第一套大型刑法专业著作，因此大量的组织工作、统稿工作与出版工作使我投入精力较大，获益亦颇丰，为以后的学术组织活动奠定了基础，积累了经验。同时，对经济犯罪的研究，成为我的一个重要专业领域。随着刑事立法与刑事司法的发展完善，经济犯罪理论研究也不断深入。其中，我作执行主编的大型著作《中国惩治经济犯罪全书》（中国政法大学出版社1995年版，250万字），就是在此基础上演变而来的。在经济犯罪与经济刑法系列研究中，表现了我们在理论上的创新意识与实践上的参与胆识。在《经济刑法学（各论）》一书中，我们编纂了一部《经济刑法典》（理论案），这在我国刑法研究中尚是首次。在说明中我们指出：

> 编撰《经济刑法典》（理论案）的意义在于：其一，为经济刑法研究提供别开生面的表达形式。以往我国的经济刑法研究，以注释法条为使命，在经济刑事立法极不完善的情况下，经济刑法的研究受制于法条，难以超脱现行法条的显而易见的局限性。即使有个别对经济刑事立法完善的研究，由于只涉及个罪，难以系统地展示经济刑事立法的全景。而摆脱现行经济刑法的束缚，直接深入到经济犯罪的实际中去，从中提炼出能够反映经济犯罪的实际情况的法条，将我们对经济刑法的研究成果

> 以《经济刑法典》(理论案)的形式系统地表达出来,不失为对经济刑法的理论探索的一种尝试。其二,为经济刑事立法提供可资借鉴的候选模式。我国的经济刑事立法已经不能适应打击经济犯罪的客观需要,这已是我国刑法学界的共识。但如何发展完善我国的经济刑事立法,则是一个众说纷纭的问题。在当前立法机关已经着手修改刑法的背景下,探索经济刑事立法的恰当方式具有不可低估的现实意义。我们编纂的《经济刑法典》(理论案),是我们就经济刑事立法而提出的一个系统的立法建议,可供立法机关参考借鉴。尽管在我国,民间编纂法典尚属罕见,但在国外不乏其列。例如美国法学会于 1962 年公布的《模范刑法典》,其学术价值和示范意义有目共睹。在它公布以后的 20 年间,美国就有半数州以它为蓝本对该州刑法进行了重大修订或者重新制定。这一事实说明,立法虽然是立法机关的使命,其他任何机关和个人不得染指。但为了使立法科学化、民主化,民间人士完全可以编撰法典,以供立法机关参考。[1]

编纂法典理论案这种方式,作为一种尝试,取得了较好的社会效果,并得到学界的认可。此外,在《经济犯罪疑案探究》一书中,我们对现实生活中的一些重大复杂疑难案件进行了研讨。例如当时轰动全国的经济犯罪疑难案件,形成所谓"南有戴晓钟,北有戴振祥"的说法,这两个案例均被收录这本书。当时,两戴案件尚在司法审理之中,其中戴振祥到 1993 年 11 月才被判无罪。在有关对该案的回顾性文章中,论及这本书对该案的分析。[2] 经济犯罪的研究,从 80 年代中期开始,一直成为我国刑法学界研究的重点领域。我们以自己独特的方式参与了对经济犯罪的研究,并取得了可喜的成果。

1992 年,我主编并出版了《刑法各论的一般理论》(内蒙古大学出版社 1992 年版),这是一部专门研究刑法各论的基本理论问题的论著。这本书的构想来自于我对语言逻辑法学的思想火花。语言逻辑哲学著作的阅读,使我灵感触发,由此形成这样一个看法:一方面,对法的研究,究根

---

① 陈兴良主编:《经济刑法学(各论)》,中国社会科学出版社 1990 年版,第 203 页。

② 张传桢、李志刚:《戴振祥冤案平反始末及其反思》,载《法学》1998 年第 7 期。

刨底式的形而上的本体探讨是必要的;但另一方面,对法的实证分析也是有意义的。从形式上来说,法无非是一种语言逻辑现象,它是抽象的国家意志的外化,当我们谈到法的时候,首先映入脑海的就是一个个法律条文。如果把国家意志即统治阶级的意志视为“意”;那么,法条就是“言”,这里有了“意”与“言”的关系问题,通过“言”而领会“意”是法学研究的一个重要手段。由于立法技术的拙劣,“言不达意”的现象时有发生。因此,语言逻辑法学的研究,可以揭示“意”(国家意志)与“言”(法律条文)之间的转换机制,并为立法者提供一种较为科学的转换模式。在这一思想的指导下,我认为应当把刑法各论研究中对刑法分则条文的研究与这些条文的司法适用的研究加以区别,而以往则将两者混为一谈。并且,应当加深以刑法分则条文作为对象的科学研究。刑法的法条体系不是法条的随意堆积和简单相加,而是一个具有内在规律的科学体系,这既应当是一种信念,也应当是一个追求的目标。[①] 在这种信念的指引下,在我的组织下,对刑法各论中 10 个基本理论问题进行了研究,这些问题包括:犯罪分类、刑法分则条文、罪名、罪状、法定刑、犯罪情节、犯罪数额、法条竞合、单行刑法分则规范、附属刑法分则规范,由此形成刑法各论一般理论的体系。在上述 10 个问题中,在我看来,犯罪情节和法条竞合两个问题尤为重要,如果说法条竞合主要是从法条的横向联系上解决罪与罪之间的关系问题,那么,犯罪情节是从法条的纵向联系上解决一个犯罪内部的重罪与轻罪之间的关系问题。法条竞合和犯罪情节纵横交叉,形成一个坐标体系,对于我们从宏观和微观两个角度把握我国刑法分则的条文体系具有重大意义。对于法条竞合的进一步深入研究,形成我和龚培华、李奇路共同完成的《法条竞合论》(复旦大学出版社 1993 年版)一书。可以说,对法条竞合的独特理论构造,最能代表我在刑法解释学上的造诣。对于法条竞合的理解,我们突破了传统作为罪数论研究的限制,从区分此罪与彼罪的意义上确立法条竞合理论,挖掘法条竞合的理论能量,力图建立一种此罪与彼罪区分的一般理论。在刑法注释学中,我着力较多的是刑法总论理论。相对而言,我对刑法各论研究投入精力较少,除对经济犯罪中贪污、受贿、挪用公款等个罪进行了深入的专题研究以外,对其

---

① 参见陈兴良主编:《刑法各论的一般理论》,内蒙古大学出版社 1992 年版,第 5—6 页。

他个罪缺乏系统研究。为弥补这一缺憾,我正致力于对刑法个罪的研究,将以 20 个常见、多发、疑难、复杂的个罪为对象进行研究,完成一部 100 万字左右的《刑法适用各论》的著作。

刑罚理论的研究,在我国刑法学界始终是一个薄弱领域,相对于犯罪论的鸿篇巨制、长篇大论,刑罚论的研究颇受冷落。1988 年邱兴隆、许章润的《刑罚学》(群众出版社 1988 年版)一鸣惊人,但未能引起进一步的响应,不免显出几分孤单。刑罚研究的这种落后性,与我国法制建设是密切相关的。这种重犯罪论轻刑罚论的状态可以在法制建设的事实中找到原因。在 1979 年刑法颁行之初,刑事司法活动更为关注的是罪与非罪的界限问题,保证刑事案件处理上的定性准确。因而,刑法理论对犯罪问题予以了充分的重视,努力为司法实践提供理论指导。犯罪构成理论应该说起到了很大的作用,一经传播,深入人心,对于司法人员处理犯罪案件具有直接的功效。随着法制水平的提高,刑罚问题,包括量刑、行刑必将逐渐引起人们的重视。因为定罪的归宿点是量刑,而量刑又为行刑提供法律根据,正是通过行刑活动达到刑法的最终目的。因此,从长远来看,刑罚理论必将引起人们的兴趣。而刑罚理论的发达程度又在很大程度上代表了一个国家的刑法理论研究水平。正是出于对现在刑罚研究现状的不满与我们在刑罚研究上的进取心,我主编了《刑种通论》(人民法院出版社 1993 年版)一书。这是一本对刑种进行全面研究的论著,也是我对刑罚理论进行研究的起点。此后,我参加了樊凤林教授主编的《刑罚通论》(中国政法大学出版社 1994 年版)的写作,并为后来刑罚的深入研究奠定了基础。因此,《刑种通论》一书代表着我对刑罚理论的研究水准。

在我关于刑法解释学的著作中,《案例刑法教程》(上、下卷,中国政法大学出版社 1994 部版,陈兴良、曲新久、顾永忠合著)值得一提。案例研究是刑法学研究的一种通行方式,往往被称为案例分析。案例分析虽然在我国当前的法学研究中占有一定地位,但其水平还是比较低的,基本上还是一种以案释法的性质,其更大的意义在于通过生动形象的案例向人民群众进行法制宣传,对于司法实践的指导意义则是十分有限的。出于种种原因,我也主编过几本案例分析的著作,除前述《经济犯罪疑案探究》以外,还有《中国刑事司法案例汇纂》(中国政法大学出版社 1995 年版)、《刑法疑难案例评释》(中国人民公安大学出版社 1998 年版)等,但其中水平较高、影响较大的还数《案例刑法教程》。该书是出版社的约稿，根据写作设计，该书既不是单纯地注释评论现行刑法条文，也不是简单地分析评说实际案例，而是从实际案例出发，提出问题并解决问题，以求理论与实际连为一气，融会贯通。该书采取了一种现在看来是较为成功的写作体例：每一专题由案例、问题、研究、结论四部分组成。详言之，每一个专题首先提出有代表性的案例，作为引导，接着，围绕案例提出实践和理论上需要解决的问题；然后，围绕这些问题，根据刑法规定和刑法理论，结合案情，研究这些问题；最后，得出简要的结论，指明处理类似案件应当适用的法律规则或者原则。该书我承担了50万字的写作任务，在个案研究中融会了刑法理论的研究成果。由于结合案例阐述理论，因而理论观点不致深奥难懂；同样，由于根据理论分析案例，因而案例研究不致流于肤浅，可谓理论与案例两全其美。因此，《案例刑法教程》一书在司法实务部门和法科学生中颇受欢迎，这是始料不及的。严格地说，《案例刑法教程》一书并不代表我的学术水平，但其反响出乎意料。此外，还有我主编的《刑法新罪评释全书》(中国民主法制出版社1995年版)、《职务犯罪认定处理实务全书》(中国方正出版社1996年版)、《刑法全书》(中国人民公安大学出版社1997年版)等大型刑法工具书，这些都是在我组织下，主要由我的学生编写的。虽然我花费了一定的心血，但构思、统稿，往往是体力劳动多于脑力劳动。但这些著作在社会上流传甚广，对于司法工作人员的办案起到一定参考作用。我收到过不少司法工作人员的来信，与我讨论对这些论著中某一个概念的界定；甚至有检察官来信指出，法院根据我主编的《刑法全书》对一个罪名的解释而对其起诉的案件作出无罪判决，因而来信著文商榷。同时，这些著作的出版，也招引不少当事人要求我担任某一犯罪案件的辩护人，因为我主编的著作中的某一观点对其有利。

凡此种种，使我在以后主编这些著作时胆战心惊，如履薄冰。唯恐一字之失，引起出入人罪的结果。因为全书数百万言，大部分不是我写的，但作为主编又不能不承担道义上的责任。因此，此类大型著作，我从不敢虚担主编之名，甚至决心不再主编此类大型著作。但无奈社会需要，出版社力邀，只能勉为其难。这不，1998年我又应中国政法大学出版社之约，主编了一部200余万言的《罪名指南》，但愿这是最后一本。这种学术水平与学术影响的不相称性，使我深感触动，也使我难以清高。我想，出世之作须作，入世之作也须作，这大概就是我对高深的理论与通俗的理论的态度，不知是否可免媚俗之讥。《刑法疏议》(中国人民公安大学出版社 1997 年版)可以说是最能代表我个人在刑法解释学研究上的水平的。该书的写作契机是 1997 年刑法修订，社会急需对修订后的刑法进行学理阐述的著作，当然也难免有商业操作的背景。我的治学经历使我不愿也不致把它写成一本流俗之作。在流行的注释刑法的写作样式中如何出新，容纳一定的思想内容与学术信息，这是我反复考虑的。最后，我采取了疏议的方式。中国是一个具有悠久的注释法学传统的国度，以《唐律疏议》为代表的以律条文注释为形式的法学研究成果是中华法律文化传统的主要表现形式。我在写作《刑法疏议》时，力图继承中国法律文化传统，以条文注释及其评解的方法对刑法进行逐编、逐章、逐节、逐条、逐款、逐项、逐句、逐词的诠释，揭示条文主旨，阐述条文深意，探寻立法背景，评说立法得失。《刑法疏议》的写作过程，使我对法、法条、法学有了一种全新的认识。在该书前言中我表达了这种认识：

> 法及法学给人留下的往往是枯燥无味的印象，由于其遣词造句刻意追求逻辑上的严谨，因而没有文学那样奔放热烈、哲学那样从容大度，而只留下一张毫无表情的面孔，酷似武侠小说中“冷面杀手”的形象。其实，当我们经过钻研进入法学的门槛，深入法条的殿堂，我们才会感受到法的脉动与心律。俗语说，法是无情的。换言之，法是最不讲情面的。如果确切地把这里的情面界定为私情，那么确实如此。法是最不徇私情的，公正无私应当是法的生命。但片面地将法与情绝缘，那不是对法的无知，就是对法的曲解。其实法是最有情的，法条与法理是建立在对情——一种对社会关系的最为和谐与圆满状态的描述与概括之上的，是情的载体与结晶。合法是以合理与合情为基础与前提的，合理合情，才有合法。一种法，如果既不合理又不合情，则是非法之法——恶法。如果说，合理是哲学的追求，合情是文学的状态。那么，法学，对合法性的追求，又怎么能够离开哲学与文学呢？在法学领域，达到一定的学术境界，应当是哲学、文学与法学——三学合一：它们都有共同的终极关怀，一以贯之的人文

> 精神。法,有善法亦有恶法。这里的善恶,不仅以内容论,而且还应就形式言。法之内容的善恶判断,当然是法学的任务,尤其是法哲学所孜孜以求的。法之形式的善恶判断又何尝不是法学的任务(当然主要是注释法学的内容)。当我们把理论的思绪从法哲学中收回,深情地注视由一个个条款组成的一部法典。面对她、审视她、熟知她、理解她,一种完全不同于法哲学研究的兴趣会从我们的心头油然而生。一位著名传记作家,曾经创作了一部《尼罗河传》。在谈及创作体会时,这位作家说,他不是把尼罗河看作一条流淌着水的河流,而是看作一个历经沧桑的人:有她的骄傲与屈辱,有她的欢乐与忧伤。唯有感受到了尼罗河的生命,才能为这条河创作出一部具有博大精深的内容——自然的与社会的、地理的与人文的传记。当我们为一部法典注释的时候,我们自在于她、自外于她。如果仅把她看作一条条由枯燥乏味的文字连缀而成的僵死的法条,我们又怎么能够体会到法的精神呢?难道我们不应该把法看作一个有血有肉的人去领略她的生命、感悟她的情操么?正是本着这样一种学术态度,我投身法条,直面法条,为法条注释,也就是为法写一部传记。在这一写作过程中,感到了我与法条的物我两忘,对法条——每一个条文都有一种全新的并且诚挚的熟知,从而登临了一个刑法理论的新境界。①

以上这段话真实地抒发了我对法及法学的感想并将之贯穿于《刑法疏议》的写作过程之中,完成了这部我自认为是追求个性化的刑法注释学术著作。这里的"个性化",一方面表现在形式上,分为主旨、释义与评解三个层面对法条进行学理上的研究,对法条之实然与应然分别加以考察,逻辑清晰,观点明确。这种"个性化",另一方面还表现在内容上,该书不仅注重对法条的义理疏通,而且对立法的得失利弊作出评说,表明学术立场。在刑法修订以后,我还于1998年完成了近120万字的《刑法适用总论》(上、下卷),该书是我在刑法总论研究上的集成。该书犯罪论10个专题、刑罚论10个专题,共计20个专题,涉及刑法总论的基本理论问

① 陈兴良主编:《刑法疏议》,中国人民公安大学出版社1997年版,第5—6页。

题,并作了较为系统的梳理,也是我对刑法总论研究的总结之作。

五、著书立说(下)

著书立说,离不开杂志社与出版社。在我所经历的学术活动中,杂志社与出版社对我的帮助是很大的,对此不能不存感激之情。我的最初两篇论文发表在《法学杂志》和《法学研究》上,这是两份创刊较早,在我国法学界具有较大影响的杂志。正如我在《当代中国刑法新理念》一书的后记中指出:“尤其需要提及的是《法学研究》杂志,作为我国法学杂志中的国家级重点杂志,对于我的学术成长更是提携有加。1984 年至 1994 年,我共在《法学研究》发表论文 13 篇,平均每年一篇以上。[①]《法学研究》的历任刑法编辑不仅关心我所投的稿件,而且关注我的学术成长,提出中肯而殷切的期望,使我十分感动。”[②]记得第一次在《法学研究》上发表的《论教唆犯的未遂》一文,投稿以后,廖增昀老师给我复信,提出修改意见,修改以后才发表。此后,王敏远先生主持刑法编辑工作,对我帮助也颇大。有次看了我的稿件以后,还专门给我写了一封长信,谈我的学术风格问题,鼓励我保持独特的学术风格以及写作风格,以免流俗。尤其是如我在《刑法的价值构造》后记中所说的:一个偶然的机会,《法学研究》杂志编辑王敏远先生向我约一篇关于罪刑法定主义的论文,我欣然答应并很快完成,兴之所至洋洋洒洒长达近六万言。承蒙王敏远先生不弃,论文以“罪刑法定的当代命运”为题刊载在《法学研究》1996 年第 2 期,成为本人发表在杂志上最长的一篇论文。[③] 其实,论文并非一气呵成的。当时《法学研究》刚改版,可以发表 1 万字以上的论文,敏远约稿时对篇幅未作严格限制,只说 2 万多字,这个篇幅在当时杂志上已是超长之文了。动笔后一发不可收,完成前两部分时已超过 2 万字,但还未论及中国的问题。为此,我给王敏远打了个电话,当时的想法是最多再争取 1 万字的篇幅。但王敏远十分痛快地说,只要不超过 5 万字就行。结果,我在中间又增写

---

① 从 1984 年至 2013 年,笔者在《法学研究》共计发表论文 31 篇,参见陈兴良:《刑法学的编年史——我的法学研究之路》,法律出版社 2019 年版。

② 陈兴良:《当代中国刑法新理念》,中国政法大学出版社 1996 年版,第 1010 页。

③ 参见陈兴良:《刑法的价值构造》,中国人民大学出版社 1998 年版,第 699 页。

了立法与司法两部分内容,加上最后一部分是中国问题,就超过5万字,将近6万字了。在我本人的感觉中,这篇论文颇似一首交响曲,一个主题音乐开始微弱地出现,后来又被发挥到极致,形成复调结构。一种音乐美冲击着我,使我的心灵感到震颤。此文的写作与发表,对我后来《刑法的价值构造》一书的写作具有重要影响。编辑的宽容,惯出了我长篇大论的写作毛病。

我完成的刑法哲学三部曲,都是出版社约稿的产物。能写出这些书,当然是学识积累的结果,但这些书的问世又都离不开出版社的“催产”。记得《刑法哲学》,我是在中国政法大学出版社李传敢、丁小宣先生策划出版“中青年法学文库”约稿的情况下萌生创意的。正因为有了这样一个出版的契机,才调动起我的写作积极性。否则,我可能不会有《刑法哲学》这本书的写作。因此,我在该书的后记中写道:“中国政法大学出版社在当前学术出版凋零的情况下,热情向我约稿,慨然将本书纳入中青年法学文库,使我解除了出书之忧,并成为写作本书的外在动力,为此十分感谢。”①这种感谢是发自内心的,在当时学术出版难与我尚是初出茅庐的情况下更是如此。《刑法的人性基础》与《刑法的价值构造》两书,一如其后记所言,都是出版社约稿而产生写作欲望的。再举《刑法的启蒙》一书的例子,虽然我在后记中说:感谢法律出版社为我提供了这么一个使写作的愿望化为写作的冲动并使之实现的机会。② 但实际上,写作的愿望也来自法律出版社蒋浩先生的约稿。当他向我约写一本法学学术随笔的时候,对于如何掌握法学学术随笔这种文体我一无所知。好在蒋浩的“你写成什么样我们就出什么样”一语使我大为宽心。经过精心构思,写成了目前这本我自认为(很可能不像)的法学学术随笔。该书的文风与我其他著作有所不同,尤其是文内标题颇有标新立异之趣。不承想,看完这本书有人问我是否读了很多金庸的书。我不知道这与金庸有何干系,大概未能弄巧反而成拙,暴露出某种雕刻的痕迹吧。

随着出版情况的好转,我与出版社的关系也越来越密切,逐渐地由著书到编书——从事一种单纯的学术组织活动。记得在1994年前后,李海东博士从德国回国,问我能否出版一种刑法的连续出版物。给我印象颇

---

① 陈兴良:《刑法哲学》(修订版),中国政法大学出版社1997年版,第705页。

② 参见陈兴良:《刑法的启蒙》,法律出版社1998年版,第262页。

深的是,李海东谈到德国的《刑事法杂志》已经连续出版100多年,无数刑法大师都在杂志上发表过论文,例如费尔巴哈、李斯特,由此使刑法学术传统一脉相传。为此,我为这一刑法连续出版物取了一个名字,叫《刑事法评论》。但由于当时出版条件不成熟,因而这个书名在我心中“冷冻”了好几年。直到1997年,我与中国政法大学出版社的李传敢、丁小宣先生一拍即合,该年《刑事法评论》(第1卷)终于问世。在第1卷的卷首语中,我写下这么一段话:我们应该努力倡导与建构一种以实现社会关心与终极人文关怀为底蕴的、以促进学科建设与学术成长为目标的、一体化的刑事法学研究模式。这段话在1998年出版的第2卷中,被当作编辑宗旨印在封底,也表明了我们的学术追求。第1卷出版以后,由于该出版物具有较大的理论容量和较强的思想性,因而受到一定的好评。1998年,我们又出版了第2卷和第3卷。尤其是第3卷中组织5位学者对一个案例以12万多字的篇幅进行了全方位的研究,堪称前无古人。在出版《刑事法评论》的同时,我还与中国政法大学出版社进行了另外一项有价值的学术合作,就是由我主编刑事法学研究丛书。由于1998年年初我从学习与工作了15年的中国人民大学法学院回到母校——北京大学法律学系任教,并组建了“虚拟性”的学术研究机构——北京大学刑事法理论研究所,自任所长,因而上述出版物均由北京大学刑事法理论研究所主办。刑事法学研究丛书的最初设想是中国政法大学出版社的李传敢、丁小宣先生提出来的,我在丛书的代总序中将这套丛书的宗旨归纳如下:这套丛书以小题大做为特色,追求纯正的、精致的学术品格。著述大抵有以下几种情形:小题小做、大题大做、大题小做、小题大做。小题小做,似乎过于促狭,作文可以,出书不宜;大题大做,乃大家手笔,我辈凡人可望不可即;大题小做,最不足道,容易流于肤浅;小题大做,选取刑事法理论中的一个概念、范畴、命题,进行深入的挖掘,使之成为本问题的前沿性成果。虽然每本书的篇幅不超过10万字(5万字以上),与现今动辄数十万,乃至上百万字的著作而言,篇幅小得可怜。但这种篇幅与选题相比较,又确是一种大做,是一种足够大的篇幅。例如,一本教科书中只用几百字解说的范畴,在丛书中作为一个专题,将用5~10万字的篇幅去展开细论,是为小题大做。正是这种小题大做,最需作者的学术功底。同时,这种小题大做式著作的积累,对刑事法理论中的基本概念、范畴与命题的逐个梳理,必将从整体上改变刑事法理论研究的范式与框架,推动刑事法专业槽的建立。刑事法学研究丛书向全国刑事法研究者开放,将以每年10本的进度推出。凡是符合丛书的学术规范与编辑宗旨的著作均可入选,尤其欢迎刑事法各专业的硕士生、博士生将本人的论文选题与丛书挂钩。凡达到标准者,我们将优先出版。为这套丛书我写了一篇6 000多字的总序,对于丛书中篇幅6万字的书来说,序的字数就占到全书字数的1/10。1998年该丛书第一批出版,第二批也即将如期出版。

在与中国政法大学出版社进行合作的同时,我与法律出版社也进行了愉快的合作。1998年6月,法律出版社编辑谭臻代表出版社约我主编以案例研究、面向司法实践的连续出版物,我欣然应允。经过设计,将该出版物定名为《刑事法判解》。在《刑事法判解》第1卷的卷首语中,我写下这么一段话:以应用与操作的形而下的研究为主题、促使刑事法从条文化的法向体现在判例与解释中的法转变,实现刑事法的实践理性。这段话被我选作《刑事法判解》的编辑宗旨。《刑事法判解》不是案例的简单汇编或编纂,而是在以下三个层面上进行学理研究:一是对法条的研究,如何正确理解法条始终是大陆法系国家刑事司法活动中存在的首要问题,对法条的诠释具有重大的实践意义,因而《刑事法判解》给法条研究以一定篇幅。二是对司法解释的研究。在司法活动中,司法解释具有准法律的地位,也是处理案件的法律根据,因而对司法解释的研究同样十分重要,也是《刑事法判解》的应有内容。三是对案例的研究。案例既是司法活动的结果,又对以后的司法活动起到一种引导与遵循的作用。因此,对疑难复杂案例的学理评析是《刑事法判解》的重点。由于《刑事法判解》具有贴近司法实践的特点,因而在内容上与《刑事法评论》之纯正的学术研究具有了明显的分野,使之成为各有分工的姊妹出版物。

《刑事法评论》《刑事法判解》以及刑事法研究丛书的编辑出版,占据了我的一部分时间与精力,我由写稿变成到处拉稿:唯“稿”(当然是好稿)是“拉”。从推进刑事法理论研究,加强刑事法的学科建设来说,我认为推出一批高质量的出版物,造就一批高素质的写作者,出书出人,比我一个人写作的意义更大,因而我乐此不疲。可以说,这两个连续出版物是我后半生的学术寄托。

六、执教生涯

传道、授业、解惑，历来被认为是为师之本。中国具有尊师重教的传统，因此教师一直被社会公认为是一个值得尊敬的职业。我从 1984 年 12 月硕士研究生毕业后留校任教，由此开始了执教生涯。在大学，尤其是在名牌大学执教，有一种“得天下英才而教育之”的感觉，甚是快慰。我自认为，教师是一个最适合我的职业。从我授课与著述两方面的能力以及我的外拙内向的个性来看，天底下再也没有比教师更适合于我的职业了。能够选择一种最适合自己、本人又乐于从事的职业，天下之快事，莫过于此矣。

在我看来，老师通过授课直接传递给学生的知识毕竟是有限的，关键是调动起学生本人的主观能动性，这就是所谓授之以鱼，不如授之以渔。“鱼”是知识，“渔”是获取知识的方法，掌握了这种方法，就可以自己去获取知识。因此，对于学生，仅满足于传授知识是不够的，更应当以自己的研究思路与理论风格在潜移默化中影响学生，这也就是所谓身教重于言传。在我所教过的学生中，尤其是本人所带的硕士生、博士生中，都有许多是同龄人中的佼佼者，在学业上我并未加以刻意的栽培，但都有出色的成绩，并大有发展的潜力。在我看来，高校老师与中小学老师是有明显区别的。这种区别主要在于是否有本人的研究成果以及独特的学术思想。中小学老师的授课，是讲解课本，向学生传授课本上的知识，尽管在授课中也有技巧与经验问题，但很难说有自己的思想。而高校老师，尤其是名牌高校的老师，传授的应当是本人的学术思想，而不仅仅是统编教材里的知识。这就要求老师具有相当的研究能力，能够不断地推出自己的研究成果，通过著述与学生对话，而不是仅仅把这种对话限制在课堂上。这样，你的学生就会超出课堂的界限。即使在课堂上，当你讲授的不仅仅是书本上的东西，而是在表述自己思想的时候，你就不会觉得这种授课是一种口干舌燥的体力劳动，而会在讲授中不时迸发出思想火花，通过授课清理自己的思路，从而在课堂上的授课中获得某种精神上的快乐，并使学生产生某种理论兴趣，使老师与学生之间达到理论旨趣上的相投，使学术得以薪传，这是执教的最高境界。

在指导学生的过程中,如何把学习与科研结合起来,始终是一个问题。在我们当学生的时候,高铭暄、王作富教授都有科研上的严格要求。因此,我们在学习过程中有意识地进行科研写作方面的培养与训练。我始终认为,学习与科研是不可分割的,学而有所得,必然会付诸文字,进行论文写作;写而后知不足,又促使人去学习。因此,学习与科研之间具有某种良性的互动关系。因此,我利用本身科研上的优势,带动学生进行科研写作,使学生尽快过写作关,这样就能培养出一批科研型人才。我所主编的许多著作,都是组织学生完成的,既使他们受到了科研训练,又能够早出成果。尤其是在确定硕士论文选题的时候,有意识地考虑硕士论文的学术出版价值,而不是仅仅作为一种获得学位的工具。在我看来,学位论文是一种功利性极强的文体,其首要目的是通过,因而在历史上很少有某一学位论文成为经典名著的。这种文体所受限制太大。但是,如果能够在一定程度上使学位论文的写作成为一种学术创新的途径,不至于成为无效劳动,还是有可能的。为此,在论文选题上,我历来主张小题大做,题目越小越好,反对那种大而无当的题目。在这种思路的指导上,我尽量将学生的论文纳入出版的轨道。例如,我主编的《刑事司法研究——情节·判例·解释·裁量》(中国方正出版社 1996 年版),基本上是硕士论文的汇集。在硕士论文的选题设计时,分别选定定罪情节、量刑情节、刑事判例与刑法解释这四个互相关联的题目,从而勾画出刑事司法理论的基本架构,力图建立一种所谓中层次理论。理论应当区分层次,这是我的一种信念。我在该书的前言中指出:在刑法学中应当区分理论层次:刑法学既要有刑法哲学这样的深层次理论,也需要有案例研究这样的浅层次理论。同样,我们更需要有一种联结理论与实践的中层次理论。这种中层次理论,面向刑事司法中的热点问题与疑难问题,以解决司法实务问题为己任;但又不是头疼治头、脚疼治脚式的解决,而是对司法实践中的问题加以概括与提炼,力图以一定的理论高度解决这些实际问题。[①] 在这种中层次理论的定位中,这些硕士论文都从某一侧面对刑事司法中的问题进行了较为深入的研究,使之成为在此问题上的前沿性成果。

在我的学生中,还有一些是十分特殊的对象,这就是高法班学员,他

---

① 参见陈兴良主编:《刑事司法研究——情节·判例·解释·裁量》,中国方正出版社 1996 年版,第 1 页。

们是来自审判第一线的骨干,有的是庭长、院长,具有丰富的实践经验。我感到,给他们讲课具有不同于本科、研究生讲课的特点,主要是由于他们长期的司法职业经历,使之具有某种解释学上的所谓“前见”,具有更明显的问题意识。因此,这些学员入学之初,往往会向我们提出大量的个案,当然是他们在长期审判工作中积攒下来的复杂疑难案例。直白地说,他们更像是带着“病(案)例”来看门诊的。但我总是对他们说,我不跟你们讨论个案,我们会系统地向你们讲授刑法基本理论,这些理论本身就包含着解决你们这些个案的原理与规则。如果整个课程结束以后,你的个案问题还未解决,你再来找我。结果,课听完以后,学员很少再有来找我的,而是表示问题已经解决。这里反映出理论的巨大力量。我一直推崇理论与逻辑的力量,尽管从本源上说,理论来自实践,但理论一旦形成,对实践具有重大的指导意义。尽管刑法是一门应用学科,但同样也不能没有理论思维。高法班学员曾经对我说学习以前,办案特别利索;学习以后回去不会办案了。这里的“不会办案”,是指在办案的时候思考的问题多了,下判比较慎重了,懂得用理论去指导办案了。我认为,这本身就是一种提高。学习以前办案利索,是以不懂理论因而没有心理负担为前提的,因而也就潜藏着办错案的可能性。高法班学员由于具有丰富的司法实践经验,因而在理论上提高以后,对于我国法制建设具有重要影响。从这个意义上说,我们虽然不直接参与司法实践,但也通过传授法治观念与法律知识,间接地为依法治国建设作出我们的一份贡献。我曾经主编过一本书名为《刑事审判实务研究》(中国方正出版社 1997 年版)的著作,该书就是高法班学员研究成果的展示。在该书前言中,我用“源于实践,高于实践”概括这本书的特点。源于实践,是指该书的作者是各级法院的法官,他们长期从事刑事审判工作,有的同志还担任一定的领导工作,因而具有丰富的司法实践经验。不仅该书的作者来自司法实践第一线,而且该书的素材也来源于司法实践。在刑事审判工作中,经常会遇到一些疑难问题或者复杂案例,这些问题或者案例曾经困扰着法官们。经过一年时间的理论学习,高法班学员力图用书本上所学的刑法理论解决、解剖这些疑难问题或者复杂案例。因而,该书内容与司法实践有着直接的联系。书中涉及的这些专题,都具有现实主义。高于实践,是指该书是高法班学员们经过一年的理论学习的心得,从该书可以看到他们理论水平的提高。在校期间,高法班学员们接受了正规的刑法理论的训练,这使他们对刑法问题由过去的感性认识上升为理性认识,从过去的经验上升为理论,并且能够运用刑法理论去研究与分析司法实践中的问题。从该书的内容看,高法班学员们已经较为熟练地掌握了刑法理论的分析方法,提出的结论对于司法实践都有一定的指导意义。[①] 确实如此,高法班学员在刑法理论上也有了长足的进步,成为法院系统的"理论家"。同时,教学相长,我们也从他们那里获取了大量司法实践的信息,这对我们的理论研究也是一种促进的因素。

从 1984 年 12 月底开始在中国人民大学法律系(后改为法学院)任教,1985 年任助教,1987 年任讲师;此后,分别于 1989 年 12 月和 1993 年 6 月破格提拔为副教授和教授,1994 年 10 月任博士生导师,我一步一个脚印地向前迈进。这里包含着恩师的栽培、朋友的扶持、家人的支持,当然,更有历史的机缘与本人的努力。我总是在想,我们这一代人成长是与祖国法制建设的发展同步的,是与法学教育的发展同步的,我们赶上了国家法制建设与法学教育的黄金时代,才有个人事业的发达。

七、司法经历

虽然在一个较长的时期内,教师是我的主要职业,但我也曾经担任了某些司法职务,具有相当的司法经历。这段经历,对于我的学术研究活动无疑是一笔宝贵的财富。

如前所述,在上大学以前,我曾经在公安局工作过一个时期,这是我的第一个司法经历。由于当时尚未言法,因而公安工作并没有太多的法律因素,但在工作中,我还是与警察、罪犯直接打交道,增加了不少感性认识。更为重要的是,正是公安工作这一机缘,使我走上了法学的治学道路。在公安机关工作期间,有一件事给我留下较深的印象。那是 1976 年 12 月,我刚参加公安工作,临时住在公安局看守所的宿舍里。一天,忽然传出警报有一名罪犯越狱逃跑。我们马上将看守所后面的小山包围起来,结果将该罪犯抓获。但见该人二十岁出头的样子,将近 1.85 米的个

① 参见陈兴良主编:《刑事审判实务研究》,中国方正出版社 1997 年版,第 1 页。

头,像是北方人,身材魁梧,满脸粉刺。据说是因抢劫杀人而入狱的,不久被判处死刑。执行死刑这一天我参加了,公判大会人山人海,会后押赴刑场,这是我第一次见到行刑场面。同时被判处死刑的还有一个50多岁的老头儿,绑赴刑场时老头儿缩成一团,一声枪响,老头儿像死狗一样倒在地上。而这个年轻罪犯押赴刑场时还神态自若,挺胸昂头,本应一枪毙命,谁料子弹虽击中要害,人却并未断气,身体仍在抽搐。见此情景,预审科长又用手枪补了一枪,才将其打死。上学以后,我曾经研究龙勃罗梭的刑事人类学思想,还专门写了一本小书《遗传与犯罪》(我原定的书名是《龙勃罗梭:基因的奴隶》,编辑将书名改为现名,恰好与美国学者劳伦斯·泰勒的《遗传与犯罪》一书重名,该书译本由群众出版社1986年出版,我的书由群众出版社1992年出版)。在我的《遗传与犯罪》一书中,引用了泰勒的观点。

泰勒阐述了超雄性综合征与犯罪的关系,由此论证遗传与犯罪的意义。泰勒指出:XYY畸变含有数量上的变化,还可能包含染色体的性特征。正常情况下,每个人身体的每个细胞中有46个染色体,组成23对。在这23对中,22对是常染色体,是表现个人生物特征的基因。剩下的那对基因是性染色体,决定着性别特征。女性成对的性染色体谓之X染色体;对男性来说,性染色体由一个X染色体和一个更小的雄性Y染色体组成。尤其是遗传学上的XX染色体和XY染色体,即受精的卵子决定着孩子将是男性还是女性。在一个偶然的机会,由于受孕的不妥当,胎儿就带上了染色体性畸形。例如,如果雄性染色体得到一个额外的Y染色体,成为XYY,即产生了所谓的超雄性。这种人身高超过了平常的人,常常脸上长着粉刺。在大英监狱中所作的研究表明,22个XYY男人中的一半是占监狱犯人总数的5%的高汉。这些人中虽然也有普通人或者矮个人,但大多数身高6英尺或更高。尽管在XYY人们中的患粉刺的范围小了些,然而流行率仍然很高——大约50%。经过一系列的调查统计,表明XYY变异的人中犯罪率高。因此,泰勒指出:超雄性的犯罪行为由遗传原因所致是显而易见的事,社会和家族的影响很少对它产生作用。①

当我写《遗传与犯罪》引述泰勒的上述论断的时候,我的脑海里不由得浮现出那个罪犯的人高马大、长满粉刺的形象。我敢断定:这肯定是一个染色体异常者,即所谓超雄性。由此,我对犯罪的生物原因有了更加深刻的认同。尽管我不同意龙勃罗梭的天生犯罪人说,但在刑事犯罪,尤其是性犯罪中,生物因素对于犯罪具有不可低估的作用。无论如何,公安工作的经历还是在我此后的学术研究中留下了痕迹,即或是一些感观的印象。

在我攻读硕士学位期间,1983 年 9 月开始了一场全国性的"严打"活动,正好我们实习,有机会在北京市海淀区法院担任了 3 个多月的助理审判员:一种初级法官的司法职务。我在大学期间曾经于 1980 年冬在南京市栖霞法院实习,当时在民庭实习,主要熟悉了民事审判业务。这次由于我们是刑法专业研究生,因而在刑庭实习。这次虽是实习,但又不同于一般的实习,而是被任命为助理审判员(实习生而被临时任命司法职务的,可能是空前绝后的,不知是否符合当时的《人民法院组织法》),直接参加审判工作,以弥补当时"严打"中法院人手之不足(除我们之外,当时还从部队抽调了一批干部到法院临时帮忙,也都被任命为助理审判员)。这段在法院工作的时间不长,但却接触到不少案件,尤其是直接参与案件的审判,对刑法适用的了解更为真切。1979 年《刑法》颁布,是我国民主与法制建设史上的一个里程碑。当时的《刑法》,可以说是一部较为轻缓的刑法。但随着改革开放历史进程的启动,我国进入一个社会转型期,各种社会矛盾很快暴露出来,犯罪成为一个尖锐的社会问题,刑事犯罪与经济犯罪都表现得十分猖獗,在这种情况下,通过 1982 年和 1983 年两个决定对于 1979 年《刑法》进行修改,加重法定刑,扩大死刑适用范围。同时,又掀起了一个"严打"高潮。这里的"严打",严厉打击之谓也,几乎成为我国刑事司法中的一个专有名词。"严打"虽然强调"依法从重从快",但还是对刚刚建立起来的十分脆弱的刑事法制形成一种冲击,带有以往政治运动的痕迹。当时,我经历了这么一件事,对我触动颇大。

在 1983 年 7 月份,我曾经担任过一起共同盗窃案件的辩护

① 陈兴良:《遗传与犯罪》,群众出版社 1992 年版,第 122—123 页。

人。该案三个被告人，我担任第二被告人的辩护人。这个案件中的盗窃犯罪系第一、第二被告人所为，第三被告人只是在其中一起盗窃案件中提供帮助，指认被盗人家，带去踩点。开庭以后，当时第一被告人被判处有期徒刑 15 年，第二被告人被判处有期徒刑 9 年，第三被告人被判处有期徒刑 3 年。但在“严打”以后的 10 月份，突然贴出布告，在“严打”公判大会上，第一被告人被判处死刑，第二被告人被判处死缓。而我这个律师（此时已是法官），对此判决的变动一无所知，前一份判决还在我手里，稀里糊涂就作废了。这个案件涉及的法律问题是：这三个人的共同盗窃行为能否构成犯罪集团，因为第二次判决是以犯罪集团认定而从重判处的。当然，这里还涉及刑事诉讼程序问题。由于我是研究刑法的，所以关心的还是实体问题。当时，犯罪团伙一词盛行，犯罪集团的认定极度扩大化。这个案例，此后被我引入博士论文《共同犯罪论》中。在论文中，对本案我作了以下分析：某法院的这一认定是错误的。因为本案虽然有三人，但这三人并非长期勾结在一起共同盗窃，钟某（第三被告人）只是偶然地参与其中的一起犯罪。总之，我们在认定犯罪集团的时候，不仅要看是否有三人以上，而且要看这三人是否长期从事共同犯罪，从而形成了犯罪集团。在人数较多的情况下，还要看重要成员是否固定或基本固定。①

这种实际案例，如果不是从司法实践中直接获取，在书本上是没有现成可找的。法院的这段临时法官工作在 1983 年年末结束，我所在的这段时间是“严打”的第一个战役，从重从快，在我的日记中有 45 分钟审两个案件三个被告人的记录，真是创纪录得“从快”。由于我是在一个非常时期在法院做临时帮助工作的，因而还不能说对审判工作有了真切的体会认识。但我通过各种渠道，直接间接地与法院打交道，自认为对于刑事审判是不陌生的。其中，在法院充任助理审判员的这段经历对我熟悉法院工作帮助最大。写到这里，不由发出感叹：岁月流逝，事过境迁。1980 年冬一起在南京栖霞法院实习的大学同学傅长禄已经担任上海市高级人民

---

① 陈兴良：《共同犯罪论》，中国社会科学出版社 1992 年版，第 157 页。

法院副院长,而 1983 年冬一起在北京海淀法院实习的研究生同学张军已经担任最高人民法院刑一庭庭长①,均已是共和国的大法官。我们一起在法院实习的经历以及感受,想必对他们的法官生涯也会有所影响。

在我从事的司法实务中,最能代表我的身份、时间最长,也是最能获得本人思想情感上认同的是律师这一身份。我们可以说是 80 年代初期第一批兼职律师,1982 年秋天开始在北京海淀法律顾问处(当时的称谓,以后改为律师事务所)执业。1985 年中国人民大学法律系成立北京市第十律师事务所(后来改为北京市地石律师事务所)。以后,我一直在此执业。律师职业,为我直接与司法实践沟通打开了一扇大门。由于我是从事刑法理论研究的,因此印象中除办过两个民事案件以外,其余都是刑事辩护案件,大约 200 多件,其中较多的是经济犯罪案件。在办理的这些案件中,感受较深的是两起全国闻名的大火案,在其中一起担任被告人的辩护人,在另一起则担任被害人的代理人。

担任辩护人的这一起案件是发生在 1991 年 11 月的深圳致丽工艺制品厂的大火案,大火烧死 82 名打工妹。本案共有 4 名被告人,我们辩护的是第一被告人,系该厂的香港老板。该案在报刊上披露以后,引起极大的民愤,同时也引起香港媒体的关注,辩护难度大。案件是在 1992 年 9 月开庭的,我们到了失火现场,工厂已被烧毁,厂房里一片狼藉,惨状不忍目睹。该案起因十分简单:香港老板在内地按照来料加工形式办厂,在香港聘请经理(第二被告人)进行业务管理,厂长(第三被告人)由内地人员出任。此前消防人员前来工厂检查消防安全,经理及厂长在场,检查发现一扇防火门被焊死,铜丝替代保险丝,当场指出,并叫来电工(第四被告人)质问。经理、厂长、电工答应马上就改正,结果这两条未往整改意见书上写,整改意见书列举 13 项安全隐患,要求限期整改。此后,经理将上述整改意见书电传给在香港的老板(第一被告人)。老板看后打来电话,说:“能改的就改,要停工停产、花费钱财不能马上改的压后再说。”结果一直没有整改,半年后火灾发生,造成重大人身伤亡和经济损失。起诉书指控香港老板对重大责任事故负有主要责任,其根据是“能改的就改,要停工停产、花费钱财不能马上改的压后再说”的指令。在辩护中,我们针对这

---

① 张军现任最高人民检察院检察长,当年一同实习的姜伟现任最高人民法院副院长。——2018 年 7 月 1 日补记

句话提出辩护:打开焊死的防火门,是可以马上改的,用保险丝替换铜丝也是可以马上改的,结果没有改,而且这两条连整改意见书也未列上。而这两条恰恰是火灾发生的原因和损失惨重的原因。如果按照第一被告人的话去做,把这两项马上能改的改了,就不会有后面的火灾,因而我们认为对于火灾第一被告人不应承担刑事责任。同一句话,控方作为有责且责任较大的指控根据;而辩方则作为无责至少责任较少的辩护根据,这是十分有趣的。结果法院在一定程度上采纳了辩方意见,虽然未判无罪,但处刑轻于其他被告,判处有期徒刑 2 年。按照原先的情况,肯定会顶格判处有期徒刑 7 年,因而我们的辩护产生了一定的效果。应该说,一个毫无指望的案件达到这样的辩护结果,已经是十分满意的了。

从一起大火案的辩护,引出另一起大火案的代理,其间的角色转换是别无选择的,因为它们同是律师的职能。1994 年 12 月 8 日,新疆克拉玛依市教委在友谊馆举行文艺汇报演出,全场 790 余人。演出刚开始不久,舞台光柱灯烤燃纱幕引起大火。由于无电工在岗,在场人员未采取有效措施灭火,剧场内无人组织和指挥人员疏散,通向馆外的疏散门亦未开启。火势迅速蔓延,馆内装饰材料燃烧产生大量有毒气体,致使 323 人死亡,132 人受伤,其中绝大多数是少年儿童。可以想象死难者亲属承受了多大的精神痛苦。尤其是那些儿童的父母,一夜之间,天使般可爱、花朵般鲜艳的孩子,永别了充满阳光的人世。人死不能复生,悲愤之余,他们有理由发问:这一切的造成究竟是谁的罪过?他们有权利要求惩办那些肇事者并获得经济上的补偿。被害者亲属通过各种关系,聘请了北京与四川的 4 位律师充当代理人,我就是其中之一。1995 年 3 月,我第一次来到克拉玛依。走进友谊馆,一片狼藉,舞台堆满倒塌的灯具和烧成灰烬的幕布,走廊过道,到处都是遗物。友谊馆大厅死一样的寂静,我似乎听到了火舌顺着风势舔舐座椅发出的噼啪声以及夹杂着的少年儿童的哭泣声和呼喊声;闻到了火烧着易燃有毒的装饰材料随风飘来的令人窒息的烟毒味;看到了大门四闭的大厅里盲目奔跑你推我搡的人群。尤其是那些胸前系着红领巾的儿童,他们脸上还化着妆,还没来得及上台表演,就成了这场惨剧的主角。从友谊馆出来,天上又飘起了雪花。3 月,江南已是草长莺飞,北国边陲依然是冰封雪裹。我们踏着雪泥,来到新辟的坟地,放眼望去,在起伏的山坡里,大大小小埋着 300 多座坟茔,柔软洁白的雪像硕大的白色挽幛铺盖着大地。几天的紧张工作,为此后的庭审奠定了基础。6 月下旬,当我们第二次抵达克拉玛依的时候,时节已是夏季,克拉玛依脱下了臃肿的冬装,披上了飘逸艳丽的夏装。法庭如期开庭,审判是冗长的,对于每个细节都需认真查明。在炎炎的夏日,审判每天从上午 8 时开始到下午 5 时结束,整整审理了 4 天,这是我经历过的最漫长的一次审判。我是第一次以代理人的身份与公诉人站在同一条战线上,履行指控犯罪的职能。法庭审理中充满着交锋。例如,友谊馆值班员陈某起火时正在办公室,发现起火后,明知疏散门除两扇之外都锁着,大门钥匙被挂在办公室墙上,但她未拿钥匙就离开办公室。火势蔓延以后,她又逃出友谊馆,并称自己在馆外进行了救助。根据其本人的陈述,她显然不应承担刑事责任。对此,公诉人发问:起火时你为什么没有拿钥匙?答:当时我已从办公室出来,想起拿钥匙时一个火浪逼来,嘭的一声办公室大门关上,已经进不去。公诉人问到这里,就问不下去了。我赶紧站起身接着问:最初得知起火你是在办公室内还是在办公室外?答:在办公室内。问:大门钥匙在什么地方?答:挂在墙上。问:当时能不能拿到钥匙?答:能。问:当时有没有想到拿钥匙?答:没有。问:为什么?答:忘了。经过这一轮发问,被告人的过失责任昭然若揭:在当时的情况下,完全有可能拿上钥匙打开疏散门,但由于疏忽大意而没有这样做,这也为此后的有罪判决奠定了基础。对于这次代理,我曾有篇短文论及,论文最后指出克拉玛依的这场审判已经过去了一年多,法院对各被告人作了有罪判决。我对克拉玛依的印象日益淡漠,也许今生今世也不会再到那里,但那 300 多座坟茔则永远留在了记忆里。克拉玛依的代理工作,受到司法部的通报表彰,我也荣立了三等功,1995 年我被评为北京市首届十佳律师。这些荣誉对于我来说,只是过眼云烟。使人铭心刻骨、全力追求的依旧是法律的公正与律师的责任。[①] 这不是无病呻吟,而确实是发自内心的感慨。

我始终认为,在司法职业中,律师是一个十分独特的职业,它是以提供法律援助为使命的。律师职业可以使我接触形形色色的人:大多是被告人,少数是被害人。每一个案件都不相同,每一个人也不相同,从中我

---

① 参见陈兴良:《神圣的代理——新疆克拉玛依“12 · 8”案件代理追忆》,载《警方》1996 年第 10 期。

们可以阅读人性、阅读社会。通过律师的执业活动,使我对律师职业的定性产生了以下见解:

> 律师作为法律工作者,其特点主要是相对于官方法律工作者(法官、检察官)而言的,表现在以下几个方面:(1)业务性。律师职业不同于官方法律职业,它具有业务性,即其所从事的是一种业务活动而非职务活动。职务活动表现为一定权力之行使,是代表国家对社会的管理活动。法官行使审判权,检察官行使检察权,其职务活动无不包含权力之蕴含。而律师所从事的业务活动,具有事务性的特征,是凭借本人的法律知识从事法律业务活动,而不具有行使权力的内容。(2)平等性。律师在从事业务活动中,不具有行使权力的内容,因而它与当事人之间具有一种平等的权利与义务的关系,这种权利与义务的关系通过契约(例如委托合同)加以确定,并成为从事职业活动的准则。这一点与官方法律职业也是全然不同的,官方法律职业由于是一定权力之行使,因而它与诉讼当事人之间的关系是不平等的,当事人处于司法权力客体的从属地位。(3)有偿性。律师向当事人提供法律服务是有偿的,表现为一种等价交换的关系。在这个意义上,律师与当事人之间是雇佣关系,因而律师机构具有营利冲动,是一种特殊的经营组织。而官方法律职业在一般情况下不具有这种有偿性,权力的行使是无偿的。当然,在特定条件下,例如民事诉讼中,法院根据诉讼标的收取一定的诉讼费用,似乎给人以有偿的感觉。但诉讼费用中,案件受理费具有国家税收的性质,其他费用的负担意义也主要在于减少讼累。(4)自律性。律师职业管理不同于行政管理,主要是通过组成律师协会进行自治。

随着律师行业管理的加强,律师职业的独立性也进一步加强,同时也对律师职业提出了更高的自律要求。根据律师职业的以上特点,我们认为将律师职业界定为社会自由职业是恰当的,这一定性有利于律师职业的发展。应当指出,以往在我国理论上与实际生活中,对于自由职业存在一定的误解,在一些人看来,自由职业就是江湖游医式的职业,不受法律约束。其实,自由职业之所谓自由,并非不受任何管辖,其只能在法律范围内从事业务活动。应该说,自由职业是相对于官方职业(公职)而言的。律师职业作为自由职业,就是区别于法官、检察官这些官方职业的一种法律职业。律师职业定位为自由职业,表明律师职业具有不被官方干预的相对独立性,有利于提高律师职业的威信与地位,充分发挥律师在法制建设中的作用。在一个市民社会,官方权力的行使必然受到来自社会的制约。由于一般民众并不精通法律,需要通过律师介入个案的诉讼或者非讼活动,起到对官方权力的制约作用,从而保障当事人合法权益不受侵犯。而律师这一职能的实现,必然以职业的相对独立性为前提。如果律师职业不是自由职业,而是官方职业(政府雇佣的律师除外),受到行政权力的限制,成为权力的附庸,俗称为御用律师,那么律师就无法取信于当事人,遑论对官方权力的制约。由于律师必须依法履行职责,因而它所具有的相对独立性不仅不会成为社会的离心因素,恰恰相反,通过律师的业务活动,求得社会公正,更有助于社会的整合。[①] 也许我将来还会从事律师业务,其他司法职务对于我来说,都只是暂时的,是一种经历,而只有律师是我的长期身份,是一种缘分。

某种契机,使我有机会担任了公(公安)、检(检察)、法(法院)、司(律师)中的最后一个司法职务,也就是我目前还在担任的北京市海淀区人民检察院副检察长。1994 年,中国人民大学法学院与海淀区人民检察院建立了学者挂职机制,法学院派一名教授前去检察院担任副检察长,并定期轮换。第一个前去挂职的是姜伟博士,在海淀区人民检察院挂职 3 年以后调到最高人民检察院担任刑检厅副厅长。我是接替姜伟去任职的,1997 年 5 月 21 日获海淀区人大常委会任命,6 月 10 日正式上班,开始了我的检察工作经历。我在检察院主管起诉工作,基本上在院里坐班。一年多以来的工作经历,使我对司法实际运作过程的了解更为真切,以一个"内部人"的身份直接参与案件的处理。尤其是检察机关在刑事诉讼活动中居于一个承前启后的十分独特的诉讼地位。承前是指承接公安机关侦查终结的刑事案件,启后是指提起公诉启动法庭审理。因此,检察机关与公安、法院与律师的工作都密切相关。通过在检察机关的工作,我对检察机关的职能与性质有了更加深刻的认识。

---

① 参见陈兴良:《论律师执业的定位》,载王丽、李贵方主编:《走有中国特色的律师之路》,法律出版社 1997 年版,第 49—51 页。

修正后的刑事诉讼法的实施,对刑事案件的庭审方式进行了改革,法庭审理由过去只具形式意义改变为更具实质内容。在这种情况下,检察机关可以说是机遇与挑战并存。我认为,在这里有一个观念转变的问题,过去注重庭前准备,现在应当更加注重法庭审理。过去往往把出庭简单地看作公诉权之行使,对法官具有较强的依赖性。现在,说理的成分增加了,不仅要指控犯罪,而且更须论证犯罪。只有这样,检察机关在激烈的法庭控辩对抗中才能立于不败之地。因而应当建立诉讼风险观念,以法庭上的出色表现完成法律赋予检察机关的神圣职责。

我还对如何在开放中加强检察机关的建设问题作了思考,认为检察机关不应自动封闭,而应当全方位地开放,在开放中求得生存与发展。这里的开放,是指与相关机关及其人员的交流与协调。首先应当加强与公安机关的交流与协调。公安机关与检察机关同处控方的地位,公安机关的侦查活动为公诉提供了基础,因而应当通过协调,使公安机关办案结果符合公诉要求。其次应当加强与法院的交流与协调。法院作为审判机关,掌握着对刑事案件的最终处理权,公诉活动的结果最终要获得法院的认可,应当从如何有利于法官确认犯罪的角度来规范与要求我们的公诉活动。最后还要注重与律师的交流与协调。公诉人与辩护人作为控辩双方,在法庭上是天然对立的,但在依法履行职责、保障司法公正这一点上可以获得某种统一。随着修正后的《刑事诉讼法》的实施,律师提前介入到检察机关的工作中来。对于这种介入,检察机关应当欢迎,而不是排斥。事实上,律师提前介入,可以从另一个角度帮助我们正确地处理案件。因此,律师介入不是不利于而恰恰是有利于检察机关的工作。只有持这样一种开放心态,检察机关才能适应法律的变动,获得发展的动力。

在检察业务中,使我对诉讼程序获得了一种全新的认识。由于我研究刑法的专业性质所决定,重实体轻程序的观念使我对诉讼程序大有轻视之心态。但在司法实践工作中,使我认识到程序正义问题,认识到程序的独立价值,尤其是诉讼程序对当事人的权利的保障意义。[①] 在此基础上,使我对犯罪概念的认识也发生了重大变化,提出重塑犯罪概念的观点,指出只有在以下三个特征同时具备的情形下才是犯罪:首先,只有法

---

① 陈兴良:《重视程序的独立意义》,载《检察日报》1998 年 9 月 15 日。

律明文规定的行为才是犯罪,法律没有规定的就不是犯罪,这是刑法意义上的犯罪概念。根据罪刑法定原则,如果法律没有规定,即使行为的社会危害性再大,也不是犯罪。其次,只有有证据证明的才是犯罪,没有证据证明的就不是犯罪,这是证据意义上的犯罪概念。在许多情况下,某一犯罪确实(内心确信)是某人实施的,但只要没有确凿证据证明,就不能认为是犯罪。最后,也是十分重要的一点,就是:只有经庭审确认后的才是犯罪,没有经过庭审确认的就不是犯罪,这是程序意义上的犯罪概念。如果说刑法意义上与证据意义上的犯罪概念我们多少还认同一些的话,那么程序意义上的犯罪概念接受起来就要困难得多。因为,长期以来,由于重实体(真相)、轻程序(正义)的思想支配,很难想象一个证据确凿的犯罪案件只因在法庭上没有把证据充分展示出来,没有把法理说透或者因为程序违法就可以作出无罪判决。我们认为,在严格的起诉书一本主义的制度下,案卷里有罪与法律上有罪是两个不同的概念。法官不看案卷,不知案卷里都有什么材料,一切证据都应当在法庭上经过质证、认证才能有效,一切法理都应在法庭上进行详尽的阐述,构成犯罪的理由都应在法庭上进行周密的论证。如果案卷里有罪,但这种有罪的证据没有在法庭充分展示,有罪的道理没有在法庭上充分说透,法官完全可以作出无罪判决。唯有如此,才能真正实现程序正义。① 由此,我提出了"庭审中的犯罪"的命题。②

检察机关的任职,使我对诉讼结构的构造与司法体制的改革都产生了一些想法,例如检警一体、检控分离与法官独立等。检警一体是指为有利于检察官行使控诉职能,检察官有权指挥刑事警察对案件进行侦查;警察机关在理论上只被看作检察机关的辅助机关,无权对案件作出实体性处理。为此,公安机关的行政职能与司法职能应当分离,这就是治安警察与刑事司法警察的分立,将刑事司法警察从公安机关中剥离出来,按照检警一体化的原则,在履行职能上受检察机关节制。检控分离是指将现在起诉部门的检察官分为主控检察官、事务检察官,由此建立刑事检控制度,设置一种以庭审公诉为中心(或曰龙头),以起诉制约侦查的合理系

---

① 陈兴良:《检警一体:诉讼结构的重塑与司法体制的改革》,载《中国律师》1998年第11期。

② 陈兴良:《庭审中的犯罪》,载《检察日报》1998年8月10日。

统,从而理顺诉侦关系,使之与控辩对抗庭审协同。检控分离制度是检警一体原则在检察机关内部的反映。主控检察官与事务检察官具有不同的分工:事务检察官主要面对侦查,对侦查起到强有力的制约。主控检察官主要面对法庭,在庭审中形成与辩方的强有力的对抗。法官独立是指法官在诉讼结构中居中,在控辩平等的基础上,使法官真正能够获得独立与超脱,成为刑事案件的裁判者,法官的判决具有终极的意义。法院并非是与检察院同一性质的机构。犯罪,就其实质意义而言,是个人与国家(由检警代表)之间的一场纠纷。这里的国家,在很大程度上是指政府,因而在大陆法系各国的司法体制中检察机关大多附属于行政机关,同时又有很强的独立性,但并无司法机关之属性。因此,法院的超然地位是其居中裁判的性质所决定的。法院的独立,不仅是指控审的分立,而且也是指法院对于国家或曰政府的超然。这种审判权的行使,不屈从于任何权力,只服从法律。在这种情况下,罪刑法定和无罪推定才成为可能。也只有在这种情况下,法院的裁断,主要是指通过庭审的确认,具有了终极的意义。尽管控辩双方各有抗诉权与上诉权,但法院的判决一经生效,其法律拘束力就自然产生,任何人不得挑战。由于法官是严格根据法律规定认定犯罪,并依照法律规定裁量刑罚的,控辩双方也只能依照法律与事实履行各自的控诉职能与辩护职能。在这种情况下,庭审具有实质意义。

以上想法,是我在司法实践中获取的。如果没有检察机关的任职经历,这些想法是不可能产生的。到检察机关任职以前,一个最大的担心就是对学术研究的影响,是一种牺牲(学术)精神,或对长远的学术研究有利这样一种信念支配我承担这一司法职务。学术研究需要独立的地位、自由的空间与充分的时间。唯此,才能潜心钻研,才能收获真知灼见。到检察机关任职,是否会陷入部门之偏见从而影响学术的公正性与科学性,我对此不无忧虑。记得我到国家法官学院给法院院长们讲课,法官就尖锐地向我提出这个问题。在我看来,学者的超然性当然是学术研究的条件之一,但这种超然不应当是疏远,在投入中保持超然更为难得,也更有价值。事实上,我在检察机关任职时,思想的自由与学术的超然仍能保持,这与职务活动是有区别的。一个人的精力与时间有限,履行司法职务无疑需要时间。但由于我自身的勤奋与努力,学术不仅没有牺牲,反而大有收获。在这一年半中,我完成了个人专著《刑法的启蒙》和《刑法适用总论》(上、下卷),近150多万字。此外,还主持编写了大量的学术论丛与著作。

在《刑法的启蒙》一书的后记中,我曾经写道:

> 当蒋浩先生于1997年7月下旬的一天,在北京市海淀区人民检察院我的办公室里向我约稿的时候,我和盘托出了我的写作构想,得到蒋浩先生的慨然首肯。以此为契机,我全身心地投入了本书的写作。这年的7、8、9三个月,尤其是8月,北京适逢数十年未遇之酷暑。在办公之余,我的时间基本上花在了这本书的写作上。白天与黑夜,我似乎沉浸在两个极端的世界里:白天是现实,面对满桌的案卷,个案占据我的心思,面对的是一个个被告人;黑夜是历史,遨游在思想的海洋里,与刑法先哲们进行精神的沟通与学术的对话。①

更为欣慰的是,我在检察院主编了一套刑事司法实务丛书,共计三本。这就是:《新旧刑法比较研究——废、改、立》《刑事诉讼中的公诉人》《刑法疑难案例评释》,由中国人民公安大学出版社陆续出版,共计150万字。这套丛书的作者基本上都是检察官,他们大多是近年来北大、人大、法大毕业的本科生、硕士生与博士生。组织他们写作是期望他们能够学以致用,并在司法实践中总结提升自己的理论水平,成为既有理论知识又有实践经验的有用之才。尤其是在《刑事诉讼中的公诉人》一书中,我们独创了公诉报告这样一种写作样式。公诉报告是反映检察机关公诉活动全过程的一种形式。通过公诉报告,力求将审查起诉、出庭支持公诉过程中,刑事法律(包括刑事实体法与程序法)运作的各个环节生动地描述出来,从中可以看出公诉人在此间的工作内容、性质及其价值。

俗话说:"人生经历是一笔宝贵的财富。"确实,经历是人生的跋涉过程,丰富的阅历必然会使人增长见识,增长才干。对于我来说,经历本身也是一种历史的机缘。司法各机关以及律师的生涯,无疑成为我的学术活动的背景以及某些思想观点的发源地。但我始终认为,任何职业、职务、身份、地位对于人来说都是外在的东西、表面的东西。一个人,关键是要成为一个真正意义上的思想者。思想是本质的东西,人应当生活在本

---

① 陈兴良:《刑法的启蒙》,法律出版社1998年版,第262页。

质里。时光流逝，一些表面的东西都会因为经不起时间的消磨而剥离与脱落，在历史的长河中被涤荡与灭失。沉淀下来的是思想，具有永恒价值的是思想，这就是思想的魅力。

八、学术使命

学术贵在创新，在这种创新中不能没有对传统的继承，这里有一个推陈出新的问题。不过，学术创新的根本在于对学术使命的体认。如果我们只是满足于一得之见，缺乏创造力，那只会因循守旧，抱残守缺。那么，如何才能立意高远，不辱使命呢？对于这个问题的思考，贯穿我的学术活动始终。

法律的工具性是长期以来形成的一种观念，在这种观念的支配下，法学，包括刑法理论缺乏自主性与独立性，成为政治与行政的附庸。在这种情况下，法学研究就很难说得上科学性。为此，我苦苦地思索法学研究的主体意识。我认为，中国法学研究的出路在于树立法学研究的主体意识！在整个中国法律文化中，贯穿的是以注释为主的法学研究方法。先秦的《法律答问》融法条与法理于一体，蔚为可观。《唐律疏议》对法条的注疏更是达到了登峰造极的地步。中国传统文化中深深扎根的“我注六经、六经注我”的治学方法，不能不在法律文化中表现出它那旺盛的生命力。像黄宗羲这样伟大的思想家，也只有在六经的注疏中小心翼翼地流露出他那其实是非常离经叛道的革命思想。文化传统具有一种强大的惯性，在没有释放完全部的能量以前，它是不会自动停止对后人施加影响的。中华人民共和国成立以来，我们的法学研究在很大程度上是在以注释为主的法律文化氛围中开展的，只不过是由我注六经到我注经典，从六经注我到经典注我。因此，在理论法学中是我注语录，语录注我；在部门法学中是我注法条，法条注我。在这种注释式的研究中，理论的棱角逐渐磨平，反思的能力严重萎缩。一句话，整个法学研究患上了主体意识缺乏症，一种法学研究能力的退化！这绝不是危言耸听。

当前我国刑法学研究虽然是一片繁荣景象，但繁荣背后潜伏着危机，主要问题在于理性自觉的匮乏与主体意识的失落，因而理论研究往往停留在低水平的重复上，刑法研究的热点如同过眼云烟，只有观点的泛滥而没有理论的积淀。在1989年的一篇文章中,我对法学研究的主体意识作了思考,指出:缺乏主体的价值判断能力,这是主体意识缺乏症状最重要的临床表现。人之所以作为主体,就是因为人具有独立的价值判断能力。在法学研究中,价值判断能力更是思想创新的基本前提。我们不可想象,一个唯"书"唯"上",而没有自己的价值判断能力,写着满纸连自己也不相信的话的人,是能够用他的所谓理论去科学地解释法律现象并具有说服力的。以往,我们太习惯于用经典作家的思考来代替本人的思考,久而久之,我们的法学研究成为寻章摘句的同义语,而法学研究者都成了没有自己大脑与思想的人,最终失去价值判断能力。可悲的历史决不能重演。如果中国法学还有救的话,那么也只是在于:我们已经意识到我们失去主体的价值判断能力已经太久了! 在法学研究中强调主体意识,就是要使我们的法学研究者把理论的触须伸向法的实践活动,从中吸取精神营养,使我们的法学研究充满生机活力。如果我们将法条作为参照物,那么,回顾——有一个法从何来的问题;前瞻——有一个法向何去的问题,这就是司法。立法是从错综复杂的社会事实中抽象与提炼出法律的一般原则,使国家意志转化为法条。司法是将法律的一般原则适用于五花八门的具体案件,使各种社会关系纳入法律的轨道。而法条作为立法活动的物化成果,它是法从何来问题的终点;作为司法活动的客观成果,它是法向何去问题的起点。因此,如果我们仅仅把法条作为法学研究的对象,其结果是既不知法之来龙,又不晓法之去脉,更遑论对法的内在价值的精辟阐释与对法的外在形式的透彻剖析。在这种情况下,我们的法学研究不能变成纸上谈法:注重研究表现为条文的法,而忽视对法在现实社会生活中的运行以及法的运行反馈于立法的机制的研究。因此,我们的研究精力全部耗费在法条的注疏上,法学研究的主体意识受制于法条,充其量只不过是"戴着镣铐跳舞",大多数人则是法云亦云。一部法律的修改,甚至一个司法解释的颁布,都将使我们积数年之研究心血而写成的一本本法律教科书顷刻之间化为废纸,这绝不是什么危言耸听。好在我们有的是时间与精力,根据最新的法律规定与司法解释,皓首穷经地重新著书立说。如此周而复始,以至终身。难道法学研究的价值就在于为立法辩护、论证司法解释的合理性吗? 耽于纸上谈法,法学研究中没有思想,而匠气十足,长此下去,中国法学研究前途堪忧。我们并不否定法条注释的重要性。然而,法条注释并非法学研究的全部,甚至不是主要内容。法学理论的科学性在于它植根于社会生活的强大生命力,以及面对立法与司法的整个法律活动过程的宏大的理论容量!在这个意义上的法学研究,需要更多的主体意识。①

在这种主体意识的支配下,我对现行的刑法理论状态进行了考察,由此得出的结论,归结为《刑法哲学》一书的题记:"我们的时代是一个反思的时代,崇尚思辨应该成为这个时代的特征。刑法学如欲无愧于这个时代的重托与厚望,必须提高自身的理论层次,引入哲学思维,使刑法的理论思辨成为时代本质的思维,与时代变革的脉搏跳动合拍。"通过对现行的刑法学理论体系的反思,我提出其逻辑结构上的下述缺陷:首先,我国现存的刑法学体系是一个孤立的体系,它割裂了犯罪与刑罚的内在关系,以犯罪论与刑罚论这两大块作为刑法学体系的基本格局,未能充分关注犯罪与刑罚的联系,从两者的统一上建构刑法学体系。其次,我国现在的刑法学体系是一个静态的体系,它囿于对法条的注疏,未能将司法实践适用刑法的过程直接纳入其视野。最后,我国现存的刑法学体系是一个封闭的体系,由于其基本构架的不合理性,无法将大量新的内容吸收与补充进来,丰富与完善这一体系。在此基础上,我提出了罪刑关系中心论的刑法学体系,这是一个以罪刑关系为中心的全体刑法学体系;这是一个与立法实践和司法实践的节奏相协调的动态的刑法学体系;这是一个具有新陈代谢力的、呈现开放状态的刑法学体系。在这个体系中,贯穿了犯罪本体二元论、刑罚目的二元论、罪刑关系二元论等一系列全新的刑法命题。《刑法哲学》体现出我在刑法理论上的一种体系性创新。对于体系的追求,也许是年轻人的通病,或者可以说是年轻人的特权。我在 1982 年 9 月 14 日写给同学李克强②的一封信中写道:"我十分欣赏黑格尔的这样一句话:'我必须把青年时代的理想转变为反思的形式,也就是化为一个体系。'黑格尔所追求的是'对人类生活的干预'。而他写这些话的时候,还是刚刚从图宾根神学院毕业后的几年,正在当默默无闻的家庭老师。"当我欣赏青年黑格尔将理想转化为体系的志向,并钻进黑格尔的迷宫般的哲学体系的时候,我也只是一个默默无闻的刚入校的硕士研究生。

---

① 陈兴良:《呼唤法学研究的主体意识》,载《中外法学》1989 年第 2 期。

② 李克强时任北大团委书记,现任国务院总理。——2018 年 7 月 6 日补记

想不到在10年以后,我自己也建构了一个刑法学体系。对于体系的酷爱与追求,成为我年轻时的思维特征,也许打下了太深的黑格尔式思维的烙印。

体系是思维的产物,在一定意义上也可以说是创新的产物。因为一定的体系总是意味着一种思想的表达形式与逻辑的建构方式。但是,思想体系又是一种人为的作茧,往往使人自缚。尤其是浅薄的理论体系,不仅误己而且误人。在《刑法哲学》一书的前言中,我写道当将来有一天,理论的思考更为成熟的时候,回过头来看这本书,或许会为以往的幼稚而感到脸红,并为以往的大胆而感到后怕。这种脸红与后怕,很快降临在我身上,随即我就产生了对这个体系的突围意识与突破欲念。当研究更为深入的时候,我认识到刑法哲学绝不仅仅意味着一个体系的建立。进一步地说,刑法哲学研究还应当对刑法根基进行理性的审视与追问。为此,我提出了刑法学研究的价值目标:科学性与人文性。尤其是人文性的提法,表明我从自创的刑法学体系突围的一种努力。我认为,刑法学理论研究的进一步深化有赖于人文蕴含的加重。刑法学虽然是一门法律学科,以其规范性研究为特点,但这绝非意味着它只是尾随立法与司法的注释学,而应当打通刑法学与人文科学之间的隔膜,引入哲学思维,注入人文性,从而使刑法学向法理学乃至于哲学升华。加重刑法学研究的人文蕴含意味着摆脱对刑法规范表象的迷惑,审视刑法规范赖以存在的根基,诸如人性、价值以及社会功能等问题。人文蕴含的加重立足于刑法学科的一般性,使刑法学融会到人文科学中去,使刑法的思考成为社会的思考与哲学的思考,赋予刑法学以应有的人文性。①

《刑法的人性基础》与《刑法的价值构造》两书的写作,已经摆脱了建立刑法哲学体系的念想,从人性与价值两个视角,对刑法根基进行理性考察。在这两本书中,思想体系的冲动变为对表述体系——形式美的孜孜追求。《刑法的人性基础》以人性——理性与经验以及人的意志自由问题作为一个理论视角,对刑法的人性基础进行了刨根究底式的追问。《刑法的价值构造》则以价值为理论视角,审视刑事古典学派和刑事实证学派的基本理论,揭示两大学派之间在人权保障与社会保护这两种刑法机能上

---

① 参见陈兴良:《科学性与人文性——刑法学研究的价值目标》,载《人民检察》1995年第5期。

的对峙与冲突，并从社会本体论的角度，基于个体与整体的统一性，提出了刑法机能的二元论的原理。这两本书的写作，使我感到了一种摆脱法条的桎梏与体系的束缚以后，在思想海洋里畅游与在精神天空中翱翔的惬意。1997年的刑法修订，它对刑法理论的深刻影响，触发我对法学家的使命问题作了深度思考。

那么，什么是法学家的使命呢？在《刑法疏议》一书的代跋中，我曾经说过这样的话：法律的修改，对于法学家来说，既是幸事又是不幸。幸者，如果法律永不修改，法学家（应该是指注释法学家）可能会清闲、无所事事。不幸者，一部法律的修改，将使法学家积数年之研究心血而写成的法学著作顷刻之间化为废纸。幸是不幸，不幸又何尝不是幸呢？因此，幸与不幸，一事也。[①] 我是怀着一种悲怆的心情写下这段话的，感到我们的法学家的命运完全取决于法律，成为法律的奴仆，法云亦云，缺乏自立的根基与独立的品格。在这样一种状态下生存的法学家，不仅是学者的不幸、理论的不幸，又何尝不是法的不幸？因为法不是神授的，它是社会生活经验的总结，是社会客观规律的概括。正如马克思指出：立法者不是创造法律，不是在发明法律，而仅仅是在表述法律。他把精神关系的内在规律表现在有意识的现行法律之中。[②] 因此，法学家应该直面社会生活，去揭示法的内在规律，为立法创造条件，提供理论根据。在这个意义上说，没有一支成熟的、具有自立自主精神的法学家队伍，一个国家的法律就不可能发达。所以，法的注释研究虽然是需要的，但作为具有独立的学术品格的法学家，不应当尾随立法、尾随司法，而应当超越法律，揭示那些隐藏在法的背后的规律性的东西，正是这些东西决定着立法、决定着司法，是法的本源与根基。认识到这一点，我们就具有了立足之本，就获得了一种独立的价值判断能力和一种自主的社会批判力量，从而能够对我国的法治建设起到更大的作用。

我记得哲学家费希特在《论学者的使命》一书中讲过这样的话："我的使命就是论证真理；我的生命和我的命运都微不足道；但我的生命的影响却无限伟大。我是真理的献身者；我为它服务；我必须为它承做一

① 参见陈兴良主编：《刑法疏议》，中国人民公安大学出版社1997年版，第736页。

② 参见《马克思恩格斯全集》（第一卷），人民出版社1956年版，第183页。

切,敢说敢做,忍受痛苦。”[①]我们同样可以提出法学家的使命这样一个命题,躬身自问:法学家的使命到底是什么?法是一个生生不息的过程,但其中有一些内容是较为恒久与稳定的,这就是我们称之为制度的那部分行为规则,它是法的基础,并在一定程度上决定与制约着一个社会的结构与形态。这种法的制度构成法学研究的对象,法学就是要通过对这种制度的探讨揭示出隐藏在其后的法理。法理,是法的原理,更应当视为法的真理。人们往往将真、善、美并说,哲学求真、伦理学求善、文学求美。在这个意义上,法学更靠近哲学,以求真为本。但哲学之真与法学之真又存在一定的区别,这也就是哲理与法理的区别。哲理是万物之理,是更高层次上的理;法理是万法之理,支配着法的运动与发展,相对于哲理而言,它是具体之事理,当然也就具有一般之哲理的本质。对于哲理的科学性,也就是真理性与客观性,已经差不多达成共识。对于法理的科学性,则还存在较多的怀疑。这主要是因为法是人制定的,是人为之事物,是主观的产物,何以有以客观性为基础的科学性?我们的回答是肯定的,因为法虽然是人制定的,但法一旦制定出来就具有了相对的独立性,它遵循一定的规律而生存与嬗变。法学之所以能够成为一门科学,就在于以揭示法理为使命,这种法已经不是现象的东西、主观的东西,而是本质的东西、客观的东西。因此,法学之追求的法理,是对法的真理性追求。法学不满足于合法性,还要对这种合法性进行合理性的拷问与审视,将合法性奠基于合理性之上,用合理性来界定与匡正合法性。由此,合法性就具有了超越世俗的、表象的法的意蕴,上升到对法的良恶的考察。世上之法,有良法,亦有恶法;有合法之法,亦有非法之法。对于法之良恶,应当有一个区分的标准,这个标准就是法的合理性,也就是法理的标准。从这个意义上来说,法理虽然来自于法,但却又高于法,是万法之法。发现、揭示乃至于掌握这种万法之法,也就是法理,使法学家不是以一种谦卑的、战战兢兢的姿态面对世俗的实在法,而是掌握了一种批判的武器,要求实在法符合客观的法,在使实在法合理化上贡献一份力量,这难道不正是法学家的使命么?[②]

---

① 〔德〕费希特:《论学者的使命》,梁志学、沈真译,商务印书馆 1980 年版,第 41 页。

② 参见陈兴良:《法学家的使命——刑法更迭与理论更新》,载《法学研究》1997 年第 3 期。

从法学家的使命、学术的使命进行反思：学术存在的价值何在？从事学术研究意义何在？对此，可能会有各种不同的回答：冠冕堂皇的，推心置腹的，实话实说的，等等。但我还是同意以下答案：为学术而学术。这个答案似乎什么也没有说，但正是在这种同义反复中表现出单纯的学术动机。学术需要单纯，这种单纯意味着对现实与功利的超然与超越，意味着自主、自立与自由。著名学者陈寅恪曾云："研究学术，最主要的是要具有自由的意志和独立的精神。没有自由思想，没有独立精神，即不能发扬真理，即不能研究学术。"①为学术而学术，体现出学术的追求，这种追求是永无止境的。

九、治学心得

用心治学，然后学有所得。我想，这是对治学心得的最好解释。每每我们说，用大脑思考；但我认为，思考，仅用大脑是不够的，应当用心。用心地思考，不仅包括智慧的运用、聪明的发挥，还包括感情的投入，全神贯注，意味着殚精竭虑。这就是所谓"学必求其心得，业必贵于专精"。

在治学方式上，我认为最重要的是处理学与思的关系。孔子云："学而不思则罔，思而不学则殆。"学是指学习与积累；思是指思考与创造。学习的重要性似乎尽人皆知，但如何理解这种重要性仍然有待思考。人是一种学习的动物，这似乎可以成为人是社会动物的心理学诠释。人之所以不得不学习，是因为人的生命有限、经历有限，不可能事事亲历，就像神农尝百草那样，由此积累知识。学习是吸收与消化人类文化遗产，前人通过劳动获得的真知灼见，我们通过读书就可以获知，这是何等经济。当然，学习不仅是指读书，尤其是不仅是指读有字之书，而且是指阅读社会，读无字之书。在这个意义上，凡是可以获得某种知识的途径与方式，都可以说是学习，因而学习是人的社会生存方式之一。与学相对应的是思，思的必要性更为人所看重。笛卡尔曾言："我思故我在。"在此，笛氏从哲学本体论的高度界定思，似有过分之嫌。但思确是每个人的独特性之所在。如果没有个体的思，而只有一脉相传的学，文化就不会发展，学

---

① 陆键东：《陈寅恪的最后20年》，生活·读书·新知三联书店1995年版，第111页。

术就无以创新。正因为在漫长的人类思想长河中,每一个个体在学的同时向社会贡献了一份独特的思,虽然这种“思”只是涓涓细流,但没有这如同涓涓细流般的思,人类的思想长河就会干涸。当然,学与思是辩证统一的:一个人,如果只会死读书与读死书,缺乏创造力与想象力,必将成为书呆子而一事无成,甚至还会读书越多越迷茫,此谓之罔。反之,一个人如果不读书、不学习,光是一天到晚胡思乱想,那么同样将虚度光阴;甚至还会误入歧途,此谓之殆。如果要在学业上有所成就,就要学习,同时要思考。边学边思,先学后思;边思边学,先思后学;学思并重,学思融通。唯有如此,才能学有所成,思有所得。

学有两种:功利性与非功利性。功利性的学是指带着问题去学,有时可收立竿见影、事半功倍之效。但我更注重非功利性的学习,正所谓风声、雨声、读书声,声声入耳。这种不求收获、不求甚解(陶渊明云“好读书,不求甚解”,我甚为欣赏,并画蛇添足地加上一句“甚解则无解”)式的读书,不仅可以扩大知识面,还可以陶冶性情,尤其是培育理论趣味,使其学术具有理论品味。这种理论品味是一种文人气质,来自于长年的读书积累,而不是功利性学习所能达到的。在我看来,将读书限于某一范围是最愚昧的,应该是读书无禁区,读书无界限。可以说,天下没有白读的书,任何一本书都会在你的头脑中留下痕迹,在不知不觉中起作用。读书像吃饭,饭是一口一口吃饱的,不能说是最后一口吃饱的。读书也是这样,要一本一本地读,由此形成一个人的知识结构。读闲书、读杂书之有用,我以个人经验举以下一个例子:我在很早以前读过沈从文的一篇小说,题目叫《新与旧》,描述清末民初湘西农村一个刽子手在社会转型中的命运,其中死刑执行场面的怪异与奇特给我留下深刻印象。在10多年以后,当我写《刑法的价值构造》一书的时候,引用了这篇小说关于杀人的场景描述,以说明死刑的残酷性。[①] 我的读书范围包括文、史、哲在内的整个人文社会科学领域,只要个人感兴趣的书都在所读之列。《刑法的价值构造》一书的参考书目列出了274本书,这还只是该书所引用的书籍。当然,读书,尤其是博览群书,还要有一个立足点,或者说是基本立场,这就是我在《刑法的人性基础》的后记中所说的:“我的读书,虽然涉及范围很

---

① 参见陈兴良:《刑法的价值构造》,中国人民大学出版社1998年版,第505—506页。

广,但始终认定一个原则:我是作为一名刑法学者去读那些非刑法书的,一切应当围绕刑法这一立足点,使我不至于在知识的海洋中遭受灭顶之灾。"[1]只有这样读书,才不至于迷失方向,不至于钻牛角尖;才能使人通达,使人大度。因此,读书不可过于功利。否则,虽能成为匠人,而不能成为哲人。当然,读书到一定程度应当有所聚焦,即专心致力于攻克某一问题。以下这句话似可以作为座右铭:First you should know something of everything. Finally you must know everything of something。这里的 something of everything 指博;而 everything of something 指约。因此,这句格言是指读书应当先博后约。这确是经验之谈。

思亦有两种:专业性与非专业性。专业性思维是对某一特定学术领域的严肃思考,获得的专门性的知识;非专业性思维是指对一般事物的随意思考,有时是绮思丽想,甚至胡思乱想。对于一个从事学术研究的人来说,专业性思维当然重要,但非专业性思维有时对学术研究也会有意外之得。例如,我在构思刑法哲学体系时,先有主观恶性、客观危害、再犯可能、初犯可能、道义报应、法律报应、个别预防、一般预防这些范畴。那么,如何使这些范畴根据一定的线索建构一个理论体系呢?在我百思不得其解之际,《易经》的生成范式突然触发了我的思绪,从而产生了根据《易经》范式建立刑法哲学体系的构思。《易经》云:"易有太极,是生两仪,两仪生四象,四象生八卦。"这里从太极到两仪,从两仪到四象,从四象到八卦,就是一个事物生成的范式。据此,我构筑了刑法哲学的易经范式。[2] 在一般人看来,《易经》与刑法哲学是毫不相关的两个事物,但它们的对接却产生了出乎意料的思想火花。其实,我对《易经》并无专门研究,只不过读过一二本入门书而已。

在刑事法学研究丛书的总序中,我论述了学术功底、问题意识与研究方法三个问题。应该说,这三个问题恰恰是治学之本。

学术功底,应当是指对学术研究者的理论基础的要求。毫无疑问,从事任何一种学术研究,都必须具备最低限度的学术功底,没有这种最低限度的理论功底,也就不具备从事某种学术研究的条件。现在有一句使用范围十分广泛的话"夯实基础",也可以用在此处。对于学术研究来说,夯

---

① 陈兴良:《刑法的人性基础》,中国方正出版社 1996 年版,第 582 页。

② 参见陈兴良:《刑法哲学》(修订版),中国政法大学出版社 1997 年版,第 19、20 页。

实基础就是要打好学术功底。进行学术研究,如同建筑大楼。地基的深度与大楼所可能达到的高度是成正比的。换言之,地基越深,大楼可能建得越高。在学术研究中,功底越厚实,学术发展潜力越大。尽管对于学术功底的重要性可以再三强调,但学术功底如何奠定却非三言两语所能说清。学术功底的形成,是一个知识积累的过程,是一个潜移默化的过程。这里,需要天资,更需要勤奋;需要机缘,更需要执着;需要顿悟,更需要沉思。无论如何,我以为所谓学术功底与读书的广度与深度有关,由此形成一个人的知识背景,并奠定了其学术功底。当然,对于从事不同学术门类或者不同层次的学术研究的人来说,对学术功底的要求是不同的。就刑事法研究而言,以注释法典、关注法典在实践中的命运为己任的学者,应当具有深厚的刑事法基本理论的功底,包括对立法沿革的历史嬗变,对司法适用的逻辑演绎,对法律条文的文字疏通,都要得心应手。以关心刑事法的价值蕴涵、研究刑事法的形而上的问题为趣旨的学者,则应当对近现代以来中西方的人文主义思潮了然于胸,对哲学、伦理学、社会学、心理学、政治学、人类学乃至生物学等人文社会科学广泛涉猎和细致梳理,便是其学术功底的题中之意。唯其如此,才能思考近现代以来,西方法治国的刑事法理念何以无法在中国扎根?中国当前在很大程度上借用西方刑事法话语所搭建的刑事法大厦(刑事法规范和刑事法理论)之功能发挥应当克服哪些障碍等关乎刑事法理论生存基础与发展趋势的宏观问题。一切欲在学术研究上有所成就的人,首先应当打好学术功底。此言不虚。

问题意识,应当是指发现问题、思考问题、质疑问题、把握问题、解决问题的敏锐感和自觉性。发现问题是问题意识的根本,如果发现不了问题,则解决问题就无从谈起。因此,发现问题是成功的一半。发现问题中的问题,应该是一个真问题而非假问题。问题也有真假之分,真问题是有研究价值的问题。在某些情况下,只要提出一个真问题,即使未能解决或者解决不好,也足以使你在学术史上占有一席之地。假问题是一个伪问题:不是问题的问题,或者没有研究价值的问题。只有能够发现在学术上有价值的问题,才能使其学术研究独树一帜、别具一格,而不至于人云亦云,拾人牙慧。思考问题是指围绕着问题进行理性反思,从理论层面上界定问题,使问题在理性的法庭上接受审判——一种理性的审视。通过对问题的思考,得出个人的独到见解。如果没有对问题的思考,即使发现了问题,也会轻轻放过,从而在学术上留下遗憾。质疑问题是指对问题进行一种刨根究底式的学问追问,不迷信,不盲从,在思维的显微镜中观察问题,在理性解剖台上分析问题。唯此,问题不仅被发现,而且被把握。因此,把握问题是指将问题置于一定的理论语境之中,获得某种"全息性"的解读。对于问题可以有不同的把握,这种根据的角度、把握的方式以及把握的时间,足以反映一个学者的学术功底。对问题把握得越好,解决得也就越好。解决问题是问题意识的归宿,围绕问题的一切努力,都是为了最终解决问题。实际上,我们现在很多已经被视为常识或者规律的东西,都曾经是问题。这些问题被个别人或者少数人所认识并加以解决,被多数人所认可并加以接受,就成为常识或者规律。因此,问题意识从"使问题成其为问题"始,以"使问题不成其为问题"终。问题不断地被提出而又不断地被解决;问题不断地被解决而又不断地被提出,这个周而复始、生生不息的过程,就是理论生成的过程。在这个意义上说,学术史无非是问题史。因此,问题意识的核心在于我们具有直面问题而又超越问题的能力。

研究方法对于学术活动来说是至关重要的,学术的创新往往与研究方法的转换有关。治学方法可以采用各种不同的方法。事实上,我们也是在十分不同的意义上使用研究方法这个概念的。例如,刑法研究中就有注释方法、实证方法、逻辑演绎方法等之分。根据布赖斯勋爵的概括,法律科学的研究方法主要有以下四种:形而上的或先验的(a priori)方法:分析的方法;历史的方法;比较的方法。所谓形而上的研究方法,就是从权利和正义等抽象观念出发推导出一套法律概念和范畴的方法,其目的在于探讨和论证法律的价值,为法律寻找一个人性和伦理的基础。分析的方法则关注于法律规则的内部结构,以经验和逻辑为出发点对法律术语和法律命题进行界定和整理,去除含混不清、自相矛盾的成分。历史的方法把法律视为一种在具体的时间和空间条件中不断演变和发展的文化产物,通过对具体法律原则和规范的含义作历史性的解释,它可以揭示出任何普遍性的、抽象性的研究方法都无法发现的意义。比较的方法则是对各个民族国家的法律体系进行横向的比较,找出这些法律体系中的各种概念、原理、规则和制度之间的异同,一方面为理解和交流打下基础,另一方面则为改进本国的法律制度提供借鉴。[①] 毫无疑问,上述各种不同的研究方法使法律理论研究呈现出丰富多彩的姿态。但在更为本原的意义上,我们应当采用一种学术研究中的通用话语进行研究,这里涉及一个学术规范化的问题。我认为,学术规范化首先是一个方法论的问题,这个问题在学术界一再受到重视。学术规范化是学术科学化的基本要求,没有规范的学术研究,学术的科学性也就无从谈起。在这种情况下,学术只能是一种"私人"活动,一种自说自话或者各说各话,而不是一种互相沟通的"公共"事业。

十、道德文章

对道德文章的追求是中国文人的最高追求,所谓三不朽:立功、立言、立德。其中立德,即道德的修养与人格的养成,是最重要的与最根本的,立功(建功立勋)与立言(著书立说)是其次的。凡达此"三立"者,就可以说是完成了人生的大业。立功乃武夫之所欲。对于文人来说,立言与立德,两立足矣,这也就是道德文章之意也。在我所受业与接触的老一辈学者中,许多人的道德文章堪称楷模,足以使我终身仿效。因此,道德文章,对于我来说,是"取法乎上"。

在刑法哲学研究中,我提出了报应与功利这一对范畴。其实,在社会生活中,也同样存在报应与功利的冲突。但我更为看重的还是报应,换言之,我信奉报应,因而对于世事持一种较为乐观的态度。如果说,在刑法中,刑罚的报应指的是一种恶报,那么,在现实生活中,更多的是善报。1998年6月6日,当我来到洛阳白马寺,但见放生池边立着一块木牌,木牌上写着警语:"放生功德无量,无边,或于现生,或于未来,必有不期然而然之报应。"显然,这里的报应是指善报。人心向善,这里的善,包括善待他人、善待他物、善待自然。人不仅应当与人为善,而且应当与物为善。唯有如此,才能有不期然而然之善报。

---

① 参见郑戈:《法学是一门社会科学吗?——试论"法律科学"的属性及其研究方法》,载北大法律评论编委会编:《北大法律评论》(第1卷第1辑),法律出版社1998年版,第20页。

我是从小跟我奶奶长大的，小时候听奶奶讲过好多故事，无非是童话之类，几乎都淡忘了。但有一个故事至今仍记忆犹新，说的是古时候有一位书生进京赶考，路上遇一条小沟，见一群蚂蚁爬不过去，就在沟上搭了一条小木棍，让蚂蚁过沟。在考场上，书生见考卷上有一只蚂蚁，就轻轻地捉住放到地上。过一会儿，这只蚂蚁又爬到考卷上，仍在同一地方，书生又轻轻地捉住放到地上。过一会儿，蚂蚁第三次出现在考卷的同一地方。这次书生仔细观察，发现蚂蚁所在之处这个字缺一点。于是补上这一点，最后终于考上状元。这无非是一个好心得好报的陈旧故事，但在我这个少年的心中却留下了深刻的印象。长大以后，我才从这个故事中品味出报应的意蕴。换言之，当我理性地审视这个故事的时候，我才知道用报应——善报这个词去概括这个故事。确实，报应是人之常情，报应是世之常理。西方谚语“自助者天助之”，我国成语“天道酬勤”，都揭示了这个道理。这就是报应。因此，这种报应观念中包含着某种主体意识，包含着某种责任感，报应意味着事理公道，意味着人情世故。在我的感觉里，仿佛冥冥之中存在一个主宰世界的神，按照报应的原则分配着正义与公平。在这个意义上，我理解了康德为什么把心中的道德律令与头顶的灿烂星空相提并论，认为这是神意使然。对善的冲动，毫无疑问是道德的应有之义，甚至是道德的真谛。在《刑法的人性基础》一书的序中，我写下这么一段话：“美国学者亨德森指出正如天文学里对书籍天体运动中的摄动的研究导致了新天体的发现一样，在社会科学领域里对邪恶的研究，也使得我们更接近于了解善的东西，并有助于我们在向善的道路上前进。”刑法学是以犯罪为研究对象的，犯罪是一种恶。因此，刑法学可以说是一门研究恶的学问。正因为刑法学研究恶，才要求我们的研究者有一种善的冲动。在刑法学研究中，通过观察与剖析恶，使我们更加向往与信仰善。①

俗话说：“文如其人。”这是对为人与作文关系的同一性的阐述，这里包含着一种对文人的道德引导的蕴涵，也就是说，要想做出好文章，先须做一个好人。但同时又有“做人要直，作文要曲”之类的揭示为人与作文的相异性的俗语在流传。在我看来，为人与作文之间确实具有某种共通

① 参见陈兴良：《刑法的人性基础》，中国方正出版社 1996 年版，第 2 页。

性，这种共通性是指原理上的共同，例如人有人品与人性，文有文质与文心；人有各种不同的性格，文亦有各种不同的风格，我们应当像做人一样来对待作文，如此等等。但在做人与作文之间不能画一个等号，道德不等于文章，反之亦然。所谓道德文章两者并列，只是要求两者同时兼备，而难就难在道德文章两全其美。因此，就像学习做人一样，作文也要学习。

作文，确切地说，是指做学问，并没有一定之成规，每个人都会摸索出一套适合自己的方法。由于各人的品位不同，可能会追求不同的风格。在《刑法的价值构造》一书的后记中我说：每每观画，我对工笔画与写意画之间的风格差异留有十分深刻的印象。诚然，我不胜敬服工笔画的刻意、工整、精细与匠心；但我似乎更倾心于写意画的随意、洒脱、粗犷与虚幻。在我看来，正如存在工笔与写意这两种风格迥异的绘画形式，在学术著作中也存在这种风格上的差异。以往我们一般在艺术中讲究流派与风格，例如诗的豪放与婉约等。而在学术理论中则注重思想内容的科学性，忽视表现形式的完善性，这不能不说是一种遗憾。把时间往回推移到18世纪，康德与黑格尔的著作尽管语言晦涩令人无法卒读（也许是翻译上的原因），思想深刻使人难以理解（也许是水平上的问题），但对于读懂读通的人来说，其阅读快感又岂能用语言来表达！这种阅读快感来自他们对真理的无限信仰与崇敬，以及惊叹于其思想体系的高度完美性。毫无疑问，还有其语言表达的精确性。当头顶的灿烂星空与心中的道德律令引起康德敬畏之情的时候，我们能不为这种敬畏而敬畏么？当黑格尔预言密涅瓦的猫头鹰等待黄昏到来才会起飞的时候，我们能不为这种等待而等待么？[①] 这段话表达了我对形式美的追求。如果说道德的本质是善；那么，文章的规律是美。在这种形式美的构造中，我认为应当避免人工雕凿，力求天然自成。这里存在一个匠心与匠气的关系问题，完美的状态应当是有匠心而无匠气。匠心意味着专业上的精通与投入，意味着一种创造的欲望与追求。当这种匠心转换成为学术成果的时候，又应当力戒匠气。匠气意味着学术思想与内容上的浅薄，意味着学术品质上的低俗。

写作有一个习惯问题，我的习惯是在写作之前对于所写的东西没有

① 参见陈兴良：《刑法的价值构造》，中国人民大学出版社1998年版，第702页。

明晰的思路，而只有一堆杂乱的思绪，下笔如抽丝，使思绪形成一篇文字：不打腹稿，亦不修改。我在《刑法的人性基础》一书的后记中对自己的写作方式作了以下描述：我的写作方式颇为独特，先定好书名，然后拟定全书的体系，这是一个关键。书的体系不仅是写作上的叙述体系，而且是理论上的逻辑体系。本书定为十章，在动手写之前，常常只有一个章名，写哪些内容心里也无数。确定要写哪一章，再将该章分为几节，一节中又分为几个问题，一个问题写多少字，如此层层下达任务，边写边看书。一旦开始写作，精神上处于亢奋状态，一鼓作气，直到写完为止。因此，我的写作不是深思熟虑式的，而是常有很大的随机性和灵感性，往往一章内容写完，才知道这一章事先拟定的思想如何表达以及表达到什么程度，正因为这种灵感的稍纵即逝性，我只能逼迫自己以尽可能快的速度将纷至沓来的思绪以文字形式记录下来，一遍成稿，一气呵成。否则，灵感逝去以后，也许就再也写不出来了。因此，写作时间虽短，我的身心是十分投入的，可以说是殚精竭虑。写作的过程没有挥洒的自如，也没有得心应手的自命。[①] 在某种意义上说，我的文字功夫胜于思想水平。一些含糊与朦胧的思想往往下笔以后变得清晰与明确。因此，笔就像思想与文字之间的转换器，思想仿佛不是从大脑生成，而是在笔中贮储。举笔之前大脑还一片混沌，下笔之后思想在笔端涌现，似乎是思随笔至，下笔成章。我的天资并不高，没有过目成诵的本事，尤其是机械记忆力低于常人。例如电话号码除自家以外，其他一概靠临时翻本。但我的感悟力、洞察力尚可，尤其注重逻辑演绎的思维方法，因而经常有一些意想不到的收获。我是比较崇尚理性思维的，经验当然可以知其所然，但真正知其所以然的还是理性的把握。例如，水往低处流是规律，但这一规律在牛顿发现以前，只是一种经验，是所然。牛顿力学的地心吸引力原理为水往低处流提供了理论说明，人们才知其所以然。理论所依据的逻辑可以推演出人之不知，从而完成从不知到知的飞跃。海王星的发现就是生动的例证。历来的天文现象都是靠目视发现的，在赫歇耳发现天王星的 18 世纪，天文学家利用牛顿的万有引力定律，已经能够准确地预告水星、金星、火星、木星及土星在天空中的位置。可是，用同样的方法计算天王星的位置，却老

---

① 参见陈兴良：《刑法的人性基础》，中国方正出版社 1996 年版，第 579 页。

是跟观测结果不太符合。这颗古怪的行星总是偏离它应该走的路线，这究竟是什么原因呢？1840 年，天文学家贝塞尔大胆地提出一种假设，他认为在天王星运行轨道之外，可能有一颗未知的行星在影响着天王星的运动。英国和法国的两位年轻天文学家亚当斯和勒威耶，经过几年的艰苦努力，通过一系列复杂而浩繁的计算，终于在 1845—1846 年各自独立地计算出了这颗假设的行星的运行路线和位置。紧接着，德国天文学家伽勒果然在理论预告的位置上发现了这颗未知的行星，它被命名为海王星。如果说，以往是以理论来证明经验，使经验上升为理论，那么，现在理论先于经验，经验成为证明理论的方法。这是一个多么巨大的变化，理论显示出其巨大的逻辑穿透力。歌德曾言："理论是灰色的，生命之树长青。"确实，相对于绿色的生命而言，理论是灰色的。但理论一旦为人所掌握，一旦扎根于实践，就会产生不可低估的能量。在法学领域中也是如此，存在某种真理性的东西，这就是我们孜孜以求的。日本学者滋贺秀三指出：应当存在着终极真理，因而以此为目标的学术活动持续不懈。但是终极真理本身是永远不会被到达的。点点滴滴地积累着，看起来有相当确实性的知识不断累积，任何时候学问的大门都开放着以供将来研究和讨论，可以说这正是学问这种东西一贯的不变的姿态。[①] 正是对学问中存在着终极真理的确信，我们才崇尚理性思维。因此，对于一个学者来说，理性思维是十分重要的。我自感，抽象思维能力强于形象思维能力。因此，从文学转向哲学、转向法学，确是扬我之所长。当然，理性思维并不是冷冰冰的，尤其是刑法学者不应如同判官，而应当投入感情，具有人文关怀。唯有如此，法学家才能担当得起知识分子这个称号。

20 多年前，在乡下读陶渊明诗的时候，对"行行向不惑"一句印象颇深，当时觉得不惑对于我来说是一个遥远的将来。转眼之间，不是行行向不惑，而是已然过不惑。四十不惑，可以说是一个人生的转折点。在这个转折点上，我们既有回忆往事的资本（这一点青年人没有），又有展望未来的余地（这一点老年人没有）。中年是个劳作的季节，又是一个成熟的季节，一个收获的季节。在此，让我以《刑事司法研究——情节 · 判例 · 解释 · 裁量》一书前言中的以下这段话作为本文的结束语：

---

① 参见〔日〕滋贺秀三等著，王亚新、梁治平编：《明清时期的民事审判与民间契约》，王亚新、范愉、陈少峰译，法律出版社 1998 年版，第 5 页。

生有涯,知无涯。这是古人对于人生之短暂而知识之无限的感叹。诚然,人不能以有涯之生而穷尽无涯之知;但无限的知识寓于各个具体的知识之中,具体知识的积累勾勒出无限知识的轮廓。明白了这一道理,我们就不必再作古人之叹。理论未有穷期,道路始于足下。刑法学的发展不也正是如此么?

陈兴良

谨识于北京海淀稻香园寓所

1999年2月5日

43.《走向哲学的刑法学》(第二版)[①]出版说明

《走向哲学的刑法学》是我的第一部自选集,虽然从 1988 年起,我共计出版了四部论文集,这就是《当代中国刑法新理念》《当代中国刑法新视界》《当代中国刑法新境域》和《当代中国刑法新径路》,但我对具有专题性的《走向哲学的刑法学》一书仍有偏爱之心。

对《走向哲学的刑法学》一书的偏爱,不仅仅是内容,而且还在于这个书名,因为它是我这段学术生涯的真实写照。当然,走向哲学的刑法学确实是一个容易引起误解的命题。例如曲新久教授就对"走向哲学的刑法学"这一命题表示质疑:

> 李贵方博士曾经以"走向哲学的刑法学"评价《刑法哲学》,但我认为,刑法哲学的学术意义不在于走向哲学,走向哲学就不再是刑法学,刑法学不能走向哲学。[②]

在此,曲新久教授明确地表示刑法学不能走向哲学。当然,这里的关键是如何界定"走向哲学"。刑法学与哲学是存在学科分界的,如果刑法学过度僭越学科界限,去从事哲学研究,当然是不可取的。但是,如果把"走向哲学"理解为采用哲学方法从事刑法学研究,以此作为提升刑法学术水平的一个路径,我认为刑法学还是可以"走向哲学"的。不过,如何走向哲学却是大有讲究的。我认为,刑法学走向哲学,除对刑法学的哲理性追求以外,主要是对刑法的应然性的探讨,以此夯实刑法学的学术地基。

在此需要说明,刑法学的"走向哲学"只是一种具有象征意义的提法而已。其实,刑法学不仅要"走向哲学",而且要"走向社会学""走向经济学""走向伦理学",等等。这反映了刑法学对自身理论现状的不满,意欲通过吸收其他学科知识和采用其他学科方法,对刑法知识进行重新整合

---

① 陈兴良:《走向哲学的刑法学》(第二版),法律出版社 2008 年版。

② 曲新久:《刑法哲学的学术意义——评陈兴良教授从〈刑法哲学〉到〈本体刑法学〉》,载《政法论坛》2002 年第 5 期。

与建构的一种努力。

苏力教授曾经把我国自20世纪80年代以来的法学分为三个流派,这就是政法法学、注释法学和社科法学。苏力教授指出:

> 社科法学的核心问题是试图发现法律制度或具体规则与社会生活诸多因素的相互影响和制约……试图发现法律规则或制度的"背后"或"内在"的道路。它的某些版本——强调社会理论的版本——有某些自觉的或不自觉的理论追求、求真意志或称知识霸权。由于其关心的不是具体的法律概念、体系和法条,它的视野实际势必有某种扩张性,而必须对各种社会制约或促成法律运作的各种社会因素有所了解,对与法律有关的某些学科的研究成果有所了解,在这一过程中,甚至不无可能形成某种从法律制度切入的一般社会理论或理论命题。由于常常借助于其他学科的知识,它的方法也常常受其他学科的影响,更为多样,强调人文传统的社科法学则常常借助于历史学和思辨哲学、政治伦理哲学的阐述方法,比较关注大写的真理(Truth),而强调社会科学传统的社科法学则常常借助经济科学的实证研究的方法,关注小写的复数的真理(truths)。①

我认为,苏力对三个法学流派的概括,尤其是对社科法学特征的描述是十分真实的。我本人就经历了从政法法学到注释法学,再到社科法学的转变过程。在我的大学本科阶段,受到的是政法法学的教育,当时的国家与法的理论,还是以政治说教为主的内容。在研究生阶段,开始接受注释法学,并由此进入学术研究。我的硕士论文《正当防卫论》和博士论文《共同犯罪论》,就是按照注释法学的方法进行研究所取得的学术成果。但当时注释法学受到较多的意识形态的影响,并且由于长期禁锢,缺乏足够的外国法学资料以进一步提升注释法学的学术水平。在这样一种背景下,出于对法学的学术性的偏好,我进入刑法哲学研究,也就是社科法学的路径。当时以为,能够拯救法学,改变法学幼稚状态的是哲学,当然还有其他社科学科。社科法学的研究,打开了传统法学封闭的大门,接纳了各种人文社科知识,对于20世纪90年代以后我国法学的复兴起到了重

---

① 苏力:《也许正在发生——转型中国的法学》,法律出版社2004年版,第17—18页。

要作用。当然,走向哲学并不是要离开法学,离开刑法学。在社科法学研究到一定程度以后,终究还是要回归注释法学,因为法学的学术性终究体现在对法条的注释上,对此我是深有体会的。对于刑法学的走向哲学,我并不后悔。对于刑法学的回归注释学,这是学术发展的必然。有时我总是在想,其实学术研究亦有其自身发展的规律,作为学术中人我们是在被学术规律所左右,我们只能做在一定学术背景之下所能做的学术工作。当然,我们可以更加敏锐地领悟时代的召唤,敢开学术风气之先,而不是在学术上盲目与盲动,无法归依,漫无目的,成为一个学术流浪者。

刑法学走向哲学,还存在一个走向何种哲学的问题。现在的哲学是流派林立的一个知识领域。在《刑法哲学》一书中,通过马克思主义哲学的中介,我所采用的主要还是以康德、黑格尔为代表的德国古典哲学,也就是苏力教授所说的努力寻求 18 世纪、19 世纪甚至 20 世纪西方的人文(主要是政治哲学和道德哲学)资源。[①] 显然,这是存在局限性的。现在,新康德主义、新黑格尔主义,以及各种后现代哲学层出不穷,也常常使我们眼花缭乱。我认为,作为一名刑法学人,还是要在哲学观念上与时俱进,吸纳各种哲学的新思与新知,以此作为刑法研究的方法论。当然,刑法学走向哲学,也不是把哲学方法机械地甚至是拙劣地套用在刑法学研究当中,这对刑法学来说是于事无补的。

《走向哲学的刑法学》一书是我 10 年前学术成果的反映。10 年来,在刑法哲学研究告一段落以后,我又回归规范刑法学研究,从而有了作为本书姊妹篇的《走向规范的刑法学》(法律出版社 2008 年版)一书。本书也作了个别文字上的调整后再版。第二版删除了“附录:陈兴良主要科研成果目录”,特此说明。

陈兴良
谨识于北京海淀锦秋知春寓所
2007 年 11 月 5 日

---

① 参见苏力:《也许正在发生——转型中国的法学》,法律出版社 2004 年版,第 17—18 页。

44.《当代中国刑法新视界》[1]代序

法学家的使命：刑法更迭与理论更新

经过长达15年的刑法修改，一部修订后的刑法终于问世了。这部刑法的实施，必然对我国社会产生深远的影响。那么，它对我国的刑法理论又会带来什么效应呢？以我之见，在刑法更迭的情况下，我国刑法理论的发展存在两种可能性：低水平的重复或者高水平的递进，可以说是忧喜共存，关键在于刑法理论工作者的理性自觉。

我国新时期刑法理论的复苏与发展是以1979年《刑法》的颁布为契机与标志的。刑法学是一门以刑法为研究对象的学科，它的命运是和刑法的命运息息相关的。随着刑事立法的逐渐发展完善，刑法理论研究也日趋繁荣。回顾18年来我国刑法理论发展的历史轨迹，我们可以清晰地看到从学习刑法、宣传刑法开始，通过对刑事立法与刑事司法的研究，刑法理论逐渐走向深入。最初是以刑法为注释对象的研究；后来是以刑法为评判对象的研究；再后来是超越刑法的研究。从注释刑法学到理论刑法学再到刑法哲学，我国刑法理论在自我超越中嬗变与递进，成为法学领域中研究力量雄厚、研究成果突出的一个学科。这种成绩的取得，是我国刑法理论工作者共同努力的结果，也是由于注释性研究发展到极致，大家不满足于此，因而寻找突破，进而从注释刑法学发展到理论刑法学。应该说，当前我国刑法理论发展势头是好的，只要加以适当引导，必将更上一个台阶。

在这种情况下，修订的刑法出台，成为对刑法理论的一次冲击。这里使用“冲击”一词，绝无贬义，而是指对刑法理论产生剧烈的外力作用，对刑法理论的发展具有一种推动作用。关键是我们如何借助这一冲击力，防止低水平重复，引发高水平递进。我所担忧的是，由于修订的刑法

---

① 陈兴良：《当代中国刑法新视界》，中国政法大学出版社1999年版。

颁布实施,大家必然把理论注意力集中到修订的刑法上来,由此又掀起一个注释研究的高潮,从而遮蔽了刑法研究的理论视野,中断了刑法哲学研究的发展进程,又开始重复从 1979 年《刑法》以来的新一轮刑法理论发展过程,因而出现低水平徘徊的态势。毫无疑问,伴随着一部新法的颁布,注释研究是十分必要的,而且法律修改也会带来一系列理论研究的新课题。尤其是随着这部刑法的开始实施,在实施过程中还会提出一些问题,有待于我们从理论上加以回答。但是,我们还是必须承认,刑法理论的使命不仅于此。或者说,这种注释研究只是刑法理论中与应用性相联系具有实用价值的那一部分,是一种较低层次上的刑法理论研究。除此以外,我们还要关注刑法的基本理论,更要关注刑法的更高层次上的哲理研究,这是刑法理论成熟与发达的标志,它对于注释研究具有制约性。在《刑法疏议》一书的代跋中,我曾经说过这样的话:法律的修改,对于法学家来说既是幸事又是不幸。幸者,如果法律永不修改,法学家(应该是指注释法学家)可能会清闲、无所事事。不幸者,一部法律的修改,将使法学家积数年之研究心血而写成的法学著作顷刻之间化为废纸。幸是不幸,不幸又何尝不是幸呢?因此,幸与不幸,一事也。[①] 我是怀着一种悲怆的心情写下这段话的,感到我们的法学家的命运完全取决于法律,成为法律的奴仆,法云亦云,缺乏自立的根基与独立的品格。在这样的一种状态下生存的法学家,不仅是学者的不幸,理论的不幸,又何尝不是法的不幸?因为法不是神授的,它是社会生活经验的总结,是社会客观规律的概括。正如马克思指出:立法者不是在创造法律、不是在发明法律,而仅仅是在表述法律。他把精神关系的内在规律表现在有意识的现行法律之中。[②] 因此,法学家应该直面社会生活,揭示法的内在规律,为立法创造条件,提供理论根据。在这个意义上说,没有一支成熟的、具有自立自主精神的法学家队伍,一个国家的法律不可能发达。所以,法的注释研究虽然是需要的,但作为一个具有独立的学术品格的法学家,不应当尾随立法、尾随司法,而应当超越法律。揭示那些隐藏在法的背后的规律性的东西。正是这些东西决定着立法、司法,是法的本源与根基。认识到这一点,我们就具有了立足之本,就获得了一种独立的价值判断能力和一种自主的

① 参见陈兴良主编:《刑法疏议》,中国人民公安大学出版社 1997 年版,第 736 页。

② 参见《马克思恩格斯全集》(第一卷),人民出版社 1956 年版,第 183 页。

社会批判力量,从而能够对我国的法治建设起更大的作用。

我记得哲学家费希特在《论学者的使命》一书中讲过这样的话:“我的使命就是论证真理;我的生命和我的命运都微不足道;但我的生命的影响却无限伟大。我是真理的献身者;我为它服务:我必须为它承做一切,敢说敢做,忍受痛苦。”[①]我们同样可以提出法学家的使命这样一个命题,躬身自问:法学家的使命到底是什么?法是一个生生不息的过程,但其中有一些内容是较为恒久与稳定的,这就是我们称之为制度的那部分行为规则,它是法的基础,并在一定程度上决定与制约着一个社会的结构与形态。这种法的制度构成法研究的对象,法学就是要通过对这种制度的探讨揭示出隐藏在其后的法理。法理,是法的原理,更应当视为法的真理。人们往往将真、善、美并说,哲学求真、伦理学求善、文学求美。在这个意义上,法学更靠近哲学,以求真为本。但哲学之真与法学之真又存在一定的区别,这也就是哲理与法理的区别。哲理是万物之理,是更高层次上的理;法理是万法之理,支配着法的运动与发展。相对于哲理而言,它是具体之事理,当然也就具有一般之哲理的本性,对于哲理的科学性,也就是真理性与客观性,已经差不多达成共识。对于法理的科学性,则还存在较多的怀疑。这主要是因为法是人制定的,是人为之事物,是主观的产物,是否具有以客观性为基础的科学性?我们的回答是肯定的,因为法虽然是人制定的,但法一旦制定出来就具有了相对的独立性,它遵循一定的规律而生存与嬗变。法学之所以能够成为一门科学,就在于它以揭示法理为使命,这种法理已经不是现象的东西、主观的东西,而是本质的东西、客观的东西。因此,法学之追求法理,是对法的真理性的追求。法学不满足于合法性,还要对这种合法性进行合理性的拷问与审视,将合法性奠基于合理性之上,用合理性来界定与匡正合法性。由此,合法性就具有了超越世俗的、表象的法的意蕴,上升到对法的良恶的考察。世上之法,有良法,亦有恶法;有合法之法,亦有非法之法。对于法的良恶,应当有一个区分的标准,这个标准就是法的合理性,也就是法理的标准。从这个意义上来说,法理虽然来自于法,但却又高于法,是万法之法。发现、揭示乃至于掌握这种万法之法,也就是法理,使法学家不是以一种谦卑的、战战兢兢

---

① 参见〔德〕费希特:《论学者的使命》,梁志学、沈真译,商务印书馆 1980 年版,第 11 页。

的姿态面对世俗的实在法,而是掌握了一种批判的武器,要使实在法去符合客观的法,在使实在法合理化上贡献一份力量,这难道不是法学家的使命吗?

刑法更迭,我国刑法理论又面临一个发展的契机,我所期望的是,通过推进刑法学科的基础理论研究,使刑法理论在高水平上更新,而不是在低水平上重复。例如,修订后的刑法规定了罪刑法定、罪刑平等、罪刑均衡三大原则,使我国刑法在民主化与科学化的发展进程上迈出了重要的一步。在这种情况下,我们应当从法理的角度揭示这些刑法基本原则所蕴含着的博大精深的社会政治内容。在这方面,我们的任务是艰巨的,任重而道远。刑法的更迭,表明我国刑事立法走在了整个法制发展的前面。作为刑法理论工作者,我们有责任也有信心进一步繁荣刑法理论研究,推动刑法理论的更新,使刑法理论也走在法学的前面,为建设社会主义法治国作出我们应有的贡献。

陈兴良

45.《当代中国刑法新视界》[1]后记

本书是我自1995年至1997年之间发表在各种报纸杂志上的刑法学论文的结集。这本文集是继《当代中国刑法新理念》之后的第二部,名曰《当代中国刑法新视界》,是我近年来学术研究的一个总结。

视界一词来自伽达默尔的哲学解释学。尽管这是一个十分专业的词汇,我们还是可以在非专业上的意义上对其含义加以引申。伽达默尔对视界作了如下说明:

> 每一有限的现在都有其局限性。我们对情境概念的定义即说它代表了一种视觉受到限制的立场。因此,情境概念的一个基本部分即视界概念。视界即包含从一特定角度所能看到的全部东西的视觉范围。[2]

美国学者理查德·伯恩斯坦在解释上面这段话时指出:"由此来看,一个视界是有限的和有尽的,但它在本质上是开放的。因为具有一个视界并不在于局限在最近的东西上,而在于能够超越它。"[3]任何一门学科都有其特定的研究对象,例如法学以法为研究对象,刑法学以刑法为研究对象。就此而言,是一成不变的,否则将不成其为此门学科。那么,理论如何更新呢?我以为,视角的变换是一个重要的方法。虽是同一对象,从此一视角之所见完全不同于从彼一视角之所见。这里的所见,就是视觉范围,也就是伽达默尔所称的视界。一个新视界,意味着从一个新视角所能见到的同一对象的完全不同的蕴含。视界虽然是有限的和有尽的,但历史是发展的,人是前行的,研究是深入的,因此,视界也是开放的。这也就是新视界的蕴含之全部。

---

① 陈兴良:《当代中国刑法新视界》,中国政法大学出版社1999年版。

② 〔德〕伽达默尔:《真理与方法——哲学解释学的基本特征》,王才勇译,辽宁人民出版社1987年版,第271页。

③ 参见〔美〕理查德·J. 伯恩斯坦:《超越客观主义与相对主义》,郭小平等译,光明日报出版社1992年版,第180页。

刑法是一门古老的学问，中国古代有刑名之学的说法，可见在那遥远的古代刑名就被当作一门学问。当然，刑法作为一门学科的正式诞生，是以1764年意大利著名刑法学家贝卡里亚发表《论犯罪与刑罚》一书为标志的。长期以来，刑法学在更大程度上是被当作一种定罪量刑的“术”来研究的，是一种技术性的知识，也就是中国古代所称的律学。应该说，在这样一种注释刑法学的视界范围内，条文化的刑法成为主要研究对象，由于它与一种职业性的法律活动相联系，因而它是有生命力的，并在历史的积累中蔚然成为刑法学科之主体内容。离开了对刑法条文的注疏与评解，关于刑法的学问就是虚妄的、没有根基的。因此，刑法注释是刑法学的基本内容。但是，我们又不能把刑法学仅仅归结为注释的刑法学。换言之，注释刑法学只是与刑法的实践活动相关的法律理论。此外，刑法学还是一种与刑法的人文社会关怀相关的学术活动。这个意义上的刑法学，可以称为理论刑法学，在更高层次上，可以称为刑法哲学。我们不应局限于注释刑法的视界，还应当打开理论刑法的视界。随着学术视角的转换，刑法学将在我们面前呈现出一个新视界。

梁治平先生曾经著文论及法治进程中的知识转变问题。[①] 该文一针见血地点出了法律学人与一般知识分子之间于学问上的隔阂，对法律学人具有当头棒喝之功效。尤其值得关注的是，梁治平提出了从“律学”到“法学”的知识转变的命题。这里的“律学”，以中国古代法律学的传统为原型，被认为是与实际应用紧密结合在一起的“术”，是紧紧围绕并且仅限于法律条文而展开的智识活动。而这里的“法学”，以古罗马法学家学术活动为原型，是运用所谓“系统的和创制性”的方法的努力，包括使用归纳、演绎以及分类和系统的方法，以便把他们提出的命题置于有说服力的逻辑关系之中，使法学成为一个具有内在连贯性的统一体系。尽管梁治平自认为对“律学”与“法学”并无褒贬之意，且其区分也只具有相对的意义，但仍然凸显出从“律学”到“法学”的知识转型对于法治建设的重要性。在我看来，梁治平在此提出了一个重大的问题，即法学的知识属性问题，也就是什么是（一般意义上的）法学的问题。我认为，“律学”与“法学”不是一种时间上的承继关系，也就是说，不能以“法学”取代“律学”。“律学”与“法学”应该是一种空间上的排列关系，也就是说，“律学”与“法

① 参见梁治平：《法治进程中的知识转变》，载《读书》1998年第1期。

学”是理论层次上的差别。事实上,任何一门学科都包含形而上的理论部分与形而下的应用部分。这两种知识内容不是互相对立与互相排斥的,而应当形成一种良性的互动关系。就法学而言,如果我们把“律学”翻译为“规范法学”,则它是以条文化的法(一般称为“法律”)为研究对象的;如果我们把“法学”翻译为“理论法学”,则它是以超越条文的法(一般在与“法律”相对应的意义上被称为“法”)为研究对象的。法律是法的具体表现,对法律的研究更具有学术性与专业性,也更具有“术”的意蕴。法是法律的抽象概括,对法的研究更具有思想性与人文性,也更具有“道”的意蕴。应该指出,我们以往的法学研究过于注重对规范意义上的法律的研究,而疏于对规律意义上的法的研究,因而应当强调后者,但又不是否定前者。在这个意义上,我赞同从“律学”向“法学”的“提升”,而不是“转变”。

在刑法学的研究中,同样存在这样一个理论的提升问题,本书可以说是我对此所作的努力的成果之一。我无意否定规范的刑法研究,但更致力于超规范的刑法研究。在超规范的刑法研究这个新视界中,刑法理论可以有另一种表述方式与存在形式。

伽达默尔不仅提出了视界这个概念,而且还提出了视界融合的命题。视界主要指人的前判断,即对意义和真理的预期,每一种视界都对应于一种判断体系,视界的不同对应于不同的前判断体系。理解从一开始,理解者的视界就进入了它要理解的那个视界,随着理解的进展不断地扩大,拓宽和丰富自己。我们在同过去相接触,试图理解传统时,总是同时也在检验我们的视界与传统的视界不断融合的过程,伽达默尔称之为“视界融合”。①

对新视界的追求,也就意味着对传统视界的消融与化解。一切视界都是相通的。从此一视界到彼一视界也是可能的。刑法理论的视界拓展不也是如此吗?

是为后记。

陈兴良

谨识于北京塔院迎春园寓所

1998年3月5日

---

① 〔德〕伽达默尔:《真理与方法——哲学解释学的基本特征》,王才勇译,辽宁人民出版社1987年版,第271页。

46.《当代中国刑法新视界》(第二版)[①]出版说明

《当代中国刑法新视界》是我的第二部论文集,收录了我自1995年至1997年发表的论文。第一部论文集是十年学术成果的汇集,而这一部论文集则只用了三年时间,可见这是我在学术研究上突飞猛进的一个黄金季节,也是一个收获的季节。在我自己看来,这部论文集与第一部论文集相比,在思想内容上更为成熟,并逐步形成了自己的学术品格。与第一部论文集相比,本书具有以下三个特点:

一是刑法修订的研究。本书在时间上正好跨越1997年刑法修订,因此,本书有相当一部分内容是围绕刑法修订而展开的。在第一部论文集中,也有一部分内容是对刑法完善问题的研究,但那些内容较为虚妄,因为当时刑法修订活动还没有正式开展。而1996年正处于刑法修订的最后关头,刑法修订草案亦已公布。这个时期,我国刑法学界的主要注意力都集中在刑法修订上,我亦对此作了较多的研究,并多次参加研讨会,提出了各种修订意见。本书收录的《刑法修改的双重使命:价值转换与体例调整》就是我对刑法修订的基本观点。但由于1997年刑法修订的指导思想是"可改可不改的,不改;非改不可的,才改",并且以刑法分则的条文编纂为其主要任务,因此,修订后的刑法与作为学者的我的想法之间存在巨大的落差。无论期望也好,失望也好,立法毕竟还是一种权力活动,非学者所用武之地,当然,修订总比不修订要好。在1997年刑法修订完成以后,除了对修订后的刑法进行重新阐释,我还进行了批判性的反思。本书收录的《困惑中的超越与超越中的困惑——从价值观念角度和立法技术层面的思考》一文,是我和周光权博士合著的,对修订后的刑法进行了总体评判。

二是刑法基本理论的研究。自1992年出版《刑法哲学》以后,我于1994年和1996年分别完成了《刑法的人性基础》和《刑法的价值构造》两

① 陈兴良:《当代中国刑法新视界》(第二版),中国人民大学出版社2007年版。

本专著的写作。这到本专著的成果陆续在1995年至1997年之间发表,大部分都被收录到本书中。对于刑法基本理论,我历来十分重视与强调,并且作为我本人一个主要的学术着力点。根据我的体会,刑法基本理论的研究是一个厚积薄发的过程。没有扎实、深厚的理论功底,难以揭示刑法的内在精神。德国著名刑事法学家耶赛克曾经指出:“刑法在某种意义上是我们文化状态最忠实的反映并表现着我们国家占主导地位的精神状态。”李海东认为这是一句很贴切的话,并以此印证其以下命题:“刑法在一个社会中最敏锐地体现着国家与公民的关系,以及社会的现实价值观念和社会对于源于本身的弊病的责任感与态度。”①可以想见,如果刑法学家没有对社会的敏锐,也就不会有对刑法的敏锐。我这样说,似乎过于夸大刑法学家的作用了。但这里关键是何种意义上的刑法学家。如果是尾随刑法立法与刑事司法的刑法学家,当然很难超越刑法去发现国家与公民关系的变动。只有真正以社会为使命的刑法学家,才能站在社会的立场上审视刑法,推动刑事立法与刑事司法的发展。在这个意义上,刑法学家首先应当是社会思想家。这当然是一个很高的标准,也是我所难以企及的,只不过心向往之而已。本书的理论叙述部分反映了我对刑法与社会的相关性的思考,力图在更大程度上超越刑法,也超越自我。

三是刑法犯罪的研究。我一直对刑法总论较感兴趣,对刑法各论则研究不多。但实际上,刑法犯罪集中体现了刑法的基本观念,因而是刑法理论的重要领域。在上一部文集中,我对犯罪的研究主要集中在经济犯罪方面。在本书中,我对侵占罪与经济犯罪的研究,尤其是对金融诈欺罪的研究,自认为还是有所突破的。在本书收录的《金融诈欺的法理分析》一文中,我着力区分了两种金融诈欺:第一种是虚假陈述的金融诈欺,第二种是非法占有的金融诈欺。这两种金融诈欺,后者是传统的财产犯罪,前者则是新型的经济犯罪。我认为,对这两种金融诈欺犯罪类型的正确区分,对于立法与司法都具有现实意义。

本书第一版的写作时间距离现在已经十年了,这十年里我国刑法理论有了长足的发展,我本人的学术研究也有所进步。但回顾十年前的学

① 李海东:《刑法原理入门(犯罪论基础)》,法律出版社1998年版,第16页。

术历程，尤其是参与刑法修订的日日夜夜，对于新刑法的期待之情跃然纸上。

值此《当代中国刑法新视界》再版之际，写下这些杂感，是为出版说明。

陈兴良

谨识于北京海淀锦秋知春寓所

2007年4月30日

47.《刑法适用总论》[1]前言

《刑法适用总论》以专题研究的形式论述刑法的基本理论问题，是刑法修订以后，对本人刑法理论研究成果的一次总清理。

《刑法适用总论》一书分为上下两卷，上卷的内容相当于刑法学体系中的犯罪论。犯罪论是刑法学理论的重要组成部分，其中尤以犯罪构成理论突出地体现了刑法学科的专业性。当我初涉刑法这一学科的时候，犯罪构成理论就以其严谨的体系深深地吸引了我，成为我所关注与着力的一个研究领域。可惜本人学术能力有限，始终未能突破现有的犯罪构成理论体系，只进行了一些外围的研究，例如我的硕士论文《正当防卫论》，博士论文《共同犯罪论》等。现在，本书分为10个专题反映我在犯罪论领域的研究成果，这10个专题基本上涵括了犯罪论的重大课题。本书下卷的内容相当于刑法学体系中的刑罚论。刑罚论与犯罪论相比较，是我国刑法理论研究中的一个薄弱领域。实际上，刑罚论在刑法理论中的重要性丝毫不逊于犯罪论，只是我们还没有完全领悟到刑罚哲理的精深奥秘，因而总是徘徊在外，不得其门而入。我曾主编《刑种通论》，并参与撰著《刑罚通论》等书，力图提升刑罚理论的哲理性。现在，本书分为10个专题对刑罚论的基本理论问题进行了系统梳理。尤其是在刑罚制度上颇费笔墨，苦心耕耘，但愿有所收获。应该指出，本书这种松散型的专题研究，虽然缺乏严密的体系性，但反而具有更大的伸展余地，未尝不是科研学术成果的一种颇具特色的载体。

刑法修订带来刑法理论的更新，这是由刑法这门学科的特点所决定的。刑法学是以刑法为研究对象的，这就决定了注释研究是刑法学理论的主体部分，因而它在很大程度上受立法与司法的影响。在这个意义上，刑法的修订为刑法理论的繁荣带来了一个契机，势必推进我国刑法理论的发展。随着修订后的刑法的实施，司法实践中必然会提出一些疑难

---

① 陈兴良：《刑法适用总论》，法律出版社1999年版。

问题。根据修订后的刑法的规定,对这些疑难问题进行深入研究,将是刑法学界面临的一大任务。尤其是修订后的刑法明示了罪刑法定原则,在这种情况下,对司法机关同时也是对刑法学界提出了全面、科学地理解刑法规定的重大课题。这里的理解刑法规定,实际上是指对刑法的注释。这种注释成为阐发刑法规定的基本内容,使之适用于个案处理的一种"找法"活动,从而在一定程度上克服与缓解法律规定的有限性与案件事实的无限性之间的矛盾。

学术是一个累积的过程,不仅每一代人承继前人的学术研究成果,并在此基础上添砖加瓦,有所贡献,而且,每一个人自身的学术成长,也无不是渐进累积式发展的。我们不可能超越历史,也不可能超越自我。因为我们的现在就是历史,我们的自在就是自我,而只能随着历史与自我一起发展。学术的这种累积性,促使我们一步一个脚印地将学术水平向上提升,将学术境界向前推进。并且,我们还应当在高屋建瓴地进行前瞻性的学术构造时,时时进行回顾式的检讨与总结。一项厚实的学术成果,也许来自某一瞬间的一个闪念。我们抓住它,就像吹肥皂泡一样,越吹越大,直至破灭为止。肥皂泡在没有破灭之前飞走,是多么得可惜。因此,我们不能对每一个学术问题都浅尝辄止,而是应当抓住一个问题,全力以赴,调动一切学术资源,不断地耕耘。这样,才能有所收获。学术问题,正是在这种全神贯注的努力之中,从思想的一个闪念,由点及面,由小到大地发展起来。这是我写作本书的一点感悟,写在这里,留作纪念。

本书写作完成之际正值刑法修订一周年之际,这一周年对于刑法学界以及我本人来说,都是紧张繁忙的一年。物是人非,令人难以忘怀。在繁忙之余,我们沉静下来,重新整理我们的学术,重新清理我们的思绪,确实是很有必要的。我国的刑事法正在向着法治方向转变,我国社会正向着现代化方向转型,我们个人也无不面临着这种生活经历上的转变与转型。这是一个变革的时代,一个变法的时代,一个变动的时代。赫拉克利特曾经有一句名言:"人不能两次踏进同一条河流。"这种历时性的经验使我们不再重复自我,而是重塑自我,永远向往将来。

陈兴良

谨识于北京海淀塔院迎春园寓所

1998 年 3 月 14 日

48.《刑法适用总论》[1]后记

《刑法适用总论》(上、下卷)终于完成,使我不禁松了一口气。在构思本书的时候,曾经有过一个宏大的架构,就是除总论以外,另有各论(上、下卷)。各论的写法摈弃现今通行的按刑法分则各罪逐一论述的模式,选择二十个常见、多发、疑难、复杂的犯罪,逐个进行深入、细致的研究。这是我早有的一个心愿,这次又未能实现,只能留待将来圆梦。

如同前言所说,本书采用的是专题研究的形式。二十个专题总计120万言,每个专题平均六万余言,多者达十万言。因此,就每一个专题的研究而言,虽不如专著那么深,但又不似教科书那么浅,可以说是介乎于两者之间。专著过于艰深,同时,为顾及反映这一问题的全貌而难免掺有水分。何况完成一部专著,旷日持久,费力颇大。教科书过于浅显,即使是上百万言的大型教科书,每个问题逐一论及,难免浅尝辄止。而专题研究则正好取上述专著与教材两种体裁之长处,深浅适宜,论述充分。本书中的某些专题,例如正当防卫、共同犯罪、法条竞合等,我都曾有过专著。随着刑法的修订,这些专著亟待修订。但由于精力有限,这些专著的修订工作未能提上写作议程。这次正好趁机把这些专著中的精华部分取出,结合修订后的刑法和司法解释,进行了整理,收入本书。在这个意义上说,本书具有对本人以往刑法理论研究成果总检讨的意味。刑法修订以后,陆续颁布了一些司法解释,本书相关专题凡涉及的,都吸收了司法解释的内容,从而使本书不仅在学理上言之成理,而且在法理上持之有据,便于司法人员参考。

陈兴良

谨识于北京塔院迎春园寓所

1999年5月18日

---

① 陈兴良:《刑法适用总论》,法律出版社1999年版。

49.《刑法适用总论》(第二版)[①]出版说明

《刑法适用总论》是完成于1997年刑法修订以后的一部学术著作,于1999年由法律出版社出版,先后重印过数次,该书于2003年获司法部法学教材与法学优秀科研成果一等奖。

《刑法适用总论》分为上下两卷,上卷属于犯罪论的内容,下卷属于刑罚论的内容。在我个人的著作中,是篇幅最大的一部著作,近120万字。这里应当指出,《刑法适用总论》与我先前出版的《刑法哲学》一书有一定的渊源。关于《刑法哲学》一书,我曾经指出,它夹杂着超规范的刑法研究成果与规范的刑法研究成果,就其内容而言并没有严格区分刑法的超规范研究与规范研究。但《刑法哲学》毕竟是我的成名作,它实际上成为我学术研究的一个起点。我此后的学术研究是沿着超规范研究与规范研究这两个学术方面发展的。在刑法的超规范研究道路上,我分别出版了《刑法的人性基础》(中国方正出版社1996年版)和《刑法的价值构造》(中国人民大学出版社1998年版),并就此告一段落。后两书与前书并称刑法哲学研究三部曲,其实这一说法并不确切。在刑法的规范研究道路上,我出版了《刑法疏议》(中国人民公安大学出版社1997年版)一书,这是一部纯正的刑法规范研究的著作。《刑法适用总论》则是我在刑法规范研究方面的一部重要著作,它将体系性叙述与专题性论述有机地结合起来,是我以往刑法规范研究成果的集大成。正因为本书具有承前之意蕴,因而在内容上我吸纳了《刑法哲学》一书中的有关内容,上卷中包括第三章"犯罪类型(上)"和第四章"犯罪类型(下)";下卷中包括第二章"刑罚种类"、第三章"刑罚裁量"和第四章"刑罚执行"的部分内容。因此《刑法适用总论》与《刑法哲学》有部分内容是重合的。正是在《刑法适用总论》的基础上,我进一步完成了《本体刑法学》(商务印书馆2001年版)和《陈兴良刑法学教科书之规范刑法学》(中

---

① 陈兴良:《刑法适用总论》(第二版),中国人民大学出版社2006年版。

国政法大学出版社 2003 年版,以下简称《规范刑法学》)等刑法规范研究的著作。及至我和周光权教授合著的《刑法学的现代展开》(中国人民大学出版社 2006 年版)一书的出版,标志着我在刑法规范研究方面所达到的学术高度。因此,将《刑法适用总论》置于我的学术谱系中,可发现它之于我的学术重要性。

在《刑法适用总论》一书的前言中,我曾经指出:"我国的刑事法正在向着法治方向转变,我国社会正向着现代化方向转型,我们个人也无不面临着这种生活经历上的转变与转型。"如果细心的读者看到这段话写于 1998 年 3 月 14 日,结合我个人的经历,就会发现我的这段话并非无的放矢而确实是有感而发。这一时期,我正从中国人民大学法学院调往北京大学法学院,在当时的社会氛围中这种工作调动会引起强烈的反应,对于我个人来说也面临着巨大的精神压力。正是在这种压力之下,我完成了《刑法适用总论》一书的写作。这对我来说,是对压抑的精神的一种学术抒发,也是对外界压力的一种缓解。现在,这一切对于我来说都已经烟消云散,但回首往事还是不胜感慨系之。

最后需要说明,《刑法适用总论》是我最不满意的一个书名。我在学术创作中,总是要先为书取一个好名,这个好名也会成为我写作的动力,仿佛书就是为其名而写的。因此,我自以为所取的各个书名还是较有品位的,唯一不满意的就是这本书的书名。本书的书名,突出的是"适用"一词,在某一个时期我似乎对其情有独钟。我曾经参加过王作富教授主编的一本刑法教科书式著作的撰稿,我为该书取名为《中国刑法适用》(中国人民公安大学出版社 1987 年版),该书名使该书获得了超越刑法教科书的学术影响。此后,我就一直对"适用"一词抱有好感,因而在 1998 年写作该书时毫不犹豫地使用了《刑法适用总论》的书名。"适用"一词更偏向于司法的语境,但本书的内容还是以对刑法的法理阐述为主,因而书名与其内容并非完全吻合。我曾经一度想将书名改为《理论刑法学》,以便与后来出版的《本体刑法学》和《规范刑法学》形成前后呼应,自成一个系列。但犹豫之后未敢造次,主要还是因为担心读者误会,以为《理论刑法学》和《刑法适用总论》是两本书而非一本书之异名。既然如此,也就不改书名,只好对这一书名抱憾终身。

《刑法适用总论》一书纳入“陈兴良刑法研究专著系列”,使本书又有机会以新貌面世,这对于本书和作者来说,都是一件幸事。当然会有这样或者那样的遗憾,想到本书能够再生,一切也就释然。

陈兴良

谨识于北京大学法学院科研楼 609 工作室

2006 年 6 月 12 日

50.《刑法适用总论》(第三版)[①]出版说明

《刑法适用总论》第一版由法律出版社出版于 1999 年,此后,在 2006 年纳入“中国当代法学家文库·陈兴良刑法研究专著系列”在中国人民大学出版社出版了第二版。这次纳入“陈兴良刑法学丛书”出版第三版,对其中的部分内容进行了修订。

《刑法适用总论》一书是在 1997 年刑法修订以后,为因应修订后刑法的适用而撰写的一部专题性的著作,其中采用了《刑法哲学》一书的部分内容。如果说,《刑法哲学》一书追求体系性建构;那么,《刑法适用总论》一书则完全放弃了体系性叙述,而是对刑法总论中的重大问题,以专题的形式进行研讨。当然,由于本书出版的时间较早,现在其中的某些观点和资料都已经过时。因此,本书第三版也就没有进行大修大改,而只是小修小补,主要是根据刑法变更的情况,对相关内容作了适当的删改。

陈兴良

谨识于北京海淀锦秋知春寓所

2017 年 6 月 4 日

① 陈兴良:《刑法适用总论》(第三版),中国人民大学出版社 2017 年版。

51.《本体刑法学》[①]代序

一种叙述性的刑法学

刑法,作为一门古老的学问,随着刑事立法与刑事司法的发展,尤其是随着社会文明的嬗进而常青。如果说,规范刑法学是一种以法条为本位的刑法学,旨在对法条的内容进行阐发,因而其生命力来自刑法的现实运动,那么,理论刑法学,在更高层次上的刑法哲学,就是一种以法理为本位的刑法学。法条与法理,具有密切的依存关系。尽管如此,我们还是可以从法条中剥离出法理,使法理独立于法条,使法理超越法条。对于刑法法理的不懈追求,成为我的研究动力。在刑法哲学的层面上,我们可以从各个视角触摸并把握法理,使法理通过一定的逻辑形式加以演绎并展开。不仅如此,我们还可以通过改变话语形式以凸显刑法法理。这里,涉及一个文体的问题。

文体是每个人都要接触到的关于写作的格式,对于叙述文、论述文等各种文体,我们曾经是那么耳熟能详。我们被告知:对于一个人物的描述或一个事件的记载,应当采用叙述文,因而小说、散文等文学作品往往被归入叙述文体;而对于一个道理的论证,则应当采用论述文,因而论文、专著等社会科学作品往往被归入论述文体。我曾经沉浸在文学之中,每每为文学作品中优美的叙述而感动。当我进入法学殿堂,初学写作的时候,叙述远离我而去,我开始学会以一种论述的方式表达学术思想。在论述文中,思想火花闪现,学术观点积淀,我就像一名熟练工,操作着论述文这种文体,不断地制作出论文、专著。尽管在论述中,我明显地感到一种批判的力量、一种表达的能量,但我还是隐约地感到一种自我的失落、一种话语的单调。如果说,在文学作品中,文体的改变能够带来一场文学的革命,那么,在法学中,为什么不能对陈述的方式进行改变呢?由此,我尝试着将一种论述性的刑法学转换为一种叙述性的刑法学。论述性的刑

---

① 陈兴良:《本体刑法学》,商务印书馆 2001 年版。

法学是指在批评现有理论的基础上确立自己的观点的一种刑法理论表达方式,诸如刑法学论文、专著莫不如此。叙述性的刑法学是指以陈述刑法的一般原理为特征的一种刑法理论表达方式。在刑法学中,最接近这种文体的刑法教科书是以阐述通说为使命的。当下的刑法教科书随处可见,然而大部分教科书不仅学术观点乏新,而且理论框架陈旧。在这种情况下,写出一本以教科书为参照系的、以叙述性为写作特征的书的创作欲望使我冲动,并且跃跃欲试。本书的写作就是这一想法的实践。本体刑法学意味着刑法的本体展开,这里的展开有着叙述的意蕴。在这种叙述性的刑法学的表达中,我追求以下三个风格。

一是体系性叙述。体系是一定规模的事物的存在状态,复杂的事物无不是一种体系性存在。这里的体系,在某种意义上也可以理解为系统。在学术著作中,不仅要求观点的正确性,而且追求体系的完美性。刑法论著都是根据一定的体系设计铺陈而成的,这种体系是思想观点的体系。我在这里所说的体系性叙述,并不是在这个意义上而言的,而是指本体刑法学的学科体系。作为本体刑法学的体系性叙述,我将竭力构筑一个合理的体系,并尽可能全面地展示这一体系的逻辑结构。在这种情况下,我更为关注的是刑法学基本原理的陈述,而不是对某一问题的深入把握。为避免这种体系性叙述可能造成的理论肤浅,我以注释的方式,尽可能地提供相关的背景材料,以便检索。因此,正文以一种流畅的陈述进行体系性叙述,注释则类似于这种陈述的“旁白”,增加这种体系性叙述的厚实度。在这种体系性叙述中,我感到一种思想的流淌,而不是观点的交锋,从而获得了一份心灵的平静。

二是法理性叙述。这里的法理是相对于法条而言的,法理虽然依附于法律,但又往往具有自身的独立品格,我是始终这么认为的。因此,在刑法学中,我倡导一种超规范的研究,力图阐述一种自在于法条的法理,创作一本没有刑法条文的刑法专著。当然,我并不是否认规范刑法学的价值。事实上,规范刑法学作为一种刑法教义学(Legal dogmatics),对于刑法的适用具有重要意义。我主要是从刑法理论多元化的立场出发,倡导对刑法的超规范阐述。如果把规范刑法学称为司法刑法学,那么,在一定意义上,可以把对刑法超规范阐述的刑法学称为立法刑法学。在此,我所创作的就是这样一本没有刑法条文的刑法教科书,即不以法条为本位而以法理为本位的刑法教科书。在这种以法理为本位的刑法教科书中，刑法的学科体系超越刑法的条文体系，刑法的逻辑演绎取代刑法的规范注释。因此，这种刑法法理不再以刑法法条为依托，而是获得了理论上的自主性。以往在刑法教科书中刑法法条所占据的核心地位被刑法理论取代，刑法法理自身的内在规律成为一以贯之的主线。

三是私人性叙述。这里的私人性叙述，是指具有个性化的理论陈述。学术的品位，在很大程度上取决于个性。没有个性的学术，千篇一律，千人一貌，缺乏生动性。因此，独特的理论品格始终为我所孜孜以求。俗语曰：谎言重复一千遍也会变成真理。那么，真理重复一千遍又会如何呢？当然不至于变成谎言，但肯定会变成常识，甚至变成陈词滥调。由此可见，重复是应当竭力避免的，即使是真理也不能重复。重复的反面是创新，创新才是真理的长生之道。这种创新，不可能出现在人云亦云之中，而只能出现在个性化的探索之后。因此，本体刑法学的私人性叙述意味着，虽然是在陈述以通说为主的刑法原理，但不是对通说的简单介绍，而是经过本人精心咀嚼和细心品味所陈述出来的，并且这种陈述的方式是具有个性的。当然，这种私人性叙述不是脱离学术语境的自说自话的私语，而是以浓重的理论氛围为背景的，并尽量使这种私人性叙述加入公共话语。只有这样，才能丰富刑法理论的公共话语。

一种叙述性的刑法学，是我为本书设定的逻辑格调。也许这种格调是怪诞的，我还是想努力追求，从而在思想内容与表述方法上实现自我超越。

陈兴良

谨识于北京海淀稻香园寓所

1999 年 5 月 28 日

52.《本体刑法学》[1]后记

当忍耐到极限的时候,本书终于草草杀青,结束了断断续续一年半之久的写作。也许该说的话都已经说完,当我提笔撰写后记的时候,似乎已经无话可说。

关于本书的书名,颇费一番斟酌。我的写作习惯是一定要在动笔之前确定一个无懈可击的书名,如此才能使写作顺畅。本书是一个例外,我长久地在《刑法的本体展开》与《本体刑法学》这两个书名之间徘徊,难以定夺。在相当长的一个时期内,我钟情于《刑法的本体展开》这个书名,听起来更像是一本专著,而且能够与已出版的《刑法的人性基础》和《刑法的价值构造》相匹配,形成一个系列。在《刑法哲学》修订时,我就曾经考虑过这个书名。[2] 因此,对这个书名难以割爱。最终促使我选择《本体刑法学》这个书名的,还是本书的教科书体例。在写作过程中,我有一个参照,这就是刑法教科书,尽量使本书成为对刑法法理的体系性叙述,因而《本体刑法学》这个书名与内容更为贴近。

教科书,本来是一种十分神圣的著作体例,一般人是不敢问津的。然而在我国,教科书这一体例被糟蹋了、被庸俗化了。教科书除随着法律及司法解释的修改而相应地修改外,理论内容几乎一成不变,乏善可陈。如徐国栋博士所言,在中国,教科书成了最陈腐的材料的代名词。徐国栋指出:罗马法学家的著述类型可以分为四种:(1)评注作品,是对前人立法的整理和前人法律经验的积累;(2)决疑作品,是对活生生的法律生活的开掘;(3)专著,是对法学制高点的攀登;(4)教科书,是对上述三者的精华的进一步提取——当然,只有最精华的部分才能进教科书。[3] 其实,就一个人的创作经历而言,从论文到专著,只有当学术水平积累到相当程度

---

① 陈兴良:《本体刑法学》,商务印书馆 2001 年版。

② 参见陈兴良:《刑法哲学》(修订二版),中国政法大学出版社 2000 年版,前言。

③ 参见〔意〕桑德罗·斯奇巴尼选编:《民法大会选译:法律行为》,徐国栋译,中国政法大学出版社 1998 年版,后记,第 184 页。

以后,才能进入教科书的写作。因为教科书是学者研究成果的总体展示,是其学术水平成熟的标志。我国目前则不然,在实行主编制的情况下,教科书是各种互不兼容的知识与观点的杂烩,缺乏内在统一性,更缺乏学术个性。因此,写作教科书不是一种创造性写作,教科书成为一种编撰式体例。在这种情况下,我认为教科书亟待正名。教科书应当具有学术性与思想性,成为该学科的前沿性研究成果的载体。唯此,教科书才能恢复其神圣性。

将近十年前,我曾经提出过“告别教科书时代”这样一个命题,指出:在此前的十年中,我国刑法理论基本上处于一个“教科书时代”,刑法教科书的编撰代表了当今我国刑法学理论研究的最高水平。但是,一个学科的教科书代表着这门学科研究的最高水平,不是这门学科的幸运,而恰恰是它的不幸。刑法学的进一步向前发展,必然超越刑法的教科书时代,而向着更高、更深的理论层次进军。在这种情况下,刑法教科书体系与刑法学体系的区分就是至关重要的了,因为这是刑法学告别教科时代的一个最基本的前提,同时也是一个最重要的标志。因此,刑法学体系的建构应该起步于与刑法教科书体系的分离。[①] 在此,涉及刑法学体系与刑法教科书体系的区别问题,上述那段话,是有感于当时刑法理论研究薄弱,教科书大行其道,因而呼唤超越教科书时代。现在看来,当时对教科书还是有一种偏见。其实,教科书与相关理论具有一种互动关系,只有在理论发展的基础上,才能从中汲取学术精华,出现一流的教科书。因此,对一流的教科书的呼唤同样是对相关理论发展的一种期许。问题在于,我们应当对当下流行的教科书内容进行反思性检讨。

教科书的功能在于传授某一学科的基本理论;法学教科书,包括刑法教科书也是如此。这里涉及法学教育何以可能的问题。法学教育并非简单地使法科学生习知法律,因为法律是随着立法与司法的发展而不断变更的,因此,刑法教科书不应是简单地评注刑法条文。法学教育之所以可能,就在于它不是以法律而是以法理为传授内容,相对于法律的频繁变动而言,法理是相对稳定的,它在更大程度上超越法律、自在于法律,具有某种理论上的自足性。在这个意义上,我们又不能过分地强调刑法学体系

---

① 参见陈兴良:《当代中国刑法新理念》,中国政法大学出版社 1996 年版,第 95 页以下。

与刑法教科书体系的分野。以此纵观当下的刑法教科书,我认为过于浅显的法律评注性是一个根本性的缺陷。刑法教科书可以评注刑法,但必须是一种理论性阐释。例如,李斯特的刑法教科书就限于对德意志帝国现行法律的注释。但李斯特同样对于刑法学理论予以高度重视,指出:作为实用性很强的科学,为了适应刑事司法的需要,并从司法实践中汲取更多的营养,刑法学必须自成体系。因为,只有将体系中的知识系统化,才能保证有一个站得住脚的统一的学说,否则,法律的运用只能停留在半瓶水的水平上,它总是被偶然因素和专断所左右。[①] 我认为,教科书也有层次之分,例如刑法学教科书与中国刑法教科书就有所不同,前者以阐述刑法法理为主,后者则具有一定的刑法评注性。我们更需要的是前一种刑法教科书,它与刑法学理论具有更为密切的关联性。刑法教科书更重要的是阐述刑法法理,只有掌握了刑法法理,才能掌握刑法的分析工具,才能居高临下地俯视频繁变动的立法与司法。这是我现在对刑法教科书的一种感悟与体认,本书的写作就是以此为出发点的。因此,本体刑法学也可以说是刑法法理学,本书可以视为一本不以刑法条文为膜拜对象的刑法教科书。

本书写作的初衷是为刑法学确定一个知识范围。经常遇到刑法学专业的硕士生以及报考刑法学专业博士生的应试者问我同一个问题:刑法应当掌握到什么程度?这是一个不好回答的问题,又是一个不能不回答的问题。本书体系性地叙述了刑法总论的基本原理,可以视为我对上述问题的回答。就一门学科而言,知识,尤其是基本知识是最为重要的。这种知识是长期累积而成的,是一门学科的基础。在本书的写作中,我尽量完整地提供刑法知识,从而使本书的内容具有稳定性。应当指出,我国目前的刑法知识,除历史传统的某些影响以外,基本上是外来的。各个不同的时期分别吸收不同的外来刑法知识。例如,最初是苏联的刑法知识,后来是德日的刑法知识,晚近是英美的刑法知识。这些刑法知识互相之间存在着思想理念上的冲突与逻辑进路上的矛盾,在我国刑法学体系中未能融为一体。在这种情况下,对我国的刑法知识做一次系统清理,消除内容上的抵牾,使之协调统一,是十分重要的,也是将来我国刑法理论发展

---

① 参见〔德〕弗兰茨·冯·李斯特:《德国刑法教科书》,徐久生译,法律出版社2000年版,第1页。

的基础。本书试图在厘清我国刑法知识方面尽一份力,从而提供给学生的刑法知识更具体系性和完整性。当然,随着将来刑法理论的发展,本书的内容也会随之更新。

从本书的内容可以看出,我在写作方法上作了一些尝试,就是正文与注释并重。本书正文约四十万言,注释将近三十万字。我对注释所下的功夫绝不亚于正文。因此,我对注释与正文同样偏爱。正文叙述的是刑法的基本知识,注释则是对正文的补充与引申,因而赋予注释更大的学术功能,使之成为本书不可或缺的内容。在一定意义上,正文与注释是可以互相独立的。如果只想掌握刑法的基本知识,那么可以只看正文不看注释。如果想对刑法理论作进一步的了解,则注释可以提供相关的知识背景。如果想从事更为高深的研究,注释就是通往刑法理论大殿的路径。这些注释使本书提供的刑法知识呈现出一种开放性,如同打开一个个刑法知识的窗口,以供瞭望。在写作过程中,如何处理正文与注释的关系是一个煞费苦心的问题。我的想法是,刑法基本知识尽可能放在正文之中,其他在刑法中偶有涉及的边缘性知识以及知识背景,尽可能放在注释中,从而使正文与注释互相独立而又互相协调。随着对学术规范化的提倡,学术著作的注释越来越受到重视,因为注释本身也反映作者的学识。当然,像本书这样处理注释,在法学界似不多见。是否得当,尚有待方家指正。

本书是我 1997 年入选教育部跨世纪优秀人才培养计划以后重点研究写作的项目之一,受到教育部资助,在此表示感谢并作出说明。本书的写作得到了我的博士生周光权、刘树德、邓子滨、卢宇容、刘为波、林维、陈东升及硕士生劳东燕、方鹏的帮助。由于本人天生手拙,至今仍是手工写作。曾经一度想换笔,断断续续两个月的时间只将写好的一章约两万字输入电脑,大费时间,万不得已,只好继续手写。因此,手稿的输入及校对都是在诸生的帮助下完成的。尤其是邓子滨博士帮我梳理全书,整理本书附录,出力尤巨。在此,我要表示衷心的感谢。自从 1998 年调入北京大学法学院任教以来,吴志攀院长为我创造了优越的环境,使我能够专心致志地从事学术研究工作。本书就是我在北大法学院完成的第一部个人专著,对于吴志攀院长的关照,我想表示特别的感谢。商务印书馆编辑王兰萍女士热心向我约稿,促成了本书的写作,并为本书的出版付出了辛勤的劳动,特表谢意。

著作是一个人的学术思想的表述,也是一个人生命的延续。人的自然生命是有限的,而精神生命却可以凭借著作而得以长存。因此,一部著作的写作也就是对自我学术形象的一种塑造。每念及此,我都有一种如履薄冰、诚惶诚恐的感觉,对自己的写作不敢有一丝懈怠,本书也是如此。

陈兴良

谨识于北京海淀稻香园寓所

2000 年 9 月 5 日

53.《本体刑法学》(第二版)[1]出版说明

《本体刑法学》一书2001年由商务印书馆出版,迄今已届10年。可以说,《本体刑法学》是我的学术转型之作:从先前的刑法哲学研究转向刑法教义学的研究。在《本体刑法学》的基础上,我先后出版了《规范刑法学》(中国政法大学出版社2003年第一版,中国人民大学出版社2008年第二版)、《口授刑法学》(中国人民大学出版社2007年版)、《判例刑法学》(中国人民大学出版社2009年版)和《教义刑法学》(中国人民大学出版社2010年版)等著作,由此形成我近10年来刑法理论的研究轨迹。

我记得在《本体刑法学》一书出版后不久,日本学者铃木敬夫教授来访,我赠以该书。铃木教授问我:书名中的"本体"是什么意思?我以康德的物自体与现象为喻,告诉铃木教授,本体刑法学之本体是指隐藏在法条背后的法理。因此,本体与法条是相对应的概念,本体刑法学是指以揭示隐藏在法条背后的法理为宗旨的刑法学。至今,我仍然认为这是对本体刑法学的一个正确解读。因此,本体刑法学是一种以法理为本位的刑法学,本书是一部没有法条的刑法学。可以说,从我对本体刑法学的定位来看,还在很大程度上具有刑法哲学的思辨魅影。尽管如此,《本体刑法学》一书的出版还是标志着我从刑法哲学向刑法教义学的转型。

我以为,《本体刑法学》一书之于我的刑法学研究,具有以下三重意义:

(一)研究路径的转换

我是在20世纪80年代初期进入刑法学领域的。当时我国刑法理论正在学术废墟之上恢复、重建,因而处于一种对法条进行简单注释的较低水平,尤其是苏联刑法学随着我国刑法理论的发展而逐渐恢复其影响。对这种低水平的刑法理论研究现状的不满,使我产生了将哲学方法引入刑法学,从而提升为刑法哲学的学术冲动,由此开始了我的刑法哲学之

① 陈兴良:《本体刑法学》(第二版),中国人民大学出版社2011年版。

旅。然而,刑法哲学是对刑法的超规范研究,从根本上说,它是一种刑法的立法论而非司法论,甚至是一种法理学而非刑法学。在这种情况下,随着 1997 年刑法修订,我从超法规研究回归法条本身,《刑法疏议》(中国人民公安大学出版社 1997 年版)是其标志。当然,《刑法疏议》还是以法条为中心的,在相当大的程度上受制于法条。在这种情况下,我试图寻找一种独立于法条的刑法法理,遂有《本体刑法学》之作。应该说,以法条为中心的刑法教义学是刑法学的主体部分,而我的刑法哲学研究只是在特殊历史背景下的一段学术经历。虽然不能说是一段弯路,但也不能说是刑法学研究的正道。我十分庆幸在刑法哲学研究告一段落以后,能够及时回归刑法教义学,实现刑法学术的"软着陆"。因此,《本体刑法学》一书在我个人的学术经历史上是具有标志意义的,回想起来令人感慨。

(二)理论框架的构筑

我在《刑法哲学》一书中,建构了一个刑法哲学的理论体系。这种对体系的偏好,是受黑格尔式的辩证思维的影响所致,也与年轻人的自信与自负有关。这种对体系的偏好延续到《本体刑法学》一书,主要体现在试图建立罪体—罪责的犯罪构成体系。罪体与罪责,大体上相当于不法与有责。因为我在本书中明确地把罪体界定为刑法分则条文规定的、表现为客观外在事实的构成要件。这个定义,完全可以等同于贝林的构成要件。而罪责是在具备罪体之情况下行为人主观上所具有的可归责性。因此,在罪体与罪责之间建立了一种逻辑的位阶关系。当然,在这一体系中,正当化事由仍然安排在犯罪构成以外加以讨论,被视为定罪的反面。从逻辑上来说,正当化事由是违法阻却事由或者责任排除事由,纳入罪体与罪责中加以研究,也许是更合适的。在《规范刑法学》第二版中,我将正当防卫与紧急避险作为罪体排除事由,将责任无能力、违法性认识错误与期待不可能作为罪责排除事由分别纳入罪体与罪责中讨论,从而使正当化事由的体系性地位问题得到了妥当的解决。此外,在《规范刑法学》第一版中,我在罪体、罪责以外又设立了罪量这一要件。罪体与罪责是犯罪构成的本体要件,而罪量则是犯罪构成的数量要件。罪量要件是基于我国刑法的特殊规定,其类似于德日刑法学中的客观处罚条件,将之确立为犯罪构成要件之一,我认为是符合我国刑法规定的。尽管关于犯罪构成体系,我此后作了进一步的发展完善,本书第二版相应地作了结构与内容上的调整。从刑法哲学体系到本体刑法学的犯罪构成体系,是一个重大的转变,也是我的学术关注点与理论兴趣点的某种转移。现在罪体—罪责—罪量已经成为我在刑法教义学上的一种学术标识,包含着某种学术创新性。但在通常情况下,我还是乐意采用构成要件该当性、违法性与有责性的三阶层体系。例如,在《教义刑法学》(中国人民大学出版社 2010 年版)一书中,我就对三阶层的犯罪论体系进行了体系性的叙述。我以为,各种理论体系只不过是知识的载体,只要知识的结构性问题得到妥当处理,其实采取何种体系表达并不十分重要。而三阶层的犯罪论体系之所以取代四要件的犯罪构成体系,并非体系的原因,而是因为四要件的犯罪构成体系没有正确设定构成要件之间的位阶关系。《本体刑法学》一书使我对犯罪构成体系产生了全新的感悟,并据此形成罪体—罪责这种具有我个人独特性的犯罪论体系。这是令我难忘的。

(三)表达方法的尝试

在《本体刑法学》一书的代序中,我提出了"一种叙述性的刑法学"的命题。这里的叙述性是指区别于论述性的一种表达方式。其实,隐含在叙述性的刑法学这一命题背后的,是对德日刑法知识的大量吸收,从而为我国刑法学向刑法教义学的转型提供了知识资源与理论能量。如前所述,我国在 20 世纪 80 年代初期刑法学面临一个恢复重建的问题,而当时恢复的是 20 世纪 50 年代初期从苏俄引入的刑法学。此后,随着我国刑事法治的发展,尤其是学术上的对外开放,德日与英美的刑法知识大量引入我国,由此开始酝酿我国刑法知识的重大变革。及至本书第一版写作的那个时点,即新旧世纪交替之际,刑法知识变革的条件已经成熟。正是从那个时刻开始,我国刑法学出现了一个教义学化的学术变迁过程。《本体刑法学》正是在这一历史背景下,将德日刑法知识进行本土化表述的一种尝试。在本书中,我更注重的是刑法知识,这里主要是指德日的,也称大陆法系的刑法知识的归纳、吸收与借鉴,由此形成所谓本体刑法学的知识体系。在《本体刑法学》一书中,采用正文与注释并重的方法,注释篇幅与正文相当。这样一种表达方式,表明我力图对德日刑法知识进行集约化的介绍与铺陈,将其纳入我国刑法学体系。这样一种学术努力的尝试,尽管可能还存在这样或者那样的问题,但我以为还是具有学术价值的。

10年,无论是对一本书,还是对一个人,都是一段足够长的岁月。10年之后的我不同于10年前;同样,10年之后的我国刑法理论也已经发生了重大变化。而《本体刑法学》一书见证了这一变化,或者说它本身就是这一变化的一个细节、一个物证。《本体刑法学》一书在10年以后的再版,是这本书尚能在我国刑法学界幸存的证明,因而也是这本书的幸运。作为作者的我,尤其感到幸福。

是为出版说明。

陈兴良
谨识于北京依水庄园渡上寓所
2010年7月29日

54.《本体刑法学》(第三版)[1]出版说明

《本体刑法学》从2001年初版,2011年出版第二版,到现在的第三版,已经过去十六年之久。这次第三版未对内容作太大的修订,只是改正了个别错字。因此,第三版其实是一个重印版。

《本体刑法学》一书在我的著作中,是较有特色的。这主要表现在以下三点:第一是书名独特。本体刑法学的提法是极为罕见的,也可以说是我的杜撰。然而,在本体与规范的对应意义上,论述刑法学的基本原理,还是具有一定意义的。第二是写法独特。本书号称采用一种叙述性的写法,以此区别于论述性。因此,本书作者的立场较为中立,对读者较为客观地了解刑法学的理论面貌具有一定的参考价值。第三是注释独特。本书将正文与注释加以功能上的区隔:正文以叙述刑法学原理为主,而将参考资料纳入注释之中,以附录呈现。因此,本书可以采用不同的读法:既可以正文与注释分开阅读,也可以正文与注释参照阅读。两种阅读方法各有好处:前者的阅读会更加流畅;后者的阅读会加深理解。

总之,《本体刑法学》一书对于系统地掌握刑法学知识会有一定帮助,能够起到一种引导性的作用。这也是我对于本书敝帚自珍的原因之所在。

陈兴良
谨识于北京海淀锦秋知春寓所
2017年6月5日

---

① 陈兴良:《本体刑法学》(第三版),中国人民大学出版社2017年版。

55.《当代中国刑法新境域》[1]代序

法治国的刑法文化

世纪之交,我国的刑法学研究面临着一个重大课题,这就是如何建构法治国的刑法文化。这个课题的提出,是与我国刑法正在发生的价值上的转换,乃至于我国社会正在发生的结构上的转型密切相关的。建构一种奠基于刑事法治之上的法治国的刑法文化,是走向21世纪的我国刑法学研究的发展方向。

一

刑法是一种社会控制的手段、一种社会治理的方法,因而是随着犯罪现象的出现而产生的,具有悠久的历史。在人类历史的长河中,刑法曾经发挥过重要作用。这种作用在各种社会形态中是有所不同的,归根到底是由一定的社会性质和社会结构所决定的。我国学者李海东把历史上的刑法根据国家与公民在刑法中的地位划分为两种类型:国权主义刑法与民权主义刑法。以国家为出发点,而以国民为对象的刑法,称之为国权主义刑法。国权主义刑法的基本特点是,刑法所要限制的是国民的行为,而保护国家的利益。以保护国民的利益为出发点,而限制国家行为的刑法,称之为民权主义刑法。[2] 国权主义刑法与民权主义刑法的分野,对于我们正确认识刑法的性质与机能具有十分重要的意义。我曾经提出从政治刑法到市民刑法的命题[3],这里的政治刑法与市民刑法在一定程度上可以与国权主义刑法与民权主义刑法相对应。民权主义刑法与市民刑

---

① 陈兴良:《当代中国刑法新境域》,中国政法大学出版社2002年版。

② 参见李海东:《刑法原理入门(犯罪论基础)》,法律出版社1998年版,第4—5页。

③ 参见陈兴良:《从政治刑法到市民刑法——二元社会建构中的刑法修改》,载陈兴良主编:《刑事法评论》(第1卷),中国政法大学出版社1997年版,第1页以下。

法，从本质上来说，就是法治国的刑法，由此区别于人治国或者专制国的刑法。

随着建设法治国家的治国方略的确立，法治国越来越成为我们所追求并希望实现的理想国。那么，法治国的基本精神是什么呢？我认为，法治国的基本精神在于：一个受法约束的国家。换言之。国家在法律框架内生存，以此区别于不受法律约束的、具有无限权力的国家。法国学者狄骥在论述国家的法律框架时指出：执掌国家权力的人应服从于“法”并受“法”的束缚。国家是服从于“法”的；像德语中所说的，它是一种“法治国家”，一个 Rechtsstaatlichkeit（法治国）。[①] 在法治国中，国家的权力应当受到限制。其中，国家的刑罚权尤其应当受到严格的限制。因此，从法治这个概念中，我们可以合乎逻辑地引申出刑事法治的概念。我认为，刑事法治是法治的根本标志之一。因为，国家刑罚权的行使，关系到对公民的生杀予夺。如果对国家刑罚权不加限制，法治国的实现是不可想象的。因此，刑事法治意味着以刑法限制国家刑罚权，包括对立法权与司法权的限制，保障公民的自由与权利。从这个意义上来说，罪刑法定原则是刑事法治的题中应有之义。

刑法的存在是一个基本事实。然而，在不同的社会中，刑法存在的理由与根据又是各不相同的。人类为什么要有刑法？李海东指出：一个国家对付犯罪并不需要刑事法律，没有刑法也并不妨碍国家对犯罪的有效镇压与打击，而且，没有立法的犯罪打击可能是更加及时、有效、灵活与便利的。如果从这个角度讲，刑法本身是多余和伪善的，它除在宣传上有美化国家权力的作用外，起的主要作用是束缚国家机器面对犯罪时的反应速度与灵敏度。[②] 如果把李海东在这里所说的刑法理解为成文的刑法典，那么，这是完全正确的。实际上，刑法存在一个从不成文法（习惯法）到成文法（法典法）的演变过程。不成文刑法与成文刑法相比，前者更加有利于惩治犯罪。中国古代春秋时期就曾经对这个问题展开过讨论。为不成文刑法辩护的主要理由是“刑不可知，则威不可测”。而批评成文刑法的主要理由是：铸刑鼎，民在鼎矣，何以尊贵？换言之，不成文法

---

① 参见〔法〕莱昂·狄骥：《宪法学教程》，王文利等译，辽海出版社、春风文艺出版社 1999 年版，第 24 页。

② 参见李海东：《刑法原理入门（犯罪论基础）》，法律出版社 1998 年版，第 3—4 页。

使民处于极端的恐怖之中,从而有利于国家独断专行。而成文法使民知其罪刑,有损于国家权威。尽管如此,刑法从不成文到成文的发展是人类社会发展的必然趋势。成文刑法的出现,虽然在一定程度上限制了国家刑罚权,但还远远谈不上刑事法治。因为成文刑法的出现,只是刑事法治的必要前提,而不是刑事法治的充分条件。在一个社会里,刑事法治是否真正实现,关键还是在于把刑法当作镇压犯罪的工具还是当作保障人权的手段。

在专制社会,刑法受到统治者的高度重视,往往将刑法作为镇压犯罪、维护统治的有效手段。在这种情况下,对刑法的推崇也决不能成为刑事法治的表征。例如,中国古代的法家主张法治,这里的法主要是指刑法,要求一断于法。但这种法治是与封建专制相联系的,因而具有明显的刑法工具主义色彩。在这个意义上说,刑事法治的思想是近代西方启蒙运动的产物。启蒙学家猛烈地抨击了专制主义,为刑事法治的确立奠定了基础。孟德斯鸠指出:在专制的国家,绝无所谓调节、限制、和解、条件、等值、商谈、谏诤这些东西;完全没有相等的或更好的东西可以向人建议;人就是一个生物服从另一个发出意志的生物罢了。[①] 因此,专制的特征就是使人不成其为人。而专制制度下的刑法就是使人服从、屈从的工具,是刀把子,赤裸裸的暴力。随着启蒙思想的传播,罪刑法定、限制国家刑罚权的刑事法治观念得以确立。只有在这种情况下,刑事法治的实现才有可能。

我国是一个具有漫长的封建专制传统的国家,刑法工具主义思想根深蒂固。这种将刑法视为以镇压犯罪为内容的刑法工具主义思想之所以流行,主要还是与我国一元的社会结构相关。在这种一元的社会结构中,政治国家占据着垄断地位,对社会进行全面的控制,公民的个人自由与权利长期受到压抑与压制。中华人民共和国成立以后,虽然我国的社会制度发生了根本性的变化。但在计划经济体制下,仍然保持着一元的社会结构。在这种情况下,刑法与政治进一步结缘,成为阶级斗争的专政工具,强化了它的社会保护机能,刑法的人权保障机能则被忽视甚至漠视。随着经济体制改革的开展,引入了市场机制,我国的社会面貌发生了

① 参见〔法〕孟德斯鸠:《论法的精神》(上册),张雁深译,商务印书馆 1961 年版,第 27 页。

重大变化。在这种情况下,出现了从一元社会向政治国家与市民社会二元分立的社会的转型。因此,刑法不再仅仅是国家镇压犯罪的法律工具,同时也是人权保障的法律武器。只有在这种二元的社会结构中,单纯的刑事镇压才有可能向刑事法治转变。从我国 1979 年《刑法》到 1997 年修订后的《刑法》,已经显现出这种变化的趋势。我相信,在 21 世纪,刑事法治建设的呼声将越来越高。

二

刑事法治向我们提出了建设法治国的刑法文化这样一个重大的历史使命。刑法学是以一定的刑法为研究对象的,刑法在价值上的这种转变首先应当反映在刑法理论上。作为一个刑法学人,我们应当敏锐地感受这种刑法价值上的变化,并作出理论上的呼应。唯有如此,才能够担当得起刑法学家的使命。

在法制史上,存在这样一个参照系:警察国、法治国、文化国。一般认为,前启蒙时代是警察国,以专制与人治为特征。启蒙时代是法治国,以民主与法制为特征。后启蒙时代是文化国,以科学与实证为特征。那么,中国处于上述什么阶段,又需要一种什么样的刑法文化呢?是一种警察国的刑法文化还是一种法治国的刑法文化,抑或是一种文化国的刑法文化?我认为,我们目前需要的是一种法治国的刑法文化,警察国的刑法文化是应当摒弃与否定的,而文化国的刑法文化则是遥不可及的。只有法治国的刑法文化,才是我们需要建构的。

在中国传统刑法文化中,国家主义的色彩极为浓厚,这是中国传统社会国家权力观念发达的必然产物,由此使得传统的刑法文化以国家利益和社会秩序的稳定为最高价值,并且形成重刑主义的刑法思想。例如,韩非曾经指出:“殷之法,刑弃灰于街者。子贡以为重,问之仲尼。仲尼曰:‘知治之道也。夫弃灰于街必掩人,掩人,人必怒,怒则斗,斗必三族相残也。此残三族之道也,虽刑之可也。且夫重罚者,人之所恶也;而无弃灰,人之所易也。使人行之所易,而无离所恶,此治之道。”[1]在此,韩非讨

① 《韩非子选》,王焕镳选注,上海人民出版社 1974 年版,第 188 页。

论的是所谓治之道，即统治社会的方法。在韩非看来，刑法，尤其是重刑，才是治之道。虽然文中引用了孔子的言论，但似乎更是在表达韩非本人的思想。从对殷之法刑弃灰于街者是刑重还是刑轻这个问题展开，根据韩非所引述仲尼言，从弃灰于街，引申出三族相残这样一个严重的后果。在我看来，这颇有些从一个鸡蛋联想到蛋生鸡，鸡生蛋的痴迷，其逻辑是荒谬的。从刑弃灰于街的殷法中，我们可以看到，在这种法律制度下，一个人不仅要对本人的行为的直接后果负责，还要把这种行为与社会的稳定和国家的安危联系在一起，一并对之负责，因而承受一切法律制裁，尤其是刑法的制裁。在这种生存状态下的个人，是何等的沉重，又是何等的渺小。在这种情况下，泛刑主义的存在也就具有了合理性：弃灰于街虽然事小，但引发的三族相残则事大，刑弃灰于街的理由就显得十分充足。不仅如此，韩非还从中演绎出重刑主义的结论，在韩非看来，小过易犯亦易改，大罪难犯亦难改。因此，对小过处以重刑，使人不敢犯，则大罪也就不会去犯。韩非指出："夫以重止者，未必以轻止也；以轻止者，必以重止矣。"这就是韩非所谓用刑之道，其重刑思想昭然若揭。在某种意义上可以说，泛刑主义与重刑主义是中国传统刑法文化的核心。不可否认，这种刑法文化在当前还有市场，因而对中国封建专制的刑法文化的批判，仍然是我们的重要任务。

法治国的刑法文化与封建专制的刑法文化是截然不同的。在价值取向上，法治国的刑法文化是以个人的自由与权利为基础的，并且以限制国家的刑罚权为使命。在这种情况下，对于犯罪与刑罚具有完全不同于封建专制的刑法文化的观照。也就是说，犯罪观与刑罚观面临着重大的转变。犯罪在任何社会都是存在的，对于犯罪的不同理解反映了一个社会的法治程度与文明程度。黑格尔指出：由于文化的进步，对犯罪的看法已比较缓和了，今天的刑罚早已不像百年以前那样严峻。犯罪或刑罚并没有变化，而是两者的关系发生了变化。① 显然，罪刑关系的这种变化，是由对犯罪与刑罚的理解上的变化所决定的。在封建专制社会，犯罪被认为是一种敌对性行为，是对统治关系的破坏，这完全是站在国家立场上来界定犯罪，因而对犯罪的处罚也是极为严厉的。随着社会文明的发展，在法

---

① 参见〔德〕黑格尔：《法哲学原理》，范扬、张启泰译，商务印书馆 1961 年版，第 99 页。

治社会，犯罪被认为是国家与个人之间的一种纠纷与冲突，犯罪人本身也是一个社会成员。因而，对于犯罪人的合法权益应当加以保护。同样，对于犯罪的惩罚也是有限度的，这种限度就是为制止犯罪、保护社会秩序所必要，除此以外就是专制的。在这种情况下，刑法文化更应当具备理性的特征，这也正是刑事法治的重要标志。

法治国的刑法文化还受到来自以后现代为特征的文化国的刑法文化的冲击。法治国的刑法文化以罪刑法定为基石，反对专制主义的刑法，不允许任何专横擅断。文化国则是最高形态的国家，对包括制服犯罪在内的一切措施采取积极的态度，旨在创造文化，从根源上解决犯罪问题。应该说，文化国是在法治国基础上发展起来的，又具有不同于法治国的特征。其中特征之一是从形式合理性走向实质合理性，表现为罪刑法定主义的形式理性弱化，实质价值强化。以至于有些学者指出：在所谓文化国，法治国的宠儿罪刑法定主义所坚持的阵地一步一步地退让出来。例如，根据罪刑法定主义原则，排斥刑法的类推适用。但在许多国家的刑法中容许类推适用或容许有条件的类推适用；罪刑法定主义反对保安处分制，但现在各国不仅容许适用保安处分，而且将保安处分法典化、一元化；罪刑法定主义反对绝对不定期刑，但现在不少国家适用绝对不定期刑。如此等等，充分说明罪刑法定主义所坚持的阵地已逐渐地一一让给了所谓文化国的教育刑论。[①] 我国也有学者以此为理由，否定我国刑法应当实行罪刑法定，认为从 19 世纪末 20 世纪初起，罪刑法定已度过它的隆盛期而开始走向衰亡。所谓“法无明文规定不为罪”已不复存在，罪刑法定在事实上正在走向衰亡。[②] 我认为，在西方法治发达国家，确实存在一个从法治国向文化国的演进问题：因而法治国以形式合理性为特征的一些原则在文化国根据实质合理性进行了某种程度的修正。例如，对罪刑法定原则进行某些软化处理，允许有利于被告的类推存在，使之更有利于保障被告人的合法权益。这种软化处理与罪刑法定原则的人权保障的基本精神是一致的，因而并不是对罪刑法定原则的彻底否定，而是罪刑法定原则的进一步发展。而在我国当前的情况下，处于向法治国迈进的过程中，需

---

① 参见甘雨沛、何鹏：《外国刑法学》（上册），北京大学出版社 1984 年版，第 233 页。

② 参见侯国云：《市场经济下罪刑法定与刑事类推的价值取向》，载《法学研究》1995 年第 3 期。

要的是法治的启蒙精神，需要的是法治国的刑法文化，因而应当实行严格的罪刑法定，这是由我国法治发展的历史进程和我国社会现实所决定的。如果以文化国的刑法文化否定法治国的刑法文化，对于我国的法治建设只能是一场灾难。当然，我们也不能简单地照搬或照抄西方法治国的刑法文化，对于那些不符合我国国情的东西完全应当排斥，但法治国的刑法文化的基本价值取向是应当肯定并且借鉴的。

值得注意的是，应当防止西方文化国的法文化与中国封建专制的法文化的合流，即以文化国法观念论证中国传统法文化的真理性，以此形成抵制法治国的文化壁垒。我国古代法文化，包括刑法文化存在可继承与可借鉴的内容，但由于这是一种封建专制的法文化，从其基本价值取向上是应予否定的。在我国封建专制的刑法文化与以罪刑法定为核心的法治国的刑法文化之间具有天然的对立性，因而与文化国的刑法文化之间存在某种暗合，实际上是神异而形同。正因为这种形同，往往使人产生误解，甚至造成对中国封建专制刑法文化的误读。例如，对中国古代刑法中长期存在的类推制度的赞美，并以此抵制罪刑法定主义。更有论者认为，中国古代法家的重刑思想有其明显的合理性。韩非云："所谓重刑者，奸之所利者细，而上之所加焉者大也。民不以小利加大罪，故奸必止者也。所谓轻刑者，奸之所利者大，上之所加焉者小也。民慕其利而傲其罪，故奸不止也。"[①]据此，认为法家的所谓重刑其实并不重，反而是与罪相适应的，因而具有科学性。[②] 从以上所引韩非关于重刑与轻刑的界定来看，重刑并不重。但我们再引一句韩非的话："治贼，非治所揆也；所揆也者，是治死人也。刑盗，非治所刑也；治所刑也者，是治胥靡也。故曰：重一奸之罪而止境内之邪，此所以为治也。重罚者，盗贼也；而悼惧者，良民也。欲治者奚疑于重刑名！"[③]这里的重刑似乎再不能解释为与其所犯之罪相称之刑，而是一种使良民悼惧的威吓之刑。这种重刑并非为罪人所设，而是为止境内之邪而设。因此，轻重标准就不可能是所犯罪行轻重，而是威吓之所需。为达到威吓之目的，实现所谓"以刑去刑"，商鞅甚至公然宣称"故行刑，重其轻者，轻者不生，则重者无从至矣"，反对"重重

① 《韩非子选》，王焕镳选注，上海人民出版社 1974 年版，第 125 页。

② 参见艾永明：《法家的重刑思想值得借鉴》，载《法学》1996 年第 11 期，第 10 页。

③ 《韩非子选》，王焕镳选注，上海人民出版社 1974 年版，第 125 页。

而轻轻”,即“轻罪轻刑,重罪重刑”。[1] 对此,韩非也作了进一步说明:“夫以重止者,未必以轻止也;以轻止者,必以重止矣。”[2]这里的重刑,当然不再可能是与其所犯罪行相称的刑罚。由此可见,对于中国封建专制刑法文化的复活,甚至是在引入文化国刑法文化的名义下的复活,我们应当保持足够的警惕。

我国当前的刑法理论,虽然存在着中国传统刑法文化的影响,但主要还是从西方引入的,从原则到概念,从内容到体系,都是如此。但在这种中国传统的刑法文化与西方引入的刑法文化的交汇中,我们始终应当立足于我国法治建设的现实。唯有如此,才能使刑法理论在我国刑事法治的建设中发挥应有的作用。我国正处于一个向法治国演进的关键时刻,因而应当大力弘扬法治国的刑法文化,进行刑事法治的启蒙,这是刑法学者不可推卸的历史使命。

三

法治国的刑法文化并非理论上的杜撰,而是现实社会的必然要求。那么,法治国的刑法文化的品格是什么呢?我认为,法治国的刑法文化具有以下品格。

(一)人文关怀

法是调整社会关系的,而社会关系的主体是人。因此,法必须以人为本,注重人权保障,这是法的人文关怀的实质蕴含。刑法虽然是以惩治犯罪为内容的,但犯罪是一种人的行为。可以说,刑法是以特定的人——犯罪人为调整对象的,更何况刑法涉及对一个人的生杀予夺,因而人文关怀尤为重要。刑法是一种公法,公法主要涉及国家与私人之间的关系,实际上就是国家权力与个人权利之间的关系。在刑法构造中,如何处理国家与个人的关系始终是决定刑法性质的一个重要问题。在专制国的刑法文化中,国家本位与社会本位是一再受到强化的,因而刑法及其刑法文化是以此为基础的,而个人权利则被放在一个微不足道的位置上,缺乏应有的

① 《商君书注译》,高亨注释,中华书局1974年版,第55页。

② 《韩非子选》,王焕镳选注,上海人民出版社1974年版,第125页。

人文关怀。而在法治国的刑法文化中,应当是以个人为本位的,注重与强调个人的权利与自由。因此,刑法在更大程度上是限制国家权力的公法。在国家面前,作为个体的公民具有独立的人格,它与国家在法律上是完全平等的,刑法以保障人权为归宿。在法治建构中的国家,绝不是一种无所不在的利维坦,而是被严格限制在一定范围内活动的政治实体,国家存在的根本目的就在于使公民享有最大限度的个人自由与权利。因此,人权是法治国的内在精神,法治永远都是人权现实的不可或缺的支点。[①] 在刑事法治中,人权同样具有重要意义。可以说,人权保障是刑法最基本的价值之一,法治国的刑法文化,就是要以人为本,具有人文关怀;封建专制的刑法文化,是以折磨人、侮辱人、不把人当作人为特征的,犯罪人完全成为消极的司法客体,不具有任何权利。而法治国的刑法文化,将人的理性与尊严置于重要的地位,刑罚人道性是其重要特征。尽管在近代刑法史上,存在着功利主义与报应主义的学派之争,但刑事古典学派都强调人的价值,并以此为刑法理论的归宿。例如,贝卡里亚猛烈地抨击了封建专制刑法的残酷性,认为刑罚的恶果大于犯罪所带来的好处,刑罚就可以收到它的效果。除此之外的一切都是多余的,因而也就是蛮横的。[②] 在贝卡里亚的这种功利主义刑法思想中,虽然主张追求刑罚的威慑性,但这种威慑性是受人道性制约的,并且为刑罚设立理性的限度,因而根本不同于中国古代法家为达到以刑去刑的目的不惜动用重刑的功利主义。同样,康德的道义报应主义也是建立在人性基础之上的。康德认为人是现世上创造的最终目的。从尊重人作为目的的价值出发,对人的行为的反应便只能以其行为的性质为根据,而不能另立根据或另有所求,否则便是否定了人作为目的的价值。因而康德指出:惩罚在任何情况下,必须只是由于一个人已经犯了一种罪行才加刑于他。因为一个人绝对不应该仅仅作为一种手段去达到他人的目的,也不能与物权的对象混淆。一个人生来就有人格权,就保护自己反对这种对待,哪怕他可能被判决失去他的公民的人

---

① 参见程燎原:《从法制到法治》,法律出版社 1999 年版,第 202 页。

② 参见〔意〕贝卡里亚:《论犯罪与刑罚》,黄风译,中国大百科全书出版社 1993 年版,第 42—43 页。

格。[1] 贝卡里亚和康德之间虽然在刑罚目的上的观点是对应的，但在使刑法人道化与理性化这一点上，却是殊途同归。在这个意义上，我们可以说，人文关怀是法治国刑法文化的基本蕴含。

（二）形式理性

人治与法治的区别并不在于是否有法律，在人治社会里也可能存在十分完备的法律。例如，中国古代社会，法律不可谓不完备，但并不能由此得出结论认为中国古代存在法治。我认为，人治与法治的区分仅仅在于：当实质合理性与形式合理性发生冲突的情况下，是选择实质合理性还是形式合理性。法治是以形式理性为载体的，刑事法治必然要求罪刑法定，而罪刑法定不能离开一个相对封闭的规范体系。法治意味着法的统治，因此，法的至上性是其应有之义。在封建专制社会，虽然存在刑法，但由于君权至上，因而刑法的权威性往往让位于君主的权威，刑法在实际上不能得到严格的遵守。君主可以任意地践踏刑法，使之成为一纸空文。中国古代社会，在儒家法的主导下，以礼入法，出礼入刑，在礼和法之间存在表里关系。因此，法官的使命不是实现法的价值，或者说，法没有自身的独立价值。只有礼所内含着的伦理内容才是法官所追求的价值，为实现这种伦理价值，往往牺牲法律的形式。德国著名学者韦伯在论述中国古代的法律制度时，将中国古代法律描述为是一种世袭结构，这是与世袭制的国家形态相联系的。在这种世袭制的国家中，缺乏理性的立法与理性的审判，因而存在这样一个命题："专横破坏着国法。"法官对任何大逆不道的生活变迁都严惩不贷，不管有无明文规定。最重要的则是法律适用的内在性质：有伦理倾向的世袭制追求的并非形式的法律，而是实质的公正。[2] 因此，这是一种韦伯所说的卡迪司法（Kadi-Justiz，Kadi 系伊斯兰教国家的审判官）。在这种卡迪司法中，法官承担的不是护法使命，而是沉重的伦理使命。因此，法官往往无视法律教义，径直根据伦理道德观念，尤其是儒家教义，对案件作出判决。在这种法律制度中，法的形式理性是得不到遵守的，更强调的是伦理意义上的实质合理性。可以说，我国

---

① 参见〔德〕康德：《法的形而上学原理——权利的科学》，沈叔平译，商务印书馆 1991 年版，第 164 页。

② 参见〔德〕马克斯·韦伯：《儒教与道教》，王容芬译，商务印书馆 1997 年版，第 154—155 页。

古代从来就不曾存在过法的形式理性。刑事法治是建立在形式理性基础之上的,通过形式合理性而追求与实现实质合理性,由此保障公民个人的权利与自由,限制法官的恣行擅断。可以说,罪刑法定主义就是建立在形式理性之上的,以承认形式合理性为前提。这种形式合理性是一种相对的合理性、可期待的合理性。在形式合理性与实质合理性发生冲突的情况下,选择形式合理性而非实质合理性,就意味着在坚守形式合理性的同时,必须承受一定程度上的实质合理性的丧失。例如,贝卡里亚为防止法官擅断,甚至主张取消法官的法律解释权,认为严格遵守刑法文字所遇到的麻烦,不能与解释法律所造成的混乱相提并论。这种暂时的麻烦促使立法者对引起疑惑的词句作必要的修改,力求准确,并且阻止人们进行致命的自由解释,而这正是擅断和徇私的源泉。[①] 尽管贝卡里亚的这一观点不无偏颇,但其对法的严格遵守的形式理性精神还是给我们留下了深刻的印象。我国古代是允许法官根据其对儒家教义的理解适用法律的,其中一个理由就是"法有限,情无穷"。因此,法官追求的是对一切情(即犯罪情形)的规范,当法不敷适用时,"入罪,举轻以明重;出罪,举重以明轻"的法律解释方法,以至于比附援引的类推适用方法就开始大行其道。在这种情况下,法的权威失落了,法官的擅断恣行了。可以说,我国古代轻形式理性重实质理性的刑法文化传统至今还深深地影响着我们,只不过实质理性的内容发生了置换,不再是儒家的伦理价值,而是所谓社会危害性。社会危害性具有浓厚的实质理性的痕迹,从而与刑事法治的形式理性形成一种对立关系,成为破坏刑事法治的理论根据。我国学者李海东指出:对于犯罪本质做社会危害性说的认识,无论它受到怎样言辞至极的赞扬与称颂,社会危害性并不具有基本的规范质量,更不具有规范性。它只是对于犯罪的政治的或者社会道义的否定评价。这一评价当然不能说是错误的,问题在于它不具有实体的刑法意义。当然没有人会宣称所有危害社会的行为都是犯罪和都应受处罚。但是,如果要处罚一个行为,社会危害性说可以在任何时候为此提供超越法律规范的根据,因为,它是犯罪的本质,在需要的情况下是可以决定规范形式的。社会危害性说不仅通过其"犯罪本质"的外衣为突破罪刑法定原则的刑罚处罚提供

---

① 参见〔意〕贝卡里亚:《论犯罪与刑罚》,黄风译,中国大百科全书出版社 1993 年版,第 13 页。

一种貌似具有刑法色彩的理论根据,而且也在实践中对于国家法治起着反作用。[①] 我认为,李海东对于社会危害性理论的这一否定性评价是极为精辟的。在我国刑法确立了罪刑法定原则以后,罪刑法定原则所倡导的形式的价值观念与社会危害性理论所显现的实质的价值理念之间,存在着的基本立场上的冲突更为凸显,在这种情况下,我们需要理性地审视社会危害性理论,进行反思性检讨。刑事法治应当坚守形式理性,这也是法治国刑法文化的应有之义。

(三)实体正义

法是以维持一种正义的秩序为使命的,这种正义的程序可以视为法所追求的实体正义。刑法在维护社会秩序中发挥着重要的作用,因而实体正义更是法治国刑法文化的归依。在刑法中,实体正义表现在立法与司法两个方面。立法上的实体正义是指犯罪与刑罚设置的正当性。立法机关具有创制罪名与设立刑种的权力,但这种权力的行使必须是受到限制的,即不得超越维护正常的社会秩序的限度,并且应当以保障公民个人的权利与自由为宗旨。在专制社会,刑事立法具有恣意性,所谓“言出法随”就表明了这种立法是不确定的,由统治着的个人好恶所决定。在这种情况下,公民个人缺乏应有的安全感,因而恐怖总是笼罩着人们的心灵。而在法治社会,基于罪刑法定原则,刑事立法不是任意恣行的冲动,而是处于限制与被限制的复杂关系中。法治国家为何受到限制,即遵守其自身制定的法律,根据法国学者狄骥的论述,存在两种逻辑推论。天赋个人权利理论认为,法律之所以为法律,并不是因为它是由国家制定的,而是因为,作为国家制定的法律,它的目的是为了保障个人权利,个人与国家都要尊重这些个人权利。国家之所以要遵守法律是因为国家应该尊重个人权利。所有对法律的侵犯都应被看作对个人权利的侵犯,应当明确禁止这些侵犯行为。立法者有义务组建国家机关,以使违法的危险降到最低程度,并严格禁止当局的任何违法行为。只要该法律存在,国家的任何机关都不能违反法律,即使是立法机关也不例外。社会相互依存性理论认为,法律的强制力量并不来源于统治者的意志,而是来源于法律与社会相互依存性的一致性。由此,法律对统治者的约束同其对庶民的约束

① 参见李海东:《刑法原理入门(犯罪论基础)》,法律出版社 1998 年版,第 8 页。

一样严格,因为统治者与庶民一样,也受建立在社会相互关联性基础上的法律规则的约束。当某一个国家机构,或更确切地说,当一个持有某种政治权力的个人——统治者或为统治者工作的人——违法时,他就被认为是违反了建立在社会相互依存性基础上的客观法,因为他所违反的法律只有作为客观法精神的表述才具有约束力。① 尽管天赋个人权利与社会相互依存性理论的逻辑推演方式存在差别,但在立法者应当受到限制,包括受到其自身制定的法律的限制这一点上,是共同的,这也正是法治的基础。因此,罪刑法定主义所蕴含的实体正义,包括对刑事立法权的限制。司法上的实体正义是指司法机关通过刑事司法活动所实现的正义,表现为犯罪认定与刑罚适用的正当性。这里主要涉及一个司法裁量权问题。在专制社会,不仅立法权不受限制,司法权更加不受限制,因而罪刑擅断便不可避免。而在法治社会,由于实行罪刑法定主义,司法权受到严格限制,定罪量刑都不得超越法律规定。罪刑法定意味着在国家刑罚权与公民个人的权利之间划出了一条明确的界限,从而有利于限制司法权,保障公民个人的权利与自由不受侵犯,从而实现实体正义。实体正义是法治国刑法文化的重要内容,它使刑法不仅具有工具价值,而且具有目的价值。当然,实体正义只有通过程序正义才能得以实现。因为法律运作本身也同样要求具有某种程序,这就是表现为法律程序的程序。在这种程序中,国家的司法权力与公民个人的诉讼权利得以协调、妥善地安排,并在两者的互动过程中使实体正义得以实现。因此,程序正义是实现实体正义的前提。如果没有程序正义,实体正义终不可得。尽管如此,实体正义作为法治国刑法文化的独立品格是不可否认的,应当从理论上加以论证。

陈兴良

① 参见〔法〕莱昂·狄骥:《宪法学教程》,王文利等译,辽海出版社、春风文艺出版社1999年版,第29—30页。

56.《当代中国刑法新境域》[1]后记

本书是我从1998年至2001年之间发表在各种报纸杂志上的论文结集，也是继《当代中国刑法新理念》（中国政法大学出版社1996年版）、《当代中国刑法新视界》（中国政法大学出版社1999年版）之后出版的又一本论文集，名为《当代中国刑法新境域》（中国政法大学出版社2002年版）。

在编辑本文集的时候，发现自己近年来的学术范围有所扩大，从单纯的刑法研究，扩展为刑事法研究，这与北大储槐植教授倡导的刑事一体化的研究风格有一定的关系。在文集中，除刑法论文为主以外，还有关于刑事诉讼法、犯罪学以及对劳动教养制度进行研究的论文。这些论文都反映了我对建立在刑事一体化基础之上的刑事法治的关注。我想，这方面的研究还会持续地进行。在刑法论文中，可以明显地看出包括理论刑法学与规范刑法学两个方面的研究成果。我始终以为，刑法学可以有两种研究进路：一是理论刑法学研究，以法理为本位，对刑法进行超法条研究；二是规范刑法学研究，以法条为本位，对刑法进行规范研究。文集中关于刑法总则的研究，我主要是在进行超规范的研究。关于刑法分则的研究，我主要是在从事规范的研究，在两种刑法学领域的交替研究，构成近年来我的刑法研究的一个特点。在某个时期，可能会以超规范的研究为主或以规范的研究为主，但对两者我始终都有同样的兴趣、同样的热情并予以同样的重视。

论文集是一篇篇散落在各种报纸杂志上的论文的结集，这些论文都是在从事学术研究过程中单独发表的，因而具有独立存在的价值。尤其是这些论文生动地反映了我在刑事法理论研究上的跋涉过程，就像一个个脚印。回过头来看看，心里还是有一丝暖意，毕竟积少成多，又是一本

① 陈兴良：《当代中国刑法新境域》，中国政法大学出版社2002年版。

厚书,正可以作为向学术高峰攀登的垫脚石。不是吗?

是为后记。

陈兴良
谨识于北京海淀蓝旗营寓所
2001 年 11 月 7 日

57.《当代中国刑法新境域》(第二版)[①]出版说明

《当代中国刑法新境域》是我的第三部论文集,收录了我在1998年至2001年发表的论文。1998年是我学术研究的一个分界线,以下三个事件对我的学术研究产生了重要影响:

一是1997年《刑法》完成了修订,从1998年开始我对新《刑法》的研究逐渐深入,本书是新《刑法》实施以后的学术研究成果,可以看出我的学术研究向规范刑法学的回归。随着对刑法哲学的研究暂告一个段落,以新刑法的实施为契机,我的学术兴奋点回到规范刑法学上来,主要是对刑法的规范学原理的研究。在这期间,我先后完成了《刑法适用总论》(法律出版社1999年版)和《本体刑法学》(商务印书馆2001年版)等著作,其内容在本书中都有所反映。我以往对注释刑法学一直不满,正是在这种不满之心的推动下开始了我的刑法哲学的研究过程。但刑法哲学研究是刑法学之形而上,它与刑事立法与刑事司法都具有一定的区隔。为此,我在对新刑法条文的注疏(《刑法疏议》,中国人民公安大学出版社1997年版)中对刑法法条产生了深厚兴趣。当然,刑法法条只是观察的对象,我更关注的还是隐藏在刑法法条背后的刑法法理。尽管各国刑法法条上存在巨大差异,但刑法法理却是相通的,我将研究这种刑法法理的学问称为本体刑法学。正是本体刑法学的研究,使我重新踏上对刑法进行规范研究的学术之路。我相信,这种刑法规范学的研究必将改变我国刑法学的研究范式和知识结构。

二是我从1997年6月开始到北京市海淀区人民检察院挂职担任副检察长,到1998年渐入佳境,对中国的刑事司法实际状况有了深刻的了解,开阔了我的理论视野。这在我的研究成果上也有所体现,收入本书的有关刑事诉讼制度以及刑事司法改革的论文,都是我在这个领域的初步尝试。在学校从事法学科研,科际分界十分严格。我是研究刑法的,与刑

① 陈兴良:《当代中国刑法新境域》(第二版),中国人民大学出版社2007年版。

事诉讼法虽然只是一墙之隔,但从来也没想到逾越学科的界限。尽管北大储槐植教授一直倡导刑事一体化的思想,但真正付诸实践还是有相当难度的。在1998年前后,我国关于司法改革的研究正值高潮,刑事司法改革也是题中之义。检察机关也开展了各项检察工作机制的改革。这对于我来说,是一个很好的学习机会,从而情不自禁地涉足刑事诉讼与刑事司法制度。收入本书的《诉讼结构的重塑与司法体制的改革》,虽然是一篇短文,但却是我对刑事司法改革的感悟的结晶。以后,我也许没有很多的时间与精力去研究刑事诉讼法问题,但曾经有过的这么一段经历,对我的刑法研究显然是有帮助的,对刑事诉讼法的这种情愫会永远存留在我的心底。

三是我在1998年从中国人民大学法学院调入北京大学法学院。这种工作岗位的转换也对我的刑法理论研究产生了一定的影响。人大法学院和北大法学院是我国最好的两所法学院,也都是我的母校。尤其是从1982年1月到1997年12月,我在人大法学院学习工作了16年,这16年是我一生中最美好的黄金季节。但从学术发展角度考虑,我还是毅然回到了北大法学院,尽管工作调动前后折腾了两年时间,耗费了我不少精力,但回到北大法学院任教以后,北大浓厚的氛围对我的学术研究具有某种推动力量。北大法学院为我的学术研究提供了优良的环境与条件,使我能够剔除杂念,专心致志地从事刑法理论研究,我深受感动。

正如本书的书名所昭示的那样,我在1998年这个时间点上,面临的是学术的也是人生的新境域。这一境域对于我来说是陌生的,也是神秘的,使我充满了探险的好奇与欲望。本书可以说是对这段学术与人生的新境域进行探险的成果的汇报。尽管有这样或者那样的不如意,却总是这么一步一步地走过来了。我想,我还会继续走下去的,本书只不过是这条学术之路上的一个脚印而已。

值此再版之际,写下这些杂感,是为出版说明。

陈兴良

谨识于北京海淀锦秋知春寓所

2007年6月26日

58.《陈兴良刑法学教科书之规范刑法学》[1]后记

自从2000年完成《本体刑法学》(商务印书馆2001年版)以后,对于“规范刑法学”一书的写作,我跃跃欲试。恰在此时,中国政法大学出版社策划出版个人独著教科书,约我撰写《陈兴良刑法学教科书》,从而使《陈兴良刑法学教科书之规范刑法学》一书的写作计划提上工作日程。从2002年10月至2003年5月,经过秋冬春三季的埋头写作终于告竣,颇感宽慰。

在《本体刑法学》一书中,我提出了规范与本体这样一对范畴,从而将刑法学区分为规范刑法学和本体刑法学。规范刑法学的功能在于对法条的意蕴进行阐发;本体刑法学的要旨在于对法理的逻辑加以演绎。两者无论在研究内容上还是在研究方法上都截然有别,对于刑法学理论来说却是缺一不可的。因此,《陈兴良刑法学教科书之规范刑法学》一书的写作使我能够从法条出发,对刑法理论进行规范的审视。

《陈兴良刑法学教科书之规范刑法学》一书是按照教科书体例编排的。全书分为刑法绪论、犯罪总论、刑罚总论和罪刑各论四编。从总论到各论,是对刑法的体系性阐述。尤其是各论部分,对刑法个罪进行了逐个解说,使本书的内容更为周延。因此,本书是我写作计划中的刑法学教科书。自1984年12月在中国人民大学法律系刑法专业硕士研究生毕业留校任教,至今已经将近二十年。记得当年留校伊始,就接受了1983年级本科生的教学任务。因而第一件事就是编写讲义准备教案。由于当时是两个人分工教一门课,总论与各论分别讲授一半,因而讲义也是总论一半与各论一半,这种状况一直延续至今。此后随着刑法理论研究的体系化,尤其是更多地给硕士研究生开课,授课不再完全依赖讲义。因此始终没有一套完整的刑法讲义,这不能不说是一种缺憾。虽然这二十年来,我出版了十多部个人专著,也主编了一些刑法学教科书,但我始终想有一本

---

① 陈兴良:《陈兴良刑法学教科书之规范刑法学》,中国政法大学出版社2003年版。

具有个人学术风格的刑法学教科书。这个愿望由于各种写作任务的挤压,至今才付诸实施。现在完成《陈兴良刑法学教科书之规范刑法学》一书,实现了本人的这个心愿,不亦乐乎。

作为中国的刑法学教科书,《陈兴良刑法学教科书之规范刑法学》是以我国的刑法规范为中心而展开的。本体刑法学之刑法是各国相通并且超越各国法规范的;而规范刑法学之刑法规范则是具体的,必须落脚于一个国度。因此,《陈兴良刑法学教科书之规范刑法学》一书的写作过程是对我国刑法规范的一个巡视过程。在1997年刑法修订以后,我出版了一本以逐条解释法条为内容的《刑法疏议》(中国人民公安大学出版社1997年版)。此后,我国的刑事立法与司法解释有了长足的发展,本书全面地反映了我国刑事立法与司法解释的最新成果,因而使其更加贴近刑事立法与司法解释。在此有必要论及本书对包括刑法及其司法解释的态度,由于本书是站在规范刑法学的立场上阐释法条,因而本着忠实于法规范的精神,本书没有对刑法及其司法解释进行批评。当然,这并不表明我国的刑法及其司法解释是完美无缺的。只是囿于司法的语境,不应对刑法及其司法解释加以指摘。在可能的情况下,对法规范进行正当化与合理化的阐释。因此,在一定意义上说,《陈兴良刑法学教科书之规范刑法学》是一种司法刑法学,不同于《本体刑法学》的立法刑法学立场。为避免司法刑法学视角的偏颇,可以将《陈兴良刑法学教科书之规范刑法学》与《本体刑法学》进行对照,从而获得一种更为全面的刑法视野。

作为一本刑法学教科书,《陈兴良刑法学教科书之规范刑法学》提供的是关于刑法的基本知识。我始终认为,初习刑法应当始于刑法规范。只有从刑法规范出发,经过刑法法理的熏陶,最终回归刑法规范,才是学习刑法的必由之路。因此,刑法规范既是出发点又是归宿。通过规范刑法学的学习,熟知本国刑法规范,更为重要的是奠定刑法的规范意识,从而完成刑法学的入门。《陈兴良刑法学教科书之规范刑法学》作为以法律评注为内容的刑法学教科书,尽管具有刑法教义学的性质,但并不是单纯的法条注释,而是采用刑法法理去阐述刑法规范。因此,刑法法理仍然是《陈兴良刑法学教科书之规范刑法学》不可或缺的内容。本书就是围绕刑法规范进行法理阐述的,因而未涉及那些脱离刑法规范的纯法理,从而使本书与《本体刑法学》相区分。我认为,刑法学教科书如同刑法理论一样，是有层次之分的。《陈兴良刑法学教科书之规范刑法学》作为一本以规范为中心的刑法学教科书在其内容上由于贴近刑法规范，因而更容易理解。由于教科书的性质所决定，本书虽然具有我个人的体系建构与逻辑叙述的风格，但它以通说为陈述的主线，除个别问题，基本没有涉及刑法理论上的学术争议，因而也就没有采用注释。对于《本体刑法学》我是想写成一部具有最多注释的刑法著作，而对于《陈兴良刑法学教科书之规范刑法学》我则想写成一部没有注释的刑法著作，两者相映成趣，也是我对各种叙述形式的颇有意思的尝试。当然，没有注释也与本书的定位相关。初学刑法，给出一种明白无误的刑法知识是十分必要的，只有在入门以后才需要对刑法理论上的各种烦琐的学术争论进行了解。

在《陈兴良刑法学教科书之规范刑法学》一书的写作过程中，我的学生方鹏、邱传忠、孙运梁、葛磊等人在书稿的校对上付出了辛勤的劳动，尤其是方鹏还为我整理出附录，使本书内容更为完整。本书的出版还获益于中国政法大学出版社策划室主任李克非先生的热情约稿和辛勤审读。克非1989年在中国人民大学法学院刑法专业硕士研究生学习时，就与我有师生之谊。此次策划出版个人独著法学教科书，向我约稿从而启动了本书的写作，在此深表谢意。

《陈兴良刑法学教科书之规范刑法学》是以刑法规范为中心的刑法学教科书，而刑法规范是生生不息地变动着的，我期望本书能够随着刑法规范的更新而不断地修订，从而成为我国刑法演进的历史见证。

陈兴良
谨识于北京海淀蓝旗营寓所
2003年5月20日

59.《规范刑法学》(第二版)[1]出版说明

《陈兴良刑法学教科书之规范刑法学》(中国政法大学出版社2003年版)是我继《本体刑法学》(商务印书馆2001年版)以后出版的第二本刑法体系书。如果从完整性上来说,《本体刑法学》只包括刑法总论的内容,而《陈兴良刑法学教科书之规范刑法学》则包括刑法总论与刑法分论的内容,因而《陈兴良刑法学教科书之规范刑法学》是更为完整的刑法体系书。在此,我采用了"刑法体系书"一词,回避使用刑法教科书的概念,也许是因为"教科书"一词在我国学界声誉不好的缘故。一般而言,某一学科的教科书是对该学科知识的体系性叙述,因而可以说是一种体系书。但体系书却未必一定都是教科书,教科书在学科知识的叙述上更多地考虑教学需要,而且往往具有在章后附思考题之类的形式要件。当然,有时候教科书与体系书也是难以区分的,教授所写的体系书往往都被认为是教科书。尤其是在被指定作为教材的情况下,体系书发挥着教科书的功能。之所以在这里讨论体系书与教科书之间的区分,是因为《陈兴良刑法学教科书之规范刑法学》确实是以教科书的名义出版的,曾经作为教材使用。可以说,《陈兴良刑法学教科书之规范刑法学》是具有教科书性质的刑法体系书。当然,教师在课堂上讲授的时候,并不是照本宣科,而是根据教学安排讲授有关重点内容。在课堂上讲授之所本,也可以说是讲义,讲义与教科书又不完全相同。我不太习惯准备一套十分详细的讲义,一般是按照教科书讲授主要内容。在课堂上讲授的内容与教科书的内容当然是有所不同的:在教科书中应当照顾到知识体系的完整性,某一知识点,课堂上无论是讲还是不讲,都要在教科书中加以叙述。但在课堂上讲授的时候,由于课时有限,只能进行重要内容的讲授。尤其是刑法分则规定的罪名达数百个之多,逐个讲授既不可能也无必要。在这种情况下,就要有选择性地进行重点讲授。我的《口授刑法学》(中国

① 陈兴良:《规范刑法学》(第二版),中国人民大学出版社2008年版。

人民大学出版社 2007 年版)一书,就是课堂讲授实录,从中可以看出教科书内容与实际讲授内容之间的重大差别。

《陈兴良刑法学教科书之规范刑法学》一书出版至今已经过去近 5 年,在这期间刑法与司法解释又向前发展了,本书的修订工作迫在眉睫。就《陈兴良刑法学教科书之规范刑法学》一书而言,刑法总论部分相对较为简单,刑法分论则是写作的重点。从全书的篇幅上来说,刑法总论只占 1/3,刑法分论则占 2/3。在这次修订中,根据《刑法修正案》和司法解释,对刑法分论的内容进行了修改、补充,使之更加充实。虽然对刑法分论的修订是重点,但这次修订时对犯罪构成体系作了重大调整,这对于我来说是具有重要意义的。在《本体刑法学》一书中,我构造了罪体与罪责的犯罪构成体系:罪体相当于犯罪构成的客观要件,罪责相当于犯罪构成的主观要件。这一体系基本上保留了我国现存的犯罪构成体系中犯罪客观方面与犯罪主观方面相对应的结构,只是取消了犯罪客体与犯罪主体。犯罪客体实际上分解为保护客体与行为客体,行为客体被纳入罪体,保护客体则不再作为一个具体要件,而是作为犯罪的一般原理在犯罪概念中讨论,这就是所谓法益的问题。至于犯罪主体则分为行为主体与责任能力,行为主体被纳入罪体,责任能力则作为责任要素加以确立。在《陈兴良刑法学教科书之规范刑法学》一书中,除罪体与罪责之外,又加上罪量这一犯罪的数量要件,使之更加符合我国刑法的规定。但在上述犯罪构成体系中,存在一个难以在逻辑上自洽的问题,就是在犯罪构成之外讨论正当防卫、紧急避险等正当化事由。这种安排是从特拉伊宁那里继承下来的,也是我国现存的犯罪构成体系与大陆法系犯罪论体系之间在内容安排上的重大区别之一。在犯罪构成之外讨论正当化事由带来的根本性缺陷是:犯罪构成尚不能完全解决是否构成犯罪的问题,即使符合犯罪构成也可能因为具备正当化事由而不构成犯罪。正当化事由是建立在是否具有法益侵害的实质判断基础之上的,只有将这一实质判断纳入犯罪构成之内,并且是在形式判断之后再作这种具有出罪功能的实质判断,才能使犯罪构成真正成为区分罪与非罪的法律标准。在这种情况下,我对犯罪构成的内容作了重新安排。从总体框架上,保留罪体、罪责和罪量这三个要件。罪体区分为两个层次:第一层次是罪体构成要素,第二层次是罪体排除事由。这样，就将正当化事由作为罪体排除事由纳入罪体中讨论。在一般情况下，具备罪体构成要素事由则可以否认罪体的成立。罪责也分为两个层次：第一层次是罪责构成要素，第二层次是罪责排除事由。罪责排除事由是从反面论及归责要素，包括责任无能力、违法性认识错误和期待不可能。在《本体刑法学》和《陈兴良刑法学教科书之规范刑法学》两书中，这些问题都是作为归责要素加以正面讨论的。但作为归责要素容易给人错觉，似乎每一种犯罪都要考察其存在与否，这样就使故意与过失等定型性的罪责要素的推定机能受到抑制。而且，这里存在一个总则规定与分则规定的区分，实际上也就是总论原理与分论原理的分工问题。对此，日本著名刑法学家小野清一郎指出：

> 这些被称为违法阻却原因和责任阻却原因的，也是被类型地、抽象地规定的东西，而且它们属于刑法总则部分，是比刑法分则的构成要件更进一步抽象的东西。因此，在具体适用它们的时候，不能形式地、字面上地适用，仍然必须考虑它们的实体，具体地、妥当地适用。至于它们的实体，说到底还是行为的违法性和行为人的道义责任，违法阻却原因无非是在行为没有违法性的场合，责任阻却原因无非是在行为人没有道义责任的场合，将其予以类型化的规定，或者说是从消极方面对违法性和道义性予以规定的法律定型而已。就此而言，刑法分则的构成要件是可罚性不法的积极构成要件；相反，违法阻却原因和责任阻却原因，可以说是总则性的、一般的消极要件。①

我认为，小野清一郎教授对违法阻却事由和责任阻却事由的体系性地位的理解是十分正确的。事实上，关于违法性阻却事由和责任阻却事由只是在刑法总论中讨论，在刑法分论对个罪构成要件的讨论中，只讨论罪体构成要素和罪责构成要素，不再涉及罪体排除事由和罪责排除事由。通过以上调整，将使罪体、罪责、罪量的犯罪构成体系更为合理。

---

① ［日］小野清一郎：《犯罪构成要件理论》，王泰译，中国人民公安大学出版社2004年版，第41页。

除犯罪构成体系的调整以外,本书第二版还对以下两章的内容作了较大的调整,甚至是重写。本书第一版的第九章(第二版为第五章)定罪,是较为独特的一章,因为我国刑法教科书一般只有量刑与行刑这两章而无定罪专章,或是将犯罪构成基本原理作为定罪内容。但在我看来,犯罪构成是定罪的标准,主要是静态地叙述犯罪成立的条件,它不能取代对定罪的研究,因为定罪理论是动态地叙述犯罪认定的原则和方法。因此,我以为在刑法教科书体例中保留定罪专章还是必要的,也可与量刑、行刑诸章形成对应。在本书第一版的定罪一章中,除概述以外,共设两节分别讨论定罪原则和法条竞合。在本书第二版的定罪一章中,由于法条竞合移至刑法竞合论(罪数)一章中讨论,定罪原则也作了调整。本书第一版中确定的定罪原则是主观与客观相统一原则,但这一原则只是在存在论的意义上论及,并且只是宣示定罪需要同时具备客观要件与主观要件,而未针对两者的关系作出科学界定。为此,我认为在清理主客观相统一原则的基础上,应倡导法益原则和责任原则。法益原则是对客观要素实质审查的原则,将法益侵害作为不法的判断根据,由此限制刑罚的发动。责任原则是对主观要素实质审查的原则,由此形成主观归责的根据。[①] 基于以上设想,本书第二版的定罪原则调整为法益原则、责任原则与当罚原则,以此取代主观与客观相统一原则。与此同时,在定罪一章中增加了定罪方法和定罪过程这两节,以使本章的内容更为充实。此外,由于定罪的内容对于犯罪论具有绪论的性质,因而将其安排在犯罪构成理论之前。

除定罪一章以外,对罪数一章也几乎重写。本书第一版第十四章是单复数罪,也就是传统的罪数论。在该章中,主要讨论了单纯的一罪、法定的一罪、处断的一罪,以及继续犯、接继犯、徐行犯、转化犯、惯犯、结果加重犯、结合犯、想象竞合犯、连续犯、牵连犯和吸收犯共11种罪数形态。但在这11种罪数形态中,相当一部分罪数形态是以同种数罪并罚为前提的。例如接续犯、徐行犯、惯犯、连续犯等,为限制同种数罪并罚而在刑法理论上设立了上述概念。以连续犯为例,它是德国刑法理论创制的一个概念。这个概念旨在补充对"自然意义的行为个体"的观察,而对于实际

---

① 参见陈兴良:《刑法知识论》,中国人民大学出版社2007年版,第294页。

上包含一系列重复出现且侵害同一法益性质的行为,因其主观上具有"概括故意",所以在法律评价的观点上,认为其具有"结果不法的单一性"。此种法律创设的概念,不免受到"是否仅将'同种犯罪数量的累积'予以单元化,从而将'数罪并罚'的适用加以缩限"的批评。因此,将连续犯的行为在法律上视为"准单一行为"的见解,从刑事政策的观点来说,尚存有争议。[①]由此可见,连续犯系特定法律语境之中的概念,脱离了这一语境就丧失了其存在的正确性与必要性。我国刑法中的数罪并罚,在法条上对数罪的概念没有限制,从逻辑上来说既包括异种数罪,也应包括同种数罪,但在司法实践中同种数罪从来都是作为一罪处理而不并罚。在这种情况下,诸如连续犯等以同种数罪并罚为前提而创设的法律概念在我国司法语境中实际上是没有任何意义的。基于以上考虑,本书第二版将罪数论改为刑法竞合论,以竞合为中心线索讨论对于罪数认定具有实际价值的法条竞合、想象竞合和实质竞合。

应当指出,我国目前的刑法理论,从体系到概念均来自大陆法系,先前是来自苏俄,现在则更多地来自德日。我始终认为,法律有国界,法理无国界。当然,在引入他国法理的时候,我们应当充分关注法理与法律之间的相关性。不可否认,法理对于法律具有一定的依附性。因此,当我们引入他国法理的时候,应当对我国法律与他国法律进行某种比较法的研究,考察某种法理在我国的适用是否存在法律上的障碍。如果存在法律上的障碍,则这种法理就是不适合在中国法律语境下应用。只有这样,我们才能正确地对待引自他国的法理,并为我所用。

《陈兴良刑法学教科书之规范刑法学》一书出版以后,成为我个人最具代表性的刑法教科书,并获得 2005 年司法部法学教材与法学优秀科研成果一等奖(2005 年),这是值得欣慰的。随着时间的推移,我国刑法不断修订,司法解释也大量颁行。在这种情况下,本书的内容日益陈旧,因而修订本书也就愈发显得必要与迫切。《陈兴良刑法学教科书之规范刑法学》一书的修订断断续续地进行了一年多,直到 2007 年年末,始告完成,了却心愿。本书的修订先后得到我的学生江溯、付强和文姬的大力协助,在此深表谢意。《陈兴良刑法学教科书之规范刑法学》第一版是在中

---

① 参见苏俊雄:《刑法总论 III》,2000 年自版,第 78 页。

国政法大学出版社出版的,因为中国人民大学出版社为我设立了文库,因而第二版移至该社出版,特此说明。

陈兴良
谨识于北京海淀锦秋知春寓所
2007年12月13日

60.《规范刑法学》(第四版)[1]出版说明

《规范刑法学》是以刑法规范为中心而展开的刑法体系书。因此,本书随着刑法的不断修订和司法解释的经常更新而需要进行内容的更替和规范的替换。尤其是,当前我国刑法的立法越来越频繁,司法解释也大量出台。在这种情况下,本书的修订也就具有急迫性。否则,本书的内容就会滞后于立法与司法解释。

《规范刑法学》(第四版)的修订背景是2015年8月29日《刑法修正案(九)》的颁布,这是继《刑法修正案(八)》颁布之后,又一次对刑法规范所作的较大幅度的修订。在某种意义上可以说,《刑法修正案(九)》无异于是对现行刑法的中等规模的系统修改,从而实现了刑法的再次更新。《刑法修正案(九)》对刑法的修订,主要体现在扩张犯罪范围和调整刑罚结构这两个方面。

犯罪范围是指一个国家刑法所设定的刑罚处罚的规模,也称为犯罪圈。各个国家刑法所规定的犯罪范围是各不相同的,这主要取决于不同国家的历史传统和规训体制。我国刑法的犯罪范围相对来说是较小的,但近年来处于不断的扩张之中。《刑法修正案(九)》延续了这一犯罪化的趋势,通过增设新罪与扩充旧罪,在一定程度上扩大了犯罪范围。因此,犯罪化是我国刑法立法的主旋律。即使废除个别罪名,例如嫖宿幼女罪,也并不是将嫖宿幼女行为非犯罪化,而是将其并入强奸罪,意在使其受到更为严厉的刑罚处罚。

刑罚结构是指一个国家的刑罚方法的组合形式。任何一个国家的刑罚方法都不是单独发挥作用的,而只能在一定的体系中发挥作用。因此,刑罚体系是一个国家的刑罚结构的基础。刑罚体系是各种刑罚方法的有机组合,表现为各种刑罚方法的一定顺序排列和比例分配。这些刑罚方法按照一定的内在逻辑合理地结合,就形成一定的刑罚结构。《刑法

---

① 陈兴良:《规范刑法学》(第四版),中国人民大学出版社2017年版。

修正案(九)》延续了上述减少死刑、加重生刑的立法进程。继《刑法修正案(八)》减少13个死罪罪名以后,《刑法修正案(九)》又减少了9个死刑罪名。这9个死刑罪名是:(1)走私武器、弹药罪;(2)走私核材料罪;(3)走私假币罪;(4)伪造货币罪;(5)集资诈骗罪;(6)组织卖淫罪;(7)强迫卖淫罪;(8)阻碍执行军事职务罪;(9)战时造谣惑众罪。《刑法修正案(九)》加重生刑最为重要的立法举措,就是对贪污罪和受贿罪设置了终身监禁。《刑法修正案(九)》规定:对犯贪污、受贿罪,判处死刑缓期执行的,人民法院根据犯罪情节等具体情况可以同时决定在其死刑缓期执行二年期满依法减为无期徒刑后,终身监禁,不得减刑、假释。同时,根据我国《刑事诉讼法》第265条的规定,可以暂予监外执行的对象是被判处有期徒刑或者拘役的罪犯。因此,终身监禁的罪犯,也不得暂予监外执行。这就真正实现了关押终身,从而使无期徒刑在一定范围内名副其实化,由此加重了对贪污罪和受贿罪的处罚力度。

在立法机关对刑法进行修订的同时,最高司法机关对刑法进行解释的进程也从来没有停止过。大量出台的司法解释,为司法机关的刑法适用提供了规范根据,对于实现全国范围内的司法统一具有重要意义。因为司法解释所提供的数量化的实施细则,便于各地司法机关一体遵循。同时,我们也可以看到,这种过于注重数量化的操作规则,固然可以限制法官滥用刑罚权,但同时也束缚了法官对行为性质的正确判断,从而出现了法律教条主义的倾向。近期在媒体上热议的79岁非遗传承人杨风申非法制造爆炸物案,就是明证。

> 被告人杨风申,男,1938年7月6日生,汉族,小学文化,住赵县赵州镇南杨家庄村。因涉嫌非法制造爆炸物罪,于2016年2月19日被赵县公安局刑事拘留;于2016年3月9日被赵县公安局取保候审。赵县人民法院审理查明,2016年2月19日,被告人杨风申因该村过庙会,组织部分村民在杨家庄村居民区非法制造烟火药被举报。公安干警当场查获用于制造“梨花瓶”的烟火药15千克、“梨花瓶”成品200个(每个瓶内药量约为1.46千克)以及其他原料和工具。经对查获的烟火药鉴定其具有爆燃性。赵县人民检察院认为,被告人杨风申已构成非法制造爆炸物罪,应当以非法制造爆炸物罪追究其刑事责任。赵县人民

法院一审判决认为，被告人杨风申违反国家爆炸物管理法律法规，未经有关部门批准，在杨家庄村居民区非法制造烟火药 15 千克以上，其行为已构成非法制造爆炸物罪，情节严重，应予惩处。公诉机关指控被告人的犯罪事实清楚，罪名成立，适用法律得当，应予采纳。为了打击犯罪，赵县人民法院依照《中华人民共和国刑法》第 125 条、第 17 条之一、第 67 条第 3 款之规定，判决被告人杨风申犯非法制造爆炸物罪，判处有期徒刑四年零六个月。①

该案在媒体披露以后，引起社会公众广泛关注。即使作为刑法专业人士，我也感到好奇，被告人作为非遗传承人，在春节期间进行燃放烟花的群众性娱乐活动，何以触犯刑律，以至于以年近八旬的衰老身躯被判入狱？对此，即使不从专业角度考虑，只要凭直觉，就可以得出结论：司法出了问题，爆炸物的管理体制出了问题。根据有关资料，赵县五道古火会是流传于河北省赵县赵州镇南杨家庄村极具地方特色的传统民俗文化活动，已经相传了两千多年，在河北省绝无仅有。古火会从每年的农历正月十五下午开始一直延续到深夜。它将祭祀活动和元宵节焰火会两者之间进行了有机结合；更重要的是，古火会除具有观赏性外还通过组织活动起到凝聚人心、保护传承传统手工制作技艺的作用。2011 年赵县的五道古火会被列入河北省非物质文化遗产名录。我国对爆炸物实行严格管制，并且将非法制造、运输、买卖、持有爆炸物的行为规定为犯罪。从维护公共安全的角度来看，这是具有正当性的。应该说，这种对爆炸物管制的目的主要还是为了防范爆炸物对公共安全造成破坏。然而就本案而言，古火会是一种流传了数千年的民俗活动，其中涉及对爆炸物的使用，这是一种正当使用，绝非法律所禁止的对象。即使在没有办理合法手续的情况下，也只是一个行政违法的问题，根本不能因为爆炸物的数量达到了立案起诉标准而以之入罪。这里涉及在符合构成要件的基础上，还需要进行是否具有法益侵害性的实质判断的问题。从本案可以发现，目前我国基层司法机关只是机械地根据司法解释规定的标准入罪，而对于那些根本就不具有法益侵害性的行为没有进行出罪处理，由此出现了各

① 河北省石家庄市赵县人民法院(2017)冀 0133 刑初 4 号刑事判决书。

种奇葩案件。这里我要强调:以法入罪,以理出罪。所谓以法入罪,就是定罪量刑都必须以法律或者司法解释的明文规定为根据,这也是罪刑法定原则的应有之义。所谓以理出罪,是指虽然符合构成要件,但如果没有法益侵害性,则应当予以出罪。这里需要确定的是,只有入罪才需要法律根据,出罪并不需要法律根据。

《规范刑法学》(第四版)的修订过程,也就是对我国刑法立法和司法解释的演进历程的回顾。从这个意义上说,《规范刑法学》是随着我国刑法和司法解释一起成长的。值此《规范刑法学》(第四版)修订完成即将出版之际,恰好是 1997 年刑法颁布 20 周年之时。但愿法理与规范同在,规范与法理共生。

陈兴良

谨识于北京海淀锦秋知春寓所

2017 年 7 月 11 日

61.《规范刑法学(教学版)》[①]序

本书是在《规范刑法学》(上、下卷)一书的基础上缩编而成的,是该书的教学版。《规范刑法学》一书是我所编写的一部刑法体系书,基本上囊括了刑法的所有内容。尤其是,对刑法分则的每个罪名都根据刑法规定和司法解释进行了细致的梳理和严密的解读。因此,《规范刑法学》一书的篇幅较大,而且随着法律与司法解释以及指导性案例的不断发展,该书的内容也随之不断扩充。《陈兴良刑法学教科书之规范刑法学》第一版(中国政法大学出版社 2003 年版)全书共计 92 万字,装订为一册,第二版(中国人民大学出版社 2008 年版)全书共计 107 万字,装订为上下两册。及至第三版(中国人民大学出版社 2013 年版)全书扩展为 117 万字。如此大的篇幅,不仅书的价格较贵,而且不适合于教学。在这种情况下,中国人民大学出版社的方明编辑多次催促我对该书进行压缩,编撰一个适合于刑法本科教学的版本。因为各种写作任务的纠缠,直到今天才完成这一缩编的任务,也算松了一口气。

在对《规范刑法学》一书进行缩编的时候,主要考虑了刑法课程教学的时间安排。目前各校一般都以一学年安排刑法课程的教学,其中刑法总论一个学期,每周 4 个学时左右;刑法各论一个学期,每周 3 个学时左右。在这种情况下,刑法总论的基本原理应该系统讲授,其内容较为完整。尤其是犯罪论体系应该是讲授的重点,所以本书对刑法总论没有进行过多的压缩。而刑法各论,涉及 540 多个罪名,不可能每个都讲授,对此应该重点压缩。我在北大法学院给本科生讲授刑法各论时,曾经只讲授 14 个重点罪名。[②] 这 14 个罪名是:故意杀人罪、过失致人死亡罪、故意伤害罪、强奸罪、抢劫罪、盗窃罪、诈骗罪、侵占罪、贪污罪、挪用公款罪、受贿罪、重大责任事故罪、非法经营罪、玩忽职守罪。这些罪名都是刑法中

---

① 陈兴良:《规范刑法学(教学版)》,中国人民大学出版社 2015 年版。

② 参见陈兴良:《口授刑法学》,中国人民大学出版社 2007 年版。

的重点罪名,与之关联的罪名达到百个以上,能够起到举一反三之功效。在《规范刑法学》的教学版中,考虑到学生学习以及考试的需要,稍微扩大罪名范围,将较为常见的罪名都罗列其中,总数达到 88 个,基本涵括了我国刑法分则中的主要罪名。掌握这些罪名,就能够较好地理解刑法分则的内容。

刑法是一门重要的法学课程,具有其独特的法律方法论。通过刑法课程的学习,对于现行刑法的基本内容就会有一个框架性或者体系性的掌握。《规范刑法学(教学版)》一书意在为刑法课程的讲授与学习提供样本,期待着它在刑法教学中发挥作用。本书在编写过程中,我的硕士生吴雨豪帮我做了若干文字处理工作,对此深表谢意。

陈兴良
谨识于北京海淀锦秋知春寓所
2014 年 5 月 18 日

62.《规范刑法学(教学版)》(第二版)[①]序

《规范刑法学(教学版)》的第二版对第一版的若干内容进行了修订,虽然变动的地方不多,但也算是一个新的版本。

《规范刑法学》是一个刑法的体系书,它以刑法条文体系为基本脉络,对刑法理论进行了系统的叙述,完整性和全面性是其主要特征。当然,对于刑法教学来说,受制于学时,很难在有限的课时内将《规范刑法学》的全部内容教授完毕。在这种情况下,对《规范刑法学》的内容删繁就简,保留重点,以适应刑法教学之需,就成为《规范刑法学》编撰的目的。自从《规范刑法学(教学版)》第一版出版以来,这个目的在一定程度上达到了,为刑法教学提供了一本可供选择的教科书。当然,刑法教科书的内容是会随着立法与司法的发展而不断更新的,例如 2016 年 4 月 18 日最高人民法院、最高人民检察院发布的《关于办理贪污贿赂刑事案件适用法律若干问题的解释》对贪污贿赂罪以及相关犯罪的数额与情节作了具体规定,这是在《刑法修正案(九)》对贪污贿赂罪进行修改以后,司法解释根据立法精神对贪污贿赂罪的规范加以进一步的发展完善。为此,在本书第二版中,根据最新的司法解释调整了有关内容。

《规范刑法学(教学版)》以简洁的方式叙述复杂的刑法理论,以便适应刑法教学,尤其是本科教学的需要。实际上,刑法理论是具有层次性的,对于初学者来说,接触到的只是某个学科最为基础,也最为简单的知识,这些知识具有确定性与共识性。只有在掌握了这些知识的基础上,才有可能进一步对本学科理论进行钻研。因此,一个学科的基础知识还是十分重要的。刑法学与其研究对象——刑法之间具有密切的关联。作为一名刑法学人,应当随时关注刑法立法和

① 陈兴良:《规范刑法学(教学版)》(第二版),中国人民大学出版社 2018 年版。

司法的发展,并且将这些刑法规范的演进及时地反映在刑法教科书之中。

是为序。

陈兴良

谨识于北京海淀锦秋知春寓所

2018 年 3 月 16 日

63.《刑法理念导读》(修订版)[①]前言

《刑法理念导读》作为高级检察官培训教材,是在2003年由法律出版社出版的,迄今已近五个年头了。此次丛书编委会又邀请我对本书进行适当增订,以高级检察官培训教程的名义在中国检察出版社出版。对此,我表示欣慰。

理念,英文为idea,是我所喜欢使用的一个概念。刑法理念,也是我在《当代中国刑法新理念》(中国政法大学出版社1996年版)一书中首次采用的。随着法治理念教育的推行,“理念”这个词也越来越耳熟能详。那么,到底什么是理念呢?对此,我本人也没有深入探究过。我们一般都把理念看作观念、思想的同义语。其实,理念是一个十分形而上学的哲学概念,它来自于古希腊哲学家柏拉图的理念论。英国学者戴维·梅林在论及柏拉图的理念论时指出:

> 理念论是要让回忆说建立在坚定的形而上学和认识论基础之上。存在着一个永恒的仅凭理智可以理解的实在的世界,灵魂在肉体化之前不具形体的状态中就直接了解到了它。我们在现在的肉体化生活中凭感觉经验获知的世界包含了永恒实体的感觉影像,这些感觉影像可以促使我们回复到对理念的回忆,理念是它们永恒的仅凭理智可以理解的原型。真正的哲学家力求不断摆脱由感觉经验引起的身体快乐与痛苦的感知的扭曲性影响而净化自己,增长他进行纯粹理智思考的能力,唯有这能获得关于理念的知识。[②]

因此,理念具有超越经验的特征,正如灵魂存在于肉体外。十分凑巧的是,黑格尔在论及法的理念的时候,也采用了灵魂与肉体的比喻。黑格

---

① 陈兴良:《刑法理念导读》(修订版),中国检察出版社2008年版。

② 〔英〕戴维·梅林:《理解柏拉图》,喻阳译,辽宁教育出版社、牛津大学出版社2000年版,第114—115页。

尔认为,法哲学这一门科学以法的理念,即法的概念及其现实化为对象。那么,如何理解这里的理念呢?黑格尔指出:

> 概念和它的实存是两个方面,像灵魂和肉体那样,有区别而又合一。如果肉体不符合灵魂,它就是一种可怜的东西。定在与概念、肉体与灵魂的统一便是理念。理念不仅仅是和谐,而且是它们彻底的相互渗透。如果不是某种式样的理念,任何东西都不能生存。法的理念是自由,为了得到真正的理解,必须在法的概念及其定在中来认识法。①

黑格尔当然是基于其客观唯心主义的哲学立场讨论理念的。在唯物辩证法看来,理念并不是先于或者高于物质实体的先验存在物,而恰恰是从具体事物中抽象出来的某种观念形态。因此,我们在理解客观事物的时候,仅有物质的实体形态的把握还是远远不够的,还应当透过物质之表象,深刻把握物质的观念形象。对于法的认识也是如此。法当然是以规范形式存在的,并且表现为各种具体的实在法。但只是对表象的法律实体的认识还不足以把握法的精神,还应当在观念形态上理解法。这种观念形态意义上的法,就是法的理念。因此,作为理念的法与作为规范的法是对立的:前者是应然之法,后者是实然之法。

刑法理念并非刑法之实然,也不是对现行刑法的诠释,而是指刑法之应然,属于刑法的价值层面。对刑法理念的探讨,意味着立足于刑法的现实,面对刑法的未来,是对刑法生长与发展之逻辑与规律的揭示。因此,在某种意义上来说,对刑法理念的研究就是对刑法的哲学研究。它以一种反思的、批判的精神与姿态呈现,具有超越实在刑法的意蕴。在此,刑法理念所具有的应然性与刑法规范所具有的实然性之间凸显出一种冲突。刑法理论首先是关于规范刑法的知识,它具有对现行刑法条文的诠释功能,以满足司法实践的客观需求。但这种规范刑法的知识需要一种超越于现行刑法规范的刑法理念之引导。因为刑法本身不是凝固不变的,尤其是当前中国处于转型时期,我国的法律包括刑法也处在剧烈的变动之中。如果我们不能从理念上把握刑法的精神实质,我们就只能囿限于刑法规范之表象与具象,对于刑法的内在价值无所归依,对于刑法

---

① 参见〔德〕黑格尔:《法哲学原理》,范扬、张企泰译,商务印书馆1961年版,第1—2页。

的发展前景不甚了然,因而难以适应刑事法治建设的现实要求。

我以为,一个国家的刑事法治是由以下三个层面的内容构成的:刑法理念、刑法制度与刑法规范。在这三者之中,刑法规范处于表层,对社会生活直接发生作用,也是我们在其现实性上所能接触到的刑法表象。在现实生活中,公民主要与刑法规范打交道。刑法规范所具有的对公民的约束功能,是可以切实地感知的。当然,在民族心理结构中,也还存在着某些历经长久而积沉下来的刑法规范被社会所普遍认同,诸如"杀人者死"等规则,都成为对现行刑法规范的有效性的某种检验。在司法活动中,刑法规范是定罪量刑以及行刑的法律准则,对司法官员也具有直接的约束作用。当然,刑法规范不能独自地发生作用,在其背后必然存在着制度的支撑。这里的刑法制度,主要是指刑事立法与刑事司法的体制。刑事立法体制是立法权的行使方式,通过立法活动供应刑法规则,以满足刑事司法对规则的需求。刑事司法体制是司法权的配置方式,通过各种司法权的行使实现刑法规范的价值。相对于刑法规范来说,刑法制度更为直接地体现了权力的作用,因而其生命也是更为持久的。刑法法规变动可能更加频繁,而刑法制度则相对稳定。当然,我国目前正在进行司法体制改革,对刑法制度也有加以结构性调整之必要。在这样一个历史背景之下,透过刑法规范而关注刑法制度是十分重要的。在刑法制度之上就是刑法理念,它对刑法起到某种指导作用,对刑法制度的改革与刑法规范的适用都是不可或缺的。在这样一个社会转型与体制改革时期,刑法理念的转变是十分重要的,它是刑法制度调整与刑法规范变动的先声与前驱。因此,我们有充分的理由将刑法理念纳入我们的视野。

《刑法理念导读》一书编纂于2003年年初,反映的是当时我对刑法理念的认识。这次再版作了个别增补。首先,增加了一篇代序:《当代中国刑法理念》。这是我的一篇讲演稿,论述了人权保障、形式理性和刑罚谦抑三个刑法理念。由于该文是以讲演稿的形式呈现出来的,具有可读性,也可以理解为全书的核心观点。此外,还增加了第十四章与第十五章。第十四章是"刑事法治视野中的刑事政策",该章以刑事法治为视野,对我国的刑事政策进行了法理探讨;第十五章是"宽严相济刑事政策研究",该章对我国当前正在贯彻的宽严相济的刑事政策的精神及其适用作了系统的阐述。经过增补以后,全书正文共分为十五章,基本上可以分为三个部分:第一部分是第一章到第八章,属于刑法理念的价值基础,是本书的基本理论,对于正确掌握刑法理念具有重要意义。第二部分是第九章到第十二章,属于刑法理念的规范内容,其中罪刑法定原则和罪刑均衡原则都是刑法理念的具体体现。第三部分是第十三章到第十五章,属于刑事政策内容。刑事政策与刑法理念之间具有密切联系,刑法理念往往通过一定的刑事政策对刑事立法与刑事司法发生作用。因此,刑法理念转变是十分重要的。尤其是近年来,随着建构和谐社会的政治理念的确立,必然影响到刑事政策。因此,宽严相济刑事政策在某种程度上可以说是刑事法对建构和谐社会的政治理念的回应。

本书第一版是由法律出版社出版的,第二版改由中国检察出版社出版。有关编辑在本书出版过程中付出了辛勤的劳动,对此我要深表谢意。此外,本书是在最高人民检察院高级检察官培训教程编委会的组织下编写的。对此我也要表示谢意。

是为前言。

陈兴良

谨识于北京海淀锦秋知春寓所

2007 年 11 月 24 日

64.《刑法理念导读》[1]后记

国家检察官学院孙谦院长约请我为高级检察官资格培训编写一本刑法教材，考虑到目前各种刑法教科书已经所在多有，专门为检察官培训再编一本刑法教科书似无必要。为此，孙谦院长嘱我专门编一本关于刑法理念方面的读本。对孙谦院长的这一建言，我深以为然。于是，我在已往研究成果的基础上，按照一定的逻辑关系编成本书，名之曰：《刑法理念导读》。

在当前刑事法治的建设中，刑法理念是一个至关重要的问题。刑法理念是关于刑法的价值、机能和原则的一些基本观念，这些观念对于刑事立法与刑事司法具有指导意义。随着市场经济的发展，我国正在经历从政治国家到市民社会与政治国家二元分立社会的结构性转型。这一社会转型必然导致刑法理念的重大转变，这就是从专政型的刑法理念向法治型的刑法理念的转变。这一刑法理念的转变同样必然影响我国的刑事司法，检察官也存在一个如何适应这一刑法理念转变的问题。因此，刑法理念的启蒙是十分必要的，为检察官提供一个刑法理念的读本，也正是本书编写的宗旨之一。

刑法理念具有不同于刑法条文及其司法解释的特点。刑法条文及其司法解释是刑法的规范存在，它对于检察官的业务学习来说当然是十分重要的。但作为一名检察官，仅掌握关于刑法的规范知识是远远不够的。刑法理念是刑法的价值存在，它蕴含在刑法条文及其司法解释之中，并对司法活动具有重要的引导作用。只有在奠基于法治之上的刑法理念的正确指导之下，检察官才能更好地胜任自己的本职工作。从内容上来说，刑法条文及其司法解释是具象的，而刑法理念则是抽象的。正是这种抽象性，使刑法理念具有形而上的特征，它超越法条、超越司法解释、超越个案。如果缺乏广泛的哲学人文社会科学知识背景，就难以从根本上理解

① 陈兴良：《刑法理念导读》，法律出版社2003年版。

刑法理念。例如罪刑法定原则被1997年《刑法》确认为刑法基本原则，它是现代法治社会刑法的内在精神；罪刑法定原则如何在司法活动中得以切实的贯彻，就是一个关乎刑事法治命运的重大问题。只有正确地掌握了刑法理念，才能实现罪刑法定原则的司法化。当然，刑法理念问题由于其自身的抽象性，不似规范刑法论著那样通俗易懂，初读可能会略显晦涩，个别篇章甚至难以理解。但我想，刑法理念恰恰隐藏在高深的理论之中，需要我们去破译与解读。只要认真钻研，必将进入理论的神秘殿堂，领略刑法理念的姿容。

我国的刑事法治建设正在启动，这对从事司法工作的人员，尤其是检察官，无疑是一场观念与知识的双重挑战。我认为，刑事法治是一个逐渐的发展过程，而一支高素质的检察官队伍是实现刑事法治的重要前提之一。如果本书能为提高检察官的理论素质略有贡献，则善莫大哉。最后应当指出，国家检察官学院孙谦院长、中国青年政治学院周振想副院长作为本书的审稿人，通读本书并提出了宝贵的修改意见，使我获益匪浅。此外，国家检察官学院徐鹤喃教授也为本书的出版付出了辛勤的劳动。对此，我表示由衷的感谢。

陈兴良
谨识于北京海淀蓝旗营寓所
2003年元旦

65.《刑法理念导读》(第三版)[1]前言

《刑法理念导读》一书于2003年在法律出版社出版了第一版,2008年在中国检察出版社出版了第二版。转眼之间,第二版的出版已经过去十年,本书也早已在图书市场脱销。为此,中国检察出版社约我对本书进行修订,以便重新出版以飨读者。

在我的著作中,《刑法理念导读》一书是较为特殊的,它不是专著,而是一部选集。这部书的出版主要是为了满足检察机关业务培训的需要,因而以刑法理念为主题,选编相关论文,形成本书的基本内容。

刑法理念具有一定的应然性,因而收入本书的作品不同于刑法教义学,是对刑法的形而上的思考。理念一词,在英文中是 idea,也就是思想或者观念。如果说,法教义学是根据法律的思考;那么,法理念就是关于法律的思考。法教义学对于法采用的是内在视角,是在法之中研究法。而法理念对于法采用的是外在视角,是在法之外研究法。例如,英国学者丹尼斯·罗伊德曾经写过一本书,书名就是《法律的理念》。在该书中,罗伊德揭示了法律理念的重要性,指出:"法律观念在人类文明因素中的重要性仅仅显示那些职司法律概念的解释以及实际适用的人责任艰巨,他们要不断努力刷新那种形象,使它明朗,一再接受分析以便配合当时社会的实际情况。这并不是说法理学者唯一需要关心的只是注视未来;因为不论如何,法律的基本任务之一是替社会提供坚实的基础,这一点必须充分考虑社会在过去历史中呈现的传统与价值——至少在它们与目前需要有关的范围内——才能办到。"[2]因此,对于一个职业法律人来说,不仅要掌握法教义学的方法论,而且应当对法的理念进行深入的思考。唯此才能真正理解法,达成职业法律人的使命。

本书是《刑法理念导读》的第三版,对将近三分之一的内容进行了替

① 陈兴良:《刑法理念导读》(第三版),中国检察出版社2020年版。

② 〔英〕丹尼斯·罗伊德:《法律的理念》,张茂柏译,新星出版社2005年版,第269页。

换,也可以说是进行了更新。因而,本书可以说是《刑法理念导读》的最新修订版。

《刑法理念导读》第二版的代序是关于刑法理念的一篇讲演稿,将其作为代序当然是十分适宜的。但这次修订,我代之以《中国刑法的发展方向》一文。该文以《刑法修正案(九)》为根据,对中国刑法走向进行了宏观考察。自从1997年刑法修订以后,我国立法机关采用刑法修正案的方式对刑法进行及时修改补充,至今已经颁布了十个刑法修正案。其中,《刑法修正案(八)》和《刑法修正案(九)》对刑法修订的规模较大。在这种情况下,对于中国刑法的未来走向出现了各种不同的声音。其中,有对刑法的扩张表示担忧的,这是值得关注的一种声音。从新罪增设的角度来看,刑法确实随着修正案的颁布而不断扩张,这一实然的描述并无争议。关键在于:如何看待这种刑法扩张的趋势?对此存在不同的理解。我个人的解读是:新罪增设的原因十分复杂,既有应对现实犯罪的一面,例如恐怖主义犯罪和网络犯罪就是典型例子;同时是司法权与行政权消长的反映,通过降低入罪门槛,越来越多的违法行为犯罪化,逐渐建立刑法中的轻罪体系,具有限缩行政处罚范围,扩张司法管辖范围的性质。因此,对中国刑法的未来走向应当进行客观理性的考察。该文只是表达了我个人的一种见解,未必完全正确,可以对这个问题进行进一步的思考。

《刑法理念导读》一书的内容可以分为三个专题:

第一个专题是刑事法治的基本原理,包括第一章至第六章。刑事法治是刑法理念的题中应有之义,也是法治国刑法的底色。因此,对于刑事法治的概念、特征、原则等内容进行深度解读是十分重要的。收入本书的这部分内容主要选自我早年出版的《刑法的价值构造》(中国人民大学出版社1998年版)一书,例如对罪刑法定原则和罪刑均衡原则的论述,是在1997年刑法修订背景下的思考。

第二个专题是刑事政策的基本理论,包括第七章至第十一章。刑事政策在我国刑法中具有独特的功能;可以说,刑事政策在很大程度上对刑法具有形塑功能。无论是刑法立法还是刑法司法,刑事政策都是须臾不可分离的要素。对于理解中国刑法来说,刑事政策是一把入门的钥匙。因而,对于刑事政策的概念、功能和演进的论述,对于理解我国刑法是十分重要的。我国的刑事政策存在一个从严打到宽严相济的转变过程,这种刑事政策的变化对我国刑法的立法和司法都具有重大影响。同时,我国刑法理论对于刑事政策和刑法教义学的关系也做了深入阐述,由此推进了我国刑事政策从政治研究到学术研究的转变,这是值得关注的发展迹象。

第三个专题是刑事司法改革的基本立场,包括第十二章至第十五章。刑事司法改革是近年来我国在刑事法治建设的背景下,司法机关所进行的体制性调整措施,涉及公安机关、检察机关、律师和审判机关等参与刑事诉讼程序的各方当事人的关系。我国的刑事司法改革主要是以司法机关部门主导为主,从表层来看,包括工作机制的调整;从深层来看,包括司法权职的调整。我对刑事司法改革长期跟踪研究,并对警察权、检察权、辩护权和审判权的运作提出了个人看法。这些考察所得的见解是纯学理性的,而且是十年前形成的,最初收入《刑事法治论》(中国人民大学出版社 2007 年版)。此后,我国又开展了一轮司法改革。这次本书没有能够及时跟进,这是令人遗憾的。好在这是一种学理研究,我想要提供的是思考的空间,而不是现实的方案。这里需要指出,刑事司法改革的内容在一定程度上已经超越了刑法的范畴,涉及刑事诉讼法等刑法相关学科。基于刑事一体化的思想,我还是将这些论文编列成为一个专题,供读者参考。

理念属于观念层面的东西,它虽然是对社会现实的反映,但它又具有独立性。相对于流动的和流逝的现实而言,理念是凝固的和沉淀的。刑法也是如此。随着刑法的不断修订,规范是变动不居的。而刑法理念则超越规范,并且支配着规范。因此,我们不仅需要熟知刑法规范,更要掌握刑法理念。唯有如此,才能深刻理解刑事法治的真实蕴含。

是为前言。

陈兴良

谨识于北京海淀锦秋知春寓所

2019 年 7 月 18 日

66.《刑法纵横谈——理论·立法·司法(总则部分)》[1]序

《刑法纵横谈——理论·立法·司法(总则部分)》一书即将出版,我受各位作者的委托,为本书作序。本书不是一般意义上的理论著作,而是口述式作品,是我们共同讨论、争辩与交锋的实录。本书缘于法律出版社蒋浩先生的设计,约请我们四人就刑法总论中的一些基本问题进行恳谈。从我们四个人的身份上来看,正好分别代表理论、立法、司法三个方面的立场。我以从事学术研究为主,属于理论的立场。郎胜是全国人大常委会法工委刑法室主任,从事立法工作。张军时任最高人民法院副院长、姜伟是最高人民检察院公诉厅厅长,他们可以说是法官和检察官的代表。当然,这种理论、立法、司法立场的区分又是相对的,我虽然身在理论界,但也在司法实务部门兼过职,自以为对于实际情况还是比较了解的。而郎胜、张军、姜伟虽然从事刑事立法与刑事司法工作,但他们本身都可以说是刑法学家,更何况他们三人都兼任中国法学会刑法学研究会副会长。当然,毕竟各自工作岗位不同,形成互相之间有所区别的视界,由此进行讨论,才会碰撞出思想的火花。本书的意义不在于对理论命题的系统叙述,而恰恰在于在互相探讨、商谈,乃至于争论中反映出来的对刑法基本理论问题的各有特色的见解。

本书从开谈到成书,差不多经过了一年多的时间。记得在 2002 年大年初二,蒋浩就把我们四人,加上录音整理者卢宇蓉博士,拉到了偏僻的延庆某度假村。当时是冰天雪地,北风凛冽。就在这样寒冷的天气里,我们开始了热烈的谈话。前后四天,形成了本书的大部分内容。此后,一别就是大半年,由于各自工作繁忙,直到 2002 年 10 月 2 日国庆节放长假才又聚在一起。这次是在昌平十三陵水库旁的半山居,又是两天的谈话,终于完成了本书。虽然谈话的时间只有六天,但这是我们从事刑法理论研

---

① 张军、姜伟、郎胜、陈兴良:《刑法纵横谈——理论·立法·司法(总则部分)》,法律出版社 2003 年版。

究和刑事立法与刑事司法实务工作二十多年来思考的结果和经验的总结。

我虽然对纯学术的理论著述情有独钟,但对当下流行的口述式作品也颇有兴趣。我们四人共同合作完成的这部“出口成章”的作品,反映了我们对刑法总论的基本理论问题的思考。由于口述式作品的特点,因而这种理论思考是即时的、即兴的,具有理论著述所不具有的可读性。当然,由于口述式作品这种形式的局限,对理论观点的表述是口语化的,因而在逻辑上可能未必是十分严谨的。

本书只是一个开始,若有可能,这种讨论还将继续进行下去。最后,我们还要感谢蒋浩先生的策划与张罗以及张琳博士的精心编辑,尤其是感谢卢宇蓉博士的辛勤劳动,是他使本书从声音转变为文字。

是为序。

陈兴良
谨识于北京海淀蓝旗营寓所
2003 年 8 月 19 日

67.《刑法纵横谈(总则部分)》(增订版)[①]序

《刑法纵横谈(总则部分)》一书初版是2003年11月由法律出版社出版的,转眼之间4年过去了。本书出版以后,以其独特的风格引起我国刑法学界的重视,也受到了读者的好评,这是令人欣慰的。

本书的特点在于以一种口述的方式对刑法总则中的一系列重大理论问题进行讨论。因为这些理论问题在司法实践中存在一定的争议,如何从理论上分析这些问题就成为本书关切之所在。由于参与讨论的4位作者所处的立场不同,对这些问题从不同的角度加以阐述,乃至于展开争论,以期抵达问题的核心点。我以为虽然未必在每个问题上都能达成共识,但这种讨论本身就会给人以启迪。本书以一种实录的方式将整个讨论过程呈现给读者,读者不仅可以从中获得结论性知识,而且可以随着讨论的思路触摸作者的思绪,这是一般书面作品所不具有的阅读魅力。正如我在本书初版序中所言:本书的意义不在于对理论命题的系统叙述,而恰恰是在互相探讨、商谈,乃至于争论中反映出来的对刑法基本理论问题的各有特色的见解。

在这一讨论中,我们4人由各自的身份所决定,自然形成了立法、司法(审判机关、检察机关)和理论三个(在某些情况下是四个)不同的视角。我当然是站在刑法理论的角度考虑问题的,但在这场讨论中,我更像是一个主持人的角色,主角还是来自立法与司法部门的郎胜、张军和姜伟。我更多地只是提出问题,表明理论上的关切,真正的倾谈者是他们。而且我对刑法有关重大理论问题的观点都已经在我个人的专著中进行了系统的阐述,因此借此机会想更多地听取来自实务部门同志的观点,我想读者也与我一样。尽管我本人也是教师,但我更习惯于一个人系统地讲授,而不太习惯于在一个争论的环境下发表自己的见解。在这方面,郎

① 张军、姜伟、郎胜、陈兴良:《刑法纵横谈(总则部分)》(增订版),北京大学出版社2008年版。

胜、张军和姜伟一个个都表现得十分抢眼,在争论中滔滔不绝地发表意见,我成了一个倾听者。

《刑法纵横谈(总则部分)》是4年前出版的,在这4年中,立法与司法又向前发展了,尤其是《刑法修正案(六)》对刑法作了较大幅度的修改补充。在这种情况下,需要对本书的内容作适当调整。考虑到本书是一部口述式作品,谈话时间是固定的,不好在内容上加以增补,只能以注释的形式反映立法与司法的变化。因为本书讨论的是刑法总则中的一些基本理论问题,刑法的局部修改不会影响本书内容。此外,在本书修订时我提议与《刑法纵横谈(分则部分)》在体例上保持一致,在每个专题后面增加一个案例分析,以便强化本书的应用性。案例选择的工作是在我指导下,由北京大学法学院刑法专业博士生孙运梁完成的。这些案例除个别以外均选自最高人民法院刑事审判庭主办的《刑事审判参考》(法律出版社出版)。《刑事审判参考》是在张军的主持下创办的,我亦是该连续出版物的顾问之一。我以为该书刊登的大量案例,实际上具有判例性质,对于指导刑事审判活动发挥了重要作用。作者对案例,尤其是裁判理由作了一些分析。由于前面讨论部分已经对有关理论观点进行系统阐述,因此在案例分析部分为避免重复,不再讨论一般性的理论问题,而是有针对性地进行点评,以便与前面的理论阐述形成呼应。对于这些案例,各位作者的看法未必完全一致。但透过案例分析可以使理论讨论更加深入、具体,是对理论观点的必要补充。

《刑法纵横谈(总则部分)》一书初版的成书和再版的面世,蒋浩先生功不可没。在某种意义上说,蒋浩是本书的幕后作者,参与了全书的长达数年的创作过程。我没有看到过一个出版社的策划编辑对于一本书付出了如此多的心血。对于蒋浩先生为本书创作所付出的巨大努力,我要郑重地代表全体作者表示由衷的谢意和敬意。在本书的出版过程中,还有许多人付出了心血,初版时我的博士研究生卢宇蓉承担了录音整理任务,将三十多盘、数十个小时的谈话录音整理成文字,并进行专业加工。这是一项繁重的劳动,既有体力劳动又有脑力劳动。卢宇蓉出色地完成,这是令人感激的。现在卢宇蓉从北大毕业后已经在最高人民检察院工作多年,并且成为一名副处级领导干部。参与本书的创作,我想也应该是卢宇蓉成长过程中难以忘怀的一段经历。在本书初版的编辑过程中,责任编辑张琳博士对全书引文中的专业性问题一一作了注释,使本书为之增色。这项工作已经超出了责任编辑的责任范围,对此深表谢意。

《刑法纵横谈(总则部分)》是采用理论与实践相结合的方法对刑法理论问题进行深度探讨的一种尝试,它为读者提供了走近、走进刑法理论之门的另一种途径。本书以再版的方式得以延续其学术生命,我和其他作者为之释然:心血没有白费,努力自有回报。

是为序。

陈兴良

谨识于北京海淀锦秋知春寓所

2007 年 11 月 30 日

68.《刑法纵横谈(分则部分)》[1]序

《刑法纵横谈(分则部分)》作为《刑法纵横谈(总则部分)》的姊妹篇,现在终于与读者见面了,从而了却了我们4位作者的一件心事。本书的策划应当追溯到5年前,当2002年年初开始创作《刑法纵横谈(总则部分)》一书的时候,已经有意将总则部分与分则部分分别出书,因而在第一本书的书名中标示其为总则部分。《刑法纵横谈(总则部分)》在2003年出版以后,我们在蒋浩先生的策划下开始筹备分则部分的创作。在这个过程中,4位作者中的两位发生了工作变动:先是张军在2003年6月从最高人民法院副院长调任司法部副部长,离开了审判岗位。因而,在2003年11月总则部分一书出版的时候,张军还有顾虑:自己的职务变动了,还能否代表审判机关的立场?这也影响了分则部分的创作进度。不过,具有戏剧性的是,此后不久张军又调回最高人民法院任副院长,回归审判岗位。姜伟则从最高人民检察院公诉厅厅长升任黑龙江省人民检察院检察长,远赴哈尔滨任职。由于除我以外的其他3位作者均担任领导职务,工作繁忙,其中姜伟又人在外地,路途遥远,使分则部分的创作一拖再拖。令人欣慰的是,几位作者对分则部分一书的创作始终都抱着极大的热情,虽然预定的时间一再变动,但最终还是利用五一和十一黄金周的休息时间,最终完成了本书的创作。在4位作者中,作为学者的我是最清闲的,因此,郎胜、张军、姜伟三位担任领导职务的作者付出了比我更大的努力。对此,我要表示敬意。一如《刑法纵横谈(总则部分)》,我受各位作者的委托,为本书作序。

《刑法纵横谈(分则部分)》讨论的是刑法分则中的重要理论问题。到目前为止,我国刑法分则规定的罪名已经达到近500个,这些罪名不可能逐个讨论。我总是以为,刑法分则中罪名的重要性并非相同,有重要罪名、常见罪名和复杂罪名,也有次要罪名、罕见罪名和简单罪名。以发案

---

① 张军、姜伟、郎胜、陈兴良:《刑法纵横谈(分则部分)》,北京大学出版社2008年版。

率而言,仅盗窃罪的发案率就占到整个刑事案件的 50%~60%,但也有相当一部分罪名是备而不用的,甚至从罪名设立以来没有发生一起案件。在这种情况下,我们选择了 20 个罪名进行讨论,按照刑法分则的顺序排序为:(1)交通肇事罪;(2)重大责任事故罪[包含《刑法修正案(六)》修订以后的强令违章冒险作业罪];(3)生产、销售伪劣产品罪;(4)侵犯商业秘密罪;(5)非法经营罪;(6)故意杀人罪;(7)故意伤害罪;(8)强奸罪;(9)绑架罪;(10)抢劫罪;(11)盗窃罪;(12)诈骗罪;(13)侵占罪;(14)妨害公务罪;(15)寻衅滋事罪;(16)组织、领导、参加黑社会性质组织罪;(17)贪污罪;(18)挪用公款罪;(19)受贿罪;(20)玩忽职守罪。这 20 个罪名,我以为是具有代表性的,也是常见、疑难、复杂的罪名。对这些罪名能够从法理上加以掌握,基本上可以满足司法实践的需要。

本书对个罪的讨论分为两个部分:一是问题探讨,二是案例分析。在问题探讨中,我们主要是针对这些罪名在司法适用中涉及的疑难问题进行讨论,这些疑难问题是从司法实践中提出的,如何从法理上对这些疑难问题作出正确的解答,就成为本书所要完成的一项学术使命。应该说,一个问题之所以疑难就是因为对其存在争议。而这种争议有时是可以通过沟通、辩论消除歧见达成一致的;也有些争议则是由各自的立场、价值取向所决定的,因而难以通过讨论而完全统一观点。但无论如何,讨论本身是十分重要的,通过讨论不仅可以发现观点分歧之所在,而且可以深入地追问观点分歧产生之所由。只有这样,才能使我们对刑法理论问题的思考推向深入。在案例分析中,我们选择最高人民法院刑事审判庭编辑出版的《刑事审判参考》和国家法官学院、中国人民大学法学院编写的《中国审判案例要览》中的相关案例,对案例及其裁判理由进行法理上的分析。这些案例是一些线索,是所谓指导性案例,实际上具有准判例的性质。通过对这些案例的分析,使我们在理论讨论中对涉及的相关法理问题能够结合个案进一步深入地展开,因而也是理论探讨的重要补充。应当指出,本书所选案例都是在司法实践中真实发生的案件,相关司法机关对此作了判决。我们的讨论,或者同意判决结论,或者不同意判决结论,这都是一种理论上的探讨,不影响这些判决本身的法律效力。

相对于刑法总则理论而言,对刑法分则中的个罪以及个案的讨论,更具有实践意义。以往,我国刑法理论上往往存在重视刑法总论而在一定程度上轻视或者忽视刑法分论的倾向，这是需要纠正的。当然，在整个刑法理论不发达的情况下，先在刑法总论的建构上花费精力，作为一种学术发展的策略考虑，当然是具有合理性的。但这并不意味着刑法分论理论不重要，当刑法总论理论发展到一定程度，其进一步突破必然有待于对刑法分论的深入研究。

在《刑法纵横谈（分则部分）》一书的出版过程中，蒋浩先生作了大量的组织安排工作，为作者提供了舒适的讨论环境，使本书得以完成。可以说，蒋浩先生是本书不具名的作者，对此我们深表谢意。在本书前期准备、讨论以及后期文稿整理过程中，北京大学法学院刑法专业博士生孙运梁尽心尽力，承担了大量的事务性工作，为本书的出版作出了巨大的贡献。当然，对于孙运梁来说，这次参与本书的创作也是一个课外的学习机会，期望对将来的工作会有所帮助。为使本书的内容更加准确，在后期编辑过程中，我们还约请了曾经参与《刑法纵横谈（总则部分）》一书整理工作的卢宇蓉博士，为本书增添了有关法条与学说的注释，对此也要表示感谢。

《刑法纵横谈（分则部分）》的出版，意味着从2002年年初开始、为时长达6年之久的一项学术活动行将告一段落。在这6年期间，各位作者在蒋浩先生的组织下，断断续续地聚集在一起，度过了一段紧张忙碌而又兴奋充实的美好时光。通过这项学术活动，加深了各位作者之间的友情，尤其是我，从郎胜、张军和姜伟那里学到了许多在书本上没有的知识——这是一种对法律的感悟以及法律的操作技能，对我的刑法理论知识是一种重要的补充；也从蒋浩那里学到了对自己所从事职业的敬业精神。因此，本书的创作过程，也是我的刑法实践知识的增长过程，人格学品的提升过程。收获的岂止是一两本书而已？

是为序。

陈兴良

谨识于北京海淀锦秋知春寓所

2007年11月30日

69.《当代中国刑法新径路》[①]代序

法律在别处

在捷克著名作家米兰·昆德拉将法国象征主义诗人阿瑟·兰波(1854—1891)的名言"生活在别处"选作他一本小说的书名以后,一如"不能承受的生命之轻"(米兰·昆德拉的另一本小说的书名),很快成为一句流行语。只有深谙生活之真谛的哲人,才会说出"生活在别处"这样的哲言。当我套用这个书名,说出"法律在别处"的时候,似乎已经是一种蹩脚的模仿。那么,法律真的在别处么?

法律是用语言来表述的,因而法律存在于语言之中,隐藏在语言之后,这是一个不言而喻的事实。但是,我们多少有些得意忘言,似乎语言只是法律的躯壳,只有透过语言我们才能得到法律之精髓,因而权利、法益、意志、人性以及正义等大词才是我们想在法律当中找到的东西,至于语言早就忘在一边了。其实,法律恰恰就是语言本身。不仅如此,法律得以存活的诉讼过程,就是一种语言的复杂游戏,一门语言的修辞艺术。法国著名哲学家利科曾经深刻地指出:诉讼的原始功能是把冲突从暴力的水平转移到语言和话语的水平。[②] 正是通过司法活动,完成了从暴力到话语的转换,同时也完成了从野蛮到文明的嬗变。德国学者考夫曼在《法律哲学》[③]一书中指出:语言如何建构法?考夫曼关注的是由语言构成的"法律人的世界图像",并把它放到日常生活世界中去关照。考夫曼指出:语言可以分为日常语言和法律语言。法律语言是在法律专业人士之间所通行的一种身份语言,它是通过立法创制的,司法领域更是法律语言的世袭领地。但是,普通人是生活在日常世界中的,他是以一种日常语言交往并生活在日常语言所构造的社会中的。由此可见,在日常语言所建构的

---

① 陈兴良:《当代中国刑法新径路》,中国人民大学出版社 2006 年版。

② 参见杜小真编:《利科北大讲演录》,北京大学出版社 2000 年版,第 5 页。

③ 〔德〕考夫曼:《法律哲学》,刘幸义等译,法律出版社 2004 年版。

日常世界与法律语言所建构的法律世界之间存在某种区隔。正因为如此,考夫曼提出了一个命题:"归责作为一种沟通过程。"这里的归责,在刑法中就是刑事责任的归咎,因而是一个定罪的问题。定罪是依照刑法规定而对现实生活中的某种法益侵害行为的评判。在这个意义上说,定罪就是法律规范对生活事实的一种裁断。我们已经熟知刑罚威吓理论,似乎公民只是被威吓的客体。考夫曼强调指出:社会共同生活的规则,并不是透过法律来告诉国家的人民。人民学会这些规则,是在日常生活的沟通里并相互间操作。① 因此,当一种司法权要去干涉人们日常生活的时候,必然存在着日常语言和法律语言之间的冲突,由此提出了一个日常语言如何与法律专业语言相调和的问题。我曾经提出:犯罪分子不是根据法律规定的构成要件去犯罪的,恰恰相反,犯罪构成要件是根据现实生活中的犯罪去设置的。在这个意义上说,日常语言与法律语言之间的区隔实际上就是生活事实与法律规范之间的对应。因此,所谓沟通,也就是生活事实与法律规范之间的区隔的破除。

定罪过程,是法律对某种行为的犯罪性质的确认。就此而言,定罪是以一种法律语言在形而上的层面上展开的。但仅此是不够的,定罪作为一种归责,还必须在日常生活层面展开。否则,被告人仅仅是一个消极的司法客体,他没有参与到司法判决的形成过程中来,这样的有罪判决是缺乏说服力的。在此,考夫曼实际上提出了一个定罪的社会认同问题。定罪当然是一个法律的概念,因而应当具有充分的法律根据。但仅此还是不够的。刑法上的审判绝不仅仅停留在法律的审判这样一个专业层面上,而如同考夫曼所言:一个在刑法上有关一个人有罪的审判仅有可能是——良知的审判。在刑法领域,应该主要与对人类基本的价值的伤害有关。而要做到这一点,法律语言必须向日常语言屈从。

法官是定罪的主体。因此,法官必须像考夫曼所说的那样,能穿梭于两种语言——日常语言和法律语言之间。由此,引申出法官的角色定性。过度专业化与职业化的法官会透过法律概念的有色眼镜去观察行为者的世界,因而发生某种扭曲。正因如此,才有必要在职业法官之外引入非职业法官。考夫曼将非职业法官称为一个在不懂法律的外行人及受过教育

---

① 参见〔德〕考夫曼:《法律哲学》,刘幸义等译,法律出版社 2004 年版,第 178 页。

的职业法官间的翻译者。职业法官必须使非职业法官了解法律,而非职业法官使职业法官了解行为人。因此,在这里,非职业法官之设置是对法官过度专业化的一种反动,其根据是技术性的而非政治性的。

我国的司法改革进程刚刚开始启动,司法职业远远没有达到专业化的程度,因此,囿于我国特定的司法语境,不能机械地照搬考夫曼的观点。尽管如此,我们还是可以从考夫曼的思想中受到启迪。在我国目前的刑事司法语境中,定罪的法治化并未完全实现,因而罪与非罪的判断在很大程度上是一种权力的操纵过程,而非法律的自治与自主的过程。在这种情况下,我们应当改变归责的单向性与封闭性,努力建构一种定罪机制,在这一机制中,归责是一个沟通的过程。这里的沟通意味着商谈与交流,既是日常语言与法律语言的沟通,也是司法者与被告人的沟通。通过这种沟通,使刑法上的归责正当化与合理化,真正使定罪从权力的审判成为法律的审判,最终过渡到人的审判或者良知的审判。

不仅刑法是用语言表述的,而且审判中的案件事实也是用语言表述的。德国学者卡尔·拉伦茨的《法学方法论》①一书,在论及案件事实的形成及其法律判断时,提出了一个命题:作为陈述的案件事实。那么,作为陈述的案件事实与作为客观真实的案件事实到底是一种什么关系?显然,作为客观真实的案件事实是一种自在的、未经加工的,或者说是"裸"的案件事实。而作为陈述的案件事实是一种自为的、掺入陈述者主观判断的,或者说是经过司法"格式化"的案件事实。这两种案件事实正如同康德所揭示的物自体和现象之间的关系。作为法官,他所接触到的永远是作为陈述的案件事实而不可能是作为客观真实的案件事实。这里我们需要追问:谁是陈述者?陈述又是如何进行的?在刑事诉讼中陈述者首先是证人和被告人,因而证人证言和被告人口供对于刑事案件的犯罪事实的塑造具有直接意义。这些陈述者都是非法律专业人士,他们的陈述采用的是日常语言,而证言与口供的记录者是侦查人员。这种记录虽然尽量保持陈述者的语言原貌,但在记录过程中已经开始了对原始陈述的筛选,并使陈述的日常语言向法律语言转换。拉伦茨指出:事件必须被陈述出来,并予以整理。在无限多姿多彩,始终变动不居的事件之流中,为

① 〔德〕卡尔·拉伦茨:《法学方法论》,陈爱娥译,商务印书馆 2003 年版。

了形成作为陈述的案件事实，总是要先作选择，选择之时，判断者已经考量到个别事实在法律上的重要性。① 在这个意义上说，陈述就是一个取舍的过程。当然，从陈述的日常用语到法律用语的转换的最终完成，是法官在判决书中对案件事实的认定。这一认定是审理的结果，也是判决的前提。实际上，在案件事实的陈述中，已经隐含着判决结论。因此，法官的这种陈述远非是纯客观的陈述，而是包含着法官的"前见"的陈述。甚至，案件事实会因法官判决的需要而有所增删。在这种情况下，已经不是从案件事实中推导出裁判结论，而是为裁判需要"重构"案件事实。例如，在宋福祥间接故意不作为杀人案②中，一审法院认定的案件事实是：

1994 年 6 月 30 日，被告人宋福祥酒后回到自己家中，因琐事与其妻李霞发生争吵厮打。李霞说："三天两天吵，活着还不如死了。"被告人宋福祥说："那你就死去。"后李霞在寻找准备自缢用的凳子时，宋福祥喊来邻居叶某某对李霞进行规劝。叶某某走后，二人又发生吵骂厮打。在李霞寻找自缢用的绳索时，宋福祥采取放任态度，不管不问，不加劝阻，致使李霞于当晚在其家门框上上吊自缢身亡。

在这一案件事实的陈述中，我们发现了宋福祥与李霞之间的一段鲜活的对话。但在本案中，李霞已经自杀身亡，而死者是不会开口说话的。因此，李霞的话是经宋福祥转述的。这一案件事实的陈述，存在一个从日常语言向法律语言转变的脉络。前半段以一种生活化的语言叙述李霞自杀的起因，后半段则试图将李霞之死归责于宋福祥，因而出现了"放任"这样的法律用语，意在揭示宋福祥主观上对李霞自杀的间接故意的心理状态。根据这一案件事实，一审法院以宋福祥犯故意杀人罪，判处其有期徒刑 4 年。经过一审法院的审理，完成了从自杀到他杀（杀人）的案件性质上的转变。对于一审判决结果，宋福祥不服，其上诉称："没有放任李霞的死，根本想不到她这次会真的自杀，她上吊我不知道。"二审法院维持了一审判决。但二审法院认定的案件事实与一审法院认定的案件事实相比，有些微妙的但却是致命的变动。以下是二审法院认定的案件事实：

1994 年 6 月 30 日晚，被告人宋福祥同其妻李霞生气，李霞要上

---

① 参见〔德〕卡尔·拉伦茨：《法学方法论》，陈爱娥译，商务印书馆 2003 年版，第 160 页。

② 参见陈兴良主编：《刑事法评论》（第 3 卷），中国政法大学出版社 1999 年版，第 195 页以下。

吊,宋福祥喊来邻居叶某某进行劝解,叶某某走后二人又吵骂厮打,后李霞寻找自缢工具时,宋福祥意识到李霞要自缢却无动于衷,放任不管。直到宋福祥听到凳子响声时,才起身过去,但其仍未采取有效措施或呼喊近邻,而是离开现场到一里以外的父母家中去告知自己父母,待其家人赶到时李霞已无法挽救,宋福祥实际上是放任了李霞的死亡。

在二审法院认定的案件事实中,有"宋福祥听到凳子响声"这一细节,以表明宋福祥明确地知道李霞正在上吊但未加阻止,从而坐实了宋福祥间接故意的主观心理状态,以回应宋福祥提出的"她上吊我不知道"这一上诉理由。而这一细节是一审法院所未认定的,是一审法院遗漏了还是二审法院添加所致,不得而知。只有一点我们知道,李霞自杀时只有宋福祥一个人在场,法官不在现场并没有目睹李霞自杀。因此,案件真相是通过宋福祥之口陈述的,宋福祥是原始陈述人,而本案进入司法程序后,警察、检察官、律师都是间接陈述人,而法官是最终陈述人。在这一从日常语言向法律语言的翻译过程中,案件事实完成了从自在事实向自为事实的转换。这一转换形成了以下这样一个悖论:案件事实的陈述过程既是一个真相的发现过程,又是一个真相的丧失过程。我们的裁判者永远不要以为自己是案件真相的最终获得者,下一句"事实清楚、证据确实"的判词就自以为真理在握。我们需要不断地反躬自问:案件事实果真如此吗?

在法学研究中,对于社会正义之类的宏大叙事曾经引起学人的持续关注,它引导我们走进社会正义的丛林,同时也使我们与法律渐行渐远。因此,法律并不在别处,我们需要这样提醒自己,法律就是语言。

陈兴良

70.《当代中国刑法新径路》[1]后记

本书是我从2002年至2005年之间发表在各种报纸杂志上的刑法学论文的结集。这本文集是我的第四本文集,前三本文集分别是《当代刑法新理念》(中国政法大学出版社1996年版)、《当代中国刑法新视界》(中国政法大学出版社1999年版)、《当代中国刑法新境域》(中国政法大学出版社2002年版),为保持书名上的延续性,本书称为《当代中国刑法新径路》。

我每年都在各种杂志或者刊物上发表一些专业论文,这些论文是我最新的研究成果。我写作大多有一些计划,因而某一时期发表的论文往往是一个最终作品的阶段性成果,彼此之间具有一定的关联性。因此,从这本文集可以清晰地看出我在最近四年来所从事的学术活动。在我自己看来,我近年来的主要学术努力主要体现在以下三个方面:一是刑事法治的研究,尤其是对死刑的研究,是我为之付出心血较多的一个研究领域。二是刑法基本理论的研究,包括犯罪构成理论、刑法研究方法论、刑法知识论等。对此,我的作品虽然不多,但自认为是在从事一种学术拓荒,意义十分重大。三是刑法判例的研究。从文本刑法学到判例刑法学,是我的一个学术注意力的转移。在将来一个时期内,我还将继续从事这一领域的研究活动。本书汇集的关于刑法判例研究的论文,是对这一题目的前期研究成果。

论文集是一个作者学业活动的编年史,尽管其内容将来可能被包容在各种最终成果当中,因而不可避免地具有某种程度的重合,但论文集仍然具有独立的意义,因为有时对于一个作者来说,观察其学术跋涉的过程要比评价其学术成果更为重要。

是为后记。

陈兴良

2006年5月23日

---

① 陈兴良:《当代中国刑法新径路》,中国人民大学出版社2006年版。

71.《死刑备忘录》[①]序

死是人生之终,因此,生死乃人生之大事也。当然,死有各种死法,如重于泰山的死或轻如鸿毛的死等。在此,一种最不体面的死法就是被执行死刑。死刑是对犯有最严重罪行的人的一种终极性的处置措施,因此,死刑是一个刑法问题。不仅如此,死刑也是一个社会问题,它往往引起社会公众的关注。总之,死刑是一个我们需要面对并认真思考的问题。

我对死刑的最初关注是在上大学以前。1977 年年初我在家乡的公安局工作,临时住在看守所后面的一个院子里,院子后面就是一座小山。一天,突然听到警铃大作,从急切的呼喊声中获知有一个犯有重罪的罪犯逃跑了。公安局的干警一起向后山跑去,当时还是冬天,山上有积雪,山间小径十分泥泞。大家也顾不得那么多,将后山包围起来。经过一个多小时的紧张搜寻,终于将逃犯抓获。我只是瞥了一眼,这名逃犯身强体壮,满脸粉刺,年龄大约在 25 岁左右,身高约 1.85 米,这在我们南方是不多见的。后来得知这是一个流窜犯,是北方人,在我所在的南方县城入室抢劫杀人被抓获,正在等候判决。过了几个月,死刑判决下来了,执行死刑的时间约在 5 月份。数千人的公判大会结束后,罪犯被拉往刑场枪毙。为防止群众围观,采用了声东击西之计,载有死囚的汽车先往城东开,甩掉跟随的群众以后又开往城西山坳的一个僻静处,这是一个临时布置的刑场,已有武警在警戒。一同执行死刑的有两人,一个是本地人,50 多岁的一个老头儿,所犯何罪不知,被绑赴刑场以后,人基本上已经神志不清,跪在地上,一枪即倒地身亡。而那个抢劫犯在整个宣判过程中始终昂着头,抵达刑场后跪在地上,执行死刑的武警照例打了一枪,人虽倒地,但并未断气。这时,公安局的预审股长上前用手枪补击一枪,这个年轻的抢劫犯才断气身亡。这是我亲眼所见的第一次,也是最后一次死刑执行场面。我诧异于这个年轻的抢劫犯旺盛的生命力,其人高马大的身材和长

---

① 陈兴良:《死刑备忘录》,武汉大学出版社 2006 年版。

满粉刺的面容总是浮现在我的眼前。1978 年 2 月,我考上北大法律学系,告别了我所生活过的南方县城来到北京,家乡的一切都逐渐淡忘了,那个年轻的抢劫犯的形象也埋进了记忆的坟塚。

1987 年,我在写作一本介绍意大利著名犯罪学家龙勃罗梭的小册子。当时正好读到美国华盛顿冈亚哥大学法学副教授劳伦斯·泰勒的《遗传与犯罪》一书。在该书中,劳伦斯·泰勒引述最新医学研究成果,介绍了超雄性状况。超雄性综合征是一种染色体异常的疾病。在正常情况下,每个人身体的每个细胞中有 46 个染色体,组成 23 对。在这 23 对染色体中,22 对是常染色体,表现个人生物特征的基因;剩下的那对染色体是性染色体,决定着基本的性特征。女性成对的性染色体谓之 X 染色体;对男性来说,性染色体由一个 X 染色体和一个更小的雄性 Y 染色体组成。遗传学上的 XX 染色体和 XY 染色体,即受精的卵子决定着孩子将是男性还是女性。在一个偶然的机会,由于受孕的不妥当,胎儿带上了染色体畸形。例如,如果雄性性染色体得到了一个额外的 Y 染色体,成为 XYY,即产生了所谓的超雄性。具有这种染色体的人身高超过平常的人,常常脸上长着粉刺。在大英监狱所进行的研究表明,在 22 个具有 XYY 染色体的男性中一半都是监狱犯人中的高汉,这些高汉占监狱人犯总数的 5%。这些人中虽然也有普通人或者矮个子,但大多数身高 6 英尺或更高。尽管在 XYY 染色体异常的人中长粉刺的范围小了些,然而比例依然很高——大约 50%。经过一系列的调查统计,表明 XYY 染色体变异的人中犯罪率高。因此,劳伦斯·泰勒指出:超雄性的犯罪行为由遗传原因所致是显而易见的事,社会和家庭的影响很少对它产生作用。[①]读到这里,我突然想起那个年轻的抢劫犯,人高马大,满脸粉刺,这不就是一个典型的超雄性综合征的患者么?我为自己的判断所震惊。据说有些西方国家已经将染色体异常作为一种减免刑事责任的事由,而在我国染色体异常的医学检测尚未普及,更遑论在刑事司法中的运用。因此,建立在客观事实基础之上的死刑判决就未必具有足够的合理性。在我以往担任兼职律师的生涯中,有两起为死刑犯辩护的经历。这两起案件都涉及杀人,因此被告人都照例被判处死刑。这些亲身经历,都促使我进一步反思死刑,并且逐

① 参见〔美〕劳伦斯·泰勒:《遗传与犯罪》,孙力、贾宇译,群众出版社 1986 年版,第 68 页。

渐形成了关于死刑的一些观点。收入本书的,就是我对死刑这个问题持续十多年思考的结晶。

本书原拟书名为《关于死刑》,是我经过反复推敲才确定的一个书名。后来感觉有些平淡,因而又曾经考虑使用《死刑论衡》这个书名,但"论衡"一词已被多本书使用,再用就有复重之弊。后来又想取书名为《死刑论语》或者《死刑语论》,前者想影射《论语》这个书名,且用其论(文)与(话)语的本意,有一定新意。若《死刑论语》有自比圣人之嫌,那么也可以改为《死刑语论》,以表明本书体裁的多样性。后来一想,犯不着为一个书名如此操心,干脆回归本色,取一个平实的书名,遂有《死刑备忘录》这个书名。本书是我所有关于死刑言论的结集,带有备忘性质,书名与内容正好吻合。由于本书收录的是在长达 15 年的时间里我对死刑问题发表的各种体裁的言论,因此,如何归类编辑就成为一个犯难的问题。最简单的方法当然是按照发表的时间排列,基本上可以反映我对死刑认识上的一个深化过程。不过,为阅读方便起见,本书还是不拘长短(长者数万字,短者只有两千言),将收录的言论分为以下八编。

第一编是论文,收入五篇论文。第一篇《废除经济犯罪中的死刑规定》,是我和赵国强博士合著的,发表在《法治通讯》1989 年第 7 期。《法治通讯》当时是《民主与法制》杂志的一个内部刊物,发表一些前沿性的观点。20 世纪 80 年代,我主编一套"经济犯罪与经济刑法系列研究"丛书,其中《经济刑法学(总论)》一书涉及经济犯罪的死刑问题。经过我和赵国强的反复讨论,我们确立了经济犯罪废除死刑的观点。该文就是该书的内容之一。这是在我国首次提出经济犯罪废除死刑的观点。尽管此后的刑事立法并未按照我们的设想向废除死刑努力——恰恰相反,经济犯罪的死刑还有所增加——但并不能因此认为经济犯罪废除死刑的观点是不能成立的。我至今仍然坚持这一观点,在所有死刑中最先应当废除的就是经济犯罪的死刑。当时我们的结论是:"如果我们根据死刑的刑罚等价值观念及经济犯罪的具体危害程度,对经济犯罪适用无期徒刑能够基本体现罪刑相适应原则的话;如果实践已经证明,死刑对经济犯罪的作用甚微,而积极采取其他经济、政治、法律等措施更能遏制经济犯罪的话，那么，毫无疑问，死刑对经济犯罪来说便是一种毫无必要的刑罚了。”[①]现在，这一观点已经受到我国刑法学界的普遍认同。但是，在当时提出这一观点还是需要一定的学术勇气的。因此，该文末尾的最后一句是：“我们相信，随着时间的推移，历史必将会对其作出公正的回答。”第二篇论文是我与杨敦先老师合著的《死刑存废与人权保障》（原载《中外法学》1991 年第 6 期）。该文主要是从人权保障的角度对死刑存废问题进行了探讨。当时我们的结论是：“废除死刑固然是人权运动所追求的一个目标，但死刑的存废决定于一个国家的物质生活条件及其国情。因此，保留死刑并不意味着就是侵犯人权，人权保障也不能当然地得出废除死刑的结论。”这一观点强调了死刑存废与国情的关系，这也是我在考虑死刑存废时的一个基本出发点。在此后的著述中，我进一步提出死刑存废取决于一个国家的物质文明程度与精神文明程度的观点。当然，这一观点也受到某些学者的指摘与批评。例如，我国学者张宁就认为，我用以支持存置死刑的物质文明与精神文明论是值得商榷的。[②]确实，物质文明发达的国家，如美国、日本没有废除死刑，而物质文明落后的国家，如柬埔寨则废除了死刑。这些现象到底如何来看？我认为，物质文明与精神文明只是一个总的尺度，各国又有各自的具体情况，例如人口多寡、社会发展阶段以及治安形势等。这些因素都是需要综合考虑的。中国如果废除死刑，必然要代之以长期徒刑或者终身监禁，这就必须加重社会的监狱成本，我们的社会是否有足够的经济承受能力，就是一个十分现实的问题。因此，我个人认为，死刑并不能一废了之，废除死刑是一个极为复杂的社会工程。第三篇《死刑存废之议》，是我为我所主编的《中国死刑检讨》一书而作，后以《死刑存废之应然与实然》为题发表在《法学》2003 年第 4 期。这是我之死刑观的宣示式的文字：我是一个应然上的死刑废止论者，实然上的死刑存置论者——确切地说，我是一个死刑限制论者。这是我对死刑的基本立场，我至今仍坚持这一立场。第四篇《中国死刑的当代命运》，发表在《中外法学》2005 年第 5 期。这是我的一篇新作，试图对中国死刑逐渐废止的过程作一个全景式的描述，尤其运用了历史与现实的视角，期望这种讨论更为具体，而不再停留在抽象的存废之争上。第

---

① 陈兴良主编：《经济刑法学（总论）》，中国社会科学出版社 1990 年版，第 148 页。

② 参见张宁：《死刑：历史与理论之间》，载《读书》2004 年第 2 期，第 114 页。

五篇《死刑不能承受之重》,是受邀为《法制日报》而作的一篇评论,刊载在该报2005年9月20日。这是对王斌余杀人案所作的评述,因涉及对死刑的见解而收入本书。

第二编是论著,收录的是我的三本著作中关于死刑的章节。第一篇《生命刑论》,系《刑法哲学》一书的第十六章。该书于1992年由中国政法大学出版社出版,在1997年刑法修订以后,该书的修订版增加了"生命刑的修订及其评价"的内容。《生命刑论》是我对死刑问题的较为系统的研究成果,其基本观点还是主张严格限制死刑,并为将来废除死刑创造条件。第二篇《死刑适用论》系陈光中、丹尼尔·普瑞方廷主编的《联合国刑事司法准则与中国刑事法制》一书的第十八章,该书于1998年由法律出版社出版。在该文中,我从联合国刑事司法准则出发,对中国的死刑制度进行了考察,得出的基本结论是:"随着中国经济发展,物质文明与精神文明的提高,犯罪对社会压力的减轻,可以预见中国刑法将逐渐减少死刑,并最终走上废除死刑之路。"第三篇《死刑存废论》,系《本体刑法学》一书第十七章第二节,原标题为"生命刑"。该书在2001年由商务印书馆出版。尽管该书"生命刑"一节与《刑法哲学》的相关章节标题相同,但在内容上有所区别,尤其是对死刑存废的两种观点进行了较为详尽的阐述。例如对康德、黑格尔、洛克、卢梭、龙勃罗梭和加罗法洛的死刑存置论,贝卡里亚、边沁、菲利、李斯特的死刑废止论都专门论及。当然,我对于死刑的基本立场,与《刑法哲学》一书相比并无变化。为使两部分内容在题目上有所区分,我在本书编辑过程中将《刑法哲学》第十六章标题改为"生命刑论",而将《本体刑法学》第十七章第二节标题改为"死刑存废论"。

第三编是判解,收录了两篇关于死刑司法裁量研究的论文,是我正在从事的判例刑法学研究成果中的一部分。第一篇《被害人有过错的故意杀人罪的死刑裁量研究——从被害与加害的关系切入》一文,主要对故意杀人罪的死刑裁量问题进行了研究。该文刊登在《当代法学》2004年第2期。基于"杀人者死"的传统观点,在我国司法实践中,凡犯有故意杀人罪,若无法定或酌定从轻情节的,基本上判处死刑,这几乎已成司法惯例。那么,在被害人有过错的情况下,故意杀人罪是否一定要判处死刑呢?对于这个问题,我选择两个《刑事审判参考》刊登的判例,并结合最高人民法院的司法解释,从法理上进行了探讨。第二篇《受雇佣为他人运输毒品犯罪的死刑裁量研究——死囚来信引发的思考》一文，刊登在《北大法律评论》第6卷第2辑（北京大学出版社2005年版）。毒品犯罪适用死刑的数量在整个死刑案件中占有较大比重，尤其是云南省、贵州省等毒品犯罪较为严重的地区更是如此。根据我国刑法规定，制造毒品、贩卖毒品案件中，相当一部分犯罪分子是受雇佣为他人运输毒品的情况。对于这个问题，我过去并未特别加以关注，后来我收到死囚李倬才的来信，才感到这是一个值得研究的问题。在该文中，我研究了同样是最高人民法院复核的两个受雇佣为他人运输毒品案件，发现在死刑裁量标准的掌握上，最高人民法院与省高级人民法院存在重大差别。这个问题涉及一个更为重要的问题，即死刑程序的公正问题，这也正是李倬才所关心的。我自认为，这一研究结论还是具有说服力的。死刑复核权收归最高人民法院行使以后，死刑程序的公正问题有望得到解决，死刑适用标准也能得以统一，有利于更为严格地控制死刑。随着对死刑研究的深入，我们应当更加关注死刑的司法适用问题。因为刑法上的死刑规定，只有经过司法适用才能转化为现实，因此，对死刑的控制也应从司法裁量开始。我国目前立法上的死刑罪名多，司法中死刑案件更多。我们可以与国外情况作一对比：韩国现行刑法上可控告死刑的罪名有一百余种（普通刑法9项，特别刑法84项），比我国还多。但在1987年至1997年间，执行死刑人数总共为101人。其中1987年5人，1988年无，1989年7人，1990年14人，1991年9人，1992年9人，1993年无，1994年15人，1995年19人，1996年无，1997年23人。[①]而日本1974年至1994年执行死刑的人数总共为65人，其中1990年、1991年和1992年连续三年零死刑执行。[②] 即使是人口与我国相去不远的印度，2004年8月14日对达南约·查特吉在西孟加拉邦加尔各答一座监狱执行死刑，也只是印度9年来首度执行死刑。印度最高法院1982年规定，死刑只能用于“少之又少的案例”。过去10年里，虽然有几名犯人被判死刑，但因为向高级法院提请的上诉未决或得到

---

① 以上数据参见〔韩〕金仁善：《关于韩国执行死刑的现状与死刑制度的改善方向的再思考》，载赵秉志主编：《中韩刑法基本问题研讨——“首届中韩刑法学术研讨会”学术文集》，中国人民公安大学出版社2005年版，第168页。

② 参见〔日〕团藤重光：《死刑废止论》，林辰彦译，台北商鼎文化出版社1997年版，第267页。

了宽大处理,目前还都没有被执行死刑。印度此前最后一次执行死刑是1995年。[①] 如果这一消息属实,那么印度在1996年至2003年长达8年的时间里均为零死刑,即没有执行过一起死刑。看到这则新华社电讯,几乎使人怀疑其真实性。无论如何,司法裁量对于限制死刑意义重大。

第四编是案说,收录关于董伟死刑案讨论的四篇文稿。该案发生在2002年,又被称为"枪下留人案"。这个案件引起了社会的广泛关注,虽然董伟最终被执行了死刑,但该案在中国司法史上是不可忽视的个案。第一篇《董伟死刑案的评论》,刊登在《中外法学》2003年第1期,原标题为《从"枪下留人"到"法下留人"——董伟死刑案引发的法理思考》。由于董伟案又称为"枪下留人案",在对该案的讨论中,我的基本观点是从"枪下留人"到"法下留人",因而在多处将这一命题作为标题,收入本书时均对此作了技术处理。该文系统地阐述了我对董伟案的见解,也成为此后讲演与讨论的母题,因而有所重复,敬请读者谅解。第二篇《董伟死刑案的讲演》,是在北大举办的一次讲演的录音整理稿,收入文池主编的《在北大听讲座(第十辑):思想的风格》(新世界出版社2003年版)一书。第三篇《董伟死刑案的论坛》,是2002年11月7日在北大法学院模拟法庭举办的刑事法论坛活动,本次论坛的录音整理稿以"中国死刑检讨"为题收入我主编的《法治的言说》(法律出版社2004年版)一书。关于死刑问题,在2000年4月15日曾经举办过一次题为"死刑的德性"的论坛。主讲人是邱兴隆,他发表了关于死刑的见解,得出的结论是死刑应被废除,至于能不能废除,其答案是"要说能也能,要说不能也不能",稍微有些含糊。而与会嘉宾曲新久则痛快得多,其观点是:"中国现在应该废除死刑,越快越好,明天最好。"[②]实际上,这里的"应不应"与"能不能"还是要分而论之的。"应"不等于"能","不能"也不等于否认"应"。就此而言,我还是赞同邱兴隆的观点。至于曲新久说的死刑废除明天最好仍然是一个"应"的问题,而非"能"的问题。"应不应"是一种价值判断,凭个人信仰就可以直言不讳,尽管也要论证;而"能不能"是一种科学判断,要有充分的证据以及通过对条件的论证才能得出结论。如果说"死刑的德性"还是一种对死刑的形而上的讨论,那么董伟死刑案则为这种讨论提供

---

① 参见《印度九年来首度执行死刑》,载《北京青年报》2004年8月15日。

② 陈兴良主编:《法治的使命》,法律出版社2003年版,第202、218页。

了具体材料。为准备这场论坛,我们专程邀请了董伟案的二审辩护人朱占平律师。当晚的讨论是热烈的,通过讨论使对死刑的研究更加深入。第四篇《董伟死刑案的网谈》,是 2002 年 9 月 9 日我和北京正平律师事务所张万臣律师参加搜狐网站举办的就董伟死刑案与网友的谈话节目的录音整理稿。以上一组文章都是围绕董伟死刑案展开的,从不同角度对该案进行了剖析,这是死刑的一种个案研究。

第五编是交谈,收录四篇死刑交谈的文稿。第一篇《死刑对话》,是我和作家潘军关于死刑的对话。这场对话于 2004 年 5 月 13 日在北大法学院模拟法庭举行,是北大法学院百年院庆的活动之一。我和潘军的认识缘于他于 2003 年 11 月 27 日给我的一封来信:"兴良先生:因为这部《死刑报告》的写作,我阅读了一些中外关于刑罚方面的著述,其中你的著作给我留下了深刻印象,获益匪浅。现将这本书寄上,同时寄上一册新出的随笔,请指正。"我于 2003 年 12 月 27 日给潘军回信如下:"潘军同志:您好! 十分欣喜地收到你的两本大作,尤其是《死刑报告》一书,我早就有耳闻,也在报纸上看过连载的片断。你以死刑为题写小说,并正面地探讨死刑问题,是令人高兴的。今年我主编了《中国死刑检讨》一书,现寄给你一阅。死刑问题是中国学者与普通百姓和当政者之间认识差距最大的问题之一,此外还有'严打'问题、黑社会问题,也存在严重的对立。在这种情况下,学者处于一种孤单的处境,很难为老百姓所理解。在最近发生的刘涌改判一案上也是如此。作为学者,深感责任重大,也为中国距离法治社会之远而深感悲哀。如果有更多的人,包括像你这样的作家加入到法治的启蒙这个队伍中来,我想效果可能会更好一些。因此,作为一个学者,我要感谢你在死刑问题上所作出的独特贡献。"经过通信,我们相识,后来又见过一次面。我们年龄相近,经历相似,可谈的话题也相同。后来学生请我就死刑问题进行讲演,我邀请潘军参加,并由梁根林博士主持这场对话,效果颇佳。第二篇《死刑纵横谈》,选自我、张军、姜伟、郎胜四人合著的《刑法纵横谈》一书,该书于 2003 年由法律出版社出版。这部分内容主要涉及死刑的适用问题,从中可以了解死刑适用的实际状况。第三篇《关于死刑的通信》,刊登在《北大法律评论》第 6 卷第 2 辑(北京大学出版社 2005 年版)。这是我与蔡翔的通信,以书面交谈的方式讨论了死刑的一些问题。由于通信体裁所具有的著述上的随意性,我感到还是十分自如地倾诉了我对死刑的感想。这组文章都是以交流的方式出现的。对于死刑的研究不能局限于象牙塔里,而应对外进行更为广泛的交流,为达成共识创造条件。第四篇《王斌余杀人案:社会底层群体罪与罚的正义之辩》,这是接受《新京报》记者访谈的录音整理稿,刊登在《新京报》2005 年 9 月 19 日。访谈刊出时是将对我的访谈和对梁治平的访谈合二为一的,在收入本书时,只收入对我访谈的内容,特此说明。本文同样围绕着王斌余杀人案展开,更多地涉及弱势群体的罪与罚等深层次问题,表述了我的某些见解。

第六编是书评,收录两篇书评。第一篇《死刑的成本》,评述了英国学者罗吉尔·胡德的《死刑的全球考察》一书,该书由刘仁文、周振杰翻译,中国人民公安大学出版社 2005 年出版。当然,该文并非对该书的全面评论,只是撷取一个话题,略作阐发。该文曾被编辑略作改动后,以《冤狱频现质疑死刑成本》为题,发表在《财经》2005 年第 8 期。第二篇《死刑存废的艰难抉择》,评述了法国前司法部长罗贝尔·巴丹戴尔的《为废除死刑而战》一书,该书由罗结珍、赵海峰译,法律出版社 2003 年出版。本文发表在 2005 年 5 月 14 日《检察日报》,是我对若干法律著作的点评之一。尽管以上两篇书评都很短,但从不同的角度介绍了新近引入我国的两本死刑名著,对于普及死刑方面的法治知识或许有所裨益。

第七编是序跋,收录跋三篇。第一篇是《刑事法评论》第 15 卷主编絮语之关于死刑,是我对经济犯罪的死刑存废问题所发表的议论,尤其是对网友评论的评论。第二篇是《刑事法评论》第 16 卷主编絮语之关于死刑,是我对聂树斌案所发表的评论。聂树斌案曾经成为媒体关注的中心,但至今仍无定论[①],而媒体的兴奋点则早已转移了。也许过些时候会宣布聂树斌案并非冤案,但关于该案的这些文字并非毫无意义,因而亦将其收录在此,聊以备忘。第三篇是《中外法学·死刑研究专号》(2005 年第 5 期)之编后余话,这是我为《中外法学》而写的,本来有个题目为《死刑:学术与民意之间》,点出该短文的主题。由于杂志篇幅所限,题目放弃,短文亦删减得更短,收入本书时恢复了原貌,特此说明。

---

① 最高人民法院(2016)最高法刑再 3 号刑事判决书撤销河北省高级人民法院(1995)冀刑一终字第 129 号刑事附带民事判决和石家庄中级人民法院(1995)石刑初字第 53 号刑事附带民事判决,宣告被告人聂树斌无罪。——2019 年 12 月 21 日补记

第八编是译文,对此有必要略加说明。我关于死刑的论著有四篇被译介到国外,此次将译文收入本书。第一篇《死刑存廃の当爲と存在》和第二篇《死刑存廃論》,其日文译者是日本著名法学家铃木敬夫教授。铃木敬夫教授通晓中文,将大量中文法学作品译为日文发表,为中日法学交流作出了重要贡献。我与铃木敬夫教授曾有过三次会面。他翻译过我的三篇论文,其中就包括收入本书的两篇,分别是《死刑存废之应然与实然》和《死刑存废论》,上述日文译作发表在《札幌学院法学》(20卷2号)。第三篇"Opinions on Retention Versus Abolition of the Death Penalty"和第四篇"An Examination of the Death Penalty in China",其英文译者是张宁。张宁先生系我国留法学者,曾作为德里达的助手,陪同德里达访问我国。德里达是法国著名哲学家,以解构主义哲学著称于世。德里达对死刑问题颇有研究,在访问我国时多次讲演论及死刑。例如2001年9月4日下午在北京大学的座谈会上就谈到,人们可以发现在法律机构中存在报复机械论,所以我认为"死刑"问题是非常重要的。[①] 在香港中文大学还专门作了"关于死刑"的讲演,在这次讲演中,德里达将死刑与神学政治相联系,指出:如果要问"什么是死刑?"或者"死刑的本质与意义为何?"就必须重建作为神学政治统一特征的主权之历史与视域。德里达的结论是:"神学政治是一个系统,一种主权机制,在这种机制中死刑必然被写入。有死刑的地方就有神学政治。"[②]张宁对德里达思想颇有研究,并兼及死刑问题。张宁在《解构死刑与德里达的死刑解构》一文中指出:"死刑究竟是干什么?它是否仅仅是个法律或法学问题?它是否跟普通人的生活没有干系?法国当代哲人德里达对死刑的解构性分析,大概能给这个问题的思考拓出一块更广大的空间。在他看来,思考死刑,首先是思考国家的政治神学基础,是思考犯罪、刑罚概念的文化历史演进及其后面的神学—哲学逻辑,是思考人的特性,也是思考人作为社会动物的权利构成。"[③]张宁还专门撰文讨论我国学界的死刑存废之争,并提出了其独到

---

① 杜小真、张宁主编:《德里达中国讲演录》,中央编译出版社2003年版,第55页。

② 杜小真、张宁主编:《德里达中国讲演录》,中央编译出版社2003年版,第183、184页。

③ 张宁:《解构死刑与德里达的死刑解构》,载赵汀阳主编:《论证》(3),广西师范大学出版社2003年版,第65页。

的见解。[1] 此后,我收到张宁来信,说是受纽约《当代中国思想》(Contemporary Chinese Thought)杂志的邀请,编辑中国死刑存废之争的专号,其中包括我的两篇论文,另外还有曲新久、邱兴隆等学者的大作。我欣然同意,收入本书的就是这两篇译文。死刑不是一个三言两语能够说清楚的问题,对于死刑的研究值得倾注终身心血。当然,对于我来说,死刑只是刑法中一个较为重要的问题,也无法像外国学者那样开展对死刑的实证研究。就此而言,本书对死刑的研究仍是有局限性的。当然,本书的内容还是较为丰富的,体裁也是多样的,包含了十多年来我对死刑的所有研究成果。这也算是对自己的死刑问题的学术研究方面的一种回顾和总结。但愿本书不是我对死刑研究的终结,我仍将一如既往地关注死刑。

陈兴良

2005 年 6 月 19 日谨识于北京海淀锦秋知春寓所

2005 年 11 月 18 日补记于武汉东湖宾馆百花苑

---

① 参见张宁:《死刑:历史与理论之间》,载《读书》2004 年第 2 期,第 110 页以下。

72.《死刑备忘录》[①]后记

《死刑备忘录》是一本并不在计划之内的书。死刑是我近年来一直关注的一个热点问题,对这一主题我有所思考,有所言说。记得今年上半年我的博士生付立庆从日本回国探亲时还向我提及,能否将我关于死刑的言论编一本书,以集中展示我对死刑的研究成果。当时我未置可否,但心里也确有这个想法。没想到,这本书这么快就编完了。起因是我在今年6月中旬收到武汉大学出版社关于编辑一套"中国十大杰出中青年法学家文丛"的约稿函。由于这套丛书"不拘一格"的编辑构想,使我能够将这本死刑的书的编辑计划提上议事日程,并在不到一个月的时间里顺利完成。本书取名为《死刑备忘录》,表明本书是我关于死刑各种言论的结集。这些言论出自不同年代,从1989年到2005年,跨度达16年,其间经历了1997年刑法修改。因此,各篇论文中所涉及的刑法,根据其年代可能是指1979年《刑法》,也可能是指1997年《刑法》,这是读者在阅读时必须加以注意的。这些论文就像层积岩一样堆砌着,从质地与颜色我们可以判断出这些岩石的不同年代。因此,编辑本书的过程,也就是回顾我对死刑的思想认识演变的过程,是一种知识考古。

在《死刑备忘录》一书的编辑过程中,首先要感谢郭园园博士,她作为武汉大学出版社的资深编辑,同时也是刑法学的博士,策划本套丛书,使我的这本书能够得以迅速出版。我还要感谢我的学生江溯,他帮助我输入并校对本书的日文及英文,并精心编辑。江溯一年前从北大法学院毕业后到武汉大学出版社工作,今年重新考回北大,成为我指导的博士生,9月份就要入学,本书也许是他在武汉大学出版社担任责任编辑的最后一本书。我还要感谢我的博士生孙运梁和硕士生葛向伟,在本书的编辑中,他们给我提供了重要的帮助。

人是健忘的动物,因而一代文豪鲁迅写下了《为了忘却的记念》一

---

① 陈兴良:《死刑备忘录》,武汉大学出版社2006年版。

文,不是为了永志不忘,而是纪念这种忘却,这反映出鲁迅对忘却的无奈。死刑已经延续了数千年,本书也只不过是速朽之作。书名曰备忘,为死刑,也为本书。

陈兴良
谨识于南京紫金山
2005 年 7 月 7 日

73.《口授刑法学》[1]出版说明

《口授刑法学》在我的著作中是一个十分独特的作品,它以课堂讲授的方式呈现出刑法学的基本内容,反映了北大法学院刑法本科教学的基本状况,是一种可供参考的教学资料。

我已经出版过多种刑法教科书,例如《本体刑法学》(商务印书馆2001年版)和《规范刑法学》(中国政法大学出版社2003年版)以及主编的《刑法学》(复旦大学出版社2003年版)。这些刑法教科书各有特色,共同之处在于都是以书面语言表述的,更强调的是刑法理论体系的完整性。刑法教科书对于刑法教学来说是不可或缺的,但对于如何写作刑法教科书却各有不同见解。例如,刑法教科书是篇幅大一些好还是篇幅小一些好,就会存在分歧意见。现行刑法条文就有8万多字,用10个字解释1个字,刑法教科书至少要有80万字。80万字,对于一门课程来说篇幅是较大的。因此,也有将刑法教科书的内容尽量压缩的做法,以减轻学生的学习负担。篇幅大当然有其好处,可以为学生提供足够丰富的知识信息,可以供学生自学,以弥补课堂教学之不足。但刑法教科书篇幅过大,亦有其不足,即重点不突出,并且使学生望而生畏。而篇幅小也有其好处,提纲挈领,简明扼要,给学生的思考留下余地。但刑法教科书篇幅太小,难以容纳全部刑法知识,若是面面俱到则难免浮光掠影,难以反映刑法理论的博大精深。在这种情况下,如何掌握刑法教科书篇幅大小的分寸确实是一个难题。我的观点是:这个问题取决于如何看待刑法教科书的功能。其实,大学教科书与中学教科书的功能是不同的,中学教科书是课堂教学之所本,每课必讲,因而教科书更要适应课堂讲授的需求,与课堂讲授相契合。但大学教科书主要是呈现一门学科的完整知识,是一种体系书,它与课堂教学具有一定的差异性。换言之,刑法教科书不能等同于刑法的课堂讲义。刑法教科书为体现刑法理论的体系性,刑法中

---

① 陈兴良:《口授刑法学》,中国人民大学出版社2007年版。

所规定的所有罪名都要论述,但课堂上受教学时间的限制却并非每个罪名都要讲解。可以说,课堂上所讲授的是刑法学理论中的精华和重点。当然,由于授课时间安排上的差别,刑法课堂教学的内容在广度与深度上都有所不同。以现今北大法学院的刑法课时而言,教师只能选择性地讲解刑法理论中的重点问题而不可能面面俱到。

本书是一部口授式作品,在叙述风格上采用口语的表述,体现课堂实录的氛围。这种口授式作品的优点是具有可读性,读者可以在一种较为轻松的状态下通读,不用作过度的思考就可以理解本书的内容。我也当过学生,在课堂上既要听课又要做课堂笔记,思想总是处于一种紧张状态。《口授刑法学》作为课堂讲授刑法的实录,在阅读的时候将听课转换为读书,使接受者更为轻松。当然,读书毕竟不能等同于听课。另外,这种口授式作品也有其缺憾,就是难以精确地表达某种精致的思想。相对于书面语言,口头语言在表达情感与诉求方面是有其所长的,但在表达理性思维成果方面又有其所短。我本人更擅长于书面表达,甚至可以通过文笔清理思路,但口头表达则略微笨拙一些,并且口头表述的创造性远逊于书面语言。换言之,口头表达的大多是已经形成书面文字的思想,真正即兴的思想火花虽然偶尔也会在口头表述时迸发,但毕竟很少,大多是重复书面文字的内容。这也是我对自己的口授式作品并不十分上心的一个理由。本书的创作是一种尝试,读者若能从本书中读出不同于刑法教科书的味道,则乃本书之幸也。尽管本书是口语的实录,但为避免口语的啰唆,在成书时还是作了一些文字上的处理,因而与纯口语的录音存在些微的差别。

对于《口授刑法学》一书的整理出版,不能不提到一个人,这就是广西师范大学出版社的赵明节先生。我与赵先生素未谋面。2004 年 8 月 20 日我收到赵先生的来信,因广西师范大学出版社正在编辑出版《大学名师讲课实录》,向我约稿,询问我下学期是否有合适的课程并且是否有意向;因为 2004 年下半年和 2005 年我都未给本科生开课,因而这一计划也就搁置了。直至 2006 年我为 2005 级本科生讲授刑法,才想到对全部讲授过程录音,并由助教整理出来。因为在中国人民大学出版社出版“陈兴良刑法研究专著系列”,遂将《口授刑法学》一书纳入该系列,而未能在广西师范大学出版社出版。尽管如此,对于赵明节先生的热情约稿并在客观上促成本书的出版,还是要深表谢意。

《口授刑法学》一书讲课历经一年,整理又是大半年时间,现在终于定稿可以交付出版了,这是令人欣慰的。本书纳入中国人民大学出版社的"中国当代法学家文库·陈兴良刑法研究专著系列",严格地说本书并非专著而属于教材类,但不可能在法学家文库中再另设一个陈兴良刑法研究教科书系列,因而勉强纳入专著系列出版,特作说明,希望不要引起误解。其实,书名不重要,内容才是最为关键的。我还是希望我的书能够引起读者的共鸣,使个人的"自思"转变为大家的"共思"。此为出版说明。

陈兴良

谨识于北京海淀锦秋知春寓所

2007 年 5 月 29 日

74.《口授刑法学》(第二版)[①]出版说明

《口授刑法学》的第一版是我2006年在北京大学法学院为2005级本科同学讲授刑法课程的录音整理稿,于2007年由中国人民大学出版社出版。转眼之间,十年过去了。在此期间,我除为2006级本科同学讲授过一个学期的刑法分论以外,一直没有再给本科同学讲授过刑法课程。直到2016年我才有机会再次为2015级本科同学讲授刑法课程,这也是我最后一次为本科同学开设课程,因而令我难忘。利用这次开课的机会,我对《口授刑法学》一书进行了修改补充,由此形成本书的第二版。如果说,《口授刑法学》第一版完全是课堂讲授的实录;那么,第二版是在第一版的书面内容基础上的修订,因而更具有讲义的性质。

《口授刑法学》从第一版到第二版相距十年,在这十年当中,我国的刑事立法与刑事司法都发生了重大的变化。因此,这些内容都需要在课堂讲授中反映出来。例如,从2006年以来我国立法机关颁布了四个刑法修正案和四个立法解释。尤其是《刑法修正案(八)》和《刑法修正案(九)》对我国刑法进行了较大幅度的修改,对刑法总则规范和分则规范都作了重大调整,无异于是一次中等程度的刑法修订。在这当中,也包含了某些重要的制度性变革。例如死刑罪名的减少,以及限制减刑制度和终身监禁制度的设立,对我国刑罚结构的影响可谓十分巨大。除立法发展以外,在这十年之间司法解释也大量出台,为司法机关处理案件提供了更为充分的法律规范。值得指出的是,我国在2010年建立了案例指导制度,随着指导性案例(实际上相当于判例)的不断累积,它对司法实践的指导作用日益凸显,对于法学教育也带来了重大的影响。刑法学属于部门法学,应用性是其学科特点。因此,在教学中也应当将指导性案例,以及其他影响性案例引入课堂。这样,不仅可以使课堂教学生动活泼,而且也能够发挥案例教学法的优势,使讲授内容更加贴近司法实践。这些特点

① 陈兴良:《口授刑法学》(第二版),中国人民大学出版社2017年版。

都在《口授刑法学》第二版中得到了一定程度的反映，因而使得这一版的内容更加丰富与充实。

除刑事立法与刑事司法的发展对刑法课堂教学内容带来的变化以外，这十年来我国的刑法教义学也得到了长足的发展，因此，无论是在课堂讲授总则的刑法基本原理还是分则的各罪理论，都需要根据最新的学术研究成果进行更新。这里涉及学术发展与课堂教学之间的关系。就课堂教学，尤其是本科的课堂教学而言，主要是传授某一学科的基础知识，而这种学科的基础知识具有相对稳定性。但课堂教学内容又不可能一成不变，而是要在一定程度上反映该学科的理论进展。在这种情况下，法学的课堂教学内容总是需要经常性的更新。例如，在这十年当中，我对犯罪论体系的见解发生了变化。《口授刑法学》第一版中，还是把正当化事由放在罪体、罪责与罪量的体系之外进行讲授的。这种犯罪论体系的内容设计，未能将犯罪成立的积极条件与消极条件进行一体化的安排，因而难以体现犯罪论的阶层性。而在第二版中，所谓正当化事由不再置于犯罪论体系之外，而是作为罪体排除事由纳入罪体之中。这种调整使得犯罪论体系更加具有逻辑性。

课堂教学活动并不是教师的单方行为，而是教师与学生的一个互动过程，这也就是我们常说的教学相长。在为学生讲授的过程中，学生的提问与讨论都会对老师的思考与研究具有启发与促进作用。因此，《口授刑法学》虽然是一份讲义，同时也包含着听课同学的一份贡献。在此，我要对《口授刑法学》第二版的授课对象——北京大学法学院 2015 级本科同学表示衷心感谢。

陈兴良

谨识于北京海淀锦秋知春寓所

2017 年 3 月 12 日

75.《口授刑法学》[1]代跋

在法条的桎梏中获得精神的自由

从2006年2月到2006年12月，我为北京大学法学院2005级的本科同学讲授了整整一年的刑法课程：上半年讲授刑法总论，下半年讲授刑法分论。本书就是这一学年刑法课程的录音整理稿，名曰《口授刑法学》。从课堂上的声音转化为书本上的文字，仿佛时间凝固，又如思想结晶，本书可以说是这一学年授课之意外收获，令我惊喜之余又颇有感慨。

北大历来重视本科教育，并将其视为大学教育的基础，近年来更是倡导甚至要求教授亲自给本科同学授课。对此，我深表赞同。我认为，一个好的老师应该能够为不同层次的学生开设深浅程度不同的课程。为本科生开设的课程是一种体系性的讲授，它不同于为硕士生的专题性讲授，更不同于为博士生的问题性讲授。正是由于本科课程是一种体系性讲授，因而也最能考验一个老师的学术功底。在为本科同学讲课中，我始终思考一个问题，就是如何引导同学进入法律之门？本科同学处于初步接触法律的阶段，也是法律世界观形成的最为关键的阶段。因此，法律知识的传授当然重要，但法律思维的训练更为重要。对于一个法律知识空白的本科同学来说，经过本科阶段的学习，接受法律的“格式化”，成为一个“法律人”，这当然是必由之路。但我总是担忧这些天真的同学会过早地被法条禁锢，我不希望培养出来的法律人是法匠——一个法条主义者。因此，我认为应当培养同学们的想象力，这是一种法学的想象力。美国社会学家C. W. 米尔斯曾经写过一本名著，书名是《社会学的想象力》（纽约牛津大学出版社1959年版）。这本书的影响之大，以至于在该书出版30年后，美国社会学界专门召开会议纪念，并进行回顾性的专题研讨。正是在这个研讨会上，美国德保罗大学教授理查德·谢弗在说到米尔斯时如此总结道：“社会学的想象力是一种对个人与社会之间所存在关系的灵敏

---

① 陈兴良：《口授刑法学》，中国人民大学出版社2007年版。

观察能力。”受此启发，我们可以说，法学的想象力是一种对法律与生活、法理与情理之间所存在关系的灵敏观察能力。正是这种法学的想象力，使我们能够在法律思维与生活思维、法理与情理之间进行良性的互动与转换，能够进入法律之门同时又能够走出法律之门。只有这样的法律人，才是具有法学想象力的法律人。正是基于培养同学们的法学想象力这样一种信念，我在本科的教学中，绝不让同学们死记硬背法条与司法解释，而是让他们领会其精神，在法条的桎梏中获得精神的自由。

“在法条的桎梏获得精神的自由”，这是对一个法律人的至高要求，对于法律本科教育来说，只有“取法于上”才能“仅得乎中”。关于法学，历来就有根据法律的思考与关于法律的思考之分或者之争。其实，根据法律的思考与关于法律的思考，是法学思维的两个不同层次。根据法律的思考是一种规范法学，而关于法律的思考是一种法哲学。对于本科同学来说，主要应当接受规范法学知识，学会根据法律的思考。我一向反对在不知法律是什么的情况下任意地进行超越法律的思考，更不能以批评或者指责法律为能事。但根据法律的思考又是远远不够的，还要学会法的形而上的思考，这是一种对法的反思性思考，这种法律思维是开放式的。正因为本科阶段是法律入门阶段，如果在这一过程中丧失了法学的想象力，那么就难以在法律中的桎梏中获得精神的自由，而将永远成为法奴——法律的奴隶。因此，在本科教学过程中，我们不得不小心翼翼：既要给同学的思维戴上法条的桎梏，但又为法学的想象力留下足够的空间。这一教学意图，主要体现在平时作业当中。根据教学计划的安排，每个学期要有两次平时作业，共占30分，期末考试成绩占70分，满分100分。因此，平时作业的布置就可以弥补课堂讲授的不足。在第一个学期，当讲到死刑制度的时候，我布置了同学们观看美国电影《绿里奇迹》(The Green Mile)，这是一部曾经打动过我的电影，我相信也一定能够打动同学们。关于死刑存废的种种道理，当然是要讲的，但理论毕竟是枯燥的，而艺术则要生动得多。因此，一篇《绿里奇迹》的观后感，也许比一篇死刑论文更有意义。在一年的刑法课程中，共有4次平时作业，同学们都满怀热情地完成了作业，并且表现出一定的法意与文采，让我也深受感动。在本书中附有每次作业各一篇的优秀作业，读者从中可以感觉到法学的想象力。应当指出，这4篇作业只是从大量优秀作业中选择出来的代表，但它已经足以表明经过刑法课程的学习,同学们的想象力并没有消失。

将课堂讲授的内容编成一本书,这对我来说也是一种挑战。正好这一学年北大电教为保留资料,为我的课堂讲授进行全程录像,这也使我产生了能否将讲课内容书面化的想法。之所以说这是一种挑战,是因为要将《口授刑法学》在内容上区别于发给同学们的教科书《陈兴良刑法学教科书之规范刑法学》(中国政法大学出版社2003年版),就必须进行大量的课前准备工作。如果照本宣科,那么课堂讲授内容与刑法教科书大同小异,就没有独立出版的价值。但毕竟是为本科同学授课,内容又不能离教科书太远,这就要求我对内容进行适当取舍,并且在课堂上进行一些临场发挥,而这些随机性的发挥是最吸引人的,也是与刑法教科书的最大区别之所在。这里应当指出,随着本科教学改革,刑法课程的学时大为减缩。我记得在我30年前上本科的时候,刑法总论与刑法分论都是每周4学时,那时每学期18周,刑法总学时是144。但后来刑法课时逐渐减缩,从2006年开始,北大法学院的刑法总论每周3学时,刑法分论每周2学时,并且每学期又只有15周的讲授时间,刑法总共只有75学时,差不多只有过去的1/2学时。这对刑法老师来说是一个考验,尤其是刑法分论,学时减少了,罪名却大量增加了。现在刑法分则经过修订以后,罪名达500个,区区30个学时即使是只讲重点罪名也只能是蜻蜓点水。在这种情况下,我进行了一个大胆的尝试,在500个罪名中,只讲14个罪名,一个罪名讲一次即2学时。这14个罪名可以说是司法实践中常见多发疑难复杂的犯罪罪名,并且是一些基本罪名,或者核心罪名。虽然只重点讲这14个罪名,但总共涉及近150个罪名,从而起到以点带面的作用。我认为,正如学习法律不可能每个法律都讲一样,学习刑法也没有必要每个罪名都讲,这里涉及对法律体系以及法学教育的理解。一个国家有成千上万个法律,如果每个法律都讲,讲上十年八年也讲不完。并且法律总是在变动的,尤其随着社会生活的剧烈变化,法律的废改立更加频繁。在这种情况下,存在一个法学教育何以可能的问题。

法学教育之所以可能,就在于法律体系本身是由一些基本法律构成的,而这些基本法律又是以一定的法理为基础的。因此,我们需要掌握这些基本法律,真正理解其中的法理,只有这样,才能以不变应万变。在这些基本法律中,除母法变化(其实,宪法之于法律体系的意义,其政治功能大于规范功能)以外,包括民法、行政法、刑法和诉讼法。大多数法律的内容,都是由民法规范、行政法规范、刑法规范和诉讼法规范构成的。例如《专利法》中专利权的保护是一个民法问题,专利权的管理是一个行政法问题,侵犯专利权的犯罪是一个刑法问题。同时,《专利法》中还有关于救济程序的规定,属于诉讼法问题。可以说,民法、行政法、刑法和诉讼法是法律的基本构成要素。所谓学习法律,尤其是本科阶段的学习,主要就是学习这些基本法律,至于其他成千上万个法律,是可以通过自学或者其他方式的学习而掌握的。但现在不断压缩基本法律的学时,尽管可以腾出时间学习更多的法律,但法律基础知识不踏实、不牢固,则学习再多的法律也无益于对整个法律体系的把握,对从事法律职业也没有好处。

我认为,举一反三是最重要的方法。对于刑法的学习也是如此。如果不能举一反三,即便500个罪名逐个地讲解,耗时费力,效果也未必好。如果能够举一反三,即使只讲14个罪名也能掌握刑法分则的基本分析方法。为了考核同学举一反三的能力和理解分析能力,我在刑法分论的期末考试中,考核的一个主要罪名恰恰是课堂上没有讲解过的脱逃罪。题目是这样的:

> 佘祥林杀妻案已经被证明是一起冤案,佘祥林于2005年4月被改判无罪,但他已被关押达11年之久。假设:佘祥林在监狱关押期间,在申诉无果的情况下,利用监狱管理上的疏漏,从监狱逃跑,后被抓获,检察机关指控佘祥林犯有脱逃罪起诉到法院。在法院审理期间,佘祥林的妻子张在玉“死而复生”。在这种情况下,佘祥林是否构成脱逃罪?
>
> 控方:无辜被关押者脱逃的,仍构成脱逃罪。
>
> 辩方:无辜被关押者脱逃的,不构成脱逃罪。
>
> 相关法条:《刑法》第316条第1款:依法被关押的罪犯、被告人、犯罪嫌疑人脱逃的,处五年以下有期徒刑或者拘役。
>
> 提示:请在控方和辩方的两种观点中选择其中之一,依照法律规定和刑法理论进行论证。

这个题目是有一定难度的,它的回答分为两部分,一是对脱逃罪的构成要件的规范分析。二是结合设问,对无辜者脱逃是否构成脱逃罪的法理分析。相对来说,第二部分内容是较为复杂的。从规范上来说,无辜者脱逃是符合脱逃罪的构成要件的,但无辜关押这一前因能否成为不构成脱逃罪的理由呢?对于这个问题,在司法实践中曾经有过一个真实案件。当然这个案例发生在 1997 年刑法修订之前,并且案情具有一定的复杂性,但对于我们了解司法机关认为无辜者脱逃是否构成脱逃罪还是有所裨益的。该案的案情与诉讼过程如下:

被告人陈维仁,1994 年 3 月 7 日因涉嫌诈骗被收容审查,同年 7 月 22 日被逮捕,关押在宿松县看守所 10 号监房。1994 年 12 月中旬的一天,陈维仁与同监房人犯董峥嵘等商议挖洞脱逃。后当陈维仁之妻张萍到看守所会见时,陈以死相威胁,让张萍将铁锹、钢钎等物带进看守所 10 号监房。随后,该监房人员日夜轮流从铺下挖洞。至 1994 年 12 月 28 日凌晨 4 时许,10 号监房人犯挖通了一条长 6.5 米的地道,陈维仁和该监房其他 11 名人犯从该地道全部脱逃。后陈维仁、张萍被抓获归案。

本案由宿松县公安局侦查终结,经宿松县人民检察院审查,以陈维仁、张萍犯有脱逃罪,于 1996 年 3 月 27 日向宿松县人民法院提起公诉。宿松县人民法院于 1996 年 10 月 21 日作出一审判决,宣告二被告人无罪。判决理由是:陈维仁脱逃前的行为,检察院至今没有起诉,未经法院判决有罪,因此陈维仁被关押时不是犯罪分子,不符合脱逃罪的主体条件;被告人张萍在陈维仁的言语逼迫下送作案工具,其根本目的是帮助陈维仁脱逃,也不构成犯罪。宿松县人民检察院认为,陈维仁的诈骗行为尚不构成犯罪,如果他个人逃离监管场所,与原刑法规定的脱逃罪主体有所不符,但陈维仁是与 10 号监房关押的 11 名人犯一起实施共同脱逃行为的,且在共同脱逃中起主要作用,是共同犯罪的主犯,对陈的行为应结合共同犯罪的有关规定处理。张萍应陈维仁的要求,提供所需要的工具,是共同犯罪中的从犯。据此,宿松县人民检察院于 1996 年 11 月 9 日向安庆市中级人民法院提出抗诉。1996 年 12 月 24 日,安庆市中级人民法院以与一审同样的理由,裁定驳回抗诉,维持原判。安徽省人民检察院对本案审查后认为,二审裁定确有错误,于 1998 年 3 月 10 日向安徽省高级人民法院提出抗诉。安徽省高级人民法院于 1999 年 6 月 20 日作出终审判决,认为原审被告人陈维仁虽然被错误关押不具备脱逃罪的主体资格,但其在关押期间积极组织、策划、资助其他人犯共同脱逃,造成了与其他共同关押的 11 名人犯全部脱逃的严重后果,严重地妨害了监管秩序和司法机关的正常活动,其行为构成脱逃罪的共犯,且系主犯,依法应从重处罚。鉴于其作案前系被错误关押等情节,故应从轻处罚。原审被告人张萍明知陈维仁准备脱逃,还为其提供作案工具,对陈维仁等人得以脱逃负有重要责任,其行为已构成脱逃罪共犯。鉴于其系被胁迫参与犯罪,依法应减轻或免除处罚。抗诉机关提出的陈维仁构成脱逃罪共犯、主犯,张萍构成脱逃罪共犯的抗诉理由成立,予以采纳。判决撤销原一、二审判决、裁定,以犯脱逃罪,改判陈维仁有期徒刑二年,宣告缓刑三年;张萍免予刑事处罚。

本案发生在1997年刑法修订以前,当时的《刑法》第161条第1款规定:"依法被逮捕、关押的犯罪分子脱逃的,除按其原犯罪行判处或者按其原判刑期执行外,加处五年以下有期徒刑或者拘役。"由于在这一规定中,脱逃罪的主体是"依法被逮捕、关押的犯罪分子",并且在处罚上是"加处",即在原判刑罚基础之上实行并罚。因此,如果是无辜者脱逃,就难以构成脱逃罪。一、二审法院据以判处无罪的理由就是:脱逃罪应以脱逃前的行为构成犯罪为成立条件,对前罪具有依附性,没有前罪,则不能构成本罪。再审判决之所以判决有罪,也是因为陈维仁系脱逃罪的共犯而非正犯。换言之,如果陈维仁单独脱逃,再审判决认为也是不构成脱逃罪的。但是,1997年刑法修订中,脱逃罪的规定作了修改。修订后的《刑法》第316条第1款规定:"依法被关押的罪犯、被告人、犯罪嫌疑人脱逃的,处五年以下有期徒刑或者拘役。"从刑法对脱逃罪主体的修改来看,似乎更容易得出无辜者脱逃构成脱逃罪的结论,事实上我国刑法学界也确实存在这种观点。当然,对于这个问题仅从法条上分析很难得出正确结论。这里涉及目的论解释,并且关乎刑法的价值取向。

我国学者将无辜者脱逃这类案件称为"两难案件"。基于自由刑法观,无辜者脱逃不构成脱逃罪。其理由之一在于:从法律的严肃性和权威性角度而言,法律的权威性更应从实质公正中获得,而不能仅仅借助于形式公正。在此前提下,首先应该去矫治或纠正执法本身中的弊病和问题(无论是徇私枉法还是执法失误),而不是将矛头直指相对于国家"利维坦"而言如此渺小又软弱的无辜受害者。而基于权威刑法观,无辜者脱逃构成脱逃罪,其根本理由在于维护监管秩序。我国学者张明楷教授也认为,从实质上说,两种观点涉及是优先保护国家利益,还是优先保护个人利益的问题;从法律上说,两种观点涉及如何理解“依法”二字,即只要形式上或者程序上合法即可,还是必须程序上与实质上都合法。确实,无辜者脱逃是否构成脱逃罪,应首先从实质上加以判断,因而涉及刑法价值观的问题。一个人被无辜关押且申诉无果,一旦脱逃又构成脱逃罪,这确实不合乎情理。但这就合乎法理么?法理难道不是应以情理为基础吗?对于无辜者脱逃的出罪而言,需要寻找的是规范或者超规范的出罪根据,而非简单地诉诸情感。从法条所规定的脱逃罪的主体上通过法律解释方式寻找出罪的根据,当然不失为一个路径。对此,我国学者张明楷教授就提出应当从程序与实体两个方面考察是否属于“依法被关押”的问题。换言之,只有在程序上和实体上同时符合关押条件的,才属于法律所规定的“依法被关押”。这样,就有可能将以下两种人排除在脱逃罪的主体之外:一是实体上符合关押条件,但程序上违法,例如超期羁押者;二是程序上符合关押条件,实体上不符合,例如无辜被关押者。还可以想象这样一种情形的存在:根据法律规定最高应当判处 10 年有期徒刑,但司法机关违法判处 15 年有期徒刑。在某人服刑到第 12 年时脱逃,是否也应当属于无辜者脱逃。回答似乎是肯定的。关于超期羁押者脱逃是否构成脱逃罪,是一个较之无辜者脱逃是否构成脱逃罪更为复杂的问题。我国个别学者论及了这一问题。

当然,仅从主体上寻找无辜者脱逃构成脱逃罪的根据远远是不够的,尤其是在 1997 年《刑法》对脱逃罪的主体在表述上作出修改以后,甚至可以说是牵强。我国学者还论及主观要素,即无辜意识。我国学者是从违法性认识角度提出这一问题的。违法性认识是归责的主观要素,那么这种违法性认识如何判断?在无辜者脱逃的情况下,脱逃者主观上是否具有违法性认识?我国学者指出:单纯地从甲脱逃这个事实来讲,甲当然也会意识到自己妨害了监管秩序,但是甲也同时认为这个监管秩序是非正常的,因为把无罪者加以羁押是破坏更高位阶的社会秩序的。也就是说,甲在自体意识中会把本源上的法律秩序和操作起来的法律秩序加以区分。从本源上的法律秩序来讲,甲是无辜者,也不属于被监管的人员,甲以刑法典为参照,也会得出自己的一套主张:既然自己没杀人,自己就没有犯罪,自己也就应该享受自由,这是刑法典所要求的刑法秩序;而没杀人却被定杀人罪则是破坏了刑法典所要求的法律程序,“脱逃”在这个意义上甚至获得了恢复法律程序的正义性借口。这种无辜意识是否能够否定违法性意识。换言之,这里的违法性意识之违法性是否应当指实质上的违法性,抑或可以等同于罪恶感,罪恶感恰恰是与无辜意识相对应的一个范畴。更为重要的是,行为人的无辜意识是建立在事实根本不存在的基础上的,例如佘祥林案,而不是对法律的信念问题,例如刑法上的确信犯,确信自己行为正义而非犯罪。这是一种对法律的评价,它不能成为无辜意识的根据。在论及这个问题时,人们往往引用苏格拉底的例子——苏格拉底因为精神上尊崇法律而接受了误判也不愿意脱逃。但苏格拉底并不是一个恰当的例子。因为苏格拉底案涉及的是法律本身的正义性问题,只是在苏格拉底死以后人们才意识到苏格拉底的无辜:这种无辜并非法律上的无辜而是伦理上的无辜。因此,一个人被判处有罪而被关押,既然认为自己是无罪的,由此而脱逃不能都认为是无辜者脱逃。这里的无辜必须限于冤案,如古代的窦娥,现代的佘祥林。在主观上来说,除无辜意识以外,还涉及期待可能性问题。法律能否期待无辜者坐以待毙,或者永久性地被关押在牢房之中?

主体或是主观要素,当然都是无辜者脱逃之出罪的考虑之所在。但更重要的是行为本身性质的认定。无辜者脱逃,这里的脱逃还是脱逃罪构成要件意义上的脱逃么?从某种意义上说,无辜者的脱逃已经不仅是"恢复法律程序的正义性借口",而俨然是一种救赎。论及救赎这个词,使人想起一部著名的电影《肖申克的救赎》。故事的主人公是安迪,缅因州一位年轻的银行家,被指控枪杀了妻子和她的情夫,因此被判处终身监禁,从此开始了在肖申克监狱的生活。安迪并没有杀人,但在监狱里每个人都声称自己是"被冤枉的",因此他的无辜显得那么苍白可笑。最后,安迪决定采取自救,经过长达20年的努力终于挖通了牢墙。在一个风雨交加的夜晚,安迪爬过500码的污水管道逃出监狱。整个电影给我印象最深的一句台词是:"有一种鸟是永远也关不住的,因为它的每片羽翼上都沾满了自由的光辉。"而令人终生难忘的一个镜头是:安迪在那个风雨交加的夜晚,爬出污水管道,仰天张开双手迎接暴雨的洗礼的那个背影。印有这个场景的电影海报就贴在我儿子的床头。另外一部可以与《肖申克的救赎》相媲美的是正在热播的电视连续剧《越狱》。通过越狱方式避免一次冤杀,这难道不是另一种意义上的生命的救赎吗?所有这些,都使我们对脱逃的无辜者抱有某种深切的同情,刑法难道要与这种人类的同理心相对抗而把自己置于不义的境地吗?显然不是。因此,刑法理论应当为无辜者脱逃寻找一种出罪的理由。我认为,自救行为不失为无辜者脱逃的正当化事由。当公民的权利受到他人侵害的时候,公民可以采取自救措施而不为罪。那么,当公民的权利受到国家侵害的时候,公民难道就不可以采取自救措施了吗?我们必须承认,刑法所保护的法益并非等价的,而是存在位阶上的差别。相对于公民个人的自由而言,监管程序又怎么能凌驾其上呢?在刑法上存在义务冲突,同样也存在法益冲突,正因为如此才产生了实质判断的必要。因为,在犯罪的认定上,构成要件的该当性仅仅是第一道门槛,实质的违法性判断对于避免入罪的不合理是一个必不可少的步骤。

无辜者脱逃是否构成脱逃罪,这是一个看似简单实则两难的问题,背后蕴含着深刻的刑法法理。行文至此,肯定会有人认为给本科生出这样的题目是否太难?其实,题目的难易是一回事,怎么批分或者以何种标准要求答题者又是另外一回事。我当然不可能要求同学都能洞察其中深奥的法理,但它至少可以给学完刑法的同学以一个忠告:刑法课程虽然学完了,但刑法的思考其实刚刚开始。从考卷的情况来看,80%左右的同学选择支持控方的观点,并从犯罪构成上进行论证,只有不到20%的同学选择支持辩方的观点,当然论述大多是情理上的,真正从法理上进行深刻阐述的尚未见到。在判卷过程中,看到卷子里提到《肖申克的救赎》《越狱》,并以此进行类比的,我不由得就会多给几分。

对于一个学生来说,考试意味着课程的结束。但课程的结束,绝不能等同于学习的结束。对于刑法来说,尤其如此。法学院本科同学毕业以后真正运用刑法的毕竟是个别的,但刑法的知识及其思维方法都是不可或缺的。本书记录了这一学年口授的刑法知识,也可以说是一种为了忘却的纪念。

在此,我要衷心地感谢一学年来始终随堂听课并进行录音及整理的两位助教:高洁和谢静。她们是我所带的2005级的刑法专业硕士生。没有她们的辛勤劳动,也就不会有本书的问世。在某种意义上说,她们也是本书创作的参与者。2006级刑法专业硕士生蔡桂生参与了本书的后期整理工作,对此表示感谢。我还要感谢北大电教室两位老师,辛勤地为课程录像,从而保留了课程的影像资料。最后,我还要感谢北京大学法学院2005级的本科全体同学,以及其他旁听的同学,尤其是收入本书的4篇作业的作者。没有观众,就永远不会有舞台。同样,没有学生,也永远不会有讲台。也许我还会给本科同学讲授刑法,会给硕士生、博士生讲授刑法。但肯定没有一次对于我来说如此具有纪念意义,因为只有这一次授课的过程同时又是一本书的诞生过程。

是为跋。

陈兴良

谨识于北京海淀锦秋知春寓所

2007年1月16日

76.《刑事法治论》[1]出版说明

刑事法治是我从1999年以来一直关注并思考的一个现实法治问题。其背景是1999年通过宪法修正案的方式,将依法治国,建设社会主义法治国家载入宪法,这是令我辈法律人振奋的。从人治到法治,这是在治国方略上的重大转型,标志着我国在法治化的道路上迈出了重要的一步。现代化,是中国人的百年梦想,从五四运动开始我国就进入了一个缓慢但持久的现代化进程。尤其是四个现代化的建设目标的提出,使现代化的追求更加具有明确的方向。但是,在相当长的一段时间里,我们往往把现代化看作一个经济问题,因而四个现代化涉及的也大多是工农业生产以及与此相关的科学技术的现代化。但是,我认为,现代化并不仅仅是经济的现代化,而且是社会的现代化。现代化过程就是一个社会转型的过程,如果不在社会转型的框架内考虑现代化,那么,这种以经济为主的现代化是无法实现的。正是在这个意义上讨论现代化,我认为它与以下三个要素相关:一是市场化,二是民主化,三是法治化。其中,市场化是基础,无论是民主化还是法治化都离不开市场化。民主化是目的,也是现代社会的标志。而法治化是保障,无论是市场化还是民主化,都离不开法治的保障。一个社会,只有实现了市场化、民主化与法治化,才能说这是一个现代社会。因此,我们可以把市场化、民主化与法治化视为现代化的基本内容,这才是对现代化的科学理解。在现代化的上述要素中,法治化占有重要地位。随着我国从20世纪80年代初期开始进行改革开放,市场化在我国得以启动,并逐渐地取代计划经济成为经济的主导力量。正是随着市场化程度的不断提高,我国社会提出了法治化的要求,法治成为一种时代的呼唤。

刑事法治这个概念是从法治中引申出来的,是指刑事法领域的法治状态。在我看来,法治不是一个空泛的概念,必然有其具体内容,法治应

---

① 陈兴良:《刑事法治论》,中国人民大学出版社2007年版。

当落实到各个具体的法律领域,因而才有行政法治、刑事法治与民事法治之称。1999年9月27日在北京大学法学院刑事法理论研究所举办的第一次刑事法论坛上,我作了《刑事司法制度改革》的演讲,首次提出了刑事法治的概念,指出:

> 法治的概念需要从法理上来进行研究,但法治本身并不是抽象的、空洞的,它需要落实到具体的部门法之中。从刑事司法的角度来看,应当从法治的概念中引申出刑事法治这样一个基本范畴。刑事司法制度改革的目标模式应当是建立刑事法治,应当围绕着刑事法治来考察刑事司法制度的改革问题。①

在这次演讲中,我提出了刑事法治的三个基本内容:人权保障、形式理性和程序正义,并作了具体阐述。此后,我又发表了《刑事法治的理念建构》一文②,对刑事法治的内容作了更为理论化的论述,形成了我对刑事法治的基本思路。在此之后,刑事法治的概念逐渐为我国学者所接受,例如蔡道通教授的《刑事法治:理论诠释与实践求证》(法律出版社2004年版)一书,就是以刑事法治为中心词的第一部专著。该书从理论与实践两个方面对刑事法治的基本原理予以在一定深度与广度上的展开,对我们正确理解刑事法治具有重要意义。我对刑事法治的研究,也在一个持续的过程中,并且成为我的学术研究中十分独特的一个内容。促使我从事刑事法治研究的因素主要有以下三个:

第一个因素是从20世纪90年代末开始的司法改革。刑事法治涉及刑事立法与刑事司法两个层面,但我对刑事法治的关注却主要是从刑事司法引发的。我国的司法体制,包括刑事司法体制,是建立在计划经济基础之上的。而刑事司法制度更是按照专政模式建立起来的,更多体现的是国家意志,对被告人的权利缺乏应有的法律保护。在建设法治国家的方略确立以后,为适应法治建设的需要,整个司法制度,包括刑事司法制度都要作出重大调整。正是在这样一个背景下,提出了司法改革问题。学者们对司法改革都抱有极大的热情,投入到司法改革的研究中来,并为

---

① 陈兴良主编:《法治的使命》(第2版),法律出版社2003年版,第4页。

② 参见陈兴良:《刑事法治的理念建构》,载陈兴良主编:《刑事法评论》(第6卷),中国政法大学出版社2000年版。

司法改革鼓与呼。我也正是在这种情况下开始关注刑事司法改革,并由此提出刑事法治的概念,作为刑事司法改革的价值目标。尽管由于种种原因,司法改革并没有取得学者们所期望的效果,但我国司法制度的发展完善也是有目共睹的。也许,司法改革是一个随着法治建设的发展而不断推进的漫长过程,我们以往对司法改革的预期或多或少有些理想化,因而失望与失落也就是不可避免的。理论与实践、理想与现实,这两者之间总是有距离的。作为一名理论研究人员,有些理想色彩的思考也是难免的。刑事法治,就是一个需要数十年时间去努力奋斗才能实现的目标。尽管刑事法治现在还是一个遥远的目标,但我们对它的思考却是现实的,这种思考有助于我们接近刑事法治这个目标。

第二个因素是从1997年6月开始到1999年6月,我在北京市海淀区人民检察院挂职担任副检察长,有机会直接参与司法实践,对刑事司法的运作过程有了更为真切的感受。在这种情况下,我的学术视野有所开阔。在此之前,我主要对刑法问题感兴趣,对刑事诉讼法则存在相当的隔膜。但在检察机关任职期间,刑事程序与刑事证据问题引起我的兴趣。此外,结合检察机关的办案制度改革,例如主诉检察官制度的创立,我对刑事司法体制产生了个人的一些见解。这种见解并不受任职的部门立场的限制,而是纯粹从一个学者的立场出发,对刑事司法体制问题进行探讨。因此,刑事法治这个概念,其内容包括刑法和刑事诉讼法两个领域。这样,就使我的思想触须伸向刑事诉讼法,体现了一种刑事一体化的学术理念,使我的思想境界大为拓展。尽管在检察机关任职时间只有短短的两年,但这段经历对于我的学术研究的影响却是十分深远的,刑事法治的思想源头也可以追溯到这段在检察机关的任职经历。

第三个因素是近年来发生的一些引起社会轰动的重大案件,例如董伟案;影响更大的是刘涌案,还有后来发生的佘祥林案。按照时间排列,董伟案发生在2002年,刘涌案发生在2003年,佘祥林案发生在2005年。董伟案涉及的是死刑制度,刘涌案涉及的是非法证据排除规则,佘祥林案涉及的也是证据采信问题。当然,这三起案件都触及我国刑事司法体制中的一些敏感的神经。对这三起案件,我都参与了讨论乃至于争论,尤其是在刘涌案中,我不经意间成为某种意义上的“当事人”,受到舆论的尖锐抨击。这段历史,对于我来说是铭心刻骨的。通过这三起案件，我看到了我国刑事司法改革的艰难性和刑事法治建设的艰巨性，不能说没有些许的失望，但希望总是在支持我们的信念。

正是在以上三个因素的影响下，我将学术目光投向刑事法治建设的现实，本书是这一研究的最终成果。它不同于纯学术的研究成果，因为这些文字当中包含了本人通过亲身践行而获得的感受、感悟与感知，也是我更为珍惜的。

本书的内容可以分为三个部分：

第一部分是刑事法治的一般原理。这部分内容具有较强的理论性，是对刑事法治的理论阐述。在刑事司法改革中，我有一个切身的感受就是，如果没有确立改革的价值目标并以此作为改革的引领，那么，这种刑事司法改革就是盲目的，也是难以成功的。在刑事法治的理念中，我最为强调的还是人权保障，这是刑事司法改革的一条红线，刑事司法改革应当围绕人权保障而展开。这里涉及对法及法治的理解。我们通常都在有法可依、有法必依的意义上理解法治，但这仅仅是法治的形式标准，关键在于如何认识法治的内在价值。我认为，法治的要旨在于对国家权力的限制以保障公民个人的权利与自由。同样，刑事法治的要旨在于对国家刑罚权的限制以保障被告人的权利与自由。只有将这一刑事法治的价值贯穿整个刑事司法改革的始终，才能保证刑事司法改革在正确的方向上向前推进。当然，在刑事法治的一般原理中，还涉及形式理性与实质理性、程序正义与实体正义等一系列重大的理论问题，都需要从理论的高度予以阐述。除了刑事法治的理念，在刑事法治的一般原理中，还包含对刑事政策、刑法机能等基本问题的探讨，尤其是刑事政策与刑事法治的关系是值得我们充分重视的。刑事政策更强调对犯罪惩治的及时性与有效性，它对于整个刑事立法与刑事司法都具有指导作用。但刑事法治更强调对被告人权利的保障，体现对国家刑罚权限制的功能。在这种情况下，刑事法治与刑事政策这两者之间存在着某种紧张关系。在刑事法治的建设中，更应当注重的是刑事政策不应超越罪刑法定原则的樊篱，因而应当通过刑事法治对刑事政策加以某种限制。我向来主张理性思维，任何事物只有在理论高度才能把握其本质，对刑事法治也是如此。尽管我的这些理论分析可能存在偏颇，但作为一名我国刑事司法改革的亲历者，这种理性思考还是具有价值的。

第二部分是刑事司法权的法理分析，包括对警察权、检察权、辩护权和审判权的分析，这也是我从刑事诉讼法角度对这些问题的探讨，具有独特意义。虽然储槐植教授在20世纪80年代末就提出了刑事一体化的思想，但在法学研究当中，专业的隔阂还是十分严重的，在刑法与刑事诉讼法之间也是如此。我本人一直是从事刑法理论研究的，对于刑事诉讼法是陌生的。在检察机关任职期间，由于亲身经历了刑事司法活动，因而对刑事诉讼法产生了兴趣，其中从刑事司法改革角度对刑事诉讼结构的切入，使我进入刑事诉讼法的学术前沿。尽管由于学术精力与能力所限，我目前仍然以研究刑法为主，但那段学术经历仍然给我留下深刻记忆。我认为，刑事司法改革的核心是刑事司法权的配置问题。这里的刑事司法权，是从广义上来说的，包括警察权、检察权、辩护权和审判权，包括控辩审三方。在这一诉讼结构中，我以为最为重要的是审判权，也就是狭义上的司法权，只有使审判权中立而独立地得以行使，才能保证司法的公正性。刑事法治作为刑事法领域的一种法治状态，它本身并不是空洞的，除理念以外，体制是刑事法治的物质层面，对刑事法治起着某种支撑的作用。我国刑事法治建设的重点与难点就在于，刑事司法体制的结构性调整，使司法资源合理地分配，形成一种合力。在这方面，我们还有很长的路要走。本书第二部分对各种刑事司法权的法理分析，都是基于我国的现实，虽然有某种合理性的考量，但更多的还是一种对策性的构建，因而必然存在某种局限性。我想，等到将来我国刑事司法完成了法治化的变革以后，再来看我们现在的这些论述，一定会有保守甚至肤浅之讥。无论如何，历史局限性是任何人都无法克服的，我们只能说客观环境所允许的话，这也是一种历史的宿命。

第三部分是关于两种具体刑事制度，一种是劳动教养制度，另一种是社区矫正制度。劳动教养制度在我国形成已经50多年，是计划经济时代的产物。在刑事法治建设中，劳动教养制度正面临着改革的命运。劳动教养作为刑法制度的补充，在过去相当长时间内曾经对维护社会稳定发挥过作用，但随着刑事法治理念的普及，劳动教养制度的不合理性愈来愈明显。在这种情况下，应该加快对劳动教养制度进行改革，这一改革成果将成为我国刑事法治程度的标志。与具有悠久历史的劳动教养制度相比，社区矫正是我国正在试验的一种刑事制度，我认为它代表着刑事体制中某种具有强大生命力的新生要素。尽管社区矫正制度在西方法治发达国家早已推行,但对于我国来说,社区矫正制度仍然具有某种创新意义,这是值得充分肯定的。我对社区矫正制度一直十分关注,并且受聘担任司法部社区矫正专家顾问,多次参与咨询,使我对社区矫正试点情况更加了解,也对社区矫正制度在我国的发展前景充满信心。

除正文以外,本书还有两篇具有实质内容的序跋,也可以说是本书正文的重要补充。代序——《中国刑事司法制度:理念、规范与体制之考察》,是从刑法与刑事诉讼法两个方面对我国刑事司法制度进行了一种全景性的描述,它为我们理解刑事法治提供了某种现实背景。代跋——《中国刑事司法改革的考察:以刘涌案和佘祥林案为标本》,是从个案角度对我国刑事司法制度进行了一种特写性的描述。十分凑巧的是,这两篇文章都是我参与对外学术交流活动的产物。前篇是 1999 年 1 月参加北京大学法律学系和香港律政司、香港讼辩学会联合举办的内地与香港诉讼制度研讨会的主讲报告。后篇是 2006 年 7 月在东京大学参加学术交流的讲演稿。由于对外交流这样一个特殊背景,这两篇论文都具有某种介绍性,并在此基础上进行了某种理论阐述,因而陈述的语气更为客观、更为平缓。

刑事法治是一个永久的话题,我只是这个话题的挑起者以及某个阶段的参谈者。学者在理想与现实之间保持某种平衡、某种张力是十分困难的,从本质上来说学者是趋向于理想化的,学术研究本身要求学者具有某种超越现实的能力。但现实又像地心引力一样难以摆脱,人不能抓着自己的头发离开地球。经过了一段对现实法治的观察与思考以后,我愿意将自己的学术注意力仍然转移到理论上来,也许在那里更能激发我的学术创造力。毕竟,现实是更为复杂的,而学者相对来说是较为单纯的。本书是对现实法治关注的一种学术记录:它是我的一种心路历程的记录,也是我的一种理性思考的记录。它表明,我思考过,只是这一切都已经成为历史。

陈兴良

谨识于合肥稻香楼宾馆

2007 年 7 月 6 日

77.《刑事法治论》(第二版)[①]出版说明

《刑事法治论》第一版是在2007年出版的,至今正好十年。值此十年之际,对本书进行了增补,由此形成第二版,纳入"陈兴良刑法学丛书"由中国人民大学出版社出版,这是值得纪念的。

《刑事法治论》的第二版是一个严格意义上的增补版,增添了大约三分之一的内容。如果说,本书第一版主要反映的是20世纪90年代至21世纪初我对法治问题的思考;那么,本书增补的内容则反映了晚近十年我对法治问题的思考。这十年间,我国刑事法治还是取得了较大的进展的。例如,本书第一版中论及的劳动教养制度已经被取消,而社区矫正制度在建构之中,以审判为中心的刑事司法体制改革正在逐步推进,而职务犯罪和渎职犯罪侦查权从检察权中的剥离对检察权带来重大影响,如此等等,都是值得我们关注的。本书第二版对这些改革作了一定程度的回应,对本书第一版已经过时的内容进行了修订。

除对已有内容的修订以外,本书第二版增补了五章内容,这些内容涉及刑事法治的相关领域。例如,案例指导制度是我国的一项制度创新,对于完善刑法的适用具有重要意义。我在2010年承担了"案例指导制度研究"的国家社科重大招标项目,组织团队对案例指导制度进行了系统研究,主编出版了《中国案例指导制度研究》(北京大学出版社2014年版)一书。随着案例指导制度的建立,中国最高人民法院和最高人民检察院分批颁布了各自的指导性案例,对于审判业务和检察业务都发挥了重要的指导作用。收入本书的案例指导的制度建构一章,是我对案例指导制度的最新研究成果。我认为,案例指导制度的建立,牵动着司法解释制度的运行,它补充了司法规则的来源,应当从创制规则的角度对案例指导制度的意义进行解读。不仅如此,我们还应当从古今和中外两个不同的视角对我国案例指导制度的功能进行法理解读。只有这样,才能深刻地

① 陈兴良:《刑事法治论》(第二版),中国人民大学出版社2017年版。

洞察案例指导制度建立对我国法治格局带来的重大影响。此外,在刑法立法的发展方向一章,我以《刑法修正案(九)》为视角,对晚近随着刑法修正案的不断颁布,对我国刑法进行了较大幅度的修订的立法发展趋势做了前瞻性的探讨,这对于推进我国刑事法治的规范演进具有重要意义。尽管这些年来,我国刑事法治取得了令人瞩目的进步,但还是存在各种不能尽如人意之处,对此需要学者大胆建言,起到促进作用。

《刑事法治论》在我的著作中属于面对法治实践的入世之作,尽管如此,我还是想尽可能地从学术与法理的角度进行解读和思考,为形成中国的法治话语体系贡献绵薄之力。这次修订和增补,使本书内容更为充实,观点能够与时俱进,资料得以及时更新,这是令人欣慰的。

陈兴良

谨识于北京海淀锦秋知春寓所

2017年6月4日

78.《刑法学的现代展开》[①]后记

《刑法学的现代展开》是我和周光权教授合作完成的一部作品。记得在2000年左右,中国人民大学出版社法律出版事业部策划编辑郭燕红女士、李文彬女士就向我约稿,我当时也作出了相应的承诺。但由于其他写作任务的挤压,一直未能践约。直到2004年,我和周光权教授商议共同完成这一作品,并就写作的题目与分工进行了探讨。经过一年半的努力,终于可以交稿了。对于我来说,了却了一桩心愿。当然,本书能够顺利完成,周光权教授功不可没。如果不是其写作进度对我造成的无形催促,我可能还会继续拖延。此外,周光权教授还承担了统稿的工作,使本书能够顺利交稿。

写作本书的初衷是:我国刑法学研究自20世纪80年代以来,一直在相对较低的水平上徘徊,对诸多根本性的问题,一直缺乏系统的、深入的、从不同侧面切入的研究;刑法学者的问题意识、创新能力和解释技巧都有待提高。以刑法学中的重要范畴为切入点进行深入探讨,可以在一定程度上推进我国刑法学研究的发展进程。

在本书中,我们选取了30个专题进行研讨,包括刑法总论的18个专题和刑法各论的12个专题。当然,值得作为专门问题重点加以讨论的刑法学问题颇多,我们最初的设计也是尽可能讨论更多的问题。但是,由于能力与精力的限制,有些问题只能留待以后进行研讨。

本书的写作顺序是在导论部分对西方刑法学研究的经验和我国刑法学研究的现状进行宏观分析,以描述刑法学发展的总体态势,以期为读者提供我国刑法学发展的全貌。在接下来的诸章中,就某一专题进行细致分析,这些专题都是在通常的刑法学教科书或者专著中构成三级标题的内容。在本书的代跋中,对我国刑法学发展的知识形态进行了系统梳理,这部分内容对于了解我国刑法学的知识演进具有重大参考价值,同时

---

① 陈兴良、周光权:《刑法学的现代展开》,中国人民大学出版社2006年版。

它可以和导论的宏大叙事首尾对应。

本书是我和周光权教授合作的成果,当然,我们各自的分工也是极其明确的,因而是规范意义上的合作作品。在共同确定讨论的专题之后,我们各自进行了为期一年半左右的独立写作,其间我们又就有关问题进行过多次交流和反复讨论。

本书的具体写作分工是:

导　论　刑法学的西方经验与中国现实:周光权

第一章　刑法客观主义:周光权

第二章　罪刑法定原则:陈兴良

第三章　犯罪论体系:周光权

第四章　作为义务:周光权

第五章　因果关系:周光权

第六章　客观归责:陈兴良

第七章　放任:周光权

第八章　目的犯:陈兴良

第九章　违法性认识:第一、三部分:陈兴良;第二、四部分:周光权

第十章　注意义务:周光权

第十一章　法益侵害说:周光权

第十二章　期待可能性:陈兴良

第十三章　间接正犯:陈兴良

第十四章　共犯与身份:陈兴良

第十五章　中止自动性:周光权

第十六章　竞合论:陈兴良

第十七章　死刑:陈兴良

第十八章　宽严相济的刑事政策:陈兴良

第十九章　交通肇事罪:周光权

第二十章　重大责任事故罪:陈兴良

第二十一章　侵犯商业秘密罪:周光权

第二十二章　故意伤害罪:周光权

第二十三章　强奸罪:周光权

第二十四章　绑架罪:周光权
第二十五章　抢劫罪:周光权
第二十六章　盗窃罪:陈兴良
第二十七章　诈骗罪:周光权
第二十八章　侵占罪:陈兴良
第二十九章　受贿罪:陈兴良
第三十章　滥用职权罪:周光权

在此需要特别说明的是:在本书内容上,我与周光权教授的观点也并非完全一致,有些观点正好相反,在"违法性认识"一章就作了相互对立的观点编在同一章的技术处理,以便读者思考。在其他章节中也可能存在这种观点上的差异,在本书最终统改定稿时,对这些不同的观点,我们也尽量保留,并未强求统一,只是敬祈读者阅读时注意。之所以这样做,是出于对刑法学派论争的提倡,因为我们清楚地认识到,对于刑法学上的许多问题,都有进一步争论和反复斟酌的必要。学派之争是促进学术繁荣的重要途径,也是未来我国刑法学得以发展的希望之所在;将不同的学术观点充分展示出来,还可以为今后的进一步研究提供批评的素材。我国刑法学的整体水平在过去二十多年之所以没有实质性的提高,与我国刑法学界一直缺乏真正的学术论争有关,理论上的一团和气有时并不是一件好事,所以我们在本书中对于两位作者之间观点的差异毫不讳言。

我们之间大致的分歧表现在:(1)对于刑法客观主义的看法上,周光权教授坚持彻底的刑法客观主义,但我认为刑法学应当兼顾刑法主观主义。(2)对于刑法学方法论,尤其对于罪刑法定主义的理解,以及对实行行为、因果关系和客观归责的理解,周光权教授坚持实质主义、客观解释的立场。由此出发,周光权教授认为,如果实质地理解实行行为,客观归责理论是否有独立的存在价值是需要质疑的。我则赞成对实行行为、因果关系等作形式解释理解,强调在因果判断之外,进行独立的客观归责判断的意义。(3)对于遗弃罪,周光权教授建议扩大犯罪对象至"非共同生活的家庭成员",主张客观解释;我则坚持历史解释优先的观点。(4)对于违法性认识的含义,我赞成故意要素说,周光权教授赞成责任要素说。(5)对于主客观相统一原则,我认为有其合理性;周光权教授认为这是似是而非的折中说,从而反对这样的提法。(6)对于共犯的二重性,我持赞成态度,周光权教授则明确反对,并坚持共犯的从属性。上述争议问题,也是刑法学中至关重要的问题,未来的刑法学研究注定无法绕开这些命题,我们期待更多的学者参与讨论这些问题。

我们深知,在刑法学研究不断深入的今天,任何个人对于学问的贡献都只能是点点滴滴的。在本书中展示出来的许多观点,不成熟之处颇多,即使成为学术批评的标的,我们也会感到欣慰,也可以视为我们对我国刑法学研究作出了些许贡献。

不惮冒昧,略对本书的写作初衷与过程作以上絮述,是为后记。

陈兴良
谨识于北京海淀锦秋知春寓所
2006年3月19日

79.《刑法的格致》[①]序

在2008年到来之际,我完成了本人的讲演集的编辑,名曰《刑法的格致》。这里的"格致"一词,是致知格物的缩写。"致知格物"这四个字,在某种意义上体现了中国古代的科学精神,表明推究事物的义理法则,使之上升为理性知识。对于刑法,我们同样应该本着这种态度,从而使我们对刑法精神的认识达到一定的理论高度。唯有如此,才能不辜负时代对我们的期许。我们这个时代,是一个大变革、大动荡的时代,也是一个思想解放的时代。在这样一个社会背景下,我们每一个人的思考都将融入思想的社会潮流当中去,并被其淹没。在这一社会思潮的喧嚣面前,我们声嘶力竭的呐喊也只不过是声音的尘埃而已。我们刚从万马齐喑的社会中走出来,因而一个能够呐喊的社会仍然是值得期待的。我们的讲演是对社会的一种发言,也是知识分子对社会所具有的一份担当。因此,即使只能使空气发生震动,也是值得自珍的。

我在大学任教,从1984年12月起算,至今已经23年了。作为一名老师,授课乃是基本工作方式。其实,我从小就是较为寡言的,因为嘴拙之故也。在执教过程中,慢慢适应并习惯了口头语言的表达。即便如此,我还是对书面语言的表达更为稔熟。大概从10年前开始,我经历了从授课到讲学,乃至于讲演的转变。我以为,授课与讲演还是存在较大区分的。授课面对的受众是学生,老师按照一定的教学计划逐节地展开某一学科的知识体系,只要按照讲义讲授,略有发挥即可。而讲演则是专题性讲授,并且通常是在其他院校或者司法机关,受众是司法工作人员或者其他院校的莘莘学子,往往是以讲座的形式举办的,面对众多的听众当然不能照本宣科,而应直抒胸臆,甚至要略有表演色彩。当然,我是拙于表演的,只是以一种口语化的方式表达自己对某一问题的所思所想,吸引听众的还是思想性与逻辑性。客观地说,讲演对于我来说是具有挑战性的,我

① 陈兴良:《刑法的格致》,法律出版社2008年版。

也只能勉力为之。由于我担任国家法官学院、国家检察官学院、国家行政学院以及多所大学的兼职教授，因而有机会到这些学校进行讲演。此外，我每年都会受邀到各地司法机关讲课，这种讲课也具有讲演的性质。

收入本书的基本上是讲演的录音整理稿。从内容上来看，可以分为三个部分：第一部分从第1专题到第6专题，主要是关于刑事法治理念的内容。在我国当前推行的司法改革当中，重要内容之一就是刑事司法改革。刑事司法改革涉及刑事法治理念的重大转换，因而这是我在这些年来应邀到各地司法机关进行讲演的一个重要题目，也是一个较受欢迎的题目。由于场合的不同，有时讲演的题目不同，但有些内容是重合的。对此，敬请读者谅解。第二部分从第7专题到第10专题，主要是关于刑法方法论的内容。刑法方法论是刑法的基本理论之一，对于刑法理论研究具有重大意义。我国当前面临着刑法知识的转型，在这一转型过程中加强对刑法方法论问题的研究势所必然，这也是提升我国刑法理论水平的必由之路。第三部分从第11专题到第13专题，主要是关于刑法某些重要知识点的内容。例如犯罪论体系，也就是我们通常所说的犯罪构成问题，是我国刑法学界当前讨论的热点问题，因而也是值得重视的。应当指出，上述专题是在长达十年的时间内，在没有刻意设计的情况下自然形成的。虽然各个专题之间缺乏必要的逻辑关联，但还是可以区分为以上三个主题。

讲演对于我来说是业余之所为，因而从一开始就没有予以特别的重视，讲演录音稿有些曾经发表过，有些收入我的论文集，还有些则由有关单位录音整理后作为教学辅导资料。例如国家法官学院2000年10月30日印发的《高级法官培训资料》（第三辑）就收录了我在国家法官学院讲授的《刑事法治专题研究》和《共犯与罪数的问题研究》两篇讲演稿，使这些资料得以保存。又如2002年6月22日我曾在江西省高级人民法院举行过一天的讲座，事后闵飞凤同志特意将录音整理稿给我寄来，整理质量令人满意，这次收入本书第2专题与第11专题的讲演稿，采用的就是闵飞凤同志整理的版本。此外，我的学生车浩、高洁、蔡桂生等对本书的形成都做出了贡献。在此，我要对收入本书讲演稿的录音整理者，无论是有名的还是无名的，都表示衷心的谢意。

《刑法的格致》记载了我在过去10年间学术生活的一种独特的样

态,因而是值得珍惜的。无论世事变迁,总有一些东西是不会随之改变的。讲演是在一个特定场景中进行的,一旦形成文字却可以化为永恒的存留。随着时光逝去的是喧嚣,超越岁月积淀下来的是思想。这是令人欣慰的。

是为序。

陈兴良

谨识于北京海淀锦秋知春寓所

2008 年 1 月 2 日

80. 自选集(《刑法的格物》《刑法的致知》)[①]前言

我曾经出版过一部讲演集,书名是《刑法的格致》(法律出版社 2008 年版)。转眼之间,又过去了 10 年,现在拟对讲演集进行增订出版。由于篇幅的缘故,讲演集扩展为两部。为此,如何确定书名,颇为踌躇。最终,我将格致两字进行了分拆,两书分别名之曰:《刑法的格物》与《刑法的致知》。我曾在《刑法的格致》一书的序中指出:

> 这里的"格致"一词,是致知格物的缩写。"致知格物"这四个字,在某种意义上体现了中国古代的科学精神,表明推究事物的义理法则,使之上升为理性知识。对于刑法,我们同样应该本着这种态度,从而使我们对刑法精神的认识达到一定的理论高度。唯有如此,才能不辜负时代对我们的期许。我们这个时代,是一个大变革、大动荡的时代,也是一个思想解放的时代。在这样一个社会背景下,我们每一个人的思考都将融入到思想的社会潮流当中去,并被其淹没。在这一社会思潮的喧嚣面前,我们声嘶力竭的呐喊也只不过是声音的尘埃而已。我们刚从万马齐喑的社会中走出来,因而一个能够呐喊的社会仍然是值得期待的。我们的讲演是对社会的一种发言,也是知识分子对社会所具有的一份担当。因此,即使只能使空气发生震动,也是值得自珍的。

《刑法的格物》一书侧重于对现实的犯罪与刑罚问题的思考,更多的是对刑法的理念、制度和规则的讨论。在我看来,刑法的理念、制度和规则是刑事法治的三个层面。其中,理念是较为抽象的思想观念,居于上层,对于刑法的制度建设和规范适用都具有指导作用;制度是刑事法治的一种体制性安排,它具有稳定性和基础性,对于刑事法治的实现具有促进

① 陈兴良:《刑法的格物》《刑法的致知》,北京大学出版社 2019 年版。

功能;规则是刑事法治的具体体现,它对于权力的运作具有限制机能,对于权利的行使具有保障机能。在本书中,第一个专题“中国刑法理念”和第二个专题“刑事司法理念”,都属于刑法理念的范畴,包含着我对刑法理念的一些思考。第三个专题“‘严打’刑事政策”和第四个专题“宽严相济的刑事政策”,都是对刑事政策的考察。刑事政策介乎于刑法的理念和制度之间,对于刑法的创制和实施具有指导意义。我国的刑事政策从“严打”到宽严相济,经历了一个艰难的转折过程。在这两个专题中,我对“严打”刑事政策进行了深刻的反思,对宽严相济刑事政策进行了深入的解读。第五个专题“转型社会的犯罪与刑罚”,具有某种描述性,当然也具有一定的反思性和批判性。我国处在一个社会转型时期,这个时期的犯罪和刑罚都呈现出一种十分复杂的形态。对此,我们必须要有深刻的认识。第六个专题“案例指导制度”,涉及我国具有创新性的案例指导制度。案例指导制度的创立和运行,会对我国的法治建设带来重大的影响。在这个专题中,我对案例指导制度进行了建构和探讨。第七、第八和第九这三个专题,分别对犯罪特殊形态的司法认定、金融诈骗犯罪的司法认定和财产犯罪的司法认定进行了讲述,属于刑法规范的适用范畴。最后两个专题,即第十、第十一专题涉及的是两个具有重大影响力的案件——董伟案和刘涌案,这两个案件都以当事人被判处并执行死刑而告终。尽管这两个案件已经过去多年,但其中涉及的死刑适用问题、刑讯逼供问题、非法证据排除问题等,现在仍然值得我们加以关注。这里应当指出,收入《刑法的格物》一书的讲演,内容涉及刑法理念和司法制度,时间跨度较大。这些讲演只能代表本人在当时特定历史条件下的思考和探索。现在,我国刑法理念和司法制度已然大有改变,这些讲演在一定程度上反映了我国刑事法治的历史和进步。

《刑法的致知》一书则偏重于对刑法的学理性探讨,内容可以分为刑法的方法论、刑法的知识论和刑法的学术史这三个部分。其中,第一个专题到第五个专题可以归属于刑法的方法论。在此,既有刑法学习的方法论,也有刑法研究的方法论和犯罪认定的方法论。由此可见,刑法的方法论这个概念的外延是较为宽泛的,内容是较为丰富的。第六个专题到第八个专题可以归属于刑法的知识论。刑法的知识论和方法论当然是具有密切联系的,但两者又是可以区分的,也是应当区分的。刑法的方法论更加关注的是技术和技巧,而刑法的知识论则更加强调价值和规范。对于刑法的知识论的研究,成为我近年来倾注较多心血的一个学术领域。在授课和讲演中多有涉及,这些内容都是我对刑法知识论这个面向的思考所得,值得与读者分享。第九个专题到第十一个专题可以归属于刑法的学术史,内容包括对苏俄刑法学和德国刑法学的历史考察,涉及的刑法人物包括贝林、特拉伊宁、李斯特和罗克辛等。

就科研而言,我的主要方式是写作,以书面语言来传播我的所思所想。以口头语言进行的讲演或者授课,只不过是对自己科研成果的另外一种表达方式。因而,这是一种独特的学术表达样态。在《刑法的格致》一书的序中,我曾经指出:

> 无论世事变迁,总有一些东西是不会随之改变的。讲演是在一个特定场景中进行的,一旦形成文字却可以化为永恒的存留。随着时光逝去的是喧嚣,超越岁月积淀下来的是思想。这是令人欣慰的。

确实如此。

是为前言。

陈兴良

谨识于北京海淀锦秋知春寓所

2019 年 6 月 14 日

81.《走向规范的刑法学》[1]出版说明

1999年我在法律出版社出版了第一部自选集《走向哲学的刑法学》。[2] 迄今将近10年过去了,为反映这10年来我的学术研究进展,我编辑了第二部自选集,这就是本书——《走向规范的刑法学》。

从《走向哲学的刑法学》到《走向规范的刑法学》,这两个书名恰如其分地反映出这10年来我的学术转向。《走向哲学的刑法学》是从1990年开始到1998年为止,我在刑法哲学研究上学术努力的一个总结。这个时期的学术成果主要体现为刑法哲学三部曲:《刑法哲学》(中国政法大学出版社1992年版)、《刑法的人性基础》(中国方正出版社1996年版)和《刑法的价值构造》(中国人民大学出版社1998年版)。在这三部著作的创作过程中,我陆续发表了一些论文,这些论文是著作的精髓之所在。将这些论文结集出版,可以明显地看出我在这一时期对刑法哲学的学术兴趣。从1999年开始,以1997年刑法修订为契机,我开始从刑法哲学回归规范刑法学,同样出版了三部具有代表性的著作:《刑法适用总论》(法律出版社1999年版)、《本体刑法学》(商务印书馆2001年版)和《陈兴良刑法学教科书之规范刑法学》(中国政法大学出版社2003年版)。以及我和周光权合著的《刑法学的现代展开》(中国人民大学出版社2006年版),此外还有我主编的《刑法学》(复旦大学出版社2003年版)和《刑法学关键问题》(高等教育出版社2007年版)等。这对我来说,是一次重大的学术调整。

其实,在1990年以前,我一直在高铭暄教授、王作富教授的指导下,按照我国的苏俄刑法传统,从事注释刑法的研究,《正当防卫论》(中国人民大学出版社1987年版)和《共同犯罪论》(中国社会科学出版社1992年版)就是这个时期的代表作。《正当防卫论》一书是在我硕士论文

---

① 陈兴良:《走向规范的刑法学》,法律出版社2008年版。

② 陈兴良:《走向哲学的刑法学》,法律出版社1999年第1版,2008年第2版。

基础上增补而成的，创作于1984年，1985年从4万字增写至20万字，迟至1987年才正式出版。《共同犯罪论》一书是我在博士论文基础上增补而成的，创作于1987年，1988年3月博士论文通过后，于1988年从28万字增写到46万字，迟至1992年才正式出版。此外，我还参与了高铭暄教授主编的《刑法学原理》(中国人民大学出版社1993年版)和王作富教授主编的《中国刑法适用》(中国人民公安大学出版社1987年版)，以及高铭暄、王作富教授共同主编的《新中国刑法的理论与实践》(河北人民出版社1988年版)等书的创作。这个时期，我国刑法学正处于恢复期，尽管围绕着我国1997年《刑法》和司法解释展开了以服务于司法实践为主旨的刑法学研究，但受到苏俄刑法学传统制约，当时的刑法学研究尚处在一个较低的学术水平上。正是出于对当时注释刑法学研究现状的不满，才有我从注释刑法学到刑法哲学的研究进程上的转变，也就是在《刑法哲学》一书的前言中提出的一个命题：

> 从体系到内容突破既存的刑法理论，完成从注释刑法学到理论刑法学的转变，这就是我们的结论。

在这一命题中，我把当时的刑法研究称为注释刑法学，表达了对以刑法哲学为主要理论形态的理论刑法学的向往，并构造了刑法哲学的理论体系。这个体系包含了刑法学的形而下与刑而上两个方面的内容，是一个过渡性的作品。只是从《刑法的人性基础》开始，到《刑法的价值构造》才开始真正进行刑法学的形而上研究。而《刑法哲学》一书的刑法学的形而下的内容，又被1999年出版的《刑法适用总论》一书所吸收。由此可见，《刑法哲学》一书是一部大杂烩式著作，包含了各个层次的内容。当然，它也是一个承前启后的学术标志，至少对我来说是如此。

我对规范刑法学研究的重新起步是以1997年刑法修订为起点的，《刑法疏议》(中国人民公安大学出版社1997年版)一书可以说是一个标志。从刑法哲学的研究，忽而回到对刑法的注释，这本身就是一种学术关注点的转移。在《刑法疏议》一书的前言中我对这种学术兴趣的转移作了一段解释：

> 本书是我独自撰著的第一部严格意义上的注释法学的著作。此前，我的学术兴趣主要在于刑法哲学，志在对刑法进行超

越法律文本、超越法律语境的纯理论探讨，先后出版了《刑法哲学》《刑法的人性基础》《刑法的价值构造》等著作。当然，我从来不认为法学是纯法理的，也没有无视法条的存在。我总认为，法理虽然是抽象的与较为恒久的，但它又必须有所附丽、有所载荷，而这一使命非法条莫属。因此，对法条的研究是法学研究中不可忽视也不可轻视的一种研究方法，只不过它的研究旨趣迥异于法哲学的研究而已。中国是一个具有悠久的注释法学传统的国度，以《唐律疏义》为代表的以律条注疏为形式的法学研究成果是中华法律文化传统的主要表现形式。现在，我国不仅法哲学研究基础薄弱，纯正的注释法学的研究同样后劲不足。《刑法疏议》一书力图继承中国法律文化传统，以条文注释及其评解的方法对刑法进行逐编、逐章、逐节、逐条、逐款、逐项、逐句、逐词的诠释，揭示条文主旨，阐述条文原意，探寻立法背景，详说立法得失。①

上述论断，确实是我在写作《刑法疏议》一书时的心境的真实写照。未承想，这一学术兴趣的转移，开始了我另一段学术生涯。此后的《本体刑法学》与《规范刑法学》的写作，却是循着这一思路而展开的规范刑法研究。在这一研究过程中，《本体刑法学》一书具有独特的意义。在方法论上，本书开辟了刑法法理学的研究领域——一种不依附于法条的刑法法理研究。在犯罪论体系上，本书构架了罪体—罪责的独到体系，在《规范刑法学》一书中进一步发展为罪体—罪责—罪量这样一个三位一体的犯罪论体系。尤其是，《本体刑法学》一书以一种体系性叙述的方式，对刑法知识进行了教科书式的整理。从《刑法哲学》到《本体刑法学》，对于我来说，是一个重大的学术转折。曲新久教授在评论我的这一学术转折时，采用了"回归"一词，我以为是妥切的：

《本体刑法学》可以说是理论超越之后的一种朴素的回归——返璞归真，是刑法理论的一次软着陆，从批判教科书体系出发最终又回到教科书体系，不是刑法理论向教科书的简单回归，而是通过教科书体系实现刑法知识的新积累与新提升，历史

① 陈兴良：《刑法疏议》，中国人民公安大学出版社 1997 年版，前言。

可能真的是在否定之否定中发展。[①]

正是在否定之否定的历史循环发展过程中,我回归到规范刑法学。当然,这里的规范刑法学已经不是对20世纪80年代苏俄刑法学的简单重复,而是努力重构大陆法系刑法学术话语的一种自觉行动。正是在这一回归过程中,我收获了双重的学术成果,除规范刑法学的研究成果以外,我对刑法知识及方法论的考察,形成了《刑法知识论》(中国人民大学出版社2007年版)一书。尽管在《本体刑法学》一书中我想"为读者提供理论刑法学的独具个性但又融入学术公共话语的体系化知识全景"[②]。但这种文本式的知识叙述只是一种学术个案,对于刑法学的方法论转型来说,作用是极为有限的。因此作为知识转型的一种努力,我从2000年开始致力于方法论的探讨,尤其是对我国刑法学的苏俄化特征的描述以及去苏俄化的倡导,为引入大陆法系犯罪论体系不遗余力地疾呼。尽管传统的学术力量具有巨大的历史惯性,要想改变起来十分困难,但毕竟要有人站出来说"不",否则历史将永远重复、停顿而没有发展。

《走向规范的刑法学》这一书名中的"规范"一词,具有双重含义:一是在规范刑法学意义上使用的"规范"一词,以此与《走向哲学的刑法学》书名中的刑法哲学相对应,表明本书是我在规范刑法学这一学术领域中的成果汇集。二是在学术规范意义上使用的"规范"一词,以此反映我对刑法知识的规范化的渴望。我国传统的刑法学知识存在过多的政治化、意识形态化的遮蔽,因而容易混同于政治话语。我在《刑法哲学》一书的后记中指出的专业槽的命题,实际上是对规范的刑法知识的另一种表述。其实,建立刑法专业槽,意味着对刑法的学术性的追求,这种刑法学术性的表现就在于学术话语的建立。在《刑法理论的三个推进》一文中,我曾经指出:

> 以往的刑法理论中,政治意识形态垄断了话语权,这种刑法理论是一种政治话语的重复。而刑法理论的发展,就是要终结

① 曲新久:《刑法哲学的学术意义——评陈兴良教授从〈刑法哲学〉到〈本体刑法学〉》,载《政法论坛》2002年第5期。

② 蔡道通:《理论与学术的双重提升——评陈兴良教授〈本体刑法学〉》,载《法制与社会发展》2002年第1期。

政治话语在刑法理论中的垄断地位，形成刑法理论自身的话语，这种话语是自主的、自足的、自立的，因而具有科学性。这种刑法理论话语的改变，不仅是学术关注点的转移，而且是理论叙述语言的创新，理论叙述方法的创新。①

这段话是我在写作《本体刑法学》一书过程中生发的感想、感触与感悟，也是我对刑法知识的规范化的认识。规范化的刑法知识之生成，存在“破”与“立”两个方面。正如曲新久教授深刻地指出的那样，哲学思维方式恰恰是“破旧”之利器：

> 陈兴良教授运用哲学方法打破意识形态的话语垄断与霸权——现在和今后的很长一段时间内哲学，尤其是哲学方法依然是打破意识形态话语的有力武器——恢复知识的客观性与中立性，作出了突出贡献，《刑法哲学》的最大学术价值和意义就在于此。②

因此，刑法哲学研究在更大程度上具有学术革命的功用，但知识建设还是有待于规范刑法学的方法。在知识建设中，我们要充分认识到刑法知识的超文化性、跨国界性的特征，引入与借鉴大陆法系的刑法知识，作为我国规范刑法知识的基本平台。在此基础上，再学习英、美、俄以及其他国家的刑法知识，并加以本土化的改造，这才是我国刑法学的出路。离开了整个人类的刑法知识文化的历史传承，以为能够独创一套知识体系，这是完全虚幻的，最终不可能实现。因此，刑法知识的规范化应怀着开放心态结合本土国情而达成。

是为出版说明。

陈兴良
谨识于北京海淀锦秋知春寓所
2007年11月5日

---

① 陈兴良：《刑法理论的三个推进》，载《人民法院报》2001年2月9日。

② 曲新久：《刑法哲学的学术意义——评陈兴良教授从〈刑法哲学〉到〈本体刑法学〉》，载《政法论坛》2002年第5期。

82.《判例刑法学》[①]序

一

《判例刑法学》一书告竣，使我的心情稍感轻松。回想起本书的写作过程，甘苦自知，感慨系之。

本书的写作可以追溯到 2003 年年底，采用判例研究的形式进行法理的叙述，是我探讨刑法理论的一种尝试。我记得第一篇研究论文写于 2003 年年底，题目是《没有事前约定的事后受财行为之定性研究——从陈晓受贿案切入》，收入陈泽宪教授主编的《刑事法前沿》第 1 卷（中国人民公安大学出版社 2004 年版）。论文是对陈晓受贿案的一个学理探讨，由此形成判例刑法研究的基本写作模式。在 2004 年上半年，我开始了判例刑法研究系列论文的写作。当时的想法是选择 100 个判例进行研究，可谓雄心勃勃。在这期间，我差不多写了 20 篇左右的判例刑法研究论文，先后发表在有关法学刊物上。这些论文后来收入我的第四部论文集《当代中国刑法新径路》（中国人民大学出版社 2006 年版）。在 2006 年，我以《判例刑法研究》为题，申请了国家社会科学基金项目并获批准，但判例刑法研究的写作一直处于停滞状态。在此期间，我开始修订旧作、撰写新作，在中国人民大学出版社出版了“陈兴良刑法研究系列”，无暇顾及判例刑法研究的写作。直到 2008 年 6 月，在《刑法知识论》和《刑事法治论》出版以后，开始重新拾起判例刑法研究的写作。此时，距离 2004 年的写作已 4 年之久矣。从 2008 年 6 月开始，我全身心地投入判例刑法研究的写作，及至 2009 年 2 月终于完成。

---

① 陈兴良：《判例刑法学》，中国人民大学出版社 2009 年版。

二

《判例刑法学》采用判例研究法,对刑法有关问题进行专题性的讨论,为刑法的判例教学提供资料。

应当指出,我国目前尚未建立正式的判例制度,因此,“判例”一词未见于官方文献。近些年来最高人民法院一直在推行案例指导制度,例如在最高人民法院颁布的《人民法院第二个五年改革纲要》中明确提出,建立和完善案例指导制度是当前人民法院着力推进的司法改革。在上述文件中,提出了指导性案例的概念。这里所谓指导性案例,就是本书所称的判例,这是一种具有判例性质的案例。

本书的判例主要从以下权威性刊物中选取:

1. 最高人民法院刑事审判庭编《刑事审判参考》(第1期称为“期”,第2辑至第32辑称为“辑”,从第33集起称为“集”)

《刑事审判参考》由最高人民法院刑事审判庭编写,法律出版社出版,每年6集,从1999年创刊,至2008年年底已经出版63集。《刑事审判参考》主要刊载的是对刑事司法工作具有重要指导意义的典型、疑难案例,也就是所谓的指导性案例。《刑事审判参考》的编辑宗旨就是:“通过主要由最高人民法院审理的典型案例,加强对全国法院刑事审判工作的指导,以便更加准确、严格地执行国家法律、法规和司法解释,进一步提高刑事审判质量,促进依法治国方略的实施,为社会主义法制建设作出新的更大的贡献。”[①]《刑事审判参考》刊载的案例,一般分为三个部分:一是基本案情,二是主要问题,三是裁判理由。“裁判理由”是判例编写者撰写的,主要是对案件定罪量刑根据的阐述,也是我主要研究的内容。

2. 最高人民法院办公厅编《中华人民共和国最高人民法院公报》(以下简称《最高人民法院公报》)

《最高人民法院公报》创刊于1985年,是最高人民法院公开介绍我国审判工作和司法制度的重要官方文献,由最高人民法院办公厅主办,是最

---

① 最高人民法院刑事审判第一庭编:《刑事审判参考》(第1期),发刊词,法律出版社1999年版。

高人民法院对外公布司法解释、司法文件、裁判文书、典型案例及其他有关司法信息资料的法定刊物。《最高人民法院公报》刊登的案例是最高人民法院正式选编的各级人民法院适用法律和司法解释审理刑事、民事、行政诉讼、国家赔偿等各类案件的裁判范例,对于指导各级人民法院审理相关案件具有重要的参考和借鉴作用。[①]《最高人民法院公报》刊载的案例,更接近于原始的判决书,其裁判理由也是判决书本身所具有的,未作更多的编写加工。

3. 最高人民法院中国应用法学研究所编《人民法院案例选》

《人民法院案例选》是最高人民法院中国应用法学研究所定期编辑的反映人民法院审判活动的一种审判业务书籍,它具有指导性、实用性、专业性、资料性和学术性。《人民法院案例选》所选的案例,都是各个时期我国各级人民法院、专门法院审结的刑事、民事、商事、行政、海事等各类案件中的大案、要案、疑案以及反映新情况、新问题的具有代表性的典型案件。每个案例包括案情、审判、评析三部分,除如实介绍案件事实和审判情况外,着重从适用法律和运用法学理论的角度评价办案得失,突出了真实、全面、及时、说理的编辑特色,力求案例能给人以启迪,收到举一反三的效果。[②]《人民法院案例选》从 1992 年下半年开始由人民法院出版社分辑出版,各年度出版刑事专辑以及其他专辑。《人民法院案例选》中的“评析”,是对案例涉及法理问题的补充性说明,可以视为裁判理由。

4. 国家法官学院、中国人民大学法学院编《中国审判案例要览》

《中国审判案例要览》由中国高级法官培训中心(现为国家法官学院)和中国人民大学法学院组成编审委员会共同编辑,从 1992 年起逐年选编一部审判案例综合本,分别收入前一年审结的案例。此后,又将选编的案例分四卷出版,即刑事审判案例卷、民事审判案例卷、商事审判案例卷、行政审判案例卷。《中国审判案例要览》在编写过程中,对案件事实、审判过程、裁判理由、处理结果等,都完全尊重办案实际,具有客观性、真实性。为了便于读者了解具体的审判过程,收入了各审级的审判组织、诉

① 参见最高人民法院办公厅编:《中华人民共和国最高人民法院公报》(2007 年卷),人民法院出版社 2008 年版,编辑说明,第 1 页。

② 参见最高人民法院中国应用法学研究所编:《人民法院案例选》(2004 年刑事专辑),人民法院出版社 2005 年版,说明,第 1 页。

讼参与人、审结时间、诉辩双方的主张、认定的案件事实、采集的证据和适用的法律条文。为了使读者易于理解适用法律的理由和涉及的法学理论观点，由编者撰写“解说”，并对裁判的不足加以评点，有的版本还以附录形式加了少量的必要的法律名词解释。[①]《中国审判案例要览》中的“解说”，也可以视为裁判理由。

5. 最高人民法院刑事审判第二庭编《经济犯罪审判指导与参考》

《经济犯罪审判指导与参考》由最高人民法院刑事审判第二庭主办，于2003年创刊，其办刊宗旨是：围绕经济犯罪案件审判实践中遇到的实体和程序问题，通过对人民法院最新审判的新型、疑难、典型案例进行评析和对法律及司法解释的适用进行阐释等形式，对经济犯罪案件的审判工作予以指导。其中的刑案判例栏目，选择最高人民法院和地方各级人民法院最新审判的具有指导意义的典型、疑难案例，从适用法律和政策、认定事实和证据等方面进行权威评析。[②] 在《经济犯罪审判指导与参考》中，我第一次发现使用“判例”一词。这些判例分为基本案情、控辩意见及裁判和评析三个部分，尤其是每个判例前概括出“要旨”，对于判例中确立的规则加以归纳，对于刑事审判工作具有重要的指导意义。《经济犯罪审判指导与参考》从2003年至2005年共出版了10辑，目前已经停刊。

在《判例刑法学》中，我选取的判例绝大部分来自于《刑事审判参考》，只有个别案例来自其他刊物。之所以如此，是因为《刑事审判参考》的每个案例都有“裁判理由”部分，较为充分地阐述了判决的法理根据，对某些争议问题提出了明确的意见，具有某种说理性。其他刊物中的案例除《最高人民法院公报》以外，也都有“评析”“解说”等内容，相当于裁判理由，成为本书研究的对象。我国人民法院虽然进行了司法裁判文书改革，力求增强判决书的说理性，但从总体上来看，我国的判决书仍然只有结论而没有充分的论证。因此，只是根据判决书，无论判决书写得如何详细，都无法开展判例刑法研究。判例研究之所以区别于案例研究，是因为前者以裁判理由为研究对象，后者以案件本身为研究对象。后者是将研

---

① 参见国家法官学院、中国人民大学法学院编：《中国审判案例要览》(2007年刑事审判案例卷)，人民法院出版社、中国人民大学出版社2008年版，前言，第2页。

② 参见最高人民法院刑事审判第二庭编：《经济犯罪审判指导与参考》(总第1卷)，人民法院出版社2003年版，编辑说明，第1页。

究者的角色定位为法官,其职责是解决案件的定罪量刑问题;而前者是使研究者充当法官之上的法官,其使命是对法官判案的思维过程与论证理据进行评判。显然,这两种研究在性质上是完全不同的。上述刊物刊载的案例,以各种形式将判决书中所没有展开的裁判理由加以陈述,从而为判例刑法研究提供了可能性。应当指出,裁判理由的撰写者,大多是各级法院的资深法官,有的是案件的承办人,也包括最高人民法院刑事审判庭的高级法官,甚至大法官。例如在本书中某些判例的裁判理由的撰写者是最高人民法院主管刑事工作的张军副院长。正是这些法官的辛勤劳动,为我从事判例刑法研究提供了丰富的第一手资料,这是首先需要感谢的。在本书中,涉及对裁判理由的评判,从学理上提出了一些探讨性的评论,这不是针对个人,也不是针对判决,而纯粹是一种学术研究,不涉及原判决的既判力与权威性,这是在此必须声明的。

三

在本书的写作过程中,我随意选取了我认为具有指导价值的判例进行研究,只是到了本书快要完成的时候,才根据刑法教科书的体例进行排列,并作了若干补写,以便使本书各专题之间互相衔接,从而具有某种体系性。当然,本书的内容并非面面俱到,只是对刑法总论中的重要问题与刑法各论中的重点罪名进行探讨,以保持本书的学术性。由于《判例刑法学》一书内容较多、篇幅较大,为此分为上下两卷,上卷属于刑法总论的范畴,下卷则属于刑法各论的范畴。当然,某些判例具有综合性,并且超越总论与各论,我对这些判例进行了较为全面的阐述。有些专题涉及多个判例,亦对这些判例涉及的法理相关问题进行了体系性的叙述。

《判例刑法学》一书以判例为经,以主题为纬,采用专题研究的方式,通过对刑法理论的阐述和裁判理由的评判,交织勾勒出判例刑法学的基本面貌。本书内容主要涉及以下三个方面:

1. 刑法总论的一般理论

以往我国刑法学界关于刑法总论基本理论的研究,主要集中在对法条的理论诠释上,过于抽象,难以从司法实践中发现问题并解决问题。在判例刑法研究中,部分个案研究涉及刑法总论的一般原理,我力图从案例中提出问题,在刑法理论上加以阐述,然后将有关理论观点返回司法实践,用于解决个案中的疑难问题。这样一种从个别到抽象,又从抽象到个别,在一般法理与个别判例之间循环往返互相观照的研究方法,对于提升我国刑法总论研究水平具有积极作用。例如共犯问题,是一个十分复杂的刑法总论问题。但我国现有的刑法理论仍然囿于对刑法条文的解释,在司法实践中也总是机械地适用法条。在本书的“基于索债目的帮助他人绑架行为之定性研究”一节中,对共同正犯的承继性与重合性问题作了具有相当理论深度的探讨。我采用部分犯罪共同说,认为在犯罪之间具有承继性与重合性的情况下,可以成立不同罪名之间的共同正犯。这一观点破除了在司法实践中根深蒂固的只能在同一犯罪之内才能成立共同犯罪的偏见。此外,关于未完成罪、竞合论等有关章节,都结合个案作了深入研究,从而在刑法总论研究领域取得了前沿性成果。

2. 刑法分则的重点罪名

以往我国刑法学界对于个罪的研究,存在就个罪论个罪的现象,未能拓展理论视野,因而相对于刑法总论的一般理论研究而言,个罪研究停留在一个较低的学术水平上。在司法实践中,存在各种疑难问题,这些问题如果不能从法理上解决,就会影响我国的司法水平。在判例刑法研究中,我选择那些争议较大的判例,进行综合性的个罪研究,尤其侧重对裁判理由的分析。通过对个罪的透视,放大刑法理论的应用效果。例如,许霆案是在社会上曾经引起广泛争议的一个案件。我在“利用柜员机故障恶意取款行为之定性研究”一节中,从刑法专业与规范分析的视角对许霆案的定罪结论加以评判,强调对待许霆案的理性态度。在该节中,我运用民法上的不当得利理论、侵占罪、诈骗罪与盗窃罪等刑法分则理论,对许霆利用取款机的故障恶意取款的法律原理作了较为深入的分析,对于同类案件的处理具有参照意义。刑法分则理论是刑法总论原理在个罪中的运用,但又有其理论特点。以往我国刑法学界在一定程度上存在轻视个罪研究的偏见,极大地妨碍了我国刑法理论的发展。事实说明,只有具备发达的刑法分则理论,才能形成成熟的刑法总论原理,而刑法分则理论的发展又离不开个罪的深入研究。

3. 司法过程的思维方法

我国当前正在进行刑法知识转型,其中重要的内容之一,就是犯罪构成理论的改造。我国司法机关在犯罪认定活动中究竟应如何运用犯罪构成理论？在犯罪构成理论运用中都存在哪些问题？对于这些问题的揭示，具有重要的理论意义与现实意义。在本书对个案的研究中，我将司法过程的思维方法纳入研究视野，对有关定罪的方法论问题进行法理探究。例如，在"合法贷款后采用欺诈手段拒不还贷行为之定性研究"一节中，通过分析法官的裁判理由没有从客观上不具备贷款诈骗行为而是从主观上不具有非法占有贷款目的方面，寻找被告人不构成贷款诈骗罪的根据，引申出一个值得思考的问题：犯罪构成各个要件之间的关系应当如何界定？进一步引申出，我们应当采用何种犯罪构成体系？对于这些关涉刑法方法论的重大理论问题，在该节中都作了较为深入的探讨，尤其是比较了我国目前的四要件的犯罪构成体系和大陆法系的三阶层的犯罪论体系，强调犯罪构成各要件之间在逻辑关系上应当具有递进性。这一研究结论，对于完善我国的犯罪构成理论具有方法论上的示范功能。

判例刑法研究是刑法理论研究的一种新思路，它无论是对于我国刑法理论研究水平的提升，还是对于司法实践的指导意义，都是应当充分予以肯定的。我认为，在从文本刑法学到实践刑法学的转变过程中，判例刑法研究是一座必经的桥梁。从某种意义上说，判例刑法学是在今后相当长一段时期内，我国刑法学的一个知识增长点。

四

《判例刑法学》一书的写作，前后历经数年，或有中断。随着法律与司法解释的出台，我对相关内容作了必要的增补。在本书的写作过程中，我的学生车浩、蔡桂生和邓德华等同学给我提供了各种帮助，使本书的写作得以顺利完成，对此我深表谢意。此外，我近年来一直在北京大学法学院为法学硕士和法律硕士开设"判例刑法学"课程，在讲课过程中曾经与同学们就本书中的某些判例进行过讨论。因此，我还要对听课的同学表示深切的谢意。

储槐植教授曾经对刑法研究提出了以下见解：在刑法之上研究刑法——刑法的哲学研究；在刑法之外研究刑法——刑法的社会学研究、刑法的经济学研究等；在刑法之中研究刑法——刑法的规范研究。在此基础上，我还要加上一个刑法研究的向度：在刑法之下研究刑法——刑法的判例研究。在过去20年里，前10年我在刑法的哲学研究领域完成了《刑法哲学》（中国政法大学出版社1992年版、2004年修订3版）、《刑法的人性基础》（中国方正出版社1996年版、中国人民大学出版社2006年第3版）和《刑法的价值构造》（中国人民大学出版社1998年版、2006年第2版）三部著作，称为"刑法哲学三部曲"；后10年我在刑法的规范研究和判例研究领域完成了《本体刑法学》（商务印书馆2001年版）、《规范刑法学》（中国政法大学出版社2003年第一版、中国人民大学出版社2008年第二版）和《判例刑法学》（中国人民大学出版社2009年版）三部著作，可以称为"刑法体系书三部曲"。通过上述研究，使我能够立体地、全方位地认知刑法、感悟刑法，为刑法知识的转型与刑法视域的拓展而有所贡献，这是足以令吾辈欣慰的。

是为序。

陈兴良

谨识于北京海淀锦秋知春寓所

2009年2月27日

83.《判例刑法学》(第二版)[①]出版说明

《判例刑法学》第一版是中国人民大学出版社在2009年出版的,与此同时还出版了国家社会科学基金后期资助项目的版本。这次第二版对其中部分内容进行了修订,同时还增补了部分内容。

本书第一版出版以后,我国于2010年正式建立了案例指导制度,最高人民法院、最高人民检察院分别颁布了各自的指导性案例。这些指导性案例对于此后处理同类型的案件具有重要参考价值,因此更值得研究。最高人民法院、最高人民检察院颁布的指导性案例中也包含着刑事指导性案例。这次出版就增补了王志才故意杀人案、李飞故意杀人案和潘玉梅、陈宁受贿案等具有较大影响的指导性案例。随着指导性案例的不断颁布和累积,对案例的深入研究越来越显得重要,这必将成为我国法学研究的一种方法和法学作品的一种形态。

陈兴良

谨识于北京海淀锦秋知春寓所

2017年6月5日

① 陈兴良:《判例刑法学》(第二版),中国人民大学出版社2017年版。

84.《判例刑法学(教学版)》[①]代序

案例指导制度:以法律规则形成机制为线索的考察

作为我国法治建设的重要内容之一,2010年案例指导制度正式启动。2010年在我国法治史上是具有标志意义的年份,法律体系宣告建成和案例指导制度宣布启动,这意味着我国法律规则体系的发展完善。因此,只有从法律规则体系这一视角切入,并以我国古代法律样式和英美法系的判例法与大陆法系的判例制度为背景,才能深刻地揭示案例指导制度之于我国法治建设的重大意义。

2010年最高人民法院和最高人民检察院(以下简称"两高")分别颁布了《关于案例指导工作的规定》(以下简称《规定》)。两高《规定》所确立的案例指导制度,是指由最高人民法院、最高人民检察院确定并统一发布对全国审判、检察工作具有指导作用的指导性案例的制度。根据最高人民法院《规定》第2条的规定,指导性案例是指裁判已经发生法律效力,并符合以下条件的案例:(1)社会广泛关注的;(2)法律规定比较原则的;(3)具有典型性的;(4)疑难复杂或者新类型的;(5)其他具有指导作用的案例。根据最高人民检察院《规定》第3条的规定,指导性案例是指检察机关在履行法律监督职责过程中办理的具有普遍指导意义的案例,主要包括:(1)职务犯罪立案与不立案案件;(2)批准(决定)逮捕与不批准(决定)逮捕、起诉与不起诉案件;(3)刑事、民事、行政抗诉案件;(4)国家赔偿案件;(5)涉检申诉案件;(6)其他新型、疑难和具有典型意义的案件。由此可见,两高《规定》都强调指导性案例是对审判、检察工作具有指导性意义的案例,由此而把它与不具有指导意义的案例加以区分。我认为,这里所谓指导性案例,就是一种具有判例性质的案例。实际上,判例是一个约定俗成、两大法系通用的称谓,没有必要为避免与英美法系的判例法和大陆法系的判例制度相区分,而刻意地采用指导性案例

① 陈兴良:《判例刑法学(教学版)》,中国人民大学出版社2012年版。

这样一个具有中国特色的措词。因此,案例指导制度就是我国的判例制度,只不过具有中国的独特性而已。

随着指导性案例的颁布,一种司法规则形成的机制得以产生,并将给我国法律规则体系的发展完善带来重大而深刻的影响。

我国法律规则体系可以分为三部分:一是立法机关创制的法律,这是狭义上的法律;二是行政机关创制的行政法规,这是中义上的法律;三是司法机关创制的司法规则,以前只是司法解释,现在又增加了一种,即指导性案例中的裁判规则,这是广义上的法律。司法机关的司法活动,不仅仅是一个适用法律的过程。法律、行政法规和司法规则,共同构成我国法律规则体系。

法律样式的多元性,可以说是中华法系的传统之一。近代法学家沈家本为清代著名律学家薛允升著《读例存疑》所作之序中指出:

> 商鞅改里悝之法为律,于是有律之名。自汉以来,律之外有令,有驳议,有故事,有科,有格,有式。隋则律、令、格、式并行。宋则律之外,敕、令、格、式四者皆备,而律所不备,一断以敕,初无所谓例也。晋于魏《刑名律》中分为《法例律》,亦但为律之篇目,而非于律之外别之为例。……明初有律,有令,而律之未赅者,始有条例之名。弘治三年定《问刑条例》,嘉靖时重定为三百八十条,至万历时,复加裁定,为三百八十二条。国朝(指清代——引者注)因之,随时增修。同治九年修订之本,凡条例一千八百九十二条,视万历时增至数倍,可谓繁矣。其中或律重例轻,或律轻例重,大旨在于祛恶俗,挽颓风,即一事一人,以昭惩创,故改重者为多;其改从轻者,又所以明区别而示矜恤,意至善也。第其始病律之疏也而增一例,继则病例之仍疏也而又增一例,因例生例,孳乳无穷,例固密矣。究之世情万变,非例所可赅。往往因一事而定一例,不能概之事事。因一人而定一例,不能概之人人。且此例改而彼例亦因之以改,轻重既未得其平。此例改而彼例不改,轻重尤虞其偏倚。既有例即不用律,而例所未及,则同一事而仍不能不用律。盖例太密则转疏,而疑义亦比

比皆是矣。①

沈家本的上述论断,为我们勾勒了我国古代法律规则体系形成与变动的一条基本线索。中国古代除基本的法律形式——律,也就是刑律以外,还存在补充性的法律形式——敕、令、格、式等。尤其是从明代开始,例成为律的辅助性法律形式。沈家本对律和例的关系作了生动说明,并对例可能对律所造成的冲击作了深刻的阐述。

在以上各种法律形式中,例是最值得我们重视的。在例的研究中,除律、例关系以外,其实更应当关注的是例与判例的关系。如果转换成现代话语,这个问题应该表述为:例到底是属于成文法的范畴,还是属于判例的范畴?对此,在我国法学界存在争议。我国学者武树臣提出了法律样式的概念,并认为中国古代的法律样式是"混合法",存在成文法与判例的循环互补。武树臣教授在论及中国古代的判例时指出:

> 历朝的决事比、故事、法例、断例、例等,都标志着"判例法"一脉相传、经久不衰的独特地位。……判例经朝廷核准后成为与成文法典并行的法律渊源。有价值的判例则被抽象成为成文法条并被成文法典所吸收。成文法典本身的缺欠(不可能包揽无余,也不可能随时变更)使判例制度得以存在和发展。而朝廷对判例的集中管理(审核、批准、选择、编纂)又避免了判例庞杂无序的缺点。而成文法典对判例的吸收,则既避免了双方的短处,又综合了双方的长处。"成文法"与判例的相辅相成、互为因果、并行不悖、循环往复的动态联系,构成了中国"混合法"的独特样式。②

在此,武树臣教授把我国古代法中的例视为判例。那么,到底什么是我国古代法中的判例呢?关于例的含义,清代学者王明德曾经作过以下描述:

> 例者,丽也,明白显著,如日月之丽中天,令人晓然共见,各

---

① 〔清〕沈家本撰:《历代刑法考》(四),中华书局1985年版,第2221—2222页。

② 武树臣:《中国的"混合法"——兼及中国法系在世界的地位》,载《政治与法律》1993年第2期。

为共遵共守而莫敢违。又利也，法司奏之，公卿百执事议之。一人令之，亿千万人凛之。一日行之，日就月将，遵循沿习而便之，故曰例。①

王明德认为，例之为义有五：(1)名例；(2)条例；(3)比例；(4)定例；(5)新例。显然，王明德所说的例之五种含义，均是指成文化的法条，而不是判例。当然，例和判例之间是紧密相关的，某些例就是从判例中抽象提炼出来的，我国学者汪世荣将这一过程称为因案生例，并将因案生例称为判例形成机制，其指出：

因案生例的判例形成规则，是指司法官在其司法活动中，针对具体案件的裁判，认为应该通过该案总结、创制出特定法律规范时，便在判决中附请定例。最高统治者以上谕的形式，在对该案作出批结的同时，可以概括出具体的、普遍适用的法律规范，这就是例。例的表现形式虽然为制定法，但通过具体案例附请产生的例，却体现的是判例法制度。因为，就这种例的产生看，其产生于具体案件的司法判决，来源于特定案例；就这种例的形成程序来看，要经过司法官的附请，经过上谕的确定，离不开对具体案件的裁判程序；就这种例的适用看，其赖以产生的具体案例是对其正确理解和适用的基础，这些具体的导致例的直接形成的案例，被称为例案，例案是例不可分割的组成部分，是准确理解和适用例的重要参考依据。因案生例的判例形成规则，在体现封建专制皇权对司法权的绝对垄断时，体现着中国古代法律的统一性特点，有限制地认可了司法官创制法律的作用。②

因案生例确实是对例的形成机制的生动描述，大多数例，例如清代律例合编中的条例，都是从成案中提炼出来，针对特殊情形所制定的规则。例如，《大清律例·谋杀人》中有以下条例：

凡僧人逞凶谋故惨杀十二岁以下幼孩者，拟斩立决。其余

① 〔清〕王明德撰：《读律佩觿》，何勤华等点校，法律出版社2001年版，第18页。

② 汪世荣：《中国古代判例研究》，中国政法大学出版社1997年版，第122页。

寻常谋故杀之案，仍照本律办理。

上述条例系乾隆四十二年（1777年），山西巡抚觉罗巴延三审题僧人界安，将十一岁幼徒韩二娃用绳拴吊叠殴立毙一案，钦奉谕旨，纂为定例。薛允升在《读例存疑》中对该案例作了分析：

> 上条十一岁以上，照常办理，此条十二岁以下，即拟斩决。上条专言谋杀，此条兼及故杀，较上条更严。僧人毙命，虽在保辜限外，不得宽减，与此条均系严惩僧人之意。①

由此可见，上述严惩僧杀条例虽然出自僧人界安杀幼徒韩二娃案，但该案只是形成条例的缘由，就条例本身而言，其是一条法律规则，而非判例。这一条例的形成符合因案生例的特征，但形成的条例是否等同于判例，尤其是因案生例是判例形成机制还是成文法形成机制，则不无商榷之处。我国学者刘笃才提出“判例是可以援引作为审理类似案件的判决”这一命题，以此作为出发点，对判例作了以下界定：

> 判例之所以是判例，必须保持其自身的形态，即作为具体的判决而在其后的司法领域发生法律效力。也就是说，作为后来判决案件的依据的，是某一具体案件的判决，而不是据此判决经过改造已经上升为制定法的抽象的法律条文。②

根据以上界定，我国古代的例当然是成文法而不是判例。可以说，律例合编的《大清律例》是一部成文法典，而不是成文法与判例法的合编。我国古代虽然曾经出现以成文法为主、以判例为辅的法律体制，但自明清条例入刑律以后，判例逐渐被禁止援引。因此，条例的兴盛恰恰意味着判例的衰亡。《大清律例》附例规定：

> 除正律、正例而外，凡属成案，未经通行著为定例，一概严禁，毋得混行牵引，致罪有出入。如督抚办理案件，果有与旧案相合可援为例者，许于本内声明，刑部详加查核，附请著为定例。

---

① 胡星桥、邓又天主编：《读例存疑点注》，中国人民公安大学出版社1994年版，第547页。

② 刘笃才：《中国古代判例考论》，载《中国社会科学》2007年第4期。

在以上规定中，正律和正例相提并论，这里的正例是指条例。《大清律例》就是正律与正例的合体编纂，其例并非判例而是成文法，由此可见其彰。这种律例合编的形式不但便于使用，而且也解决了清初法律中律、例相牴牾的矛盾。[①] 因此，编入法典的条例虽是从成案演变而来，但经过编纂以后，已不见判例的踪影。

我国古代的条例，不仅与英美法系的判例法不同，而且也不同于大陆法系的判例制度。对于条例与英美法系判例法的不同，这是十分容易理解的。因为英美法系国家是以判例为法律，判例中的司法规则是法律的载体。但对于条例与大陆法系判例制度的不同，则需要加以界分。大陆法系是采用成文法的，与此同时又充分发挥判例的作用。这时，判例的作用不是取代法律，而是对法律起到一种解释作用。然而，大陆法系国家的判例一般都不具有法律上的拘束力，而是在事实上具有拘束力，这种事实上的拘束力来自对司法统一的内在要求与下级法院对上级法院在审级上的从属性的制度设计。大陆法系国家的判例具有规则性质的是"裁判要旨"。正如我国学者指出：

> 一个判决被确立为判例时，一般都附有适当的"要旨"，判例中隐含的法律原则与规则均体现于此。因此，判例仍然带有成文法的烙印，它通过裁判要旨的形式引导法官和民众去适用，在某种程度上发挥着司法解释的功能。[②]

尽管大陆法系国家的判例带有成文法的烙印，但就其以分散的形式，由法官选择适用这一点而言，其判例制度与成文法是根本不同的。尤其是在判例制度中，案情本身是裁判规则的前提，也是判例不可或缺的组成部分。判例制度仍然存在对案情的比对，以此作为援引适用裁判规则的根据。而我国古代的条例，已经从判例中剥离出来，以成文法的形式存活，因而在形式上完全不同于大陆法系的判例制度。判例的成文法化，是我国古代法律的一个重要特征。中华法系具有成文法的悠久传统，即使是判例也具有成文化的顽强定势。我国学者对中国古代判例的命运作了以下论述：

---

① 参见田涛、郑秦点校：《大清律例》，法律出版社 1999 年版，第 6 页。

② 董皞主编：《中国判例解释构建之路》，中国政法大学出版社 2009 年版，第 180 页。

从成文法的角度看,吸收判例的过程就是改造消灭判例的过程。而从判例的角度看,融入成文法的过程也就是自我异化消亡的过程。判例上升为条例,是判例的异化。没有这一步,判例无从进入成文法体系。而进入成文法体系,也为其消亡创造了条件。"我已经不再是我,而你却依然是你。"成文法得到了滋养,变得更加丰满,而判例则丧失了其存在的根据。这就是古代判例的最终命运。①

以上论述中的"我"是指判例,"你"是指成文法。"我已经不再是我,而你却依然是你"一语生动地描述了判例编入法典以后丧失了自身的命运。判例之所以经过提炼以后以条例形式进入法典,而禁止在律例以外援引成案作为判决根据,我认为这是由我国古代的政治结构所决定的。我国古代是一种专制集权的社会,皇权至上,一切法律规则都必须由上而下颁行,并形成对官吏的有效约束。在这种情况下,不能任由官吏援引成案,一切成案如欲发生法律效力,都必须经最高统治者确认,以便维护中央集权的体制。

成文法与判例法或判例制度,实际上是满足司法活动对于法律规则需求的两种不同方式。这里涉及规则生成的规律问题。我国学者在论及我国古代法律生成规律时指出:

在中国古代,法律是经由两条并行的路线发展成长的。其一是设计生成的理性主义路线,主要体现在律典的修定。……其二是自然生成的经验主义的路线。主要体现在成文法体系之外,通过创设及适用判例,在实践活动中不断地探索,反复地检验,逐步地积累,在成熟后再将其改造吸纳入法律体系之中。②

我认为,以上对我国古代法律形成的设计生成与自然生成两条路线的归纳是正确的。当然,在自然生成的路径中,判例充当了过渡的角色,一旦纳入法典就丧失其主体性地位。因此,我国古代法律更为强调的还是设计生成,即强调立法者的权威,强调成文法的作用。如果我们把成文法与判例法这两种法律形式推向极致,那么,成文法体系是设计生产的

---

① 刘笃才:《中国古代判例考论》,载《中国社会科学》2007年第4期。

② 刘笃才:《中国古代判例考论》,载《中国社会科学》2007年第4期。

法律规则形成模式,而判例法反映的是自然生成的法律规则形成模式。成文法的制度曾经被中央集权的政治体制所采用。在这种体制下,立法权与司法权乃至于行政权都集于最高统治者一身,它们都只不过是皇权的派生物。但是,立法者可以是一人或一个机构,它具有高度集中性,但司法者不可能是一人或一个机构,它必然具有分散性。为此,专制统治者需要通过立法对司法加以控制。而成文法就是对司法进行控制的主要形式,它形成对司法裁量权的有效制约,从而维护中央集权。成文法的制度还曾经被古典自由主义者所采纳。古典自由主义所主张的民主体制实行立法权与司法权的分立,由此形成立法权与司法权直接的互相制约,从而保障公民个人的权利和自由。在这种政治制度的设计中,人民通过立法活动形成法律规则,司法者只能根据这些法律规则处理个案,从而实现人民的意志。虽然专制体制与民主体制是两个极端,但在政治制度的设计上却具有异曲同工之妙,只不过原先至高无上的皇权被人民主权所取代。在通过立法控制司法这一点上,二者却是共同的。

在成文法体制下,立法权与司法权的相对分工是存在的,尽管终极的皇权或者人民主权在名义上都具有最终的司法权。因此,立法者生成法律规则,司法者消费法律规则,这就是成文法制度的一个基本特征,这是一种计划经济模式的规则供给机制,具有自上而下的特征。这种法律规则供给机制存在一个根本弊端,这就是立法者提供的法律规则难以完全满足司法活动对法律规则的需求。因为立法是一般的、抽象的,而案件是具体的、个别的,两者之间的鸿沟是难以逾越的,这也就是所谓成文法的局限性之所在。

判例法制度往往称为法官造法,即司法者既是法律规则的生成者,又是法律规则的消费者。在判例法制度中,判例中存在的裁判规则就是法律,对此后的判决具有法律约束力。判例法遵循的是一种自然形成的规律。哈耶克的自发秩序理论可以为这种法律规则形成机制提供根据。哈耶克并不赞同理论主义与经验主义的分析框架,而是提出了进化论理性主义与建构论唯理主义的分析框架,亦即进化论与建构论的对立。哈耶克的自发秩序的观念最初是从经济学意义上提出的,意图阐明市场经济秩序的形成。此后才意识到自发秩序不仅可以在物理领域中发现,而且也可以在社会领域中发现,后者就是所谓自发的社会秩序。[①] 这里的社会秩序,当然也包括法律秩序。因此,从哈耶克的自发的社会秩序的概念中也可以引申出自发的法律秩序的概念,因为这里的法律本身就是行为规则与社会规则。我国学者论及哈耶克的自发秩序形成的机制时指出:

> 所谓用演化说明自发秩序的形成与演进,就是指出抽象的行为规则(制度与习惯),如何经由一套模仿和适应、修正的机制,由人们在并不完全明了其所以然的情况下采用依循,从而自发地形成社会秩序。演化的机制主要有二:选择(selection)和适应(adaptation)。可是由于规则的抽象性格,由于它们所凝聚沉淀下来的文化遗产——知识与经验的积累——超越了个人所能掌握的目的、后果以及牵涉到的一对一的环境特色,每个个人选择、调整和适应规则的理由,必然受到一定知识与关怀的限制,并不是这种规则被全体采用的终极理由。换言之,社会秩序的形成和演变,自有其演进的机制,不是人们基于有限知识与特定目的的考量与抉择所能说明的。[②]

自发秩序,无论是社会秩序还是法律秩序的形成,其所谓自发并非完全是无意识的,就个人来说是一种有意识的规则创制活动,但它超出个人知识局限,形成一般秩序则并非设计而是演化的结果。

通过判例法形成法律规则,其机制具有自发秩序演化的特征。就个别判例而言,法官是在处理个案,而并非是脱离个案创制一般的法律规则。但从个案中引申出来的法律规则又具有超然于个案的一般性,从而为后来处理类似案件提供了裁判规则。可以说,判例法的法律规则形成类似于市场经济方式,它是自下而上地形成法律规则,由此满足司法活动对于法律规则的需求。在判例法制度中,法官不像在成文法中那样,是在与立法者对话,而是与整个司法系统对话,尤其是与法律传统对话。司法的重心也从阐释法律转变为案情对比,因为在成文法制度下,由于法律规

---

① 参见邓正来:《规则·秩序·无知:关于哈耶克自由主义的研究》,生活·读书·新知三联书店2004年版,第78页。

② 钱永祥:《演化论适合陈述自由主义吗?——对哈耶克式论证的反思》,载姚中秋主编:《自发秩序与理性》,浙江大学出版社2008年版,第7页。

则本身较为抽象,将一个抽象的法律规则适用于个案,重要的是对法律规则进行解释,为司法三段论的演绎推理提供逻辑起点。在判例法制度下,由于裁判规则本身已经十分具体,对此已经不需要解释,关键问题在于后案与先例所依存的前案之间是否具有同一性,这也就是判例法的区分技术所要解决的问题。

相对于成文法来说,判例法更能够满足司法活动对于法律规则的需求。因为判例具有及时性。判例法的自我生长、自我修复与自我调节机能,是成文法所无法比拟的。当然,判例法也并非完美无缺,其最为人所诟病之处在于,判例具有分散性,不似成文法那样将法律规则以一种集约化的方式(法典)呈现给社会。这一批评当然是有一定道理的,但也不是没有误解。判例虽然是零散的,但却因为审级制度的存在而自发地形成一种法律规则效力体系。审级制度决定了判例的效力等级,因而使判例具有一种天生的服从性,否则,不同于上级的判例就会被撤销。这里存在一个判决的淘汰机制与遴选机制,它们都是自动地发挥作用的,而不是人为的设计。因此,判例法制度也完全能够满足自上而下的控制,这主要是通过审级制度实现的,这种诉讼程序对于实体规则的牵引作用体现得十分明显。

事实上,极端的成文法模式和判例法模式都是不存在的。在任何一个社会,法律规则既不可能完全通过立法提供,也不可能完全通过判例提供,而是两种法律规则的形成模式同时存在。当然,两者之中必然有一种是法律规则形式的主导性路径。在大陆法系国家,成文法典是法律规则的主要载体,判例对于法律适用起到补充作用。而在英美法系国家,判例法虽然仍然是法律规则的基本形式,但成文法也日益增加,这就是所谓两大法系之间的融合与接近。

我国自古就是一个成文法国家,清末沈家本主持的法律改革引入大陆法系的制度,绝不是偶然的,而是有着深远的法律文化传统的原因。20世纪50年代,我国引入苏俄法制,虽然在政治制度上发生了重大变化,但在成文法这一点上,苏俄法制与我国传统法制也是契合的。近四十年来,我国法制恢复重建,2010年我国法律体系甫告建成,这是我国法治建设的重大成果。在此基础上,我国的司法解释制度也日益规范化,它在司法规则提供方面发挥了重要作用。我国司法解释与古代条例的功能是极为相似的,都是法律的细则化。当然,即使是细则化如司法解释,仍然不能完全满足司法活动对法律规则的需求。在这种情况下,判例成为提供司法规则的又一种途径。

从目前我国案例指导制度的设计来看,它不能等同于我国古代因案生例的形式。因案生例的结果是有例无案,它其实是一种成文法的形成机制,而不是判例形成机制。但案例指导制度是以指导性案例为载体的,是案情与裁判规则的有机统一。指导性案例对于司法活动的指导,不仅体现在裁判规则的类比适用,而且会采用区分技术,说明指导性案例和现在审理案件中的事实或法律问题上的区别,以此作为适用指导性案例的前提。在这一点上,案例指导制度比较接近于大陆法系国家的判例制度。但就指导性案例必须经一定程序由最高司法机关确认并正式颁布而言,其体现了对指导性案例集中统一管理的特征,因而与大陆法系国家的判例制度也是不同的。大陆法系国家的判例作为成文法的补充,它是自发地生成的,并未对判例进行集中统一管理。从这个意义上来说,我国目前的案例指导制度既不是我国古代条例制度的复活,也不是大陆法系国家判例制度的引入,而是极具中国特色的一种法律制度。当然,现在我国案例指导制度尚只是搭建了一个框架,尚未颁布指导性案例,指导性案例对于司法活动的效果尚未显现,对于这一制度进行全面评价尚为时过早。尽管如此,我们还是可以对我国案例指导制度进行一个初步的评估:

我国案例指导制度以最高司法机关集中统一管理指导性案例为特征,表明这一制度具有较为明显的行政控制特征。从指导性案例的遴选过程来看仍然类似于立法。如果每年颁布的指导性案例数量较少,那么,案例指导制度对司法活动的指导性也会极为有限。事实上,判例制度的特点就是法律规则的自然生成,形成自发的法律规则。如果判例只有经过人工的选择公布才能发生指导效力,那么,这仍然是一种采用立法方式提供法律规则的路径,并未获得判例制度之真谛。由此可见,我国距离真正实现判例制度,仍然有很长一段路要走。

陈兴良

85.《判例刑法学(教学版)》[1]后记

《判例刑法学》(上下卷)一书是2009年5月出版的,这是我在刑法学研究上的转型之作,意图将对刑法的规范研究转向对刑法的判例研究,从而丰富刑法知识形态。近十年来,我一直为北京大学法学院刑法专业的法学硕士和法律硕士开设判例刑法研究的课程,每一年度按照刑法总论与刑法各论轮换讲授。因为北京大学每学期只有15周的授课时间,只能讲授15个专题。而《判例刑法学》一书总论(上卷)9章共计31个专题,各论(下卷)7章共计32个专题,凡130万字。如此大的篇幅,难以在课堂上全部讲授。为此,中国人民大学出版社约请我对《判例刑法学》一书进行压缩,出版《判刑刑法学(教学版)》,为学生提供教材,对此我欣然应允。为此,我从《判例刑法学》一书共计63个专题中,选择了30个专题,总论15个专题,各论15个专题,正好适应讲授所需。

我国案例指导制度建立以后,对我国的法学知识形态,乃至于法学教育方式都会带来深刻的影响。判例教学作为以法典为中心的法学教育体制的必要补充,其意义日益彰显。值得说明的是,2010年作为首席专家,我和北京大学法学院的同事们承担了该年度国家社会科学基金重大招标项目"中国案例指导制度研究",开展对我国案例指导制度的理论研究。这一研究不仅对于完善我国案例指导制度具有重要意义,而且也给我目前正在开设的判例刑法研究的课题带来重大影响。我想,随着指导性案例的大量颁布,对这些案例的研究会成为法学研究的重要课题,其研究成果也会被引入教材、引入课题,从而充实我们的教学活动。

《判例刑法学(教学版)》并不是一本新书,其只是《判例刑法学》一书的压缩版而已。这种在出版一本著作以后,为教学的特殊需要而出版教学版,是一种尝试。它便于教学,还可以减轻学生购书的经济负担,可谓两全其美。本书的压缩,除对专题的精减以外,主要是对案情的删减。原

---

① 陈兴良:《判例刑法学(教学版)》,中国人民大学出版社2012年版。

书收录的是原始的诉讼材料,对案情的叙述较为繁琐;本书对那些与定罪量刑无关的案情作了删减,只保留了案情的核心事实。至于理论分析部分,则完整地予以保留。我的硕士生邹兵建同学为我承担了案情删减工作,在此表示感谢。

陈兴良
谨识于北京海淀锦秋知春寓所
2010 年 4 月 13 日

86.《判例刑法学(教学版)》(第二版)[①]序

《判例刑法学(教学版)》的第二版以目前的面貌与读者见面了,因为这是教学版,因此预想中的读者应当是在读法科学生。本书第一版自从2012 年出版以来,已经过去了将近七年时间,其作为教材或者教学参考资料,对于在法学教学中采用判例教学法发挥了一定作用。2017 年我的《判例刑法学》一书出版了第二版,对第一版部分内容进行了更新与充实。在这种情况下,在出版社的大力支持下,《判例刑法学(教学版)》也随之进行修订。修订的主要内容是更换了部分判例。由于本书是按照每学期15 周授课时间安排的,刑法总论和刑法各论各安排了 15 个判例研究专题,因此专题不再增加。在这种情况下,只能对相关专题进行替换。考虑到我国建立案例指导制度以后,最高人民法院和最高人民检察院分别颁布了指导性案例,这些指导性案例对于司法机关处理同类案件具有重要的参考价值。为此,本版对于同类主题,选择指导性案例作为替代。例如书中刑法总论第 14 章"婚恋纠纷引发的杀人行为之死刑适用研究",原先选用的是王勇故意杀人案和刘加奎故意杀人案。但最高人民法院发布的第一批和第二批指导性案例中有两个案例涉及死刑的适用,包括限制减刑制度的适用,这就是王志才故意杀人案和李飞故意杀人案。这两个指导案例对于死刑裁量的刑事政策的把握具有重要意义。因此,本版以此替代了原先的案例,反映了我国在死刑裁量问题上的最新司法动态。此外,刑法各论第 15 章(第一版第 30 章)中陈晓受贿案也被指导案例陈宁、潘玉梅受贿案所替代。除上述案例的替换以外,还对部分内容进行了补充,以此反映立法和司法解释的发展。例如刑法各论第 14 章(第一版第29 章)"利用企业改制侵吞公共财物行为之定性研究",主要讨论的是王一兵贪污案,该案审判时间是 2003 年。此后,我国司法解释对贪污罪主体的规定作了重大调整。为此,本版中补充了关于贪污罪主体国家工作

---

① 陈兴良:《判例刑法学(教学版)》(第二版),中国人民大学出版社 2018 年版。

人员的司法解释变化情况。通过以上修订,在一定程度上克服本书内容的滞后性。在本书的体例上,也作了技术性的调整。本书第一版将刑法总论的 15 章和刑法各论的 15 章加以通排,顺序是从第 1 章排列到第 30 章。考虑到判例刑法学的总论和各论分为两个学期讲授,因此在本版变更为刑法总论和刑法各论分开排列,即刑法总论从第 1 章到第 15 章,刑法各论从第 1 章到第 15 章。这虽然是一个书籍编排的顺序问题,但对于使用具有一定影响,因而值得重视。

是为序。

陈兴良

谨识于北京海淀锦秋知春寓所

2018 年 3 月 15 日

87.《教义刑法学》[①]代序

走向教义的刑法学

教义刑法学是一门为刑法专业法学硕士研究生开设的刑法课程,以讲授刑法总论,尤其是犯罪论为主。本课程的预设前提是:听课的同学已经在本科阶段系统地学习过刑法,通常是一学年的刑法,包括刑法总论与刑法各论。同学们已经在本科阶段听过一次刑法课了,那么,为什么在研究生阶段还要再听一次刑法课呢?概言之,研究生的刑法课程与本科生的刑法课程之间,在内容上究竟存在什么区别呢?这里涉及本科生与研究生在培养目标上的差异。我认为,本科生与研究生的区别在于博与专。

本科生阶段是打基础,广泛地学习法学各学科的基本知识,因而本科生的刑法课程以讲授基础性质的刑法知识为主。而研究生阶段是攻读专业,所谓术业有专攻,因而对刑法知识要有更为专深的掌握,并且从学习向研究转变,从知识向学术转变。假设所有刑法知识的总量为100,同时假设一名刑法教授应该掌握的刑法知识是100%,那么大体上而论,一名本科生应该掌握的刑法知识是30%,一名硕士生应该掌握的刑法知识是50%,一名博士生应该掌握的刑法知识是70%,一名副教授(包括博士后)应该掌握的刑法知识是90%。应当指出,这里的"是"是"应当是"而不是"实际是"。当然,刑法知识是一个变量或者说是增量,它不是一种"死"的知识而是一种"活"的知识。

本科生以学习为主,基本上是知识的消费者,还谈不上对知识增长有所贡献。而研究生已经开始从学习转向研究,因而开始从知识的纯消费者转为偶尔的生产者。从理论上来说,学者是知识的主要生产者,尤其是博士论文对知识的增长贡献较大。因为博士生思想活跃,极具创新欲望,而有些人一旦评上教授,就丧失了学术的创造能力了。

那么,学习与研究之间存在什么差别呢?从本科生到研究生,角色如

---

① 陈兴良:《教义刑法学》,中国人民大学出版社2010年版。

何调整？我认为，这里有一个对于学术性的理解问题。因为研究是指从事学术研究，那么什么是“学术”呢？我们经常说，这篇论文写得差，那篇论文写得好。这里的“差”与“好”如何区别呢？我认为，这种区别就在于是否具有学术性以及学术含量的大小。

学术性是一个十分抽象的标准，我试图用文学性来加以比喻，因为文学性可能更容易理解一些。我们说中学生的作文与文学作品是有区别的，其中的区别就在于是否具有文学性。对于文学性的有无与高低，我们无法从理论上进行界定，就用鲁迅在《秋夜》一文中的第一句话来加以说明。第一句话是什么呢？第一句话是：

句1：“在我的后园，可以看见墙外有两株树，一株是枣树，还有一株也是枣树。”

这是一句颇具文学性的描写。当然也有人不以为然，认为这是一句废话。那么，这句话的文学性体现在什么地方呢？我们在上面这句话的基础上，可以改写出以下两句话：

句2：“在我的后园，可以看见墙外有两株枣树。”

句3：“在我的后园，可以看见有两株树，两株都是枣树。”

我们比较一下上述三句话之间的区别。从提供事实性信息来说，上面三句话提供的信息都是一样的：窗外有两株枣树。从这个意义上，句2最为简洁，句1确实是一句废话。但句2的信息只限于事实性，没有任何其他人文性信息。所以句2不具有文学性，可以用于说明书之类的文体。而句3则在表述事实以外，增加了一点文学性，即单调生活的情绪溢出，“两株都是枣树”多么单调。为什么不是“一株是枣树，还有一株是桃树”呢？由此可见，作者已经不限于在表述事实，而在于通过对一个事实的描述渲染某种情绪。当然，句1在渲染情绪上远远强于句3，“两株都是枣树”是同时说出的，而“一株是枣树，还有一株也是枣树”则是先后说出。同时说出（都是）与先后说出（也是）有什么不同？当说“两株都是枣树”的时候，听这句话的人同时获得两株枣树这一信息，虽然有“都是”这一句式，稍微流露出一丝单调情绪，但仍然接近于句2。而当说“一株是枣树”的时候，听这句话的人根据一般的心理预期，就会认为另外一株不是枣树。因此，当说出“还有一株也是枣树”的时候，有些出乎意料的效果。在这种情况下，句1制造了一个悬念，句2抖了一个包袱。因此，句1

不仅具有了文学性,而且已经出现了戏剧性。这句话的效果在于吸引听话的人参与其间,从而引起共鸣。如果直接说两株都是枣树,读者将无法体味那种站在后园里缓慢转移目光,逐一审视两株枣树的况味。这难道不是文学性吗?鲁迅先生不愧为大文豪。

文学是以语言表达某种观点,其特点是将抽象的观点通过具象的情节刻画出来。比如,表达单相思的恋情,一个单相思的人大喊大叫我痛苦啊,我要自杀,这肯定不是文学。但《诗经·关雎》说"窈窕淑女,君子好逑……求之不得……辗转反侧"的时候,文学性就出来了:辗转反侧,晚上被相思的痛苦折磨得睡不着觉,在床上翻来覆去,其相思的恋情跃然纸上。抽象的相思恋情通过辗转反侧这一具体动作活生生地表现出来。当然,因为单相思而睡不着觉,这样的表达虽然具有一定的文学性,但是比较俗气。也就是说,大多数人都会这么说,因为太通俗,因而也就太庸俗。

我们再来欣赏一首现代诗人戴望舒的诗,同样是表达相思的恋情。戴望舒流传甚广的是一首题为"雨巷"的朦胧诗,据说诗中的丁香确有其人,戴望舒还为她自杀过,但终究就此别过,有情人未成眷属。戴望舒有这样一首诗:

烦忧

说是寂寞的秋的清愁,
说是辽远的海的相思。
假如有人问我的烦忧,
我不敢说出你的名字。

我不敢说出你的名字,
假如有人问我的烦忧。
说是辽远的海的相思,
说是寂寞的秋的清愁。

这首诗的好我就不说了,大家可以去体会,尤其是这首诗所表达出来的相思之情与辗转反侧的差别应当是十分明显的吧。

还是从文学性回到学术性。在学术概念的界定中,首先涉及科学的概念,学术与科学之间到底是什么关系呢?我以为,学术与科学具有基本相同的含义。但科学与学术又有一些细微的差别。一般自然科学中更多地采用“科学”一词，而在人文哲学领域，尽管也有社会科学的提法，但社会科学之科学显然不同于自然科学之科学，虽然近代自然主义与实证主义思潮曾经侵入人文哲学领域。人文哲学中更多地采用的是“学术”一词。那么，如何界定学术呢？我以为，对于学术的把握应当注意以下四点：

第一，学术区别于政治。

学术经常与政治相对应，学术独立、学术自由就是防止政治干预学术。但学术又经常与政治有着千丝万缕的联系，它往往离不开政治，甚至学术在很多情况下是为政治服务的。应该说，学术与政治是两个不同的范畴，遵循的是不同的规则。学术是一种说理性的精神活动，而政治作为一种权力的运作，它以暴力为后盾，在专制社会里，政治往往是强词夺理的。即使是在民主政体之下，学术也不应该沦为政治的奴婢，而应当保持与政治的一定区隔，这样才能使学术与政治各得其所。

第二，学术也区别于思想。

尽管学术当中包含思想，但思想性与学术性又是有所不同的。有些思想是学术，但有些思想并不是学术。孔子的《论语》是思想，但不是学术。毛泽东思想当然是思想，但除《矛盾论》《实践论》等论文具有学术性以外，大多是思想而不是学术。马克思的《资本论》则是思想与学术的完美结合，该书从社会细胞——商品切入，抽丝剥茧地对资本主义社会进行细致剖析。在某种意义上来说，思想是学术的内容，学术研究一定追求思想性。但我们也不能把学术与思想完全等同起来，而是要看到两者之间的差别，可以说，思想性只是衡量学术的一个指标，而不是唯一的指标，我们一定要尊重学术自身的规律。

第三，学术还区别于技术。

技术是一种技能，具有实用性，而学术不具有直接的实用性，属于论证的范畴。当然，法律的制定及其适用本身也具有一定的技术性，例如立法技术与司法技术等，尤其是司法技术更是十分丰富，在法学研究中也往往以此为研究对象。但是，并不能由此否认学术与技术之间的区别。因为技术本身不具有学术性，但对技术的研究可能是具有学术性的，这两者之间并不矛盾。学术与技术的区别就在于技术仅仅是一种技艺，而学术是一种说理，是一个论证过程，更是一个知识体系。

第四，学术更区别于宗教。

宗教是一种信仰体系，宗教信仰一旦形成，会对人的思想形成某种禁锢，并且不容异见，不能质疑。而学术是可以批评的，当然也可以反批评。学术不是自说自话，必须能够引起讨论，可以传承。因此，现在往往把引证率作为学术评价的主要指标之一。一篇论文具有较高的引证率，无论是肯定性引证还是否定性引证，都表明这篇论文引起了较大社会反响，具有较高的学术关注度。当然，现在的自然科学还引入一个概念，称为影响因子，这是对刊物的评价，类似于我们的核心刊物与非核心刊物的区别。在影响因子较大的刊物上发表论文，这篇论文的学术影响力也会较大，如此等等。这里还应当指出，学术不同于宗教，但对宗教的研究却是一种学术。而且，在法学研究中也可以吸收对宗教的研究方法，例如把法条视为一种信条的教义学方法。

以上我们讨论了学术的一些基本特征，例如独立性、说理性、反思性，等等。那么，如何做学术呢？这个问题和你如何写诗、如何作文一样，实在是不好回答。简单地说，所谓做学术就是用一些材料来证明一个观点，这个观点是论点，这些材料是论据。这个意义上的做学术，就等同于如何写论文。学术成果当然需要通过写作表达出来，但学术又不完全是写出来的，写作只不过是学术的表达形式，在写作之前必须进行学术研究，通过学术研究获得学术成果，包括思想、观点等，然后才把学术成果表达出来。因此，做学术是指研究与表达两个方面，这两个方面同样重要。

我在“中国刑事法学研究丛书”代总序中，提出了学术功底、问题意识、研究方法这样三个与学术紧密相关的问题。其中，我以为问题意识是十分重要的。做学术就是一个发现问题、思考问题、质疑问题、把握问题、解决问题的过程。我在代总序中倡导小题大做。小题大做不仅是一种研究方法，也是一种写作方法。尤其是学术入门者，必须从小题大做做起。具有了相当的学术积累以后，才能有鸿篇巨制。

那么，什么是小题大做，为什么小题大做应当成为学术入门者的一种研究方法呢？我举一个例子，有位历史学的博士生要写一篇博士论文，其研究方向是古罗马社会制度。如果以《论古罗马社会制度》作为博士论文的题目，那么别指望通过博士论文答辩，因为古罗马社会制度这样的题目太大了，非一篇博士论文所能容纳。后来，缩小一点，博士论文题目改为

《论古罗马军事制度》,这个题目小了一些,但还是不好掌握。再缩小,博士论文题目改为《论古罗马的军衔制度》,这个题目大小合适。军衔制度是军事制度的重要组成部分,从中可以探究古罗马军事制度的特性。经过进一步研究,再把题目缩小,最后将博士论文的题目定为《论古罗马军队的徽章》。徽章是军衔的一个标记,它比军衔制度包含的内容还要小,这才是一个真正的小题。这个小题可以大做:通过徽章的质地可以研究古罗马的制造业;通过徽章的造型可以研究古罗马的艺术;通过徽章的类型可以研究古罗马军队的等级制度,如此等等,足以以小见大。实际上,徽章只不过是一个切入点,通过它透视整个古罗马的经济制度、政治制度和军事制度。

博士论文的题目大小,往往可以反映一个国家的学术研究的深入程度。我在 1988 年答辩通过的博士论文,题目是《共同犯罪论》(中国人民大学出版社 2006 年第二版),属于刑法教科书的一级标题,因为当时我国关于共同犯罪的研究刚刚起步,处于较低的水平,因此以此为题还是可行的。近年来对于共同犯罪的研究不断深入,这从博士论文的选题也可以清晰地看出来。例如,2007 年出版的博士论文《论共犯与身份》(阎二鹏著,中国检察出版社 2007 年版),属于刑法教科书的二级标题;2008 年出版的博士论文《共犯的处罚根据》(杨金彪著,中国人民公安大学出版社 2008 年版),属于刑法教科书的三级标题;2009 年出版的博士论文《诱惑侦查论》(金星著,法律出版社 2009 年版),诱惑侦查也称为陷阱理论,一般在教唆犯中论及,因而属于刑法教科书的四级标题。

小题大做当然是有难度的,关键是能否以小见大,如果不能以小见大,而是以小见小,那么就是小题小作而不是小题大做。做学问难在入门,而入门又难在选题,只有选好一个具有研究价值的问题,才有学术可言。这里还应当指出,我们现在的博士论文基本上都不是论文,不具备论文的基本要素,主要是指没有命题与论证,也就是缺乏论文的“骨髓”与“皮囊”。[①] 现在的博士论文更多的是当作专著甚至是教科书来写的,其学术性大打折扣。

我们这门课程讲授的是刑法教义,可以说是教义学的刑法学,简称为

---

① 参见刘南平:《法学博士论文的“骨髓”和“皮囊”:兼论我国法学研究之流弊》,载《中外法学》2000 年第 1 期。

教义刑法学。教义是我们主要讲授的内容,这里的教义性就意味着刑法的学术性。只有掌握了刑法的教义学,才能踏入刑法学的理论殿堂,慢慢走上刑法的学术研究之路。因此,可以把我们这堂课的中心思想归纳为以下这句话:

走向教义学的刑法学。

陈兴良

88.《教义刑法学》[1]后记

2009年7月下旬中国政法大学中欧法学院院长方流芳教授邀请我在2009年9月至2010年1月间为中欧法学院2008级和2009级的法律硕士讲授刑法课程,我接受了邀请。虽然经常为硕士生讲授刑法课程,但我并没有一份定型的体系性的刑法讲稿,而是根据本人的最新研究成果,临时组织授课内容。为中欧法学院法律硕士讲课,按照教学要求需要提供课程大纲和阅读材料。为此,我把授课内容罗列了一个讲授大纲,并着手备课。就在此时,我突然想到:何不以此为契机撰写一部适合于研究生教学的刑法体系书呢?在这种情况下,我将备课与写书合二为一:基本上按照18周的教学时间将本书设计为18章,由此开始了紧张的写作,并按照授课的节奏推进。由于授课对象明确,我以讲述者的姿态沉浸在创作状态。在该学期期末行将到来之际,终于按时完成了刑法体系书的写作。可以想见,如果没有授课的催促,我的写作计划可能还会推延。

本书是以讲述者的身份来写的,我试图把刑法教义学的基本原理进行通俗性的阐述。因为听课对象是经过本科学习的研究生,所以我把本书的内容确定为前沿性理论,而不是刑法教科书的一般性内容。尤其是由于我国的刑法知识正处在一个转型过程中,我尽力以德日三阶层的犯罪论体系作为中心线索进行讲授,因而本书的内容限于犯罪论,并不包括刑罚论。为适宜于作为课堂讲授的稿本,我采取了一种较为口语化的叙述,段落也尽可能地短一些。同时,引述的资料、法条和案例(包括真实案例和教学案例)也尽量明显地标出。每章还附有思考题与参考书目,以便学生自学。

在为本书确定书名的时候,颇为踌躇。最终将《教义刑法学》确定为书名,实际上《教义刑法学》是教义学的刑法学的简称。应当指出,教义刑法学这一概念在我国刑法学界并不十分通用,反而是刑法教义学的概念

---

① 陈兴良:《教义刑法学》,中国人民大学出版社2010年版。

使用者较为普遍。但考虑到与我已经出版的《本体刑法学》(商务印书馆2001年版)、《规范刑法学》(中国人民大学出版社2008年第二版)、《口授刑法学》(中国人民大学出版社2007年版)和《判例刑法学》(中国人民大学出版社2009年版)等著作的书名在形式上相对称,我还是将本书定名为《教义刑法学》。

在本书即将出版之际,我首先要感谢中国政法大学中欧法学院方流芳院长和陈颖芳助教,感谢中欧法学院选修2009—2010学年上学期刑法课程的全体法律硕士,本书是这一教学活动的副产品。同时我还要感谢我的博士生马寅翔、秦化真,硕士生徐凌波、李世阳,他/她辛劳地将我的手稿转化为电子版,使成书的进度大为加快。

《教义刑法学》是我对刑法的一种全新感悟,也是我在刑法理论的跋涉进程中留下的又一个足迹。读者诸君若能从我的《本体刑法学》《规范刑法学》《口授刑法学》和《判例刑法学》,再到这本《教义刑法学》,发现我一脉相承的刑法学术的演变线索,则幸甚矣。

是为后记。

陈兴良

谨识于北京海淀锦秋知春寓所

2010年1月12日

89.《教义刑法学》(第二版)[①]前言

《教义刑法学》第一版自2010年出版以来,已经过去4年。随着时间的推移,我发现原作中有些表述需要纠正,有些内容需要调整,有些错别字需要改正。因此,利用修订之机,对全书进行局部的修改,由此形成本版。《教义刑法学》一书是我近作中较为满意的一部作品,也反映了我近年来对刑法学的最新感受与领悟。从某种程度上可以说,《教义刑法学》一书是我在吸收德日刑法知识的基础上,试图将其融入我国刑法学,作为推进刑法学术发展的一种尝试。

《教义刑法学》的核心是"教义",即德文Dogma。对于Dogma一词的中文译法,王世洲教授力主译为"信条",并对此进行了深入的论证。[②] 王世洲教授在论证Dogma应当翻译为"信条"而非"教义"时认为,除历史原因以外,一个重要的理由就是:"信条"是非宗教的,而"教义"一词来自日本的转译,本身具有较为浓厚的宗教色彩。其实,"信条"与"教义"相同,也具有宗教背景。例如,百度百科对"信条"的解释为:(1)宗教信仰的条文或体系;(2)普遍相信的任何原则或主张。[③] 由此可见,Dogma一词在德文中也许与宗教无关或者如同王世洲教授所说的,是平行发展的。但在汉语中,"信条"一词的宗教色彩与"教义"一样,都是十分强烈的。即使"信条"一词没有宗教色彩,我也认为"教义"一词是更为合适的。因为,教义刑法学中的教义,是以对刑法法条先验地假设其正确为前提的,根据康德的观点,教义学是对自身能力未先予批判的纯粹理性的独

① 陈兴良:《教义刑法学》(第二版),中国人民大学出版社2014年版。

② 参见〔德〕克劳斯·罗克辛:《德国刑法学总论》(第二卷),王世洲等译,法律出版社2013年版,第701—703页。

③ 参见"信条",载百度百科(https://baike.baidu.com/item/信条/7876),访问日期:2014年4月18日。

断过程。[①] 而这恰恰就是一种宗教的态度。因此,刑法教义学中包含了一种对待刑法法条的宗教信仰般的学术情怀。正如冯军教授指出:

> 在传统上,刑法教义学将现行刑法视为信仰的来源,现行刑法的规定既是刑法教义学的解释对象,也是解释根据。在解释刑法时,不允许以非法律的东西为基础。对刑法教义学者而言,现行刑法就是《圣经》。因此,人们把根据现行刑法的规定对现行刑法进行阐释的学问,称为刑法教义学。[②]

在刑法教义学的语境中,刑法法条是解释的对象而不是价值判断的对象,有教义的刑法学与无教义的刑法学之间的区分,恰如有宗教信仰的人与无宗教信仰的人之间的区分。以往我国的刑法学是一种没有教义的刑法学,因此,这种刑法学缺乏内在逻辑的自洽性,缺乏整体知识的体系性,缺乏基本立场的一致性。

当然,刑法教义学与刑法解释学具有性质上的相同性。刑法教义学只是与刑事政策学、犯罪学、刑罚学以及刑法沿革学之间具有区隔性,但与刑法解释学则是一词二义而已。因此,并不存在一种刑法解释学之外的刑法教义学。在这一点上,应当听取张明楷教授的忠告:

> 不要试图在刑法解释学之外再建立一门刑法教义学。[③]

不过,我宁可将张明楷教授的这句话反过来说。这就是:

不要试图在刑法教义学之外再建立一门刑法解释学。

这就是我对刑法教义学与刑法解释学之间关系的态度。

此为第二版前言。

陈兴良

谨识于北京海淀锦秋知春寓所

2014年4月18日

---

① 转引自〔德〕阿图尔·考夫曼、温弗雷德·哈斯默尔主编:《当代法哲学和法律理论导论》,郑永流译,法律出版社2002年版,第4页。

② 冯军:《刑法教义学的立场和方法》,载《中外法学》2014年第1期。

③ 张明楷:《也论刑法教义学的立场——与冯军教授商榷》,载《中外法学》2014年第2期。

90.《教义刑法学》(第三版)[1]出版说明

《教义刑法学》2010年出版第一版,2014年出版第二版,此为第三版。本书虽然从书名上看似一本刑法体系书,其实不然,还是以犯罪论体系为内容的专题性著作。本书是我以刑法教义学为号召主题的一部作品,对于教义学的研究方法的倡导之意彰明较著。近年来,在我国法理学界存在所谓社科法学与法教义学的争论。当然,也有学者认为这是虚构的争议。[2] 还有学者认为社科法学与法教义学之争乃是德国法学传统和美国法学传统在中国法学界的狭路相逢,这是一场"不在场的在场"的外国法学理论通过其中国代理人的学术演练。[3] 如此等等。由此可见,即使是对于所谓社科法学与法教义学之争的存在本身都有不同解读,更不要说这场争议的理论意义。我还是比较赞同社科法学与法教义学之争乃是不同方法论之争、不同知识形态之争,以及不同法学流派之争的观点,不能断然否定这一争议的理论意义。当然,我认为社科法学与法教义学之争主要发生在法理学领域,而与部门法学关系不大。如果把社科法学与法教义学之争扩展到部门法学,那就有虚幻之意。之所以说社科法学与法教义学之争应当限制在法理学领域,这是因为法理学并不以具体法条为研究对象,因此所谓法教义学是指一种法学研究的方法论,它对于部门法学的研究只具有指导意义。在法理学中,是以法律价值为导向进行社科法学的研究,还是以法律适用方法论为中心从事法教义学的研究,这当然是一个值得关注的问题。毫无疑问,这里的社科法学与法教义学都是必要的,而不是互相对立的。在这个意义上说,社科法学与法教义学的对立是虚构的,这个命题是可以成立的。但在优先进行社科法学研究还是优先从事法教义学研究这个问题上,可能会存在

---

① 陈兴良:《教义刑法学》(第三版),中国人民大学出版社2017年版。

② 参见戴燕玲:《虚构的争议:法教义学与社科法学争论新探》,载《广西民族大学学报(哲学社会科学版)》2016年第3期。

③ 参见尤陈俊:《不在场的在场:社科法学和法教义学之争的背后》,载《光明日报》2014年8月13日,第16版。

不同观点,由此而引发社科法学与法教义学之争。因此,这种争论本身是存在的而不能说是虚构的。就部门法学而言,无疑应当以部门法教义学为主要的知识形态,而部门法学的社科法学研究知识起到补充作用。在这个意义上说,社科法学与法教义学之争在部门法领域是虚幻的口号。当然,不能排除不同的部门法学因为法律发展阶段的不同,因而在一个特定时期是以社科法学研究为主或是以法教义学研究为主,这是因不同的部门法学是有所差异的。例如,某个部门法在以立法为中心任务的情况下,当然会以社科法学为主要研究方法。例如我国当前的刑事诉讼法领域,虽然法典已经颁布,但处于频繁的修订当中。尤其是在司法改革的背景下,刑事司法制度建设仍然是当务之急。在这种情况下,在刑事诉讼法研究中,以价值为导向的社科法学研究还是占主导地位,而法教义学研究则发展迟缓。反之,虽然近年来随着《刑法修正案》的不断颁布,刑事法律规范的修订不可谓不频繁,但学者的主要精力还是在于对刑法进行法教义学的研究,因此,刑法教义学就成为我国刑法学的主流。可以预想,随着我国《民法总则》的颁布,必将推动我国民法教义学的深入研究。因此,在部门法学中,根本就不存在所谓社科法学与法教义学之争,而只有与各个部门法立法发展状态相适应的社科法学或者法教义学的研究重点的选择。

我的前期著作,例如《刑法哲学》《刑法的人性基础》和《刑法的价值构造》大体上属于社科法学的研究成果;而近些年来,我已经从所谓社科法学研究中抽身而出,投身于刑法教义学的研究。这是我个人学术方向的一种调整,也是学术兴趣的一种转移。我认为,在刑法以及其他部门法学中,法教义学研究是更为重要的,也是构成该学科知识形态的主体。而社科法学在部门法学中,是对法律规范背后的价值性内容的揭示,对于推进部门法学的研究当然也是具有重要意义的,只不过它在更多情况下,只能起到辅助性的功能。

《教义刑法学》是一部采用教义学方法对犯罪论体系中的重要专题进行研究的作品,当然属于刑法教义学的范畴。本书表明我在刑法教义学领域的学术取向,因而值得一观。

陈兴良
谨识于北京海淀锦秋知春寓所
2017 年 6 月 5 日

91. 自选集(《走向哲学的刑法学》《走向规范的刑法学》《走向教义的刑法学》)[①]前言

我在1999年出版了第一部自选集《走向哲学的刑法学》,2008年又出版了第二部自选集《走向规范的刑法学》,2018年将出版第三部自选集《走向教义的刑法学》。此次,将三部自选集纳入"陈兴良作品集"同时出版。各部自选集出版时间相距10年左右,加上第一部自选集向前延伸的10年时间,是我跨度长达30年的刑法学研究黄金时代的研究成果的荟萃。而三部自选集的书名,也正好反映了这三个时期我的刑法学研究的主题。

从《走向哲学的刑法学》到《走向规范的刑法学》,这两个书名恰如其分地反映出我的第一次学术转向。

《走向哲学的刑法学》是从1988年开始到1998年为止,我在刑法哲学研究上学术努力的一个总结。1988年5月,我获得博士学位,完成了专业学习,开始从事刑法学的学术研究。这个时期的学术成果主要体现为刑法哲学三部曲:《刑法哲学》(中国政法大学出版社1992年版)、《刑法的人性基础》(中国方正出版社1996年版)和《刑法的价值构造》(中国人民大学出版社1998年版)。在这三部专著的创作过程中,我陆续发表了一些论文,这些论文是三部著作的精髓之所在。将这些论文结集出版,可以明显地看出我在这一时期对刑法哲学的学术兴趣。

以1997年《刑法》修订为契机,我开始从刑法哲学转向规范刑法学,同样出版了三部具有代表性的著作:《刑法疏议》(中国人民公安大学出版社1997年版)、《本体刑法学》(商务印书馆2001年版)和《陈兴良刑法学教科书之规范刑法学》(中国政法大学出版社2003年版)。这对我来说是一次重大的学术调整。从1988年到1999年,我国刑法学研究正处

---

① 陈兴良:《走向哲学的刑法学》《走向规范的刑法学》《走向教义的刑法学》,北京大学出版社2018年版。

于恢复期,尽管围绕着我国1997年《刑法》和司法解释展开了以服务于司法实践为主旨的刑法学研究,但受到苏俄刑法学传统制约,当时的刑法学研究尚处在一个较低的学术水平。以1997年《刑法》修订为起点,在立法发展的同时,也开始了一个理论更新的进程。对于我来说,《刑法疏议》一书可以说是一个标志,从刑法哲学的研究,转而回到对刑法的注释,这本身就是一种学术关注点的转移。

在《刑法疏议》一书的前言中,我对这种学术兴趣的转移作了以下注解:"本书是我独自撰著的第一部严格意义上的注释法学的著作。此前,我的学术兴趣主要在于刑法哲学,志在对刑法进行超越法律文本、超越法律语境的纯理论探讨,先后出版了《刑法哲学》《刑法的人性基础》《刑法的价值构造》等著作。当然,我从来不认为法学是纯法理的,也没有无视法条的存在。我总以为,法理虽然是抽象的与较为恒久的,但它又必须有所附丽、有所载荷,而这一使命非法条莫属。因此,对法条的研究是法学研究中不可忽视也不可轻视的一种研究方法,只不过它的研究旨趣迥异于法哲学的研究而已。中国是一个具有悠久的注释法学传统的国度,以《唐律疏议》为代表的以律条注疏为形式的法学研究成果是中华法律文化传统的主要表现形式。现在,我国不仅法哲学研究基础薄弱,纯正的注释法学的研究同样后劲不足。《刑法疏议》一书力图继承中国法律文化传统,以条文注释及其评解的方法对刑法进行逐编、逐章、逐节、逐条、逐款、逐项、逐句、逐词的诠释,揭示条文主旨,阐述条文原意,探寻立法背景,评说立法得失。"上述论断,确实是我在写作《刑法疏议》一书时的心境的真实写照。未曾想,这一学术兴趣的转移,开始了我另一段学术生涯。

《本体刑法学》与《规范刑法学》的写作,正是循着这一思路而展开的规范刑法研究。在这一研究过程中,《本体刑法学》一书具有独特的意义。在方法论上,此书开辟了刑法法理学的研究领域——一种不依附于法条的刑法法理研究。在犯罪论体系上,《本体刑法学》一书构架了罪体—罪责的独到体系,在《规范刑法学》一书中进一步发展为罪体—罪责—罪量这样一个三位一体的犯罪论体系。尤其是,《本体刑法学》一书以一种体系性叙述的方式,对刑法知识进行了教科书式的整理。从《刑法哲学》到《本体刑法学》,对于我来说,是一个重大的学术转折。曲新久教授在评论我的这一学术转折时,采用了"回归"一词,我以为是妥帖的:"《本体刑法学》可以说是理论超越之后的一种朴素的回归——返璞归真,是刑法理论的一次软着陆,从批判教科书体系出发最终又回到教科书体系,不是刑法理论向教科书的简单回归,而是通过教科书体系实现刑法知识的新积累与新提升,历史可能真的是在否定之否定中发展。"①正是在否定之否定的历史循环发展过程中,我回归到规范刑法学研究。当然,这里的规范刑法学已经不是20世纪80年代苏俄刑法学的简单重复,而是努力重构大陆法系的刑法学术话语的一种自觉行动。尽管《本体刑法学》一书想"为读者提供理论刑法学的独具个性但又溶入学术公共话语的体系化知识全景"②,但这种文本式的知识叙述只是一种学术个案,对于刑法学的方法论转型来说,作用还是有限的。

如果说,《走向哲学的刑法学》书名中的"哲学"一词,是指刑法学的研究方法,即力主将哲学方法引入刑法学,由此提升刑法学的理论层次。那么,《走向规范的刑法学》书名中的"规范"一词,具有双重含义,一是在规范刑法学意义上使用的"规范"一词,以此与《走向哲学的刑法学》书名中的"哲学"相对应,表明此书是我在规范刑法学这一学术领域的成果汇集。在这个意义上,规范是指刑法规范,它是刑法学研究的对象,以此为内容的刑法学就是规范刑法学。二是在学术规范意义上使用的"规范"一词,以此反映我对刑法知识规范化的渴望。我国传统的刑法学知识存在过多的政治化、意识形态化的遮蔽,因而容易混同于政治话语。我在《刑法哲学》一书的后记中指出的专业槽的命题,实际上是对规范的刑法知识的另一种表述。其实,建立刑法专业槽,意味着对刑法学术性的追求,这种刑法学术性的表现就在于学术话语的建立。在《刑法理论的三个推进》一文中,我曾经指出:"以往的刑法理论中,政治意识形态垄断了话语权,这种刑法理论是一种政治话语的重复。而刑法理论的发展,就是要终结政治话语在刑法理论中的垄断地位,形成刑法理论自身的话语,这种话语是自主的、自足的、自立的,因而具有科学性。这种刑法理论话语的

① 曲新久:《刑法哲学的学术意义——评陈兴良教授从〈刑法哲学〉到〈本体刑法学〉》,载《政法论坛》2002年第5期。

② 蔡道通:《理论与学术的双重提升——评陈兴良教授〈本体刑法学〉》,载《法制与社会发展》2002年第1期。

改变,不仅是学术关注点的转移,而且是理论叙述语言的创新,理论叙述方法的创新。”[①]这段话是我在写作《本体刑法学》一书过程中生发的感想、感触与感悟,也是我对刑法知识的规范化的认识。规范化的刑法知识之生成,存在“破”与“立”两个方面。正如曲新久教授深刻地指出的那样,哲学思维方式恰恰是“破旧”之利器:“陈兴良教授运用哲学方法打破意识形态的话语垄断与霸权——现在和今后的很长一段时间内,哲学尤其是哲学方法依然是打破意识形态话语的有力武器——恢复知识的客观性与中立性,做出了突出贡献,《刑法哲学》的最大学术价值和意义就在于此。”[②]因此,刑法哲学研究在更大程度上具有学术革命的功用,但知识建设还是有待于规范刑法学的方法。在知识建设中,我们要充分认识到刑法知识的超文化性、跨国界性的特征,引入与借鉴大陆法系的刑法知识,作为我国规范刑法知识的基本平台。在此基础上,再学习英美俄以及其他国家的刑法知识,并加以本土化的改造,这才是我国刑法学的出路。离开了整个人类的刑法知识文化的历史传承,以为能够独创一套知识体系,这是完全虚幻的,最终不可能实现。因此,刑法知识的规范化应怀着开放心态结合本土国情而达成。

从《走向规范的刑法学》到《走向教义的刑法学》,是我的第二次学术转型,也可以说是一次学术提升。如果说,《走向规范的刑法学》中的“规范”,更多的是强调了研究对象的具象性,因而完成从对抽象的刑法理念的研究到对具象的刑法规范的分析。那么,《走向教义的刑法学》中的“教义”,就不仅是一种规范,甚至也不仅仅是一种方法,而且,是一种信仰。这里的教义,也可以理解为教义学,即刑法的教义学。从这个意义上说,教义的刑法学也就是刑法的教义学,是法教义学的一个重要分支。在我国刑法学界,教义也称为信条,具有一定的宗教意味。我认为,无论是教义还是信条,都具有一种先验性,它是以某些先验于我们的知识前见而构成的。这些知识前见形成了一个学术话语系统,成为刑法研究的知识来源,在此基础上我们“接着说”。同时,它又是一种分析工具,利用这种工具,我们可以对现行刑法规范进行有效的法理分析。从“规范”到“教

① 陈兴良:《刑法理论的三个推进》,载《人民法院报》2001年2月9日,第3版。

② 曲新久:《刑法哲学的学术意义——评陈兴良教授从〈刑法哲学〉到〈本体刑法学〉》,载《政法论坛》2002年第5期。

义”,尽管研究对象没有改变,但研究方法已经发生了性质上的变化。可以说,刑法的教义学研究才真正使刑法学成为一门规范科学。

刑法学走向教义学,这是以德日刑法知识的大量引进为前提的。在过去学术封闭的年代,我国的刑法理论研究只能停留在总结司法实践经验的基础上,其理论层次相对还是较低的。尤其是,在这种学术的“自说自话”的年代,刑法理论的成长是极为缓慢的。而引入德日刑法学,为我们打开了一扇通向世界的窗户,为我国刑法学术与世界接轨提供了可能的条件。由此,我国的刑法学术研究不再自外于世界的学术潮流,而是汇入世界性的刑法学术潮流。因此,对于刑法的教义学研究来说,必须经历的两个步骤是:学习和消化。学习是引入德日的刑法知识,引入的方法包括翻译介绍和对外交流。消化是实现德日刑法知识的本土化,利用刑法的教义学方法,对我国刑法进行研究。在这当中,刑法教义学的学术启蒙显得十分重要。

在教义刑法学研究中,我个人较为满意的学术成果是以下三部专著:《教义刑法学》(中国人民大学出版社 2010 年版)、《刑法的知识转型(学术史)》(中国人民大学出版社 2012 年版)和《刑法的知识转型(方法论)》(中国人民大学出版社 2012 年版)。值得说明的是,《刑法的知识转型(方法论)》是我 2007 年出版的《刑法知识论》一书的升级版,这两部专著之间具有替代关系。因此作为知识转型的一种努力,我从 2000 年开始致力于刑法方法论的探究,尤其是对我国刑法学的苏俄化特征的描述以及去苏俄化的倡导,引入大陆法系犯罪论体系而不遗余力地疾呼。尽管传统的学术力量具有巨大的历史惯性,要想改变十分困难,但毕竟要有人站出来说“不”,否则历史将永远重复、停顿而没有发展。

如果说,《教义刑法学》一书侧重于对德日刑法知识的介绍,那么《刑法的知识转型(学术史)》一书就是对我国刑法学术地基的一种清理,而《刑法的知识转型(方法论)》一书则是对我国刑法方法论的一种探讨。正是在《教义刑法学》一书中,我提出了“走向教义学的刑法学”这个命题。如果说“走向教义学的刑法学”是一个目标,那么,刑法的知识转型就是达至这一目标的途径。“刑法的知识转型”是我提出的一个重要命题,它与“走向教义学的刑法学”这个命题一起,成为近年来我的一种学术目标和学术标签。

收录在《走向教义的刑法学》一书中的是采用教义学方法，对刑法相关理论问题进行分析的论文，也是近年来我在刑法教义学研究领域的学术成果。其中，《刑法教义学方法论》一文刊登在《法学研究》2005年第2期，是我国最早讨论刑法教义学的论文。该文曾经编入《走向规范的刑法学》一书，这次重新收入《走向教义的刑法学》一书，使之回复到一个应然的位置，作为我的刑法教义学研究的起始之作。同时，对其他两部自选集的若干论文也作了适当的调整。例如，《走向哲学的刑法学》一书中增加了《法学：作为一种知识形态的考察——尤其以刑法学为视角》一文，这是我对刑法知识形态进行论述的第一篇论文。该文发表在2000年，时间上接近于《走向哲学的刑法学》的时代，也可以说是在刑法哲学思考基础上，对刑法知识进行整体性认知的起始之作，将该文收入《走向哲学的刑法学》一书更为妥当。此外，《走向规范的刑法学》一书中增添了《刑法机能的话语转换》和《转型中的中国犯罪论体系》两篇论文。从三部自选集收录的论文来看，似乎《走向哲学的刑法学》和《走向规范的刑法学》两部书的内容更偏向于学理性；而《走向教义的刑法学》则更注重对刑法规范的教义学诠释，而不是对刑法教义学原理的论述。之所以如此安排，是因为我在《教义刑法学》一书中已经对刑法教义学原理进行了专题性的讨论。在此基础上，我认为更为重要的是借助于这种刑法教义学的分析工具，对我国刑法中的理论问题进行教义学的阐述，以此形成我国本土的刑法教义学知识。这当然只是一种预期，但我愿意在这个方向上继续努力。

三部自选集的重新出版，对于我来说，是一个对自己的刑法学术生涯的总结，但不是终结。尽管一个人的学术生命是有限的，在历史的坐标上，我们所能起到的只是一种过渡的作用。但我还是认为，在正确的学术道路上前行，才是一种不负使命的学术追求。

是为前言。

陈兴良

谨识于北京海淀锦秋知春寓所

2007年11月5日一稿

2017年3月21日增写

92.《罪刑法定主义》[①]代序

《大清新刑律》颁布暨罪刑法定主义引入中国百周年祭[②]

罪刑法定主义是现代法治刑法的一条铁则。德国著名刑法学者李斯特曾经讲过一句格言式的话语:罪刑法定主义是刑事政策不可逾越的藩篱。在此,藩篱这一汉译十分传神地揭示了罪刑法定主义对于刑事政策的限制机能。此外,日本学者泷川幸辰也对罪刑法定主义表达过由衷的敬意,指出:

> "无法,则无刑"(Nulla poena Sinelege),刑法学中这样富有魅力的语句在别的地方是不多见的。这个原则已经突破了一个国家的国民意识形态的范围,成为世界性的信条和准则。不少国家的宪法将它作为人权的表现来加以宣布,而且许多国家的刑法则把它列为卷头语。[③]

正是因为罪刑法定主义对于刑法具有如此重大的意义,作为一名刑法学家,我不能不关注罪刑法定主义在我国的命运。

罪刑法定主义对于我国刑法来说,完全是舶来品。我国古代刑法中存在"断罪引律令"的规定,同时又存在"断罪无正条"者得"比附援引"的规定,此外还有"违令""不应为"等完全空白的罪状。对此,我国学者指出:

> 从"断罪无正条"到"断罪引律令",再到"违令""不应为",有一个问题自然无法避免,那就是传统中国是否存在"罪刑法定"?以现代法的视角观之,"断罪引律令"的确存在法定主义的特征,而"比附援引"则不可否认具有类推的性质,"违令"

---

① 陈兴良:《罪刑法定主义》,中国法制出版社2010年版。

② 《大清新刑律》系宣统三年十二月二十五日钦定颁布,公历为1911年1月25日。

③ 〔日〕泷川幸辰:《犯罪论序说》,王泰译,法律出版社2005年版,第1页。

"不应为"显然也不符合罪刑法定构成要件明确性的基本要求,以此观之,传统法之内在逻辑,似乎存在某种吊诡(paradox)。①

我国学者将"断罪引律令"归纳为"援法定罪"原则,认为这是我国古代刑法中的罪刑法定主义。② 我国著名刑法学家蔡枢衡则对以下两种罪刑法定主义加以区分:一种是限制官吏强调君权的罪刑法定主义,另一种是限制统治者强调民权的罪刑法定主义,指出:

> 这个罪刑法定主义(指《大清新刑律》第10条——引者注)实是近代民主和法治思想在刑法上的表现。过去的罪刑法定主义,都是对官吏强调君权,这次的罪刑法定主义,却是破天荒第一次对君和官强调民权。刑法是立法机关经过一定程序制定的法律,不再是统治者恣意的命令,实际上成了保护犯人的大宪章。③

蔡枢衡在以上论述中,把中国古代"断罪引律令"的规定视为罪刑法定主义,只不过不是现代刑法意义上的罪刑法定主义。作如上区分,当然是完全正确的。但将"断罪引律令"的规定称为罪刑法定主义,还是多少亵渎了罪刑法定主义这一命题。实际上,在"断罪无正条"情况下的"比附援引"与"断罪引律令"之间,根本不存在内在矛盾,甚至外在矛盾都不存在。因为无论是"断罪有正条"还是"断罪无正条",这两种情况都是"断罪",因而都存在"断罪引律令"的问题。就此而言,"比附"也同样须"援引"法条,因而比附与援引并称为"比附援引"。由此可见,"断罪引律令"只是一个司法技术规范,而"比附"则是法律原则。以《唐律》为例,"断罪无正条"规定在《名例律》,指出:"诸断罪而无正条,其应出罪者,则举重以明轻;其应入罪者,则举轻以明重。"而"断罪引律例"则规定在《断狱律》,指出:"诸断罪皆须具引律、令、格、式正文,违者笞三十。"这种体

① 陈新宇:《从比附援引到罪刑法定——以规则的分析与案例的论证为中心》,北京大学出版社2007年版,第24—25页。

② 参见张晋藩:《中国法律的传统与近代转型》(第三版),法律出版社2009年版,第323页。

③ 蔡枢衡:《中国刑法史》,广西人民出版社1983年版,第131—132页。

例安排本身就表明,后者的重要性是前者所无法比拟的。关键在于:轻重相举及比附,必须援引有关法条,这本身就是“断罪引律令”的题中之意。“断罪引律令”与“比附援引”之间并无矛盾,已如上所述;而“比附援引”与罪刑法定主义之间的矛盾,则是应有之义。对此,蔡枢衡教授在另一篇关于罪刑法定主义的专论中指出:

> 罪刑法定主义之历史的使命,在于根本推翻擅专主义——比附援引制度,自其发生上看,罪刑法定主义之与比附援引制度,原属根本互相矛盾之二事,绝非可以并立或妥协之概念。①

正因为“比附援引”与“罪刑法定主义”之间存在矛盾,因此,引入罪刑法定主义的逻辑前提就是删除比附之法。《大清律例》规定:

> 凡律令该载不尽事理,若断罪无正条者,援引他律比附,应加、应减,定拟罪名,申该上司,议定奏闻,若辄断决,致罪有出入,以故失论。②

以上规定明确了比附亦应援引他律,这正合“断罪须引律令”之义。而“若辄决断,致断罪有出入”,则是指比附不当应负之责。《大清新刑律》第10条明文规定:“凡律例无正条,不论何种行为,不得为罪。”此一法条对于我国传统刑法观念的冲击可谓甚巨,因而引起异议,亦在情理之中。例如,清末大臣张之洞在议论《新编刑事、民事诉讼法草案》第76条关于“凡裁判均须遵照定律,若律无正条,不论何项行为不得判为有罪”的规定时,提出了以下颇具代表性的反对意见:

> 春秋比事不废属辞,折狱引经备传……律例无可引用,援引别条比附者,于疏内声明:律无正条,今比照某律某例科断,或比照某律某例加一等减一等科断,详细奏明,恭候谕旨遵行……若因律无正条,不论何项行为概置不议,虽循东西各国之律,施诸中国,适开刁徒趋避之端,恐为法政废弛之渐。③

---

① 蔡枢衡:《罪刑法定主义之立法及解释》,载《法律评论》第11卷第51期,1934年10月刊行。

② 田涛、郑秦点校:《大清律例》,法律出版社1998年版,第127页。

③ 《张文襄公全集》卷六十九,第13—14页。

虽有反对之声，但主持清末修律的沈家本不为所动，在阐述《大清新刑律》第10条关于“凡律例无正条者，不论何种行为，不得为罪”规定的立法理由时指出：

> 本条所以示一切犯罪须有正条乃为成立，即刑律不准比附援引之大原则也。凡刑律于正条之行为若许比附援引及类似之解释者，其弊有三：第一，司法之审判官，得以己意，于律无正条之行为，比附类似之条文，致人于罚，是非司法官，直立法官矣。司法立法混而为一，非立宪国之所宜有也。第二，法者与民共信之物，律有明文，乃知应为与不应为，若刑律之外，参以官吏之意见，则民将无所适从。以律无明文之事，忽援类似之罚，是何异以机阱杀人也。第三，人心不同，亦如其面，若许审判官得据类似之例，科人以刑，即可恣意出入人罪，刑事裁判难期统一也。因此三弊，故今惟英国视习惯法与成文法为有同等效力，此外欧美及日本各国，无不以比附援引为例禁者。本案故采此主义，不复袭用旧例。①

在以上论述中，包含了立法与司法分立的分权思想、法律与人民之间关系上的契约论思想，以及对司法权限制的宪制思想。对罪刑法定主义的接纳，在某种程度上说，也就是对上述政治理念的认同，并且是以此为基础的。正是在这个意义上说，《大清新刑律》虽然颁布以后未及生效，大清王朝即告覆灭，但该法所包含的民主与宪制的观念却并没有随之消灭，而是在此后的刑事立法中得以承袭。对于《大清新刑律》被民国所继承的过程，我国学者作了以下叙述：

> 辛亥革命爆发，民国取代了清帝国。出乎人们预料的是，《大清新刑律》等一系列法律没有随清帝国的灭亡而被束之高阁。临时政府一成立，司法部长伍廷芳立即向孙大总统报告：“本部现拟就前清制定之民律草案、第一次刑律草案、刑事民事诉讼法、法院编制法、商律、破产律、违警律中，除第一次刑律草案关于帝室之罪全章，及关于内乱罪之死刑碍难适用外，余皆由

① 沈家本：《历代刑法考》（四），中华书局1985年版，第1820页。

民国政府声明继续有效。”孙文同意并咨请参议院核准这个建议。参议院批准了这个建议，于是，袁世凯就任临时大总统后，便在3月10日发布命令：“现在民国法律未经议定颁布，所有从前施行之法律及新刑律，除与民国国体抵触各条，应失效力外，余均暂行援用，以资遵守。”清帝国的基本法律略加删改后继续为新政权服务，而且大体上沿用到1928年国民党取得全国政权以后。①

《大清新刑律》改名为《暂行新刑律》而得以名亡实存，一脉延续，罪刑法定主义由此生根中华。正是在这个意义上，将《大清新刑律》视为近代我国刑法的开山之作，并不为过。当然，我国学者在总结清末制定新刑律的经验时，提出了“传统的创造性转化”这一命题，指出：

人们接受或拒绝某种文化归根到底取决于利益和需要。但在接受外来文化时，如能在传统中找到结合点，往往可以减少阻力。这就是“传统的创造性转化”。②

这里的“传统的创造性转化”，是指从传统中找到合法性，这其实是一种改革的策略。其实，在删除比附时，也在一定程度上采用了这一策略。例如，沈家本呈报清廷的删除比附的理由如下所述：

考《周礼·大司寇》有县刑象于象魏之法，又《小司寇》之宪刑禁，《士师》之掌五刑，俱徇以木铎。又《布宪》执旌节，以宣布刑禁，诚以法者与民共信之物，故不惮反覆申告，务使椎鲁相互警诫，实律无正条不处罚之明证。《汉书·刑法志》高帝诏：“狱疑者，廷尉不能决，谨具奏附所当比律令以闻。”此为比附之始。然仅限之于疑狱而已。至隋著为定例，《唐律》出罪者举重以明轻，入罪者举轻以明重是也。《明律》改为引律比附加减定拟，现行律同。在唐神龙时，赵冬曦曾上书痛论其非，且曰：“死生罔由于法律，轻重必因乎爱憎，受罚者不知其然，举事者不知其法。”

---

① 袁伟时：《〈刑法〉的变迁与本世纪中国文化的若干问题》，载张志林主编：《自由交谈》（第1辑），四川文艺出版社、四川人民出版社1998年版，第92—93页。

② 袁伟时：《〈刑法〉的变迁与本世纪中国文化的若干问题》，载张志林主编：《自由交谈》（第1辑），四川文艺出版社、四川人民出版社1998年版，第107页。

诚为不刊之论。况定例之旨，与立宪尤为抵牾，立宪之国，立法、司法、行政三权鼎峙，若许署法者以类似之文致人于罚，是司法而兼立法矣。其弊一。人之严酷慈祥，各随禀赋而异，因律无正条而任其比附，轻重偏畸，转使审判不能统一。其弊又一。兹拟删除此律，而各刑酌定上下之限，凭审判官临时审定，并别设酌量减轻、宥恕减轻各例，以补其缺。虽无比附之条，而援引之时亦不致为定例所缚束。论者谓人情万变，断非科条数目所能赅载者。不知法律之用，简可驭繁，例如谋杀应处死刑，不必问其因奸因盗，如一事一例，恐非立法家逆臆能尽之也。①

以上奏折，可以分为历史与逻辑两个方面的说理。在历史论证上，以周代之“无正条不处罚”为合法性根据，然后指陈比附其弊有三，从而为删除比附提供了历史与逻辑两个向度的正当性。“传统的创造性转化”实际上也就是“托古改制”，这也是我国古代改革的一种惯用手法。对此，我国学者李贵连作了深刻的分析，指出：

中国人有信而好古的心理，中国历史上的改革变化，也大多采取了托古改制的策略。远有汉代的王莽，近如清末的康有为，都是典型的范例。沈家本主持的法律改革，似乎也难脱此嫌……如他援引《晋书·刑法志》中刘向所说“律法断罪，皆当以法律令正文，若无正文，依附名例断之，其正文、名例所不及，皆勿论。法吏以上，所执不同，得为异议。如律之文，守法之官，惟当奉用律令。至于法律之内，所见不同，乃得为异议也。今限法曹郎令史，意有不同为驳，惟得释法律，以正所断，不得援求诸外，论随时之宜，以明法官守局之分”之语时，他的按语是：“今东西之学说正与之同，可见此理在古人早已言之，特法家之论说无人参究，故称述之者少耳。”②

托古改革而使改革有复古之形，由此减少改革的阻力，真乃用心良苦。然而，策略毕竟是策略，沈家本能成功还是取决于时之所需。《大清

① 《修订法律大臣沈家本奏刑律草案告成分期缮单呈览并陈修订大旨折》，载故宫博物院明清档案部编：《清末筹备立宪档案史料》(下册)，中华书局1979年版，第846—849页。

② 李贵连：《沈家本评传》，南京大学出版社2005年版，第385—386页。

新刑律》改比附援引为罪刑法定的阻力并没有有关涉及伦理纲常的改革那么大，这与当时宪制思想的传播亦有相当关系。我国学者描述了清末随着西学东渐，自然法思想的传入，个人本位价值观的确立，对于清末刑律改革的深刻影响，指出：

> 国人对西方自然法思想的吸纳和升华为国内的思想意识领域营造了这样的氛围：利用天赋人权思想去批判、痛斥中国封建的统治制度，批判、痛斥中国法律制度的不合理性与滞后性，为清末刑法改制铺设了思想理论基石。①

可以想见，如果没有西学提供的思想资源，无论如何托古改制也是不可能成功的，所谓“传统的创造性转化”也是一句空话。

《大清新刑律》在引入罪刑法定主义的同时废除比附，这是我国从封建专制刑法向现代法治刑法转变的一个标志，其革命意义毋庸置疑。当然，罪刑法定主义究竟不是一条法律标语，司法技术如何能够保障其实现，这又是不能不存疑问的。例如，自然解释与类推解释如何区分就是一个难题。在《新刑律草案》补笺中，沈家本指出：

> 本律虽不许比附援引，究许自然解释。自然解释者，即所犯之罪与法律正条同类，或加甚时，则依正条解释而用之也。同类者，例如修筑马路，正条只禁牛马经过，则象与骆驼自然在禁止之例是也。加甚者，例如正条禁止钓鱼，其文未示及禁止投网，而投网较垂钓加甚，自可援钓鱼之例定罪也。②

以上所论及的自然解释，在刑法理论上称为当然解释，是指刑法条文表面虽未明确规定，但实际上已全含于法条的文义之中，依照当然解释的道理解释法条意义的方法。当然解释之当然，包括事理上之当然与逻辑上之当然，只有在具有逻辑上之当然解释的情况下，才可成立不违反罪刑法定主义之当然解释。如果只具有事理上的当然，例如同类或者加甚，则属于违反罪刑法定主义之类推解释。同类属于类推解释没有问题，因为

---

① 参见徐岱：《中国刑法近代化论纲》，人民法院出版社 2003 年版，第 35 页。

② 参见黄源盛：《传统中国“罪刑法定”的历史发展》，载《东海大学研究》1996 年第 11 期，第 18 页。

它是建立在类似性基础之上对法条的扩张适用。加甚则稍微复杂一些，要看所加之甚与所引之正条之间是否存在包含关系，若不存在包含关系，则仍然是类推解释。例如以禁止钓鱼之文而禁止投网，只考虑法条之目的性，而忽视了法条对手段的特殊限制。

应当指出，沈家本对于比附援引存在一个认识上的转变过程，也是一个对《唐律》轻重相举制度从比附中分离出来，赋予其正当性的过程。[①] 其实，在前引沈家本删除比附的奏折中，对于比附的历史叙述，汉代乃为比附之始，但仍仅限于疑狱。至隋代而著为定例，《唐律》规定轻重相举，至《明律》改为引律比附，一路数落下来，显然是把轻重相举视为比附的一种表现形式的。《唐律》关于轻重相举的规定，在刑法理论上是视为类推的，例如我国学者指出：

> 《名例律》(第50条)承认对所谓“断罪无正条”的法律上无规定的犯罪，即“一部律内，犯无罪名”的犯罪，仍是可以处罚。但是同现行刑法(指我国1979年《刑法》——引者注)不同，唐律中规定的这种类推，既可以推为有罪、罪重而加以处罚，也可以推为无罪、罪轻而予以释放或减轻刑罚。律条规定：“其应出罪者，举重以明轻；其应入罪者，举轻以明重。”所以，唐律中的类推，要求在所举的相类成例与待处理的案犯间，存有鲜明的可推断的类差，以此来限制类推的滥用。但是，一旦使用起来，二者之间到底是否可类比，则法律无详细的规定。所以，司法实践与律条精神势必脱节，是可想而知的。[②]

以上将《唐律》关于“出罪，举重以明轻”的规定称为类推并不妥切，因为根据现代无罪推定原则，无罪本身不需要证明，通行的是“不能证明有罪即为无罪”的规则。因此，《唐律》规定“出罪，举重以明轻”，是以有罪推定为其逻辑前提的。至于“入罪，举轻以明重”，确实具有类推入罪之蕴意，但也并不尽然。《唐律疏议》在解释“其应入罪者，则举轻以明

① 参见陈新宇：《从比附援引到罪刑法定——以规则的分析与案例的论证为中心》，北京大学出版社2007年版，第91页以下。

② 钱大群、夏锦文：《唐律与中国现行刑法比较论》，江苏人民出版社1991年版，第23页。

重”时,曰:

> 案《贼盗律》:“谋杀期亲尊长,皆斩。”无已杀、已伤之文;如有杀、伤者,举始谋是轻,尚得死罪;杀及谋而已伤是重,明从皆斩之坐。又例云:“殴告大功尊长、小功尊属,不得以荫论。”若有殴告期亲尊长,举大功是轻,期亲是重,亦不得用荫。是“举轻明重”之类。

在以上疏文中,谋杀之“谋”是指“二人对议”,即阴谋策划,因而谋杀是指现代刑法中的预备杀人。杀、伤是在“谋”的基础上的“实行”,其中,杀是杀人既遂,伤是杀人未遂。杀、伤必然经过“谋”的阶段,满足“谋杀”的构成要件。因此,对杀、伤按照谋杀人的规定处罚,属于当然解释。但如果轻重行为之间不是这种包含关系,而是牛马与骆驼之间的这种相似关系,则举轻明重就属于类推解释。由此可见,对于《唐律》关于轻重相举的规定,既不能一概斥为比附,也不能一概称为罪刑法定主义所容许的当然解释。

沈家本试图对《唐律》中的轻重相举与比附援引加以一定程度的区隔这是正确的,但他却一概否认轻重相举具有比附性质,则难免偏颇。沈家本认为《唐律》的“举重以明轻”“举轻以明重”乃用律之例,而非为比附加减之用也,指出:

> 观《疏议》所言,其重其轻皆于本门中举之,而非取他律以相比附,故或轻或重仍不越乎本律之范围。其应出者,重者且然,轻者更无论矣。其应入者,轻者且然,重者更无论矣。①

沈家本把轻重相举称为用律之例,是一种司法技术,由此区别于比附,但其所述理由是不能成立的。沈家本认为《唐律》的轻重相举“非取他律以相比附”,因而不是比附。那么,“取本律以相比附”难道就不是比附了吗?更何况,所谓“本律”与“他律”的区分本身就是虚幻的。我认为,比附援引与罪刑法定的本质区别,并不在于援引他律还是本律,而恰恰在于:法律有规定还是没有规定。《唐律》“举轻以明重”,正是以“一部律内,犯无罪名”为前提的。对于法律没有明文规定为犯罪的行为,通过

---

① 沈家本:《历代刑法考》(四),中华书局 1985 年版,第 1813—1814 页。

一定的解释方法使之入罪，这不正合比附之义吗？应当指出，沈家本的上述观点在一定程度上受到了当时参与修律的日本学者冈田朝太郎的影响，例如冈田朝太郎曾经指出：

希腊格言，无法无罪，故刑法不许类似解释。类似解释，即比附援引。中国司法办案，无律则引例，无例则援案，皆类似解释也……然不可误解，谓刑法禁止类似解释，亦竟不得为何等解释也。有类似解释而实非者，当然解释是也。当然解释为拉丁语，例如为保护道路起见，禁止车马往来，驼象之妨害道路，甚于车马。虽无明文，亦必在禁止之列。又如池塘禁止钓鱼，以网取者甚于钓，虽无明文，亦必在禁止之列是也。或疑刑法以无律无罪为原则，同一律无正条，乃不许类似解释，而许当然解释何也。不知律无正条，就事实言之，有两种原因，一因其事实为刑法所放任，刑法既认为无罪，故不复列正条，若任意类推，将刑法所认为无罪者，裁判官得认为有罪也，可乎？一因其事实为事理之当然，无庸有明文之规定，故亦无正条，如上举道路、池塘二例，害之轻者，且有罪矣，害之重者，自不待言也……诸断罪而无正条，其应出罪者，则举重以明轻，其应入罪者，则举轻以明重，与当然解释之意，恰相符合。就法理言之，亦有二种区别。法律有形式，有精神。文字者，法律之形式也，文字之原理，法律之精神也。类似解释，不过条文偶相类似，而精神未尝贯注其中。当然解释，虽文字上未能赅备，而精神上实已包括无遗。故二者不可同日而语也。①

冈田氏所称类似解释，就是指类推解释，他是想把类推解释与当然解释加以区分的，把类推解释归入比附援引，而把当然解释当作正确的解释方法。从以上冈田氏对当然解释的评论来看，其采用的是一种实质解释论的立场。正如我在上文指出：当然解释根据事理上之当然与逻辑上之当然而与类推解释的关系有所不同：事理上的当然解释是类推解释，逻辑上的当然解释则非类推解释。沈家本在冈田氏的影响下，试图通过为《唐律》中的轻重相举正名，保留我国传统刑法文化中的司法技术因素，但对

---

① 〔日〕冈田朝太郎口述、熊元翰编：《刑法总则》，安徽法学社印行1914年版，第18—20页。

于罪刑法定主义而言,这是一种不彻底性的表现。

尽管如此,《大清新刑律》引入的罪刑法定主义在民国刑法中得以延续。1928 年的民国刑法与 1935 年的民国刑法都在第 1 条规定了罪刑法定主义:“行为时之法律,无明文科以刑罚者,其行为,不为罪。”但是,对于罪刑法定主义的争论从来没有停止过,当然,这不是在否定罪刑法定主义意义上的争论,而是在重新解释罪刑法定意义上的争论。其背景是从刑法客观主义向刑法主观主义的转变。例如蔡枢衡指出:

> 《大清新刑律》颁布于一九一一年。斯时国际资本主义已经长足发展,李斯特(Liszt)的刑法目的观念之提倡已是三十年前的陈迹。十九世纪末期及二十世纪初期各国刑法之改正,无不以主观主义及保护刑论为修正客观主义及报应刑论之指导原理。故当时的刑法理论,刑法草案以及新产生的刑法中,基于客观主义的诸原则已经丧失其统一的地位,退而与主观主义的原则平分春色地矛盾地对立着。因为模仿最新之立法例,遂使《大清新刑律》中的罪刑法定主义于克服罪刑擅断主义之际,即已与刑罚个别主义形成对立的存在。换言之,旧的矛盾之统一与新矛盾的开始是同时发生的。在观念上虽可认为克服罪刑擅断主义在先,容纳刑罚个别化主义在后,事实上实不容易分别先后。①

在此,蔡枢衡提出了“新与旧”这一对矛盾。这可以说是清末民初中国所面临的一个选择,当时的人们在“新与旧”的对立中不知所措。“新与旧”的这一说辞,令我想起沈从文先生的一篇小说,题目也正好是《新与旧》,描写的就是清末民初一位边城刽子手面对新旧交替不知所措的行为与心态。其实,整个中国当时都面对着新与旧的矛盾,在一种求新心理的驱使下,恰恰忘了自己需要的是什么,在罪刑法定主义上也是如此。当西方从绝对罪刑法定主义嬗变为相对罪刑法定主义的时候,我们会说以前者为旧后者为新,急切的求新导致没有经过绝对罪刑法定主义阶段,就直接迎来相对罪刑法定主义,其结果是罪刑法定主义的根基不稳,类推解释得以复活。例如民国学者王觐基于相对的罪刑

---

① 蔡枢衡:《中国法理自觉的发展》,清华大学出版社 2005 年版,第 267—268 页。

法定主义而主张类推，指出：

> 殊不知绝对法定主义，乃擅断主义之反动，刑法解释从严，乃法定主义之遗物，是则舍去历史上之理由，别不见有深意存在，余以为刑罚法规之目的，求社会与犯人双方得其平，民事法规之适用，为原告被告昭大公。民事法规，可用类推解释，而独于刑罚法规，严加限制，诚令人百思不得其解。况类推解释，有时与扩张解释，徒有形式上之区别，苟不逸出论理所许容之范围，善为运用，确能随犯罪进步，社会发展，收措置得宜之效，又何必狃于十九世纪之旧思想而不能理解法律之进化乎。[①]

为什么民法可以类推，刑法却禁止类推？类推解释与扩张解释究竟如何区别？绝对罪刑法定主义之于我国到底是旧思想还是新理念？这些问题都是值得研究的。民法可以类推，作为刑法亦应容许类推的理由，只能说明对于民刑分界之未能洞察。以类推解释与扩张解释难以区分作为容许类推解释的根据，只能是一种推托。至于绝对罪刑法定主义与相对罪刑法定主义的新旧不应以其发生地时序为标准，而应以我国的实际需求为考量。实际上，相对罪刑法定主义之所谓容许类推，并非容许入罪类推，而是有利于被告人的类推。因此，在人权保障观念上，绝对罪刑法定主义与相对罪刑法定主义并无根本区别。这种对罪刑法定主义的误读，到20世纪90年代我国1997年《刑法》修订之际，仍见其踪影，令人唏嘘不已。似乎是对王觐以上话语的回应，蔡枢衡在20世纪40年代曾经发表过以下见解：

> 不待言，现行《刑法》（指1935年的民国刑法——引者注）尽在向着《大清现行刑律》的否定之否定发展，尚未完成否定之否定；换言之，现行《刑法》尚在进向新的差别主义及新的擅断主义之途程中，迄未登峰造极。其变化只是量的，还不是质的。这由罪刑法定主义之明文依然居于现行《刑法》第1条之地位，即可了然。明乎此，旧《刑法》（指1928年的民国刑法——引者注）时代一二学者谓罪刑法定主义舍去历史上的理由别不见

---

① 王觐：《中华刑法论》，姚建龙勘校，中国方正出版社2005年版，第42页。

深意存在，或主张仅能于刑法法源限于成文法之意义上承认罪刑法定主义之意义，因而无限制地主张类推解释，显然是不妥当的见解。其谬误盖在不明旧《刑法》在中国刑法发展史上的地位及不应该无条件地主张类推适用二点。[①]

蔡枢衡只是反对无限制的类推，而主张有条件准许的类推解释。当然，这一有条件的类推是否指有利于被告人的类推，未见明示。但蔡枢衡站在20世纪40年代中国的土地上，已经向往着罪刑法定主义消亡的那一天。当时中国还不能废除罪刑法定主义并非不应该废除，而只是时候未到。蔡枢衡指出：

新的罪刑擅断主义之极致是罪刑法定主义明文撤销及某种限度或某种性质的类推解释之明文许可。这也不是《大清现行刑律》中的不应为律及断罪无正条规定之原状复活，而是高一层的发展。可说是新的擅断主义，亦可名之曰新的法定主义。因为准许类推，故曰新的擅断主义。因为是以罪刑法定主义为基础，换言之，其准许类推绝不是无条件或无限度的，故又曰新的罪刑法定主义。[②]

以上这段话读起来有些拗口，亦不易解。其实，蔡枢衡是根据否定之否定原理，认为罪刑法定主义是对罪刑擅断主义的否定，而必然有一天，罪刑法定主义又会被罪刑擅断主义所否定，这是一个更高阶段上的罪刑擅断主义，名曰之为新的罪刑擅断主义。这样一种大历史的眼界当然是值得我辈仰视的，然而若不能准确地把握当下所处的历史阶段，也是十分容易造成思想混乱的。罪刑法定主义被否定这一天，在我国1949年成立共和国以后，经历了30年没有刑法的岁月，终于降临到1979年《刑法》，不知与蔡枢衡预期的罪刑法定主义废除的时间是早还是晚？

1949年共和国成立以后，以《大清新刑律》为开端的我国近代刑法史戛然而止，罪刑法定主义也随之废弃。1979年制定的《刑法》规定了类推制度，罪刑法定主义不见踪影。当然，这也并非是我国古代比附援引的复

---

① 蔡枢衡：《中国法理自觉的发展》，清华大学出版社2005年版，第275—276页。

② 蔡枢衡：《中国法理自觉的发展》，清华大学出版社2005年版，第275页。

活,而是师法苏俄的结果。因为《苏俄刑法典》长期以来一直都有类推规定,一直到1958年12月通过《苏联和各加盟共和国刑事立法纲要》,类推才被取消。[①] 而在我国,罪刑法定主义被列为旧法观念,从一开始就被禁止。在刑法起草过程中,虽然在类推与罪刑法定主义之间曾经存在争论,但类推的主张始终占上风。高铭暄教授对此作了生动的描述,指出:

> 在刑法草案的历次草稿中,都有关于类推的规定,刑法第七十九条继续作了规定。但是,在快要定稿时,关于类推问题有过一场小小的争论。有的同志主张,我国刑法应当采取罪刑法定主义,明确宣布:法律无明文规定的不为罪、不处罚。有的认为规定类推,"后患无穷",而且很可能造成"不教而诛",因此法律上不是"限制类推"的问题,而应当是"禁止类推"的问题。有的认为把适用类推的核准权交给最高人民法院,会造成司法侵越立法权力。
>
> 但是,多数同志不这样看。他们认为,我国刑法在罪刑法定原则的基础上,应当允许类推,作为罪刑法定原则的一种补充。为什么要允许类推呢?这是因为我国地大人多,情况复杂,加之政治经济形势发展变化较快,刑法,特别是第一部刑法,不可能把一切复杂多样的犯罪形式包罗无遗,而且也不可能把将来可能出现又必须处理的新的犯罪形式完全预见,予以规定;有的犯罪虽然现在已经存在,但我们与它作斗争的经验还不成熟,也不宜匆忙规定到刑法中去。因此,为了使我们的司法机关能及时有效地同刑法虽无明文规定,但实际上确属危害社会的犯罪行为作斗争,以保卫国家和人民的利益,就必须允许类推。有了类推,可以使刑法不必朝令夕改,这对于保持法律在一定时期内的相对稳定性是有好处的。而且,有了类推,可以积累同新的犯罪形式作斗争的经验材料,这就为将来修改、补充刑法提供了实际依据。[②]

---

① 参见《苏联刑法科学史》,曹子丹等译,法律出版社1984年版,第35页。

② 高铭暄:《中华人民共和国刑法的孕育和诞生》,法律出版社1981年版,第126页。

从以上论述中可以看出,类推制度在打击犯罪的名义下获得了政治上的正确性。尽管如此,以类推为补充的罪刑法定主义是以前闻所未闻的,因为罪刑法定主义与类推之间是存在逻辑上的矛盾的:一部刑法只要是规定了类推,就不可能是罪刑法定主义的;一部刑法只要标榜罪刑法定主义,就必然是禁止类推的。而在相当长的一个时期内,我国 1979 年《刑法》却被称为实行以类推为补充的罪刑法定主义。

在 1997 年《刑法》修订中,要求在《刑法》中明确规定罪刑法定主义原则,同时废除类推的呼声高涨,虽然也有个别主张保留类推的观点,但那只是极个别说。[①] 最终 1997 年《刑法》第 3 条规定了罪刑法定原则,指出:"法律明文规定为犯罪行为的,依照法律定罪处刑;法律没有明文规定为犯罪行为的,不得定罪处刑。"

即使在实现了罪刑法定的立法化以后,我国刑法学界仍然存在对类推制度的惋惜之情与对罪刑法定的异议之声。[②] 此外,我国个别学者还对《刑法》第 3 条关于罪刑法定的规定作了背离罪刑法定主义基本精神的独特解读,将我国《刑法》第 3 条规定的前半段称为积极的罪刑法定主义,并与后半段所谓消极的罪刑法定主义相对应,认为积极的罪刑法定原则从积极方面要求正确运用刑罚权,惩罚犯罪,保护人民。[③] 但立法机关明确指出:《刑法》第 3 条前半段的含义是只有法律将某种行为明文规定为犯罪的,才能对这种行为定罪判刑。[④] 因此,正如立法机关指出,《刑法》第 3 条前后两个半段的含义是相同的,是一个问题的两个方面。因此,这里并不存在积极的罪刑法定主义与消极的罪刑法定主义之分。

尽管我国刑法学界对罪刑法定主义还存在各种不同解读,但我认为罪刑法定主义立法化以后,学术的关注点应当从立法向司法转移,这就是从罪刑法定主义的立法化到罪刑法定主义的司法化。就罪刑法定主义的立法化与司法化这两者而言,也许司法化是更为重要的。因为如果罪刑

---

① 参见彭凤莲:《中国罪刑法定原则的百年历史变迁研究》,中国人民公安大学出版社 2007 年版,第 219 页以下。

② 参见侯国云等:《论新刑法的进步与失误——评修订后的〈中华人民共和国刑法〉》,载《政法论坛》1999 年第 1 期。

③ 参见何秉松主编:《刑法学教科书》(上卷),中国法制出版社 2000 年版,第 67 页。

④ 参见全国人大常委会法制工作委员会刑法室编:《〈中华人民共和国刑法〉条文说明、立法理由及相关规定》,北京大学出版社 2009 年版,第 6 页。

法定主义不能在司法实践中加以贯彻,罪刑法定主义的规定只不过是一纸具文而已。而正是在罪刑法定主义的司法化上还存在某种担忧之处。因为在司法实践中,违反罪刑法定主义的类推适用还大行其道。例如肖永灵投寄虚假炭疽杆菌案,就是生动的一个案例:

> 2001年10月间,被告人肖永灵通过新闻得知炭疽杆菌是一种白色粉末的病菌,国外已经发生因接触夹有炭疽杆菌的邮件而致人死亡的事件,因此,认为社会公众对收到类似的邮件会产生恐慌心理。同年10月18日,肖永灵将家中粉末状的食品干燥剂装入两只信封内……分别邮寄给上海市人民政府某领导和上海东方电视台新闻中心陈某。同年10月19日、20日,上海市人民政府信访办公室工作人员陆某等人及东方电视台陈某在拆阅上述夹带有白色粉末的信件后,造成精神上的高度紧张,同时引起周围人们的恐慌。经相关部门采取大量措施后,才逐渐消除了人们的恐慌心理。
>
> ……
>
> 上海市第二中级人民法院对本案审理后认为,被告人肖永灵通过向政府新闻单位投寄装有虚假炭疽杆菌信件的方式,以达到制造恐怖气氛的目的,造成公众心理恐慌,危害公共安全,其行为构成了以危险方法危害公共安全罪,公诉机关指控的罪名成立。上海市第二中级人民法院于2001年12月18日以(2001)沪二中刑初字第132号刑事判决书对肖永灵做出有罪判决,认定其行为触犯了《中华人民共和国刑法》第114条的规定,构成以危险方法危害公共安全罪,判处有期徒刑4年。在法定上诉期间,被告人肖永灵未提起上诉。①

对于此案,我国学者明确指出:

> 在肖永灵"投寄虚假的炭疽杆菌"一案中,法院将"投寄虚假的炭疽杆菌"的行为解释为《刑法》第114条中的"危险方法",这既不符合此种行为的性质,也不符合《刑法》第114条的

① 游伟、谢锡美:《"罪刑法定"原则如何坚守——全国首例投寄虚假炭疽恐吓邮件案定性研究》,载游伟主编:《华东刑事司法评论》(第三卷),法律出版社2003年版,第256页。

立法旨趣,已经超越了合理解释的界限,而具有明显的类推适用刑法的性质。[①]

我认为,以上评论是一针见血的。因为投寄虚假的炭疽杆菌行为在客观上根本不具有危害公共安全的性质,它与投寄炭疽杆菌行为之间的性质根本不同,连类似关系都不存在,称之为类推适用已经是一种客气的说法。后来的立法补充规定,也说明了这一点。在上述判决作出后的第11天,即2001年12月29日,全国人大常委会通过的《刑法修正案(三)》就增设了故意传播虚假恐怖信息罪,立法理由指出:

这种投放假炭疽菌或者编造假信息的行为,会使人们难辨真假,危害更大,应当予以刑事处罚。由于这种行为不可能实际造成传染病的传播,不属于危害公共安全方面的犯罪,难以适用危害公共安全罪的规定,而当时刑法中又缺乏相应的规定,因此,《刑法修正案(三)》增加了对这种犯罪的规定。[②]

而正是在这种当时刑法没有规定的情况下,肖永灵被定罪了,其与罪刑法定原则的冲突十分明显。罪刑法定主义的司法化绝非一日之功。它涉及刑事司法理念的转变、刑事司法制度的改革和刑事司法技术的提升。由此可见,我国罪刑法定主义司法化之路途,坎坷且遥远,绝非一蹴而可就也。

今年是《大清新刑律》颁布一百周年,也是罪刑法定主义引入中国一百周年。在20世纪,中国先后颁布了六部刑法典,除1979年《刑法》以外,其他五部刑法都规定了罪刑法定主义,这是值得欣慰的。当然,透过法条的表象,直面罪刑法定主义在现实社会中的命运,这才是最为重要的。值此《大清新刑律》颁布一百周年暨罪刑法定主义引入中国一百周年之际,特撰此文,略表缅怀之意。

陈兴良

---

① 周少华:《罪刑法定在刑事司法中的命运——由一则案例引出的法律思考》,载《法学研究》2003年第2期。

② 全国人大常委会法制工作委员会刑法室编:《〈中华人民共和国刑法条〉文说明、立法理由及相关规定》,北京大学出版社2009年版,第604页。

93.《罪刑法定主义》[①]后记

罪刑法定主义是我持续关注的一个课题。本书的三部分内容是我在不同阶段对罪刑法定主义思考的成果。第一部分是对罪刑法定主义的法理解读,虽然平铺直叙,不见波澜,但以体系性的叙述展示罪刑法定主义的一般精神。第二部分写于1997年《刑法》修订过程中,是为罪刑法定主义立法化而摇旗呐喊之作。该部分内容曾以《罪刑法定的当代命运》为题,发表在1996年《法学研究》第2期,是我个人最为满意的一篇论文。这一部分是对罪刑法定的法理阐述,围绕罪刑法定主义,贯通古今、中外以及立法与司法等数个向度,使罪刑法定主义的基本原理在相当的广度与深度上得以展开。第三部分是在实现罪刑法定主义的立法化以后,对罪刑法定主义的司法化的关注之作。该部分内容曾以《罪刑法定司法化研究》为题,发表在《法律科学(西北政法学院)》2005年第4期。这一部分是对罪刑法定的现实阐述,结合有关案例和素材对罪刑法定主义的司法化问题进行深入的研究。

这里还应当指出,我本想以罪刑法定主义在中国的传播史为中心线索,为本书写一篇序文。但罪刑法定主义在中国一百周年的历史沧桑,显然不是一篇短序所能容纳,因而下笔万言已然写就一篇长文,且作代序。因为2010年是《大清新刑律》颁布一百周年,罪刑法定主义引入中国也恰好一百周年。蔡枢衡先生曾经指出:《大清新刑律》之产生在中国刑法史上是一个大关键。它是威吓时代与博爱时代的分水岭。《大清新刑律》以前之刑法是拥护宗法保护君权的壁垒;《大清新刑律》以后的中国刑法则为保护人权之大宪章。故《大清新刑律》以来之中国刑法史即是中国近代式的刑法之发展史。因此,2010年也是中国近代刑法史一百周年。值此之际,编辑《罪刑法定主义》一书,以此向一百年来为我国刑法发展做出各种贡献的先人表示由衷的敬意,实在是具有纪念意义的。

---

① 陈兴良:《罪刑法定主义》,中国法制出版社2010年版。

本书是一本不在计划之内的著作。我的学生刘峰先生在中国法制出版社供职,因师生关系向我约稿。我文债如山,无以履约。刘峰遂向我提出选编一本小书纳入中国法制出版社的“法学名篇小文丛”。我答应将本人有关罪刑法定主义的三篇论文加以汇集,略作修改,交付出版。在此,谨向刘峰深表谢意。

是为后记。

陈兴良
谨识于北京海淀锦秋知春寓所
2010年1月2日试笔

94.《两岸刑法案例比较研究》[1]序

我国大陆和台湾地区之间在刑法学领域的学术交流由来已久。进入21世纪以后,随着两岸关系的进一步缓和,这种交流越来越深入。北京大学法学院和台北东吴大学法律系在2005年签订了交流合作协议,其中内容之一是互派教师到对方院校讲课。2008年9月到12月,东吴大学法律系的陈子平教授来北京大学法学院为2007级、2008级刑法专业硕士研究生开设“两岸刑法案例比较研究”课程,就是上述协议的实际落实。

我在陈子平教授来北大讲课之前,曾于2008年5月到东吴大学法律系参加过一次刑法学术活动。当时就与陈子平教授商定,课程的案例由陈子平教授选定,基本上是我国台湾地区发生的真实案件,并且以刑法分则为主。为使两岸比较的特色更为突出,陈子平教授邀请我和他共同开设该课程,并商定讲课的方式分为四个环节:第一个环节是学生先就案例进行法理分析;第二个环节是陈子平教授根据我国台湾地区“刑法”规定与刑法理论进行讲解;第三个环节是我根据我国刑法规定、司法解释和刑法理论进行讲解;第四个环节是互动:学生提问、老师回答。由于是第一次开设这样一种合作性的课程,我的心里难免有些担忧,不知效果如何。但开课以后,课堂上座无虚席,听课的不仅有硕士生,还有博士生,以及本校与外校的老师。课堂的效果出人意料地好,讲课的老师和听课的同学,通过这样一种新颖的课程都各有所获。

陈子平教授选择的案例是十分成功的,都是一些疑难复杂的案例,从而为我们的课程提供了讨论的空间。由于案例事先发给学生,所以学生在课前都作了充分的准备。课堂上负责讲解的学生,事先查找法条、司法解释以及各种理论著作,对案例所涉及的相关理论问题作了初步分析。学生们的准备相当认真,还作了幻灯片在课堂上演示,方便听众的理解。学生在讲解中能够找出所有需要讨论的疑难问题,并且根据我国刑法与

---

① 陈兴良、陈子平:《两岸刑法案例比较研究》,北京大学出版社2010年版。

司法解释的有关规定作了初步分析。尤其是在进行理论分析时,能够引用中外刑法学者的各种观点,具有一定的理论深度。我和陈子平教授在私下的交谈中,都对学生们的课堂表现予以充分肯定,由此可见,北京大学法学院刑法专业硕士生的水平还是较为突出的。作为教师,我对此感到十分欣慰。

在学生对案例进行初步分析以后,陈子平教授根据我国台湾地区"刑法"规定和刑法理论对案件中涉及的疑难问题作十分精彩的讲解。陈子平教授是留日学者,师从早稻田大学的曾根威彦教授,对日本学者的见解十分熟悉。在东吴大学任教之余,陈子平教授还担任司法考试的出题委员,并且曾参与我国台湾地区"刑法"修改与"司法改革"等实务活动,对于我国台湾地区的"司法实务"情况亦十分了解。因此,陈子平教授对案例的分析是十分精到的。听课的学生获得了知识上的满足,并且开阔了学术视野,尤其是对我国台湾地区"刑法"规定与刑法理论有了更加深入的了解。

实际上,在陈子平教授讲解以后,我国刑法与刑法理论和台湾地区"刑法"与刑法理论之间的对比便已经呈现在同学们的面前。应该说,两者在相当多的问题上是相同的,当然也存在某些问题上的重大差别。在这种情况下,我的讲授就带有某种补充和点评的性质,相对来说较为轻松。当然,由于案例本身较为复杂,对分析思路与论证方法也有相当高的要求。在这种情况下,我也会从分析方法的角度作一些引申,以便学生们在解决个案问题以外,在刑法思维方法上亦有所收获。

我一直以为,法学教育的重点不是讲授法条、分析案例,提供法律知识,而在于通过提供法律知识而掌握蕴含在法条背后的法律思维方法。只有法律思维方法才能使法律人区别于一般的社会公众。法学教育是造就法律人的事业,应当把法律思维方法作为重中之重加以强调。案例分析课程也是如此。在司法实务中,案情是千奇百怪的,各种疑难问题层出不穷。如果我们只会就案论案,不会从案件中抽象出规则,并且按照规则进行推理,从而能够举一反三,那么,对于法律的理解就永远是碎片式的,难以形成一个体系。通过"两岸刑法案例比较研究"课程的讲授,我对此留下了深刻的印象。

课程的最后是互动环节,学生们踊跃提问,陈子平教授和我都作了认真的回答,陈子平教授还针对我的讲授作了一些补充性的讲解,从而使课程的内容更加深入。

四个月的课程很快就结束了,同学们对陈子平教授也有了更多的了解,我也是一样。我在 2000 年就通过北京大学法学院的李贵连教授认识了陈子平教授,在这期间有过多次学术交往,对于陈子平教授平和的性格、精深的学业有了深刻的印象。这次,又有幸与陈子平教授在北京大学法学院同一个课堂共执教鞭,更是有了一段美好的记忆。

在"两岸刑法案例比较研究"课程酝酿过程中,北京大学出版社的蒋浩先生就对这次课程颇感兴趣,出于出版人的敏感,提出对课堂进行全程录音录像,保留了宝贵的资料。在课程结束以后,出版社又专门找速录公司将课程语音资料转换为文本资料。我的硕士生,也是本次课程的学生刘伟同学,对文字资料进行了耗时耗力的精心整理,对此我要代表陈子平教授表示衷心感谢。此外,选修本课程的学生,主要是北京大学法学院刑法专业 2007 级、2008 级硕士生,积极地参与课堂讨论。尤其是于小川、叶朝霞、宋丹枫、马岩、张海鸥、邓德华、张亚男、李强、廖克钟、李然、黄剑、刘伟、宋亚光、劳佳琦等同学课前对案例进行了充分的准备,在课堂上作了精彩的发言,这些发言体现了北京大学法学院刑法专业硕士生的水平和能力,现都收入本书。在某种意义上说,这些同学都是本书的作者。因此,本书得以目前这样的面貌出现在读者面前,台前幕后许多人为之努力,这可以说是一部大家共同合作完成的作品,也是对这次课程的一个圆满纪念。

我通读了本书的初稿,感到内容还是十分丰富的,尤其是对于学习刑法分则十分有益。应该说,我们过去存在着重总则轻分则的倾向。对于刑法分则中的一些重要罪名,我们也还是停留在法条解释上,缺乏具有理论深度的思考。近年来,大量外国刑法各论教科书翻译介绍到大陆,为刑法个罪的理论研究提供了学术资源。这次课程内容集中在盗窃罪、诈骗罪、抢夺罪、抢劫罪、杀人罪、强奸罪、放火罪等这样一些常见多发的重点罪名,结合疑难案例进行深入展开,这对于推进刑法分则的理论研究具有重要意义。尤其是课程采用案例式教学,也是一次尝试。刑法规定是抽象的、刑法理论是教义式的,当面对个案的时候,或多或少地存在某种隔阂。而破除这一隔膜,就必须对个案进行研究。近年来,我承担了判例刑法研究的国家社会科学基金项目,并且在北京大学法学院开设判例刑法学的课程,近期我还出版了《判例刑法学》(中国人民大学出版社 2009 年版)一书。对于这种刑法的个案性研究,我是情有独钟的。在 20 年前,我从《刑法哲学》起步,现在我从理论回归个案,致力于判例刑法学的研究,这是一个巨大的学术方向的调整。应当指出,判例刑法研究与案例刑法研究,虽然只有一字之差,但性质上是截然有别的。案例研究是对具体案件的定罪量刑问题的分析,因而是充当法官。而判例研究是针对裁判理由进行法理上的评判,因而是充当法官之上的法官。当然,这两种研究互相之间又有共通之处,都是面对个案,面向司法实务,我认为它们是刑法学一个不可或缺的面向。

在《两岸刑法案例比较研究》一书即将出版之际,对本书的来龙去脉略作以上交代,是为序。

陈兴良

谨识于北京依水庄园渡上寓所

2009 年 5 月 23 日

95.《刑法的知识转型(学术史)》[①]出版说明

《刑法的知识转型(学术史)》一书是“刑法知识的当代转型”这一项目的最终成果。“刑法知识的当代转型”,对于我来说是一个核心命题,又是一个科研项目,也是一个学术标签,同时又是一个科研课题。围绕着“刑法知识的当代转型”这个命题,我持续开展了长达 10 年的思考、论辩和写作。如今随着本书的出版终于可以告一段落,心情为之轻松。

2000 年第 1 期《法学研究》发表了我的《社会危害性理论——一个反思性检讨》一文,是我对刑法知识的当代转型这一问题思考的肇始。这一思考是以刑法知识的去苏俄化为中心的,具有批判性、辩驳性和论证性,主要是对我国现有刑法知识的一种清理。经过一个阶段的研究,我出版了《刑法知识论》(中国人民大学出版社 2007 年版)一书。我本以为这一研究可以结束了,没想到此后围绕着三阶层和四要件之争,将犯罪论体系的去苏俄化问题的讨论推向了高潮。在这种情况下,我又以犯罪论体系的转型为主题作了进一步的研究,对《刑法知识论》一书进行了补充,使其篇幅从 10 章增加到 15 章,差不多扩张了三分之一。2007 年《刑法知识论》一书出版以后,我先是完成了判例刑法的研究,出版了《判例刑法学》(中国人民大学出版社 2009 年版)一书。在这期间,我应邀为《清华法学》撰写责任主义的论文,在无意当中写成学术史的样式,该文以《从刑事责任理论到责任主义——一个学术史的考察》为题,发表在《清华法学》2009 年第 2 期。此后,不经意的创意转化为有意识的创作,完成了一系列刑法学术史考察的论文,并于 2010 年以“刑法知识的当代转型”为题,申请了国家社会科学基金后期资助项目并获得批准立项。经过一年多的写作,终于在 2011 年完成了全书的写作并经过评审获得验收通过。刑法学术史的研究不同于刑法知识论的考察,它是以叙述性、梳理性和分析性为特征的,是对近三十年来(1979 年起)我国刑法知识转型过程的一个描

---

① 陈兴良:《刑法的知识转型(学术史)》,中国人民大学出版社 2012 年版。

述,向上追溯到60年前(1949年起),甚至回溯到100年前(1911年起)。在完成写作准备出版的过程中,本想出版《刑法知识论》的增订版,并另出版《刑法学术史》一书,但我对"刑法知识的当代转型"这个命题始终不能忘怀,经过再三斟酌,我还是决定以《刑法的知识转型》为书名,分为上、下两卷,上卷是学术史,下卷是知识论,由此作为这一研究的最终成果呈现给读者。

在本书的写作过程中,我深刻地感受到,法学知识是法治实践的衍生物,它的生成与发展与一个国家的法治实践息息相关。随着我国法律体系的建立,以立法为中心的法治实践向以司法为中心的法治实践转变。相应地,也存在着一个以立法为取向的法学知识向以司法为取向的法学知识的转型问题。刑法学也是如此。我认为,我国刑法知识面临着当代转型,这里的转型,是指形态的转变或者模式的改变。因此,转型不同于一般性的变化,也不同于发展。转型这个概念是具有特殊含义的,例如社会转型,就是指社会形态的转变,而不是一般意义上的社会发展或者社会变化。那么,知识这样一种具有观念形态的东西是否可以和社会这样一种实体一样,使用转型一词加以描述呢?我的回答是肯定的。知识本身也具有类型性,不同的知识类型之间的差别是巨大的,从此种知识类型转变为彼种知识类型是需要跨越某种鸿沟的。在这个意义上说,知识转型也可以说是一场知识革命。就我国的刑法知识转型而言,我认为,这一转型的基本路径就是走向教义学的刑法学,即刑法知识的教义学化。我曾经提出刑法知识的去苏俄化的命题①,现在我又提出了刑法知识的教义学化的命题②。可以说,刑法知识的教义学化是我国刑法知识论的进一步思考。如果说,去苏俄化是对我国刑法知识的一种批判性思考;那么,教义学化就是对我国刑法知识的一种建设性思考。

法教义学(Rechtsdogmatik)首先是一种对待法律的态度。法教义学中的教义(Dogma),亦译为信条。这里的信条本来是一个宗教用语,是指宗教戒律。因此,教义学的本意是指对宗教戒律进行诠释的学问。由于宗教戒律具有神圣性,教义学只能对其加以解释而不能加以批判。教义学方法引入法学,形成法教义学,它包含对法律的信仰,摒除对法律批判

① 参见陈兴良:《刑法知识的去苏俄化》,载《政法论坛》2006年第5期。

② 参见陈兴良:《刑法知识的教义学化》,载《法学研究》2011年第6期。

的可能性,要求研究者就像对待宗教戒律一样对待法律。因此,教义一词具有先验的特征。德国学者阿尔图·考夫曼曾经引用康德的观点,认为教义学是对自身能力未先予批判的解释理性的独特过程,教义学者从未加检验就当作真实的先予的前提出发。[①]由此可见,对于法教义学来说,法律是一种先在的东西,它是教义学分析的逻辑起点,并且对教义学分析具有某种约束。正如德国学者卡尔·拉伦茨指出的那样:教义学一语意味着,认识程序必须受到——于此范围内不可再质疑的——法律规定的约束。[②] 可以说,法教义学研究是一种“戴着脚镣跳舞”:不是无拘无束,而是受到法律的约束。正是在这个意义上,把法教义学的思考与基于一般社会观念的思考区别开来。尤其应当强调的是,法教义学研究是一种解释论而非立法论。我国以往的法学研究,尤其是在部门法研究中,解释论与立法论不加区分。刑法学研究中更是如此。随意地批评法律、指责法律成为一种学术上的时髦。我认为,法律不是不可以批评,法律本身的正当与否,也是应当理性地考察的。但批评法律本身不是目的,而只不过是完善法律的一个步骤。但是,法律并不能朝令夕改,它具有稳定性。因此,以立法为中心的研究,针对法律的不足提出各种立法建议,如果是在立法过程中的一种对策性研究,当然是可取的,也会对立法完善发生作用。但是,这种以立法为中心的研究本身是不具有可持续性的。无论立法建议是否被采纳,在一个立法过程完结以后,其研究的意义也就消失了。至于一个法律刚颁布就对其进行批评,或者将立法建议作为各种论著的归结点,我认为是极不可取的,甚至是无效的。因为法律刚颁布,不会因为你的批评而立即修改。各种学术论著中的立法建议,因为人微言轻而不可能进入立法机关的视野。不客气地说,这种立法论研究只不过是学者的自娱自乐罢了。当然,受立法机关的委托草拟法律建议稿,或者以法律建议稿为载体系统地表达作者的学术观点,这是应当肯定的,但这绝不是法学研究的常态。法教义学并不主张批评法律,而是致力于解释法律。通过对法律的解释,使法律容易被理解,甚至可以在一定限度内填补法律的漏洞。因此,法教义学研究并没有丧失研究者的能动性而成为

---

① 参见〔德〕阿尔图·考夫曼、温弗里德·哈斯默尔主编:《当代法哲学和法律理论导论》,郑永流译,法律出版社 2002 年版,第 4 页。

② 参见〔德〕卡尔·拉伦茨:《法学方法论》,陈爱娥译,商务印书馆 2003 年版,第 108 页。

法律的奴隶,而是使法律变得更完善的另一种途径。

法教义学不仅是对法律的一种态度,而且还是研究法律的一种方法。可以说,教义学是法学研究的一种独特方法。教义学在一定意义上等同于解释学,在教义学研究中必然采用法律解释的方法。正如拉伦茨指出的那样:虽然教义学不止于解释,但是没有它实在也不能想象。[①] 法律解释是对法律规范的含义及其使用的概念、属性等所作的说明,其根本目的在于"找法"。而法教义学具有三个方面的使命:第一,对法律概念的逻辑分析;第二,将这种分析概括成为一个体系;第三,将这种分析的结果用于司法裁判的证立。[②] 法教义学当然是以法律文本为出发点的,需要对法律文本进行语言的、逻辑的分析。但这并不意味着法教义学仅仅是就法论法,只是在法律范围内进行思考,因而脱离司法实践,脱离社会生活。事实上,对法律的解释本身具有决疑论的性质,法律文本只有在适用中才会发生解释上的需求。例如德国刑法关于抢劫罪的规定中,采用了"使用武器"一词。纯粹从文本上来说,武器是一个内涵与外延都十分清晰的概念,似乎不会发生疑问。但后来发生了一起抢劫案,被告人在抢劫过程中对事主使用盐酸,因而提出了盐酸是否属于武器的问题,并展开了讨论。[③] 因此,法律解释的目的在于满足司法活动对法律规则的需求。只有立足于司法实践才能完成解释法律的使命。从这个意义上说,法律解释并不是闭门造车,而是一种目的性、实用性都十分彰显的学问。

教义学方法在法学研究中之所以重要,我认为是法律规范先天的不周延性、不圆满性与不明确性所决定的。任何法律都是抽象的、概括的,当它适用于个案的时候,都难免会出现法律所不及的情形。在这种情况下,法律不能为裁判提供所有规则,而只有法教义学才能承担这一职责。法教义学本身具有逻辑推理的含义,它以现有的法律规范作为逻辑推理的起点,经过司法的推理活动,使法律更加周延、更加圆满、更加明确,从而满足司法活动对规则的需求。法教义学提供的规则,当然不是法律规则,但它是从现有的法律规定中推导出来的,因而对于司法活动具有

---

① 参见〔德〕卡尔·拉伦茨:《法学方法论》,陈爱娥译,商务印书馆 2003 年版,第 104 页。

② 参见〔德〕罗伯特·阿列克西:《法律论证理论——作为法律证立理论的理性论辩理论》,舒国滢译,中国法制出版社 2002 年版,第 314 页。

③ 参见〔德〕考夫曼:《法律哲学》,刘幸义等译,法律出版社 2004 年版,第 74 页。

实效性。法官应当受到法教义学归责的约束。

例如我国《刑法》第196条第1款规定了信用卡诈骗罪,其中第(三)项行为是"冒用他人信用卡"。该条第3款规定:"盗窃信用卡并使用的,依照本法第二百六十四条的规定定罪处罚。"第264条是关于盗窃罪的规定,因此盗窃信用卡并使用的,应以盗窃罪论处。在上述情况中,存在两个行为:一是盗窃信用卡,二是使用盗窃的信用卡,这也就是《刑法》第196条第1款第(三)项规定的"冒用他人信用卡"的情形。根据《刑法》规定,对于上述情形,应定盗窃罪。《刑法》规定了盗窃信用卡并使用的,定盗窃罪。那么,诈骗信用卡并使用的、抢劫信用卡并使用的、抢夺信用卡并使用的、捡拾信用卡并使用的,应当如何定罪,对此刑法并无规定。在这种情况下,应当把《刑法》第196条第3款的规定推而广之,由此得出诈骗信用卡并使用的、抢劫信用卡并使用的、抢夺信用卡并使用的、捡拾信用卡并使用的,都应当以信用卡取得行为定罪的结论。这表明,在我国刑法中,信用卡作为一种财产凭证,是刑法关于侵犯财产罪的保护客体。但根据2008年4月18日发布的最高人民检察院《关于拾得他人信用卡并在自动柜员机(ATM机)上使用的行为如何定性问题的批复》的规定,拾得他人信用卡并在自动柜员机(ATM机)上使用的行为,属于《刑法》第196条第1款第(三)项规定的"冒用他人信用卡"的情形,构成犯罪的,以信用卡诈骗罪追究刑事责任。上述司法解释与上述教义学原理是相悖的,但法律与司法解释的明文规定的效力大于法教义学原理。因而,对于这种拾得他人信用卡并使用的行为,应定信用卡诈骗罪,这是一个特别规定。

以上就是一个法教义学的推理过程,通过这种逻辑推理活动,拓宽了法律的外延,使法律规定更加周延。我认为,法治是规则之治,因此规则是法治的核心。无论是立法还是司法,都是以规则为中心的。立法的主要使命是为司法提供裁判规则,然而由于立法的有限性与案件的具体性,立法难以独自地完成提供全部规则的职责。而法教义学可以在现有的、有限的法律基础上,采取适当的方法,适当地扩展法律的外延。在这个意义上说,法教义学相对于立法的有形之法、有限之法而言,是无形之法,甚至是无限之法。法教义学为找法活动提供径路,是司法活动的有效工具。

法教义学不仅是对法律的一种态度和研究法律的一种方法，而且还是一个以法律为逻辑起点而形成的知识体系，它包含法律，但并不限于法律。法律是其中的基本框架与脉络，通过法教义学方法，使之形成一个有血有肉的理论体系。例如德国学者在论及刑法学的知识属性时指出：刑法学的核心内容是刑法教义学（Strafrechtsdogmatik）（刑法理论），其基础和界限源自于刑法法规，致力于研究法规范的概念内容和结构，将法律素材编排成一个体系，并试图宣召概念构成和系统学的新的方法。作为法律和司法实践的桥梁的刑法教义学，在对司法实践进行批判性检验、比较和总结的基础上，对现行法律进行解释，以便于法院适当地、逐渐翻新地适用刑法，从而达到在很大程度上实现法安全和法公正。① 因此，刑法学主要是指刑法教义学。刑法教义学能够把刑法规定与刑法教义有机地结合起来，从而赋予教义规则某种拘束力。德国学者在论及教义规则的拘束力时指出：它之所以具有拘束力，不是因为它是某个个人权威的命令或者良知的规训，而是因为它是在逻辑上被包含于其他效力已然被认可的规则之中。故而这样形成的一种规则整体，其融合性是其自身的保证。这一过程是一种无穷尽的相互调适、完整化与排除的过程，以便于产生一个自我包容的体系。② 这样一种法教义学的规则具有自我生长的机能，可以弥补立法之不足。采用法教义学的方法对刑法进行研究，这种研究成果是可以直接被司法实践所采纳的，从而真正使刑法知识成为一种实践理性。

应当指出，我倡导刑法知识的教义学化，并不是排斥对刑法研究的其他方法，也不是否认其他刑法知识的存在。而是说，在各种刑法知识中，刑法教义学是基础，其他刑法知识应当以刑法教义学为中心而展开。例如，德国学者罗克辛曾经采用存在（ist）与应当存在（sein sollten），也就是实然与应然的分析工具，对以上刑法知识，尤其是刑法教义学与刑事政策学之间的关系进行了说明，认为刑法教义学是以已经存在的法律规定为研究对象的，它是研究刑法领域中各种法律规定和学术观点的解释、体

---

① 参见〔德〕汉斯·海因里希·耶赛克、〔德〕托马斯·魏根特：《德国刑法教科书》，徐久生译，中国法制出版社2001年版，第53页。

② 参见〔德〕赫尔曼·康特洛维茨：《为法学而斗争　法的定义》，雷磊译，中国法制出版社2011年版，第98页。

系化和进一步发展的学科；而刑事政策学是以根据目的的要求本来应当存在的法律为研究对象的，两者之间存在根本区别。① 当然，罗克辛又主张将刑事政策思考引入刑法体系，从而打通实然与应然之间的隔阂。② 我认为，我国刑法学首先应当大力发展刑法教义学，在此基础上，再开展刑法学其他学科的研究，逐渐形成我国的整体刑法学。因此，我提出刑法知识的教义学化的命题，以此作为我国刑法学的发展径路。

刑法知识的教义学化，是针对我国刑法学目前研究中的非教义学化与教义学化程度较低的情况而提出的。这里所谓刑法学研究中的非教义学化，是指立法论与解释论的混淆，超规范与反逻辑的思维时有发生的情形。而教义学化程度较低，是指我国刑法知识尚缺乏内在统一的理论体系。苏俄的刑法学话语还占有重要的地位，各种刑法知识相互隔阂。无论是刑法总论还是刑法各论，教义学化程度都严重不足。因此，刑法知识的教义学化，可以分为刑法总论的教义学化与刑法各论的教义学化。

刑法总论的教义学化，主要是指建立一个合理的犯罪论体系。刑法总论是刑法学的理论基础，同时具有方法论的意义。因此，刑法知识的教义学化首先是指刑法总论的教义学化。在刑法总论中，我国目前存在四要件与三阶层的犯罪论体系之争。四要件是来自苏俄的犯罪论体系，这一体系是以主客观为框架、以社会危害性为中心而建立起来的。虽然对于分析犯罪具有一定的参考价值，但四要件存在的平面性、静止性以及犯罪成立条件之间的相互依存性，都使四要件的逻辑性存在质疑。相比较而言，三阶层所具有的递进性、动态性以及犯罪成立条件之间的位阶性，都使三阶层具有逻辑性与实用性。正如日本学者大塚仁指出的那样：三阶层犯罪论体系既符合思考、判断的逻辑性、经济性，又遵循刑事裁判中犯罪认定的具体过程。③ 因此，三阶层是一种教义学化程度更高的犯罪论体系。只有在三阶层的基础上，才能形成具有较高教义化程度的刑法

---

① 参见〔德〕克劳斯·罗克辛：《德国刑法学总论》（第一卷），王世洲译，法律出版社2005年版，第53页。

② 参见〔德〕克劳斯·罗克辛：《刑事政策与刑法体系》（第二版），蔡桂生译，中国人民大学出版社2011年版，第15页以下。

③ 参见〔日〕大塚仁：《刑法概说（总论）》（第三版），冯军译，中国人民大学出版社2003年版，第123—124页。

总论知识,包括未遂犯理论、共犯理论和罪数理论等。刑法总论的教义学化,要求采用体系性的思考方法。体系性思考是以存在一个体系为前提的,没有体系,也就没有体系性思考。德国学者罗克辛说过一句令人深思的话:“体系是一个法治国刑法不可放弃的因素。”这里的体系,是指关于犯罪成立条件的体系化安排。犯罪论体系提供了体系性思考的基本方法。对此,罗克辛指出:一个体系,就像我们伟大的哲学家康德所说的那样,是一个“根据各种原则组织起来的知识整体”。因此,一般犯罪原理的体系,就是试图把可受刑事惩罚的举止行为的条件,在一个逻辑顺序中,作出适用于所有犯罪的说明。对法定规则的系统化和对学术和司法判决所发现的知识进行系统化的科学,就是刑法信条学。① 这种体系性思考可以分为两个方面:一是对犯罪论体系进行的思考;二是根据犯罪论体系进行的思考。在体系性思考中,包含了对犯罪论体系本身的反思。当然,体系性思考更多的是根据一定的犯罪论体系进行的推论,它能够更为有效地解决定罪中的疑难问题。

刑法各论的教义学化,是指将教义学方法应用于对刑法个罪的分析,形成刑法各论的理论体系。应当指出,在四要件的框架内,我国刑法各论研究乏善可陈,几乎成为四要件的机械套用,没有展示刑法各论研究的独特魅力,这充分反映了我国刑法学重刑法总论而轻刑法各论的研究现状。事实证明,成熟的刑法学理论应该是刑法总论研究与刑法各论研究比翼双飞、争奇斗艳。可以说,没有刑法总论的教义学的深入研究,刑法各论的研究就缺乏深厚的理论根基。因为刑法总论研究具有方法论的意义,它在很大程度上制约着刑法各论的研究。反之,没有刑法各论的教义学的充分研究,刑法总论的研究也难以可持续地推进。因为刑法各论研究具有解释论的功能,它在相当程度上能够反哺刑法总论的研究。因此,刑法总论与刑法各论之间的关系可以说是唇齿相依,要么两强,要么两弱。我国尽管重刑法总论轻刑法各论,但脱离了刑法各论的深入研究,刑法总论也不可能独善其身。虽然在我国刑法总论中,四要件的犯罪构成理论独具特色,但在刑法各论中,四要件的犯罪构成理论恰恰成了个罪研究的桎梏,因为机械套用四要件成为我国刑法各论的独特景致。我

---

① 参见〔德〕克劳斯·罗克辛:《德国刑法学总论》(第一卷),王世洲译,法律出版社2005年版,第132页。

国刑法学对个罪的研究,不仅在犯罪构成上套用四要件,而且在此罪与彼罪的区分上也套用四要件。事实已经证明,我国简单套用四要件的个罪研究难以满足司法实践对刑法各论的理论需求。在此,存在一个刑法各论的教义学化的问题。

刑法理论的教义学化是我国当前刑法知识转型的必然要求。刑法理论的教义学化不仅是指刑法总论的教义学化,而且也包括刑法各论的教义学化。在我国刑法学研究中,刑法各论的教义学化尤其缺乏。这里的教义学化是指对刑法条文的解释论研究,尤其是各种解释方法的娴熟运用。对刑法各论的解释方法,这种以具体法条为中心展开的教义学研究,使刑法各论成为一种知识的展示与智力的竞争,从而极大地提升了刑法各论的学术性,这是我们所要追求的刑法各论研究的境界。在我国当前的刑法各论研究中,更多的是经验型的论述,还不能上升到教义学的程度。例如对于抢劫罪与敲诈勒索罪的区分,强调两个当场,即当场使用暴力、当场取得财物,而未能从两罪的性质上加以区分。又如,对于侵占罪与盗窃罪的区分,不能仅从侵占与盗窃的文字含义入手,而在于行为时财物所处的状态:行为人在非法占有财物时,该财物处于行为人占有状态,则构成侵占罪;行为人在非法占有财物时,该财物处于他人占有状态,则构成盗窃罪。① 但是,仅此还只是停留在较低的教义学水平,上升到更高的教义学程度,就必须以占有转移为中心,将侵占罪与盗窃罪的区分置于整个财产犯罪的体系中进行考察。在刑法教义学上,根据财产是否转移可以区分为占有转移的财产犯罪与非占有转移的财产犯罪。占有转移的财产犯罪指对于处于他人占有之中的财物通过非法方式予以占有的财产犯罪。盗窃罪、诈骗罪等均属此类财产犯罪。它们之间的区别在于占有转移的方式。非占有转移的财产犯罪是指对于处于本人占有之中的财物非法据为己有的财产犯罪。侵占罪属于此类财产犯罪,它不需要实施占有转移行为。通过是否存在占有转移而把盗窃罪与侵占罪加以区别,不仅更为直观而且更为准确。因此,刑法各论的教义学化,对于提升我国刑法研究水平具有重要意义。

刑法学术史和刑法知识论的研究本身并不是一种刑法的教义学研

---

① 参见董玉庭:《盗窃罪与侵占罪界限研究》,载《人民检察》2001 年第 4 期。

究,而是一种元科学的刑法学,它对于厘清刑法学的理论地基,明确刑法学的发展径路具有十分重要的作用。我认为,刑法学的研究既要埋头拉车,又要抬头看路。只有这样,才能使我国的刑法学研究在一条正确的道路上前行。

是为前言。

陈兴良

谨识于北京海淀锦秋知春寓所

2011 年 11 月 19 日

96.《刑法的知识转型(学术史)》[1]代序

为刑法学写史

一个没有自己历史的学科,注定是一个不成熟的学科。我国学者周光权教授曾经把刑法学称为“无史的刑法学”,这不能不说是我国刑法学的悲哀。结束我国刑法学“无史”的历史,应当是我们这一代刑法学人责无旁贷的使命。正是在这种使命的感召下,我开始了刑法学学术史的研究,开辟了一块学术处女地。应当指出,刑法学学术史与以往在我国刑法学研究中所广泛采用的学术综述方法是有所不同的。20 世纪 80 年代,我国刑法学开始恢复重建,资料极度匮乏。在这种情况下,我国著名刑法学家高铭暄教授大力倡导在刑法学研究中引入学术综述的研究方法,我亦参与其间。1986 年由河南人民出版社出版的《新中国刑法学研究综述(1949—1985)》一书,就是刑法学学术综述的成果,也是我国法学界学术综述的首开风气之作。该书的特点是在对中华人民共和国成立以来刑法学研究的所有资料进行研究整理和概括的基础上,对刑法学研究中的争论问题、重要问题逐个进行综述。这种综述的方法,对于学术成果的积累和展示具有积极意义。当然,学术综述也有其不足之处,主要表现在它只是理论资料的简单概括和初步归纳,尚谈不上对其进行深入的学术研究。而且,综述的目的在于为刑法学的研究提供资料,而不是对这些资料所反映出来的学术演变规律加以考察。并且,学术综述要求一种中立的立场,尽量客观地反映刑法学的研究现状。而学术史是对刑法学的研究成果进行知识社会学的考察,它虽然也注重理论资料,但它不满足于对理论资料的归纳,而是以理论资料为基础,力图勾画出刑法学的流变过程,强调写作者个人的独特视角和独到见解,这是一种具有个性的学术研究。因此,刑法学学术史的写作具有以下三个特征。

首先是资料的占有。学术史是一种历史,如何呈现这种历史呢?只有通过大量的资料,这些资料是历史的见证,也就是历史本身,通过它,才能真

---

① 陈兴良:《刑法的知识转型(学术史)》,中国人民大学出版社 2012 年版。

实地还原历史。因此,在刑法学学术史的写作中,首先需要解决的问题就是如何处理资料。从时间的维度来看,资料的堆积呈现出一种状态,就是离现在越远,资料越是稀少;离现在越近,资料越是丰富。但是,对于资料的处理来说,稀少有稀少的难处,丰富有丰富的难处。资料稀少,则历史的空白越大,写作者对于资料的选择余地也就越小。这种情况下,对于历史线索的梳理难度也就较大。而资料丰富,则难以取舍,可能会面对浩如烟海的资料而无从下手。因此,我们面对历史资料,无论是稀少还是丰富,都要有一种为我所用的姿态,不被资料所遮蔽。从我国刑法学研究来看,在相当长一个时期,由于法律虚无主义的影响,研究为之中断,资料几乎无从寻觅。即使有的话,也是一些不具有学术价值的资料。对此,我们应当从这些资料中发掘的并不是学术,而恰恰是学术是如何遭受破坏的。

其次是知识的考古。学术史并不是由资料堆砌而成的,资料仅仅是学术史分析的客体。因此,在学术史的研究中,我们要进行知识的考古。知识考古这个概念是法国著名学者福柯发明的,知识考古并不是简单地重复历史,而是认识历史的内在逻辑,揭示历史的发展轨迹。对于刑法学也是如此。刑法学并不是一种自足的知识形态,而是在很大程度上受到当时占据主导地位的社会意识形态所决定的,尤其是受到一个国家的刑事法治进程的制约。德国著名刑法学家耶塞克曾经指出,刑法是人类精神生活的一个点。因此,只有从人类的精神生活出发,才能深刻地把握刑法。例如,对于刑法机能的认识,从专政工具到人权保障的转变,就不仅仅是一个词语的变换,在其背后折射出法治理念乃至于社会治理方式的重大转变。又如,我国刑法从 20 世纪 50 年代开始经历了一个刑法知识苏俄化的过程,使清末以来逐渐形成的德日刑法学的传统为之中断。20 世纪 80 年代的刑法学术重建,实际上是恢复了苏俄刑法知识,并使之成为我国主导的刑法理论。而在 20 世纪 90 年代以后,随着德日刑法知识的传入,其影响越来越大,我国的刑法知识开始了一个从苏俄化到德日化的逐渐但却有力的演变过程。对此,我们不能仅仅从知识传播和学术流变的角度来理解,而是要从法治建设的实际需求和对外开放的基本国策这一历史背景出发,才能获得正确的解读。

最后是角色的定位。刑法学学术史在我国还不是一种专门的学问,甚至过去它还不被我们所关注。因此,当我们开始进行学术史考察的时候,我们其实都具有两种身份:一种是刑法学的研究者,另一种是刑法学研究的研究者。作为刑法学的研究者,我们本身就是刑法学学术史的研究客体,我们其实是当代的刑法学学术史的一个个案,是刑法学术流变的见证者,甚至是这一学术史的创造者。这样一种角色,对于刑法学学术史的研究来说,是利弊互见的。其利在于,我们熟悉这段历史,就如同熟悉我们自己,这就为学术史的研究提供了资料搜集与线索梳理上的便利。然而,熟知并不等于真知。过于熟悉恰恰可能成为我们客观地观察刑法学历史的一种障碍,甚至形成某种偏见,这是必须避免的。当我们从事刑法学学术史的考察时,其角色与刑法学研究者是有所不同的,我们是在对刑法学的研究进行某种研究。在这种情况下,我们应当具有一种超然的姿态去审视刑法学的研究,包括我们自己的研究。当然,这样一种客观立场的确立,并不是说在刑法学学术史的考察中应当完全去我,将个人的感受置之度外,而恰恰是要把自己对刑法学学术发展的一些见解融合到对资料的处理当中去。这样,才能使刑法学学术史具有个性,而不至于成为一种冷冰冰的文字。

刑法学学术史是一个全新的研究领域,这对我来说是一个学术能力的考验。对于任何事物的考察,都有历史与逻辑这两个维度。相对来说,逻辑是容易把握一些的,而历史则是较为困难的。历史的研究,受到史料、史观等各种因素的制约,在某种意义上说,真实地呈现历史甚至要比创造历史还难,当然这是极而言之。历史是一面镜子,它可以让我们认识自己。对于刑法学来说,也是如此。刑法学要想成为一种自觉的理论,就必须采取一种反思的态度,回归历史。学术史的研究不是为了将我们的目光吸引到过去,而是要使我们面对将来。我国的刑法学面临着一个重大的知识转型,只有完成这一转型,我国刑法学才能在一个新的起点向前发展,才能在一个新的平台向上提升。我曾经采用“向死而生”这样一个大词来描述我国刑法学的曲折历史,这绝不是危言耸听,而是我的切身感受。刑法关涉公民的权利与自由,甚至国家与民族的命运。国家兴,则刑法兴;国家亡,则刑法亡。因此,刑法的兴亡、刑法学的兴亡,是与国家兴亡、民族兴亡密切相关的。在这个意义上,刑法学学术史是我们国家与民族历史的一个缩影。只有在这个高度,我们才能获得某种历史感,并将这种历史感注入刑法学学术史。

陈兴良

97.《刑法的知识转型(学术史)》(第二版)[①]出版说明

《刑法的知识转型(学术史)》是我对近年来我国刑法理论发展线索的一个梳理,本书第一版出版于2012年。可以说,对法学各分支学科进行学术史的研究,在我国法学界还是没有先例的。因此,本书具有尝试与探索的性质。

如果要把过去这些年来我国刑法理论的发展归纳出一条基本线索,则是我国刑法知识逐渐的教义学化。当然,刑法知识是一个整体性的概念,刑法教义学只是其中的一条主要线索。刑法的教义学化是一个逐渐的演进过程,只有把时间引入进来,我们才能正确地把握我国刑法知识的发展历程。本书是我第一次对刑法学进行历史的考察,在此离不开综述的方法。在《始于综述的刑法学术之路——师从高铭暄教授研究刑法的个人经历》[②]一文中,我对综述的研究方法进行了介绍,这是师从高铭暄教授从事刑法研究的最大收获之一。掌握了综述的方法,我们就可以对刑法学术研究的资料进行适当的处理,在此基础上勾画出刑法理论发展的线索。因此,综述是从事刑法学学术史研究的必要工具。当然,刑法学学术史的研究不仅仅是一种对文献资料的综述,关键在于还要对这些资料进行梳理与分析,并且从中提炼出刑法理论的走向。

因为本书出版时间不长,所以第二版并没有对内容进行更多的增补。在这个意义上说,第二版其实只是一个重印版。等待将来出现的新资料和新线索,有机会再对本书进行修订。

陈兴良

谨识于北京海淀锦秋知春寓所

2017年9月3日

---

① 陈兴良:《刑法的知识转型(学术史)》(第二版),中国人民大学出版社2017年版。

② 陈兴良:《始于综述的刑法学术之路——师从高铭暄教授研究刑法的个人经历》,载《中国审判》2007年第9期。

98.《刑法的知识转型(学术史)》(日文版)[①]序

我的《刑法的知识转型(学术史)》一书2012年出版于中国人民大学出版社,现在本书的日文版即将在日本成文堂出版,本人感到由衷的高兴。

本书日文版的出版,要感谢中日的诸多师友,正是在他们的大力帮助下,才有本书日文版的问世。在中国方面,北京大学法学院的江溯副教授是本书日文版的积极发起者;苏州大学法学院的王昭武教授是本书日文版的积极推动者,他们都为本书日文版的出版付出了辛勤的劳动。在日本方面,首先值得铭记的是已故东京大学法学院名誉教授西田典之先生,其在生前为本书日文版的出版操心操劳,帮助联系出版社,甚至还允诺资助出版。如今西田教授斯人已去,但他对本书日文版出版给予的关心令人感怀。

本书日文版的出版,我还要特别感谢西原春夫教授。西原教授致力于中日刑法的学术交流,与中国老一辈刑法学家高铭暄教授、马克昌教授等共同开创了中日刑法交流的平台。我作为晚辈学者,参加了西原教授组织的中日刑法交流活动,深受其惠。此次本书日文版出版,邀请西原教授担任推荐人,西原教授不顾年事已高,亲笔撰写推荐文,令人感动。回想起来,我认识西原教授也已经三十多年。在20世纪90年代初期,西原教授来到当时我所任教的中国人民大学出版社访问,那时就亲耳聆听过西原教授的讲演,其演讲亦成为当时了解日本刑法学术发展的重要途径。当我完成《刑法哲学》(中国政法大学出版社1992年版)这部我的代表作的写作的时候,恰逢西原教授的《刑法的根基与哲学》(顾肖荣等译,生活·读书·新知上海三联书店1991年版)一书的中文版出版,拜读后深受启发。为此,我在该书的末尾专门写了一篇结束语。在这篇结束语

---

① 陈兴良:《刑法的知识转型(学术史)》(日文版),王昭武等译,日本成文堂2020年版。

中，我引用了西原教授关于刑法的基础要素或者根基的论述，并将研究刑法根基问题的刑法哲学称之为自然法意义上的刑法哲学。正是在西原教授的启示之下，我此后又出版了《刑法的人性基础》（中国方正出版社1996年版）和《刑法的价值构造》（中国人民大学出版社1998年版）这两部刑法哲学著作，从而形成我的刑法哲学三部曲，其成为我早期刑法学术研究的标志性成果。因此，西原教授以其人格与作品的睿智与魅力影响着我及其他中国年轻学者的刑法学术成长。

在此，我还要郑重地对本书的日文译者松尾刚行先生表示衷心感谢。松尾刚行先生本科毕业于日本东京大学法学院，此后从事律师业务，在北京大学法学院学习并获得硕士学位以后，又师从梁根林教授攻读刑法专业博士学位。松尾刚行先生日文与中文俱佳，基于对日本和中国两国刑法学术的了解，松尾刚行先生是本书日文的绝佳译者，为本书增色甚巨。

《刑法的知识转型（学术史）》是我对中国近四十年来的学术史的一种描述。刑法学在一个国家的法治建设中具有举足轻重的地位，它和国家的法治进程紧密相关的：法治亡，则刑法学亡；法治兴，则刑法学兴。自1979年以来，中国的法治恢复重建，相应地，中国刑法学也呈现出一个起死回生的演变轨迹。本书力图对中国当代刑法学学术史进行深入的研究，从而为中国刑法学的发展提供规律性的经验借鉴。

《刑法的知识转型（学术史）》是中国刑法学界首部从学术史的视角对刑法学研究成果进行历史勾勒和规律提炼的作品，也可以说是一部填补中国刑法学学术史之空白的作品，对于推动中国刑法学的理论发展，提升中国刑法学的学术水平，完善中国刑法学的知识形态，都具有重要意义。

《刑法的知识转型（学术史）》一书在对中国刑法学当代发展进行一般性考察的基础上，又分为十五个专题对刑法学中的主要问题进行了学术史的梳理，主要包括行为、犯罪论体系、犯罪客体、犯罪主体、构成要件、违法性、有责性、不作为、因果关系、违法阻却、过失、未遂、共犯和罪数等问题，由此形成本书的基本框架。本书在收集大量资料的基础上，对中国刑法学学术史进行了客观与真实的刻画与描述。

《刑法的知识转型（学术史）》一书是对中国刑法学学术史的考察，勾画了中国刑法学四十年来的发展过程，总结了刑法学发展的历史经验，提出了中国刑法学未来发展的思路,对于中国刑法学的知识转型和理论发展都具有推动作用。本书在某种意义上可以说是中国刑法学界对刑法理论发展的自我反思和反省,反映了中国刑法学人在刑事法治发展过程中,力图通过刑法学的理论研究成果回馈现实的决心和信念。因此,本书以其独特的学术样态,成为中国刑法学领域的重要理论成果。

《刑法的知识转型(学术史)》一书采用的是学术史的写作方法,这在中国刑法学界可以说是填补了空白。学术史作为对学科知识形成与演进的历史描述与总结的文体,对于一门学科来说是极为重要的,也是一门学科成熟的标志。中国刑法学在部门法学中是较为成熟的学科,但十分遗憾的是,在本书出版之前没有专门的关于刑法学学术史的著作。本书的出版为中国刑法学的历史面向提供了了解的途径,对于中国刑法学的发展与繁荣都具有重要价值。而且,本书所躬行的学术史的研究方法,在中国法学界也还是具有尝试性的一种探索。随着法学各部门法学科的发展,各个部门法的学术史研究也会提上日程,因此,本书对于部门法学的学术史写作,具有方法论的示范功能。

在本书中,我是在"刑法知识的当代转型"这个命题下进行中国刑法学学术史的叙述的。所谓刑法知识转型是指从苏俄刑法学向德日刑法学的转向,在此存在一个德日刑法知识的借鉴问题。在中国刑法学学术背景中,德日刑法学是一个他者。如何吸收德日刑法知识,并使之本土化,为中国的刑法立法与刑法司法提供理论引导,这是我们这一代中国刑法学人的历史使命。在本书的相关专题中,我收集大量资料,力图勾画出中国刑法学术演进的轨迹。因此,本书日文版的出版,对于日本读者了解与理解中国近四十年来的刑法学学术发展进程,具有重要的参考价值。最后,我期待本书能够成为日本读者观察中国刑法学的一个窗口。

是为序。

陈兴良
谨识于北京海淀锦秋知春寓所
2017 年 6 月 13 日

99.《刑法知识论》[1]出版说明

《刑法知识论》是我从2000年以来对刑法学理论本身进行反思与建构的最终学术成果。在某种意义上,对刑法知识论的研究是一种元科学的研究,因而不同于一般的刑法学研究。可以说,刑法知识论是刑法学术研究极为重要也是极为独特的一个学术领域。我进入刑法知识论的研究领域是较为偶然的,是从《刑法哲学》一书开始的对刑法的形而上思考的一种延续。

我是1979年9月开始学习刑法这门本科课程的,当时1979年《刑法》颁布才两个月,尚未正式生效。而我国自1957年"反右"斗争开始以后,法律虚无主义盛行,刑法学研究即告中断,刚刚开始的从苏俄引入社会主义刑法学的高潮已逐渐进入低潮。因为在"反右"斗争中,不仅罪刑法定原则这样一些贴有西方刑法学标签的刑法原理成为右派的反动言论,而且从苏俄引进的犯罪构成理论也被打入冷宫。在1979年《刑法》颁布以后,我国刑法学研究也开始恢复,但这时恢复的主要是苏俄刑法学的传统,并且这个时期的刑法知识具有政治化以及意识形态化的特征。这种刑法知识的政治化以及意识形态化倾向,是和当时的社会大环境有关的,尤其是立法与司法的政治化以及意识形态化对于刑法知识的政治化以及意识形态化具有重大影响。例如我国1979年《刑法》第1条关于刑法的指导思想的规定就极具政治色彩,该条指出:"中华人民共和国刑法,以马克思列宁主义毛泽东思想为指针,以宪法为根据,依照惩办与宽大相结合的政策,结合我国各族人民实行无产阶级领导的、工农联盟为基础的人民民主专政即无产阶级专政和进行社会主义革命、社会主义建设的具体经验及实际情况制定。"这一规定,从法条内容上看是关于刑法制定根据的规定,但在标题上却称为刑法的指导思想。由此可见立法者强调的是意识形态对刑法的指导意义,并

---

[1] 陈兴良:《刑法知识论》,中国人民大学出版社2007年版。

且将刑法视为一种专政工具,反映出工具主义的刑法观,这显然是一种刑法政治化的做法。基于这一立法现实,我国刑法理论积极予以回应,1979 年《刑法》被称为“一部闪耀着毛泽东思想光辉的刑法”①。刑法的指导思想中包含的内容主要是一些政治以及意识形态的话语,例如我国学者认为马克思列宁主义、毛泽东思想对我国刑法具有指导意义的基本原理主要有以下几点:(1)关于社会主义时期阶级斗争和无产阶级专政的理论;(2)关于经济基础和上层建筑辩证关系的原理;(3)关于惩办与宽大相结合的政策思想;(4)关于调查研究、实事求是、一切从实际出发的思想。此外还包括:(1)严格区分和正确处理两类不同性质的矛盾的思想;(2)关于原则性和灵活性相统一的思想;(3)马克思的刑罚思想;(4)主客观相一致的原理;(5)关于法制建设的基本思想。②上述指导思想的内容中具有明显的政治化以及意识形态化倾向的是阶级斗争和无产阶级专政理论。根据这种理论,犯罪是阶级斗争的表现,因而与犯罪作斗争就具有某种政治意蕴,刑法也被视为无产阶级专政工具。此外,两类矛盾思想是一种极具中国特色的政治学说,它把社会矛盾分为人民内部矛盾与敌我矛盾两种类型,从而引入刑法。根据主流观点,犯罪也应当分为人民内部矛盾犯罪与敌我矛盾犯罪,并且主张在刑事审判工作中必须注意将敌我矛盾的犯罪和人民内部矛盾的犯罪严格区别开来,以此作为确定刑法惩治的重点。③ 这种对刑法的政治解读,实际上是把刑法塑造成“敌人刑法”,在当时,这是一个政治立场问题,被认为是神圣不可动摇的刑法信仰。在相当长的一段时期内,刑法学者对刑法问题的思考都是一种政治考量、一种意识形态考量,因而所谓刑法知识完全混同于政治常识、意识形态教条,刑法知识的学术性完全无从说起。在这种情况下,我国刑法知识面临着去意识形态化的迫切性,这样一种去意识形态化的努力是和整个国家的改革开放相联系的。

一方面,由于发展市场经济,如何惩治经济犯罪维护市场经济秩序就

---

① 高铭暄:《一部闪耀着毛泽东思想光辉的刑法》,载《法学研究》1979 年第 3 期。

② 参见高铭暄主编:《新中国刑法学研究综述(1949—1985)》,河南人民出版社 1986 年版,第 19 页。

③ 参见高铭暄主编:《新中国刑法学研究综述(1949—1985)》,河南人民出版社 1986 年版,第 35 页。

成为刑法的一个重要使命。因此,随着国家关注的重点从政治转移到经济,刑法也开始涉入经济领域。刑法知识的现实需求发生了某种变动。从对政治统治合法性的论证到对经济干涉正当性的论述,刑法知识开始偏离政治而接近经济、接近社会,由此开始了刑法知识去政治化的艰难历程。关于刑法知识从市场经济中找到自身地立足点,我在与高铭暄教授合著的一篇论文中指出:随着我国经济体制改革市场取向的确立,引发了我国法学理论的深刻变革。在市场经济条件下,刑法学研究如何发展,是一个关乎刑法学研究的根本性问题。从计划经济体制向市场经济体制的转轨过程中,究根寻底地探究刑法根基这个本原问题,从而为刑法在市场经济中科学地定位,并为刑法学的发展在市场经济条件下寻找其理论的生长点,尤其具有重大的现实意义。① 从经济,尤其是市场经济中寻找刑法的知识生长点,而不是到政治教条中为刑法的正当性辩护,这是刑法知识生长径路的一种改变。不仅如此,随着市场经济而引发的社会结构的变化,我国开始从政治社会向政治与社会相分离的二元社会发展。我提出了从政治刑法到市民刑法的命题,并从刑事法治角度思考刑法性质以及相关问题,出现了刑法知识的功能转型。当然,这与刑法本身的去政治化的发展也有一定关联。例如 1997 年《刑法》第 1 条修改为:“为了惩罚犯罪,保护人民,根据宪法,结合我国同犯罪作斗争的具体经验及实际情况,制定本法。”这一法条内容中去除了某些政治话语和意识形态的内容。1997 年《刑法》还将反革命罪修改为危害国家安全罪,淡化了刑法的政治色彩,强化了刑法的法律属性。所有这些,都对刑法知识产生了积极影响。

另一方面,随着对外开放,不仅是经济上的开放,而且是学术上的开放,逐渐引入了英美法系和大陆法系的刑法知识,正如我国学者指出:今天,德、日等大陆法系国家以及英美的刑法观点被大量介绍进来。现今的中国刑法学者,必须对刑法学的共性有清楚认识,要承认一种“文化际”的刑法,从而促进“跨文化的”刑法学交流。在犯罪论等刑法学根本问题上,我国刑法学没有理由拒斥已经在世界上一百多个国家产生根本性影响的德国阶层论犯罪成立体系。在比较研究的基准已然大致确立,进行

---

① 参见高铭暄、陈兴良:《挑战与机遇:面对市场经济的刑法学研究》,载《中国法学》1993 年第 6 期。

有价值的而绝非简单的比较研究的时机已经具备的情况下,我们如何借助于这些知识资源对现有的刑法学理论进行系统反思?如何确立合理的犯罪论体系,防止自说自话,增加与西方刑法学理论进行对话的可能?[①] 这些问题的提出是振聋发聩的。尤其是随着刑法知识资源的引入,我们具备了对 20 世纪 50 年代从苏俄引入的带有明显政治印记的刑法知识进行反思的可能性。当然,在刑法知识的建构当中,我们可能会遭遇刑法知识的本土化与规范化等问题。我国的刑法知识本土化与规范化双重欠缺,就本土化而言,我们决不能把现行的刑法学理论看作本土的知识,以此排拒对外来刑法知识的学习与借鉴。实际上,我国现行的刑法学理论是从苏俄传入的,虽然结合我国的具体情况作了一些改造,但由于受到政治意识形态的影响,这种刑法知识缺乏科学性。在这种情况下,对现行刑法学理论的反思与批判恰恰是为刑法知识的本土建构清理地基;另外,我国现行的刑法学理论虽然去除了某些政治话语,但由于没有融入大陆法系的刑法知识当中去,因而存在严重的"自说自话"的性质,缺乏规范性。我认为,刑法知识的本土化与规范化都是必须在一种开放的心态下解决的问题。

刑法知识的生产,我以为主要有三个径路:一是将刑法纳入整个社会科学知识体系中,利用社会科学知识来充实刑法知识、丰富刑法知识。在学理上对社会科学进行思考,已经形成了对社会科学的这样一种认识:对人类的本性、人类彼此之间的关系、人类与各种精神力量的关系以及他们所创造并生活于其间的社会制度进行理智的反思。社会科学有意识地给自己规定了一个任务,那就是去追寻超越于任何公认的或演绎的智慧之上的真理。社会科学是近代世界的一项大业,其根源在于,人们试图针对能以某种方式获得经验确证的现实而发展出一种系统的、世俗的知识。这一努力自 16 世纪以来逐渐趋于成熟,并且成为近代世界建构过程中的一个基本方面。这种知识被称为 Scientia,意为"知识"。当然,从语源上讲,哲学的本义也是"知识",或者更准确地说是"爱知"。[②] 刑法知识也是这个知识体系的一部分,并且可以运用社会科学知识对刑法进行研

① 参见周光权:《刑法学的西方经验与中国现实》,载《政法论坛》2006 年第 2 期。

② 参见〔美〕华勒斯坦等:《开放社会科学:重建社会科学报告书》,刘锋译,生活 · 读书 · 新知三联书店 1997 年版,第 3 页。

究。例如历史上关于人的认识就在一定程度上了决定或者制约着刑法知识的性质。刑法知识演变的内在动因之一就是关于人的知识的演变。其他社会科学对于刑法来说,具有方法论与知识论的双重属性,例如哲学、经济学、社会学对于刑法学研究都具有方法论意义。与此同时,法律现象与政治现象、经济现象、社会现象的相关性,决定了政治学、经济学、社会学对于刑法学来说是一种可以直接借鉴的知识资源。二是将刑法纳入世界各国刑法学研究形成的知识体系中,使我国刑法知识与世界各国刑法知识相接轨、相融通。虽然各国刑法的具体规定是有所不同的,但刑法学家通过努力已经形成了一套超越刑法规定的话语体系,例如以德、日为代表的犯罪论体系。这种通用的刑法知识可以成为一种对本国刑法规定进行学理解释的工具。尽管各国刑法具有特殊性,但刑法中又有共通的原理,将这些共通原理加以系统化形成的刑法知识,就具有超越国别的普遍意义。正是在这个意义上,刑法知识本身不像刑法那样有国别之分,可以说刑法知识是无国界的,是跨文化的。承认这样一种刑法知识的存在,并且积极学习与利用这种刑法知识资源,就成为推进我国刑法学发展的一个重要径路。三是从本国的刑事立法与刑事司法中汲取经验,对其加以理性考察,形成某种刑法的经验性、实践性知识,这也是刑法知识的一个重要来源。刑法学本身是一门应用学科,刑事立法与刑事司法实践可以为刑法知识提供取之不尽、用之不竭的知识素材。随着我国刑事法治建设的发展,刑法实践与刑法理论之间的这种互动关系将更为强化。因此,刑法研究者应当面向立法与司法实践,面向刑事法治建设的实践,发现问题,解决问题。在这个意义上,刑法学,尤其是实践刑法学应当大有作为,并为理论刑法学提供更多的鲜活的资料与素材。

我对刑法知识论的思考,始于 20 世纪 90 年代初期《刑法哲学》一书的写作。《刑法哲学》一书基本上是对 20 世纪 80 年代我本人参与其间的刑法知识研究的一个总结与提升,并且所作的一种体系化的学术努力。当时提出的反思结论是:从体系到内容突破既存的刑法理论,完成从注释刑法学到理论刑法学的转变。[①] 由于当时我国对外学术封闭的状况还没

---

① 参见陈兴良:《刑法哲学》(修订三版),中国政法大学出版社 2004 年版,第 1 页。

有彻底改变,直接利用世界各国的刑法知识来对我国刑法进行研究还存在一定障碍。在这种情况下,采用刑法以外的社会科学知识对刑法进行研究,是一条较为可行的研究径路。在《刑法哲学》一书中,我对刑法知识进行了初步考察。在 20 世纪和 21 世纪相交之际,我国刑法学理论获得一定的发展,大陆法系和英美法系的刑法知识更多地被引入我国刑法学中来。在这种情况下,对传统刑法知识进行反思成为可能,尤其是随着 1997 年《刑法》确立了罪刑法定原则,刑法的性质随之发生了根本性的变化,刑法知识已获得了转型的可能性。为此,我的学术触须更多地伸向刑法本体理论。2001 年我在商务印书馆出版了《本体刑法学》一书,这是我对本体刑法理论探索的开始,并且力图建构一种超越刑法规范的刑法知识体系。2003 年我在中国政法大学出版社出版了《陈兴良刑法学教科书之规范刑法学》一书,将刑法原理用于对我国刑法规范的学理解释。在这一刑法理论的探讨中,我遇到了刑法知识上的障碍,这就是苏俄刑法知识所具有的非学术性、非规范性之克服,以及德、日刑法学知识之引入。从 2006 年开始,我开展了判例刑法学的研究,力图开拓刑法知识的司法来源,以此丰富刑法理论并形成刑法知识的多样化格局。正是在这一刑法学理论研究的过程中,刑法知识论成为我的关注点,并形成了一些学理上的积累。经过编纂加工,形成了呈现给读者的《刑法知识论》一书。在我的学术著作中,本书是较为独特的。我的著述习惯是先搭建一个理论框架,然后进行写作,往往是一气呵成。而本书则是先有内容累积,最后才完成框架性建构,因而在体系性上有所欠缺,问题性思考的痕迹更重一些。本书内容大多在有关杂志上发表过,这些杂志包括《法学研究》《中国法学》《政法论坛》《法制与社会发展》等,对有关编辑我深表谢意。从时间跨度上来说,发表在《法学研究》2000 年第 1 期的《社会危害性理论——一个反思性检讨》(本书第四章)一文在时间上是最早的,到新近完成作品,前后相距 8 年之久。在这个期间,我的学术思想也有所变化,当然内在逻辑上的一致性是必须坚持的。这是对本书写作缘由与过程的一个交代,敬请读者注意。

法国著名学者利奥塔尔指出:科学知识是一种话语。[①] 刑法知识同样

---

① 参见〔法〕让-弗朗索瓦·利奥塔尔:《后现代状态:关于知识的报告》,车槿山译,生活·读书·新知三联书店 1997 年版,第 1 页。

也是一种话语,作为刑法知识的生产者和传播者,我们都具有某种话语权。因此,我们必须谨慎地言说,在言说之前应当对言说本身进行反思与反省,这就是刑法知识论的价值之所在。

陈兴良

谨识于北京依水庄园渡上寓所

2007 年 6 月 23 日

100.《刑法的知识转型(方法论)》[①]出版说明

《刑法的知识转型(方法论)》一书是在《刑法知识论》(中国人民大学出版社 2007 年版)的基础上修订而成的。从 2008 年开始,我国刑法学界围绕着犯罪论体系,展开了三阶层和四要件之争。作为我国引入德日三阶层犯罪论体系的倡导者,我当然不能置身事外,也以积极的姿态参与了这场对于我国刑法学理论发展具有攸关生死意义的论战,竭力推动我国刑法知识的转型。这些以犯罪论体系为中心的刑法知识论研究成果收入本书,形成了本书第十、十一、十二、十四、十五章的内容。为体现理论体系的完整性,本书在修订以后,以《刑法的知识转型(方法论)》的书名出版,以此与《刑法的知识转型(学术史)》一书形成对应关系。这两本书分别从方法论与学术史的视角,对我国刑法学进行了知识论的研究,也可以说是同一本书的上下两卷。

在《刑法的知识转型(方法论)》一书中,我对我国刑法知识进行了系统的反思与批判,由此可以看出我的一种审父式的意识与姿态。我以为,任何知识都是累积起来的,具有其历史的连续性。同时,无论哪一种知识又是进化和变异的,因而具有断裂性。正是在这种连续和断裂的双重变奏中,知识得以发展,刑法知识的演变也是如此。近百年来,我国的刑法知识经历了多次重大的转折与变异。第一次是在清末,延续了数千年的律学随着中华法系传统的中断而遭受废弃的命运,取而代之的是以德日为代表的刑法知识,尽管当时德日刑法知识本身也还处在一个发展过程之中。这是第一次刑法知识的转型,表现为我国刑法知识的近代化,可惜的是传统的律学未能延续。自 1949 年共和国成立,我国随着政治上的选择而全面引入苏俄刑法知识,以此取代德日刑法知识。这是第二次刑法知识的变异,其结果是我国刑法知识的苏俄化。其实,我国引入苏俄刑法知识的时间十分短暂,以 1950 年上海大东书局出版的苏联司法

---

① 陈兴良:《刑法的知识转型(方法论)》,中国人民大学出版社 2012 年版。

部全苏法学研究所主编、彭仲文译的《苏联刑法总论》为起始,以 1958 年中国人民大学出版社出版 A. H. 特拉伊宁著、王作富等译的《犯罪构成的一般学说》为终止,前后不过 9 年(1950—1958)时间。但苏俄刑法学,尤其是四要件的犯罪论体系对我国的影响是深远的,即使是在我国进入法治发展时期(以 1979 年《刑法》颁布为标志)以后,即使是在苏联作为一个国家实体和其政治意识形态全面瓦解(以 1989 年苏联解体为标志)以后,四要件的犯罪论体系仍然占据着我国通说的地位。通过我对我国近三十年来刑法学学术史的研究发现,在犯罪论中存在一个明显的去苏俄化的过程,同时也是一个逐渐地吸纳德日刑法知识的过程。在我国刑法总论中,除四要件的犯罪论体系以外,其他的理论资源都来自德日。如果我们把犯罪论体系看作刑法理论大厦的屋顶,那么除四要件的犯罪构成这一苏俄屋顶以外,这座理论大厦的内容都已经是德日的,由此形成了知识形态上的冲突和对峙。这种刑法知识话语体系上的不合辙、不协调、不匹配,严重地影响了我国刑法知识的发展。正是在这一背景下,我提出了"刑法知识的当代转型"这一命题,以此作为推进我国刑法理论发展的动力。

任何理论都有其历史惯性。当然,在某种意义上,这与其说是历史的惯性,不如说是历史的惰性,更可以说是人的惰性。所以,这种知识的转型是十分困难的,必然存在巨大的阻力。这种阻力来自我们自身的思维定势,来自我们自身的路径依赖,来自我们自身的恋父情结。但是,这种知识转型又是不可避免的、或迟或早一定会发生的。我们每一个人都是在一定的知识背景下成长起来的,从而被这种知识所同化、所塑造、所形构,成为一个具体的、真实的人。我们要想从这一知识的网络中摆脱出来是困难的,或者是不可能的。在这种情况下,我们要警惕既有知识对我们的束缚。在犯罪论体系的讨论中,我同样感觉到了四要件的犯罪论体系对我们的制约和桎梏。对于已经接受了四要件犯罪论体系的人来说,要想改变,转而接受三阶层的犯罪论体系,几乎是不可能的。这里存在巨大的情感上的障碍和心理上的障碍,难以翻越、难以穿越。因此,现在的理论讨论与其说是针对当下的,不如说是针对将来的。换言之,对于已经掌握了四要件犯罪论体系的人来说,三阶层犯罪论体系已然是一种他者。只有对于初入刑法之门的人来说,三阶层犯罪论体系才能成为一种自我。

因此,在四要件和三阶层这两种犯罪论体系的讨论中,我们要秉承一种科学和冷静的态度,保持对历史足够的敬畏。

刑法知识的转型是一个历史的过程,我们每一个人都是这段历史的一个细节、一个碎片,是这一段历史的见证人、参与人,也是这一刑法知识转型的推动者、助力者。本书是我从方法论角度对刑法知识转型的一种思考、一种记录,它反映的不仅仅是我个人的想法,也是这个时代的思索和印记。

陈兴良
谨识于北京海淀锦秋知春寓所
2011 年 11 月 28 日

101.《刑法的知识转型(方法论)》[①]代序

刑法知识的去苏俄化

我国刑法的知识传统可以追溯到古代的律学,自清末刑法改革引入大陆法系刑法制度以后,律学传统为之中断。尤其是在新文化运动的影响下,作为刑法典载体的语言发生了由文言文到白话文的嬗变,由此而使依附于语言的律学知识难以在近代刑法学中发生实际功用。随着大陆法系刑法制度的引入而舶来的德日刑法学知识,虽然在20世纪三四十年代曾经一度生成,但在1949年以后随着国民党"六法全书"的废除而遭废黜。20世纪50年代,随着政治上向苏俄的靠拢,苏俄刑法学知识进入我国。尽管到1957年法律虚无主义抬头,刑法学事实上已被取缔,及至1960年政治上与苏联交恶,苏俄刑法学知识在我国的传播也只有不过九年的时间,但其影响至今仍然深深地渗透在我国刑法学知识的机体中。[②] 20世纪80年代以后,我国刑法学知识得以复兴,德日乃至于英美的刑法学知识不断引入并日益产生重大影响,结合我国的刑事立法与刑事司法进行的本土化研究也取得了长足的进步,但我国刑法学却始终不能摆脱苏俄刑法学的影响,这是令人深思的。实际上,我国的其他部门法学,包括刑事诉讼法学、民商法学,甚至法理学和宪法学这样一些与政治话语具有直接关联性的法学部门,在20世纪50年代也同样是在苏俄法学的浸润下发展起来的,但现在这些部门法学中苏俄法学的影响已经荡然无存,唯独刑法学难以从苏俄刑法学的桎梏中解脱。原因何在?这是我一直思考的问题。我认为,我国刑法学目前仍然采用苏俄刑法学中的犯罪构成理论,而犯罪构成理论是整个刑法学知识的基本架构。因此,如欲摆脱苏俄刑法学的束缚,非将目前的犯罪构成理论废弃不用而不能达

---

① 陈兴良:《刑法的知识转型(方法论)》,中国人民大学出版社2012年版。

② 关于近代我国刑法知识的演进,参见《刑法的知识转型(方法论)》第二章"刑法学知识论"的有关内容。

致。正是在这种情况下,我提出了刑法知识中的去苏俄化这一命题,以此作为我国刑法信条学知识体系形成的起始。

一、刑法知识的苏俄化

我国刑法学的苏俄化过程始于1950年。其中1950年出版的《苏联刑法总论》(上下册)[①]一书具有标志意义,该书由苏联司法部全苏法学研究所主编,参与写作的孟沙金教授等人均是当时苏俄刑法学界的权威人物,该书被苏联高等教育部特准法学研究所与大学法学院采作教本,是当时苏联官方指定的刑法学教科书。该书首次向我国输入了苏俄的犯罪构成理论,指出:每一犯罪构成系由以下四种基本因素形成的:(1)犯罪的客体;(2)犯罪的客观因素;(3)犯罪的主体;(4)犯罪的主观因素。这四种犯罪构成要件,缺少一种即不能成立犯罪。[②] 这一关于犯罪构成的界定,是苏俄刑法学中的犯罪构成理论的形成之作。此后,又有大量的苏俄刑法学教科书译介到我国,及至1958年出版的特拉伊宁的《犯罪构成的一般学说》[③]一书,达到顶峰。该书是苏俄关于犯罪构成的第一部专著,它全面、系统地论述了犯罪构成的概念、意义和犯罪构成理论的内部体系结构,研究与犯罪构成有关的各种问题,并对资产阶级的犯罪构成理论进行了分析批判。这本书的出版,标志着苏俄的犯罪构成理论已趋成熟。[④] 该书对我国犯罪构成理论产生的深远影响,是不可估算的。可以说,我国目前的犯罪构成理论基本上还是在特拉伊宁的体系框架内思考而未获突破。我国在1957年出版的唯一有影响的刑法教科书[⑤],基本上以苏俄刑法学中的犯罪构成为摹本,形成了我国犯罪构成理论的雏形。

---

① 参见苏联司法部全苏法学研究所主编:《苏联刑法总论》(上下册),彭仲文译,上海大东书局1950年版。

② 参见苏联司法部全苏法学研究所主编:《苏联刑法总论》(下册),彭仲文译,上海大东书局1950年版,第315页。

③ 参见〔苏〕A. H. 特拉伊宁:《犯罪构成的一般学说》,王作富等译,中国人民大学出版社1958年版。

④ 参见何秉松:《犯罪构成系统论》,中国法制出版社1995年版,第32页。

⑤ 参见中央政法干部学校刑法教研室编著:《中华人民共和国刑法总则讲义》,法律出版社1957年版。

该刑法教科书的犯罪构成理论由犯罪的客体、犯罪的客观方面、犯罪的主体、犯罪的主观方面构成,并论述了犯罪构成是刑事责任的唯一根据这一苏俄刑法学的重要命题。及至“反右”斗争以后,随着法律虚无主义思想的兴起,犯罪构成一时之间被打入冷宫,成为政治上的禁忌,讳言如深。正如我国学者指出的那样,“犯罪构成”一词不能再提了,犯罪构成各个要件不能再分析了,不准讲犯罪必须是主客观的统一,等等。① 这一描述是十分真实的,并且有书为证。例如中国人民大学法律系刑法教研室在1958年出版的《中华人民共和国刑法是无产阶级专政的工具》一书中关于怎样认定犯罪的论述,只字不提犯罪构成,而是以“以事实为根据,以法律为准绳”等审判原则和区分两类不同性质的矛盾等政治话语作为主要内容。② 这种情形,一直持续到1976年。该年12月北京大学法律系刑法教研室编写了一本《刑事政策讲义(讨论稿)》,该书虽名为“刑事政策讲义”,实际上是刑法讲义,其中在正确认定犯罪这一题目中,论及为正确认定犯罪需要着重查明和分析的事实包括:(1)被告人危害社会的行为;(2)行为的危害结果;(3)刑事责任年龄;(4)犯罪的故意和过失;(5)犯罪的目的和动机;(6)被告人的出身、成分和一贯的政治表现等。这些内容大多属于犯罪构成的要素,但在论述中同样讳言“犯罪构成”一词,并且强调,在认定犯罪的时候要“以阶级斗争为纲”,坚持党的基本路线,用阶级斗争的观点和阶级分析的方法分析问题,处理问题。③ 及至1979年《刑法》颁行以后,我国刑法学理论开始复苏,这种复苏实际上也就是苏俄刑法学的复活。例如在1979年《刑法》颁行以后,我国出版的第一本刑法教科书,是中央政法干部学校刑法、刑事诉讼法教研室编著的《中华人民共和国刑法总则讲义》和《中华人民共和国刑法分则讲义》。④ 以总则讲义为例,其内容和1957年的版本并无实质区分,就犯罪构成理论而言则如出一辙。尤其是1982年出版的刑法统编教材,其明确地将犯罪构成界定

---

① 参见杨春洗等:《刑法总论》,北京大学出版社1981年版,第108页。

② 参见中国人民大学法律系刑法教研室:《中华人民共和国刑法是无产阶级专政的工具》,中国人民大学出版社1958年版,第20页以下。

③ 参见北京大学法律系刑法教研室编:《刑事政策讲义(讨论稿)》,1976年12月内部印行,第118页以下。

④ 上述两书均由群众出版社于1980年出版。

为我国刑法所规定的、决定某一具体行为的社会危害性及其程度而为该行为构成犯罪所必需的一切客观和主观要件的总和，并将犯罪构成要件确定为：（1）犯罪客体；（2）犯罪客观方面；（3）犯罪主体；（4）犯罪主观方面。[①] 由于刑法统编教材的权威性，犯罪构成理论由此而定于一尊。

二、刑法知识的去苏俄化

从苏俄刑法学中的犯罪构成理论的中国化过程来看，尽管历经波折，并且也逐渐被本土化，但苏俄刑法学的痕迹还是不可抹杀的。我国刑法学的苏俄化，承续的基本上是斯大林时代形成的刑法学说，其政治上与学术上的陈旧性自不待言。即使在苏联解体以后，俄罗斯刑法学中的犯罪构成理论变化也不大。[②] 我国学者对苏俄犯罪构成理论的反思始于1986年，以何秉松教授发表在《法学研究》上的《建立具有中国特色的犯罪构成理论新体系》[③]一文为标志，至今已经20年过去了，但苏俄犯罪构成理论仍然统治着我国刑法学。对此，维护与维持的观点仍是主流。现在，已经到了不得不抉择的时候，否则我国刑法学难以建立规范的知识体系。摆在我们面前的问题仍然是：我国刑法学知识的去苏俄化之必要性何在？

在我看来，我国刑法学知识的去苏俄化之必要性来自于苏俄犯罪构成理论自身的不可克服的缺陷。日本学者曾经指出评价一个犯罪论体系的两个标准：一是逻辑性，二是实用性。[④] 这里的逻辑性，是指犯罪论体系的自洽性、合理性，因而也是科学性、实用性，也是犯罪论体系在认定犯罪应用上的便利性。就这两个评价指标而言，逻辑性是第一位的，逻辑性的考量应优于实用性。但在我国刑法学界讨论苏俄犯罪构成理论的去留

---

① 参见法学教材编辑部《刑法学》编写组：《刑法学》，法律出版社1982年版，第97页以下。

② 参见薛瑞麟：《俄罗斯刑法研究》，中国政法大学出版社2000年版，第118页。

③ 参见何秉松：《建立具有中国特色的犯罪构成理论新体系》，载《法学研究》1986年第1期。

④ 参见〔日〕大塚仁：《刑法概说（总论）》（第三版），冯军译，中国人民大学出版社2003年版，第107页。

时,却往往将实用性放在优先位置上。例如我国学者指出:“犯罪构成理论(指苏俄引入的犯罪构成理论——引者注)已植根于司法工作人员的思想中,对这样一个既成的,已被广大理论工作者和司法工作人员接受的犯罪构成理论,有什么理由非要予以否定呢?否定或者随意改变之后,怎么能不给理论界和司法实践部门造成极大的混乱呢?”①混乱的担忧当然是可以理解的,但对苏俄犯罪构成理论不作彻底的清算,我国刑法学理论将被窒息。对于这一点,只能从苏俄犯罪构成理论的逻辑缺陷入手才能得以揭示。

犯罪构成虽然不是刑法上的一个术语,但却是刑法理论的核心概念,直接关切刑法理论的科学性。苏俄刑法学中的犯罪构成理论是对大陆法系的犯罪论体系改造而来,两者之间存在这种渊源关系,对此苏俄学者并不否认。日本学者上野达彦曾经对这一改造过程作过生动的描述。② 在这一改造过程中,存在着政治化与意识形态化的倾向,同时也将大陆法系的递进式的逻辑结构改造成耦合式的逻辑结构,这对犯罪论体系的逻辑性造成的伤害是难以弥补的。大陆法系的犯罪论体系,从古典犯罪论体系到新古典犯罪论体系,再到目的行为论犯罪论体系,完成了体系化的任务,建立了刑法信条学。在这一体系化过程中,关键不是哪些要素纳入该体系,而是如何确定这些要素之间的关系。对此,德国学者罗克辛在论及犯罪论体系的历史发展时指出:学术性和体系性的工作,明显地不仅限于建立这些初步的基本概念。在很大程度上,这个工作包括了具体确定各类犯罪范畴的条件以及明确它们之间的关系。③ 罗克辛在此论及的这些犯罪成立条件之间的关系,是指构成要件该当性、违法性与有责性之间的关系。其中,构成要件该当性与违法性、有责性之间,存在事实与评价之间的关系:构成要件该当性是一个事实问题,违法性与有责性是一个评价问题。这一犯罪论体系的构造显然是受到了 20 世纪初盛行于

---

① 高铭暄、王作富主编:《新中国刑法的理论与实践》,河北人民出版社 1988 年版,第 172 页。

② 参见〔日〕上野达彦:《苏维埃犯罪构成要件论发展史——以 A. H. 特拉依宁的理论为中心》,康树华译,载《国外法学》1979 年第 5 期。

③ 参见〔德〕克劳斯·罗克辛:《德国刑法学总论》(第一卷),王世洲译,法律出版社 2005 年版,第 121 页。

德国的新康德主义存在与价值二元论思维范式的影响。问题不在于受何种哲学影响，关键在于这一犯罪论体系是否具有逻辑性与实用性。事实表明，这一犯罪论体系是符合认定犯罪的司法逻辑的：首先通过构成要件该当性以解决事实之是否存在的基本前提，然后从客观（违法性）与主观（有责性）两个方面解决评价问题，两者之间存在逻辑上的位阶关系。正如日本学者所评价的那样：这一体系既符合思考、判断的逻辑性、经济性，又遵循着刑事裁判中犯罪认定的具体过程。[①] 但苏俄刑法学家的改造，正是从政治上的批判入手的，例如苏俄学者在批判贝林的犯罪论体系时指出：德国学者贝林，以新康德主义的唯心哲学为基础，发挥了关于犯罪构成的"学说"；根据这种"学说"，即使有犯罪构成，仍不能解决某人是否犯罪的问题。照这种观点看来，犯罪构成只是行为诸事实特征的总和；说明每一犯罪的行为的违法性，乃是犯罪构成范围以外的东西；法律上所规定的一切犯罪构成，都带有纯粹描述的性质，其中并未表现出把行为当作违法行为的这种法律评价。谈到行为的违法性，它好像属于原则上不同的另一方面，即"当为"的判断方面。法院并不根据法律，而是依自己的裁量来确定行为的违法性。这样，关于某人在实施犯罪中是否有罪的问题，也就由法院裁量解决了。法院可以依自己的裁量来规避法律，如果这样做，是符合剥削者的利益的。而有责性理论则被苏俄学者抨击为是唯心主义的罪过"评价"理论，根据这一理论，当法院认为某人的行为应受谴责时，法院就可以以自己否定的评断，创造出该人在实施犯罪中的罪过。主观唯心主义的罪过评价理论，使得资产阶级的法官们可以任意对所有他们认为危险的人宣布有罪。[②] 从中可以看出，苏俄学者将价值哲学斥责为唯心主义，并以机械唯物论作为其犯罪构成理论建立的哲学基础。在这种情况下，事实与评价之间的逻辑关系不复存在，一切犯罪成立的要素都塞入构成要件这一概念之中，将大陆法系犯罪论体系中只具有事实性质的构成要件这一要件，提升为犯罪成立要件的总和。但这一犯罪构成

---

① 参见〔日〕大塚仁：《刑法概说（总论）》（第三版），冯军译，中国人民大学出版社2003年版，第109页。

② 参见〔苏〕A. A. 皮昂特科夫斯基：《社会主义法制的巩固与犯罪构成学说的基本问题》，孔钊译，载中国人民大学刑法教研室编译：《苏维埃刑法论文选译》（第一辑），中国人民大学出版社1955年版，第77页。

理论的根本缺陷在于以下三点。

（一）事实与价值相混淆

在犯罪认定过程中，事实与价值是存在区分的：事实是评价的前提，因而首先要查明的是事实。这里的事实包括客观上的行为事实与主观上的心理事实。只有在事实的基础之上，才能对这一事实是否违法及有责进行评价。但苏俄的犯罪构成理论将事实要素与评价要素混为一谈，未作切割，由此带来的问题是：某一构成要件的性质难辨。例如，犯罪故意，是心理事实要素还是也包含规范评价要素？苏联学者虽然承认“故意的罪过之成立，不仅以该人熟知形成该种犯罪构成的实际情况为前提，而且以熟知该行为之社会危险性为前提”①。但由于犯罪故意中不包含非难的意蕴，从而不得不另创一个刑事责任的概念以解决主观上的可谴责性。

（二）犯罪构成的平面化

大陆法系的犯罪论体系中各个犯罪成立条件呈现出递进的逻辑关系：有前者未必有后者，有后者则必有前者。因此，各个犯罪构成要件之间存在明确的位阶关系。司法工作者在进行犯罪认定的时候，必须严格按照犯罪构成要件之间的位阶关系依次判断。并且，这一判断过程，也是去罪化的过程，为辩护留下了广阔的空间。根据这一犯罪论体系，有罪抑或无罪，结论存在于判断的终点。但在苏俄的犯罪构成理论中，各个犯罪构成要件之间的位阶关系是不存在的，其顺序是可以根据不同标准随意分拆组合的。尤其是各个犯罪构成要件是一种耦合的逻辑结构。对于这一犯罪论体系，日本学者曾经作过以下评论：把犯罪的构成要素区分为客观的东西和主观的东西，当然是可能的，但是，仅仅这样平面地区分犯罪要素，并不能正确地把握犯罪的实体。因此，这一体系有忽视客观的要素和主观的要素各自内在的差异之嫌，而且，这样仅仅平板地对待犯罪的要素，既难以判定犯罪的成立与否，又难以具体地论及所成立的犯罪的轻重。② 这里难以判定的成立与否，应当理解为不符合认定犯罪的司法逻辑。苏俄的犯罪构成理论具有对犯罪的分析功能，即在已经认定犯罪的前

① 〔苏〕苏联司法部全苏法学研究所主编：《苏联刑法总论》（下册），彭仲文译，上海大东书局1950年版，第374页。

② 参见〔日〕大塚仁：《刑法概说（总论）》（第三版），冯军译，中国人民大学出版社2003年版，第122页。

提下,对这一犯罪的结构进行分析,我们可以将其一分为四。也就是说,一个犯罪是由客体、客观方面、主体和主观方面这四个要件构成的。由此可见,苏俄的犯罪构成理论是在犯罪成立这一逻辑前提下对犯罪结构进行分析的理论,更合乎有罪推定的思维习惯。与此相反,大陆法系的犯罪论体系是从无罪到有罪的逻辑推演过程,更合乎无罪推定的思维习惯。

(三)规范判断的缺失

苏俄的犯罪构成理论中引入了社会危害性这一概念,并以此成立犯罪构成的本质。例如苏联学者指出:根据苏维埃刑法,犯罪的实质就在于它的社会危害性。每一犯罪永远是而且首先是侵犯社会主义国家利益的危害社会行为。社会危害性是每一犯罪行为的基本内容,这种社会危害性确定了苏维埃法律中所规定的犯罪侵犯行为的阶级政治性质。因此,不应将犯罪构成简单地规定为犯罪诸特征的总合,而应将它规定为:按照苏维埃法律,说明某种侵犯社会主义国家利益的行为社会危害性的诸特征的总和。① 由于社会危害性是一个非规范或曰超规范的概念,而社会危害性的判断又先于具体犯罪构成要件的判断,因而犯罪构成要件就沦为社会危害性的附属物,即在已经作出社会危害性这一实质判断以后,再去找犯罪构成要件证实这一结论。在这种情况下,犯罪认定过程中规范判断缺失,从而为破坏犯罪构成打开了方便之门。

时至今日,学术与政治之间的区隔已经形成,苏俄刑法学中的政治话语已经丧失了其正当性。至于哲学范式,机械唯物论不再具有天然合理性,价值哲学已经能够公正地对待,各种哲学思想只要具有科学性都可以为我所用。在这种情况下,我国与大陆法系刑法学的隔膜已经不复存在。其实,无论是苏俄刑法学还是大陆法系刑法学,对于我国来说都是舶来品,因此也不存在本土化的抗拒。既然都是舶来,为什么不引入一个更为合乎逻辑并且能够发挥认定犯罪的功用性的犯罪构成模式呢?而要做到这一点,前提条件是实现我国刑法知识的去苏俄化。

陈兴良

---

① 参见〔苏〕A. R. 哈萨洛夫:《关于犯罪构成概念的问题》,王作富译,载中国人民大学刑法教研室编译:《苏维埃刑法论文选译》(第一辑),中国人民大学出版社 1955 年版,第 53 页。

102.《刑法的知识转型(方法论)》(第二版)[①]出版说明

《刑法的知识转型(方法论)》一书在我所出版的著作中,是极为特殊的。本书是在中国人民大学出版社 2007 年出版的《刑法知识论》一书的基础上增补形成的,并且与《刑法的知识转型(学术史)》一书同时在 2012 年由中国人民大学出版社出版。这次将本书纳入"陈兴良刑法学丛书",只是增补了代跋:《刑法教义学的发展脉络》。该代跋是以 1997 年《刑法》修订以来,我国刑法教义学的发展为中心线索展开的,对其中的若干重大争议问题进行了梳理和评析。

《刑法的知识转型(方法论)》涉及对我国刑法知识形态的理论考察,由此形成我国刑法知识话语体系。在过去相当长的一个时期,我国以社会危害性为中心的刑法话语主要来自苏俄刑法学。这种苏俄刑法学话语对外国刑法学的初创起到了引导作用,其历史功绩不可否定。但是,随着我国刑事法治的发展,这套刑法知识话语同样也存在不相适应的问题,其明显落后于法治的发展速度。在这种情况下,亟待建立我国自己的刑法知识话语。然而,问题并非那么简单,刑法知识话语并不是一蹴而就的,而是有一个模仿、学习、消化和创新的漫长过程。而向先进国家学习刑法知识,这是必由之路。正是在这种背景下,我国开始引进德日刑法知识,以此取代苏俄刑法知识。对于这样一种我国刑法知识演进,我是持肯定态度的。为此,我国当代刑法学者承担着清理地基和建筑大厦的双重使命。

《刑法的知识转型(方法论)》一书,是我对苏俄刑法知识进行批判性考察,以及对德日刑法知识进行阐述性叙述的成果。例如,对社会危害性理论的批判和对三阶层犯罪论体系的论述就是典型的学术案例。社会危害性理论来自苏俄刑法学,并且在一段时期内成为我国刑法学的核心概念,统率整个刑法理论。我从 2000 年开始,持续地关注社会危害性理

① 陈兴良:《刑法的知识转型(方法论)》(第二版),中国人民大学出版社 2017 年版。

论,对此进行深入的批判和检讨,揭示其与罪刑法定原则之间的不兼容性,同时还主张从社会危害性到法益侵害性的话语转换。其中的思考虽然也存在简单和粗暴之处,但它确实引起了我国刑法学界对社会危害性理论的关注。与此同时,围绕着四要件和三阶层这两种犯罪论体系之间的学术争议,也是近些年来我国刑法学界曾经产生重大影响的事件之一。作为参与者,我认为对于德日刑法学术的启蒙还是发挥了应有的作用。总之,任何学术都需要在争鸣中推进,而不能死气沉沉。本书作为我对当下我国刑法知识反思的思想结晶,是我国刑法学走向教义学的一个学术个案,值得缅怀。

陈兴良

谨识于北京海淀锦秋知春寓所

2017 年 6 月 4 日

103.《人民法院刑事指导案例裁判要旨集成》[①]序

本书是在《人民法院刑事指导案例裁判要旨通纂》[②]的基础上编纂而成的,也可以说是《通纂》的副产品。在我看来,也许这本小册子是比《通纂》更为通用的一部法律工具书。

《通纂》是将指导案例以及从中提炼出来的裁判要旨合为一体的作品,其中指导案例占了较大的篇幅。指导案例是裁判要旨的出处,因此在适用裁判要旨的时候,指导案例的可比对性具有重要意义。然而,裁判要旨虽然出自指导案例,但它又在一定程度上相对独立于指导案例,具有更为宽泛的适用性。而且,指导案例的篇幅较大,而裁判要旨具有高度的精炼性与浓缩性因而篇幅较小。在这种情况下,随着《通纂》的出版,同时出版一本法条版,一直是我的一个心愿。我国已经出版了以刑法和司法解释为主要内容的实用性作品。例如在我国影响较大的李立众编的《刑法一本通(中华人民共和国刑法总成)》一书,该书将《刑法》与司法解释合为一体,具有便于随手携带的优点。李立众秉承着“以修订版的形式,长期致力于刑法整理工作”的志向,到目前已经出版了九版。除此以外,何帆编著的《中华人民共和国刑法注释书》为我们提供了类似作品的另一种范本。该书除《刑法》以外,还将司法解释、指导性判例以及要点注释合为一体,内容更加丰富。值得称道的是,何帆将指导性判例也编入其注释书,并且将其作为对《刑法》注释的一个组成部分。当然,在何帆的刑法注释书中,指导性判例的内容所占的篇幅还是较小的,司法解释仍然是其注释的主要内容。以上两部作品为我们提供了某种参照。本书不同于以上两部作品,它以指导案例的裁判要旨作为全书的主要内容,并且与《刑法》编纂在一起,从而提供了另一种罪名、法规、刑事案例裁判要旨配合查询、

---

① 陈兴良编:《人民法院刑事指导案例裁判要旨集成》,北京大学出版社 2013 年版。

② 在《人民法院刑事指导案例裁判要旨集成》中,《人民法院刑事指导案例裁判要旨通纂》(上下卷,北京大学出版社 2013 年版)均简称为《通纂》,特此说明。

使用的刑法典编纂范式。

本书的出版，是与我国的案例指导制度建立具有直接关联性的。我国的案例指导制度虽然是在2010年建立的，但我国司法机关从21世纪初期就开始注重案例编纂工作。例如最高人民法院的《刑事审判参考》和《人民法院案例选》就汇集了大量典型案例，这些案例虽然发布在案例指导制度建立之前，但其实际上同样对于司法活动具有指导意义，在某种意义上也可以说是指导案例。从这些指导案例中提炼出来的裁判要旨，具有司法规则的性质，对于审判活动具有重要的参考价值。在这种情况下，我们编纂了《通纂》，其中的主要工作就是提炼裁判要旨。为了充分发挥这些裁判要旨的作用，我产生了将其与《刑法》合编的念头。这个念头最初来自在日本进行学术交流时，我发现日本就有类似将刑法典与最高裁判所的裁判规则合编在一起的作品，这样的作品具有实用性，并且使浩如烟海的判例得以整理，极大地提高了裁判规则的普及性，我甚为欣赏。因此，在《通纂》编辑完成以后，我就想把裁判要旨单独与《刑法》编辑在一起，由此形成了本书。本书可以视为《通纂》一书的索引版，因为本书的每一条裁判要旨都注明了出处，即其所由来的指导案例。这样，就可以到《通纂》一书中去查找裁判要旨的出处，因而本书在客观上就具有了索引功能。同时，本书具有独立存在的价值。《通纂》一书是按照《刑法》分则的罪名顺序排列的，因为一个指导案例存在数个裁判要旨，而这些裁判要旨既有涉及《刑法》总则的内容，又有涉及《刑法》分则的内容。在这种情况下，不可能按照《刑法》的条文顺序排列。而本书则是按照《刑法》的条文顺序排列的，将具有相关性的裁判要旨排列在《刑法》的条文之下，使《刑法》条文与裁判要旨合为一体，便于查找。本书使指导案例中的裁判要旨以一种集约化的样式呈现在读者面前，从而为裁判要旨的广泛适用提供条件。

本书是我第一次编写的此类作品，尤其是在案例指导制度建立以后第一部此类作品，因而存在经验不足的问题。我期望随着指导案例的不断颁布，裁判要旨也将越来越多，这就为我们将来进一步充实本书提供了资源与动力。这里需要说明，本书是我担任首席专家的2010年度国家社会科学基金重大招标项目“中国案例指导制度研究”（项目批准号：10zd&044）的阶段性研究成果。

本书“相关规定”所收录法规截至2013年1月4日,包括近期颁布的最高人民法院《关于适用〈中华人民共和国刑事诉讼法〉的解释》(2013年1月1日起施行),《人民检察院刑事诉讼规则(试行)》(2013年1月1日起施行),《公安机关办理刑事案件程序规定》(2013年1月1日起施行),最高人民法院、最高人民检察院、公安部、国家安全部、司法部、全国人大常委会法制工作委员会《关于实施刑事诉讼法若干问题的规定》(2013年1月1日起施行),最高人民法院、最高人民检察院《关于办理行贿刑事案件具体应用法律若干问题的解释》(2013年1月1日起施行),最高人民法院《关于审理破坏草原资源刑事案件应用法律若干问题的解释》(2012年11月22日起施行)等。

本书是在《通纂》基础之上编辑而成的,在此对参与《通纂》一书编写的全体作者深表谢意。此外,本书的编辑得到北京大学出版社蒋浩副总编辑和陆建华编辑的大力协助,特此表示感谢。

陈兴良

谨识于北京海淀锦秋知春寓所

2012年12月25日

104.《立此存照:高尚挪用资金案侧记》[1]序

与其说这是一本书,不如说是一个案卷。其实,有时候阅读一个案卷要比阅读一本书还要增长知识。对于法律人来说,更是如此。

高尚挪用资金案是我所接触的一个普通经济犯罪案件,我对它的关注仅仅因为这个案件的独特"经历":从基层人民法院、中级人民法院、高级人民法院到最高人民法院,经过了四级法院的审理。除基层人民法院的一审和中级人民法院的二审以外,高级人民法院和最高人民法院都是申诉审。更为难得的是,该案在长达八年的诉讼和申诉过程中,积攒了各级法院的司法文书,这些司法资料见证了这个案件漫长的申诉之旅,也使我们得以旁观这个案件的进展。

案件是纠纷而形成的法律事件,刑事案件则是刑事追究而形成的法律事件。司法活动就是以案件为中心展开的。在司法实践中,案件的数量是一个天文数字,我们不可能关注每一个案件,但通过某些或者某个典型案件,我们还是可以发现一些问题,获得一些启发。高尚挪用资金案就是如此:从案件的形成,到逮捕、起诉、判决,都可以觉察到法外的因素。至于判决生效以后的漫长申诉过程,更是反映了我国司法目前面对的窘境。

本书的前半部分,曾经在我主编的《刑事法评论》第三十三卷(北京大学出版社 2013 年版)发表。发表之际,新闻媒体又上演了一出"退休检察官向最高人民检察院举报自己办错案"的闹剧。这里的"闹剧"不是贬义词,而是形容这一新闻的爆炸性,此谓之"闹",以及离奇性,此谓之"剧"。上述新闻中的退休检察官孟宪君,就是高尚挪用资金案一审和二审的公诉人。孟宪君的这一举动,使高尚挪用资金案以一种全新的姿态呈现在社会公众面前,这也是我在写作该文时始料不及的。当这一新闻传播开来时,我的文章已经交付出版,不能再作增补。《刑事法评论》第

---

① 陈兴良编著:《立此存照:高尚挪用资金案侧记》,北京大学出版社 2014 年版。

三十三卷面世以后,该文引起了读者的兴趣。北京大学出版社副总编辑蒋浩先生阅读该文后,也颇有感触,希望我增补以后,以单行本的形式出版。本来只是一篇文章,既然已经发表,出书也没有太大的必要。但考虑到文章截稿以后,高尚挪用资金案进一步演变,相关内容并未收入该文。为此,我答应蒋浩将文章充实、扩展,最终形成读者面前的这本小册子。其实,本书所反映的还是这个案件浮现在表面的东西,而只有把高尚挪用资金案背后的那些内容揭示出来,才能发现这个案件的真相。当然,这是我所难以做到的。也许有一天本书还要出修订版,那应该是高尚挪用资金案获得平反之日。也许这一天永远不会到来,本书就是这个案件的墓志铭。

本书还收录了《无冤:司法的最高境界》一文,是我对佘祥林等四件冤案的点评文章。"无冤是司法的最高境界"这个命题,我在多年前发表在《民主与法制》上的一篇关于案件点评的短文中就已经提出,可惜这篇短文已经找不到了。此后,我在研究客观真实与法律真实的问题时,曾经有过反思,认为在任何司法体制下,无冤都是不可能做到的。因此,是否就此得出结论,这个命题是错误的呢?现在想来,不能得出这个结论。因为,"无冤是司法的最高境界"这个命题,表达的是我们一种对理想的追求,尽管难以实现,还是应当心向往之。这里需要指出,普通刑事犯罪的冤案与经济犯罪的错案还是存在较大区别的:前者主要是证据问题,而后者更多的是定性问题。但是,无论是普通刑事犯罪案件还是经济犯罪案件,都应当得到公正处理,这是司法公正的应有之意,这一点是共同的。因此,我们不仅应当关注冤案,而且还要关注错案。

在本书行将定稿之际,高尚收到了安徽省高级人民法院的再审通知书。从该再审通知书所引《刑事诉讼法》条文的内容来看,本案前景并不乐观。我很希望在本案有了最新的再审结果以后再行付梓。但蒋浩副总编辑还是催促我抓紧完成本书,在这种情况下,当高尚挪用资金案前景未明之际,本书与读者见面,给读者留有一个悬念。我与蒋浩约定:无论高尚挪用资金案最终的结果如何,当再审结果出来以后,我都将出版本书的修订版,收入本案的最终处理结果。

本书在写作过程中,得到蒋浩副总编辑的大力支持和鼓励,责任编辑陈蔼婧女士为本书出版付出了辛勤的劳动,特表深切的谢意。本案当事人高尚为我提供了本案的各种资料,使本书能够以现在的面目与读者见面。记者郑飞为本书的写作提供了便利,我的博士生袁国何为本书写作提供了帮助。对此,深表谢意。

最后,我还要对收入本书的司法文书、辩护词、专家意见书、媒体访谈和评论的众多作者表示深切的感谢。本书具有资料汇集的性质,正是这些作品,无论是职务作品还是非职务作品,完整地呈现了高尚挪用资金案的面貌,成为本书写作的资料来源。在我无法逐一征得以上作者同意的情况下,希望获得各位作者的谅解。若有需要,请与北京大学出版社或者我本人联系。

此记。

陈兴良
谨识于北京海淀锦秋知春寓所
2014 年 4 月 1 日愚人节

105. “陈兴良序跋集”《法外说法》《书外说书》[①]后记

从 1987 年 6 月出版我的第一本著作《正当防卫论》,到 2003 年 8 月出版我的最新一本著作《陈兴良刑法学教科书之规范刑法学》,已经 16 年过去了。这 16 年可以说是我写作的黄金时节,在自著与主编了一些著作的同时,也写了一些序跋。每本书序跋的字数虽少,但积少成多,编辑起来居然也有四十余万言,这是没有想到的,也是一种意外的收获。这些序跋虽然是著作的副产品,但因其内容具有可读性,别人爱读,我亦自珍。因此,早就想将这些序跋搜集起来出版本人的序跋集。今日终于编成《法外说法》与《书外说书》两本序跋集,也算了却了一桩心愿。在本书的编辑过程中,我的博士生付立庆、硕士生葛向伟帮我搜集资料,减少了我的工作量;法律出版社蒋浩先生对本书出版亦有贡献,特此感谢。

是为后记。

陈兴良

谨识于北京海淀锦秋知春寓所

2004 年 2 月 20 日

---

① 陈兴良:《法外说法》(陈兴良序跋集Ⅰ),法律出版社 2004 年版;陈兴良:《书外说书》(陈兴良序跋集Ⅱ),法律出版社 2004 年版。

106."陈兴良刑法研究系列"[①]总序

自1984年发表第一篇论文《论我国刑法中的间接正犯》(载《法学杂志》1984年第1期)、1987年出版第一本专著《正当防卫论》(中国人民大学出版社1987)以来,我的学术生涯已逾20载。其间,我发表了二百余篇论文,出版了11部个人专著以及8部论文集,此外还主编或参编刑法学论著三十余部。以上论著的水平参差不齐,既有青涩的少作,也有成熟的代表作,基本上反映了我对刑法的感悟。这些论著,出版较早的已经过去十多年了,书店难觅其踪,图书馆也不易查找,经常有读者向我打听何处有售。本想对这些论著进行系统修订以后再版,但因写作任务挤压,加上历经1997年《刑法》修订,并由于我国刑法学理论水平的提高,旧作的内容益显其旧,甚至非经重写不可;在这种情况下,畏难情绪使旧作的修订工作一再拖延。正在旧作重新出版遥遥无期之际,中国人民大学出版社设立"中国当代法学家文库",并邀请我参加,为我出版"陈兴良刑法研究系列",将旧作进行整理以后集中出版。这一构想,对我颇有吸引力。经过慎重考虑,将10年前出版的旧作,除个别以外,分为三个系列出版,这就是:(1)"陈兴良刑法研究专著系列";(2)"陈兴良刑法研究文集系列";(3)"陈兴良刑法研究主编系列"。现分别对这三个系列的情况略加说明。

"陈兴良刑法研究专著系列"是我个人专著的书系,自1987年到2006年,我出版的个人专著共计11部,此次纳入文库的有《正当防卫论》《共同犯罪论》《刑法适用总论》《刑法的人性基础》和《刑法的价值构造》5部。在这些著作中,除《刑法的人性基础》和《刑法的价值构造》属于刑法哲学著作以外,《正当防卫论》和《共同犯罪论》是在1997年《刑法》修订前出版的,需要根据《刑法》进行修订;《刑法适用总论》也需吸收有关司法解释的内容。考虑到这些著作出版时间较早,只是反映了我10年前的学术

① "陈兴良刑法研究系列",中国人民大学出版社从2006年起陆续出版。

水平,若进行大规模的修订已不可能,也无此必要。在这种情况下,我基本上保持旧作的原貌,只是对过时的刑法条文加以修订,并充实司法解释的内容。以后可能还会有更多的个人专著纳入书系。

"陈兴良刑法研究文集系列"是我文集的书系。我的文集分为两种类型:一是综合性文集,类似于编年史,是按照论文发表的年代编辑而成的论文集,共计 3 部。第一部是《当代中国刑法新理念》,收入 1984 年至 1994 年的论文;第二部是《当代中国刑法新视界》,收入 1995 年至 1997 年的论文;第三部是《当代中国刑法新境域》,收入 1998 年至 2001 年的论文。现将 2002 年至 2005 年论文加以整理,编成第四部论文集,名曰《当代中国刑法新径路》。二是专题性文集,例如《走向哲学的刑法学》和《刑法理念导读》以及新近出版的《死刑备忘录》等。这些文集以某一专题为主旨,汇集了历年来对该专题的研究成果。这些论文集都将陆续收入文库。

"陈兴良刑法研究主编系列"是我主编著作的书系。在我的学术活动中,主编著作有一席之地。尤其是连续出版物《刑事法评论》,成为我主持的一个刑事法的重要论坛。在我主编的各种论著中,有些时过境迁,没有再版的必要;有些则具有较高的学术价值,因而修订以后纳入文库出版。应当指出,我主编的这些学术著作,都是与他人合作的产物,包括同事与学生,通过共同合作这些著作而建立的友谊,历久弥新,令人难以忘怀。因此,我主编的著作并非我个人的研究成果,而是全体合作者的共同研究成果。只不过作为主编,我对这些著作的命运负有某种使其久远地流传的责任而已。

随着我国法治建设的进步,我国的刑法学理论也随之发展。作为一名刑法学家,我时刻感觉到时代的召唤,因而愿意将毕生的精力贡献给刑法学事业。我个人的学术成长,也正是我国刑法学从沉寂到复苏并且迅猛地发展的一个缩影。"陈兴良刑法研究系列"的出版,是对我以往学术生涯的总结,对以往学术成果的盘点,对以往学术能力的检讨。这是一个契机,能够回顾过去以便更好地面对未来。苏力曾经将法学家的命运和国家的关系与诗人的命运和国家的关系加以比较,进而认为,对于诗人来说是国家不幸诗家幸,因而诗人的命运与国家的命运之间存在负相关的关系。而法学家则不然,国家不幸法学家必然不幸,因而法学家的命运与国家的命运之间存在正相关的关系。就此而言，每个法学家都期盼着国家昌盛，法治发达，如此则法学家之幸耶。当然，国家之幸只不过为法学家的成才提供了客观外在的条件，真正为国家法治做出应有的学术贡献，仍有待于法学家的个人努力。就此而言，我辈确实是幸运的，我的业师高铭暄教授、王作富教授，在 20 世纪 50 年代初期受过良好的法科教育，并受苏联专家的亲炙。但从 20 世纪 50 年代中期开始，我国进入一个政治动荡期，及至 1966 年开始"文化大革命"，法律虚无主义盛行，法学家根本没有用武之地，法学更是被打入冷宫。这个政治动荡期与社会动乱期一直延续到 1978 年，此后我国才进入一个平稳发展的历史新时期。1978 年，我始上大学，而高、王两位教授则归队重拾刑法旧业。这一年，我二十初度，而高、王两位教授则年届五十矣。可以说，高、王两位教授是从 50 岁才开始真正从事刑法学的学术活动的，我则刚刚进入法学的门槛。我和高、王两位教授相隔 30 年，这是整整一代人的时空距离，也是整整一代人的学术空白。这使我们这一辈年轻人有机会在老一辈学者的指点和提携下，脱颖而出并较早地进入刑法学的学术前沿。时代给我们提供了广阔的学术舞台，我辈赶上了法治建设的黄金季节。当我年近五十的时候，已经完成了主要的或者重要的学术创作，可以开始进行学术总结。就此而言，我辈何其幸也。

一个人的学术生命不可能长生不老，这就是所谓"生有涯而知无涯"。因而我们应当承认在科学与学术面前，个人是渺小的，贡献是有限的。我们只能完成在特定历史境域中个人能力范围内所能完成的学术使命，勇于承认这一点，并且乐观地看着我们的学术作品慢慢地老去，逐渐地退出学术舞台，这不也是一种达观的学术谢幕么？对于我来说，尽管这一天还未到来，但我期盼着它的到来，这就是我在编撰"陈兴良刑法研究系列"书系时的一点感想与感慨，记之为序，且是总序。

陈兴良

谨识于北京海淀锦秋知春寓所

2006 年 6 月 11 日

107. “陈兴良刑法学”[①]作品集总序

一个人开始对自己的学术生涯进行总结的时候，也就是学术创造力衰竭的时候。“陈兴良刑法学”这一作品集就是对我的刑法学研究生涯的一个总结，因此也是我的学术创造力衰竭的明证。

刑法学研究是我毕生从事的专业。与刑法学的结缘，起始于1978年，这年2月我以77级学生的身份入读北京大学法律学系。1978年被称为是中国改革开放的元年，这一年12月召开的中国共产党第十一届三中全会确定了改革开放的方针。至于说到法制建设的恢复重建，是以1979年7月1日《中华人民共和国刑法》等7部法律的通过为标志的。从1949年到1979年，在这30年的时间我国既没有刑法，也没有民法，更不要说行政法。1979年《刑法》是社会主义中国的第一部刑法，从1950年开始起草，共计33稿，至1979年仓促颁布。这部刑法的起草经历了与苏联的政治“蜜月期”，虽然此后与苏联在政治上决裂，但刑法中仍然保留了明显的苏俄痕迹。同时，从20世纪50年代成长起来的我国刑法学家，基本上都接受的是苏俄刑法学的学术训练，他们在荒废了20多年以后回到大学重新执教，恢复的是苏俄刑法学的学术传统，我们是他们的第一批正规学生。《刑法》的通过日期是1979年7月1日，生效日期是1980年1月1日。而根据课程安排，我们这个年级从1979年9月开始学习刑法这门课程。也就是说，我们是在《刑法》尚未生效的时候开始学习刑法的，课程一直延续到1980年7月。我们利用一年时间，学完了刑法的总则与分则。对于《刑法》，我们只是粗略地掌握了法条，对其中的法理则不知其所然，更不用说其所以然。至于司法实务，更是因为《刑法》刚开始实施，许多罪名还没有实际案例的发生，所以不甚了然。大学期间，我国学术百废待兴，而受到摧残最为严重的法学学科几乎是一片废墟。现在很难想象，我们在整个大学四年时间里，每一门课程都没有正式的教科书，我们

---

① “陈兴良刑法学”作品集，中国人民大学出版社2017年出版。

是在没有教科书的情况下完成学业的。也正是如此,我们阅读了大量非法学的书籍。基于本人的兴趣,我更是阅读了当时在图书馆所能借阅的大量哲学著作,主要是西方17世纪以来,包括英国、法国、德国的哲学著作,我对康德、黑格尔的德国古典哲学尤其着迷。因为我原来就有一定的马克思主义哲学的基础,因此对于马克思主义哲学来源之一的德国古典哲学理解起来较为容易。这段阅读经历,在一定程度上培养了我的哲学气质,也对我此后的刑法研究产生了重大影响,包括20世纪80年代后期至90年代初期的刑法哲学研究,就是这段读书经历的衍生物。我在1981年年底完成的学士论文题目是《论犯罪的本质》,这就是一个具有本体论性质的题目。从这个题目也可以看出当时我的学术偏好。但这篇论文很不成功,只是重复了马克思主义理论关于犯罪的阶级性等政治话语,缺乏应有的学术性。因此,论文的成绩是良好而没有达到优秀。我的本科刑法考试成绩也只是良好,当时我的兴趣并不在刑法,后来只是因为一个偶然的原因才走上刑法的学术道路。

在我1982年2月大学毕业的时候,正是社会需要人才的时候,我们班级的大部分同学被分配到最高人民法院、最高人民检察院和中央机关工作,还有部分同学回到各省的高级人民法院和人民检察院,也有部分同学到各个高校担任教师,从事学术研究。而我们这些较为年轻的同学则考上了硕士研究生,继续在大学学习。我考上了中国人民大学法律系(从1988年开始改称法学院),师从我国著名刑法学家高铭暄教授和王作富教授,开始了我的刑法学习生涯。

1982年2月,我从北京大学来到中国人民大学。中国人民大学成为我接受法学教育的第二所大学。正是在这里,我接受了最为经典的带有明显苏俄痕迹的刑法学的学术训练。我的硕士论文是王作富教授指导的,题目是《论我国刑法中的正当防卫》,这是一篇贴近司法实务的论文,也是我真正论文写作的起点。该文答辩时是4万字,后来扩充到20余万字,于1987年以《正当防卫论》为书名在中国人民大学出版社出版,成为我的第一部个人专著。到1988年3月获得法学博士学位的时候,我已经娴熟地掌握了已经在中国本土化的苏俄刑法学,这成为我的刑法学的学术底色。

1984年12月,当我硕士研究生毕业的时候就已经办理了在中国人民大学法律系留校任教的手续,因此博士生相当于是在职攻读。当然,当时课时量较少,没有影响博士阶段的学习。1988 年 3 月我的博士答辩获得通过,博士论文是高铭暄教授指导的,题目是《共同犯罪论》,约 28 万字。这是我第一次完成篇幅较长的论文,博士论文虽然以我国刑法关于共同犯罪的规定为基本线索,但汲取了民国时期所著、所译的作品,例如较多的是日本 20 世纪 30、40 年代的作品,试图将这些学术观点嫁接到我国刑法关于共同犯罪的理论当中。其中,以正犯与共犯二元区分为中心的理论模型就被我用来塑造我国刑法中的共同犯罪的理论形象。后来,我的博士论文被扩充到 50 余万字,于 1992 年在中国社会科学出版社出版。以上在硕士论文和博士论文基础上修改而成的两部著作,是我早期学习以苏俄刑法学为基础的刑法知识的产物,由此奠定了我的学术根基。

从 1984 年开始,我在中国人民大学法学院任教,从事刑法的学术研究。在中国人民大学法学院,我完成了从助教到教授的教职晋升:1984 年 12 月任助教、1987 年 12 月任讲师、1989 年 9 月任副教授、1993 年 6 月任教授、1994 年任博士生导师。及至 1998 年 1 月,我回到母校——北京大学法学院任教。在大学担任教职,培养学生当然是主业。但对于研究型大学的教师来说,学术研究也是其使命之所在、声誉之所系。因此,我将相当的精力投入刑法的学术研究,见证了我国刑事法治的演进过程,也参与了我国刑法学术的发展进程。我一直致力于提升我国刑法研究的学术水平与拓展我国刑法研究的理论疆域这两方面并有所贡献。我的研究领域主要在以下五个面向。

(一)刑法哲学

1992 年由中国政法大学出版社出版的《刑法哲学》可以说是当时篇幅最长的一部刑法著作,也是我的成名作,这一年我 35 岁,距离大学本科毕业正好 10 年。《刑法哲学》一书可以说是我对过去 10 年学习与研究刑法的总结之作,完成了我对以苏俄刑法学为源头的我国刑法学的理论提升与反思,并且确定了我的进一步研究的学术方向。这是我国整个法学界第一部采用哲学方法研究部门法学的著作,因而受到瞩目。在《刑法哲学》的基础上,我于 1996 年在中国方正出版社出版了《刑法的人性基础》一书,于 1988 年在中国人民大学出版社出版了《刑法的价值构造》一书。以上三部著作构成了我的刑法哲学研究三部曲,成为我的刑法学术研究的一个独特面向。

我的刑法哲学研究是在一种十分独特的学术生态环境下进行的，也体现了我在极度贫乏的我国刑法学中试图突破、寻求前途的一种学术能力。如前所述，当我在20世纪80年代中期进入刑法学学术界的时候，我国刑法理论还是苏俄刑法学的拷贝，当然也结合刚刚颁布的我国《刑法》进行了一些阐述。但从总体上来说，我国当时的刑法理论是十分肤浅的，对于正处于知识饥渴阶段的我来说，是很不解渴的。1988年当我获得博士学位的时候，现有的刑法知识我已经完全掌握了。由于当时我国学术尚未对外开放，在一个自闭的学术环境中，我基于对拘泥于法条的低水平解释的刑法理论现状的不满，认为刑法理论的出路在于从刑法解释学提升为刑法哲学。因此，在刑法哲学的名义下，我对现有的刑法知识进行了体系化的整理，并试图探索我国刑法学的出路。在刑法哲学的三部曲中，《刑法哲学》一书是在对苏俄刑法知识的系统化叙述的基础上，以罪刑关系为中心建构了一个刑法学的理论体系，可以看作对苏俄刑法知识的哲理化改造。如果说，《刑法哲学》一书还是以叙述刑法本身的知识为主的，那么，《刑法的人性基础》与《刑法的价值构造》两书是对刑法的形而上的研究，实际上可以归属于法理学著作而非刑法学著作。这是一段在学术境况晦暗不明的情况下，从哲学以及其他学科汲取知识，寻求刑法学的突破的一种努力。我的刑法哲学研究从1990年持续到1996年，这是我从33岁到39岁这样一段生命中的黄金季节。尽管刑法哲学的研究给我带来了较高的声誉，但这只是我进入真正的刑法学研究的学术训练期。正是刑法哲学的研究使我能够把握刑法的精神与哲理，从思想的高度鸟瞰刑法学术。

（二）刑法教义学

1997年我国完成了一次大规模的刑法修订，这使我将学术目光转向刑法条文本身。1997年3月，我40岁的时候在中国人民公安大学出版社出版了《刑法疏议》一书，这是一部以法条为中心的注释性的刑法著作，是我从刑法哲学向刑法解释学的回归。《刑法疏议》一书中的疏议一词，是一个特定的用语，不仅仅具有解释的意思，而且具有疏通的含义。我国唐代有一部著作《唐律疏议》，流传千古，被认为是我国古代最为重要的律学著作。《刑法疏议》这个书名就带有明显的模仿《唐律疏议》的色彩，这也表明我试图从我国古代律学中汲取有益的知识。我国古代的律学,是一门专门的学问。律学与现在的法学还是有所不同的,法学是清末从国外移植的学科,移植对象主要是日本以及通过日本而吸收德国的刑法知识。因为该书是对刑法条文的逐条注释,随着时间的推移,该书的内容很快就过时了。该书成为我的著作中唯一一部没有修订再版的著作,这次也同样没有收入“陈兴良刑法学”作品集。

2001 年我在商务印书馆出版了《本体刑法学》一书,这是继《刑法疏议》之后又一部关注刑法本身的著作。但《本体刑法学》完全不同于《刑法疏议》:后者是逐条逐句地注释刑法条文的著作,前者则是没有一个刑法条文而以刑法法理为阐述客体的著作。《本体刑法学》是《刑法疏议》的后续之作,力图完成从法条到法理的提炼与提升。《本体刑法学》这个书名中的“本体”一词,来自康德哲学,具有物自体之义。我将法条视为物之表象,而把法理看作隐藏在法条背后的物自体。因此,《本体刑法学》是纯粹的刑法之法理的叙述之作。这里应该指出,在整个 20 世纪 80 年代我国刑法学还是在一种与世隔绝的状态下进行学术研究的。只是从 20 世纪 90 年代初期开始,随着我国对外开放,与国外的学术交流也随之展开。尤其是英美、德日的刑法学译著在我国出版,为我国刑法学者打开了一扇学术之窗。从刑法的对外学术交流来看,最初是与日本的交流,后来是与德国的交流,都在相当程度上为我国的刑法学研究提供了学术资源。并且这一时期开始对我国传统的刑法学进行反思,由此开启了我国当代的刑法知识的转型之路。

2003 年我在中国政法大学出版社出版了《陈兴良刑法教科书之规范刑法学》一书,这是我的第一本刑法教科书,或者也可以称为刑法体系书。该书以我国的刑法条文为中心线索,完整地展开刑法总论和刑法各论的知识铺陈,以适应课堂教学的需要。该书到目前已经出版了第三版,篇幅也作了较大规模的扩充。《陈兴良刑法学教科书之规范刑法学》对于刑法总则的法理阐述是较为简单的,其重点是对刑法分则的分析。我国《刑法》是一部所谓统一的刑法典,所有罪名都规定在一部刑法之中,约有五百多个罪名,其他法律中都不能设立罪名。《陈兴良刑法学教科书之规范刑法学》对这些罪名逐个进行了构成要件的分析。对于重点罪名的分析尤为详细,这对于正确把握这些犯罪的法律特征,具有一定的参考价值。除刑法规定以外,我国还存在司法解释制度,即最高人民法院和最高人民检察院可以就审判与检察中涉及的法律适用问题作出解释。这种解释本身就有法律效力,可以在判决书中援引。自从《刑法》实施以来,最高人民法院和最高人民检察院作出了大量的司法解释,实际上成为一种准法律规范。《陈兴良刑法学教科书之规范刑法学》一书中所称的“规范”,不仅包括刑法规定,而且包括司法解释。因此,《陈兴良刑法学教科书之规范刑法学》尽可能地将司法解释融合到法理叙述当中,并且随着司法解释的不断颁布而对该书进行不断修订。

2010年我在中国人民大学出版社出版了《教义刑法学》一书,这是一部以三阶层的犯罪论体系为中心线索,并对比四要件的犯罪构成理论,系统地叙述德日刑法知识的著作。该书所称的教义刑法学,是指教义学的刑法学。该书以教义或曰信条(Dogma)为核心意念,以三阶层的犯罪论体系为逻辑框架,在相当的深度与广度上,体系性地叙述了刑法教义的基本原理,充分展示了以教义学为内容的刑法学的学术魅力。该书对三阶层的犯罪论体系和四要件的犯罪构成理论进行了比较研究,是对三阶层的犯罪论体系的本土化的知识转换,为引入三阶层的犯罪论体系清理地基创造条件。该书是我在推动我国当代刑法知识的转型,以德日刑法知识取代以苏俄刑法学为底色的刑法知识的一种学术努力。

(三)刑事法治

1998年对于我来说又是人生道路上的一个转折,这一年1月我回到了母校——北京大学法学院任教。与此同时,从1997年到1999年我在北京市海淀区人民检察院兼职担任副检察长。这段挂职经历使我进一步了解司法实务工作,尤其是对于我国刑事诉讼程序的实际运作情况有了切身的了解,这对于我此后进行的刑事法治研究具有重要助益。这也在一定程度上使我的学术视野超出刑法学,建立了刑事一体化,即整体刑法学的观念,从而开阔了理论视域。2007年我在中国人民大学出版社出版了《刑事法治论》一书,就是朝这一个方向努力的成果。这是一部面向法治现实之作,而且是以刑事司法实际运作为结构,贯穿了刑事司法体制改革的中心线索。该书讨论了刑事法治的一般性原理,提出了刑事法治的宪制基础的命题,认为刑法受宪法限制,并对刑法规范的违宪性加以审查,构成刑法的宪制基础。建立在宪制基础之上的刑法,是实现国家宪法目的的手段。基于刑法的宪制性的法治理念，我对警察权、检察权、辩护权和审判权都进行了法理探究：寻求这些权力(利)的理性基础，描述这些权力(利)的运作机理，探讨这些权力(利)的科学设置。同时，我还对劳动教养和社区矫正这两种制度进行了研究。尤其是劳动教养，这是我国独特的、一种带有一定的保安处分性质的制度。但由于保安处分的决定权被公安机关所独占，其被滥用日甚一日。我在该部分内容中明确提出了分解劳动教养，使其司法化的改革设想。

刑事法治，是我在过去20多年时间中始终关注的一个现实问题，也是基于我国的社会现状所进行的刑事法的理论思考，为推进我国法治建设所作的一份学术贡献。尽管现实与理想之间存在巨大的差距，这种差距难免使我们失望，但学术努力仍然是值得的。我国目前正处在法治国家建设的关键时刻，既需要改革的勇气，也需要改革的思想。

(四)刑法知识论

2000年我在《法学研究》第1期发表了《社会危害性理论——一个反思性检讨》一文，这是我对深受苏俄影响的我国刑法学反思的开始。社会危害性是苏俄刑法学中的一个核心概念，被认为是犯罪的本质特征。正是在社会危害性的基础之上建构了苏俄刑法学的理论体系。我国刑法学也承继了社会危害性理论，以及以此为基础的四要件的犯罪构成理论，由此形成我国刑法学的基本理论框架。对于社会危害性理论的批判成为我对苏俄刑法学的学术清算的切入口。2006年我在《政法论坛》第5期发表的《刑法知识的去苏俄化》一文，明确地提出了去除苏俄刑法知识的命题，从知识社会学的角度展开对苏俄刑法学的批判，并对我国刑法知识的走向进行了探讨。其结论刊载于我发表在《法学研究》2011年第6期的《刑法知识的教义学化》一文当中，这就是吸收德日刑法知识，建构我国的刑法教义学知识体系。在这当中，完成从苏俄的四要件到德日的三阶层的转变，可以说是当务之急。当然，我国刑法知识的转型并没有完成，四要件的犯罪构成理论仍然占据通说的地位，但三阶层的犯罪论体系也已经开始普及，走向课堂，走向司法。围绕对以上问题的思考，我于2012年在中国人民大学出版社出版了《刑法的知识转型(学术史)》和《刑法的知识转型(方法论)》两书，为10年来我对我国刑法知识的研究画上了一个句号。《刑法知识论》的写就，使我从具体的刑法规范与刑法法理中抽身而出,反躬面向刑法学的方法论与学术史。这是一个刑法学的元科学问题,也是我的刑法学研究的最终归宿。

(五)判例刑法学

在我的刑法研究中还有一个独特的领域,这就是判例刑法学。我国传统的刑法学研究都是以刑法的法条为中心的,这与我国存在司法解释制度但没有判例制度具有一定的关联性。然而,判例对于法律适用的重要性是不言而喻的。因此,深入的刑法学研究必然会把理论的触须伸向判例。前些年,我国虽然没有判例制度,但最高人民法院公报以及最高人民法院刑事审判庭出版的案例选编等司法实践素材,为刑法的判例研究提供了可能性。我在法学院一直为刑法专业的硕士生开设案例刑法研究的课程,作为对刑法总论与刑法各论的补充,受到学生的欢迎。在这种情况下,我以最高人民法院刑事审判庭出版的有关案例为素材,进行判例刑法学的研究,于2009年在中国人民大学出版社出版了《判例刑法学》一书。该书从案例切入,展开法理叙述,将案例分析与法理研究融为一体,成为刑法学研究的一个新面向。

2010年我国正式建立了判例制度,这是一种具有中国特色的判例制度,称为案例指导制度。这种判例制度完全不同于德、日等国的判例制度,它是以最高人民法院不定期颁布指导案例的方式运行的。最高人民法院颁布的指导案例在下级法院审判过程中具有参照的效力。这里的参照,既非具有完全的拘束力,又不是完全没有拘束力,而是具有较弱的拘束力。这些指导案例不能在判决书中援引,但判决与指导案例存在冲突的,可以作为上诉的理由。尽管这一案例指导制度仍然具有较强的行政性,它是以颁布的方式呈现的,而不是在审判过程中自发形成的规则秩序,但它毕竟是一种新的规则提供方式,对我国司法实践具有重要的意义。判例制度的关键在于通过具体判例形成具有可操作性的司法裁判规则,因此,对于裁判规则的提炼是一项重要的工作。我作为首席专家,从2010年开始承担了"中国案例指导制度研究"的国家社会科学基金重大项目,并于2013年年初在北京大学出版社出版了《人民法院刑事指导案例裁判要旨通纂》(上下卷)一书。该书在对既有的刑事指导案例进行遴选的基础上,提炼出对于刑事审判具有指导意义的裁判要旨,并对裁判要旨进行了法理阐述,以此为司法机关提供参考。

刑法学属于部门法学,它与公民权利具有密切的联系。因此,治刑法学者不仅应该是一个法条主义者,而且更应该是一个社会思想家:既要有对国家法治的理想,又要有对公民社会的憧憬;既要有对被害人的关爱之情,又要有对被告人的悲悯之心。

罪刑法定主义是我所认知的刑法学的核心命题:它是刑法的出发点,同时也是刑法的归宿。在我的刑法理论研究中,罪刑法定主义占据极为重要的位置。我国 1979 年《刑法》并没有规定罪刑法定原则,反而规定了类推制度。及至 1997 年《刑法》修订,才废弃了类推制度,规定了罪刑法定原则,由此我国刑法走上了罪刑法定之路。在我国刑法规定罪刑法定原则的前后,我先后撰文对罪刑法定主义进行了法理上的深入探讨。这些论文集结为《罪刑法定主义》一书,于中国法制出版社 2010 年出版。在该书的封底,我写了这样一句题记,表达了我对罪刑法定主义的认知:“罪刑法定主义:正义之所归,法理之所至。”罪刑法定主义应当成为刑法的一种思维方式,并且贯穿整个刑法体系。我国刑法虽然规定了罪刑法定原则,但这只是一个开端,还存在罪刑法定主义司法化的艰难进程。在相当一个时期,我国刑法学者还要为实现罪刑法定原则而奋斗。

整体刑法学的研究也是值得提倡的。李斯特提出的整体刑法学的命题,对于我国今天的刑法学研究仍然具有指导意义。北京大学法学院教授、我的前辈学者储槐植教授提出了刑事一体化的思想,提倡追求刑法的内在结构合理(横向协调)与刑法运行前后制约(纵向协调)。作为一种方法论,刑事一体化强调各种刑法关系的深度融合。应该说,整体刑法学与刑事一体化都是从系统论的角度看待刑法,反对孤立地研究刑法,是把刑法置于整个法律体系与社会关系中进行分析。对于这样一种刑法研究的方法论,我是十分赞同的。因为刑法本身的研究领域是较为狭窄的,必须拓宽刑法的研究领域,并且加深刑法的研究层次。对于刑法,其研究应当以教义学为中心而展开。如果说,刑法教义学是在刑法之中研究刑法,那么,还需要在刑法之上研究刑法的刑法哲学、在刑法之外研究刑法的刑法社会学、在刑法之下研究刑法的判例刑法学等。除对刑法的学理研究以外,作为一名刑法学者,还应当关注社会现实,关注国家法治建设。只有这样,才能使刑法学不仅仅是一种法教义学,而且具有经世致用的功效。

刑法是具有国别的,刑法效力是具有国界的。然而,刑法知识与刑法理论是具有普世性的,是可以跨越国界的。因此,我始终认为我国刑法学应当融入世界刑法学的知识体系中去,而不是自外于世界刑法学。在这种情况下,我国刑法学应当向德日、英美等法治发达国家学习先进的刑法理论。相对而言,由于历史的原因,我国借鉴的是大陆法系的法律制度,包括法律技术和思维方法。因此,吸收与汲取德日刑法知识是更为便利的。从 20 世纪 80 年代以来我国刑法学演进的路径看,我国刑法学也是在学术上的对外开放当中发展起来的。最初是引进日本的刑法知识,后来是引进德国的刑法知识;开始是以引进刑法总论知识为主,后来逐渐引进刑法各论知识;从翻译出版刑法体系书(教科书),到后来翻译出版刑法学专著,经历了一个发展过程。这些来自德日的刑法知识对于我国刑法学的发展起到了重要的促进作用,推动了我国刑法学的发展。我国学者将这些舶来的刑法知识用于解决我国刑事立法与刑事司法中的问题,其实践功能也是十分明显的。可以说,我国刑法学正在融入德日刑法知识的体系之中。

"陈兴良刑法学"作品集将对已经出版的个人著作进行修订整理,陆续出版。我的著作初期散落在各个出版社,首先要对各个出版社的编辑在我的著作出版过程中付出的辛勤劳动,表示衷心感谢。自 2006 年起,我的著作列入中国人民大学出版社的"中国当代法学家文库",共出版了二十余种。现在,我的个人专著以"陈兴良刑法学"作品集的名义修订出版,作为本人学术生涯的一个总结。30 年来以学术为旨归,以写作为志业,虽劳人筋骨、伤人心志,亦执着以求,守职不废。这对于一个学者来说,当然是本分。然此盈彼亏,心思用于学问多,则亏欠家人亦多。因此,对于夫人蒋莺女士长久以来对我的理解与襄助,深表谢意。

自从 1987 年我在中国人民大学出版社出版第一本个人专著《正当防卫论》以来,正好 30 年过去了。这 30 年是我学术研究的黄金时节,在此期间,出版了数十种个人专著,主编了数十种著作以及两种连续出版物,即《刑事法评论》(已出版 40 卷)和《刑事法判解》(已出版 9 卷),发表了数百篇论文。收入"陈兴良刑法学"作品集的是我在这 30 年中出版的个人专著,共计以下 14 种,分为 18 卷(册),约一千余万字:

1.《刑法哲学》

2.《刑法的人性基础》

3.《刑法的价值构造》
4.《刑法的知识转型(方法论)》
5.《刑法的知识转型(学术史)》
6.《刑事法治论》
7.《正当防卫论》
8.《共同犯罪论》
9.《刑法适用总论》(上卷)
10.《刑法适用总论》(下卷)
11.《规范刑法学》(上册)
12.《规范刑法学》(下册)
13.《判例刑法学》(上卷)
14.《判例刑法学》(下卷)
15.《本体刑法学》
16.《教义刑法学》
17.《口授刑法学》(上册)
18.《口授刑法学》(下册)

学术是一个逐渐累积的过程,每个人都只是一门学科所形成的知识链中的一个节点。我作为从 20 世纪 80 年代开始登上我国刑法学术舞台的学者,学术生命能够延续到 21 世纪 20 年代,正好伴随着我国刑事法治的恢复重建和刑法学科的起死回生,以及刑法知识的整合转型,何其幸也。“陈兴良刑法学”作品集所收入的这些作品在刑法学术史上,都只不过是匆匆过客。这些作品的当下学术意义日见消解,而其学术史的意义日渐增加,总有一天,它们会成为刑法学学术博物馆中的古董摆设,这就是历史的宿命。

在“陈兴良刑法学”作品集的编辑过程中,总有一种“人书俱老”的感叹。我知道,这里的“书”并不是一般意义上的书,而是指书法的“书”。但在与“人”的对应意义上,无论对这里的“书”作何种理解都不重要,而“俱老”的意识和体悟才是最为真实和深刻的。对于一个写作者来说,还有什么比亲笔所写的书,伴随着自己一天天老去,更令人激动的呢?

最后,我还要感谢中国人民大学出版社对我的厚爱。如前所述,我的第一本专著《正当防卫论》就是 1987 年在中国人民大学出版社出版的。

从2006年开始将"陈兴良刑法研究系列"纳入"中国当代法学家文库",这次又专门为我出版"陈兴良刑法学"作品集。对中国人民大学出版社的郭艳红、杜宇峰和方明三位策划编辑以及其他文稿编辑在我的著作出版过程中的敬业、细致和认真的职业精神表示敬意。我还要感谢北京冠衡刑辨研究院院长刘卫东律师为"陈兴良刑法学"作品集的出版慷慨解囊提供资助。作为我指导的法律硕士,刘卫东在律师从业生涯中践行法治,成为业界翘楚。为师者,我感到十分荣幸。

是为序。

陈兴良

谨识于北京海淀锦秋知春寓所

2017年3月21日

108. “陈兴良刑法学”《刑法研究》[1]文集总序

《刑法研究》文集是我于 2017 年在中国人民大学出版社编辑出版的“陈兴良刑法学”作品集的续编。《刑法研究》文集分为 12 辑，收录了我从 1984 年到 2019 年长达 35 年期间所发表的全部论文和其他作品。可以说，《刑法研究》文集是我的刑法研究成果之集大成者。

我的论文发表始于 1984 年，其中第一篇论文是发表在《法学杂志》1984 年第 1 期的《论我国刑法中的间接正犯》。此后，写作成为我的科研活动的主要途径，论文成为我的学术成果的基本载体。在我出版的专著中，只有个别专著是从一开始就确定按照专著的形式进行写作的，其他专著都脱胎于论文。换言之，在进行论文写作的时候，并没有创作专著的计划。只是在论文累积到一定程度，才按照专著的格式和体例进行创作。从最初发表五千字左右较短的论文，到后来发表数万字较长的论文；从开始发表学术论文，到后来发表随笔等其他类型的作品，经历了一个逐渐的演变过程。每年发表论文的数量也从少到多，逐年增加。例如 1984 年只发表论文 2 篇，而 2010 年发表论文 14 篇，目前每年发表论文稳定在 5 篇左右。在长达 35 年的写作生涯中，共计发表论文 400 余篇。此前，我分别出版了 4 部论文集，共计 350 余万字。这 4 部论文集就是：(1)《当代中国刑法新理念》；(2)《当代中国刑法新视界》；(3)《当代中国刑法新境域》；(4)《当代中国刑法新径路》。在这 4 部论文集中，《当代中国刑法新理念》收录 1984 年至 1994 年之间发表的论文（中国政法大学出版社 1996 年第一版，中国人民大学出版社 2007 年第二版），《当代中国刑法新视界》收录 1995 年至 1997 年之间发表的论文（中国政法大学出版社 1999 年第一版，中国人民大学出版社 2007 年第二版），《当代中国刑法新境域》收录 1998 年至 2001 年之间发表的论文（中国政法大学出版社 2002 年第一版，中国人民大学出版社 2007 年第二版），《当代中国刑法新径路》收录

---

① 陈兴良：《刑法研究》，中国人民大学出版社 2020 年待出版。

2002 年至 2005 年之间发表的论文(中国人民大学出版社 2006 年版)。以上 4 部论文集具有编年史的性质,将某个期间的论文全部编入文集,全方位地呈现了我的学术成果。从 2005 年至今(2019 年)的论文则没有再全部结集出版,只是出版了专题论文集、自选论文集和代表作论文集。例如《刑法理念导读》(法律出版社 2003 年第一版,中国检察出版社 2008 年第二版)、《死刑备忘录》(武汉大学出版社 2006 年版)、《罪刑法定主义》(中国法制出版社 2010 年版)、《走向哲学的刑法学》(法律出版社 1999 年第一版,法律出版社 2008 年第二版,北京大学出版社 2018 年版)、《走向规范的刑法学》(法律出版社 2008 年版,北京大学出版社 2018 年版)、《走向教义的刑法学》(北京大学出版社 2018 年版)、《刑法学的编年史:我的法学研究之路》(法律出版社 2019 年版)等。这次编辑《刑法研究》文集,是在接续前述 4 部论文集的基础上,将 2006 年至 2019 年之间我所发表的论文全部编入,由此形成论文全集,简称文集。鉴于从 1984 年到 2019 年的时间跨度,本次编辑文集,按照刑法学体系的内在逻辑,对各个时期发表的论文进行统一排列,而不是延续前述 4 部论文集的方式,按照一定的时间段对论文进行编排。这种按照刑法学体系的内在逻辑进行编排的方法,可以完整地展现我在刑法学各个领域的学术成果,因而得以更为直观地呈现论文的逻辑关系。同时,在同一主题上,对不同时期的论文按照发表顺序进行排列,既照顾了时间的延续关系,还能够客观真实地反映我对某些学术论题在理论观点和研究深度这两个方面的发展变化。在这个意义上说,《刑法研究》文集是我的刑法学学术地图,因而具有不同于著作系列作品的特殊蕴含。

论文是学术成果的基本载体,而且论文随写随发表,体现作者的一得之见或者一时之见。相对于需要较深的学术积累和较长的写作时间的专著来说,论文写作还是较为容易的。因此,论文写作在我的学术研究生涯中占据着十分重要的位置。由于论文受到其篇幅的限制,只能就某个专题进行较为深入的论述,因此就学术研究的广度和深度这两个方面的要求而言,论文是更侧重于深度而非广度。一般来说,论文是就本学科的某个知识点进行深度挖掘,将理论研究引向深入的一种学术文体。正是每年发表的大量学术论文,推进了学科理论的演进和学术观点的深化。就此而言,论文的学术功能是不言而喻的。然而,论文并不是单纯写作的产物,而是对某个问题深入研究的结果,是科研成果的呈现。因此,只有经过研究以后,形成作者个人的独到见解,才能进入写作阶段。如果完全没有研究,则所谓写作只能是“无米之炊”,而所谓论文也只能是“无病呻吟”。因此,论文写作的前提是对学科领域的知识把握和观点创新。

论文主题可能只涉及某个学科领域,但真正写好论文则需要对学科的整体认知和宏观把控。论文写作力求避免就事论事,而应当以大格局审视小题目,只有这样才能得之于心而应之于手。对于刑法学的研究也是如此。刑法具有不同的面向,因而对刑法研究也可以采用不同方法。通常来说,刑法首先是一种规则,司法活动通过适用刑法规范而认定犯罪。因此,从司法角度对刑法进行规范研究是首要使命。这个面向,就是刑法教义学的视角,这是一种司法论语境的刑法研究,它是刑法理论的主体内容。当然,对于刑法规范的研究,涉及法律解释和逻辑推理等各种方法,这就需要刑法学者具有语言学和逻辑学的功力。正如德国著名刑法学家考夫曼所说:刑法学者应当是实践着的语言学家,同时也应当是实践着的逻辑学家。因此,对于刑法教义学来说,刑法学者除要深刻理解和系统掌握刑法教义学的话语体系和知识命题以外,还需要具有扎实的语言学和逻辑学的基础。否则,就难以对刑法规范进行准确和正确的诠释和推演。除此以外,刑法研究还涉及法哲学以及社科知识,需进行刑法的哲学研究和刑法的社科研究。刑法并不只是立法者创制的规范,它还是社会生活的某个局部或者人类精神的某个侧面。因此,在对刑法进行研究的时候就应当将刑法嵌入社会生活作为社会现象和精神现象进行把握。只有这样,才能揭示隐藏在规范背后的社会内容和精神实质。因此,收录本书的论文基本上是我在刑法教义学和刑法哲学以及刑法社科研究等领域取得的学术成果。将这些属于不同层面和不同品格的刑法论文编辑在同一个刑法学体系之中,足以体现刑法理论的丰富性和刑法知识的层次性。

《刑法研究》文集中的论文有较长的时间跨度。这个期间,刑法和司法解释发生重大变化。例如从 1979 年《刑法》到 1997 年《刑法》,此后又陆续颁布了十个《刑法修正案》,刑法规范不仅大为扩容,而且先后更迭。此外,刑法理论也发生了重大演进,尤其是随着德日刑法教义学的大量引入,我国的犯罪论体系正在发生知识转型,对刑法理论产生了极大的影响。在这种情况下,刑法理论的历史年代感深刻地烙印在论文上。因为收录《刑法研究》文集的论文都是在当时历史条件和法律语境中的产物,因此,保持其原貌和原状是我的处理方式。这可能会给读者的阅读带来一定的违和感,但考虑到这是35年间发表的论文,就会把这种违和感转化为历史感。

《刑法研究》文集分为12辑,各辑对论文按照一定的专题连续编排,有些专题跨越两辑,以“(续)”的方式进行标示。文集根据刑法学体系的逻辑关系进行排列,形成以下基本框架:

第一编　刑法绪论

一、刑法理念

二、刑事法治

三、刑事政策

四、刑法立法

五、刑法原则

六、刑法人物

七、刑法随笔

第二编　刑法理论

一、刑法哲学

二、刑法教义学

三、刑法知识论

四、判例刑法学

第三编　犯罪总论

一、犯罪概论

二、犯罪论体系

三、构成要件

四、违法性

五、有责性

六、未完成罪

七、共同犯罪

八、单位犯罪

九、竞合论

第四编　刑罚总论

一、刑罚概述

二、刑罚体系

三、刑罚适用

第五编　刑法各论

一、刑法各论概述

二、公共安全犯罪

三、经济秩序犯罪

四、侵犯人身犯罪

五、侵犯财产犯罪

六、社会秩序犯罪

七、贪污贿赂犯罪

以上内容共分为五编，这就是刑法绪论、刑法理论、犯罪总论、刑罚总论和刑法各论。

第一编刑法绪论是关于刑法的整体性反思。在德日刑法教科书中，开宗明义，一般都有绪论性的论述。例如德国著名刑法学家李斯特《德国刑法教科书》一书，其在绪论中对刑法的概念、功能、历史和渊源等进行了论述。李斯特明确地将犯罪界定为法益侵害行为，而把刑法界定为保护法益的法律①，从而奠定了李斯特刑法学的底色。而日本著名刑法学家大塚仁的《刑法概说（总论）》一书，其在绪论中对刑法概念、刑法历史和刑罚规范等进行了论述。大塚仁鲜明地指出："关于成为刑法对象的人，应当扬弃至今处于古典学派刑法学根底的作为抽象理性人的犯罪人观和近代学派刑法学所把握的作为具体宿命人的犯罪人观，应该认识到犯罪人是具有作为相对自由主体的人格性的具体的、个别的存在。"②由此确立了大塚仁人格刑法学的基本立场。刑法是由犯罪和刑罚这两个要

---

①　参见〔德〕李斯特：《德国刑法教科书》（修订译本），徐久生译，法律出版社 2006 年版，第 8、10 页。

②　〔日〕大塚仁：《刑法概说（总论）》（第三版），冯军译，中国人民大学出版社 2003 年版，第 62 页。

素构成的，因而刑法学主要是对犯罪和刑罚的研究。但在研究犯罪和刑罚之前，首先要对刑法本身进行反思，这是刑法绪论的主要功能。绪论分为以下部分：

1. 刑法理念。在我的刑法理论研究中，大量内容涉及刑法理念问题。尤其是随着我国从计划经济到市场经济的体制转变，刑法理念，包括立法理念和司法理念都随之而发生重大变化。对刑法理念的深入探索成为我国转型刑法学的特点之一。

2. 刑事法治。刑事法治是刑事法学科对我国宪法确立的建设法治国家的治国方略的理论回应，它是指刑事法领域的法治。刑事法治包含了刑法的法治。因此，刑事法治成为我国刑法学研究的一个重要主题。收录文集的论文，反映了刑事法治的各个侧面，例如法治理念、司法改革和规范配置等。这些论文的主题，有些已经超出狭义的刑法学的范畴，而涉足刑事诉讼和刑事证据等领域。基于刑事一体化的理念，将这些论文编入《刑法研究》文集，这也是一种尝试。

3. 刑事政策。刑事政策是刑法的灵魂，对于刑法立法与刑法司法具有重要的指导意义。在刑事法中，刑事政策是独立于刑法教义学的一个研究领域。我虽然没有对刑事政策作专门研究，但还是十分关注刑事政策，尤其是对“严打”刑事政策和宽严相济刑事政策都有所涉猎，发表了若干论文，并且主编了相关专著。将这些论文编辑以后，形成《刑法研究》文集的一个专题，以此反映我在刑事政策领域的研究成果。

4. 刑法立法。我国从 1979 年《刑法》到 1997 年《刑法》，在不到 20 年时间里，经历了两次刑法立法。虽然我并不是 1979 年刑法立法的参与者，但我参加了 1997 年《刑法》修订的全过程。因而，在这个时期的刑法学研究中，刑法立法是一个不能绕开的主题。即使是 1997 年《刑法》修订以后，我国对《刑法》采取了修正案的方式进行修改，刑法的立法走向始终是我国刑法学者所关注的问题。围绕着刑法立法，我发表了大量论文，既包括刑法立法的指导思想等宏观问题，也包括刑法立法的体例安排等细节问题，这些都是我的写作题材。

5. 刑法原则。我国刑法原则存在一个从理论叙述到法律规定的演变过程。在 1979 年《刑法》中并没有刑法原则的规定，但刑法教科书中都有对刑法基本原则的阐述。及至 1997 年《刑法》明确规定了罪刑法定原则、罪刑均衡原则和罪刑平等原则。可以说,刑法原则是我国刑法规范的价值内容,尤其是罪刑法定原则对于理解我国刑法规范具有重要指导意义。因此,刑法原则是我国刑法整体性考察的不可或缺的一个视角。我对刑法原则,尤其是罪刑法定原则进行了全方位、多视角的理论研究。从刑法修改中对罪刑法定主义立法化的论证,到刑法确立罪刑法定原则以后,对罪刑法定主义司法化的论述,都是我的刑法基本立场的理论底色。

6. 刑法人物。刑法人物是刑法研究中附带的成果,对于理解不同刑法人物的刑法思想具有一定的价值。在《刑法的启蒙》(北京大学出版社2018年第三版)中,我描述了西方刑法学史上的10位刑法人物。其中的《龙勃罗梭:遭遇基因》曾以论文《基因的奴隶——龙勃罗梭论》的形式在刊物上发表,其他9篇则并未发表。我还曾经出版过一本7万字的小册子,书名是《遗传与犯罪》(群众出版社1992年版),该书就是描写龙勃罗梭的,上文正是在该书的基础上改写而成的。此外,我还创作了学术印象系列的刑法人物作品,王作富教授、马克昌教授和储槐植教授成为这个系列的主角。此外,还有关于周振想教授、邱兴隆教授的回忆作品,以及以我本人的学术经历为主线而展开的自传性作品:《一个刑法学人的心路历程》,该文是对我本人截至1999年的学术经历的总结和回顾。对于2000年以来这段时间的学术经历,一直想补写,但也因为各种原因未能如愿。上述作品涉及对刑法人物的刻画,以及对这些刑法人物的刑法思想和学术成就的评述,具有一定的可读性。本来曾经有意出版一部《刑法的知识转型(人物志)》,与已经出版的《刑法的知识转型(方法论)》(中国人民大学出版社2017年第二版)和《刑法的知识转型(学术史)》(中国人民大学出版社2017年第二版)形成系列,但这个愿望未能实现。现在将这些已经完成的人物描述作品编辑出版,也算是对自己的一个交代。

7. 刑法随笔。刑法随笔是我发表的一些短文,信手拈来,不像学术论文那样经过深思熟虑。因而,随笔更具有可读性。例如《法律图书的历史演变——以个人感受为线索》一文,是应北京大学出版社蒋浩副总编辑之邀,在2015年北京大学法律图书宣讲会上发表的讲演。记得大会在下午召开,上午只用了半天时间匆忙完成该文。该文在《北大法律评论》(第16卷第1辑,北京大学出版社2015年版)发表以后,又以《法律图书的私人记忆和公共叙事》为题,在微信公众号上流传。现在看来,这个不知谁起的标题,比原标题更具有吸引力。在刑法随笔中,《法律在别处》也是自我感觉良好的一文。该文的写作灵感来自于宋福祥故意杀人案,该案的判决书在对案件事实进行描述的时候,采用了对话体:(妻)李霞:“三天两天吵,活着还不如死了。”(夫)宋福祥:“那你就死去。”在该案中,李霞已经上吊自杀。李霞的话显然是宋福祥复述的,因此,死无对证。在这种情况下,如何还原案件事实,这是引起我深思的一个问题。我联想到德国著名学者拉伦茨的命题——“作为陈述的案件事实”,由此生发出的感慨和议论,写就该篇随笔。

第二编刑法理论是关于刑法法理的体系性建构。刑法理论是以刑法为对象进行研究而形成的知识形态,刑法理论并不是一个单一的和封闭的体系,它具有层次性与类型性。其中,对刑法的价值论和方法论的研究占据着重要地位,成为刑法理论的核心与基础。1979 年《刑法》颁布后,我国刑法立法和刑法司法开始恢复重建,我国刑法学亦随之而成长。在这个过程中,我们更多地关注刑法基础理论的建构,因而形成刑法理论的专门研究领域。

1. 刑法哲学。刑法哲学是对刑法的形而上的研究,因而属于刑法理论的题中之意。刑法哲学本来应当是刑法知识发展和累积到一定程度的产物,具有对刑法理论的提升功能。20 世纪 90 年代初期,我国刑法学科重建不久,在刑法知识还处于一种较为闭塞的状态下,我就开始了刑法哲学的探究,出版了我的第一部重要著作《刑法哲学》(中国政法大学出版社 1992 年版)。在该书写作过程中,我陆续发表了刑法哲学的相关论文,形成我的第一个学术发表高潮,这些论文是我学术成长过程中留下的厚重印记。

2. 刑法教义学。从刑法哲学向刑法教义学的转向,是从 2000 年开始的,以我的《本体刑法学》(商务印书馆 2001 年版)一书的出版为标志,直到 2010 年我的《教义刑法学》(中国人民大学出版社 2010 年版)一书出版。刑法教义学主要是一种方法论,我最初发表的《刑法教义学方法论》(载《法学研究》2005 年第 2 期)一文,就是从方法论意义上展开刑法教义学论述的。这个时期发表的论文,围绕着刑法教义学进行了初步的介绍和建构,表现为一种理论自觉。

3. 刑法知识论。刑法知识论是以批判为特征的,为刑法知识转型提供动力。从刑法哲学到刑法教义学的转向,不仅涉及方法论,而且涉及知识论。因而,刑法知识论具有突破传统刑法理论框架桎梏的功能。我国传统刑法学是在模仿苏俄刑法学的基础上形成的,虽然苏俄刑法学对我国刑法学的理论发展起到了推动作用,但其本身具有历史和逻辑的局限性。在这种情况下,我国刑法知识的去苏俄化就成为当务之急。我在2000年发表了《社会危害性理论——一个反思性检讨》(载《法学研究》2000年第1期)一文,开启了对传统刑法学的反思之路。这些论文的共同特点是反思性和批判性,以"破"为主,为刑法理论开辟道路。

4. 判例刑法学。判例刑法学是以司法案例为素材的刑法理论研究。如果说,刑法教义学主要以法规范为研究对象;那么,判例刑法学则以司法案例,尤其是裁判理由为主要研究对象。通过对裁判理由的考察,揭示刑法知识在司法实践中采用的状况,对刑法理论与司法实务之间的理论偏离进行考察,由此形成判例刑法学知识类型。收入本专题的是关于判例刑法学的方法论的论述,至于对于刑法案例具体研究的论文,则散见于刑法总论和刑法各论的相关部分。

第三编犯罪总论是关于犯罪概念和犯罪构成的理论叙述。犯罪是刑法学的核心范畴,也是研究的主要内容。犯罪概念论和犯罪构成论是犯罪论的基本内容。在刑法知识转型中,对犯罪构成论,即犯罪论体系带来重大影响,因而其成为刑法理论研究的主要知识增长点。在这些领域,我予以了长期的关注,因而是刑法研究重心。

1. 犯罪概论。我国刑法对犯罪概念作出了明确规定,包括但书规定,由此形成具有我国特色的犯罪概念论。犯罪的形式概念和实质概念以及形式与实质相统一的犯罪概念,这些问题长期存在争议。以犯罪概念为中心而展开的刑法理论叙述,始终是刑法学者的学术兴趣之所在。我对犯罪概念的研究经历了从法定概念到实体概念的转变,因而将犯罪学等事实学科的内容纳入研究视野。

2. 犯罪论体系。犯罪论体系是我国刑法学术争鸣的主战场,围绕着三阶层和四要件的犯罪论体系,我国刑法学者进行了尖锐而深入的争论。这场争论在一定程度上推动了我国刑法中的犯罪论体系的研究,因而具有积极意义。我最初接受的是四要件的教育,然而在德日刑法学传入我国以后,三阶层的犯罪论体系的逻辑合理性对我具有极大的吸引力。在这种情况下,我成为三阶层的犯罪论体系的积极倡导者。因而,在三阶层与四要件的这次理论争论中,我当然是站在三阶层的立场对四要件进行了批判。收录文集的关于犯罪论体系的论文在很大程度上反映了我对三阶层的理解和对四要件的解构,是我国犯罪论体系研究的组成部分。

3. 构成要件。构成要件是三阶层的犯罪论体系的核心概念,处于第一阶层,因而具有重要意义。对构成要件的正确理解,例如区分构成要件和犯罪构成,都是构成要件理论研究的主要课题。此外,对主体、行为、结果、客体、因果关系等构成要件要素的深入讨论,对于形成构成要件理论来说是必不可少的内容。我从贝林的构成要件概念出发,对构成要件从概念到要素进行了研究,发表了重要论文,成为推动三阶层的犯罪论体系在我国生根发芽的学术努力之一部分。

4. 违法性。在三阶层的犯罪论体系中,违法性阶层主要讨论违法阻却事由。我国刑法规定了正当防卫和紧急避险这两种违法阻却事由,其中更为重要的是正当防卫。从 1984 年开始,正当防卫就作为硕士论文的选题进入我的研究视野。长期以来,我跟踪正当防卫制度在我国的演变,目睹了立法上对正当防卫的宽松规定,包括设立无过当防卫制度等,而在司法实践中,正当防卫制度却被搁置,成为僵尸条款。直到近些年来,随着于欢辱母杀人案、于海明反杀案、赵宇见义勇为案等案件进入公众视野,引起社会广泛关注,正当防卫制度逐渐被唤醒。我对正当防卫的研究经历了我国正当防卫制度演变的全过程。因此,我关于正当防卫的论文也跨越了以上各个阶段,并且直面司法实践,推动正当防卫的司法适用。

5. 有责性。我国刑法是以实质的故意和过失概念对行为人进行主观归责的,因此,在四要件的犯罪论体系主导下,刑法责任论是以故意与过失为中心展开的。在三阶层的犯罪论体系中,心理事实与主观归责相分离,责任论才具有独立于故意与过失的内容。我对于刑法中责任的研究,同样经历了从故意与过失为主的论述到心理要素与责任要素分离的阐述这样一个关注重心的演变。以责任主义为主要内容的有责性理论,在很大程度上改变了我国刑法中的犯罪主观要件的构成,在这个过程中,我的论文显示了这种话语论述的转变。

6. 未完成罪。我国刑法中的预备、未遂和中止,在刑法理论上称为未完成罪。未完成罪这个概念在一定程度上是对英美刑法 inchoate 的拷贝[①],因为德日刑法中一般只处罚未遂犯,预备犯不处罚,而中止犯则涵括在未遂犯的概念之中。在这种情况下,德日刑法学单设未遂犯一章包含上述相关内容。而我国刑法不仅规定了未遂犯,而且规定了预备犯和中止犯。因此,如何概括这三种犯罪形态就成为一个难题。在我看来,源于英美刑法的未完成罪不失为一个可取的概念。在未完成罪中,研究重点还是未遂犯与不能犯。应该说,我对未完成罪没有系统研究,而只是偶尔涉猎。

7. 共同犯罪。共同犯罪是我的研究重点,最初发表的论文都集中在这个领域。这是因为我的博士论文的主题就是共同犯罪,因而共同犯罪成为我始终关注的一个论题。我国刑法关于共同犯罪的规定具有独特性,不同于德日刑法典的规定。在这种情况下,如何运用德日共犯教义学原理,解释我国刑法关于共同犯罪的规定,这是一个难题。我力图引入共犯与正犯的二元制理论,塑造我国刑法中的共同犯罪的法律形象。因此,对共同犯罪从历史与逻辑两个方面进行了较为深入的研究,发表了较多的论文,成为我的刑法总论的学术自留地。

8. 单位犯罪。大多数国家刑法都是以个人为模型的,只有极个别国家规定了法人犯罪。而我国刑法经历了一场重大争议之后,在刑法中正式确立了法人犯罪,将之与自然人犯罪相对应。当然,我国刑法中的法人犯罪称为单位犯罪,单位这个概念在我国社会生活中被广泛采用,具有比法人更宽的外延。单位犯罪并不是我的研究重点,因此在该领域发表的论文较少。

9. 竞合论。刑法中的竞合与罪数这两个问题具有极大的关联性,可以说,从罪数论到竞合论的演变,是我国刑法学界走过的学术道路。我较早对法条竞合进行了理论研究,试图将德日刑法教义学中的法条竞合理论引入我国,以此处理我国刑法分则条文之间十分复杂的交叉和竞合关系。我国学者结合刑法规定对竞合论所作的研究,充分体现了我国刑法学的特色。例如,转化犯和包容犯这些概念都是德日刑法教义学所没有而属于我国学者的独创,这对于张扬我国刑法理论具有标志意义。

---

① 参见〔美〕乔治·弗莱彻:《反思刑法》,邓子滨译,华夏出版社 2008 年版,第 96 页。

第四编刑罚总论是关于刑罚概念和刑罚制度的理论叙述。在德日刑法教义学中,一般都以犯罪论为内容,刑罚论只是简单提及,刑罚论往往作为刑事政策或者刑罚学单独进行论述。而我国教义学则将犯罪论和刑罚论并重,共同作为刑法学理论的内容。当然,犯罪论因为更具有理论性而成为刑法教义学的主体内容。刑罚论虽然也可以发展成为刑罚教义学,却在重要性上不如犯罪论。我对刑罚论进行了深入探讨,发表的论文涉及刑罚概述、刑罚体系和刑罚适用等内容。

1. 刑罚概述。刑罚概述是关于刑罚概念、目的和功能等刑罚一般原理的叙述。在某种意义上可以说,刑罚原理是刑罚哲学的重要组成部分。我国关于刑罚目的,存在报应主义和功利主义之争,这也是在刑罚问题上的基本分歧,由此形成不同的刑法学派。我最早提出了刑罚目的二元论,虽然具有折中的性质,却也不失为是一种解决之道。

2. 刑罚体系。刑罚体系具有法律规定和理论建构这两套话语体系:法律规定的刑罚体系是以各国刑法为根据的,通常区分为主刑和附加刑。而理论建构的刑罚体系是按照一定的标准对刑法所规定的刑罚体系进行分类而形成的,例如生命刑、自由刑、财产刑和资格刑等。对刑罚体系的研究不能局限于对刑法规定的刑罚体系的解释,而是应当利用刑罚体系的理论话语进行论述。我所发表的论文,尝试将刑罚体系的理论话语用于对我国刑法规定的刑罚体系的阐述,因而结合了法律性和理论性这两个向度。

3. 刑罚适用。我国刑法除了对刑罚体系的规定,还规定了各种量刑制度和行刑制度,这些刑罚制度的规定为司法机关正确量刑和行刑提供了法律根据。因而,刑罚适用就成为刑罚论的研究重点。我较早对刑法中的情节进行了研究,提出了情节犯和情节加重犯的概念。在此基础上,对量刑情节进行的论述,对于司法机关的刑罚适用活动具有一定的参考价值。

第五编刑法各论是关于刑法个罪的研究。刑法分为总则与分则,相应地,刑法理论也分为总论与各论。这里的各论就是以刑法分则规定的个罪为研究对象的,也称为分论。我国刑法分则规定数百个罪名,这些罪名大多数属于备而不用或者偶尔发生的,只有极少数罪名是常见多发且疑难复杂的。刑法学者所关注的只能是这极少数罪名,我所研究的也属于此类罪名。

1. 刑法各论概述。刑法各论除受刑法总论的原理制约以外，其本身还存在一般理论。例如，对刑法分则体系、罪名、法定刑等问题的论述就属于刑法各论的一般理论。我对这些问题的研究集中在刑法各论的理论建构等论题。

2. 公共安全犯罪。危害公共安全犯罪属于我国刑法分则第二章规定的罪名，鉴于公共安全对社会的重要性，随着危险驾驶罪的设立，社会公众对于危害公共安全犯罪的关注度有所提升。我对危害公共安全犯罪的研究涉猎不多，主要集中在以其他方法危害公共安全罪这个口袋罪，因为其适用在一定程度上关系到罪刑法定原则，因而引起了我的兴趣。

3. 经济秩序犯罪。经济秩序犯罪属于我国刑法分则第三章规定的罪名，也就是通常所称的经济犯罪。经济犯罪是刑法研究的重点，我早在20世纪90年代初期就对经济犯罪与经济刑法进行了专门研究，出版了系列丛书。[①] 收录文集的部分论文，就是这个系列研究的学术成果。此外，还有些论文是近年来对经济犯罪进行案例研究的产物，都与司法实践存在密切联系。

4. 侵犯人身犯罪。侵犯人身犯罪属于我国刑法分则第四章规定的罪名。侵犯人身犯罪是多发常见的，也是刑法理论关注的重点。我对侵犯人身犯罪进行了一定程度的研究，主要涉及故意杀人罪、强奸罪等重点罪名。

5. 侵犯财产犯罪。侵犯财产犯罪属于我国刑法分则第五章规定的罪名。我国在经济体制改革过程中，财产性质发生了重大改变，侵犯财产犯罪的类型和罪质也随之变化，引起我国刑法学者的重视。我在侵犯财产犯罪的研究中引入德日刑法教义学的原理，以财产犯罪的分类为工具，对侵犯财产犯罪进行教义学的分析。

6. 社会秩序犯罪。社会秩序犯罪属于我国刑法分则第六章规定的罪名。其罪名数量之多仅次于经济犯罪。社会秩序犯罪属于与其他国家差异较大的罪名，例如寻衅滋事罪和聚众斗殴罪等，都是具有我国特点的罪名。这些罪名的刑法教义学形象的塑造存在一定困难，因而在司法认

---

① 参见陈兴良主编：《经济犯罪学》《经济刑法学（总论）》《经济刑法学（各论）》《经济犯罪疑案探究》，中国社会科学出版社1990年版。

定中存在较大的争议。对此,我采用构成要件理论进行论述,并且结合相关案例进行分析,意图使对刑法个罪的研究具有一定的教义学色彩。

7. 贪污贿赂犯罪。贪污贿赂犯罪属于我国刑法分则第八章规定的罪名。因为贪污贿赂犯罪具有职务犯罪和财产犯罪的双重属性,在反腐倡廉的背景下,贪污贿赂犯罪始终是刑法理论研究的重点领域。我对贪污罪、受贿罪和挪用公款罪也进行了较多的研究。尤其是对受贿罪的关注持续多年,对于受贿罪的各个构成要件都发表了相关论文。

随着年龄的增长,论文写作的速度下降,发表数量也越来越少。在这种情况下,即使将来还有论文,也十分容易编辑到文集当中去。因此,现在编辑文集的时间已经成熟。《刑法研究》文集收录了我过去35年发表的论文,将散在于各种刊物的数百篇论文汇集为文集,就如同无数棵小树成长为一片森林,无数滴水珠汇流成海洋,完成了从微小到浩大的嬗变。

《刑法研究》文集的编辑出版,受到中国人民大学出版社策划编辑方明的大力支持,各位书稿编辑为文集的出版付出了辛勤的劳动,对此深表谢意。收录文集的论文,除1984年至2005年已经编辑成论文集以外,2006年至2019年的论文散落在各种刊物,为此,我的硕士生吴琪帮助我收集论文,并且转换成为电子版,为文集的编辑提供了便利,对此表示谢意。

是为序。

陈兴良

谨识于海南三亚领海寓所

2020年1月26日